READER'S DIGEST
AUSWAHLBÜCHER

Die Kurzfassungen in diesem Buch erscheinen
mit Genehmigung der Autoren und Verleger

602 (245)
Printed in Germany
ISBN 3 89915 060 0

READER'S DIGEST AUSWAHLBÜCHER

Reader's Digest

DEUTSCHLAND · SCHWEIZ · ÖSTERREICH

INHALT

Matt Dickinson

Die weiße Hölle

Mit einem Gleitschirm vom Mount Everest zu segeln bedeutet für Sebastian Turner die Erfüllung eines Lebenstraums. Und zugleich die ideale Gelegenheit, Werbung für seinen eigenen Fernsehsender zu machen. Als er in die Todeszone des Everest aufbricht, zählt zu dem Millionenpublikum, das den Aufstieg mitverfolgt, auch seine Frau Josie. Noch ahnt sie nicht, dass ein Drama bevorsteht, das auch ihr das Äußerste abverlangen wird.

Petra Oelker

Der Klosterwald

Möldenburg ist eine idyllische Kleinstadt in der Lüneburger Heide. Doch der Friede ist jäh dahin, als im Klosterwald eine Leiche entdeckt wird. Besonders Felicitas Stern, die tatkräftige Äbtissin und Managerin des Klosters, will Licht in das Dunkel dieses Verbrechens bringen. Da sie das Vertrauen vieler Menschen genießt, ist sie der Polizei immer um eine Nasenlänge voraus. Das wird ihr fast zum Verhängnis …

Peter Robinson

In einem heißen Sommer

Über vierzig Jahre lag Hobb's End in den Tiefen eines Stausees verborgen. In einem heißen Sommer taucht das kleine nordenglische Dorf zum ersten Mal wieder auf – und mit ihm ein schreckliches Geheimnis: Das Skelett einer jungen Frau wird gefunden. Inspektor Banks sieht sich mit einem Jahrzehnte alten Mordfall konfrontiert, und ihm steht eine schier unlösbare Aufgabe bevor. Denn wer kann sich heute noch an die Tote erinnern?

Kristin Hannah

Wenn Engel schweigen

Nach einem Reitunfall liegt Mikaela Campbell im Koma. Stunde um Stunde verbringt ihr Mann an ihrem Bett, vergeblich hoffend, sie durch seine Liebe ins Leben zurückholen zu können. Eines Tages entdeckt er zufällig, dass Mikaela auf den Namen ihrer einstigen Jugendliebe reagiert. Da entschließt er sich zu einem äußerst riskanten Schritt.

Die weiße
HÖLLE
MATT DICKINSON

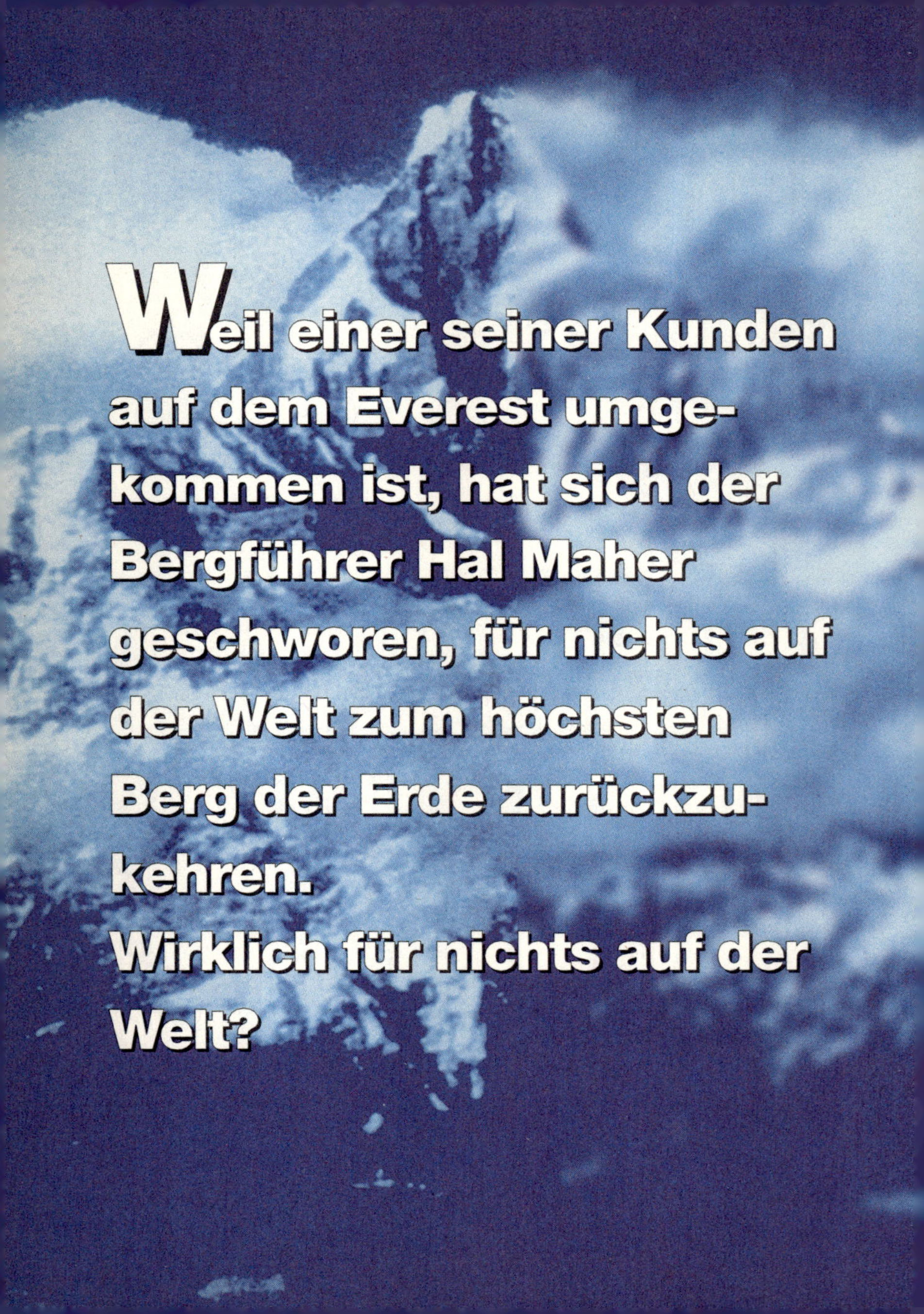

Weil einer seiner Kunden auf dem Everest umgekommen ist, hat sich der Bergführer Hal Maher geschworen, für nichts auf der Welt zum höchsten Berg der Erde zurückzukehren.
Wirklich für nichts auf der Welt?

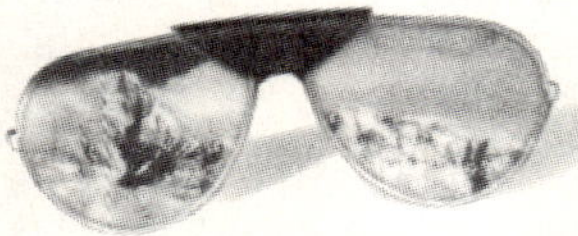

1

Hal warf eine letzte Schaufel Schnee aus dem behelfsmäßigen Grab, kletterte hinaus und wandte sich an die Gruppe. Sein Atem ging etwas schneller, und seine Wangen dampften in der Kälte, aber er fühlte sich hier in der rauen Bergwelt Alaskas zu Hause, in der sich die zerklüfteten Gipfel der Chugach Mountains um ihn herum himmelwärts türmten.

„Heute Morgen“, verkündete er lächelnd in die Runde, „werde ich einen von euch bei lebendigem Leib begraben.“ Er schritt die Reihe seiner fünf bibbernden Kunden ab und sah jedem Einzelnen fest in die Augen. „Wer stellt sich freiwillig zur Verfügung?“

Niemand schien erpicht darauf zu sein. Schließlich blickte Hal Rachel an. „Wolltest du nicht diese Fotos machen?“

Sie umklammerte die Kamera, die um ihren Nacken hing, und war unfähig, den Schrecken aus ihrem Gesicht zu verbannen. „Vielleicht lieber ein anderes Mal.“

„Dies ist der letzte Lehrgang in diesem Winter. Wenn du sie jetzt nicht machst …“ Er ließ den Satz in der Luft hängen.

Sie blickte in das eisige Grab hinab und unterdrückte einen Schauder. „Ich bin mir gar nicht so sicher, ob dabei ein passables Foto entstehen würde.“

„Bisher klang das aber ganz anders. Stell dir doch die Gesichter deiner Retter vor, wenn sie dich ausgraben. Und das Ganze aus der Sicht eines Lawinenopfers! Für mich hört sich das nach einem ziemlich spektakulären Motiv an.“

Flehend sah sie ihn an. „Aber meine Kamera könnte durch den Schnee beschädigt werden.“

„Rachel, wenn du dieses Foto willst, dann rein mit dir in dieses Loch!“

„O mein Gott!“ Sie kletterte hinein und legte sich flach auf den Rücken, während sie die Hände schützend über die Kamera wölbte.

„Schieb deinen Kopf und die Schultern in den Hohlraum an der Seitenwand“, riet ihr Hal. „Da drin reicht der Sauerstoff für eine ganze Weile.“

Rachel wand sich in die von Hal ausgehobene Nische. Zwischen ihrer Nasenspitze und der festen Eisdecke über ihr befand sich ein Spielraum von etwa 20 Zentimetern.

„In Ordnung.“ Hal befestigte einen Lawinenpiepser an ihrem Skianzug. „Hoffentlich finden wir dich, bevor die Batterien leer sind.“

„Haha! Begrab mich endlich, damit wir's hinter uns bringen.“ Rachel wandte ihm ihr Gesicht zu und lächelte, als er ihr beruhigend zuzwinkerte.

„Alles wird gut gehen. Du musst nur ruhig atmen und möglichst entspannt sein“, flüsterte er. Dann rief er zur Belustigung der Kunden: „Das ist für die Delle, die du letzte Woche in den Toyota gefahren hast!“

Mit einem dumpfen Aufprall landete die erste Schaufel Schnee auf Rachels Schienbein.

„Ich hätte dich schon vor Jahren verbuddeln sollen!“ Eine weitere Schaufel. Bald waren Rachels Beine ganz mit Schnee bedeckt.

Nun griffen auch die Kunden zu den Schaufeln und halfen mit, Rachel einzugraben, während sie sich köstlich über Hals Witze amüsierten.

Immer mehr Schnee plumpste auf Rachel herab; sein Gewicht war erstaunlich. Mit unerbittlichem Druck lastete er auf ihrem Körper – es war unheimlich.

Stück für Stück begann das Licht zu schwinden, bis nur noch ein leuchtender Blauton übrig blieb, den Rachel unter anderen Umständen als wunderschön bezeichnet hätte. Sie hörte das Geräusch der Schaufeln, die über ihr in den Schnee stachen, jetzt nur noch gedämpft.

Schließlich herrschte Stille. Rachel starrte auf die blaue Eisdecke vor ihrem Gesicht. Nur nicht in Panik geraten!

Derweil führte Hal die Gruppe quer über das Schneefeld. „Nehmen wir mal an, dass dieses Gebiet gerade der Schauplatz eines gigantischen Lawinenabgangs gewesen ist und Rachel irgendwo dort unter dem Schnee liegt. Ihr wisst, dass sie einen Piepser hat, aber ihr habt keine Ahnung, wo sie ist.“

Er begann im Zickzack zu marschieren und führte sie ein paarmal im Kreis herum, bis sie völlig orientierungslos waren. „Dann mal los. Versucht, Rachel so schnell wie möglich zu finden.“

Seine Kunden blickten über die weiße Fläche. Heftiger Schneefall hatte eingesetzt, sodass die Spuren, die sie eben noch hinterlassen hatten, bereits verdeckt waren. Sie hatten keinen Fixpunkt mehr, der darauf schließen ließ, wo Rachel begraben war. Doch sofort erinnerten sie sich an das Training, das sie in Hals Lehrgang absolviert hatten, gruppierten sich zu einer Suchlinie und begannen, das Gelände mit eingeschalteten Lawinensuchgeräten methodisch abzugehen.

Fast einen Meter unter der Schneedecke konzentrierte Rachel sich auf ihre Atmung und zwang sich, an etwas Schönes zu denken – an die Überraschung für Hal zum Beispiel, von der sie ihm noch nicht erzählt hatte, weil sich dafür noch keine passende Gelegenheit ergeben hatte. Sie wollte den perfekten Augenblick abwarten. Vielleicht würde sie heute Abend in der Blockhütte ein besonderes Abendessen zubereiten und vorher noch eine schöne Flasche Wein besorgen.

Sie spürte, wie allmählich die Kälte in ihre Knochen drang. Sie hatte jegliches Zeitgefühl verloren. Und wenn man sie nicht mehr fände? Wenn der Piepser nicht funktionierte? Ein kurzer Anfall von Klaustrophobie übermannte sie. Der Schnee war zu schwer; es wäre aussichtslos, sich selbst befreien zu wollen. „Vertraue ihm“, flüsterte sie sich zu. „Hal weiß schon, was er tut.“

Plötzlich vernahm sie ferne Geräusche, dann einen kaum wahrnehmbaren Schrei. Gleich darauf hörte sie direkt über sich das Geräusch grabender Schaufeln.

Unvermittelt drang Tageslicht durch. „Wir haben sie!“, rief jemand.

Rachel wartete, bis ihr Oberkörper befreit war, dann hob sie die Kamera vor ihr Auge. Mit der Motordrive-Funktion schoss sie in Sekundenschnelle 17 Aufnahmen, während sich die Retter zu ihr hinabbeugten. Schließlich ließ sie sich aus der Grube helfen.

„Na, siehst du“, murmelte Hal, während er ihr einen Kuss auf die eisigen Lippen drückte. „Wir haben dich in weniger als einer Viertelstunde wieder befreit.“

„Ich hoffe nur, dass die Fotos es wert sind.“

Hal rief zur Kaffeepause und zog eine Thermoskanne und Becher hervor. „Trinkt was Heißes, dann stapfen wir rüber zu dem steileren Hang dort drüben, und ich erzähle euch was über Lawinenvorhersage.“

„Sie wollen uns doch nicht etwa alle von einer Lawine überrollen lassen, oder?“, fragte eine Kundin mit gezwungenem Lächeln, während sie an ihrem Kaffee nippte.

Hal streckte seine Hand aus und begutachtete aufmerksam die Schneeflocken, die auf seinen Handteller wirbelten und dort liegen blieben, ohne zu schmelzen. „Nicht, wenn ich meinen Schnee kenne“, antwortete er.

„Keine Bange“, versicherte Rachel den Kunden. „Er kennt den Schnee.“

Es war vier Uhr morgens, doch Josie joggte bereits durch die Straßen von London. Langsam wärmte sich ihr Körper auf, während sie durch Kensington in Richtung Hyde Park lief. Wenn sie arbeitete, war sie stets vor Anbruch der Dämmerung unterwegs.

Normalerweise war es für sie immer ein Kampf, aus dem Bett zu kommen, aber heute war es anders gewesen. Es war nicht einfach zu schlafen, wenn man wusste, dass der Mensch, den man liebte, gerade in die Todeszone des höchsten Berges der Welt kletterte. Josie hatte die ganze Nacht kein Auge zugetan.

Wenn sie sich müde und abgespannt fühlte, lief sie ihre Runde in 40 Minuten, wenn sie richtig ins Schwitzen kommen wollte, in 35. Heute war ein 35-Minuten-Tag. Josie beeilte sich, um rechtzeitig um fünf wieder zu Hause zu sein, wenn Sebastian über das Satellitentelefon anrufen würde. Sie spürte, wie sich ihre Muskeln spannten, als sie ihren Laufrhythmus beschleunigte.

Zurück am Kensington Square, wo sie zu Hause war, schlüpfte sie durch die Hintertür und entzog sich so den neugierigen Kameraobjektiven der vor der Haustür herumlungernden Reporter. Sebastian hatte mit seiner Vorhersage Recht gehabt, dass seine Mount-Everest-Expedition ein großes Medieninteresse hervorrufen würde.

Josie duschte, zog sich eilig an und ging in die Küche, um Kaffee aufzusetzen. Während sie wartete, stand sie vor dem Gefrierschrank und starrte auf das Foto des Everest, das Sebastian einen Tag vor seiner Abreise nach Nepal dort hingeklebt hatte.

„Wenn du mal wissen willst, wie es für mich auf diesem Berg ist", hatte er lachend gesagt, „mach einfach die Tür auf, und streck deine Hand ein paar Stunden rein."

Josie fragte sich, wie es wohl sein mochte, diese extreme Kälte zu verspüren, die in Sekundenschnelle ungeschützte Körperteile gefror. Und wie es war, unter Bedingungen zu atmen, bei denen so wenig Sauerstoff vorhanden war, dass man ihn in Metallzylindern hinauftransportieren musste, um den Körper am Leben zu erhalten.

Sie hauchte einen Kuss auf eine ihrer Fingerspitzen und legte diese auf das Foto. „Hauptsache, du kommst wieder nach Hause", flüsterte sie. „Alles andere zählt nicht."

Das Telefon klingelte. Schon als Josie den Hörer zum Ohr hob, wusste sie, dass es die Satellitenverbindung war – das ferne Echo in der Leitung verriet es ihr. Mount Everest. Eine Mitteilung aus dem Äther. Aus einer anderen Welt.

„Josie, hier ist das Basislager. Ich habe Sebastian oben vom Südsattel am Walkie-Talkie. Ich verbinde ihn jetzt mit dem Satellitentelefon. Bleib einfach in der Leitung."

Sie wartete, während die Verbindung hergestellt wurde.

„Hallo, Josie! Kannst du mich hören?"

„Klar und deutlich, Bas. Wie wunderbar, deine Stimme zu hören! Wo bist du, und wie kommt ihr voran?"

„Wir haben vor ein paar Stunden den Südsattel erreicht, und ich kann dir sagen, dass ich in meinem ganzen Leben noch nie so müde war. Und die letzten Tage leide ich wirklich wie ein Hund. Aber trotzdem liegen wir ziemlich gut in der Zeit." Er brach ab, weil er von einem heftigen Hustenkrampf geschüttelt wurde.

„Kannst du denn wenigstens schlafen?", erkundigte sich Josie.

Eine Art Schnauben drang durch die Leitung. „Ich kann mich gar nicht mehr daran erinnern, wann ich das letzte Mal länger als zwei Stunden am Stück geschlafen habe! Aber die Müdigkeit überwindet man. Ebenso den Schmerz. Das flößt alles wirklich Ehrfurcht ein, Josie. Ich wollte nirgendwo anders sein. Ich erlebe im Moment den größten Traum meines Lebens! Von da, wo ich sitze, kann ich ungefähr 100 der schönsten Berge der Welt sehen, und irgendwie macht dieser Blick alles wett."

„Wie ist das Wetter?"

„Geradezu perfekt. Wir haben strahlend blauen Himmel und praktisch keinen Wind."

„Du bist also wahrhaftig drauf und dran, den Gipfel zu stürmen?"

Er rang nach Luft, bevor er antwortete. „Darauf kannst du wetten. Wenn das Wetter hält und alles nach Plan läuft, werde ich nach eurer Zeit um Mitternacht auf dem Gipfel sein."

„Du machst mir Angst, Bas. Die ganze Sache macht mir Angst."

„Ach, komm schon! Ich bin doch in den besten Händen. Wir haben einen Berg Sauerstoffbehälter dabei, eine Horde bärenstarker Sherpas, und der ganze Aufstieg ist mit Fixseilen gesichert. Man klinkt sich ein, und dann ist es der reinste Spaziergang."

„Trotzdem, es ist schließlich der Everest. Ich werde kein Auge zutun, bis ich dich wieder im Basislager weiß."

Wieder atmete er schwer. „Wie steht's mit der Publicity?"

„Bestens. Wir haben mit den Tageszeitungen doppelseitige Berichte vereinbart, die erscheinen, sobald du deine Fotos übermitteln kannst."

„Gut. Aber ich muss jetzt aufhören, Schatz. Hinter mir wartet eine ganze Schlange von Kletterern, die auch alle noch telefonieren wollen."

„Ich muss auch los. Ich bin in 45 Minuten auf Sendung. Pass gut auf dich auf, hörst du? Komm heil wieder nach Hause. Für mich."

„Ich liebe dich."

„Ich liebe dich auch." Josie hauchte einen Kuss durch die Leitung und legte auf.

Eilig packte sie ihren ledernen Aktenkoffer, und dann klingelte auch schon der Chauffeur, der sie jeden Morgen zum Studio fuhr, an der Haustür. Es war 5.15 Uhr.

Sie trat in die Kühle des frühen Morgens, wo die halb erfrorenen Pressefotografen auf dem Bürgersteig warteten. „Guten Morgen, meine Herren."

„Gibt es Neuigkeiten vom Everest?"

„Ja. Es sieht so aus, als ob Sebastian heute den Gipfel anstrebt."

„Wie fühlt er sich?"

„Er ist zuversichtlich und ruhig. Er fühlt sich der Herausforderung gewachsen, würde ich sagen."

„Sind Sie in Sorge um ihn?"

Sie lachte. „Tut mir Leid, mehr habe ich nicht zu sagen. Sie werden sich bis zum Abend gedulden müssen, dann werden wir sehen, wie es mit Sebastian weitergeht." Damit sprang sie in die Limousine und lehnte sich in den lederbezogenen Rücksitz.

HAL RIEB sich die Hände, um die Blutzirkulation anzuregen und wieder Gefühl in seine eisigen Fingerspitzen zu bekommen. „Als Nächstes werden wir uns einen Rutschblock schaffen, eine Art Lawinenzone im Miniaturformat, um zu prüfen, wie stabil die Schneedecke ist. Dadurch erhalten wir wichtige Informationen über die Wahrscheinlichkeit eines Lawinenabgangs."

Mit diesen Worten reichte er jedem seiner Kunden eine Aluminiumschaufel und zeigte ihnen, wie man einen Rutschblock mit einem vertikalen Schneeprofil grub. Sie brauchten einige Zeit, bis sie von allen vier Seiten einen hohen, rechteckigen Schneeblock aus dem Hang freigeschaufelt hatten.

„Gut. Jetzt haben wir einen Querschnitt der Schneeablagerungen der ganzen Saison vor uns." Hal wandte sich an eine Kundin. „Wendy, nehmen Sie diese Lawinensonde, und stecken Sie sie waagerecht in das Schneeprofil. Fangen Sie oben an, und arbeiten Sie sich abschnittsweise nach unten weiter. Sagen Sie uns, wenn Sie eine Veränderung spüren."

Wendy tat, was er ihr aufgetragen hatte.

„Auf diese Weise überprüfen Sie die Konsistenz der Schneedecke", erläuterte Hal. „Von oben, dem Neuschnee, bis zum Grund, wo der Schnee Wochen oder sogar Monate alt sein kann."

Als sie plötzlich auf größeren Widerstand stieß, hielt Wendy inne. „Hier kommt's mir härter vor. Fast wie Eis."

„Sehr gut. Wir stellen also fest, dass der Schnee Schichten bildet, die hart oder weich, manchmal auch körnig sein können. Starker Nachtfrost nach frischem Schneefall verursacht zum Beispiel eine harte, glatte Schicht wie die, auf die Sie soeben gestoßen sind. Diese Schicht bleibt den ganzen Winter über in der Schneedecke bestehen und bietet dem Gewicht, das sich darüber ablagert, wenig Haftmöglichkeit. Gehen Sie nun weiter nach unten, Wendy."

Sie fuhr fort, die Kunststoffsonde in die Wand zu bohren. „Hoppla! Hier ist der Schnee ganz weich."

Hal beugte sich hinab und erläuterte der Gruppe, was sie entdeckt hatte. „Sehen Sie das? Das kann möglicherweise tödlich sein. Nur etwa zwanzig Zentimeter über dem Boden befindet sich diese dünne Schicht Pulverschnee, große, rundkörnige Kristalle, locker geschichtet. Sie ist von Natur aus instabil. Und genau darunter liegt eine beinharte, windpolierte Eislamelle, die so glatt wie Glas ist. Das bedeutet, dass der Schneefall des gesamten Winters auf dem kristallinen Äquivalent eines Kugellagers ruht."

Er kletterte zu einem Standpunkt oberhalb des Rutschblocks. „Das ist der Härtetest, der die wahre Stabilität der Schneedecke beweisen wird." Er sprang, so hoch er konnte, um mit möglichst viel Gewicht auf dem freigegrabenen Schneequader zu landen.

Nichts passierte. Der Schnee hielt.

„Verdammt!" Auf seinem Hintern rutschte Hal den Hang hinunter; auf seinem Gesicht hatte sich ein sorgenvoller Ausdruck breit gemacht. „Das ist wirklich sonderbar. Ich bin eigentlich davon ausgegangen, dass sich im Block diese instabile Schicht lösen würde. Dies ist wahrhaftig der merkwürdigste Lawinenwinter, den ich je erlebt habe."

Er prüfte das Thermometer, das an seinem Rucksack festgebunden war. „Das ist die einzige Erklärung. Es hat immer noch vier Grad minus. Die Schichten sind fest aneinander gefroren."

„Was geschieht, wenn die Temperatur ansteigt?", wollte einer der Kunden wissen.

„Nun, die Lawinenvorhersage ist leider keine exakte Wissenschaft, so wie wir es gern hätten. Aber wenn der Temperaturanstieg schnell genug vonstatten ginge, könnte die fragile Schicht Pulverschnee an der Basis die gesamte Schneeablagerung des Winters auf einmal loslassen. Dadurch könnte sich eine so genannte Extremlawine ergeben."

„Was zum Teufel ist das denn?", fragte Rachel, deren Magen sich beim Anblick von Hals ernstem Gesichtsausdruck verkrampfte.

„Eine Extremlawine? Das ist, wenn an jedem Abhang, an dem auch nur die geringste Lawinengefahr besteht, tatsächlich eine Lawine abgeht – praktisch überall gleichzeitig. Das kann eine ganze Bergkette in weniger als zehn Minuten von ihrer gesamten Schneelast befreien. Ich selbst habe so was noch nie erlebt und will es auch gar nicht erleben. Dieser spezielle Fall ist 1873 das letzte Mal eingetreten."

Er warf einen Blick auf seine Armbanduhr. Er musste um die Mittagszeit in seinem Büro sein, um seinen Lawinenbericht an den lokalen Radiosender durchzugeben. „Gut, Leute. Das war's für heute Vormittag. Wir sehen uns nächste Woche um die gleiche Zeit wieder."

Während sich die Kunden entfernten, kniete Hal sich noch einmal hin und inspizierte erneut die labile Schicht in Bodennähe.

„Was denkst du?", fragte Rachel.

„Ich weiß nicht genau. Aber es gefällt mir überhaupt nicht. Ich werde vorsichtshalber Lawinenwarnstufe Gelb ausrufen."

Auf Skiern fuhren Hal und Rachel die etwa eineinhalb Kilometer zu der Straße hinunter, an der sie den Toyota geparkt hatten. Über Waldwege fuhren sie dann zu der Blockhütte, die Hal vor fünf Jahren eigenhändig erbaut hatte. Sie lag am Rande eines der hübschesten Täler der Chugach Mountains und besaß ein großes Panoramafenster, durch das man einen herrlichen Blick über die gesamte Bergkette hatte. An einem klaren Tag konnte man etwa 100 Kilometer weit blicken. Heute sah man jedoch nicht weiter, als man einen Schneeball werfen konnte. Als Rachel und Hal zu Hause ankamen, war das Schindeldach der Hütte bereits vom bislang heftigsten Niederschlag des Winters zugeschneit.

Rachel verschwand in der Dunkelkammer, um den Film zu entwickeln, während Hal geradewegs in sein Büro marschierte. Er setzte Kopfhörer auf, stellte die Direktverbindung zur Radiostation in Anchorage her und wartete auf die Stimme der Produktionsleiterin.

„Sind Sie das, Hal?"

„Ja, ich bin's, Angie. Wie geht's?"

„Die Sendung läuft gut. Sie sind in 20 Sekunden dran."

Hal beobachtete den Sekundenzeiger seiner Wanduhr, während die letzten Takte der Musik ausklangen. Dann hatte er Ben Owen, den Moderator, in der Leitung.

„Wir kommen nun zu unserem regelmäßigen Lawinenreport mit Hal Maher vom Lawinenwarndienst von Alaska. Hören Sie genau zu, wenn Sie für das kommende Wochenende einen Ausflug in die Berge planen. Guten Tag, Hal."

„Hallo, Ben. Einen Ausflug halte ich für keine gute Idee. Die vergangenen 72 Stunden haben uns über zwei Meter Neuschnee beschert, der auf einer reichlich zweifelhaften Unterlage liegt. Und als würde das nicht schon genügen, drängt auch noch eine ziemlich massive Hochdruckfront heran. Wenn sie uns wärmere Temperaturen bringt, müssen wir uns auf einige gewaltige Lawinen gefasst machen. Ich rufe hiermit Lawinenwarnstufe Gelb für den gesamten Bundesstaat aus."

„Werden wir jetzt Ihre berühmte Extremlawine erleben, Hal? Die ganz große, die Sie uns schon seit Jahren versprechen?"

Er zwang sich zu einem Lachen. „Ich hoffe nicht. Dieses Szenario gibt es Gott sei Dank nur einmal in 100 Jahren. Doch beim letzten Mal starben an einem Tag mehr als 200 Menschen."

„Eine gefährliche Sache. Also, liebe Hörer, Sie haben es vernommen: Lawinenalarm für den ganzen Staat. Nehmen Sie die Warnung ernst. Danke, Hal, wir hören morgen zur gleichen Zeit wieder von Ihnen."

„GUTEN Morgen", begrüßte die Empfangsdame Josie lächelnd.

„Hallo!" Sie hatte das prickelnde Gefühl, zu *Frühstücks-TV* zu gehören, noch nicht verloren. Vor allem, weil sie nur durch einen puren Zufall Teil dieser Welt geworden war. Jedes Mal wenn sie das Gebäude betrat, dachte sie daran, wie sie das erste Mal vor fünf Jahren durch diese Tür gekommen war. Damals war sie 22 gewesen, eine absolute Anfängerin als Reporterin, die nach einem Knüller lechzte und den mächtigen Sebastian Turner im Visier hatte. Gerade mal Ende 20, war dieser Shootingstar der Medienwelt immer eine Schlagzeile wert. Sie selbst allerdings war ein absoluter Niemand und musste bluffen, um sich an den Sicherheitswachen vorbei zur Empfangsdame vorzukämpfen.

„Ich möchte Mr Turner sprechen."

„Haben Sie denn einen Termin?"

„Nein, ich habe keinen, aber ich bin sicher, dass er mich empfangen möchte. Ich möchte einen biografischen Artikel über ihn schreiben."

„Haben Sie nicht letzte Woche schon sechsmal angerufen?"

Josie lächelte die Empfangsdame hoffnungsvoll an. „Ja, das bin ich."

„Ich fürchte, Mr Turner ist im Moment sehr beschäftigt."

Plötzlich stand ein Mann in schwarzlederner Motorradkluft neben Josie. Sie blickte in ein dunkles Augenpaar, das sie unter einer Fülle von verwuscheltem, sonnengebleichtem Haar hervor ansah.

„Ist das die Reporterin, von der Sie mir erzählt haben?", fragte Sebastian die Empfangsdame mit seinem amerikanischen Akzent. „Die, die sich zu einer wahren Landplage entwickelt hat?"

Josie lief dunkelrot an. „Ich weiß, dass Sie mich für eine Nervensäge halten müssen, aber ich will dieses Interview nun mal unbedingt."

Sebastian besah sich die junge Frau etwas näher. Sie hatte blonde, unbändige Locken und die straffe Figur einer Athletin. Ihre Augen besaßen die Farbe von Lapislazuli. Er hielt ihrem Blick stand und sah, wie sich ihre Mundwinkel zu einem anziehenden Lächeln hoben.

„Für welches Magazin arbeiten Sie?"

„Für *Neue Helden*."

„Nie davon gehört. Welche Auflage hat es?"

„Etwa 4000 pro Monat."

Sebastian runzelte die Stirn. „Habe ich das richtig verstanden? Sie belagern meine Tür für ein Magazin, das kaum ein Mensch liest?"

Josie nickte.

„Und Sie machen die Promi-Artikel?"

„Ja." Josie sah ihn mit ihrem gewinnendsten Lächeln an. „Na ja, im Moment wenigstens. Tatsache ist, dass das Magazin demnächst Pleite geht."

Sebastian lachte und sah auf seine Armbanduhr. „Also gut, 15 Minuten. Aber ich werde keine Fragen über mein Privatleben beantworten."

Josie hielt den Blickkontakt und versuchte, das Zittern in ihrer Stimme zu verbergen. „15 Minuten – aber ich darf Ihnen jede Frage stellen, die ich will."

Einen Moment lang hingen ihre Worte in der Luft, dann brach Sebastian in schallendes Gelächter aus. „Heiliger Strohsack, Sie wollen es wohl wirklich wissen! Wie heißen Sie?"

„Josie Cameron." Sie streckte ihm die Hand entgegen.

Er schüttelte sie und lachte immer noch, während er sie in sein Büro führte. „Was ist der Aufhänger Ihrer Geschichte?"

„Ich schreibe eine Artikelserie über ‚selbst gemachte Helden', Porträts von Leuten, die es trotz aller Widerstände bis an die Spitze geschafft haben. Ich will herausfinden, wer wirklich hinter dem öffentlichen Bild steht, das Sie zu vermitteln versuchen."

„Moment mal! Ich versuche kein öffentliches Bild von mir zu vermitteln. Ich wollte mein Gesicht niemals in den Zeitungen haben, es ist nur einfach so, dass es meist auf diese Weise endet."

Josie öffnete ihre Aktentasche, um eine Mappe mit Zeitungsausschnitten herauszunehmen. „Wie steht's dann damit? Sebastian Turner bei einer Premiere mit der für den Oscar nominierten Schauspielerin Miranda DeLane. Sebastian Turner, der auf einem Motorrad nackt für eine Frauenzeitschrift posiert. Oder hier: Sebastian Turner auf dem Gipfel des Eiger – das ist doch nicht alles Zufall, oder?"

Er schenkte ihr ein entwaffnendes Lächeln. „Ist das der springende Punkt für Sie? Ich bin doch nicht der einzige Mensch mit einem öffentlichen Profil, der ein Geschäft betreibt."

„Der springende Punkt ist, dass es etwa sechs verschiedene Persönlichkeiten gibt, die sich in diesen Pressemeldungen in den Vordergrund drängen: der Playboy, der Bergsteiger, der TV-Produzent, der Geschäftsmann. Doch wer sind Sie eigentlich wirklich?"

„Sie nehmen wahrhaftig kein Blatt vor den Mund."

„Nun, Sie haben doch gesagt, ich bekäme nur 15 Minuten."

Sebastian lehnte sich in seinem Sessel zurück. „In Ordnung, ich gebe mich geschlagen. Ich gehöre Ihnen. Sie können mich durchleuchten und meine Seele erforschen."

„Lassen Sie uns am Anfang beginnen. Wann sind Sie nach Großbritannien gekommen?"

„Vor acht Jahren. Ich bin mit 1500 Dollar und einem Rucksack, in dem sich meine Habseligkeiten befanden, hergekommen, um mit meinem Freund Mike ein paar Klettertouren in Schottland zu machen. Er ist heute mein Geschäftspartner. Als wir beide pleite waren, hielten wir nach einer Möglichkeit Ausschau, um zu ein bisschen Geld zu kommen. Da kam uns die Idee, eine Zeitschrift zu gründen. Es lag doch wirklich auf der Hand. Wir waren Teil einer Gemeinschaft von Leuten, die vom Klettern, Gleitschirmfliegen und anderen Extremsportarten besessen waren, aber es gab keine Zeitschrift auf dem Markt, die diese Themen behandelt hätte. Also überredete ich Mike, sich eine Kamera zu borgen. Dann haben wir einfach angefangen, Artikel über all diese Leute zu verfassen, die solche Sportarten betreiben. Mike war für die Fotos verantwortlich, ich für den Text."

„Wie haben Sie das alles finanziert?"

„Wir haben mit null Kapital angefangen, liehen uns die Computer für die Textverarbeitung, bekamen das Papier auf Kredit und versprachen dem Drucker das Blaue vom Himmel herunter. Von der ersten Ausgabe verkauften wir 3000 Exemplare, 10000 schon bei der zweiten, dann nahm uns ein großer Presseverlag unter seine Fittiche, und wir hatten es geschafft. In der Folge kamen Magazine über Mode, Fotografie und Reisen hinzu. Im Moment sind wir bei einem Jahresumsatz von über 100 Millionen Dollar angelangt."

Josie machte sich Notizen. „Und woher kam die Idee, sich um ein TV-Franchising zu bewerben?"

„Wir suchten nach Wegen, um unsere Bandbreite zu erweitern. Das Fernsehen schien uns der verlockendste Weg zu sein. Wir bewarben uns also um das Franchising. Und hier stehen wir heute: *Frühstücks-TV* läuft schon drei Monate und erzielt beste Quoten."

„Wir warten auf dich, Bas!", rief eine Assistentin durch die Tür.

„Sie hören es, Miss Cameron. Eine letzte Frage noch."

„Gut, gut!" Aufgeregt kämpfte Josie damit, sich zu konzentrieren. „Oh, jetzt weiß ich's! Wenn Sie einen Schlüsselmoment in Ihrem Leben nennen müssten, einen, der es völlig verändert hat – welcher wäre das?"

Sebastian dachte nach. „Ich würde sagen, als ich eines Tages eine Bergsteigerzeitschrift aufschlug, ein Foto vom Mount Everest sah und beschloss, ihn zu besteigen."

„Den Mount Everest besteigen? Einfach so?"

„Ja, ihn besteigen und mit einem Gleitschirm vom Gipfel fliegen. Vor ein paar Jahren hat das ein Japaner geschafft, aber bis heute konnte es ihm kein Amerikaner nachmachen."

Josie sah ihn an und war sich nicht sicher, ob er sie verulkte oder nicht. „Meinen Sie das ernst?"

„Klar. Warum nicht? Das ist die Mission meines Lebens. Jeder Mensch braucht eine. Ich denke an zwei Jahre Training an niedrigeren Gipfeln, und im dritten Jahr folgt dann der Everest."

„Was, glauben Sie, sagt diese Entscheidung über Sie aus?"

Er wandte sich ihr zu, und ihr fiel die Veränderung in seinem Gesicht auf. In seinen Augen war keine Spur von Humor mehr zu sehen. „Ich wage es, meinen Traum zu leben. Ich glaube, dass es kein Ziel gibt, das man nicht erreichen kann, wenn man es nur genügend will." Er sah sie direkt an. „Und wie steht's mit Ihnen, Josie? Wagen Sie es auch, Ihren Traum zu leben?"

Einen Moment ruhten ihre Augen ineinander, und Josie erkannte, dass sie unter seinem durchdringenden Blick nicht lügen konnte. „Ich würde gerne glauben, dass ich es könnte. Aber in meinem Leben gibt es keinen Everest, wenn Sie das meinen."

„Dann erzählen Sie mir von sich."

„Ich dachte, Sie müssten zu einer Besprechung?"

Sebastian griff zum Telefon und drückte auf drei Tasten. „Fangt schon mal ohne mich an. Ich komme nach." Dann lehnte er sich wieder in seinem Sessel zurück. „Nachdem ich mein Innerstes nach außen gekehrt habe, sind nun Sie an der Reihe."

HAL UND Rachel hatten sich zwei Jahre zuvor ebenfalls durch Zufall kennen gelernt, als Rachel für einen Auftrag nach Alaska geschickt worden war und dabei ständig über Hals Namen stolperte.

„Sie müssen den Kerl unbedingt mal treffen", hieß es. „In unseren Breitengraden gilt er als der Abenteurer schlechthin. Er bringt den Leuten das Gleitschirmfliegen bei, erklimmt jeden noch so hohen Gipfel, fährt Ski wie der Teufel und ist für den Lawinenwarndienst von Alaska tätig."

Es war die Geschichte mit den Lawinen, die Rachel am meisten interessierte. So hinterließ sie eine Nachricht auf Hals Anrufbeantworter. „Ich bin Fotografin und arbeite an einem Bildband über Alaska. Ich habe von Ihrer Arbeit beim Lawinenwarndienst gehört. Wenn es möglich wäre, würde ich gern einen Tag mit Ihnen verbringen, um einige Fotos zu machen. Bitte rufen Sie mich baldmöglichst zurück."

Hal meldete sich kurz darauf bei ihr und willigte ein, sie in der darauf folgenden Woche in einem Steakhaus im Zentrum von Anchorage zu treffen. „Wie erkenne ich Sie?", fragte er.

„Ich werde nach Walrossfett stinken."

„Wie bitte?"

„Ich fliege morgen rauf nach Barrow, um dort eine traditionelle Walrossjagd der Inuit zu fotografieren."

„Manche Leute haben nur Glück im Leben."

Für ihr Treffen verspätete sich Rachel und überhäufte Hal mit einem Schwall von Entschuldigungen. Um ihren Hals hing eine verschrammte Kamera. Sie war ein dunkler Typ, hübscher und jünger, als Hal sie sich ihrer Stimme am Telefon nach vorgestellt hatte.

„Ich bin eben erst aus dem Norden zurückgekehrt", erzählte sie. „Fünf Stunden Flug. Nach diesem Auftrag wird mein Hintern die Form eines Flugzeugsitzes haben."

„Touristenklasse oder Businessclass?"

Sie lachte und streckte Hal die Hand entgegen. Zu ihrer Überraschung hob er sie an die Nase und sog ihren Geruch ein.

„Sie hatten Unrecht wegen des Walrossfetts. Es sei denn, Walrosse werden neuerdings in Chanel Nummer 5 mariniert."

„Sie sind offensichtlich eine vom Aussterben bedrohte Spezies, Hal – ein Mann aus Alaska mit Humor. Wenn Sie's denn unbedingt wissen wollen: Ich habe es gerade noch geschafft, unter die Dusche zu springen."

„Wie war die Jagd?"

„Unglaublich! Ich habe schon öfter in Kriegsgebieten gearbeitet, und es war in etwa vergleichbar. Dieser abgebrühte Umgang mit dem Tod – es ist erschreckend, wie normal er wird, wenn man sich erst mal dran gewöhnt hat."

„Dürfte ich was von Ihrer Arbeit sehen?"

„Aber gern." Rachel zog ein kleines Fotoalbum aus ihrer Tasche.

Sie bestellten das Essen, und Rachel beobachtete Hal, während er ihre Schwarz-Weiß-Aufnahmen begutachtete. In ihrer vorgefassten Meinung hatte sie sich diesen Mann der Berge mit einem Bart und einem Blick, der 1000 Kilometer weit reichte, vorgestellt. Tatsächlich aber war er glatt rasiert, besaß ein markantes, intelligentes Gesicht und volles, drahtiges braunes Haar. Er war attraktiv, gestand sie sich ein, wirklich attraktiv. Ein Schauer durchlief sie, als sich seine blauen Augen wieder auf sie richteten.

„Die Fotos sind hervorragend", lobte er. „Ich verstehe, warum man Sie mit diesem Auftrag betraut hat."

Er hatte etwa die Hälfte seines Steaks verspeist, als er sich in Rachel verliebte. Was ihn am allermeisten gefangen nahm, waren ihre Augen. Sie waren dunkelbraun und wiesen winzige honigfarbene Sprenkel in der Pupille auf. Sie schienen ihn ständig zu necken, was ihn völlig entwaffnete, und besaßen eine glitzernde Intensität, der er sich nicht entziehen konnte.

„Hätten Sie denn was dagegen, wenn ich Sie einen Tag lang begleiten würde?", fragte sie.

Eine Woche. Einen Monat. Ein Leben. Warum eine zeitliche Grenze setzen?, hätte Hal am liebsten entgegnet. „Woran hatten Sie denn gedacht?"

„An was optisch Anschauliches. Was Dynamisches."

„Nun, einen Teil unserer Arbeit erledigen wir per Helikopter. Das könnte interessant für Sie sein. Wir fliegen über bekanntermaßen lawinengefährdete Abhänge und sprengen die Schneedecke ab, bevor sie dick genug wird, um eine zerstörerische Kraft zu entwickeln."

So begleitete Rachel Hal bei seinem nächsten Einsatz. Und bei seinem übernächsten. Er genoss ihre Gegenwart so sehr, dass er schon bald die Tage als leer empfand, an denen sie unterwegs war, um an anderen Orten zu fotografieren.

Der Winter wich dem Frühjahr, und das Tauwetter setzte der Lawinensaison ein Ende.

„Was werden Sie jetzt machen?", wollte Rachel von Hal wissen.

„Im Sommer? Alles Mögliche. Ich nehme Jobs als Bergführer an, und manchmal gebe ich oben in den Bergen Kurse für Gleitschirmflieger. Aber dieses Jahr scheint es recht ruhig zu werden."

„Wie wär's, wenn Sie mich zu einem weiteren Fotoshooting einladen würden? Mir fehlt für mein Buch immer noch ein Bär. Genau gesagt eine Bärin in freier Wildbahn mit ihren Jungen."

Mit einem Mal verlegen, betrachtete Hal seine Hände. „Na ja, ich könnte Sie zu ein paar Stellen bringen, wenn Sie möchten. Ich weiß, wo Bären zu finden sind."

Rachel lächelte. „Das wäre traumhaft!"

Sobald das Eis auf dem Evans River breit genug aufgebrochen war, um mit einem Kajak hindurchfahren zu können, lud Hal sie zu einem Tagesausflug den Fluss hinunter ein. Es war ein kristallklarer Tag, und die Sonnenstrahlen schienen so kräftig durch das Wasser, dass Rachel den felsigen Grund erblicken konnte. Zur Mittagszeit entfachten sie am Ufer ein Lagerfeuer und brieten in einer Pfanne arktische Äschen, die Hal dutzendweise aus dem Fluss gefischt hatte.

Nebeneinander saßen sie in der Frühlingssonne und genossen die Stille der Wildnis.

„Ich könnte mich in dieses Land verlieben", sagte Rachel leise.

„Das haben Sie schon."

„Ja, aber leider ist es bald vorüber."

Überrascht sah Hal sie an. „Ich dachte, Sie hätten noch eine Menge Arbeit an dem Buch."

„Habe ich auch. Tatsache ist, dass ich noch nicht mal angefangen habe, den Text zu schreiben. Aber das muss ich zu Hause in Seattle erledigen. Ich habe kein Geld mehr, um meinen Aufenthalt hier noch länger zu finanzieren. Zwar hat mir der Verlag einen Vorschuss gezahlt, aber der reicht ja nicht ewig. Ich muss also wieder freiberufliche Agenturarbeit annehmen, während ich an dem Text schreibe – für Nachrichtenmagazine, auf Hochzeiten, bei Gericht und dergleichen. Aber eigentlich ist das im Moment das Letzte, was ich möchte." Sie warf ein Steinchen auf die glatte Wasseroberfläche hinaus und beobachtete, wie sich die konzentrischen Kreise ausbreiteten und schließlich verebbten. „Glauben Sie immer noch, dass wir auf Bären stoßen?", fragte sie Hal lächelnd.

„Hier nicht. Der Geruch des Lagerfeuers macht sie argwöhnisch."

Nach dem Mittagessen ließen sie sich mit der Strömung treiben. Sie sahen einen Nerz mit geschmeidiger Eleganz über einen von Flechten überzogenen Ast huschen, der übers Wasser hing. Kurze Zeit später hörten sie den typischen Alarmschlag eines Bibers, bevor er abtauchte.

Und plötzlich, während sie lautlos dahintrieben, entdeckten sie eine Bärenmutter mit zwei Jungen, die zum Ufer gekommen waren, um zu trinken und zu baden. Rachel und Hal konnten die Schwarzbären aus der Nähe beobachten, während die Jungen im seichten Wasser verspielt miteinander rangelten und dafür von ihrer Mutter einen sanften Prankenschlag einstecken mussten. Anschließend schüttelten sie sich das Wasser aus dem Fell und verschmolzen mit den dunklen Schatten des Waldes.

Rachel ließ die Kamera sinken und wandte sich mit weit geöffneten Augen zu Hal. „Das war …" Sie rang um Worte. „Das war ein Moment, wie es ihn nur in Alaska geben kann."

„Ist doch ganz alltäglich." Lässig zuckte er mit den Schultern. Doch auch sein Gesicht hatte sich vor Aufregung gerötet. „Haben Sie sie erwischt?"

„Und ob! Das werden die tollsten Bilder, die ich geschossen habe, seit ich hier bin."

„Das freut mich."

Durchdringend sah Rachel ihn an. Eine Sekunde lang dachte Hal, sie würde sich nach vorne beugen und ihn küssen. „Ich bin schrecklich gern hier", sagte sie stattdessen. „Und ich will nicht, dass es zu Ende geht."

„DANN fangen Sie mal von vorn an", hatte Sebastian Josie bei ihrem ersten Zusammentreffen im Studio von *Frühstücks-TV* aufgefordert. „Wo sind Sie aufgewachsen?"

Sie atmete tief durch, um ihre Nerven zu beruhigen. Das Ganze lief völlig anders, als sie es sich vorgestellt hatte – jetzt wurde sie von Sebastian Turner interviewt. Zögernd begann sie. „Im Norden Englands, in Durham. Mein Vater war der Trainer der Rudermannschaft an der dortigen Universität."

„Und Ihre Mutter?"

„Sie verließ meinen Vater, als ich noch ziemlich klein war. Sie lebt seit zwölf Jahren in Buenos Aires. Ich sehe sie selten."

„Und der große, alles verändernde Moment in Ihrem Leben?"

Eine peinliche Pause entstand. Josie sah Sebastian abschätzend an. Was hatte er an sich, dass sie ihm instinktiv vertraute? Sie holte noch einmal tief Luft. „Als ich 18 war, beging mein Vater Selbstmord. Das hat für mich so ziemlich alles verändert."

Mitfühlend runzelte Sebastian die Stirn. „Das ist natürlich ein Schlag. Hatten Sie vermutet, dass er was Derartiges vorhatte?"

„Nein. Es war ein absoluter Schock. Ich wusste, dass er manchmal zu Depressionen neigte, seit meine Mutter gegangen war, aber doch nicht in diesem Maß."

„Hatten Sie ein gutes Verhältnis zu ihm?"

„Ich habe ihn angebetet. Nachdem meine Mutter ihn verlassen hatte, waren wir beide ein Team."

„Sein Tod muss Ihr Leben völlig aus der Bahn geworfen haben."

„Ja, das tat er. Bis zu diesem Zeitpunkt hatte es klar vor mir gelegen. Ich hatte einen Studienplatz für Sportpsychologie in der Tasche, aber nachdem das passiert war, habe ich es kein Jahr ausgehalten. Alles erschien mir so sinnlos. Also bin ich durch die Welt getingelt. Dann fand ich mich plötzlich zurück in England wieder und fragte mich, wie es mit mir weitergehen sollte."

„Wie bekamen Sie die Chance, bei *Neue Helden* mitzuarbeiten?"

Josies Augen leuchteten auf. „Das war wirklich ein großer Moment! Ich habe in einer Lokalzeitung eine Annonce entdeckt und mich vorgestellt. Bald fand ich heraus, dass es mir Spaß macht, Menschen zu interviewen und über sie zu schreiben."

„Aber Sie erwähnten vorhin, das Magazin sei gerade dabei, den Bach runterzugehen?"

„Ja, vermutlich wird es eingestellt. Leider. Ich habe mich gerade daran gewöhnt, irgendwohin zu gehören." Josie verstummte, da ihr bewusst wurde, viel mehr preisgegeben zu haben, als sie beabsichtigt hatte.

Sebastian schien über etwas nachzudenken. Schließlich fragte er: „Haben Sie je daran gedacht, fürs Fernsehen zu arbeiten?"

Josie spürte, wie sich in ihrem Hals vor Aufregung ein dicker Kloß bildete. „Höchstens in meinen Träumen."

„Wir suchen seit einer Weile nach einem Mitarbeiter für die Showbusiness-Redaktion. Sie müssten geeignete Gäste vorschlagen, sie zu einem Auftritt in der Sendung einladen und mit ihnen die Gesprächsthemen vorbereiten."

„Jetzt weiß ich wirklich nicht, was ich sagen soll."

„Sagen Sie einfach Ja oder Nein."

Josie lief dunkelrot an. „Nun … ja!"

Und das war der Anfang.

NACH dem Ausflug auf dem Evans River hatte Hal Rachel zum ersten Mal in seine Blockhütte eingeladen.

Sie genoss es, an seiner Seite das Haus zu erkunden, vor den Fotos stehen zu bleiben, die auf seinen Expeditionen aufgenommen worden waren und überall an den Wänden hingen. Und der Blick aus dem Panoramafenster im Wohnzimmer raubte ihr schlichtweg den Atem. Aber auch die Teppiche aus Afghanistan oder dem Iran, die hier und dort auf den hölzernen Fußbodendielen lagen, gefielen ihr.

„Und das ist mein Büro." Hal führte sie in den kleinsten und unaufgeräumtesten Raum des Hauses. Die Regale waren mit Büchern über Lawinenforschung voll gestopft, und auf dem Schreibtisch thronten ein betriebsstarker Computer und ein Funkgerät, das Hal als Verbindung zu den vielen Überwachungsstationen diente.

„Schreiben Sie manchmal auch über Ihre Lawinenarbeit?", erkundigte sich Rachel.

„Noch nicht, aber ich spiele mit dem Gedanken, es irgendwann mal zu tun. Da klafft eine recht offensichtliche Marktlücke bei populärwissenschaftlichen Veröffentlichungen zum Thema Lawinenvermeidung und Rettung von Lawinenopfern. Ich habe die Absicht, ein Exposé zu erstellen und mich an einen Verlag zu wenden."

„He, dann könnte ich ja die Fotos machen! Das wäre eine prima Möglichkeit, noch etwas in Alaska zu bleiben und …" Rachel biss sich auf die Lippen.

„Ja." Hal grinste. „Das wäre eine Möglichkeit."

„Dann müssten Sie mich aber auch zu echten Rettungseinsätzen mitnehmen. Und dann möchte ich auch richtig schaurige Lawinenfotos schießen."

„Wir werden sehen. Der Gedanke geht mir schon seit Jahren durch den Kopf, deswegen glaube ich nicht, dass ich ihn jetzt so hopplahopp in die Tat umsetzen werde."

„Was ist das?" Rachel griff nach einer Hand voll Steinchen, die in einer Schale neben dem Computer lagen.

„Nur ein paar Erinnerungsstücke. Souvenirs von einer Bergbesteigung."

„Ach ja, stimmt! Ich habe schon von mehreren Leuten gehört, dass Sie auch Bergsteiger sind. Also, woher stammen die?"

„Vom Everest."

„Sie waren auf dem Everest?"

„Ja. Eine Zeit lang war das meine hauptsächliche Einkommensquelle. Aber jetzt führe ich keine Everest-Touren mehr. Ich ..., ich habe mich in dieser Hinsicht zur Ruhe gesetzt."

Damit wandte Hal sich ab, um in die Küche zu gehen, aber Rachel stellte sich ihm in den Weg, entschlossen, dieses Thema noch nicht fallen zu lassen.

„Wie hoch sind Sie gekommen?"

„8848 Meter."

„Und wie hoch ist der Berg?"

„8848 Meter."

„Das gibt's nicht! Sie haben auf dem Gipfel des Mount Everest gestanden? Das ist ja umwerfend! Wie oft waren Sie denn dort?"

„Es waren sechs Expeditionen, und viermal war ich auf dem Gipfel."

„Und wie viele Leute haben Sie auf den Gipfel geführt?"

„35."

„Das ist unglaublich! Hört sich nach einem Erfolgsunternehmen an."

„War es auch. Aber dann habe ich einen meiner Kunden verloren."

Rachel konnte nicht verhindern, dass sich der Schrecken in ihrem Gesicht abzeichnete. „Einer Ihrer Kunden ist umgekommen?"

Hal zog eine Reißzwecke aus einem Foto an der Pinnwand und gab es ihr. Es zeigte einen einzelnen Bergsteiger vor seinem Zelt. „Sein Name war Alex. Ein wirklich netter Kerl. Sein Tod war das schlimmste Erlebnis meiner gesamten Laufbahn als Bergführer. Ich mache mir immer noch Vorwürfe deswegen. Er rutschte auf einem steilen Eisstück aus, von dem ich annahm, dass er es schaffen würde. Nach seinem Tod konnte und könnte ich es nicht ertragen, dorthin zurückzukehren. Auf dem Everest gibt es für mich zu viele Gespenster."

Rachel sah ihm fest in die Augen. „Werden Sie mir eines Tages mehr darüber erzählen?"

„Bestimmt." Hal nahm all seinen Mut zusammen, um ihr eine Frage zu stellen, über die er schon den ganzen Tag nachgedacht hatte. „Wie lang, glauben Sie, werden Sie brauchen, um Ihr Buch zu schreiben?"

„Mein Abgabetermin ist Weihnachten. Das heißt, ich habe noch ungefähr sechs Monate.“

„Bleiben Sie doch hier, wenn Sie wollen. Ich muss diesen Sommer noch einen Monat mit einer Trekkingtour nach Südamerika, dann hätten Sie genügend Platz und Ruhe. Und hinterher …, na ja, dann sehen wir, wie's weitergeht.“

Rachel war von dem Vorschlag begeistert, ihre Augen leuchteten vor Aufregung. „Meinen Sie das ernst?“

„Natürlich.“

Sie hob ihre Hand, um seine Wange zu streicheln. „Ich wollte dich so gern küssen, als wir heute auf dem Fluss unterwegs waren, aber ich habe mich nicht getraut.“

Hal nahm sie in die Arme. „Traust du dich jetzt?“

„Und ob. Plötzlich habe ich das Gefühl, sehr, sehr mutig zu sein.“

2

Innerhalb der Hierarchie von *Frühstücks-TV* legte Josie einen meteorhaften Aufstieg hin. Sie begann als Redakteurin, wurde dann Produktionsleiterin und war innerhalb von drei Jahren zur Moderatorin der Sendung aufgestiegen. Mit derselben atemberaubenden Geschwindigkeit hatte sich ihre Beziehung zu Sebastian entwickelt, die mit nicht enden wollenden Nächten in den Bars von Soho begann und schließlich weniger als ein Jahr, nachdem sie sich kennen gelernt hatten, in ihre Hochzeit am Strand einer Bahamainsel mündete.

Vom glücklichsten Tag ihres Lebens hatte Josie ein Foto neben den Spiegel in ihrer Garderobe geheftet. Gleich daneben stand ein goldener Pokal. *Times*-Fernsehmoderatorin des Jahres. Abergläubisch strich Josie vor jeder Sendung darüber. Heute streichelte sie ihn gleich zweimal – einmal zusätzlich für Sebastian.

Sie verließ ihre Garderobe und ging den Korridor in Richtung Studio hinunter. Bewusst genoss sie den vertrauten, fast elektrisch anmutenden Adrenalinstoß, der sie durchfuhr, als sie unter den Beleuchtungsschienen hindurchschritt, während tausende von Watt sie blendeten, bis sich ihre Augen daran gewöhnt hatten. „Wenn du dieses Lampenfieber eines Tages nicht mehr verspürst“, hatte Sebastian am Anfang ihrer Karriere zu ihr gesagt, „dann ist es Zeit aufzuhören.“

Über die Studiomonitore ertönte nun die vertraute Titelmelodie. Während die letzten Akkorde verklangen, begann das rote Licht oben an Kamera eins zu flackern. Josie sah geradewegs in die Linse und trug ihr bestes frühmorgendliches Lächeln zur Schau, während sie einige Begrüßungsworte in die Kamera sprach.

Als Moderatorin war sie geistreich und hatte Talent für ein keckes, schlagfertiges Wortgeplänkel, wodurch sie sogar den Gesprächen mit den seriösesten Gästen einen gewissen Witz verlieh. Als sie die drei Stunden der Liveübertragung heute erfolgreich hinter sich gebracht hatte, beendete sie die Sendung mit einem strahlenden Lächeln.

Während sie den Set verließ, rief ihr eine Produktionsassistentin zu: „Sie möchten bitte in Mikes Büro kommen!"

Josies Stimmung sank augenblicklich. Ein Gespräch mit Mike genügte stets, um ihr das Hochgefühl nach der Sendung zu rauben. Selten ging es bei diesen Unterredungen um angenehme Nachrichten.

Mit dem Aufzug fuhr sie zu Mikes bombastisch gestaltetem Büro im vierten Stock hinauf. Schon jetzt war der Raum vom bitteren Geruch einer Frühstückszigarre erfüllt.

Mike war stets tadellos gepflegt und wies jene Art von ganzjähriger Bräune auf, die nur von der Sonnenbank stammen konnte. Seine Augen hinter der eleganten Goldrandbrille hatten etwas Adlerartiges, Taxierendes an sich und studierten die Ausgabe eines Branchenmagazins. Er hatte sein Sakko abgelegt und stellte karierte Hosenträger sowie eine Krawatte mit Disney-Figuren zur Schau, die wohl beide ausdrücken sollten: Seht her, ich bin doch wirklich ein umgänglicher Typ!

Tatsächlich aber war er das keineswegs, wie Josie sehr wohl wusste. Es war im Gegenteil sogar so: Je schneller das Unternehmen gewachsen war, desto weniger umgänglich war Mike geworden. In seinem Verantwortungsbereich lag es, Werbekunden aufzutreiben, die das Lebenselixier der Sendung darstellten. Daraus folgte, dass seine Aufmerksamkeit stets den Einschaltquoten galt.

„Sieh dir das an." Er schob Josie das Magazin zu. „Letzte Woche haben wir gegenüber der BBC zwei Prozentpunkte verloren. Unsere Spitzenzuschauerzahl lag bei 3,2 Millionen, das war am Dienstag, als wir die Liveschaltung zu Sebastian hatten. Sie ist am Donnerstag bei diesem Mode-Special gesunken. Josie, ich muss dir leider sagen, dass du die Sache in letzter Zeit etwas schleifen lässt."

„Danke, Mike, du verstehst es wirklich, einen so richtig aufzubauen."

„Sei nicht gleich eingeschnappt. Wir wissen doch alle, was du kannst, wenn du wirklich dein Bestes gibst. Du kannst die Mattscheibe strahlen lassen. Was ist nur los mit dir?“

„Es hilft nicht gerade, Sebastian auf dem Everest zu wissen.“

„Lass dir doch wegen Sebastian keine grauen Haare wachsen. Er hat da oben den größten Spaß seines Lebens. Und jedes Mal wenn wir einen Bericht über den Fortgang der Expedition bringen, schnellen die Einschaltquoten in die Höhe. Wir sind bestens auf die Party heute Nacht vorbereitet. Ich habe alle unsere großen Werbekunden eingeladen, die Produzenten sowie einige Hauptakteure der Regulierungsbehörde für kommerzielles Fernsehen. Es wird ein Riesenspektakel, und die Presse wird aus dem Häuschen geraten, wenn Sebastian den Gipfel stürmt.“

„Fantastisch. Das wird ihn unendlich freuen.“

„Sei um 21.30 Uhr hier. Und sei so nett und zieh einen kurzen Rock an, okay? Lass die Chance nicht verstreichen, unsere männlichen Zuschauer daran zu erinnern, was für tolle Beine du hast!“

Josie drehte sich um und führte die Hand in einem gespielten militärischen Gruß an die Stirn. „Jawohl, Sir!“ Doch ihr geflüstertes „Vollidiot“, das sie im Weggehen leise ausstieß, hörte Mike nicht.

SCHON sehr früh hatte Josie erkannt, dass es sinnlos war, gegen Sebastians Fixierung auf die Everest-Expedition zu kämpfen. Sie konnte sehen, dass dies mit einer leidenschaftlichen Liebe zu vergleichen war. Manchmal war sie sogar richtig eifersüchtig. Sebastian hatte den Berg vor Augen, wenn er Morgen für Morgen Gewichte stemmte. Er dachte an ihn, wenn er am Wochenende mit einem 25 Kilo schweren Rucksack stundenlange Wanderungen unternahm. Und er hatte den Everest im Sinn, wenn er sämtliche Berichte über frühere Expeditionen verschlang.

„Ist dir schon mal die Idee gekommen, dass das eine Art von Besessenheit sein könnte?“, hatte Josie ihn einmal gefragt.

Er hatte ernsthaft darüber nachgedacht. „Nein, ich bin nicht besessen. Ich würde eher sagen, ich habe mich dem Berg verschrieben.“

Er betrieb intensive Recherchen, um einen geeigneten Führer ausfindig zu machen. Zwei Namen tauchten dabei immer wieder auf: Rick Fielding, der das Expeditionsunternehmen *Abenteuer Himalaja* führte, und Hal Maher, dessen Firma sich *Bergauf* nannte. Wie Sebastian hörte, waren die beiden zudem eng miteinander befreundet.

Er war ganz versessen darauf, mit Maher ins Gespräch zu kommen, vor allem weil dieser selbst ein qualifizierter Gleitschirmflieger war.

Aber er lehnte Sebastians Anfrage mit dem Hinweis ab, dass er keine Everest-Expeditionen mehr führe. Fielding hingegen war ganz erpicht darauf, Sebastian als Kunden zu gewinnen, da er wusste, dass dieser eine gute Werbung für seine Firma sein würde.

Rick Fielding war ein abenteuerlich aussehender Mann mit einer schulterlangen goldblonden Mähne und rastlosen blauen Augen. Er flog extra nach London, um Sebastian darüber aufzuklären, was dieser tun musste, um eine Chance zu haben.

„Wie ernst ist es Ihnen mit dem Gleitschirmflug vom Gipfel?“, erkundigte sich Rick.

„Sehr ernst. Meine Teilnahme an der Expedition soll die größtmögliche Publicity zur Folge haben, und vom Gipfel runterzufliegen ist dafür die beste Garantie.“

„Ein Punkt macht mir dabei allerdings Sorgen: Wie zum Teufel wollen Sie eine ausreichende Startgeschwindigkeit erlangen, wenn Sie so hoch oben sind?“, wollte Rick wissen. „Denn das sage ich Ihnen gleich, auf einer Höhe von über 8800 Metern haben Sie keine Puste mehr, um Anlauf zu nehmen.“

Sebastian steckte eine Videokassette in ein bereitstehendes Gerät. „Sehen Sie sich das an. Das ist ein Dokumentarfilm von einem Japaner, der eine Lösung für genau dieses Problem gefunden hat. Er startet von knapp unterhalb des Gipfels.“

Interessiert beobachtete Rick den japanischen Bergsteiger, der methodisch den Stoffschirm des Paragliders entfaltete und ihn auf dem Eis ausbreitete. Anschließend überprüfte er die Leinen, dann schnallte er sich in das Sitzgeschirr und schob sich auf dem Hinterteil an die Kante des steil vor ihm abfallenden Abhangs heran.

„Macht er jetzt tatsächlich das, von dem ich glaube, dass er es gleich macht?“, fragte Rick ungläubig.

„Schauen Sie einfach hin.“

Der Japaner hob die Beine hoch und rutschte mit rasant zunehmender Geschwindigkeit etwa 50 Meter auf dem Hintern dahin. Der Schirm des Paragliders schleifte hinter ihm her und bauschte sich immer weiter auf, je mehr Luft er einfing. Knapp vor dem todbringenden, 3000 Meter tiefen Sturz füllte sich der Nylonschirm prall mit Luft und begann zu steigen. Binnen Sekunden schwebte der Japaner ruhig und stabil über den Abgrund hinaus und flog dem Landeplatz tief unter sich entgegen.

„Genau diese Technik will ich auch anwenden“, erklärte Sebastian.

„Ich habe sie schon öfter in den Alpen ausprobiert, sie ist gar nicht so tödlich, wie sie aussieht. Man muss nur eine genügend hohe Geschwindigkeit erreichen, und der Schirm öffnet sich. Er muss es praktisch."

„Na ja, dieses Abenteuer überlasse ich trotzdem lieber Ihnen. Auf jeden Fall werde ich die Entscheidung treffen, ob Sie es versuchen oder nicht. Wenn ich der Meinung bin, dass der Wind nicht stark genug ist, werde ich Sie nicht fliegen lassen. Dann müssen Sie mit dem Rest von uns absteigen."

Sebastian lächelte. „Es ist nicht meine Absicht, mein Leben leichtfertig aufs Spiel zu setzen."

Daraufhin stellte Rick einen detaillierten Trainingsplan auf. Sebastian zahlte 40 000 Dollar, um an vorbereitenden Klettertouren in Argentinien, Alaska und Nepal teilzunehmen – es waren kurze, dreiwöchige Expeditionen, von der eine so aufreibend und kräftezehrend wie die andere war. Zusammen mit anderen Everest-Fanatikern lernte Sebastian auf 7000 Metern die Atmung zu kontrollieren, mit Temperaturen bis zu minus 40 Grad zurechtzukommen und bei Windstärke zehn ein Kuppelzelt aufzuschlagen.

Schließlich war die letzte Trainingsexpedition vorüber und Sebastian bereit. Er schrieb einen Scheck über 50 000 Dollar aus und schickte ihn an *Abenteuer Himalaja* nach Vancouver.

„Das war's." Voller Vorfreude lächelte er. „In vier Monaten stehe ich auf dem Dach der Welt."

Josie lächelte zurück, konnte aber nicht umhin, tief in ihrem Inneren einen winzigen Knoten nackter Angst zu verspüren.

„Ich liebe dich", versicherte Sebastian ihr, als sie sich am Flughafen in Gatwick verabschiedeten. „Und ich komme heil zurück."

AN DIESEM Abend versammelten sich im fünften Stock des Studios von *Frühstücks-TV* mehr als hundert Gäste, um Sebastians Ankunft auf dem Gipfel des Everest zu feiern.

Um 22 Uhr drängte Mike Josie auf das Podium. „Meine Damen und Herren! Ich heiße Sie im Studio von *Frühstücks-TV* zu einer Nacht willkommen, die sich als denkwürdig erweisen wird. Wie Sie alle wissen, befindet sich Sebastian Turner derzeit auf der letzten Etappe seines Gipfelsturms, und wir alle hoffen, in Kürze die Bestätigung zu erhalten, dass er den höchsten Punkt der Erde erklommen hat. Wenn er dort angekommen ist, werden wir Funkkontakt herstellen, damit wir direkt mit ihm sprechen können."

Einer der Journalisten hob die Hand. „Josie, was empfinden Sie, seit sich Sebastian der Expedition angeschlossen hat?"

„Ich freue mich für ihn. Seit seiner Kindheit ist der Berg ein Teil von ihm, und nun hat er endlich die Möglichkeit, ihn zu besteigen. Es ist wie ein Traum, der Wirklichkeit geworden ist."

„Die Statistik besagt, dass von sechs Menschen, die den Gipfel in Angriff nehmen, einer umkommt."

„Sebastian wird nicht scheitern", erklärte Josie mit fester Stimme. „Egal, wie anstrengend es da oben auch werden mag, er wird nicht aufgeben. Ich glaube nicht, dass er jemals in seinem Leben einer Herausforderung aus dem Weg gegangen ist. Sicherlich ist es unglaublich schwer, aber das braucht er. Sebastian erlebt heute gewiss den größten Tag seines Lebens."

In 13000 Kilometer Entfernung, auf den höchsten Flanken des Südostgrates, aber immer noch zwei Stunden vom Ziel entfernt, krümmte sich Sebastian über seinen Eispickel und erbrach den größten Teil eines halben Liters Flüssigkeit in den Schnee. Er rang um Atem, sog den Sauerstoff mit ruckartigen, verkrampften Zügen in seine Lungen, und in seinem Kopf hämmerte ein quälender Schmerz.

Vor und hinter ihm befanden sich die restlichen Teammitglieder, die sich entlang der Fixseile vorankämpften und in ihren eigenen Albträumen gefangen waren – darunter ein Reedereibesitzer aus Hongkong, ein Mailänder Textilfabrikant und eine mexikanische Millionenerbin. Es waren Menschen von allen Kontinenten, die zwei Dinge gemeinsam hatten: Jeder träumte davon, auf dem Gipfel des Everest zu stehen, und jeder hatte 50000 Dollar flüssig gehabt, um sich diesen Traum zu erfüllen.

Doch die Kameradschaft, die sich in den letzten zwei Monaten während der früheren Stadien der Expedition zwischen ihnen entwickelt hatte, war nun verflogen. Es gab keine Unterhaltung, kein aufmunterndes Schulterklopfen mehr, nur noch wankende Gestalten hinter vereisten Gletscherbrillen und Sauerstoffmasken, die eigenartig klingende Ächzlaute von sich gaben.

Verschwommen erkannte Sebastian den Kletterer vor sich. Es war Rick Fielding, der Leiter des Teams.

„Gib jetzt nicht auf!" Ricks Worte klangen durch die Sauerstoffmaske gedämpft zu ihm herüber. „Gib dein Letztes, Bas! Du hast es in dir. Du musst nur wollen."

Sebastian nickte, fühlte tatsächlich neue Kraft in sich aufsteigen.

„Komm weiter." Rick sah nach oben, um ein Ziel zu suchen, an dem sich Sebastian orientieren konnte. Ungefähr 30 Meter den Grat hinauf entdeckte er einen weggeworfenen schwarzen Zylinder. „Bis zu der Sauerstoffflasche, okay? Dann machen wir eine Pause."

Rick drehte sich um und begann weiterzusteigen, wobei er die vorderen Zacken seiner Steigeisen in das Eis schlug, da der Grat jetzt steiler wurde und eine Reihe von Eisstufen vor ihnen lag. Sebastian schlug seine Füße hinter ihm in die Tritte und verbot sich, den Schmerz zu spüren, der durch seine gefrorenen Zehen schoss, wenn sie mit jedem Schritt in die engen Spitzen seiner Plastikstiefel gerammt wurden.

Steigeisen einschlagen. Atmen. Sebastians Lungen schmerzten, wenn der eiskalte Sauerstoff aus dem vereisten Zylinder einströmte. Einschlagen. Atmen und atmen. Ein Muskelkrampf zerrte an seinen Oberschenkeln. Einschlagen. Plötzlich splitterte ein kleiner hohler Eisblock unter seinen Eisen. Sebastian stolperte und hatte für den Bruchteil einer Sekunde keinen festen Halt mehr unter den Füßen. Doch sofort spürte er, wie das Seil sich straffte, das an seinem Klettergurt befestigt war, denn Rick reagierte augenblicklich auf sein Taumeln und fing ihn ab.

Atmen. Atmen. Atmen. Sebastian entdeckte einen sichereren Standplatz und schlug seine Steigeisen erneut ein, bevor er sich mit dem Eispickel stöhnend nach oben zog und die Spannung des Seils verringerte, als er das Gleichgewicht wiedererlangt hatte. Er erwartete, dass Rick nun sogleich weitersteigen würde, aber irgendetwas hatte die Aufmerksamkeit seines Vordermannes erregt.

Etwas hatte sich verändert. Ein heftiger Wind war aufgezogen. Bis zu diesem Moment war es absolut windstill gewesen. Doch jetzt begannen Eiskristalle um die Silhouette des Südostgrates zu wirbeln. Die Schneefahne – das Band aus zerstäubenden Schneekristallen, das so charakteristisch für den Everest ist – begann sanft, kaum merklich durch die Luft zu wehen.

VIER Stunden nachdem Hal Lawinenalarm ausgerufen hatte, ging er hinaus, um einen weiteren Blick auf die Wetterbedingungen zu werfen. Der Schneefall war schwächer geworden, und der Himmel klarte auf. Genau das hatte Hal befürchtet: Mit aller Macht drängte die Warmfront heran. Er sah auf das Thermometer, das neben der Hintertür hing.

„Die neue Wetterfront bringt wärmere Luft!", rief er Rachel zu. „Es hat nur noch ein Grad unter null. Ich werde einen weiteren Rutschblock freigraben." Eilig holte er eine Schaufel aus dem Schuppen und stapfte auf den Hügel hinter der Blockhütte.

Als er fertig war, holte er seine Lawinensonde aus Kunststoff hervor. Es gab nur eine Schicht, die ihn interessierte, jener launische Pulverschnee am Grund der Schneedecke. Mit der steigenden Temperatur hatte sich diese Schicht dramatisch in ihrer Konsistenz verändert. Hal lockerte einige Schneekörnchen und rollte sie in seiner Handfläche hin und her. Ihre Beschaffenheit überraschte ihn, sie fühlten sich keineswegs wie Schnee an, mehr wie ein Teelöffel Kaviar – schmierig, fast ölig.

Noch einmal überprüfte Hal das Thermometer. Die Quecksilbersäule war nur noch den Bruchteil eines Grades vom Gefrierpunkt entfernt. Die Temperatur stieg schnell.

Plötzlich wusste Hal mit grauenhafter Sicherheit, wie sich diese Schneedecke verhalten würde. Einen Moment lang war er wie gelähmt, als er die Auswirkungen seiner Entdeckung überdachte. Dann eilte er zur Hintertür und rief nach Rachel. „Komm schnell raus! Ich muss dir was zeigen."

Verwundert trat sie auf die Schwelle.

Hal nahm eine Axt vom Holzstapel, ging auf ein altes Ölfass zu, das vergessen in einer Ecke des Gartens stand, und rollte es an den Fuß des Hügels. „Ich werde was versuchen, was ich noch nie zuvor probiert habe. Bist du bereit?"

Er holte mit der Axt aus und führte einen einzigen Schlag gegen das Fass, wodurch er einen durchdringenden, blechernen Knall erzeugte, der scharf durch die stille Winterluft schnitt. Fast simultan zu dem Geräusch glitt die gesamte Schneedecke des Rutschblocks in einer einzigen, flüssigen Bewegung herunter und türmte sich am Fuß des kleinen Hügels auf.

„Mein Gott!" Verblüfft trat Rachel neben Hal, der zu den heruntergekommenen Schneebrocken gegangen war. „Was hat das zu bedeuten?"

Als Hal sich zu ihr umdrehte, war jegliche Farbe aus seinem Gesicht gewichen. „Es bedeutet, dass jeder einzelne Lawinenhang in Alaska jetzt so scharf wie eine Bombe ist und jederzeit abgehen kann, genau wie dieser hier. Ein Wapitihirsch, der über einen Hang läuft, ein Flugzeug, das drüberfliegt oder ein Waldarbeiter mit einer Kettensäge können bereits eine Lawine auslösen."

ALS DER Uhrzeiger im Studio von *Frühstücks-TV* auf 23 Uhr stand, begann Mike ebenso unruhig zu werden wie die wartenden Journalisten. Es war spät geworden, und die meisten von ihnen hatten einen langen

Arbeitstag hinter sich. Allmählich war eine Grenze erreicht, länger konnte man mit ihrer Geduld nicht mehr rechnen.

„Wo bleibt nur der Anruf, Josie?“, fragte Mike ungeduldig.

„Ich weiß es doch auch nicht. Ich habe ebenso wenig Ahnung wie du.“

„Ich finde, wir sollten versuchen, mit dem Basislager Kontakt aufzunehmen, um wenigstens auf den neuesten Stand der Dinge zu kommen.“

Sie zogen sich in Mikes Büro zurück.

3

13 000 Kilometer entfernt läutete im Messezelt am oberen Ende des Khumbu-Gletschers das tragbare Satellitentelefon. „Telefon, Mr Tony!“, rief ein Sherpa über den Gletscher. Binnen Sekunden hatte Tony Keller, Rick Fieldings Basislager-Manager, sein Zelt verlassen. Er musste 30 oder 40 Meter über das Moränengeröll zurücklegen und sah währenddessen zufällig den Gletscher in Richtung Süden hinab. Bestürzt von dem Anblick blieb er abrupt stehen.

Gewöhnlich war der Blick von diesem Punkt aus einer der spektakulärsten auf der ganzen Welt; zerklüftete Eistürme ragten, so weit das Auge reichte, gen Himmel. Aber im Moment war davon nichts zu sehen, nur eine schnell dahinziehende Wolke, die den Gletscher emporgequollen kam. Eine derartige Wolke hatte Tony noch nie gesehen. Sie war außergewöhnlich dunkel; ihre Farbe glich der einer heftigen Prellung.

„He, Gyaltsen! Komm her, und sieh dir das an!“

Gemächlich schlenderte der entspannte Sirdar, der Chef der Sherpas, aus deren Zelt.

„Hast du schon jemals so was gesehen?“

Der Sherpa riss seine Augen auf. Über seine ansonsten unergründliche Miene legte sich der Ausdruck größter Überraschung, als er die heranrasende Wolke sah. „Nein, noch nie. Nicht so was. Vielleicht ist es eine Art Monsunwolke.“

Tony hatte genug gesehen. „Alles raus aus den Zelten!“, rief er. „Wir brauchen Hilfe.“

Die zwei Männer stürzten auf das Messezelt zu. Als sie den Eingang erreichten, traf die Vorhut des Sturms das Lager wie ein Hammerschlag.

Im Inneren des Zeltes hielt Tony einen Moment inne und überlegte. Er war unsicher, was passieren würde, wenn der wütende Sturm in die Zeltbahn schnitt. Weniger als eine Sekunde später wusste er es, als sich ihm die Vorderfront des Zeltes entgegenwölbte und den Tisch umstürzen ließ. Ungläubig beobachtete Tony die schwere weiße Zeltbahn, die sich nach innen blähte und dann mit einem reißenden Krachen auseinander fetzte, als eine Naht nachgab. Binnen Sekunden peitschte der beißend kalte Wirbelwind Eispartikel durch das Zeltinnere.

„Haltet es fest!“, brüllte Tony.

Das gesamte Team des Basislagers eilte ihm zu Hilfe, nachdem er sich in die offene Vorderfront des Zeltes gestürzt hatte und darum kämpfte, die wild umherflatternden Hälften der Zeltbahn zu schnappen. Vereiste Spannschnüre peitschten durch die Luft, während die Männer darum kämpften, die Zeltwand wieder zu befestigen.

In diesem Moment fing eine Seitenwand zu flattern an, und die Zeltschürze begann sich von ihren steinernen Verankerungen zu befreien. Der Wind hatte nun völlig die Kontrolle übernommen. Zwei der Sherpas versuchten, die Schürze mit zusätzlichen Steinen zu belasten.

Derweil verloren die anderen den Kampf um die Vorderseite. Hilflos beobachtete Tony, wie die Zeltbahnen in die Luft schossen und mit einem gewaltigen Knall auf das Zeltdach zurückklatschten. Die metallenen Eckstangen begannen sich zu verbiegen, als der Sturm nun mit voller Kraft in das offene Zelt fuhr. Vor ihren Augen wurde das Innere leer gefegt; Landkarten, Akten und Plastiktassen wurden in die Luft geschleudert und davongewirbelt.

Nun ergab sich auch die Seitenwand der anstürmenden Gewalt. Die Messingösen, mit denen sie an der Firststange befestigt war, brachen eine nach der anderen klirrend entzwei.

„Das Satellitentelefon!“

Tony entdeckte das Funkgerät hinter dem umgestürzten Tisch. Es war bereits schneebedeckt. Tony schnappte sich das Gerät und stürzte genau in dem Moment aus dem Zelt, als eine der Eckstangen einknickte. Das Zelt wallte auf, und das Metallgerüst ächzte, als der Sturm die Eisenstangen Zentimeter für Zentimeter aus ihren Verankerungen zerrte, bis die Schnüre der Spannung nicht mehr standhielten und rissen.

„Lasst es los!“, schrie Tony.

Das 430 Kilo schwere Messezelt überschlug sich einige Male und verschwand dann im tosenden Ineinander von Himmel und Erde.

2000 METER über dem Basislager versuchte Sebastian, sich dazu zu zwingen, seine letzten Kräfte zu mobilisieren, um den Aufstieg fortzusetzen. Wenn er nach oben sah, konnte er eine Reihe von Kletterern ausmachen, die am Fuße des Hillary Steps auf ihn warteten – der zwölf Meter hohen Steilstufe aus Eis und Fels, die die letzte große technische Hürde vor dem Gipfel darstellte. An diesem Tag stiegen fünf Seilschaften auf, weshalb man dort oben eine ganze Weile würde anstehen müssen. Eine Wartezeit, die Sebastian seinem Körper kaum mehr zutraute, da er bis auf die Knochen fror, mehr fror als jemals zuvor in seinem Leben.

Rick stand direkt vor ihm, und um seine Gedanken von den beißenden Schmerzen in seinen Fingern und Zehen abzulenken, konzentrierte Sebastian sich auf die Maske des Bergführers. Seine Brille war verspiegelt, und Sebastian bemerkte, dass er in den Gläsern sein eigenes, wie in einem Labyrinthspiegel auf dem Jahrmarkt verzerrtes Bild sehen konnte. Fasziniert beugte er sich nach vorne, war gefesselt von den riesigen weißen Gipfeln, die wie Zähne hinter ihm in die Höhe ragten und den Berg jeden Augenblick zu verschlingen drohten. Zwischen den scharfen Fängen entdeckte er eine brodelnde Masse von violetter Schwärze. War das der Schatten, den der Everest warf? Er vermochte das Bild nicht zu deuten.

In diesem Moment zog eine eisige Dunstwolke über ihre Köpfe und verdunkelte die Sonne. Rick erstarrte förmlich und richtete seinen Blick talwärts. Ein hohes, kräftiges Dröhnen nahte, ein Getöse wie von einem Düsenjäger, der in niedriger Höhe über den Himmel braust.

„Oh, mein Gott!" Ricks Worte waren kaum hörbar.

Sebastian spürte, wie sein Haar knisterte, als liefe eine elektrische Spannung durch ihn hindurch. „Was geht da vor sich?"

Rick hielt die Hand hoch, um ihn zum Schweigen zu bringen. „Auf den Boden!", stieß er hervor.

Unfähig, seine Neugierde länger zu zähmen, rammte Sebastian seine Steigeisen ins Eis, um sich voll herumzudrehen. Kein einziger der umliegenden Gipfel war mehr zu sehen. Stattdessen war der ganze Himmel von einer rasenden schwarzen Wolkenmasse erfüllt, die aus einer unsichtbaren Welt weit unter ihnen heraufbrodelte. Mit sprachlosem Entsetzen beobachtete Sebastian, wie der Südostgrat mit phänomenaler Geschwindigkeit verschluckt wurde. Es blieb ihm kaum Zeit, sich Schutz suchend zusammenzukauern, als der Mahlstrom auf den Grat traf.

ZURÜCK an seinem Schreibtisch, rief Hal den lokalen Radiosender in Anchorage an, erklärte die Situation und bekam sofort eine Liveschaltung in die Sendung. Abrupt unterbrach der Moderator die Musik.

„Ich habe hier eine Meldung auf meinem Monitor. Sieht aus, als hätte Hal Maher vom Lawinenwarndienst eine dringende Neuigkeit für uns. Hal?"

„Ja, ich habe wichtige Informationen für alle, die in den nächsten 24 Stunden mit dem Auto unterwegs sein wollen oder in lawinengefährdeten Gebieten wohnen. Die schweren Schneefälle der letzten Tage und der heutige Anstieg der Temperatur haben zu einer äußerst kritischen Situation geführt. Ab sofort gilt für den ganzen Staat Alarmstufe Rot. Ich ersuche Sie, diese Warnung in Ihren stündlichen Nachrichtensendungen zu wiederholen."

„Was bedeutet sie in der Praxis, Hal?"

„Fahrten mit dem Wagen sollten bis zur Aufhebung des Alarms nur unternommen werden, wenn sie absolut unerlässlich sind. Sollten Sie sich dennoch auf die Straßen wagen, werden Sie feststellen, dass viele von der Polizei gesperrt worden sind. Und sollten Sie in einer hoch gefährdeten Gegend leben oder arbeiten, haben Sie sicher Instruktionen erhalten, auf welchem Weg Sie sich in Sicherheit bringen können. Tun Sie dies so schnell und ruhig wie möglich. Wenn Sie im Zweifel sind, was Sie tun sollen, rufen Sie Ihr zuständiges Polizeirevier für die notwendigen Instruktionen an."

„Haben wir in den nächsten Tagen mit größeren Lawinenabgängen zu rechnen?"

Hal wog seine Worte umsichtig ab. „Ich denke, dass uns in nächster Zeit heftige Abgänge bevorstehen. Vermutlich die heftigsten seit vielen Jahrzehnten."

„Danke, Hal. Wir geben die Meldung selbstverständlich weiter."

Die letzten Worte hörte Hal schon nicht mehr. Er hatte bereits aufgelegt und den Computer gestartet, um die Internetseite des Lawinenwarndienstes zu aktualisieren. Anschließend tippte er eine sorgfältig formulierte Meldung und aktivierte den Computercode, der sie automatisch als Fax an mehr als 450 Anschlüsse in Alaska senden würde. Summend setzte sich das Modem in Aktion, und binnen Minuten ratterte die Warnung aus den Faxgeräten jedes Polizeireviers in Alaska, der Stationen der Bergwacht und von Amateurfunkern, die die Nachricht weiterverbreiten würden.

„Wie kann ich helfen?", fragte Rachel von der Tür her.

„Du kannst mir mit den RO helfen." Hal zog einen Ordner aus dem Regal. Dieser enthielt detaillierte Informationen über so genannte „Risiko-Objekte", als die Hal jene Häuser oder Berghütten eingestuft hatte, welche an besonders lawinengefährdeten Stellen standen. In Alaska gab es hunderte solcher Gebäude; einige waren ganzjährig bewohnt, andere wurden lediglich als Ferien- oder Wochenendhäuser benutzt. 27 davon erachtete Hal als potenzielle Todesfallen, die unmittelbar gefährdet waren, zermalmt zu werden.

„Du nimmst die Hälfte davon und rufst die Eigentümer an", wies er Rachel an. „Sag ihnen, sie sollen so schnell abhauen, als ob der Teufel hinter ihnen her wäre."

„In Ordnung." Rachel lief ins Wohnzimmer, um das Telefon dort zu benutzen, während Hal sich daranmachte, seinen Teil der Nummern anzurufen. Es war keine angenehme Aufgabe, Hauseigentümer aufzufordern, ihre vier Wände zu verlassen, aber Hal hatte über die Jahre hinweg mit den Bewohnern der RO einen sehr guten Kontakt aufgebaut. Aus diesem Grund wussten sie, dass er sie wirklich nur im Ernstfall darum ersuchte.

Der Letzte auf der Liste war Stan Carroway. Hal hatte gar nicht mehr mitgezählt, wie oft er schon versucht hatte, den sturen alten Knaben über das Lawinenrisiko in dessen unmittelbarer Umgebung aufzuklären. Aber hatte der Bursche seine Warnungen auch nur einmal ernst genommen? Seit seiner Pensionierung verbrachten Carroway und seine Frau Louisa jeden Winter in ihrer einsamen Hütte im Cooper Valley. Sie waren vollkommen glücklich dort oben. Louisa malte zarte Aquarelle von der Winterlandschaft, Stan beizte die Fische, die er im Sommer gefangen hatte. „Das hier ist unser Leben, mein Sohn", hatte er Hal angeknurrt, als sie sich zum ersten Mal getroffen hatten. „Sie kriegen uns aus dieser Hütte nicht weg, und wenn uns sämtliche Mächte der Hölle bedrohen sollten."

Dennoch hatten die Carroways mit der Zeit einen widerwilligen Respekt vor Hal entwickelt, während er selbst die schrulligen alten Käuze zunehmend ins Herz geschlossen hatte. Er würde es sich nie verzeihen, wenn sie bei einer Lawine umkämen.

Daher wählte er nun ihre Nummer. „Stan, hier spricht Hal Maher."

„Hab mir schon gedacht, dass Sie anrufen würden. Kaum fallen ein paar Schneeflocken, fangen Sie an zu jammern."

„Stan, im Moment herrschen beste Bedingungen für Lawinenabgänge. Ich weiß, ich komme Ihnen beiden vor wie eine alte verkratzte

Schallplatte, aber ich möchte, dass Sie Ihre Siebensachen packen, in Ihren Wagen springen und das Tal verlassen."

„Keine Chance. Wir bleiben, wo wir sind."

„Sehen Sie mal aus Ihrer Hintertür raus, wie viel Schnee auf dem Hang über Ihnen liegt."

„Tja, da liegt eine Menge, aber ich kann nichts Schlimmes dran finden. Wir …"

Mit einem leisen Klicken verstummte die Leitung.

„Stan?" Hal lief ein kalter Schauder über den Rücken. „Stan? Antworten Sie!"

„Was ist denn?" Rachel kam ins Büro gelaufen.

„Ich habe gerade mit Stan Carroway gesprochen, als die Verbindung plötzlich unterbrochen wurde." Hal rief die Vermittlung an und nannte der Telefonistin die Nummer der Carroways. „Können Sie mir sagen, was mit dem Anschluss los ist?"

Nach 30 Sekunden meldete sich die Telefonistin wieder. „Der Anschluss ist tot, ich kann aber von hier aus nichts unternehmen. Vielleicht ist im Cooper Valley ein Mast umgekippt."

„Ich danke Ihnen."

Rachel legte eine Hand auf Hals Schulter. „Denkst du etwa, es hat sie bereits erwischt?"

„Ich weiß es nicht. Aber wenn sie noch leben sollten, hole ich sie raus."

„Warum informierst du nicht den Hubschrauber?"

„Das ist viel zu riskant. Schon das Rotorengeräusch könnte genügen, um den ganzen Hang zum Abrutschen zu bringen. Ich fahre rüber und hole sie persönlich aus dem Tal." Hal schnappte sich die Wagenschlüssel vom Schreibtisch.

„Lass mich mitkommen." Rachel griff nach ihrer Kameratasche.

„Auf keinen Fall. Ich will nicht, dass du ein Risiko eingehst."

Rachel blockierte die Tür. „Ich brauche die Fotos für unser Buch. Ich muss Bilder von einer Evakuierung haben. Du hast es mir versprochen, als wir dieses gemeinsame Projekt begonnen haben. Keinerlei Einschränkungen, erinnerst du dich?"

Hal konnte an ihrem eigensinnigen Gesichtsausdruck erkennen, dass sie nicht bereit war nachzugeben. Er seufzte. „Dann rufe ich noch schnell Robbie McGowan im Büro der Staatspolizei an und sage ihm, was wir vorhaben."

Um 23.30 Uhr wählte Josie erneut die Nummer des Satellitentelefons. Dieses Mal klingelte es nicht mal. Sie vernahm lediglich ein anhaltendes Summen.

„Das ist aber sonderbar. Hört sich an, als ob sie das Gerät ausgeschaltet hätten."

Mike sah durch die Glastür hinaus auf die Gäste, bei denen der unbegrenzt fließende Champagner allmählich seine Wirkung tat. Der Geräuschpegel und die Lautstärke des Gelächters stiegen an. „Verdammte Satelliten!", schimpfte Mike. „Wir müssen sie mit einer Sensation füttern, andernfalls werden sie bald nach Hause gehen."

„Keine Panik, wir werden schon noch durchkommen."

Das Telefon klingelte. Josie riss den Hörer ans Ohr. „Ja?"

„Hier ist die Telefonzentrale. Ich habe einen Herrn vom Londoner CNN-Büro in der Leitung. Er sagt, es wäre absolut wichtig, Sie zu sprechen."

„Na gut, stellen Sie ihn durch."

Der Journalist wurde verbunden. „Josie Turner? Mein Name ist Ron Purdey. Ich arbeite für CNN in London. Gerade habe ich eine E-Mail von unserer Korrespondentin in Kathmandu bekommen, die interessant für Sie sein dürfte." Purdey atmete hörbar durch. „Offensichtlich tobt am Everest derzeit ein Sturm, die Mutter aller Stürme sozusagen. Praktisch sämtliche Leitungen ins Basislager sind tot. Unsere Korrespondentin hat einen der letzten Anrufe von einem malaysischen Team erhalten, aber seither – nichts."

„Wissen Sie etwas von Sebastian und dem Rest seines Teams?"

„Unserer Korrespondentin zufolge wird er vermisst. Dasselbe gilt für über 30 weitere Bergsteiger. Tut mir Leid, Ihnen das sagen zu müssen."

„O Gott! Haben sie den Gipfel noch erreicht?"

„Meiner Quelle zufolge hat das niemand. Das Wetter schlug um, bevor auch nur eines der Teams dort angekommen ist. Um Mitternacht werden wir einen Bericht zu dem Thema senden. Darf ich eine Stellungnahme von Ihnen zitieren?"

„Dafür habe ich im Moment keine Zeit." Josie legte auf und blickte Mike an. „Auf dem Everest scheint ein Sturm zu toben. Ich glaube kaum, dass Sebastian unter den gegebenen Umständen den Gipfel erreichen wird. Wenigstens nicht heute."

Er schürzte die Lippen. „Das hat uns noch gefehlt! Jetzt stehen wir ziemlich dumm da, findest du nicht?"

„Wie bitte?" Josies Stimme klang kalt. „Du machst dir Sorgen, dass du vor unseren Gästen dumm aussehen könntest? Der Gedanke, dir um Sebastian Sorgen zu machen, kommt dir wohl nicht, was? Womöglich geht er im Moment auf diesem Berg durch die Hölle!“

„Du hast nicht erwähnt, dass er in Schwierigkeiten ist. Du hast nur gesagt, es sei stürmisch. Sie werden in das nächstgelegene Lager abgestiegen sein und dort eine Weile warten, bis sie es noch mal versuchen können.“

Mike verließ das Büro und betrat das Podium im angrenzenden Konferenzsaal. „Meine sehr verehrten Damen und Herren, vor wenigen Minuten erreichte uns die Nachricht, dass sich die Wetterverhältnisse auf dem Everest drastisch verschlechtert haben. Es sieht so aus, als ob Sebastians Gipfelversuch sich verschieben würde.“

Aus den Reihen der Zuhörer ertönte allgemeines Murren.

„Da wir also nicht über mehr Informationen verfügen, müssen wir die heutige Pressekonferenz hiermit leider beschließen.“

Ein Dutzend Hände fuhr in die Höhe, während aufgeregte Wortwechsel laut wurden. „Können wir einen Kommentar von Josie haben?“, rief einer der Journalisten.

Mike warf einen Blick durch die Glastür, wo Josie noch immer in dem angrenzenden Büro stand. Bestimmt schüttelte sie den Kopf.

„Josie wird umgehend nach Hause fahren. Aber morgen werden wir uns alle wieder hier einfinden, um die Konferenz fortzusetzen. Hoffentlich liegen uns dann vom Everest gute Nachrichten vor. Ich danke Ihnen.“

DAS VERBLIEBENE Tageslicht schwand schnell, während Hal und Rachel das schmale Cooper Valley entlangfuhren. Die Berghänge zu beiden Seiten des Fahrwegs waren schroff und abweisend; schwarze Felsspitzen ragten zwischen den Bäumen auf.

Im zweiten Gang pflügten sie den schneebedeckten Weg entlang. Hal schaltete die Scheinwerfer ein, worauf die grellen gelblichen Lichtstrahlen den aus winzigen Kristallen bestehenden Nebel erhellten, der sich von den Bäumen herabsenkte.

„Es schneit wieder“, meinte Rachel.

„Das ist kein Schnee. Das sind winzige Wassertropfen. Die Temperatur steigt immer noch.“

Stan Carroway hatte den Weg selbst gerodet, und da ihm das Geld gefehlt hatte, massive Hindernisse sprengen zu lassen, wies die Fahrbahn scharfe Kurven auf.

Wenig später erreichten Hal und Rachel den engsten Teil des Tales, einen Abschnitt, der derartig von gigantischen Findlingen übersät war, dass keine andere Möglichkeit bestanden hatte, als durch sie hindurch einen Tunnel anzulegen. Er war nur 15 Meter lang, aber Hal wusste, dass Carroway drei Jahre gebraucht hatte, um ihn zu bohren. Die Seitenteile des Toyota schürften an den Felswänden entlang, als sie hindurchfuhren.

Je höher sie kamen, desto mehr holperten die Reifen über schneebedeckte Felsbrocken und glitschiges Wurzelholz, die sie unsanft durchrüttelten, während sich der Wagen weiter nach oben kämpfte. Der Motor röhrte vor Anstrengung, aber schließlich hatte es der Toyota bis zu dem Plateau geschafft, das wie ein natürliches Amphitheater den Abschluss des Tales bildete. Hal hielt an.

Man konnte das Holzhaus der Carroways deutlich erkennen. Am Fuß der imposanten Felswände ringsum wirkte es wie ein Zwergenhaus. Aus dem Kamin quoll eine muntere Rauchfahne, und das einzige Fenster wurde vom einladenden bernsteinfarbenen Licht einer Gaslampe erleuchtet.

Zu Hause angekommen, überprüfte Josie sofort ihren Anrufbeantworter – es war nur eine Nachricht aufgezeichnet, die kaum zehn Minuten alt war.

„Hier spricht Deborah Fielding von *Abenteuer Himalaja*. Könnten Sie mich so bald wie möglich in Vancouver zurückrufen?“

Augenblicklich hämmerte Josie die Nummer in den Apparat. Wenn irgendjemand etwas wusste, dann war es Ricks Frau, die das Büro des Expeditionsunternehmens führte.

„Deborah, hier spricht Josie.“

„Dem Himmel sei Dank, dass Sie anrufen! Haben Sie von dem Sturm gehört? Ich rufe gerade alle Familien unserer Kunden an. Sobald wir Neuigkeiten bekommen, setzen wir uns umgehend mit Ihnen in Verbindung.“

„Was ist da oben los? Warum sind sie über das Satellitentelefon nicht erreichbar?“

„Kann ich nicht sagen. Ich muss zugeben, dass ich so einen Fall bislang noch nie erlebt habe.“

Plötzlich fühlte Josie eine Welle des Zorns in sich aufsteigen. „Wie konnte Rick sie nur in diese Falle geraten lassen? Bekommen sie denn keine Wetterberichte? Es hört sich verrückt an, an einem Tag wie diesem einen Gipfelversuch zu starten!“

Deborah seufzte. „Ich weiß nicht, was da schief gelaufen ist. Aber ich weiß, wie Sie sich fühlen, schließlich ist auch mein Mann da oben.“

Josie bezähmte ihre Wut. „Tut mir Leid. Sie haben Recht. Ich …, ich kann es nur nicht ertragen, nicht zu wissen, was los ist."

Deborah versuchte, sie zu trösten. „Machen Sie sich keine Sorgen. So wie ich Rick kenne, hat er das ganze Team mittlerweile warm und gemütlich im Lager IV auf dem Südsattel versammelt. In ein paar Stunden werden sie uns anrufen, um uns mitzuteilen, dass sie alle wohlauf sind. Ich informiere das Basislager, dass man Sie direkt anruft, sobald die Verbindung wieder steht."

Josie legte den Hörer auf. Dann rannte sie ins Wohnzimmer, wo die widerhallenden Worte von Victor Melzac, einem Nachrichtensprecher von CNN, aus dem Fernseher dröhnten. „Soeben erreichte uns die Meldung vom Mount Everest, dass bis zu 40 Bergsteiger in einem Unwetter vermisst werden, das als Sturm des Jahrhunderts beschrieben wird. Unter den Vermissten befindet sich auch der Medienmogul Sebastian Turner. Pia Rothwell, unsere Korrespondentin in Kathmandu, hat die neuesten Meldungen für uns."

Auf dem Fernsehschirm erschien neben Melzac ein Bildfenster mit der Korrespondentin.

„Pia, was können Sie uns von dem Unwetter auf dem Everest berichten?"

„Nun, es sieht so aus, als ob der Sturm die Region um den Everest völlig unerwartet getroffen hat. Der aktuelle Wetterbericht hatte ihn nicht vorhergesagt, weshalb die Expeditionsgruppen, die sich bereits auf dem Berg befanden, über keinerlei Vorwarnung verfügten. Ich habe vor etwa einer halben Stunde noch mit Angehörigen einer malaysischen Expedition im Basislager telefonieren können, und sie teilten mir mit, sie hätten Windgeschwindigkeiten bis zu 220 Stundenkilometern und Temperaturen bis zu minus 70 Grad gemessen – und das, wie gesagt, im Basislager, das ein paar tausend Meter unterhalb der Position liegt, in der sich die Kletterer im Moment ungefähr befinden müssen."

„Konnten sich die Bergsteiger in eines der sicheren Lager zurückziehen, oder stecken sie irgendwo in der Gipfelregion fest?"

„Das können wir im Moment nicht beurteilen, Victor, aber früheren Informationen zufolge hat es eine beträchtliche Anzahl von Kletterern nach dem vergeblichen Gipfelversuch nicht zurück zu Lager IV, dem obersten der Lager, geschafft."

„Pia, wir danken für den Bericht. Wir schalten wieder nach Kathmandu, sobald sich neue Entwicklungen abzeichnen. In der Zwischenzeit haben wir Ed Haston in der Leitung."

Auf dem Bildschirm wurde das Foto eines bärtigen Bergsteigers eingeblendet. „Ed, Sie waren einer der frühen Pioniere auf dem Everest. Wie schätzen Sie als Experte die Situation der Bergsteiger ein?"

„Um diese Zeit dürften allmählich ihre Sauerstoffvorräte aufgebraucht sein, und höchstwahrscheinlich haben sie keine lebenswichtige Flüssigkeit oder hochenergetische Nahrungsmittel mehr bei sich. Nur wenige Menschen haben eine Nacht in Höhenlagen wie dieser überlebt, sie werden also verzweifelt versuchen, Schutz zu finden."

„Gibt es denn eine Chance, dass sich aus Lager IV eine Rettungsmannschaft nach oben durchkämpft?"

„Unter den gegebenen Umständen wird sich niemand aus dem Lager fortbewegen."

„Wollen Sie damit ausdrücken, dass eine Rettung ausgeschlossen ist?"

„Zumindest ziemlich unmöglich. Wenn man sich erst mal in der Todeszone befindet, also über 8000 Meter, ist man praktisch nicht erreichbar."

„Noch eine letzte Frage: Wie würden Sie die Chancen der Vermissten beurteilen?"

„Das hängt von dem Sturm ab. Wenn er nachlässt, haben sie eine reelle Überlebenschance. Wenn er aber weiter wütet, dann, so fürchte ich, werden heute Nacht auf dem Everest viele Menschen ihr Leben lassen."

ALS HAL und Rachel am Fuß der Verandatreppe angekommen waren, trat Stan Carroway aus der Haustür. „Was zum Teufel treiben Sie beide denn hier draußen? Sie hätten sich nicht die Mühe machen müssen, den ganzen Weg hier rauszufahren, nur um mir noch mal denselben alten Vortrag zu halten", brummte er.

„Musste ich aber", entgegnete Hal. „Ihre Telefonverbindung ist unterbrochen. Wir sind gekommen, um Sie abzuholen."

Stan schob die Besucher in das Wohnzimmer, in dem ein Holzofen so sehr bullerte, dass die Temperatur nur Bruchteile unter der einer Durchschnittssauna liegen konnte.

„Wir kommen mit Ihnen", verkündete Louisa nach der Begrüßung. „Wir haben schon gepackt." Sie deutete auf einen alten Lederkoffer, der neben der Tür stand.

Hal blieb der Mund offen stehen. „Wie bitte?"

„Ich lasse mich ja nicht schnell ins Bockshorn jagen, aber vor ungefähr einer Stunde habe ich was gehört, das mir die Haare im Nacken aufgestellt hat“, erklärte Stan. „Ich sage Ihnen, Hal, je schneller wir hier rauskommen, desto wohler ist mir. Ich hätte uns ja selbst aus dem Tal gefahren, aber ich war nicht sicher, ob wir es den Waldweg hinunter schaffen würden. Außerdem habe ich damit gerechnet, dass Sie ohnehin bald auftauchen würden.“

„Was genau haben Sie gehört?“ Unwillkürlich bekam Hal eine Gänsehaut am ganzen Körper.

„Es war gleich, nachdem Sie angerufen hatten. Ich ging raus, um den Stoß Feuerholz zu überprüfen, als plötzlich dieser Laut vom Berg her kam. Ich habe in meinem ganzen Leben noch nie ein derartig unheimliches Geräusch gehört. Es war wie ein donnerndes Dröhnen und schien von jeder Seite des Tals gleichzeitig zu kommen. Und ich hätte schwören können, dass ich während des Geräuschs gesehen habe, wie der ganze Berg in Bewegung geriet. Die ganze verdammte Schneedecke bewegte sich in einem Stück. Sie rutschte etwa einen Meter, dann blieb sie wieder liegen.“

Hal spürte, wie sich sein Magen umdrehte. „Es wird viel schlimmer, als ich dachte. Ziehen Sie Ihre Stiefel an, wir haben keine Sekunde zu verlieren. Sie kommen jetzt erst mal mit zu uns nach Hause.“

Rasch verdunkelte sich der Himmel mit der hereinbrechenden Nacht, während der zunehmende Mond über den Bergkamm stieg. Wortlos stapften sie auf den Toyota zu. Rachel ging ein paar Schritte voraus, wobei sie sich gelegentlich umdrehte und ein Foto machte.

Als sie bei dem Wagen angekommen waren, öffnete Hal die Heckklappe, um Stan den Koffer abstellen zu lassen, während Rachel Louisa auf den Rücksitz half. Hal setzte sich hinters Steuer, drückte die Kupplung und zündete den Motor. „Auf geht’s, Stan.“

Der alte Mann war hinter dem Toyota stehen geblieben und blickte zurück auf die Hütte.

„Ich hole ihn.“ Rachel ging zu Stan, legte eine Hand auf seine Schulter und schob ihn sanft ins Wageninnere. Dann fasste sie den Griff der Heckklappe und schlug sie kräftig zu.

Mehr war nicht nötig gewesen. Der Schall, den die zufallende Klappe verursacht hatte, erweckte den Berg mit der explosiven Kraft eines Fingers, der einen Pistolenabzug gedrückt hat, zum Leben. Als Antwort hallte eine Art Detonation wider, welche die Luft wie der Knall einer himmlischen Peitsche zerriss. Ein Rumpeln folgte, und die Wagenfenster begannen zu beben, als die Schallwellen aggressiv durch die Luft pulsierten.

Hal blinzelte in das Dämmerlicht. Das blanke Entsetzen packte ihn, als sich quer über die Abhänge plötzlich tintenschwarze Bruchlinien an den Talwänden abzeichneten.

„Lawine!“, schrie er. „In den Wagen, Rachel, schnell!“

Doch sie war wie versteinert, kaum fähig, das Ausmaß dessen zu begreifen, was sich vor ihren Augen abspielte, als Millionen Tonnen von Schnee in Richtung Talboden rasten. Sie hob die Kamera und drückte auf den Auslöser.

„Vergiss die Fotos!“, brüllte Hal, während sich die Lawine schon wie ein Falke, der aus dem Himmel auf seine Beute zuschießt, auf die Blockhütte stürzte und sie zu Kleinholz zerlegte. Dann jagten die Schneemassen über das Hochplateau auf sie zu.

Das Nächste, woran Rachel sich erinnern konnte, war, dass Hal sie auf den Beifahrersitz schubste, sich hinter das Lenkrad warf und den Gang einlegte. Der Allradwagen sprang regelrecht nach vorne und pflügte durch den Schnee. Im Rückspiegel sah Hal, wie sich die Lawine auf sie zuwälzte. Der tosende Lärm wurde mit jeder Sekunde lauter, als die Druckwelle von hinten heranschoss.

Hal wusste, dass ihre einzige Chance darin bestand, den Rand des Plateaus zu erreichen und den Toyota in den Schutz eines der großen Findlinge zu steuern.

„Schau zur Seite!“, schrie Rachel plötzlich.

Erschrocken riss Hal den Kopf herum und warf einen Blick aus dem Seitenfenster. Vom blaugrauen Mondlicht erleuchtet, rollte eine zweite Lawine auf sie zu.

Hal wandte den Kopf und sah Rachel in die Augen. Ihr Gesicht war blutleer, und in ihren Augen stand die Panik vor dem nahenden Tod. Genau in diesem Moment sah Hal über ihre rechte Schulter hinweg, wie auch von dieser Seite eine dritte Lawine über das Plateau raste.

Im Bruchteil einer Sekunde realisierte Hal, was passiert war: Alle drei Seiten des schüsselförmigen Tales hatten im selben Moment ihre Schneelast losgelassen – das ganze Amphitheater war zu einer einzigen Lawine geworden, die aus drei verschiedenen Richtungen talwärts donnerte.

SEBASTIAN lag auf dem Gipfelgrat des Everest, gefangen in einem Zustand zwischen Verwirrung und namenloser Angst. Zusammengerollt lag Rick neben ihm. Treibende Schneewehen begruben die beiden. Sie hatten keinen Sauerstoff mehr, keine Flüssigkeit. Von den anderen Kletterern keine Spur.

Während die Stunden verrannen, hatte der Wind an Gewalt noch zugenommen und sich zu einem konstanten Sturm gesteigert, der mit Höchstgeschwindigkeiten von 240 Stundenkilometern über sie hinwegfegte. Die Bedingungen lagen jenseits jedes Vorstellungsvermögens.

Sebastian bemühte sich, seine Gedanken zu konzentrieren. Ein hartnäckiger Lebensimpuls sagte ihm, dass er erledigt wäre, wenn er seinen Gedanken jetzt erlaubte abzuschweifen. Im Moment befand er sich gefährlich nah an der Schwelle zur akuten Höhenkrankheit, einem Zustand, der in großen Höhen mit dem Gefühl der Desorientierung beginnt und unweigerlich zum Tod führt, wenn der Betroffene nicht schnell absteigt. Sebastians Händen und Füßen war schon vor einiger Zeit jegliches Gefühl abhanden gekommen, doch jetzt fraß sich die Kälte auch durch die Schichten seiner isolierenden Goretex-Kleidung in sein Körperinneres vor.

Für eine Weile schwand sein Bewusstsein, dann bemerkte er, dass Rick sich auf die Beine gekämpft hatte. Zu einem früheren Zeitpunkt hatte der Bergführer ihm immer noch Ermutigungen zugerufen, jetzt aber gab er keinen Ton von sich. Er konnte nicht mehr. Vor Stunden hatte er seine Atemmaske abgenommen, um mit Sebastian seinen letzten Sauerstoff zu teilen, und dabei mit der eisigen Luft seine Lungenbläschen geschädigt, als er ohne Maske tief eingeatmet hatte. Deshalb hatte er nun ernsthafte Probleme beim Atmen, als er Sebastian auf die Füße zerrte und ihn blind in eine willkürlich gewählte Richtung zog.

Keiner von beiden konnte weiter als maximal einen Meter sehen, viel zu sehr war die Luft von geschossartigen Graupelkörnern durchsetzt. Während er hinter dem Expeditionsleiter herstolperte, spürte Sebastian, wie die gefrorenen Muskelfasern in seinen Beinen knackten.

Irgendwie wusste er instinktiv, dass dies das letzte Mal sein würde, dass sie sich in Bewegung setzten; sie hatten sich zu sehr verausgabt. Und außerdem – wozu eigentlich? Sebastian verlor den Willen, sich weiterzuschleppen. Er ließ sich aufs Eis fallen und schloss die Augen, da der Sturm zu einem neuerlichen Angriff ansetzte.

Rick schüttelte ihn. „Nicht einschlafen! Nicht einschlafen …"

Aber Sebastian vergrub seinen Kopf in der Armbeuge, um ein Refugium vor der anprallenden Wucht des Sturms zu finden. Er spürte, wie Rick neben ihn sackte. Der Bergführer zitterte heftig – eine Phase, die Sebastian in einem früheren Stadium der Unterkühlung bereits am eigenen Leib erfahren hatte.

Ganz langsam schlich sich ein Bild in seine Gedanken, das ebenso schön wie grausam war: Josie, der die Tränen über die Wangen liefen. Eine abgrundtiefe Traurigkeit übermannte Sebastian.

Ein weiterer Blick in den Rückspiegel sagte Hal alles, was er wissen musste. Die gesamte Sicht war von einer Wolke aus pulverisiertem Schnee erfüllt, die nach der hinteren Stoßstange schnappte. Hal spürte, wie die Lenkung rebellierte, als die Reifen nach Halt suchten.

Plötzlich verstärkte sich auf der Fahrerseite das heranrauschende Getöse massiv, und in diesem Augenblick erkannte Hal, dass die von der linken Bergseite herabdonnernde Lawine mit der von hinten heransausenden kollidieren und diese vom Kurs abbringen würde. Es war ihre einzige – verschwindend geringe – Überlebenschance.

Das Crescendo erreichte in jenem Moment seinen Höhepunkt, als Hal den Kampf mit dem Lenkrad aufgab. Im hinteren Teil des Wagens brach die Hölle los, als die Druckwelle der aufeinander prallenden Lawinen zuerst das Heck- und dann alle weiteren Fenster zur Implosion brachte. Eisnadeln schossen durch das Wageninnere.

Hal warf sich nach rechts und versuchte Rachel, so gut es ging, mit seinem Körper zu schützen, während eine Schneewalze von der Größe und dem Gewicht eines Lkw seitlich auf den Jeep prallte. Der Toyota wurde in die Luft geschleudert und überschlug sich einmal um 360 Grad, wobei das Wagendach mit metallischem Kreischen eingedrückt wurde. Als Nächstes bekam Hal wieder mit, wie der Wagen auf den Rädern aufschlug und mit atemberaubender Geschwindigkeit rückwärts über das Gelände schlitterte und dabei reihenweise junge Schösslinge niedermähte. Kurz darauf erschütterte ein gewaltiger Aufprall das Fahrzeug, als es gegen etwas Hartes krachte. Es rutschte einen Abhang hinab und blieb schließlich stehen.

Hal befreite sich von dem Schnee, der ihn bedeckte, und hob den Kopf. Eine Bewegung unter ihm sagte ihm, dass Rachel noch lebte. Hinter ihnen stöhnten die Carroways. Louisa wurde von einem Weinkrampf geschüttelt, während Stan sich bemühte, ihr zu einer aufrechten Sitzposition zu verhelfen. Beide bluteten heftig.

Hal versuchte, sich zu orientieren. Sie waren vom Plateau heruntergeschleudert worden. Einige hundert Meter entfernt raste eine pilzförmige Wolke von ihnen weg der anderen Talseite entgegen. Zunächst konnte sich Hal keinen Reim darauf machen, doch dann setzte sein Verstand wieder ein. Die seitlich heranrauschende Lawine hatte die senkrecht ins Tal hinabschießende nicht nur getroffen, sondern praktisch geschluckt und damit gleichzeitig deren Richtung geändert. Jetzt donnerten sie mit gebündelter Kraft geradewegs auf den sich langsamer voranwälzenden Arm der dritten Lawine zu.

Eine Sekunde später passierte es: Urzeitliche Gewalten prallten frontal aufeinander. 60 Millionen Tonnen Eis krachten mit einer Geschwindigkeit von 220 Stundenkilometern in 40 Millionen Tonnen Eis, die sich mit einer Geschwindigkeit von 140 Stundenkilometern bewegten. Die daraus resultierenden Erschütterungen und die Schallwellen des Donners, der selbst im 35 Kilometer entfernten Anchorage noch zu hören war, verursachten eine Extremlawine, die binnen weniger Minuten den ganzen Staat zum Katastrophengebiet machte.

Auf beiden Talseiten begannen sich weitere Lawinen zu lösen. Sie schälten sich von den Hängen und tosten in einem Trichtereffekt hinab, der eine perfekte Falle bildete. Voller Prellungen beobachtete Hal wie durch einen Nebel mit einer Mischung aus Verwunderung und Todesangst, wie die Welt über ihnen zusammenbrach. Aus weit entfernten, nicht einsehbaren Tälern ertönte ein tiefes Grummeln, als auch dort ein Abhang nach dem anderen in Bewegung geriet.

Hal erkannte, dass er nur zwei Möglichkeiten hatte: sitzen zu bleiben und zu warten, bis sie getötet würden, oder – loszufahren. Er setzte sich aufrecht hinter das Lenkrad, drehte den Zündschlüssel und drückte das Gaspedal durch. Trotz eines schrappenden Widerstands aus verbogenem Metall sprang der Wagen aus der Senke heraus. Hal ignorierte das Geräusch, stieß die Gangschaltung nach vorn und manövrierte das Fahrzeug in einer direkten Linie auf den Wald am Talboden zu. Er wusste, dass der durch die Felsen führende Tunnel nicht mehr weit davon entfernt war, und konzentrierte jede Faser seines Körpers auf ein einziges Ziel – den Toyota in den Tunnel zu steuern, bevor die nächste Lawine anrollte.

Beide Scheinwerfer waren zerschmettert. Hal musste die Reste der Windschutzscheibe auf die Kühlerhaube hinausschlagen, um überhaupt etwas sehen zu können. Der Hang war von Geröll übersät und mit Vertiefungen durchsetzt; der Toyota wurde von einem Hindernis zum nächsten geschüttelt.

Endlich hatte Hal den Wald erreicht, schlitterte um die größeren Bäume herum, mähte die kleineren rücksichtslos nieder. Das Donnern von rechts wuchs jede Sekunde weiter an, veränderte lediglich seine Untertöne, wenn das Splittern von Holz an ihre Ohren drang.

Der Tunnel lag nun direkt vor ihnen; durch die Stämme hindurch war seine schwarze Öffnung zu erkennen. Hal drückte den Fuß fester auf das Gaspedal. Doch plötzlich verlor er die Kontrolle über den Wagen. Die heranbrausenden Schneemassen packten das Heck, wirbelten den Toyota herum und schleuderten ihn Richtung Tunnelöffnung.

Kurz bevor er das Bewusstsein verlor, realisierte Hal noch, dass sie genau so herumgedreht worden waren, dass sie der herandonnernden Lawine entgegenblickten. Schon fast ohnmächtig, vernahm er noch, wie der zersplitterte Stamm einer alten Kiefer auf sie zuflog. Als er auf die Motorhaube krachte, spürte Hal die ersten Schneepartikel in seine Lunge dringen. Noch ein halb ersticktes Ausatmen, dann wurde es schwarz um ihn.

4

Josie kauerte sich auf das Wohnzimmersofa, hüllte sich in eine Decke und schaltete den Fernseher ein, um zu hören, ob es neue Nachrichten gab. Die gab es, aber nicht vom Everest. CNN hatte sich auf eine andere Katastrophenmeldung konzentriert. Aus Alaska wurden Bilder von schrecklichen Verwüstungen gezeigt: zertrümmerte Häuser und Autos, verwüstete Eisenbahngleise.

Josie stellte lauter. „… ersten Berichten zufolge kamen am heutigen Abend mehr als 40 Menschen ums Leben. Es handelt sich um eine der schlimmsten Serien von Lawinenunglücken, die sich in der Geschichte Alaskas jemals ereignet haben."

Ein erschüttert wirkender Polizeibeamter kam ins Bild. „Das ganze Ausmaß der Katastrophe können wir im Moment noch gar nicht überblicken. Es sieht so aus, als ob so ziemlich jedes Tal im südlichen Teil des Staates zur gleichen Zeit von Lawinenabgängen betroffen gewesen ist. Wir vermuten, dass zur Stunde noch hundert oder mehr Personen vermisst werden." Ein Archivbild wurde eingeblendet. „Unter den Vermissten befindet sich auch der Lawinenexperte Hal Maher. Die Polizei befürchtet, dass er selbst ein Opfer der Katastrophe geworden ist, als er versuchte, andere vor der drohenden Gefahr zu retten."

DURCH den Aufprall waren ihm mehrere Zähne ausgeschlagen worden. Hal spuckte die Splitter aus und hustete den Pulverschnee aus seinen Atemwegen. Dann boxte er mit dem rechten Arm in die kompakte

Schneemasse, die ihn umgab, um sich eine Lufttasche zu schaffen.

Ringsum war es still. Er versuchte, den Kopf zu bewegen, der jedoch wie festgenagelt schien. Blut rann über seine Augen. Ein beständiges dickflüssiges Rinnsal floss warm aus seinem Mund zu ihnen hinunter. Da begriff Hal, dass er kopfüber begraben war. Das erklärte auch, warum er in seinen straff gespannten Schläfen das rhythmische Pulsieren seines Herzschlages so deutlich vernahm.

Plötzlich brachen die letzten Sekunden, bevor er das Bewusstsein verloren hatte, in lebhaften Bildern über ihn herein: die Geschwindigkeit, mit der die Lawine den Wagen rückwärts in Richtung Tunnel gewirbelt hatte; der Baum, der aus der weißen Wand aus Schnee auf sie zugeflogen war; der harte Aufprall, mit dem sein Gesicht gegen etwas Metallisches geknallt war, als er bei den unkontrollierbaren Drehungen aus dem Auto geschleudert worden war.

Er probierte das linke Bein zu bewegen und stellte fest, dass er damit Bewegungsfreiheit besaß. Dasselbe galt für sein rechtes Bein. Er sammelte seine Kräfte, rammte sein linkes Bein gegen einen stabilen Widerstand und spannte seinen Oberschenkel an, um sich wegzustemmen. In ruckartigen Bewegungen drehte er seinen Oberkörper an der Hüfte herum, bis sein Kopf und die Schultern aus dem Schnee befreit waren, der sie begraben hatte.

Unter Schock stehend, voller Quetschungen und Prellungen, lag er auf der Seite und japste nach Luft. Neben sich erblickte er die aus den Angeln gerissene Fahrertür.

Rachel! Die Carroways! Der plötzliche Gedanke an die anderen brachte Hal auf die Beine. Der Mond stand hoch am nächtlichen Himmel, und als Hals Augen sich dem Lichtschein angepasst hatten, war er langsam in der Lage, sich zu orientieren. Er befand sich nur ein paar Meter vom Eingang des Tunnels entfernt, der nun teilweise von Schnee und den Überresten zersplitterter Bäume versperrt wurde. Um ihn herum stand kein einziger Baum mehr.

Aus dem Inneren des Tunnels leuchtete ein rot glühendes Licht – ein Rückstrahler des Toyota. Hal versuchte, in dem schwachen Lichtschein Details zu erkennen, und sah, dass das Wrack des Geländewagens von dem Baumstamm, der in den letzten Sekunden, an die er sich erinnerte, auf die Motorhaube geschleudert wurde, teilweise zerquetscht worden war.

Hal begann sich durch die gesplitterten Stämme zu kämpfen, kletterte über das Wirrwarr abgeknickter Äste oder darunter hindurch. Als er den

Wagen erreicht hatte und feststellte, dass dieser auf dem Dach lag und zudem halb von den Schneemassen bedeckt war, die in den Tunnel geschossen waren, sank sein Mut. Er klopfte gegen die Karosserie und betete darum, eine Antwort zu bekommen.

Ein dumpfer Ruf ertönte. Es war Stan Carroways Stimme.

„Ich grabe euch aus!“ Mithilfe eines Kotflügelstücks schaufelte Hal, so schnell er konnte. Wenn Stan noch am Leben war, bestand auch Hoffnung für Rachel und Louisa. Es roch intensiv nach Benzin. Vermutlich war der Tank zerplatzt, als das Auto herumgeschleudert worden war.

Konzentriert buddelte und schabte Hal den kompakten Schnee zur Seite. Endlich hatte er sich bis zum Fensterrahmen vorgearbeitet und konnte auf den Rücksitz greifen. Eine knochige Hand umfasste ihn mit schwachem Griff, und er hörte Stans leise, vor Schock zitternde Stimme. „Louisa ist noch am Leben. Ich höre sie neben mir atmen. Um Himmels willen, holen Sie uns hier raus.“

„Alles wird gut, Stan“, beruhigte ihn Hal. „Ich grabe Sie so schnell wie möglich frei.“

Er verlagerte sein Gewicht, damit er mit der Hand in den vorderen Bereich tasten konnte. In den engen Fußraum des Beifahrersitzes war offensichtlich kein Schnee eingedrungen. Eine Lufttasche.

Zuerst konnte er nichts ertasten. Mit dem Kopf voran zwängte er sich in den Hohlraum, um mit den Händen weiter hineingreifen zu können. Da spürte er eine leichte Bewegung, und ein Ächzen ertönte. Rachel war ebenfalls am Leben!

Hal kroch wieder hinaus und begann erneut zu schaufeln. Er stieß das verbogene Kotflügelblech in die Schnee- und Eismasse, bis er die gesamte Beifahrerseite freigelegt hatte. Hierfür brauchte er eine Stunde, danach eine weitere, um die Carroways zu befreien.

Stan hatte einen schweren Schock erlitten, und Louisa war bewusstlos. Hal fand den Koffer der beiden und breitete Kleidungsstücke auf dem Schnee aus, bevor er das alte Ehepaar Seite an Seite darauf legte. Stan zog Louisa in seine Arme, um sie so gut wie möglich warm zu halten.

Sofort widmete sich Hal der Aufgabe, ein weiteres Loch zu graben, um zu Rachel vorzudringen. Es stellte sich als kompliziert heraus, sie aus dem engen Raum herauszumanövrieren, doch endlich gelang es ihm, sie zu befreien. Sie hatte vermutlich eine schwere Gehirnerschütterung davongetragen, befand sich im Koma, und mit einem Blick erkannte Hal, dass eines ihrer Beine gebrochen war. Vorsichtig legte er sie neben die Carroways.

Sie konnte es schaffen. Alle drei konnten es schaffen, wenn er sie nur schnell genug in ein Krankenhaus bringen konnte.

Plötzlich hörte Hal über den Bergwänden, die das Tal umschlossen, das gedämpfte Knattern von Rotorblättern. Ein Hubschrauber näherte sich. Also war bereits eine Rettungsmannschaft auf der Suche nach ihnen. Jetzt erinnerte sich Hal daran, Robbie McGowan von den State Troopers noch mitgeteilt zu haben, dass er ins Cooper Valley fahren wollte.

Aber wie sollte man sie in der Dunkelheit aus der Luft entdecken?

Im Kofferraum des Toyota befand sich ein Reservekanister mit vier Liter Benzin. Gott sei Dank steckte er unbeschadet in seiner Halterung! Hastig zerrte Hal ihn heraus. Dann stürzte er zu Stan und schüttelte diesen an den Schultern. „Haben Sie ein Feuerzeug?"

Doch der alte Mann starrte ihn nur verständnislos an und reagierte auch nicht, als Hal begann, seine Taschen zu durchsuchen. In der hinteren Hosentasche fand er endlich ein Feuerzeug, mit dem er sich, so schnell er konnte, über die Baumstämme in Richtung Tunnelöffnung kämpfte. Das Geräusch der Rotoren war schon schwächer geworden; man suchte bereits im unteren Teil des Tales.

In einem sicheren Abstand zum Tunnel schüttete Hal das Benzin aus. Dann wich er ein paar Schritte zurück, entzündete das Feuerzeug und warf es auf die benzingetränkte Fläche.

Er wich gerade noch rechtzeitig zurück, bevor sie mit brüllendem Zischen entflammte. Kurz darauf züngelte das Feuer hell in den nächtlichen Himmel.

Hal ließ sich auf einen Baumstamm sinken und betete, der Helikopter möge noch einmal umkehren. Und tatsächlich, das Rotorengeräusch verstärkte sich wieder, der Hubschrauber ratterte noch einmal das Tal hinauf. Abrupt änderte er seine Flugbahn und steuerte direkt auf das Feuer zu.

Hal sprang auf die Beine. Obwohl er sich schwach und benommen fühlte, fuchtelte er dennoch wie wild mit den Armen umher, bis ihn die Suchscheinwerfer des Rettungshubschraubers entdeckt hatten. Gleich darauf schwebte der Helikopter direkt über ihm. Die Umdrehung der Rotoren verursachte einen kleinen Wirbelsturm mit Blättern und Rindenstücken.

Hal sah, wie ein Mann an einer Seilwinde durch die offene Luke herabgelassen wurde. Er wollte ihm einen Gruß zurufen, doch alles um ihn herum begann sich plötzlich zu drehen. Als ihn der Sanitäter erreichte, war Hal bereits zu Boden gestürzt und hatte das Bewusstsein verloren.

OBWOHL sie die ganze Nacht nicht geschlafen hatte, beschloss Josie, wie gewöhnlich ins Studio zu fahren und die Sendung zu präsentieren. Dadurch würde sie wenigstens die Chance haben, dem Druck der endlosen Warterei für eine Weile zu entfliehen.

Als sie nach unten ging, um dem Chauffeur die Tür zu öffnen, klingelte das Telefon. Es war das Basislager am Everest.

„Sebastian und die anderen sind immer noch nicht aufgetaucht", berichtete Tony Keller. Seine Stimme klang flach und ausdruckslos. „Ein anderes Team, das es noch zurück bis ins Lager IV geschafft hat, berichtete, sie hätten in der Nähe des Südgipfels ein paar zusammengekauerte Körper gesichtet."

„O Gott! Können Sie sie denn nicht über Funk erreichen?"

„Vor etwa vier Stunden haben wir ein paar bruchstückhafte Sätze von Rick aufgefangen. Wir glauben, dass er noch am Leben ist, und möglicherweise ist Sebastian bei ihm."

„Was hat er gesagt?"

Tony klang, als würde ihm der Kummer den Hals zuschnüren. „Er hörte sich erschöpft an. Wirkte irgendwie wirr. Er sagte, er sei in Schwierigkeiten und brauche Sauerstoff, bevor er sich wieder bewegen könne. Und er sagte, er würde seine Füße nicht mehr spüren."

„Kann ihnen denn jemand Sauerstoff bringen?"

„Ich glaube nicht. Bei diesen Witterungsverhältnissen besteht nicht die geringste Chance, dass es jemand bis dort oben schaffen würde, nicht mal, wenn man es auf einen Versuch wollte ankommen lassen. Wir bereiten uns auf das Schlimmste vor, Josie. Leider kann ich Ihnen nichts anderes sagen."

Sie hätte ihn am liebsten angebrüllt, ihm Flüche an den Kopf geworfen – schließlich war es die einzige Stimme, an der sie ihre ohnmächtige Wut auslassen konnte. Aber sie wusste, dass es niemandem geholfen hätte. „Danke, dass Sie mich informiert haben", sagte sie stattdessen und legte auf.

HAL WAR bereits während des Fluges von den Sanitätern wieder belebt worden. Er war dabei, als Stan und Louisa im Krankenhaus von Anchorage untersucht wurden und man feststellte, dass sie sich nicht in akuter Lebensgefahr befanden. Bei Rachel sah es jedoch schlimmer aus. Ein Chirurg untersuchte sie kurz, dann ließ er sie in einen Operationssaal bringen. Hal blieb davor sitzen und weigerte sich stur, seinen Platz zu verlassen und seine eigenen Verletzungen behandeln zu lassen.

Nach einer Stunde trat der Chirurg endlich aus dem OP-Bereich. „Ihre Lebensgefährtin hat mehrere Traumata erlitten. Wir haben ein zehn Zentimeter langes Metallstück aus ihrem Oberschenkel geschnitten. Außerdem hat sie mehrere Bein- und Rippenfrakturen sowie leichte Kopfverletzungen. Aber soweit wir feststellen können, handelt es sich dabei um keine irreversiblen Schäden. Ich gehe davon aus, dass sie sich völlig regenerieren wird – zu gegebener Zeit. Aber ich fürchte, für das Baby besteht wenig Hoffnung."

Verwirrt sah Hal den Arzt an. „Das Baby?"

„Ihre Partnerin ist schwanger, Mr Maher. Doch ich fürchte, ihre Bauchverletzungen sind zu schwer wiegend." Bedauernd zuckte er mit den Schultern. Es war die Geste eines Mannes, der von Berufs wegen an das Mitteilen schlechter Nachrichten gewöhnt war. „Darf ich Ihnen vorschlagen, dass Sie sich jetzt selbst versorgen lassen?" Er ergriff Hals Ellbogen und führte ihn in die Notaufnahme.

GERADE noch rechtzeitig wurden die tiefen Schatten unter Josies Augen überschminkt, bevor es auch schon Zeit war, auf dem Sofa Platz zu nehmen.

Als das rote Kameralicht aufleuchtete, zwang sie sich zu einem Lächeln. „Guten Morgen und herzlich willkommen zu *Frühstücks-TV* ..." Urplötzlich versagte ihre Stimme, als sie ihr Spiegelbild in der Kameralinse sah. Einen kurzen Moment lang glaubte sie, Sebastian neben sich zu sehen.

Und da wusste sie es. Er würde nicht zurückkommen. Er würde sterben, vielleicht war er sogar bereits tot. Der Mount Everest hatte ihn getötet.

In diesem Moment begannen ihre Tränen zu strömen, Tränen der Verzweiflung, herzzerreißende Schluchzer, die sich einer Tiefe entrangen, von der Josie bis zu diesem Augenblick nicht gewusst hatte, dass sie diese in sich trug.

Eine Zeit lang verweilte die Kamera noch auf Josies Gesicht. Erst als der Aufnahmeleiter erkannte, dass sie sich nicht wieder in den Griff bekommen würde, blendete man das Bild aus, während Josie aus dem Studio rannte.

5

24 Stunden nach der Lawine entließ Hal sich selbst aus dem Krankenhaus. Er war steif wie ein Brett. Als er aus dem Wagen geschleudert worden war, hatte er schwere Prellungen und Quetschungen erlitten, eine Rippe und zwei Finger waren gebrochen, und sein Mund war voll zersplitterter Zähne.

Zu Hause in der Blockhütte ging er schnurstracks ins Büro. Die Anzeige auf dem Computermonitor verriet ihm, dass mehr als 90 E-Mails eingegangen waren. Ihm war klar, dass jeder der Absender seine Hilfe oder seinen Ratschlag erhoffte.

Das Klingeln des Telefons unterbrach seine Gedanken. „Hallo?"

„Himmel, bin ich froh, dich zu erwischen, Hal! Hier spricht Deborah. Ich habe schon den ganzen Tag probiert, dich zu erreichen. In einem der Fernsehberichte habe ich gesehen, dass ihr von einer Lawine erwischt worden seid. Ich wusste nicht, ob du tot bist oder noch lebst."

Deborah, Rick Fieldings Frau. Hal war erleichtert, dass sich am anderen Ende der Leitung eine Freundin meldete. „Tut mir Leid, ich bin gerade aus dem Krankenhaus nach Hause gekommen."

„Ist Rachel in Ordnung?"

Hal beschloss, lieber gleich die Wahrheit zu sagen. Deborah kannte ihn viel zu gut, als dass er ihr etwas hätte verheimlichen können. „Sie war schwanger. Aber sie hat das Baby verloren."

„O Gott, Hal! Das tut mir so Leid! Wie geht es ihr?"

„Sie wird eine Weile im Streckverband liegen müssen. Ihr linkes Bein ist ziemlich zertrümmert, aber es sieht so aus, als ob sie es retten konnten. Sie geben ihr starke Beruhigungsmittel."

„Hattest du dann heute überhaupt schon Gelegenheit, Nachrichten zu sehen oder Zeitung zu lesen?"

„Nein, ich habe es absichtlich vermieden. So viele Menschen sind umgekommen."

„Ich weiß, dass du gerade durch die Hölle gegangen bist. Aber ich habe noch mehr schlechte Nachrichten, und ich möchte, dass du sie von mir erfährst." Vom anderen Ende der Leitung erklang ein Schluchzen.

Hal wurde bewusst, dass Deborah nicht nur angerufen hatte, um ihr Mitgefühl zu bekunden. Schwer ließ er sich auf einen Stuhl fallen. „Es geht um Rick, nicht? Du hast Nachrichten von der Expedition?"

„Sie ist eine einzige Tragödie, Hal. Letzte Nacht sind in einem verheerenden Sturm sechs Teilnehmer ums Leben gekommen. Rick befindet sich unter ihnen. Ich weiß, das ist …“

„Rick ist tot?“ Hals Herz begann wild zu hämmern. „Das kann ich nicht glauben!“

„Da bist du nicht der Einzige. Ich kann es auch noch nicht fassen. Aber er kommt nicht zurück, ebenso wenig wie fünf unserer Kunden.“ Deborahs Stimme wurde brüchig. „Es ist alles so grauenvoll!“

„Wie konnte das nur passieren?“

„Frag mich nicht. Ich habe die letzten 24 Stunden am Telefon verbracht, um rauszufinden, was auf diesem Berg vor sich gegangen ist. Die meiste Zeit funktionierte das Satellitentelefon wegen des Sturms nicht.“

Eine lange Pause entstand, bis Hal schließlich fragte: „Wie nehmen es die Kinder auf?“

„Sie sind halb wahnsinnig vor Kummer und haben einen Schock wie ich. Rick war doch unbesiegbar, das wussten wir alle. Wie konnte das ausgerechnet ihm passieren?“

„Ich kann mir nur vorstellen, dass er einige seiner Kunden retten wollte. Es muss ein teuflischer Sturm gewesen sein.“

„Aber warum? Warum genau an diesem Tag, Hal?“

Er wusste, dass es in dieser Situation kaum etwas zu erwidern gab. „Sag mir, was ich für dich tun kann. Ich tue alles, hörst du?“

„Ich danke dir, Hal. Aber Tatsache ist doch, dass ihr da oben gerade selbst mit einem Albtraum fertig werden müsst. Und ich muss jetzt auch Schluss machen. Ich habe noch einige Telefonate zu führen. Aber hör zu, was auch immer passiert, zur Trauerfeier musst du nach Vancouver kommen. Sie wird für Rick und für alle sein, die umgekommen sind. Er hat immer gesagt, wenn es zum Schlimmsten kommt, soll ich es so machen. Wirst du kommen?“

„Ich werde da sein, Deborah.“

DREI Tage nach Sebastians Tod brachte Josie endlich den Mut auf, zur Arbeit zurückzukehren. Es war eine Frage des Stolzes, sagte sie sich, und sie wusste, dass Sebastian es so gewollt hätte.

Vor dem Studio empfing Josie ein Blitzlichtgewitter, und die Fotografen lieferten sich mit den Sicherheitsposten ein regelrechtes Handgemenge, um sich in die vorderste Reihe zu drängen. Josie hielt den Kopf gesenkt und hastete durch den Eingang.

Mike erwartete sie. „Mein herzlichstes Beileid, Josie. Von uns allen hier im Studio."

„Was soll ich sagen? Sebastian liebte die Gefahr, das wissen wir alle. Und manchmal müssen Menschen, die die Gefahr lieben, dafür eben bezahlen." Mit diesen Worten hetzte Josie in Richtung Garderobe davon. An der Kleiderstange hing ein schwarzes Kleid. Ihre Garderobiere war so einfühlsam gewesen, daran zu denken.

Auch die Kameraleute und Beleuchter gingen behutsam mit Josie um, als sie ins Studio kam, und der Tontechniker, der sie mit dem Mikrofon versah, sagte: „Es gibt nicht viele Leute, die sich nach dem, was Sie hinter sich haben, vor diese Kamera setzen würden. Das braucht schon eine Menge Mut."

Seine Worte steigerten Josies Selbstbewusstsein. Als sie ihren Platz auf dem Sofa einnahm, atmete sie tief ein, damit sich ihre Nerven beruhigten.

Das rote Licht blinkte auf, und damit kam Leben in Josies Gesicht, wie es in der Vergangenheit schon hunderte von Malen geschehen war. „Es ist sechs Uhr morgens an diesem 28. April, und ich heiße Sie herzlich willkommen zu *Frühstücks-TV*!"

So vergingen die ersten Tage. Blumengebinde, Beileidsbekundungen und Trauer. Morgen für Morgen schaffte Josie es, sich während der Sendung zusammenzureißen, aber kaum hatte sie hinterher die Einsamkeit ihres Hauses erreicht, brach sie zusammen.

Die Presse war unersättlich. Die sensationelle Story von Sebastian Turners Tod fand täglich eine Fortsetzung. Die seriöseren Blätter widmeten sich Tiefenanalysen des Unglücks, führten Experten an, die – soweit sie es konnten – den Hergang der Katastrophe sowie die letzten Stunden der Kletterer rekonstruierten. Oft wurde auch Rick Fieldings Witwe zitiert, die die Leistungen ihres Mannes verteidigte und jene Kritiker in die Schranken verwies, die den toten Bergführer bereits der Fahrlässigkeit beschuldigten.

Jeden Tag fügte Josie ihrer üblichen Joggingstrecke noch eine kleine Runde hinzu. Laufen war die einzige Therapie, die ihr einfiel. Es dauerte nicht lange, bis sie Tag für Tag zwei bis drei Stunden durch die Stadt lief.

RACHEL schlief, das Licht in ihrem Zimmer war gedimmt. Ihr linkes Bein war dick vergipst und hing in einer komplizierten Streckvorrichtung.

Hal zog sich einen Stuhl ans Bett, setzte sich und sah sie an. Trotz ihres blauen Auges und ihrer geschwollenen Lippen erschien sie ihm so schön wie eh und je. Er streichelte ihre fieberheiße Stirn.

Der Rhythmus ihres Atems veränderte sich, wurde flacher, als sie die Augen aufschlug und ihn ansah. „Hallo, Hal“, flüsterte sie.

„Wie geht's dir heute?“, fragte er fürsorglich. „Möchtest du ein Schmerzmittel?“

„Nein. Ich bin bis oben hin voll mit Pillen. Ich spüre rein gar nichts.“

„Hör zu, mein Schatz. Die Ärzte haben mir die Sache mit dem Baby schon gesagt. Du musst dir also keine Sorgen darüber machen, wie du es mir beibringen könntest.“

Rachel kniff die Augen zu. „Es war schon elf Wochen alt. Ich weiß nicht, warum ich dir nichts gesagt habe … Ich hatte vor …, an dem Abend, als …“

Hal strich ihr eine Träne aus dem Augenwinkel.

„Ich habe dich nicht mal gefragt“, fuhr sie fort. „Was hältst du von der Idee eigentlich?“

„Ich liebe sie“, versicherte er. „Und sobald wir dich hier rausbekommen, können wir von vorne beginnen.“

„Es war die Kamera, Hal. Ist das nicht eigenartig? Es war die Kamera, die unser Baby getötet hat. Sie sagten, die Verletzung stamme von einem etwa sechs Zentimeter breiten, stumpfen Gegenstand, der sich in meinen Bauch gerammt hat, als der Wagen herumgeschleudert wurde. Das war das Objektiv der Kamera, ich hatte sie auf meinem Schoß. O Hal, es tut mir so Leid!“ Sie umklammerte seine Hand und begann zu schluchzen. „Und das Schlimmste an allem ist, dass ich diese ganzen Lawinen ausgelöst habe. Ich habe die Heckklappe zugeschlagen.“

„Alles hätte sie auslösen können, Rachel. Ich habe dir doch gesagt ...“

„Trotzdem war *ich* es. Ich war so dumm, ich habe nicht gedacht, dass …“ Eine Weile sah sie ihn an. „Wie viele Menschen sind ums Leben gekommen?“

„Man weiß es noch nicht genau, aber es werden wohl mehr als 40 sein. Aber diese Leben gehen auf mein Konto, nicht auf deines.“

„Und die Carroways?“

„Die sind einigermaßen in Ordnung. Ich wünschte nur, wir hätten den anderen auch helfen können.“ Hal stand auf und ging aufgewühlt im Zimmer auf und ab. „Wenn ich nur schneller reagiert hätte. Ich hätte schon 24 Stunden früher Warnstufe Rot ausrufen sollen.“

„Kein Mensch hätte das vorhersagen können. Es war eine Laune der Natur.“

„Vielleicht." Er setzte sich wieder auf den Stuhl und legte den Kopf neben ihren. Eine lange Zeit verharrten sie so nebeneinander, bis Hal das Schweigen brach. „Es gibt noch was, was ich dir sagen muss. Am selben Tag, als bei uns die Lawinen abgingen, wütete auf dem Everest ein schrecklicher Sturm. Rick Fielding ist darin ums Leben gekommen."

Rachel war entsetzt. „Mein Gott, ich hätte mir nie vorstellen können, dass ihm so was passiert! Die arme Deborah, sie muss am Boden zerstört sein."

„Ist sie auch. Wenn du wieder gesund bist, fliegen wir nach Vancouver und verbringen ein paar Tage bei ihr. Vermutlich braucht sie Hilfe."

DIE TRAUERFEIER für Sebastian fand drei Wochen nach dem Sturm statt. „Er hätte nicht gewollt, dass es eine allzu triste Angelegenheit wird", erklärte Josie dem beauftragten Bestattungsunternehmen. „Versuchen Sie also, die Feier nicht zu morbid zu gestalten."

Aber schon das Wetter verschwor sich gegen sie. Den ganzen Tag über regnete es in Strömen, und die Trauergäste, die durch die Straßen zur Messe hasteten, wurden völlig durchnässt. Das Kircheninnere war finster und düster, und Josie empfand die Choräle als deprimierend. Am Ende war sie froh, endlich wieder auf die Straße hinauszukommen und frische Luft schnappen zu können.

Hinterher war im Studio von *Frühstücks-TV* ein Empfang geplant. Josie stürzte hastig ein Glas Wein hinunter, um das Gefühl zu betäuben, Sebastian mit diesem trostlosen Tag enttäuscht zu haben.

„Ich habe noch nie einen dermaßen verzagten Haufen Leute gesehen", sagte sie zu Mike.

„Sie haben alle Angst", raunte er ihr ins Ohr. „Keiner weiß, was die Zukunft nun bringen wird, wo Sebastian nicht mehr unter uns ist. Fast jeder in diesem Raum hängt jobmäßig von *Frühstücks-TV* ab, und ich nehme an, sie befürchten, dass größere Veränderungen anstehen."

Josie war keineswegs schwer von Begriff. „Und, ist es denn so?"

„Unter uns gesagt, ja, es könnte durchaus sein, dass es sein muss. *Frühstücks-TV* ist noch nicht so gewinnträchtig, wie wir uns das vorgestellt hatten."

„Was steht uns bevor? Stellenkürzungen etwa?"

„Nun, wir werden sehen. Sebastian hat die Gesellschaft nach außen hin sehr stark verkörpert. Sein öffentliches Profil machte Dinge wie Geld aufzutreiben relativ einfach. Ohne ihn werden wir jetzt doppelt so schwer kämpfen müssen. Die Werbeeinnahmen sind unser kritischster Punkt."

Josie verließ den Empfang früh und fuhr mit ihrem eigenen Wagen. Am Hyde Park Corner hätte sie links abbiegen und durch Kensington fahren müssen. Doch plötzlich fiel ihr Blick auf ein Hinweisschild zur Autobahn M 1. Einem Impuls nachgebend, folgte sie dem Schild. Schließlich wartete zu Hause niemand auf sie.

Die Trauerfeier hatte ein tiefes Gefühl der Leere in ihr hinterlassen, und sie wusste auch, weshalb. Es hatte keinen Sarg gegeben, Sebastians Leiche hatte gefehlt. Sein Grab befand sich an einem unbekannten, gottverlassenen Fleck auf dem Mount Everest. Wie nannten es die Seelenklempner? Abschließen. Ich habe aber noch keineswegs das Gefühl, mit irgendwas abgeschlossen zu haben, dachte Josie bitter.

160 Kilometer rauschten vorbei. 300 Kilometer. Sie ließ die Regenwolken hinter sich, und am Nachmittag traf sie blauen Himmel an. Schließlich umgaben sie die vertrauten sanften Hügel von Northumberland, der Landschaft ihrer Kindheit. In den frühen Tagen ihrer Beziehung war sie mit Sebastian einmal hierher gefahren. Josie zweigte von der Autobahn ab und fuhr in Richtung der ungebändigten Küste, die Sebastian so begeistert hatte. „Beste Flugbedingungen", hatte er ihr erklärt. „Auflandiger Wind und ansteigende Hügel." Als Josie um eine Kurve bog, erblickte sie die schroffe Landzunge, wo er ihr das Fliegen beigebracht hatte.

Sie fuhr denselben Feldweg wie damals nach oben, stellte den Wagen ab und legte sich ins Gras, überrascht von der Wärme des frühsommerlichen Sonnenscheins. Ihre Gedanken wanderten in die Vergangenheit.

Es war ein herrlicher Sommertag, und sie waren ganz allein gewesen. Sie hatten Sebastians Tandem-Gleitschirm aus dem Kofferraum geholt, und Josie hatte ihm geholfen, die Leinen, die ihr wie ein unentwirrbarer Wollknäuel vorgekommen waren, zu sortieren. Innerhalb weniger Minuten hatten sie den hellrot und gelb gestreiften Paraglider auf dem Gras ausgebreitet.

Sebastian half ihr ins Sitzgeschirr und führte anschließend die gleichen Handgriffe für sich selbst durch. Sobald er den Wind als geeignet empfand, zog er an den beiden Steuerschlaufen. Der Schirm entfaltete sich und füllte sich mit Wind. Einen Moment später stieg er in die Luft und schwebte wie ein Drachen über ihren Köpfen.

„Jetzt!"

Sie machten ein paar stolpernde Schritte vorwärts. Josie spürte den straffen Zug der Schultergurte, als der Schirm mit einem Mal ihrer beider Gewicht übernahm. Und schon waren sie in der Luft und schwebten hinaus übers Meer.

„Wahnsinn! Das ist ja unglaublich!“, jubelte Josie.

Sie flogen parallel zur Küste. Die weichen Flanken der Hügel lagen links von ihnen, und die Küste befand sich direkt unter ihnen. Josie konnte die weiße Brandung sehen, die sich am Strand brach. Und sie spürte Sebastian neben sich.

„Ich liebe dich!“, rief er.

Es war das erste Mal, dass er diese Worte ausgesprochen hatte. Während sie mit dem Aufwind weiter nach oben schwebten, wurde Josie bewusst, dass sie noch nie so glücklich gewesen war.

AUF DER Rückfahrt nach London klingelte das Handy. Es war Deborah Fielding, die aus Vancouver anrief. Verdammt!, schimpfte Josie mit sich selbst. Sie hatte die Trauerfeier für die Expeditionsmitglieder völlig vergessen. Dabei hatte sie versprochen, Deborah ihre Entscheidung schon vor einer Woche mitzuteilen.

„Ich will Sie nicht unter Druck setzen“, sagte Deborah, „aber ich muss langsam die Anzahl der Gäste wissen. Meinen Sie, Sie schaffen es?“

Josie hatte nicht vorgehabt, an der Zeremonie teilzunehmen, aber nach der bedrückenden Erfahrung der Trauerfeier für Sebastian kam sie jetzt zu der Überzeugung, dass ihr die Reise vielleicht helfen könnte. Die anderen Angehörigen der Verunglückten würden auch da sein. Vielleicht würde sie in ihrer Gegenwart ja mehr Trost finden als bislang. Und vielleicht würde sie auf manche Frage sogar eine Antwort erhalten.

„Ich komme“, teilte sie Deborah mit.

FÜNF Wochen nach dem Lawinenunglück war Rachel endlich so weit, dass man sie nach Hause entlassen konnte. Ihr linkes Bein war zwar noch genagelt, aber sie konnte sich in einem Rollstuhl fortbewegen. Hal holte sie vom Krankenhaus mit dem brandneuen Toyota ab, den er sich mittlerweile von der Versicherungssumme gekauft hatte.

Sie fuhren aus der Stadt hinaus, und Hal registrierte jedes noch so kleine Detail, das den anbrechenden Sommer verriet. Die Flüsse rauschten kräftig und waren voller Schmelzwasser, die frischen Triebe des Wollgrases ragten hoch neben der Straße auf.

In Eagle Junction hielt er vor dem Postamt an. Der Beamte war neu und sah Hal neugierig an, als dieser seinen Namen nannte. „Sie sind der Lawinenmann, nicht wahr?“

„Der bin ich, ja.“

„Ihr Postfach platzt fast aus allen Nähten.“

Hal wusste, dass der größte Teil davon von Versicherungen stammte, die alle seine Expertenmeinung zu den durch das Lawinenunglück bedingten Forderungen einholen wollten.

Er stieg wieder zu Rachel in den Wagen. „Weißt du, wie mich der Postmensch eben genannt hat? Den ‚Lawinenmann‘. In diesen Breitengraden werde ich das wohl immer bleiben. Ist das nicht schrecklich?“

„Ach, Hal, fahr bitte los. Ich will einfach nur nach Hause.“

Den Rest der Fahrt brachten sie schweigend hinter sich. Hal dachte über die Worte des Postbeamten nach, und Rachel bemühte sich, den Schmerz nicht zu zeigen, den ihr jedes noch so kleine Schlagloch in der Straße bereitete.

„Sieht aus, als hättest du wenig Zeit für die Hausarbeit gehabt“, seufzte Rachel, als sie sah, in welchem Zustand sich das Blockhaus befand.

In der Hektik der Aufräumarbeiten hatte Hal keine Zeit gefunden, sich darum zu kümmern. Aber als er sich jetzt der häuslichen Unordnung bewusst wurde, schämte er sich, dass er vor Rachels Heimkehr nicht daran gedacht hatte, etwas dagegen zu unternehmen.

Er zündete den Kamin an, um die ungemütliche Kühle zu vertreiben, und Rachel rollte von Zimmer zu Zimmer. Alles war, wie sie es in Erinnerung hatte. Die Hand voll Steinchen vom Everest auf dem Schreibtisch. Und auf dem Regal die Weinflasche, mit der sie an jenem Abend, als die Lawinen abgegangen waren, mit Hal auf das Baby hatte anstoßen wollen.

Was ihnen jener Tag wohl alles gestohlen hatte, fragte Rachel sich verzagt, als sie ins Schlafzimmer rollte. Knochen würden allmählich heilen, aber welche unsichtbaren Schäden würden sie mit der Zeit wohl entdecken? An vieles mussten sie sich erst gewöhnen, und sie hatten ein ungeborenes Kind zu betrauern.

Das Krankenhaus war ihr nicht als der richtige Ort erschienen, um miteinander zu reden. Hal hatte sie so oft wie möglich besucht, aber ihre Gespräche waren immer irgendwie distanziert gewesen. Sie hatten über Rachels gesundheitliche Fortschritte geredet oder über Hals Arbeit mit seinem Lawinenteam. Und er hatte von den langen Sitzungen beim Zahnarzt berichtet, die sein Gebiss wieder in einen Zustand gebracht hatten, der es ihm erlaubte zu lächeln, ohne dass die Leute schreiend die Flucht ergriffen.

Rachel hatte sich danach gesehnt, endlich nach Hause zu dürfen, in Hals Armen zu liegen und offen und frei über die tieferen Wunden zu sprechen, die sie beide erlitten hatten. Aber an diesem Abend war ihre Unterhaltung alles andere als unbeschwert. Hal war mit seinen Gedanken offensichtlich woanders und ziemlich einsilbig und Rachel übermüdet und ständig kurz davor, in Tränen auszubrechen. Zwar aßen sie gemeinsam, aber keiner von beiden genoss die Mahlzeit.

„Ich werde nächste Woche nach Vancouver zur Trauerfeier für Rick fliegen“, verkündete Hal. „Meinst du, du kommst allein zurecht?“

„Aber klar. Das gibt mir die Möglichkeit, das Haus in Ordnung zu bekommen.“

Schließlich half Hal ihr ins Bett, worauf sie in peinliches Schweigen verfielen. Solch engen Kontakt hatten sie seit langer Zeit nicht mehr gehabt, dennoch verspürte keiner von beiden auch nur einen Funken körperlicher Begierde.

„Fragst du dich dasselbe wie ich?“, erkundigte sich Rachel schließlich. „Zum Beispiel, wer sich von uns zwei wohl elender fühlt?“

„Ja. Und ich hoffe, du hast die Kraft, als Erste darüber zu sprechen, denn ich bin nicht sicher, ob ich es zustande bekomme.“

„Wir müssen ja nichts überstürzen. Wahrscheinlich ist es am besten, wenn wir uns erst wieder daran gewöhnen, miteinander zu leben.“

Keiner hatte an diesem ersten Abend die emotionale Stärke, noch weiter über das Thema zu sprechen.

„Schlaf jetzt“, sagte Hal. „Das ist sicher am wichtigsten für dich.“

Aber Rachel fand keinen Schlaf. Denn sobald sie die Augen schloss, sah sie die Lawine durch das Tal auf sich zudonnern. Sie lauschte Hals unregelmäßigem Atem und fragte sich, ob es jemals wieder so werden würde wie vorher.

ROBBIE MCGOWAN warf einen Blick auf den Umschlag, den Hal auf seinen Schreibtisch gelegt hatte. „Ist da das drin, was ich befürchten muss?“

„Ja, ich will da raus, Robbie. Ich gebe die Lawinenarbeit auf.“

„Bist du sicher, dass das keine Schockreaktion ist?“, fragte der Polizeichef. „Ich weiß, wie hart die letzte Zeit für dich war.“

„Ich verstehe, dass du so denkst, aber es ist kürzlich was passiert, und seither frage ich mich, was zum Teufel ich eigentlich tue. Jemand nannte mich den ‚Lawinenmann‘. Im ganzen Staat gibt es kaum eine Familie, die nicht jemanden kennt, der in den Lawinen umgekommen ist. Wenn sie mich sehen, dann bin ich das lebende Gesicht der Katastrophe, der Kerl, der im Zentrum des ganzen Unglücks stand."

„Aber sie wissen doch, dass du dein Bestes gegeben hast. Du hast schließlich die ganzen RO rechtzeitig evakuiert."

„Die RO schon. Aber dafür mussten viele andere ihr Leben an Orten lassen, an denen zuvor noch nie eine Lawine gesichtet wurde. Es war mein Job, die richtigen Vorhersagen zu treffen. Aber ich habe nicht vorhergesehen, dass es derartig gewaltige Abgänge geben würde. Was glaubst du wohl, habe ich dabei gefühlt, als ich während der letzten Wochen die Leichen kleiner Kinder aus zertrümmerten Häusern gezogen habe?"

„Soll ich dir einen Termin bei einem Therapeuten verschaffen?"

„Ich glaube nicht, dass das die Antwort wäre. Ich halte einfach keinen weiteren Winter mehr aus, in dem ich mich mit Lawinen beschäftigen muss."

Eine Weile schwiegen sie beide, dann stand McGowan auf und bot Hal die Hand. „Ich respektiere deine Entscheidung, aber du sollst wissen, dass hier immer ein Job für dich frei ist. Zu jeder Zeit."

HAL LANDETE erst eine Stunde vor dem Trauergottesdienst in Vancouver, da sich der Abflug in Anchorage verzögert hatte.

Deborah holte ihn vom Flughafen ab. Sie sah abgespannter und erschöpfter aus, als Hal sie jemals zuvor gesehen hatte. „Ich bin so froh, dass du kommen konntest!" Sie drückte ihn zur Begrüßung fest an sich.

Sie fuhren zu dem Haus, das Rick und Deborah in jahrelanger Arbeit renoviert hatten. Es lag etwa 15 Kilometer außerhalb der Stadt und stand direkt an einer idyllischen bewaldeten Bucht. Früher war es mal das Klubhaus eines Jachtklubs gewesen.

Ricks altes Segelboot lag am Steg davor vertäut. Bei seinem Anblick stieg ein Feuerwerk fröhlicher Erinnerungen in Hal auf – Rachel und er hatten mit Rick und Deborah viele Tage auf dem Boot verbracht, Tage voller Rotwein und ausgelassenem Gelächter.

„Wo sind die Kinder?", fragte Hal, als ihm die Ruhe im Haus zu Bewusstsein kam.

„Bei meiner Mutter. Ich wollte sie nicht zwingen, heute dabei zu sein."

„Rachel lässt dir alles Liebe ausrichten. Es tut ihr Leid, dass sie heute nicht hier sein kann."

„Wie geht es ihr?“

„Na ja, sie erholt sich allmählich. Aber es geht langsam.“

Deborah zog sich zurück, um sich für die Messe umzuziehen, während Hal in der Zwischenzeit einen Blick in das Büro von *Abenteuer Himalaja* warf. Es war aufgeräumt, die Ordner standen fein säuberlich in den Regalen, und in der Ecke wartete ein großer Stapel von Broschüren darauf, verschickt zu werden. Hal konnte sich nicht vorstellen, dass das Unternehmen überleben würde, jetzt, da Rick tot war.

Danach fuhren sie zur Kirche, wo sie die anderen Trauernden trafen. Insgesamt waren mehr als hundert Gäste angereist. Die meisten waren Angehörige der Toten, aber es waren auch Kletterfreunde von Rick darunter, die Hal seit vielen Jahren kannte.

Die Messe begann um drei Uhr nachmittags. Nachdem die ersten Choräle gesungen waren, trat Hal an das Stehpult. Einen Moment lang schwieg er und ließ den Blick durch die Kirche schweifen. „Rick Fielding war einer der besten Hochalpinisten der Welt. Ich kann das behaupten, weil er sich in unzähligen Situationen als stärker, tapferer und der Situation gewachsener erwiesen hat als irgendjemand sonst in seiner Umgebung. Er war über alle Maßen großherzig, jederzeit bereit, sein eigenes Leben für andere zu riskieren. Viele Bergsteiger sind heute noch am Leben, die ohne Ricks Hilfe nicht mehr unter uns wären.

Er liebte den Everest. Er war der festen Überzeugung, dass jeder Schritt, den man auf diesen Berg setzen durfte, ein Privileg sei, das man sich verdienen müsse. Er ging sanft mit dem Everest um. Vielleicht war sein einziger Fehler anzunehmen, dass auch der Berg immer sanft mit ihm umgehen würde. Rick, du wirst immer in unseren Herzen bleiben, und wir werden unsere Erinnerungen an dich für alle Zeit in Ehren halten.“

Hal verließ das Pult und nahm seinen Platz neben Deborah wieder ein, die ihren Tränen nun freien Lauf ließ. „Du hast wundervoll gesprochen“, flüsterte sie. „Ich danke dir.“

Nach der Messe lud Deborah alle Trauergäste in ihr Haus ein. Angesichts der vielen Menschen bekam Hal bald Platzangst, und so schlenderte er zum Bootssteg hinunter, um frische Luft zu schnappen. Dort traf er auf eine junge Frau, die alleine auf den Bohlen saß und über das ruhige Wasser blickte.

„Haben Sie was dagegen, wenn ich mich zu Ihnen setze?“, fragte Hal.

„Nein, nur zu.“ Josie drehte sich um und musterte ihn. Einen Moment lang war sie sich sicher, ihn schon einmal gesehen zu haben. „Ihre Rede hat mich sehr bewegt. Fast hätte sie mich dazu bewogen, dem Berg zu verzeihen."

„Haben Sie bei dem Sturm jemanden verloren?"

„Ja, meinen Mann Sebastian. Wir haben schon in London eine Trauerfeier für ihn gehalten. Aber die heutige Messe war viel tröstlicher. Ich bin froh, dass ich gekommen bin."

Eine Weile saßen sie schweigend nebeneinander.

„Ich bewundere Deborah", fuhr Josie schließlich fort. „Das muss der schlimmste Tag ihres Lebens sein. All diese Leute hier, die jemanden verloren haben, den sie lieben. Sie muss doch wissen, dass wir alle in unserem tiefsten Innern nicht umhinkönnen, Rick die Schuld daran zu geben."

„Das weiß sie auch. Aber sie hat den Mut, sich dem zu stellen."

„Ich verspüre ständig diesen grässlichen Drang, mit dem Finger auf jemanden zu deuten – oder wenigstens auf etwas. Ich möchte sagen können, dass dieses oder jenes letztlich Schuld an allem war. Zuerst war ich wütend auf Sebastian, dann auf Rick. Schließlich verspürte ich einen irrwitzigen Zorn auf den Berg selbst. Ich stellte mir vor, ihn zu zerstören, den Rest meines Lebens damit zu verbringen, mit einem Vorschlaghammer jeden noch so kleinen Stein zu zertrümmern." Josie seufzte tief. „Und ich gebe mir selbst die Schuld. Ich habe Sebastian schließlich dazu ermuntert zu gehen." Eine Zeit lang hing sie ihren Gedanken nach. „Aus Ihrer Ansprache schließe ich, dass Sie den Everest kennen, stimmt's?"

„Ein wenig, ja. Ich war ein paarmal auf dem Gipfel."

„Kann man die Leichen je bergen? Ich würde alles tun, um Sebastian nach Hause zu holen."

„Das ist sehr schwierig. Ich halte es für unmöglich. Ich habe noch nie gehört, dass jemals ein Toter aus dieser Höhe geborgen worden wäre."

„Es fällt mir schwer, das zu glauben."

„Ich weiß. Das fällt jedem schwer, der noch nie dort oben war."

In diesem Moment kam Deborah aus dem Haus.

„Wie läuft's da drinnen?", erkundigte sich Hal.

„Allmählich tauen sie auf. Sie beginnen sich zu unterhalten und auch was zu trinken. So hätte Rick es gewollt."

„Habe ich das Essen etwa schon verpasst?"

„Nein, noch nicht. Aber da wir gerade davon sprechen, Hal, du siehst aus, als hättest du seit Wochen keinen Bissen mehr zu dir genommen. Besser, du hältst dich gleich ran, damit du noch was abbekommst."

„Mach ich." Er ließ die beiden Frauen alleine und schlenderte ins Haus zurück.

Josie sah ihm nach. „Ich bin sicher, dass ich ihn kürzlich irgendwo gesehen habe", sagte sie zu Deborah.

„Das ist durchaus möglich. Sein Gesicht war ständig im Fernsehen zu sehen, als in Alaska die vielen Lawinen abgingen."

Plötzlich erinnerte sich Josie an Hals Bild. „Ja, jetzt weiß ich's wieder. Es war derselbe Tag, an dem auch der Sturm herrschte."

„Seine Freundin Rachel wurde in einer Lawine schwer verletzt. Sie war schwanger und hat dabei ihr Baby verloren."

„Und ich sitze hier und rede nur von Sebastian! Er hat seine Freundin mit keinem Wort erwähnt."

„Das ist typisch für ihn. Ich erinnere mich, als Hal mal von einer Bergexpedition nach Hause kam und drei seiner besten Freunde durch ein Unglück ums Leben gekommen waren. Er meinte, er wolle erst darüber sprechen, wenn er darüber hinweggekommen sei. Und dann hat er nie darüber gesprochen."

„Bei mir ist es genau umgekehrt. Alles, was ich im Moment will, ist, über Sebastian zu sprechen, wie er ums Leben kam, wie es passierte. Hal sagte mir, dass die Leichen wohl nie geborgen werden."

„Ich weiß. Der Gedanke ist brutal, nicht wahr?"

„Das macht mir die Trauer so schwer. Ich kann mir nicht mal vorstellen, wo mein Mann gestorben ist."

„Ich kann Sie gut verstehen. Ich war wenigstens mal dort. Ich habe Rick mal bis zum Basislager begleitet. Es hat mir geholfen zu begreifen, warum ihm der Berg so viel bedeutet hat. Und jetzt hilft es mir noch mehr. Ich habe schon daran gedacht, beim Basislager eine Gedenktafel anbringen zu lassen, auf der die Namen der Verunglückten eingraviert sind. Wenigstens würde man auf diese Art ihr Andenken bewahren."

„Daran habe ich noch gar nicht gedacht. Das ist eine schöne Idee."

„Ich werde Ihnen Genaueres schreiben, wenn ich mehr weiß."

„Vielen Dank. Das würde mich freuen."

Die Gäste verabschiedeten sich kurz vor Mitternacht, und Josie fuhr mit dem Taxi in ihr Hotel. Hal war der Einzige von Ricks Freunden, den Deborah eingeladen hatte, bei ihr zu übernachten. Die beiden setzten sich vor den Kamin und tranken den restlichen Wein.

„Glaubst du, dass Rick mit dem Tag zufrieden gewesen wäre?", fragte Deborah.

„Ich vermute, er wäre sehr glücklich darüber gewesen. Du hast alles wunderbar geplant", versicherte ihr Hal.

„Ich wollte dich noch um was bitten. Um einen Gefallen, um ehrlich zu sein."

„Worum geht's?"

„Wenn ich eine Gedenktafel anfertigen lasse, würdest du sie für mich zum Basislager bringen?"

Hal zögerte einen Augenblick und dachte darüber nach. „Natürlich. Für Rick würde ich das gerne tun."

„Ich danke dir. Ich weiß, dass du dir geschworen hast, nie wieder zum Everest zurückzukehren, aber es wäre ja nur bis zum Basislager. Ich würde ja jemand anders damit beauftragen, aber das wäre einfach nicht dasselbe."

„Mach dir keine Sorgen. Wenn mir was zugestoßen wäre, dann hätte ich von Rick auch erwartet, dass er für mich seinen Hintern da raufschleppt."

Deborah lächelte. „Wie lang würdest du brauchen, dich darauf vorzubereiten?"

„Wir müssen uns noch ein paar Monate gedulden, bis die Regenzeit vorüber ist. Und ich müsste sicher sein, dass Rachel wieder ganz in Ordnung ist."

„Sie könnte doch in der Zwischenzeit zu uns kommen, wenn sie möchte. Ich würde mich freuen, sie hier zu haben."

„Das würde in der Tat gut passen."

Eine Weile saßen sie schweigend nebeneinander und starrten in die letzte Glut. Schließlich erhob sich Deborah. „Es war ein langer Tag. Ich habe das Gästezimmer für dich vorbereitet."

„Danke."

In seinem Zimmer öffnete Hal das Fenster. Draußen auf dem Kiesstrand brachen sich die sanften Wellen.

Basislager. Noch einmal Mount Everest. Die Geschichte wiederholte sich. Hal fiel in einen unruhigen Schlaf.

JOSIE brauchte einen ganzen Sommer, um die Entscheidung zu treffen, sich der Tour zum Basislager anzuschließen. Der Keim zu dieser Überlegung war bei der Trauerfeier in Vancouver gelegt worden, doch er war so winzig, dass sie ihn wochenlang ignorierte. Sie ignorierte ihn auch, als ihre Leistung als Moderatorin mit jeder Sendung ein wenig mehr an Schwung verlor. Und sie ignorierte ihn, als sich ihre Beziehung zu den

Produzenten bis zu einem Punkt verschlechterte, an dem sie beinahe kein Wort mehr miteinander wechselten.

Mike scheute sich nicht, dieses Problem sehr bald anzusprechen. „Du siehst schrecklich aus, Josie, und dein Beliebtheitsgrad ist auf dem Weg nach unten. Ich weiß, dass du nach Sebastians Tod eine schwere Zeit durchgemacht hast, aber zum Teufel noch mal, du musst zu deiner alten Form zurückfinden, oder wir beide bekommen ein großes Problem."

Verzagt sackte Josie in sich zusammen. Eine von Mikes berühmten Lektionen war das Letzte, was sie jetzt brauchte.

„Nach Sebastians Tod hattest du alle Sympathien auf deiner Seite", fuhr er fort. „Ein paar Wochen lang stieg dein Beliebtheitsgrad sogar. Zu diesem Zeitpunkt dachte ich noch, wir könnten es durchziehen und genauso weitermachen wie früher. Aber jetzt bin ich nicht mehr so optimistisch. Wegen der sinkenden Quoten werden die Werbekunden allmählich unruhig."

„Ich weiß, Mike. Aber die Moral des ganzen Teams geht beständig bergab. Das gilt nicht nur für mich."

„Aber du bist unsere Galionsfigur! Dein Job ist es nun mal, es so aussehen zu lassen, als ob das hier eine einzige große Party wäre."

Josie nahm all ihren Mut zusammen. Sie wusste, dass Mike die Neuigkeit, die sie ihm mitteilen wollte, nicht positiv aufnehmen würde. „Ich denke daran, eine Pause einzulegen."

Perplex starrte Mike sie an. „Den Kopf einziehen und weglaufen, das ist auch keine Lösung."

„Ich denke doch. Insbesondere mit der Reise, die ich vorhabe."

Jetzt war Mikes Neugier doch erwacht. „Welche Reise?"

„Eine Tour zum Basislager des Everest, um dort eine Gedenktafel für die umgekommenen Bergsteiger anzubringen."

„Was?! In den Himalaja? Du hast doch keine Ahnung vom Bergsteigen!"

„Offenbar kann es jeder einigermaßen sportlich aktive Mensch bis ins Basislager schaffen."

„Und wie lang willst du weg sein?"

Unsicher sah Josie ihn an. „Ungefähr einen Monat."

„Einen Monat? Bis du zurückkommst, haben dich die Zuschauer längst vergessen!" Mike zündete sich eine Zigarre an. „Worum geht's dir eigentlich?"

„Um eine Chance vielleicht, mich wieder in den Griff zu bekommen."

„Ist eine verdammt lange Reise dafür. Kannst du das nicht auf einer Wellness-Farm erledigen?"

„Das geht doch alles viel tiefer. Ich glaube fest daran, dass es mir helfen wird. Dauernd habe ich diese grauenhaften Albträume, in denen Sebastian verlassen und erfroren auf dem Berg liegt. Ich will ihm wenigstens noch einmal nahe genug kommen, um mich von ihm zu verabschieden."

„Ich weiß nicht, Josie. Ich finde, du solltest dir das noch mal gut überlegen. Es läuft den Interessen von *Frühstücks-TV* zuwider. Außer …", plötzlich strahlte Mike, „… außer wir nutzen die Sache zu unserem Vorteil."

„Wie meinst du das?"

„Wir geben dir einen Kameramann mit, der via Satellit digitale Videoaufnahmen nach Hause schickt, und ihr erstattet täglich aktuellen Bericht in der Sendung! ‚Josie Turner bringt im Basislager des Everest eine Gedenktafel an.' Brillant! Aufnahmen von dir vor der Bergkulisse. Ich sehe es schon richtig vor mir."

Josie war blass geworden. „Ich habe mir die Unternehmung eher als private Angelegenheit vorgestellt."

„Es wäre ja nur ein Kameramann. Er würde dich doch nicht stören. Kapierst du nicht? Das ist perfekt: Du hast deine Reise, und *Frühstücks-TV* bekommt durch diese Sonderreihe eine Spitzenwerbung."

„Ich verstehe, was du meinst, aber …"

„Das ist ein brillanter Plan. Wie eine Pilgerreise. Ich sehe schon, wie unsere Zuschauer vor Rührung zerfließen."

Josie dachte eine Weile nach. „Ich nehme an, du hast Recht. Es scheint mir keine schlechte Idee zu sein."

„Du verstehst schon, ich spreche nicht nur von einer Art Reisetagebuch mit Landschaftsbeschreibungen und so. Der Zuschauer will vor allem deine intimsten Gedanken mitgeteilt bekommen."

„Genau das macht mir Angst – drei Millionen Menschen, die jeden meiner Schritte beobachten, und dabei hatte ich es als persönliche Reise geplant."

„Damit wirst du schon fertig werden. Was auch immer passiert, ich will unsere Quoten wieder im Aufwind sehen, und dies wäre eine hervorragende Möglichkeit, es zu erreichen."

„Ich werde eine Nacht darüber schlafen und dir morgen meine Entscheidung mitteilen."

Später am Tag rief Josie in Vancouver an und fragte Deborah, ob sie etwas dagegen hätte, wenn sie selbst Hal bei der Tour zum Basislager begleiten würde. Deborah hielt es für eine sehr gute Idee und bestärkte Josie in ihrem Vorhaben.

Als sie den Hörer auflegte, fühlte Josie einen Pulsschlag, wie sie ihn seit Sebastians Tod nicht mehr verspürt hatte. Sie sah ein Licht am Ende des Tunnels, einen hellen Schein, der einer optimistischen Regung so nahe kam, dass er ihr schon fast wie Betrug vorkam.

6

Kathmandu war ein Schock. Es war lauter und schmutziger und doch auf eine gewisse Art bezaubernder als jede andere Stadt, die Josie je gesehen hatte. Sie war gemeinsam mit Hal und Jeremy, dem Kameramann, in der ersten Septemberwoche geflogen, und sie quartierten sich in Hals altem Lieblingshotel ein, dem „Yak and Yeti“, in dem sich trotz der vielen Jahre, die seit seinem letzten Aufenthalt vergangen waren, noch einige Angestellte an seinen Namen erinnerten.

„Willkommen in Kathmandu, Mr Hal“, begrüßte ihn der Direktor. „Sie waren viel zu lang nicht mehr bei uns.“ Man hängte ihnen Girlanden aus süß riechenden Blumen um den Hals und bot ihnen in rauen handgemachten Porzellanschüsselchen Raki zu trinken an.

„Ich habe das Gefühl, eine andere Welt betreten zu haben“, flüsterte Josie Hal zu, während sie darauf warteten, vom Empfangschef ihre Schlüssel ausgehändigt zu bekommen.

„Das haben Sie auch. Nepal ist das außergewöhnlichste Land der Erde.“

In den nächsten 48 Stunden wanderte Josie wie betäubt durch die Straßen, was teils auf den Jetlag, teils auf eine gewisse Desorientierung und den exotischen Zauber zurückzuführen war, den die Stadt vor ihr ausbreitete. Hal war damit beschäftigt, einige alte Kontakte aufzufrischen, und so hatte sie als Begleiter nur Jeremy dabei. Auch für ihn war es der erste Aufenthalt in Nepal, und er verlor keine Zeit, die ersten Szenen für seine Videoaufnahmen in den Kasten zu bekommen: Josie auf einer Fahrradrikscha, Josie, die an einem Stand um den Preis einiger bunter Schmuckstücke feilschte, Josie vor einem Tempel.

„Das wird der Auftrag meines Lebens!“, rief Jeremy ihr begeistert zu. „Lehne dich einfach gegen die Tempelmauer, und setze einen versonnenen Blick auf.“

Josie war ein ängstlicher Flugpassagier. Sie musste der Versuchung widerstehen, sich an Hals Hand zu klammern, als die kleine Maschine zwei Tage später auf dem Flugplatz von Kathmandu die Startbahn entlangholperte.

Als sie sich in der Luft befanden, überwand sich Josie und warf einen Blick aus dem winzigen Kabinenfenster. Tausend Meter unter ihnen waren terrassenartige Felder an den Berghängen angelegt, auf denen noch die Schösslinge der späten Himalaja-Ernte in sattem Grün leuchteten. Bald wurden die sanften Vorberge von schrofferen Abhängen abgelöst. Tief unten in den schattenerfüllten Tälern entdeckte Josie silberne Lichtstränge – Flüsse, die sich tanzend ihren Weg in die Ebenen Indiens bahnten.

„Werfen Sie mal einen Blick nach vorn!“, forderte Hal sie auf.

Über die Schulter des Piloten schaute Josie aus dem Vorderfenster. Das Flugzeug brummte nun geradewegs auf die verwunschenen schneebedeckten Gipfel des Himalaja zu.

In der Stunde vor Sonnenuntergang lud Hal Josie zu einem Rundgang durch Lukla ein. Das Sherpadorf war in Holzrauch gehüllt und die Luft erfüllt vom Gelächter der Kinder, die einen Ball herumkickten. Josie war verzaubert von der Schönheit der tibetischen Gesichter ringsum, dem tintenschwarzen Haar der Frauen, das ihnen in langen, sorgfältig geflochtenen Zöpfen bis zur Hüfte hinabreichte, und dem freundlichen Lachen, das aus sämtlichen Türen und Fenstern drang.

Hal führte sie auf einem schmalen Weg aus dem Dorf hinaus, wo sich bereits die Kühle des anbrechenden Abends bemerkbar machte. Es gab gerade noch genügend Tageslicht, damit Josie ein niedriges, von einer Steinmauer umgebenes Holzhaus erkennen konnte. Eine Frau und mehrere Kinder kamen heraus und begrüßten die Ankommenden. Hal sprach die Frau in der Landessprache an, und man geleitete sie ins Haus.

Josies Augen brauchten eine Weile, bis sie sich an die düstere Beleuchtung gewöhnt hatten – die einzige Lichtquelle war das Feuer am Herd. Mit verschränkten Beinen setzten sie sich um das Feuer herum, und die Sherpani unterhielt sich liebenswürdig mit Hal. Dann tranken sie Tee und aßen ein einfaches Gericht aus Reis und Linsen.

Plötzlich flog die Tür auf, und eine schwer atmende Gestalt stand im Türrahmen. Es war ein junger Sherpa – er war auffallend gut aussehend und musste um die 20 sein. Kaum hatte er im Zwielicht Hal erkannt, strahlte er über das ganze Gesicht. „Ich habe gehört, dass du gekommen bist!", rief er und stürzte auf Hal zu, der aufgesprungen war und ihn lachend umarmte.

„Nima! Ist das schön, dich zu sehen! Bist du etwa das ganze Tal runtergerannt?"

„Sofort, als ich gehört habe, dass du gelandet bist!"

„Josie, das ist Nima, der älteste Sohn der Familie." Ihr entging der aufblitzende Stolz in Hals Augen nicht.

„Freut mich, Sie kennen zu lernen, Josie."

„Er ist gerade zehn Kilometer gelaufen", erklärte Hal. „Aber das ist nichts Ungewöhnliches für Nima, er ist stark wie ein Löwe."

Seine Mutter reichte Nima eine Schale voll *tsampa* – einem klebrigen, aus Gerstenmehl hergestellten Brei, der das Hauptnahrungsmittel der Sherpas darstellt. Nima schaufelte ihn mit einem riesigen hölzernen Löffel in seinen Mund und lächelte Hal und Josie dabei fortwährend zu.

„Also, wo wollt ihr hin?", fragte er kauend.

„Zum Basislager. Ganz gemütlich. Wir haben keine Eile."

Nima nickte eifrig. „Ich komme mit."

Hal lachte. „Moment mal! Was ist mit der Schule?"

Nima warf ihm einen verschmitzten Seitenblick zu. „Ist nicht das erste Mal, dass ich die Schule schwänze, um zum Basislager zu gehen."

„Nima tritt in die Fußstapfen seines Vaters", erklärte Hal. „Sein Vater war Ang Phurba, einer der besten Sherpas aller Zeiten. Er war der stärkste Sherpa, den ich je kennen gelernt habe. Bei meiner zweiten Everest-Expedition ist er im Khumbu-Eisbruch ums Leben gekommen, und seither habe ich den Kontakt mit der Familie aufrechterhalten."

„Guter Mann!" Nima lachte und boxte ihn spielerisch gegen die Schulter. „Hal kümmert sich um uns. Er ist wie ein Vater für mich."

„Und wenn ich dein Vater wäre, würde ich darauf bestehen, dass du zurück zur Schule gehst."

„Nein, ich komme mit zum Basislager. Ich muss doch trainieren. Letztes Jahr bin ich mit einem italienischen Team zweimal zum Everest gegangen und auf über 8000 Meter gestiegen. Ich habe schwere Lasten hochgeschleppt, aber es war kein Problem für mich. Nur das Wetter hat mich davon abgehalten, den Gipfel zu erreichen."

„Du willst auf den Gipfel?", fragte ihn Josie.

Nima warf ihr einen Blick zu, als sei sie verrückt. „Natürlich! Mein Vater war dreimal ganz oben. Und ich werde den Gipfel auch bald erklimmen, für ihn."

„Ja – wenn du mit der Schule fertig bist", sagte Hal streng.

„Der Everest ist 8848 Meter hoch, was muss ich mehr wissen?“ Nima grinste ihn an.

Später erfuhr Josie von einem ihrer Sherpas, dass Hal Nima und dessen Familie seit dem Tod von Ang Phurba finanziell unterstützte und für Nima die Schule bezahlte.

„Wenn du meinst, dass du die Sache mit deinen Lehrern regeln kannst, darfst du uns meinetwegen begleiten“, willigte Hal schließlich ein.

„Sehr gut. Und nächstes Mal, wenn du auf den Berg steigst, machst du mich zum Sirdar, okay?“

„Ich werde nie mehr auf den Berg steigen“, erklärte Hal bestimmt.

„Du kannst doch nicht widerstehen“, sagte Nima ernst. „Eines Tages wirst du wieder auf den Gipfel klettern. Und dann begleite ich dich.“

ACHT Tage lang wanderten sie durch das Khumbu nach Namche Bazaar, das große Handelszentrum der Sherpas. Dann ging es über schmalere und steilere Wege zum Kloster Tengboche weiter, bis sie auch diese Station hinter sich gelassen hatten.

Die physischen Anforderungen waren härter, als Josie es sich vorgestellt hatte. Ihr Körper kämpfte, um sich der Strapaze des acht- bis zehnstündigen Marsches anzupassen, den sie Tag für Tag absolvierten. Ein weiterer Schock war die Höhe. Bereits auf 3500 Metern geriet Josie außer Atem, wenn sie sich zu schnell bewegte.

„Sie müssen Ihr Tempo verringern“, riet ihr Hal. „Sie müssen sich wie in Zeitlupe bewegen. Nur dann verkraften Ihre Muskeln die Anstrengung.“

Als sich ihr Körper allmählich zu akklimatisieren begann und sie sich dazu durchringen konnte, endlose Mengen von Flüssigkeit in sich hineinzuschütten, um der Dehydrierung vorzubeugen, bekam Josie das Gefühl, dass sie sich dem Trekking-Rhythmus angepasst hatte. Sie begann die Landschaft, durch die sie wanderten, mehr zur Kenntnis zu nehmen, bewunderte die feuchtgrüne Sattheit der Rhododendronwälder und hob den Blick, um die Erhabenheit der Ama Dablam in sich einzusaugen, der eisigen Wächterin, die den Anstieg zum Everest überragte.

Jeremy war ihr ständiger Begleiter. Er filmte sie auf Schritt und Tritt, und es war ihr ein Trost, dass es ihm noch schlechter ging als ihr. Trotzdem war er laufend mit der Filmkamera zugange, wenn sie durch Ortschaften kamen und er entsprechende Szenen zu Josies tagebuchartigen Kommentaren, die sie während des Marsches machte, aufzeichnete.

Jeden Abend baute er den Satellitensender auf und übermittelte einen fünfminütigen Bericht zum Studio von *Frühstücks-TV*.

Hal zog es vor, alleine zu gehen. Entweder startete er lange vor Josie und Jeremy und legte dann ein Tempo vor, dass ihnen keine Chance ließ, ihn einzuholen, oder er schlenderte weit hinterher.

AM ZEHNTEN Tag der Trekking-Tour machten sie in Pheriche Halt, einer Ansammlung von Steinhäusern auf einem Hochplateau, die nur noch wenige Tage vom Basislager entfernt lag. Es war eine Chance für das kleine Team, sich von dem langen Marsch zu erholen und Kräfte für den letzten drei Tage langen Abschnitt des Trekkings zu sammeln.

„Wir brechen morgen früh um sechs Uhr auf“, bestimmte Hal.

Als sie Pheriche hinter sich ließen, befand sich Josie in bester Laune. Als Jeremy am späten Vormittag weit zurückgeblieben war, legte sie einen Schritt zu und holte Hal ein. Der Pfad war felsig, und lockeres Geröll erforderte ihre ganze Aufmerksamkeit, damit sie sich nicht den Knöchel verstauchte. Der Himmel war klar und blau, keine Spur von einer Wolke. Josie trug lediglich ein T-Shirt und Shorts, so warm war dieser Herbsttag im Himalaja.

Nach einer Weile wurde der Weg weniger beschwerlich und schlängelte sich durch ein grasbewachsenes Tal mit von Steinmauern umgebenem Weideland, auf dem Yaks und ganz selten auch einmal ein Pferd zu sehen waren. Hal wählte ein bequem aussehendes Stück Wiese aus, und sie setzten sich, um eine Rast einzulegen.

Eine Weile saßen sie schweigend nebeneinander. Die einzigen Laute kamen von dem metallischen Gebimmel der Yak-Glocken, als eine andere Expedition auf dem Weg vorbeizog.

„Wie halte ich mich Ihrer Meinung nach eigentlich?“, fragte Josie. „Glauben Sie, dass ich es bis ins Basislager schaffe?“

„Sie kommen mir jetzt viel stärker vor als während der ersten Tage.“ Hal bot ihr einen Schluck aus seiner Wasserflasche an.

„Ich fühle mich auch viel besser. Die Höhe hat mich anfangs einfach umgehauen, aber ich habe das Gefühl, dass ich mich akklimatisiere.“

„Um Jeremy mache ich mir allerdings Sorgen“, sagte Hal. „Er wird ziemlich schlecht mit der Höhe fertig.“

„Das habe ich auch bemerkt. Aber er ist immer noch der felsenfesten Überzeugung, dass er es schafft.“

„Ich werde ihn aufmerksam beobachten.“

IN DER folgenden Nacht hustete Jeremy sich die Lunge aus dem Leib und übergab sich mehrere Male. Als Hal ihn sich am nächsten Morgen eingehend anschaute, fällte er die Entscheidung, ihn zurückzuschicken.

„Ihre Lippen färben sich bereits blau“, erklärte er dem enttäuschten Kameramann. „Das ist das erste Anzeichen akuter Höhenkrankheit. Ihr Blut transportiert zu wenig Sauerstoff, um die lebenswichtigen Organe zu versorgen. Ich fürchte, Sie müssen absteigen.“ Er bestimmte einen Sherpa, um Jeremy nach Namche Bazaar zurückzubegleiten.

„Aber wie sollen wir dann im Basislager filmen?“, fragte Josie.

Hal dachte eine Weile nach. „Das werde ich übernehmen.“

„Im Ernst?“ Josie fiel ihm um den Hals. „Danke, Hal.“

Zusammen mit Nima und zwei weiteren Sherpas setzten sie ihren Weg über Gorak Shep, die letzte menschliche Ansiedlung auf der Route, fort. Sie hatten einen langen, für Josie denkwürdig schmerzhaften Tag vor sich, der sie an den verwitterten Eistürmen des Khumbu-Gletschers entlangführte. Kurz nach vier Uhr erreichten sie schließlich das Basislager. Es war ein kalter und trostloser Nachmittag.

„Das ist es?“ Keuchend und benommen war Josie stehen geblieben, als sie den ersten Blick auf das Lager werfen konnten – eine Ansammlung bunter Zelte, die sich lebhaft von dem schmutzigen Grau des ewigen Eises abhoben. „Aber man kann ja den Everest gar nicht sehen!“

Hal lachte. „Das sagen alle. Jeder meint, das Basislager müsse sich am Fuß einer riesigen Pyramide befinden. In Wirklichkeit führt die Aufstiegsroute dort rechts hinauf durch den Eisbruch.“ Er deutete auf einen Engpass, der Josie wie eine unbegehbare Rinne aus bizarr verformtem stahlblauem Eis erschien. „Aber keine Bange, wir werden auf den Kala Pattar steigen, das ist der klassische Aussichtsberg, von dem aus sämtliche Fotos vom Everest geschossen werden. Dort werden wir auch die Gedenktafel anbringen.“

Während sich die Sherpas daran machten, ihr kleines Zeltlager aufzubauen, bannte Hal die Umgebung auf Video und machte ein paar Fotos von Josie vor dem Eisbruch. Die Nacht brach schon herein, als sie sich im Messezelt versammelten.

„Jetzt müssen Sie mir aber endlich erzählen, wann Sie das letzte Mal hier waren, Hal.“ Josie sah, wie er und Nima sich einen Blick zuwarfen.

„Vor sechs Jahren“, antwortete er dann. „Und damals beschloss ich, nie wieder hierher zurückzukommen.“

Josie sah ihn forschend an. „Wollen Sie mir erzählen, warum?“

Hal dachte eine Weile nach, dann begann er.

ALEX CHESMAN war ein Traumkunde. Schon beim ersten Telefonat fand Hal ihn sehr sympathisch.

„Wenn ich es richtig verstehe“, sagte Alex, wobei sein Unterton verriet, dass er gleich einen Scherz anbringen würde, „stelle ich Ihnen einen Scheck über 37000 Dollar aus, und dafür darf ich mir dann drei Monate lang auf dem höchsten Berg der Welt meine Innereien aus dem Leib kotzen. Ich bekomme Hirnödeme, meine Lungen füllen sich mit Flüssigkeit, meine Finger und Zehen werden schrumpelig, bekommen Gewebebrand und fallen schließlich ab. Habe ich was vergessen?“

Hal grinste. „Sie könnten für das Geld auch ein Gipfelfoto bekommen.“

Alex war das, was er insgeheim einen „Yuppie-Alpinisten“ nannte: einer aus der immer größer werdenden Schar von Höchstverdienern, deren Vorrat an überschüssigem Kleingeld so groß wie der Everest selbst war und ihnen dazu verhalf, sich ihren Anteil an den höchsten Gipfeln der Welt zu sichern.

„Ich sehe das als Teil meiner persönlichen Entwicklung“, erklärte Alex. „Eine derartige Erfahrung wird ziemlich selten in einem Lebenslauf erwähnt.“

Alex brauchte jedoch sehr lange, um sich zu akklimatisieren, sodass er erst in den allerletzten Tagen der Expedition reif für einen Gipfelversuch war. Hals andere Kunden hatten den Aufstieg längst hinter sich und waren mit den erschöpften Sherpas alle wohlbehalten ins Basislager zurückgekehrt, als Hal und Alex erst Lager IV auf dem Südsattel verließen. An jenem Tag waren sie die einzigen Menschen auf dem Berg.

Kurz nach Sonnenaufgang kamen sie an eine Steilstufe aus blauem Eis – eine vom Wind glatt polierte Wand, die steiler als alles andere war, womit sie bis zu diesem Zeitpunkt fertig geworden waren.

„Schaffst du's, dieses Stück ohne Sicherung raufzuklettern?“, rief Hal Alex zu.

Dieser warf einen Blick die einschüchternd steile Wand hinauf. „Meinst du nicht, wir sollten erst ein Sicherungsseil anbringen?“

Wäre Hal nur ein wenig wachsamer gewesen, wäre ihm der winzige Anflug von Unsicherheit in der ansonsten so optimistischen Stimme von Alex aufgefallen.

„Wir können es uns nicht leisten, noch mehr Zeit zu verlieren. Sei vorsichtig, dann wirst du es schon schaffen.“

Eissplitter klirrten den Abhang hinab und regneten auf Hal herunter, als sein Kunde die Steigeisen in die glasartige Oberfläche rammte.

Alex befand sich kaum mehr als zehn Meter über Hal, als er abrutschte, aber alles ging so schnell, dass Hal völlig überrumpelt wurde. Alex schoss den Abhang hinunter, wobei er einen Schrei von namenloser Angst ausstieß.

„Schlag deinen Pickel ein!", brüllte Hal hinter ihm her.

Aber der Pickel war Alex schon aus der Hand gerissen worden. In atemberaubender Geschwindigkeit überschlug er sich ein ums andere Mal und raste den Gletscherspalten entgegen, die am Fuß des Hanges auf ihn lauerten. Plötzlich wusste Hal mit Übelkeit erregender Sicherheit, dass sein Klient nicht überleben würde. Er konnte sich kaum überwinden zuzusehen, wie die kleiner werdende Gestalt immer wieder in die Luft geschleudert wurde. Im nächsten Moment verschwand Alex aus seinem Blickfeld und stürzte in das kobaltblaue Innere der ersten Gletscherspalte.

Stille. Hal zitterte. Völlig betäubt von dem Schrecken, sah er immer noch hinunter. Er brauchte mehr als eine Stunde, um abzusteigen und sich in die Spalte abzuseilen. Alex lag auf einem mit Pulverschnee überzogenen Vorsprung, nicht weit unterhalb der Lippe der Spalte. Er war noch am Leben, aber es stand schlecht um ihn. Er hatte einen komplizierten Bruch am linken Oberschenkel, massive Quetschungen und vermutlich innere Blutungen erlitten.

Hal war sich bewusst, dass es noch mehr Schaden anrichten konnte, Alex zu bewegen. Ihn liegen zu lassen hätte aber seinen sicheren Tod bedeutet. So zerrte Hal den schlaffen Körper des Verunglückten über den Rand der Spalte und legte ihn auf den gefrorenen Untergrund. Über das Walkie-Talkie kontaktierte er daraufhin das Basislager. Drei Sherpas boten sofort an, aufzusteigen und zu helfen, aber sie würden zwei Tage brauchen, um Hals augenblicklichen Standort zu erreichen. Trotzdem bat er sie, es für den Fall zu versuchen, dass Alex wie durch ein Wunder überhaupt so lange durchhielt.

Während der nächsten fünf Stunden schleppte Hal die volle Körperlast seines ohnmächtigen Kunden bis zum Südsattel hinunter. Es war eine Meisterleistung physischer Kraftanstrengung, die nur durch namenlose Verzweiflung beflügelt wurde. Als sie schließlich das einsame Zelt erreicht hatten, kümmerte sich Hal, so gut er konnte, um Alex' Verletzungen. Das Beste war, ihm eine Morphiumspritze zu geben. „Du musst schlafen. Hilfe ist schon unterwegs." Er hielt die Hand des Verunglückten, der wieder in eine tiefe Ohnmacht sank. Hal hatte wenig Hoffnung, dass Alex überleben würde.

Um die Mittagszeit des folgenden Tages waren sämtliche Vorräte aufgebraucht. Stunde um Stunde verlosch Alex' Lebensfunke mehr, sein Puls wurde schwächer, sein Atem flacher, und schließlich fiel er ins Koma. Hal funkte die Sherpas an und forderte sie auf umzudrehen.

Um drei Uhr nachmittags erkannte er, dass es an der Zeit war, eine Entscheidung zu treffen. Noch eine Nacht in dieser Höhe, und er setzte sein eigenes Leben aufs Spiel. Er war bereits extrem entkräftet und noch weit von der Sicherheit der unteren Lager entfernt.

Alex war praktisch schon tot, sagte er sich. Es war so gut wie ausgeschlossen, dass er noch einmal das Bewusstsein erlangte. Wahrscheinlich würde er während der nächsten Stunde sterben.

Aber was, wenn er doch noch einmal, wenn auch nur für einen flüchtigen Moment, zu sich kommen und sich bewusst werden würde, wo er sich befand?

Hal packte seinen Rucksack.

Und dann feststellen müsste, dass er ihn hatte liegen lassen?

Hal schnürte seine Plastikstiefel zu.

Feststellen würde, dass er alleine sterben musste?

Hal zwang sich, aus dem Zelt zu kriechen, und schlug den Weg ein, der ihn nach unten führen würde. Er warf keinen Blick zurück.

Und hier hätte die Geschichte enden können, wenn nicht zwei Kletterer aus den Wolken aufgetaucht wären, kaum dass Hal sich an den Abstieg gemacht hatte. Sie gehörten zu einer katalanischen Expedition, von der er wusste, dass sie sich auf einen Gipfelversuch vorbereitete. Einen der beiden erkannte Hal, es war Miguel Font, der Expeditionsleiter.

„Wo ist der andere?" Font deutete hinauf in die Wolkenschleier. Sie hatten in einem der Lager gehört, dass aus Hals Team noch zwei Kletterer unterwegs waren.

„Er kommt nicht zurück." Hal schüttelte den Kopf. Es kam ihm nichts in den Sinn, was er sonst hätte sagen können.

„Können wir dir helfen? Brauchst du was?"

„Nein. Ich bin in Ordnung."

Font zuckte mit den Achseln. „Na, dann gehen wir weiter."

Hal setzte den Abstieg fort und verschwendete keinen weiteren Gedanken mehr an die beiden, obwohl er es sehr wohl getan hätte, wenn er gewusst hätte, dass Fonts Begleiter Xavier Pujol gewesen war, ein Fotojournalist der spanischen *El Periódico*, der die Expedition im Auftrag seiner Zeitung begleitete. Als er im Lager IV aus Neugier den Reißverschluss von Hals Zelt öffnete und entdeckte, dass Alex immer noch – wenngleich kaum mehr – atmete, ergriff er die Gelegenheit beim Schopf. Er fotografierte das vom Tod gezeichnete Gesicht mit einer Digitalkamera und schickte die Bilder so schnell wie möglich mit einem entsprechenden Text via Satellit an seine Zeitung.

Bereits am nächsten Tag brachte *El Periódico* auf der ersten Seite die Schlagzeile EINSAMER TOD. Der darunter anschließende Artikel war eine scharfe Anklage gegen den Führer der Expedition, der seinen Kunden dem sicheren Tod überlassen hatte. „Hal Maher zögerte keine Sekunde, um Alex Chesmans Dollars einzustecken", schrieb Pujol, „und er verlor ebenso wenig Zeit, seinem schwer verletzten Bergkameraden den Rücken zu kehren, als dieser ihn am meisten gebraucht hätte."

Ein in London sesshaftes Pressesyndikat griff Pujols Story auf. Binnen 24 Stunden hatte sich Alex Chesmans Geschichte rund um den Globus verbreitet.

Natürlich gab es keine Verteidigung. Zu betonen, wie nahe Hal selbst dem Punkt gewesen war, an dem die Auswirkungen der extremen Höhe irreversibel gewesen wären, war etwas, was ohnehin nur diejenigen wirklich verstanden, die diese Erfahrung persönlich gemacht hatten. Einige prominente Kletterer schrieben leidenschaftliche Artikel zu Hals Verteidigung, aber vom Standpunkt eines Laien aus gesehen, hatte er allen Grund, sich öffentlich zu erklären.

Doch er kehrte nach Anchorage zurück, hinterließ auf dem Anrufbeantworter die Nachricht, das Büro von *Bergauf* sei für einige Monate geschlossen, und begab sich auf eine Reihe von Solotouren durch seine geliebten Chugach Mountains. Am Ende jenes einsamen Sommers beschloss er, seine Firma aufzugeben und sich auf die Lawinenarbeit zu konzentrieren.

HAL TRANK seinen heißen Tee aus und sah Josie an. „Das ist die Geschichte meiner letzten Everest-Expedition und der Grund dafür, warum ich beschlossen habe, nie wieder den Gipfel zu besteigen."

„Es tut mir Leid. Mit eigenen Augen zusehen zu müssen, wie Alex stirbt – ich kann mir gar nicht vorstellen, was das für ein Gefühl sein muss."

„Schlimmer geht es nicht."

Im Messezelt machte sich ein bedrücktes Schweigen breit, das nicht einmal der muntere Nima vertreiben konnte.

Nachdem sie ein wenig Müsli und heiße Schokolade hinuntergezwungen hatte, folgte Josie Hal über den Gletscher und den aschgrauen Kegel, über den sie den Kala Pattar erreichen würden – jenen nackten Felskoloss, der ihr hoffentlich den lange ersehnten Ausblick auf den Everest gewähren würde.

Mit jeder Stunde, die sie höher hinaufgelangten, wurden die Auswirkungen der Höhe für Josie spürbarer. Ihr Brustkorb war wie zugeschnürt, während sie immer schneller den Atem einsog, um mit der dünnen Luft zurechtzukommen. Sie heftete den Blick auf die flachen Abdrücke, die Hals Stiefel auf dem Weg zurückließen, und versuchte, ihre Hoffnungen nicht zu hoch zu schrauben. Hal hatte sie bereits vorgewarnt, es könne durchaus sein, dass sich der Everest in Wolken gehüllt habe.

Ein paar Meter vor dem Gipfel blieb Hal stehen und winkte Josie mit einer theatralischen Verbeugung an sich vorbei. „Willkommen auf dem Kala Pattar zum ersten Blick auf den Everest!"

Und dann sah sie ihn. Der Berg, der für sie bislang immer nur auf Fotos existiert hatte, erhob sich jetzt direkt vor ihr, gewaltig und unglaublich riesig. Dafür war sie hierher gekommen. Still saßen sie nebeneinander und betrachteten das perfekte Dreieck aus Fels und Eis, das sich mühelos über die zerklüfteten Grate seiner Nachbarn erhob.

Josie war die Erste, die das Schweigen brach. „Haben Sie wirklich auf diesem Gipfel gestanden?"

„Ja. Es ist der schönste Platz auf der ganzen Welt."

„Sind Sie deshalb so oft raufgeklettert?"

Hal nahm seinen Rucksack von den Schultern, stopfte ihn sich in den Rücken und legte sich mit hinter dem Kopf verschränkten Armen darauf. „Ich glaube schon."

Josie tat es ihm nach und sank neben ihm zurück. Angesichts der gewaltigen Bergkulisse fühlte sie sich eingeschüchtert und klein. Es war ein Anblick, der sie fast lähmte. „Wie kann nur jemand ernsthaft in Erwägung ziehen, diesen Berg zu erklimmen?"

„Das tun leider viel zu viele Menschen."

Plötzlich traf sie die Erkenntnis wie ein Faustschlag. „Jetzt sehe ich genau auf sein Grab. Dort oben muss irgendwo Sebastian liegen."

Hal erwiderte nichts.

Josie vertiefte sich in den Anblick des Berges, registrierte jede seiner Eigenheiten – die Rinnen, die Schluchten, die überhängenden Wechten aus ewigem Eis, die jeden Moment als Lawine abgehen konnten –, als ob sie dadurch eine Antwort auf die Frage finden würde, die sie seit Beginn der Reise wie ein Albtraum verfolgt hatte: Welchen Bann hatte dieser Berg auf Sebastian ausgeübt?

Die Zeit verging. Kleine Wölkchen begannen um die Bergflanken zu spielen, und noch während Hal und Josie zusahen, verdichteten sie sich rasch.

„Wir sollten langsam die Gedenktafel anbringen", mahnte Hal. Er hatte die Messingtafel, die Deborah in Vancouver hatte entwerfen und herstellen lassen, in seinem Rucksack verstaut. Sie maß 35 auf 30 Zentimeter und trug die eingravierten Namen der Mitglieder von Ricks Expedition und das Datum, an dem sie ums Leben gekommen waren.

Josie nahm sie in die Hand und betrachtete sie zum ersten Mal. „Deborah hat sich große Mühe gegeben."

Nima war ein paar Stunden vor ihnen hier gewesen und hatte eine Tüte mit einem Kilo Zement deponiert. Jetzt grub Hal eine kleine Vertiefung in den felsigen Untergrund und schüttete das Pulver hinein, bevor er aus seiner Trinkflasche einen Becher voll Wasser dazugab und mit einer Kelle in der Masse herumrührte.

„Sie haben das schon öfters gemacht", bemerkte Josie.

„Oft genug jedenfalls, um die Nase voll davon zu haben."

„Tut mir Leid."

Sie beschlossen, die Tafel an einem geschützten Sims anzubringen, das sich an einer dem Everest gegenüberliegenden Felswand befand. Hal strich den Zement auf und drückte die Tafel hinein. Anschließend holte er die Videokamera heraus und filmte Josie, die nachdenklich auf die Gedenktafel blickte.

„Sind wir fertig?", fragte sie nach einer Weile.

„Ja, das war's. Jetzt können wir nach Hause fahren."

Der Berg lag jetzt hinter dichten Wolken und enthielt Josie so den letzten Blick vor, den sie sich erhofft hatte. Sie sprach noch ein Gebet für Sebastian, dann folgte sie Hal den Weg hinunter, der sie in Kürze wieder in die üppigen Täler und nach Kathmandu führen würde.

ALS JOSIE in der folgenden Nacht die Augen schloss, um Schlaf zu finden, sah sie nichts anderes als die gewaltige Fels- und Eispyramide, die sich langsam aus den Wolkenfetzen schälte. Warum hatte sich dieser Ehrfurcht gebietende Anblick so unauslöschlich in ihr Hirn eingebrannt? Was hatte ihr der Berg mitgeteilt?

Es sollten noch viele Monate vergehen, ehe sie es verstand.

7

Hal beobachtete, wie die Rocky Mountains aus der Dämmerung auftauchten. Von seiner Warte, 9000 Meter über dem Meeresspiegel, aus gesehen, war die vertraute Gebirgskette der Kontinentalscheide zu mickrigen Falten auf der Erdkruste reduziert.

Mit den Fingern beider Hände massierte Hal seinen steifen Nacken, der ihn nach dem 16-stündigen Flug heftig schmerzte. Er stieß einen Seufzer der Erleichterung aus, als der Kapitän ankündigte, sie würden in 20 Minuten landen, und gleich darauf zum Anflug auf den Flughafen von Vancouver ansetzte.

Rachel und Deborah erwarteten ihn am Terminal, wobei Rachel sich auf eine Gehhilfe stützte. Hal küsste beide Frauen.

„Du hast abgenommen“, bemerkte Rachel.

„Und du hast wieder laufen gelernt.“ Er freute sich. Ihr Bein war gut geheilt. Zwar war noch ein leichtes Hinken zu sehen, doch gemessen an den Verletzungen, die sie erlitten hatte, war es unerheblich. „Weihnachten kannst du wieder das Tanzbein schwingen“, sagte Hal fröhlich.

Sie fuhren zu Deborah nach Hause, setzten sich um den Küchentisch und erzählten sich die Neuigkeiten.

„Alles ist ganz prächtig gelaufen“, berichtete Hal. „Ich habe für dich ein paar Fotos von der Stelle mit der Gedenktafel gemacht, Deborah. Ich werde sie gleich in den nächsten Tagen entwickeln lassen.“

„Du weißt nicht, welche Erleichterung es für mich ist, dass du es geschafft hast, Hal.“

„Wie ist es denn mit Josie gegangen?“, erkundigte sich Rachel. „Ist sie dir nicht auf die Nerven gefallen?“

„Sie war ganz in Ordnung. Ich denke, die Reise hat ihr geholfen.“

„Hatte sie denn keine Schwierigkeiten mit der Höhe?“

„Die hatte nur ihr Kameramann. Ich musste ihn schon vor Erreichen des Basislagers zurückschicken. Aber Josie kletterte auf den Kala Pattar, als wäre es ein Sonntagnachmittagsspaziergang.“

„Und wie klappte die Sache mit dem Filmen?“

„Ab und zu bekamen wir eine Rückmeldung aus London. Sieht so aus, als hätten mehrere Millionen Zuschauer unsere täglichen Berichterstattungen verfolgt. Und wie war’s bei euch?“

Deborah deutete auf einen Stapel Post, der auf dem Küchentisch lag. „Weißt du, was das für Briefe sind?“

„Kondolenzschreiben?“, riet Hal.

Sie lachte bitter. „Nicht ganz. Das sind lauter Anfragen nach Broschüren von *Abenteuer Himalaja*. Plötzlich wollen alle den Everest besteigen. In all den Jahren bestand niemals ein derartiges Interesse an diesem Berg. Es kommt mir vor, als hätte diese Katastrophe ein geradezu hysterisches Interesse geweckt.“

„Hast du dich etwa entschlossen, die Firma weiterzuführen?“

„Ich wüsste nicht, was ich sonst tun könnte. Wir haben einen loyalen Kundenstamm, und ich könnte durchaus Bergführer für den Mount McKinley, den Aconcagua und so weiter ausfindig machen. Vielleicht könnte ich damit weiterhin unseren Lebensunterhalt verdienen.“ Deborah stand auf. „Na ja, genug von meinen Problemen. Ihr zwei wollt wahrscheinlich ein bisschen für euch sein. Ich fahre mit den Kindern in die Stadt.“

Als sie alleine waren, legte Rachel beide Hände um Hals Gesicht und küsste ihn zärtlich. „Ich bin so froh, dass du wieder da bist. Ich habe dich schrecklich vermisst.“

„Ich dich auch.“

„Du hast dich nicht unsterblich in Josie verliebt? Sie muss ja sehr hübsch sein, nach allem, was ich so gehört habe.“

Hal lachte. „Blondinen haben mich doch noch nie interessiert, weißt du das nicht mehr?“ Wieder küssten sie sich. „Sag, wie geht's Deborah wirklich?“, fragte Hal schließlich.

„Sie wirkt sehr gefasst. Aber ich glaube, dass sie näher am Zusammenbruch steht, als sie es sich anmerken lässt.“ Rachel nahm seine Hand. „Hättest du was dagegen, wenn wir noch eine Weile hier blieben? Wie ich die Dinge beurteile, braucht Deborah während der nächsten paar Monate dringend Hilfe. Da sind die Kinder, die Firma und das Haus.“

„Ich habe nichts dagegen.“ Hal schüttelte den Kopf. „Im Moment werden in Alaska ja sowieso die Lawinenteams für den Winter zusammengestellt, und ich bin nicht sicher, ob ich einfach ruhig danebenstehen könnte.“

Rachel sah ihn durchdringend an. „Was hast du als Nächstes vor? Hast du dir während des Trekkings was überlegt?“

„Nichts Bestimmtes.“ Er lachte wieder. „Das Einzige, was ich sicher weiß, ist, dass wir beide viel Zeit miteinander verbringen sollten.“

„Willst du das wirklich? Während du weg warst, habe ich immer mehr das Gefühl bekommen, dass du nach deiner Rückkehr unsere Beziehung beenden würdest."

Erschrocken blickte Hal sie an. „Wie kommst du denn darauf?"

„Ich weiß auch nicht. Vermutlich weiß ich nicht ganz, wohin wir uns im Moment entwickeln, und das macht mich nervös."

Er zog sie an sich. „Ich weiß, was du sagen willst. Nach der Lawine haben wir nicht mehr richtig zueinander gefunden. Aber mach dir keine Sorgen, das ist nur eine Frage der Zeit."

JOSIE musste feststellen, dass sich während ihrer Abwesenheit bei *Frühstücks-TV* eine Menge verändert hatte. Der erste Hinweis darauf war das schwarze Taxi, das sie abholte, um sie ins Studio zu fahren – Chauffeure standen unter Mikes neuem Regime nicht mehr auf der Gehaltsliste.

„Wir hatten monatliche Verluste von 100 000 Pfund", gab er als Erklärung an. „Also mussten einfach diverse Dinge gestrichen werden."

„Diverse Menschen auch?" Josie konnte ihren Missmut nicht verhehlen. „Die Limousine ist mir herzlich egal, aber hast du auch Mitarbeiter entlassen?"

„Na ja, ein paar Beleuchtungs- und Tontechniker sowie eine Hand voll Redakteure. Die Produzenten haben es sehr positiv aufgenommen."

„Warum hast du damit gewartet, bis ich weg war? Etwa weil du wusstest, dass ich damit nicht einverstanden gewesen wäre?" Josie konnte ihren Zorn kaum verbergen.

„Aber keineswegs. Das war einfach ein Gebot der Stunde."

Wortlos ging Josie in die Maske. Schon beim ersten Blick auf ihr Script sah sie, dass die Sendung fade werden würde.

„Guten Morgen!" Tarik, der Aufnahmeleiter, streckte den Kopf zur Tür herein, aber als er Josies Miene bemerkte, schwand die gute Laune aus seinem Gesicht.

„Das ist mehr als zweitklassig, und das wissen Sie." Josie warf das Script auf den Toilettentisch. „Mit dem Programm kann ich auch keine Wunder bewirken. Sie müssen mir schon höher karätige Gäste einladen! Für diese Leute hier schaltet doch kein Mensch den Fernsehapparat ein."

„Da kann ich jetzt leider auch nichts mehr ändern", verteidigte sich Tarik. „Mike hat die meisten dieser Gäste engagiert." Eiligst zog er den Kopf aus dem Türspalt, bevor Josie reagieren konnte.

Sie musste die Augen zusammenkneifen, als sie das Studio betrat. Die Beleuchtung war viel zu grell, sie würde nicht ohne Blinzeln in die

Kamera blicken können. Alle wirkten gestresst. Das sonst übliche neckische Geplänkel vor der Sendung war verstummt.

„Eine Minute."

Josie ließ ihre Gedanken zurück nach Nepal wandern. Sie führte sich vor Augen, wie sie in einem der Rhododendrenwälder einen kühlen Gebirgspfad hinaufgewandert war, vor sich die glitzernden Gipfel des Himalaja. Die Tour zum Basislager war sehr heilsam gewesen, das wusste sie jetzt. Hierher zurückzukommen war eigentlich das Letzte, was sie gebraucht hatte.

Sie klickte sich in der Sekunde aus ihrem Tagtraum, als die Übertragung begann. „Guten Morgen und herzlich willkommen bei *Frühstücks-TV*!" Sie lächelte in die Kamera.

Ihr Instinkt war richtig gewesen; die Sendung schleppte sich so zäh dahin, dass Josie mitten im Interview mit einem Politiker den Faden verlor. Während er endlos vor sich hin monologisierte, flüchtete sie sich erneut in ihren Tagtraum vom Everest.

„Hören Sie mir überhaupt zu?", fragte er plötzlich. „Ich habe den Eindruck, Sie nehmen nichts von dem wahr, was ich sage."

Josie wurde blass und stammelte ein paar Worte, als sie darum rang, die Situation wieder in den Griff zu bekommen.

Nicht anders erging es ihr während der nächsten Wochen. Ständig musste sie sich zwingen, ihre Gedanken nicht abschweifen zu lassen. Die sinkende Moral des Teams, das hinter vorgehaltener Hand über weitere Kürzungen munkelte, und der Mangel an illustren Gästen vermiesten ihr die Arbeit gründlich.

Kein Wunder, dass Mike immer saurer aus der Wäsche sah. „In der Rangliste der hundert beliebtesten Sendungen haben wir letzte Woche acht Plätze eingebüßt", meckerte er Josie eines Morgens an.

„Wir brauchen einfach attraktivere Gäste", entgegnete sie.

„Allerdings ist es auch möglich, dass dies die Antwort der Zuschauer auf deinen offensichtlichen Mangel an Interesse ist. Tja, auf die eine oder andere Art müssen wir das Problem in den Griff bekommen."

HAL UND Rachel gewöhnten sich schnell an die neue Routine in Deborahs Haus. Er kümmerte sich um das Büro von *Abenteuer Himalaja,* und sie unterstützte Deborah bei den Kindern und der Hausarbeit. Während des Tages waren sie guter Stimmung, genossen die geschäftige Alltagsroutine, aber sobald sie alleine waren, hatten sie Schwierigkeiten, mit dem fragilen Zustand ihrer Beziehung fertig zu werden.

Jede Nacht lagen sie aneinander gekuschelt im Bett und wünschten sich die frühere Leidenschaft zurück. Sie hätten viel darum gegeben, die schwarze Leere, die sich seit der Lawine zwischen ihnen aufgetan hatte, einfach wegwischen zu können. Seit dem Unglück hatten sie sich kein einziges Mal mehr geliebt. Der Verlust des Babys – und der Vorwurf, den sie sich beide darüber machten – lastete schwerer auf ihnen, als sie es sich eingestanden hätten.

Eines Morgens stand Rachel bereits im Morgengrauen auf, um den Sonnenaufgang mitzuerleben. Wie eine Decke lag eine dünne Schicht Nebel über dem Meer, hüllte zum Teil die Inseln ein, sodass die Kiefern aussahen, als würden sie aus den Wolken wachsen. Rachel hatte eine Kamera bei sich, aber sie erkannte plötzlich, dass ein Foto nur ein nichts sagender Abklatsch dieser Erhabenheit wäre. Sie ließ den Apparat sinken und sog die Szenerie in sich ein.

Wenige Augenblicke später trat Hal neben sie.

Rachel atmete die frühe Morgenluft tief ein. „Ist das nicht das Schönste, was du jemals gesehen hast?"

Hal schlang die Arme um sie. „Es ist vollkommen."

Rachel drehte sich herum und sah ihm ins Gesicht. „Glaubst du, dass wir die Probleme, die zwischen uns stehen, je werden lösen können?"

„Vielleicht." Hal lächelte sie verlegen an. „Ich denke, wir haben zwei Möglichkeiten. Die eine ist, uns ständig mit irgendwas zu beschäftigen, so wie wir es im Moment praktizieren, und dabei weder einen Schritt nach vorn noch einen zurück zu machen."

„Das halte ich auf die Dauer nicht aus!"

„Ich auch nicht. Die andere Möglichkeit ist, in die Offensive zu gehen. Wir müssen uns darauf besinnen, dass wir uns lieben, und einen Neubeginn versuchen."

Rachel beobachtete, wie sich der Dunst über dem Meer hob, als eine leichte Brise aufkam. Das erste Mal seit langer Zeit spürte sie, wie eine Welle der Freude sie durchlief. „Meinst du das ehrlich? Willst du wirklich noch mal von vorn beginnen? Einen klaren Schnitt machen?"

„Ja, das will ich."

Sie schlang die Arme um Hals Nacken. „Bringst du mich zurück ins Bett?", flüsterte sie ihm ins Ohr.

IN DEN ersten Tagen des neuen Jahres öffnete Deborah einen Brief, der an *Abenteuer Himalaja* gerichtet war.

„Kommt mal eben ins Büro!", rief sie Hal und Rachel zu. „Seht euch das an." Sie überreichte Hal ein Dokument, das sehr offiziell aussah und den Briefkopf einer New Yorker Anwaltskanzlei trug.

„Was ist das?"

„Zwei Familien von Opfern des Everest-Unglücks verklagen die Firma. Sie glauben, uns Fahrlässigkeit nachweisen zu können."

„Wie lautet ihr Vorwurf genau?", fragte Rachel.

„Dass Rick vertraglich dazu verpflichtet gewesen sei, das Team zu beschützen. Dass er es nicht hätte zulassen dürfen weiterzuklettern, als der Sturm aufzog. Es wird sogar angedeutet, er habe die anderen im Stich gelassen und versucht, seine eigene Haut zu retten, als der Sturm losbrach."

Hal wurde zornig. „Das hätte Rick niemals getan! Ich bin hundertprozentig sicher, dass er sich bis zum bitteren Ende um die anderen bemüht hat!"

„Tja, das werde ich nun leider beweisen müssen."

„Aber wie?"

„Ich weiß noch nicht. Ich werde harte Fakten liefern müssen, welches Mitglied des Teams an welcher Stelle des Berges den Tod gefunden hat. Niemand ist dieser Frage bis jetzt wirklich nachgegangen. Aber ich werde alles tun, um zu beweisen, dass Rick ein guter und ehrbarer Mann war, ein echter Profi. Das ist letztlich das Einzige, was mich interessiert, nicht das Geld."

„Ich werde dich unterstützen, so gut ich kann", sagte Hal.

Deborah sah ihn durchdringend an. „Und wenn ich dich bitten würde, auf den Everest zu steigen und die Leichen ausfindig zu machen – würdest du das tun?"

Langsam stieß er den Atem aus. „Ich habe gesagt, nie wieder …"

„Das weiß ich, Hal. Und das Letzte, was ich tun würde, wäre, dich in dieser Angelegenheit unter Druck zu setzen. Ich kann mir nur nicht vorstellen, wie ich mich verteidigen soll, ohne den Ablauf der Ereignisse so gut wie möglich rekonstruiert zu haben, und wie ich beweisen soll, dass Rick gestorben ist, während er seine Kunden beschützen wollte."

„Wie willst du das überhaupt finanzieren?"

Deborah seufzte. „Das ist das Problem. Wir könnten natürlich ein paar Kunden zusammenbekommen, aber dann müsstest du dich neben deiner eigentlichen Aufgabe auch noch um sie kümmern."

„Was haltet ihr von Josie Turner?", fragte Hal unvermittelt.

„Wie bitte?"

„Hört zu“, begann Hal. „Ich habe bislang noch nichts erzählt, aber vor einer Woche rief sie mich an und schlug mir eine Privatexpedition vor. Nur wir beide. Sie sprach davon, den Ort ausfindig zu machen, an dem ihr Mann starb. Es ist nur eine Idee, aber …“

Deborah stieß einen überraschten Pfiff aus. „Das ist doch schon fast auf dem Gipfel. Sie müsste ja in Topform sein, um so hoch hinaufzukommen. Glaubst du, sie hat das Zeug dazu?“

„Ich denke schon. Sie hatte eine überraschend gute Kondition.“

„Und wie will sie die Sache finanzieren?“

„Sie sagte, sie habe geerbt und würde die Kosten übernehmen.“

„Glaubst du, sie meinst es ernst?“

„Soweit ich das beurteilen kann, meint sie es todernst.“

Deborah wandte sich um und blickte aus dem Fenster. „Wenn es wirklich dazu kommt, dann möchte ich, dass du noch was für mich tust. Ich möchte Ricks Ring zurückhaben. Es würde mir viel bedeuten. Vorausgesetzt natürlich, dass wir es tatsächlich schaffen, eine Expedition auf die Beine zu stellen. Was meint ihr?“

Hal sah Rachel fragend an. „Ich denke, wir beide müssen erst mal ein ausführliches Gespräch darüber führen.“

Rachel schüttelte den Kopf. „Nein, das müssen wir nicht.“ Sie legte den Arm um Deborah. „Du könntest alles verlieren, wenn diese Leute den Prozess gewinnen. Das dürfen wir einfach nicht zulassen.“ Sie sah Hal an. „Würdest du’s denn tun?“

„Um der Chance willen, endlich mal was richtig zu machen? Vielleicht. Könntest du’s denn ertragen?“

„Das ist nicht die Frage. Die Frage lautet vielmehr, was das Richtige ist. Wie lang würde die Expedition dauern?“

„Drei Monate.“

„Du könntest weiterhin bei mir bleiben“, bot Deborah an und ging dann zur Tür. „Ich sollte euch beide ein bisschen allein lassen, damit ihr darüber reden könnt. Ich setze Kaffee auf.“

Rachel nahm Hals Hände in ihre. „Du musst es tun. Ohne uns hat sie nicht die geringste Hoffnung.“

„Ich weiß. Aber der Everest …“

„Denk darüber nach. Du bringst die Sache erfolgreich hinter dich, und zu Beginn des Sommers kehren wir nach Alaska zurück und machen einen völlig neuen Anfang. Du kennst den Everest doch in- und auswendig. Und du hast mir mal gesagt, dass du dich dort oben so lebendig gefühlt hast – wie neugeboren.“

Nachdenklich sah Hal ihr in die Augen. „Also gut, ich mach's. Für Deborah und Rick."

Rachel küsste ihn sanft auf die Lippen. „Und für mich. Bitte."

EIN SELBSTVERTRAUEN vortäuschend, das sie in diesem Augenblick bei weitem nicht besaß, marschierte Josie in Mikes Büro. Hals Anruf hatte sie am Abend zuvor wie ein Blitz aus heiterem Himmel erreicht – sie hatte die Hoffnung schon fast aufgegeben, dass er sich doch noch bereit erklären würde, mit ihr auf den Everest zu steigen. Aber würde Mike ihr nun die drei Monate Urlaub gewähren, die sie dafür brauchte?

Eine Weile saß sie ihm an seinem Schreibtisch gegenüber, während er an seinem Computer weiterarbeitete, bis ihr klar wurde, dass er nicht vorhatte, das Gespräch zu eröffnen.

„Mike, erinnerst du dich an meine Trekking-Tour zum Basislager? Weißt du noch, dass ich mir davon erhofft hatte, endlich mit Sebastians Tod abschließen zu können?"

Er sah kurz auf und blickte sie verständnislos an. „Ja und?"

„Nun, es hat nicht geklappt. Im Gegenteil, seither fühle ich mich noch rastloser als zuvor."

„Ich kann dir nicht schon wieder Urlaub geben, Josie. Wenn es dir in den Füßen kribbelt, warum wartest du nicht bis zu den Sommerferien wie alle anderen auch?"

„Ich denke daran, den Berg zu besteigen, und diesmal richtig."

Schockiert sah er sie an, als er endlich die Tragweite ihrer Worte begriff. „Du sprichst doch wohl nicht vom Everest, um Himmels willen?"

„Um welchen anderen Berg geht es denn sonst?"

Mike brach in Gelächter aus. „Das ist absurd, Josie! Damit bringst du dich um."

„Das liegt im Bereich des Möglichen. Aber dieses Risiko nehme ich auf mich."

„So was Verrücktes habe ich nicht mehr gehört, seit Sebastian genau auf diesem Stuhl saß und mir dasselbe erzählte."

„Das ist kein Witz, Mike. Ich meine es völlig ernst."

„Und wann wäre das?"

„Im Frühling, das ist die Vormonsunzeit. Es dauert drei Monate."

Mike kritzelte ein paar Notizen auf einen Block. „Die Produzenten setzen sich im Juli zusammen, um über die Verlängerung unseres Franchise-Vertrags zu entscheiden. Wenn wir unsere Karten richtig ausspielen, können wir mit dieser Sache drei Monate vor dem Treffen Quoten erzielen, die in den Himmel schießen. Das Timing wäre grandios."

Josie übermannte die altbekannte Beklommenheit. „Du willst, dass ich für die Sendung von der Expedition berichte?"

„Aber natürlich." Mike sah sie kritisch an. „Warum sollte ich sonst damit einverstanden sein, wenn es nicht um die Quoten ginge?"

„Aber dieses Mal ist es komplizierter. Jerry hat es ja bei der Trekking-Tour nicht mal ins Basislager geschafft."

„Du und dein Bergführer konnten dann aber doch ganz gut auch allein mit der Kamera umgehen. Wir zahlen ihm einfach etwas mehr, damit er sich gleich von Anfang an darum kümmert. Wo liegt also das Problem?"

„Diese Expedition verlangt viel mehr von einem. Ich bin mir ja nicht mal sicher, ob ich den Aufstieg schaffe, geschweige denn, ob es uns überhaupt gelingt, gleichzeitig zu filmen und darüber zu berichten."

„Was heißt das also für den Sender? Wir hätten drei Monate lang eine Sendung ohne Moderatorin, und das zu einem Zeitpunkt, an dem die BBC uns einzuholen droht."

„Ich weiß, dass die Sendung in Gefahr ist. Aber ich will dir nicht eine Reihe von Berichten versprechen, die ich nicht liefern kann."

„Du bist ein Profi, Josie, das ist dein Job. Außerdem – wie oft, glaubst du, kann ich wohl einen Ersatzmoderator auf deinen Stuhl setzen, ohne mich gezwungen zu sehen, ihm einen dauerhaften Job anzubieten?"

„Soll das eine Drohung sein?"

„Ich versuche nur, dir Klarheit über die Lage zu verschaffen."

„Diese Expedition ist was anderes, Mike. Sie ist *mein* Traum, nicht der von *Frühstücks-TV*. Vielleicht will ich mal was für *mich* tun."

Mike schürzte seine Lippen, woran Josie erkannte, dass sie ihn wütend gemacht hatte. „Sieh die Sache doch mal so: Sebastian hat dich zu dem gemacht, was du heute bist. Du verdankst ihm alles. Glaubst du etwa, er hätte gewollt, dass du zusiehst, wie sein Unternehmen vor deinen Augen den Bach runtergeht?" Seine Augen waren kalt wie Stein. „Dieses neue Projekt könnte für *Frühstücks-TV* die reinste Vitaminkur sein. Aber nur, wenn du das Spiel mitspielst. Also, ja oder nein?"

Josie biss sich auf die Lippen. „Du lässt mir ja keine Wahl."

„Das ist mein Mädchen!" Mike nickte zufrieden, griff zum Telefon und bellte seiner Sekretärin einen Auftrag entgegen. „Berufen Sie für 16 Uhr eine Pressekonferenz ein. Sagen Sie, wir haben eine wichtige Ankündigung zu machen." Als er den Hörer auflegte, lächelte er.

ZURÜCK zu Hause, schlüpfte Josie in ihren Jogginganzug und nahm sich einen vierstündigen Lauf vor. Sie würde in den nächsten drei Monaten jede Minute nutzen müssen, um auch die letzte Faser zu trainieren, damit ihr Körper für die Anforderungen eines Gipfelsturmes gerüstet war.

Wie sie sich allerdings geistig auf die Anforderungen der Expedition vorbereiten sollte, konnte sie sich nicht vorstellen. Und schon während sie durch die Straßen joggte, stellte sie sich die Frage, ob der Everest nicht der größte Fehler ihres Lebens sein würde.

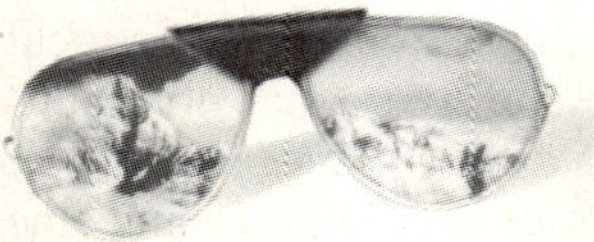

8

Ende März, drei Tage vor ihrem Start nach Nepal, kam Hal mit Todd, einem Kameramann mit hochalpiner Erfahrung, den er für das Filmen der Berichte für *Frühstücks-TV* gewonnen hatte, nach London geflogen.

Todd stammte aus Denver und hatte sich auf Abenteuerdokumentation spezialisiert. Als erfahrener Expeditionsteilnehmer und Bergsteiger sollte er zudem für die Logistik und Kommunikation verantwortlich sein, während Hal und Josie kletterten. Er hatte blaue Augen, einen Vollbart, den Körperbau eines Rugbyspielers und einen Händedruck, der Josie die Tränen in die Augen trieb.

„Todd ist kein zweiter Jeremy", erklärte Hal ihr lächelnd. „Er hat schon auf dem K 2 und zig anderen schwierigen Bergen gefilmt."

Sie setzten Todd im Studio von *Frühstücks-TV* ab, wo er mit Mike eine Einsatzbesprechung vereinbart hatte, und machten sich dann auf den Weg, um Josies persönliche Ausrüstung zu komplettieren.

Am folgenden Tag fand im Studio eine live übertragene Party statt, die Josies Abreise angemessen in Szene setzen sollte. Hal war eingeladen, um über einige der Höhepunkte zu sprechen, die die Zuschauer während der nächsten drei Monate zu erwarten hatten, und die Feier lief erstaunlich munter ab.

Danach verabschiedete sich Josie von ihren Mitarbeitern und verließ das Gebäude mit dem Wissen, es für die nächsten drei Monate nicht mehr betreten zu müssen. Es war ein immenses Gefühl der Erleichterung. In den Wochen der Vorbereitung hatte sich die Atmosphäre im Team noch weiter verschlechtert, und sie hatte sich förmlich danach gesehnt, dem Studio endlich den Rücken kehren zu können.

Auf dem Flug nach Nepal bestellte sie drei Gläser Champagner. „Ich möchte einen Toast ausbringen: Auf die Expedition! Und ich finde, wir sollten uns ab sofort duzen."

„Darauf trinke ich", erwiderte Todd, während Hal nur still lächelte und mit ihnen anstieß.

Als sie landeten, erwartete Nima sie am Flughafen. Nachdem er die Schule hinter sich gebracht hatte, war er von Lukla hinuntergewandert, um sich der Expedition anzuschließen und Hal bei den Vorbereitungen in Kathmandu zu helfen. Er war begeistert, Josie wiederzusehen, und umarmte sie mit dem Ungestüm eines Bären. „Siehst du?", rief er. „Hal kann nicht widerstehen, und jetzt steige ich mit euch auf den Gipfel! Ich bin sehr glücklich."

Josie lachte. „Na, wenn du glücklich bist, bin ich's auch!"

„Ich pass gut auf dich auf", versprach Nima ihr. „Mit mir und Hal bist du sicher. Wir kommen lebendig zurück. Wir erreichen alle den Gipfel und behalten unsere Finger und Zehen."

Dann stellte er Josie die sechs anderen Sherpas vor, die die Expedition begleiten sollten, sowie Tashi, den Koch des Teams. Es waren alles erfahrene Everesthelfer und einige – wie Lapka, der Veteran unter ihnen – hatten den Gipfel bereits mehrmals erreicht.

Alle waren sehr sympathisch, doch am meisten schloss Josie Nima ins Herz. Er war ein Ausbund an jugendlichem Enthusiasmus und lachte ständig von einem Ohr zum anderen, während er Säcke von den Marktständen zum Hotel schleppte. Er verfügte über unglaubliche Kräfte und beklagte sich kein einziges Mal.

Tag für Tag wuchs der Berg an Vorräten: Tonnen von Lebensmitteln, 150 Sauerstoffflaschen, 28 Ausrüstungsfässer, die mit Seilen, Zelten und Kletterzubehör voll gepackt waren. Hal war Quartiermeister, Buchhalter und Qualitätskontrolleur in einer Person; er stand neben dem wachsenden Berg und zählte und hakte Stück für Stück ab.

Schließlich verkündete er, dass sie abreisefertig seien. Zwei grüne Lastwagen fuhren auf den Hotelparkplatz. Die Kisten, Fässer und Container wurden aufgeladen und zum Flugplatz verfrachtet, wo ein Transporthubschrauber wartete, der sie nach Lukla bringen sollte.

DAS TREKKING zum Basislager war ganz anders als beim ersten Mal. Der Frühling hatte sich noch nicht ganz durchgesetzt, sodass der Weg noch von Schneewehen gesäumt war, und die hohen Gipfel ringsum trugen immer noch ihr winterliches Kleid aus Eis. Sieben Monate zuvor hatte die wohlige Wärme des Herbstes geherrscht, und die terrassenförmig angelegten Gerste- und Hirsefelder, die die Dörfer umgaben, waren üppig bewachsen gewesen. Jetzt lagen sie brach.

In der Lodge in Lukla gab es keinen Zucker, kein Mehl und keinen Tee mehr. Alles war schon vor langer Zeit ausgegangen, sodass der Besitzer dankbar war, ihnen im Austausch gegen ein paar Vorräte aus dem Expeditionsfundus die Übernachtung kostenlos anbieten zu dürfen.

Während Hal damit beschäftigt war, Träger und Yaktreiber für den langen Weg zum Basislager zu rekrutieren und mit ihnen um den Lohn zu feilschen, nahm Josie die Gelegenheit wahr, um ihren ersten Videobericht für *Frühstücks-TV* zu drehen. Sie wusste, wie unterhaltsam die Zuschauer das pittoreske Spektakel finden würden, bei dem Hal von Trauben von Sherpas umgeben war, von denen jeder behauptete, er würde viel mehr Geld verdienen, wenn er für andere Expeditionen arbeitete. Josie war froh, als sie feststellte, wie kompetent Todd die Kamera führte, und noch am selben Abend übermittelten sie den Film aus der Lodge nach London.

Schließlich strich Hal die letzten Vorräte von seiner Liste; alles war auf den Rücken der Yaks verladen. Als sie sich auf den Weg machten, hatten sie 38 Lasttiere und 29 Träger mit schweren Rückenlasten dabei.

„Es ist immer wieder eine Erleichterung, wenn man sich endlich auf den Weg machen kann", sagte Hal zu Josie, als sie nebeneinander aus Lukla hinauszogen.

„Darf ich dich was Dummes fragen? Warum lässt man nicht das ganze schwere Zeug per Hubschrauber zum Basislager schaffen?"

„Weil ein Helikopter, der groß genug ist, um all diese Lasten aufzunehmen, nicht viel höher fliegen kann als bis hierher. Weiter oben haben die Rotoren wegen der geringeren Luftdichte nicht mehr genug Auftrieb, und er könnte nicht landen."

Verglichen mit dem Herbst, als die Wege von Händlern, Trägern und Trekkern übervölkert gewesen waren, wirkten die Pfade nun wie ausgestorben. Jetzt waren die einzigen Menschen, die den Weg hinauf in das höher gelegene Khumbu entlangzogen, jene, die wie Josie und Hal den Everest im Sinn hatten.

Hinter Namche Bazaar setzte plötzlich eisige Kälte ein. Den größten Teil der Tage wanderten sie durch Schneegestöber, das von einem Wind begleitet wurde, der ihnen die Kälte bis ins Mark trieb. Zu dem Zeitpunkt, als sie das Basislager erreichten, gehörten zu Josies Alltagskleidung drei Paar lange Unterhosen aus Seide, Funktionswäsche aus

Mikrofaser, ein Jogginganzug, ein Fleecepulli und darüber ein Goretex-Overall. Manchmal war es sogar noch die eine oder andere Schicht mehr. Auf dem Kopf trug sie eine seidene Skimaske und darüber eine Wollmütze, an den Händen drei Paar Handschuhe und an den Füßen vier Lagen Socken. Trotzdem klapperten ihre Zähne, wenn sie zu lange stehen blieb. Und nachts war es nichts Ungewöhnliches, dass das Thermometer in ihrem Zelt auf 30 Grad unter null sank.

Nach ein paar Tagen hatte Josie endlich das Gefühl, sich allmählich an die Höhe zu gewöhnen, und ihr Appetit kehrte zurück. „Prima", lobte Hal sie jedes Mal, wenn er sie essen sah. „Du musst dich richtig aufpäppeln. Je höher wir kommen, desto schwächer wirst du dich fühlen. Deshalb musst du hier unten so viele Kalorien wie nur möglich zu dir nehmen."

Auch was die Flüssigkeitsaufnahme betraf, hielt sich Josie an Hals Ratschlag. Sie trank mehrere Liter am Tag, um der dehydrierenden Auswirkung der trockenen Luft entgegenzuwirken. Sie bevorzugte heiße Schokolade, was Tashi sehr schnell herausfand. „Heiße Schokolade! Heiße Schokolade für Josie!", sang er, um sie zu einem Schwatz und einem heißen Getränk ins Messezelt zu locken.

Sie stellte fest, wie sich ihr Körper von Tag zu Tag veränderte, weil die frostigen Temperaturen und der Staub des Basislagers ihren Tribut forderten. Ihre Fingernägel wurden spröde und rissen ein, ihre Augen entzündeten sich durch den ständigen Wind, und ihre Lippen sprangen auf, egal, wie viel Balsam sie auftrug. Bei zweien ihrer Zähne lockerten sich in der Kälte die Füllungen, da sich das Metall stärker zusammenzog als der Schmelz. Josie hatte das unangenehme Gefühl, metertiefe Löcher in den Zähnen zu haben.

Hal verriet ihr einige der kleinen Tricks, die das Leben erträglicher machten. Das Stück Pappe zum Beispiel, das man sich im Messezelt unter die Schuhe schob, sodass die Füße erst nach zehn Minuten zu Eiszapfen wurden. Oder die Flasche mit heißem Wasser, die man sich in den Schlafsack steckte, bevor man hineinschlüpfte. An Tagen, an denen es selbst im Zelt so kalt war, dass der Atem gefror, kaum dass er einem aus dem Mund strömte, war dies der pure Luxus.

„Mach dich mit deiner Ausrüstung vertraut", riet Hal ihr außerdem, und Josie tat, was er sagte.

Da waren zunächst die Steigeisen mit ihren scharfen metallenen Zacken, die man an seine Plastikstiefel schnallen musste. Dann der Klettergurt und der Eispickel, der mit einer Schlinge um das Handgelenk gehängt wurde. Alles musste mit steif gefrorenen Fingern fest gezurrt, angebunden und noch einmal gesichert werden. Nichts durfte fallen gelassen oder gar verloren werden. Hal hämmerte Josie die Gefahren förmlich ein, die der Verlust auch nur des kleinsten und scheinbar unwichtigsten Teils der Ausrüstung bedeuten konnte.

Und es war an der Zeit, die Grundlagen der Bergsteigerei zu erlernen, die sie brauchen würde. Hal wählte eine steile Eisfläche aus und zeigte ihr, wie sie sich – sollte sie abrutschen – mit dem Eispickel Halt verschaffen konnte, indem sie das spitze Ende mit ihrem eigenen Körpergewicht in den Untergrund zwang. Er brachte ihr auch bei, wie sie mit den Steigeisen an den Füßen breitbeinig gehen musste, ohne dass sich eine der Zacken im Material des Windanzugs verfing und sie womöglich ins Stolpern geriet.

Weiter oben am Berg würde es noch komplizierter werden. Wenn sie eine Höhe erreicht hätten, die künstliche Sauerstoffzufuhr verlangte, würde die Ausrüstung durch Sauerstoffflaschen, Regulator, Zufuhrschlauch und Sauerstoffmaske ergänzt werden müssen. Das bedeutete noch mehr Gurte, Schnallen und Gegenstände, die hinunterfallen und zerbrechen, vereisen oder gar versagen konnten.

„Mindestens zwanzig Prozent der Leute, die am Everest scheitern, tun dies, weil sie Probleme mit ihrer Ausrüstung haben“, erläuterte Hal. „Du musst jedes noch so unwichtig erscheinende Teil behandeln, als ob dein Leben davon abhinge.“

Josie schwirrte der Kopf, wenn sie Stunde um Stunde im Messezelt verbrachte und sich mit ihrer Ausrüstung vertraut machte. „Ich muss alles beherrschen“, ermahnte sie sich. „Es darf mir kein Fehler unterlaufen.“

JOSIE wickelte den Schlafsack eng um sich, als sie Schritte hörte, die sich ihrem Zelt näherten. Es war der 25. Tag der Expedition, und allmählich sollte es mit dem Klettern ernst werden.

Nima öffnete den Reißverschluss. „Josie, es ist vier Uhr morgens. Hier ist dein Tee.“

Es erforderte ihre ganze Willenskraft, sich aus der kuscheligen Wärme des Schlafsacks zu schälen und in die Kälte der Nacht hinauszuschlüpfen.

Dies war der Tag, den sie seit langem gefürchtet hatte: der Tag, an dem sie zum ersten Mal durch den Khumbu-Eisbruch hinauf zu Lager I klettern sollte.

Im Messezelt schlang sie rasch ein Vollkorn-Müsli hinunter und gesellte sich dann zu Hal, Todd und Nima, die damit beschäftigt waren, ihre Ausrüstung für den Aufstieg zusammenzupacken.

„Wie fühlst du dich?“, fragte Hal.

„Ich habe Todesängste.“

„Das verstehe ich. Der Eisbruch jagt selbst mir noch Angstschauer den Rücken hinab, obwohl ich ihn schon etwa vierzigmal durchquert habe.“

„Der Eisbruch ist ein böser Ort“, fügte Nima hinzu. „Mein Vater ist dort gestorben.“

Josie spürte, wie in ihrem Magen ein weiterer Knoten hinzukam. Was zum Teufel mache ich hier eigentlich?, fragte sie sich. Ein absoluter Kletterlaie, der dabei ist, sich in eines der gefährlichsten hochalpinen Terrains der Welt zu begeben!

Es war eine klare Nacht, und obwohl der Mond nicht zu sehen war, erzeugten die Sterne genügend Licht, damit die silbernen Silhouetten der Berge zu erkennen waren. Die Stille wurde nur vom Knarzen und Ächzen des Gletschers unterbrochen, der sich fortwährend bewegte. In unregelmäßigen Abständen verkündete ein Knall, der sich wie ein Kanonenschuss anhörte, dass sich irgendwo eine neue Spalte aufgetan hatte. Josie hasste diese plötzlichen Laute, die ihre ohnehin schon angespannten Nerven zusätzlich belasteten.

Hal übernahm die Führung, und Josie folgte ihm. Hinter ihr reihten sich Nima und Todd ein. Als sie das erste Fixseil erreichten, lernte Josie, sich mit ihrem Jümar, einer Seilklemme, die den Aufstieg erleichtert, an das Fixseil zu klinken.

Beim ersten Tageslicht waren sie bereits tief in den Eisbruch vorgedrungen. Er war ein sich ständig verändernder Irrgarten aus Spalten und Eistürmen – den so genannten Séracs –, von denen manche so hoch wie ein Haus waren und so schief standen, dass sie jederzeit umstürzen konnten. Josie war sich nur allzu bewusst, dass hier schon mehr als 30 Kletterer ihr Leben gelassen hatten. Todd holte die Kamera hervor und filmte sie, als sie mit wild klopfendem Herzen so schnell wie möglich die Passage unter einem Sérac hindurch hinter sich brachte.

Es war ein quälender Weg, den die Fixseile durch das Labyrinth markierten. Und wo es unumgänglich war, Gletscherspalten zu überqueren, waren mit Eisschrauben gesicherte Aluminiumleitern darüber gelegt. Josie überquerte sie, indem sie ihre Augen beherzt auf die gegenüberliegende Seite richtete und jeden Gedanken an den Abgrund unter sich zu vermeiden suchte.

Die Instabilität ihrer Umgebung schockierte sie. Fortwährend brachen irgendwo kleinere Eisbrocken ab und sausten in einem ständigen Hagel klirrend herunter. Einmal krachte zehn Meter vor ihnen ohne Vorwarnung ein badewannengroßer Brocken aus einer Wand und zerbarst in tausende Splitter, die in einer gähnenden Spalte verschwanden.

Sie hatten etwa zwei Drittel des Weges hinter sich, als ein ohrenbetäubender Knall die Luft zerschnitt und das Eis unter ihren Füßen bebte. Ein tausend Tonnen schwerer Eiskoloss löste sich und donnerte zu Tal.

Josie sah, wie Hals Kopf herumfuhr und er binnen Sekunden abzuschätzen versuchte, ob die Eistrümmer auf sie herunterkrachen würden. Josie packte das blanke Entsetzen. Doch dann schwächte sich das Donnern, das sich anhörte, als brächen Wassermassen aus einem geborstenen Damm hervor, ab. Offensichtlich hatte die Lawine einen anderen Weg gewählt und kam irgendwo weiter unten am Gletscher zum Stillstand.

Stille. Eng aneinander gedrängt standen sie da. Josie bebte am ganzen Körper, während der Adrenalinschock allmählich abebbte.

Hal war der Erste, der seine Stimme wieder fand. „Jetzt hatten wir aber wirklich Glück." Ohne große Umschweife ging er weiter, und so blieb Josie nichts weiter übrig, als ihm zu folgen.

Fünf Stunden später hatten sie das Ende des Eisbruchs erreicht, wo die vorangestiegenen Sherpas auf dem flachen Terrain des Western Cwm, des Westkars, eines massiven Gletscherfelds oberhalb des Eisbruchs, bereits vier Zelte im Lager II aufgebaut hatten.

Sie saßen Seite an Seite, tranken heißen Tee und blickten zur Lhotse-Flanke hinauf, der nächsten großen Herausforderung, die sich nun zum ersten Mal in all ihrer Furcht einflößenden Pracht zeigte.

„Wenn ich so sehe, wie viel Kletterei noch vor uns liegt, habe ich das Gefühl, dass ich es unmöglich schaffen kann", seufzte Josie.

„Du hast dich heute prima gehalten", ermutigte Hal sie. „Für eine Anfängerin war das eine beeindruckende Tagesleistung. Ich glaube wirklich, dass du es weit hinaufschaffst."

„Meinst du das ehrlich?"

„Ja, sicher! Wenn du den Stress von vier weiteren Aufstiegen durch den Eisbruch aushältst."

Bei dieser Aussicht versank Josie augenblicklich in eine Depression. Doch dann dachte sie an Sebastian und daran, ihn noch einmal zu sehen. Und da wusste sie, dass sie die nötige Kraft aufbringen würde.

AM NÄCHSTEN Tag kehrten sie ins Basislager zurück, wo sich Josie in ihrem Zelt auf den Rücken fallen ließ und 24 Stunden brauchte, um sich einigermaßen zu erholen.

„Du fühlst dich vermutlich, als hättest du einen Marathon hinter dir“, flachste Hal. „Das ist es, was Sauerstoffmangel mit deinem Körper anstellt. Wenn wir denselben Marsch auf Meereshöhe absolviert hätten, würdest du dich vermutlich in der Hälfte der Zeit erholen.“

Fünf Tage später ging es wieder durch den Eisbruch hinauf zu Lager I. Dort wollten sie eine Nacht verbringen und dann in einem neunstündigen Aufstieg Lager II erreichen, wo sie eine weitere Nacht verbringen würden, um am nächsten Tag wieder ins Basislager abzusteigen und so weiter. Es war ein Programm, das dazu diente, ihren Körpern die maximale Chance zu geben, sich an die Höhe zu gewöhnen. Jede Tour verlangte eine längere Erholungsphase, belastete Muskeln und Sehnen mehr als die vorangegangene. Josie musste sich von Mal zu Mal mehr anstrengen, um ihre Kraftreserven zu mobilisieren.

Die Sherpas leisteten sogar doppelt so viel Arbeit, da sie sich mit schweren Rucksäcken voller Sauerstoffflaschen, Zelten und anderer Ausrüstung immer wieder auf den Weg zu den oberen Lagern machten.

Nach dreiwöchigem Training auf den unteren Abschnitten stießen Hal, Josie und Todd schließlich über die steile Lhotse-Flanke zum Lager III vor. Sie waren damit auf über 7000 Meter gelangt, benutzten aber immer noch keinen zusätzlichen Sauerstoff.

Von dem langen Aufstieg war Josie so ausgelaugt, dass sie wortlos in ihr Zelt sackte. Todd versuchte noch ein paar Kameraschwenks, aber auch er rang nach Atem und war völlig dehydriert. Hal kochte den beiden Tee und zwang sie, wenigstens eine Kleinigkeit zu essen.

Die folgende Nacht war denkwürdig unangenehm. Das Zelt war an einem Abhang aufgebaut, und Hal und Todd wälzten sich in ihren Schlafsäcken unruhig umher. Die Schräglage vermittelte Josie den Eindruck, dass sie alle drei die Lhotse-Flanke hinunter in den Tod rollen würden, sollten die Zeltleinen reißen. Endlich fiel sie in eine Art Schlaf, aber bald schreckte sie mit einem grässlichen Keuchen hoch. Sie sog mehrmals hintereinander hektisch die Lungen voll Luft, um das Gefühl, ersticken zu müssen, zu bekämpfen.

„Das nennt sich Cheyne-Stokes-Atmung“, beruhigte Hal sie. „Sie tritt auf, wenn das Gehirn quasi eine Panikattacke erleidet, weil es zu wenig Sauerstoff bekommt. Es weckt dich auf, damit du kräftig durchatmest.“

„Warum benutzen wir denn nicht unsere Sauerstoffflaschen?“, fragte sie verzweifelt.

„Noch nicht. Wir dürfen ihn so weit unten noch nicht verschwenden.“

So weit unten! Josie dachte über diesen unheilvollen Ausdruck nach. Kurz darauf würgte sie das wenige Essen hoch, das sie im Magen hatte, und schaffte es gerade noch, den Kopf aus dem Zelt hinauszustrecken. „Hal, mir ist schlecht.“ Sie fühlte sich schwächer als jemals in ihrem Leben zuvor.

„Das ist normal. Mach dir keine Sorgen.“

Josie verbrachte eine schlaflose Nacht. Voller Furcht fragte sie sich, wie es wohl sein würde, wenn sie erst richtig weit nach oben gelangten.

Lager III war der Wendepunkt, das Ende der Akklimatisierungsphase. „Wenn wir das nächste Mal hier raufkommen, wird es ernst“, bemerkte Hal, als sie sich an den Abstieg durch das Western Cwm machten. Zwei Tage später erreichten sie das Basislager, ruhten sich aus und gönnten ihren Körpern eine Erholungspause.

„Könnte sein, dass wir jetzt ein paar Tage hier rumhängen müssen“, warnte Hal die Gruppe. „Die meisten anderen Teams werden sich demnächst an einen Gipfelversuch wagen. Aber wir werden uns dort oben nicht in der Stoßzeit drängeln.“

Aus ein paar Tagen wurde eine Woche. Die Wartezeit fiel Josie schwer. Ein Team nach dem anderen brach auf, doch Hal hielt die eigene Gruppe immer noch zurück. „Bist du sicher, dass das richtig ist?“, fragte Josie ihn.

„Ich weiß, wie du dich fühlst“, tröstete er sie. „Aber glaube mir, wir sind ohne all die anderen besser dran. Sie werden auf dem Gipfelgrat Schlange stehen, um den Hillary Step hinaufzuklettern, und wir werden später einfach darauf zumarschieren, und keiner kann uns aufhalten.“

„Gut. Du bist der Boss.“ Zum Spaß legte Josie die Hand an die Stirn, als ob sie salutieren wollte.

Während sie im Basislager herumhingen, entwickelte Josie Gelüste nach Orangen, Bananen, frischen Croissants oder Steaks. Stattdessen bekam sie fortwährend Bohnen, Reis und Nudeln aufgetischt. Ihre Pfunde purzelten förmlich. „Das ist ganz normal für jemand in deiner Größe“, kommentierte Hal diese Entwicklung. „Dein Körper zehrt vom eigenen Fett.“

Und sie begann sich nach Butter, nach Fett zu sehnen. Tashi versuchte, ihre Gelüste mit Yaktee zu stillen, einem heimischen Getränk, das aus ranziger Yakbutter hergestellt wird. Als Josie feststellte, dass ihr Körper die Flüssigkeit wegen der Fette, die er daraus zog, trotz des leicht fauligen Geschmacks annahm, war von diesem Zeitpunkt an Yakbuttertee, nicht mehr heiße Schokolade ihr Lieblingsgetränk.

Währenddessen verbrachte Hal Stunden damit, vor dem Zelt zu sitzen, durch sein Fernglas den Berg zu beobachten und den Funkverkehr der anderen Teams zu verfolgen. Eines Tages schlenderte er lässig ins Messezelt. „Wir brechen morgen auf", verkündete er beiläufig. „Einverstanden?"

„Nun … ja." Josie fühlte, wie panische Angst ihren Körper lähmte.

Hal drückte ihr das Fernglas in die Hand und führte sie vor das Zelt. „Siehst du den Krokodilschwanz von Kletterern, der sich den Eisbruch runterschlängelt?", fragte er. „Das bedeutet, dass es Zeit für uns wird. Da wartet ein schöner menschenleerer Berg nur auf uns."

JOSIES Atemwölkchen hatten die Gläser ihrer Gletscherbrille mit einem grauen Eisschleier überzogen, sodass sie gezwungen war, die Augen zusammenzukneifen, wenn sie durch den verzerrenden Reif etwas sehen wollte.

„Schau dir das an!" Hal hielt ihr seinen Taschenhöhenmesser vor das Gesicht. „Wir haben gerade die 7800-Meter-Grenze überschritten!"

Josie fehlte in diesem Augenblick der nötige Atem, um ihm eine Antwort zu geben. Zudem mangelte es ihr an dem entsprechenden Enthusiasmus, den sie eigentlich hätte verspüren sollen. 7800 Meter. Oft genug hatte Hal ihr erzählt, wie wenige Menschen es jemals bis hier heraufschafften. Die Höhe und die acht Stunden Aufstieg, die sie seit der Morgendämmerung hinter sich gebracht hatte, hatten Josies Sinne für sämtliche Empfindungen abgestumpft, mit Ausnahme der zunehmenden Schmerzen in sämtlichen Teilen ihres Körpers.

„Siehst du die Zelte?" Hals Stimme klang heiser und brüchig.

Josie hob die Augen und erblickte eine Ansammlung von roten Kuppeln, die weit hinten auf dem flachen Plateau des Südsattels leuchteten. Lager IV. Dahinter erhob sich die einschüchternd massive Gipfelpyramide des Everest.

Josie war sich bewusst, dass sie in diesem Moment etwas verspüren sollte, Ehrfurcht vielleicht, Schrecken oder Trauer. Mit all diesen Gefühlen hatte sie gelebt, bevor sie hierher gekommen war, um Sebastian zu suchen. Doch jetzt empfand sie nur eine dumpfe Apathie.

Die roten Zeltkuppeln des Lagers zogen erneut ihren Blick auf sich. „Bis dort sind es ja noch Kilometer." Ihre Stimme klang flach, ausdruckslos.

„Eine Stunde, vielleicht sogar weniger.“

Er log, das war Josie klar. Wenn Hal eine Stunde sagte, waren es immer zwei. „Lass mich rasten.“

„Nicht jetzt. Ausruhen kannst du im Lager.“ Seine blauen Augen blickten sie abschätzend an. „Sprichst du noch das Mantra?“

Josie nickte. Durch den dicken Anzug spürte sie, wie er ihr aufmunternd auf die Schulter klopfte, und gleich darauf bemerkte sie den Zug an dem kurzen Seil, das sie mit Hal verband, als er weiterstieg.

Das Mantra war so sehr zu einem Teil ihrer selbst geworden, dass sie nicht mehr zu sagen vermochte, ob sie die Worte tatsächlich vor sich hin flüsterte oder ob sie lediglich eine nicht enden wollende Serie von Impulsen in einer ihrer Gehirnwindungen waren.

„Jeder Meter aufwärts …“ Ein Schritt, nicht größer, als ihre Plastikstiefel lang waren, „… ist ein Meter …“ Noch ein Schritt. Die Muskelfasern ihrer Waden und Oberschenkel wehrten sich gegen die Anstrengung. „… weniger zu gehen.“ Die metallenen Zacken der Steigeisen fest in das Eis rammen. „Jeder Meter aufwärts …“

Der Abschnitt, den sie jetzt erstiegen, lag am oberen Ende des Genfer Sporns, eines bauchigen Schneehangs, der eine natürliche Rampe zwischen der Lhotse-Flanke und dem Südsattel des Everest bildete. Der Neigungswinkel war nicht steil; auf 7800 Metern kamen sie jedoch kaum schneller voran als eine Schnecke.

Um drei Uhr nachmittags erreichten sie den Scheitelpunkt des Hanges, von dem ab es über das flachere Terrain des Südsattels weiterging. Josie stapfte hinter Hal her, während er sich seinen Weg über das leicht gewellte Plateau bahnte. Obwohl sie nicht mehr aufsteigen musste, kämpfte Josie doch darum, einen Fuß vor den anderen zu setzen. Hartnäckig hielt sich das Lager in der Ferne, bis sie schon fürchtete, sie würden es niemals erreichen.

Plötzlich vernahm sie von vorne einen Schrei. Eine Gestalt im gelben Daunenanzug kam ihnen aus dem Lager entgegen. Ihr Gesicht wurde von einer Sauerstoffmaske verdeckt, und erst als sie nur noch Zentimeter von Josie entfernt war, erkannte diese, wem die lachenden Augen gehörten.

„Nima?“

„Ja, Ma’am. Willkommen auf dem Südsattel!“

Hal klopfte dem Sherpa auf den Rücken. „Na, wie geht’s euch hier oben?“ Gemeinsam mit Nima waren Todd und Lapka, der zweite Sherpa, der mit auf den Gipfel klettern sollte, früher am Tag vorausgestiegen.

„Lapka ist sehr müde, vielleicht sogar krank, aber Todd und ich sind okay. Wollt ihr Tee?“

„Nichts lieber als das!“

Nima nahm einen kleinen Rucksack vom Rücken, brachte eine Thermosflasche zum Vorschein und goss die süße bräunliche Flüssigkeit in den Plastikbecher. Josie nippte vorsichtig daran und bemühte sich, den Schmerz zu ignorieren, den der Tee in ihrem rauen, entzündeten Hals verursachte.

Zwanzig Minuten später erreichten sie Lager IV. Todd hielt die Digitalkamera in den Händen und hielt Josies Ankunft fest. „Du hast es geschafft! Wie geht's dir?“

Sie hätte gern mehr Munterkeit an den Tag gelegt und für die Kamera etwas Bedeutungsvolles von sich gegeben, aber alles, was sie zustande brachte, war: „Mir ist ein wenig übel.“ Sie plumpste auf das Eis. Sekundenlang kämpfte sie darum, die Wellen von Übelkeit zu unterdrücken, doch dann erlag sie dem Druck und spuckte den Tee in krampfartigen Zuckungen heraus.

Todd lachte. „Ich glaube nicht, dass es diese Aufnahmen ins Abendprogramm schaffen werden!“

„Wir hängen sie wohl besser an den Sauerstoff.“ Hal nahm eine volle Flasche von einem kleinen Stapel, der neben einem der Zelte aufgeschichtet worden war. Er schraubte das Ventilgewinde eines Reglers aus Aluminium an den Zylinder und schloss daran den Plastikschlauch an, der zur Atemmaske führte. „Willkommen im Wunderland, Josie!“

Sie nahm die Maske, hielt sie sich ans Gesicht und sog probeweise die Luft ein. Dann noch einmal, schon mit etwas mehr Zutrauen. „Das ist ja unglaublich!“ Sie konnte die chemischen Veränderungen, die der Sauerstoff in ihrem Körper bewirkte, kaum glauben. Binnen einer Minute spürte sie, wie das Klopfen in ihrem Hinterkopf schwächer und schwächer wurde. Und nach drei Minuten wich die Übelkeit. „Mir wird ganz warm! Ich kann sogar meine Zehen wieder fühlen!“

Nun schraubte Hal sein eigenes Sauerstoffgerät zusammen. Eine Weile saßen sie sich gegenüber, sagten kein Wort und gönnten ihren Körpern die wohlverdiente Ruhe.

Todd brachte frischen Tee. „Lapka geht es gar nicht gut. Er kann weder Nahrung noch Flüssigkeit bei sich behalten.“

„Lapka ist zu alt“, mischte Nima sich ein. „Er ist nicht mehr stark genug für den Berg.“

„Ich sehe mal nach ihm.“ Hal krabbelte durch den Zelteingang und fand Lapka in seinem Schlafsack liegend. „He, wo liegt das Problem?"

„Kann nicht schlafen. Nicht essen. Muss alles erbrechen. Habe Kopfschmerzen, im ganzen Körper Schmerzen."

„Glaubst du, du kannst heute Nacht aufsteigen?"

„Vielleicht. Nicht sicher."

„Na gut. Jetzt versuche erst mal, ein bisschen zu schlafen." Hal kroch aus dem Zelt und beriet sich mit Todd. „Glaubst du, dass er es schaffen wird?"

„Ich bin mir nicht sicher. Wir werden sehen, wie es ihm um Mitternacht geht."

„In Ordnung. Was hältst du vom Wetter?"

„Es ist eigentlich recht gut. Im Norden hängen ein paar merkwürdige Wolken rum, aber ich glaube kaum, dass sie uns irgendwas anhaben können."

Hal ging zu Josie hinüber. „Es sieht so aus, als sei das Wetterfenster, das wir uns erhofft haben, auf unserer Seite. Willst du's immer noch durchziehen?"

Kaum merklich nickte sie.

„Denn wenn du irgendwelche Zweifel hast, wäre es ja vielleicht auch schon genug, dass du es bis hierher geschafft hast."

„Nein. Ich bin ganz sicher. Ich schaffe es. Ich weiß, Sebastian wartet dort oben auf mich. Ich will zu Ende bringen, was ich angefangen habe."

„In Ordnung. Wir marschieren nach Mitternacht los."

DAS ZISCHEN des Gaskochers riss Josie kurz vor Mitternacht aus ihrem Halbschlaf. Eingehüllt in seinem Schlafsack sitzend, bediente Hal den Gaskocher, der im vorderen Teil des Zeltes stand. Das weiche bläuliche Gaslicht beleuchtete Hals Gesicht. Er schlug faustgroße Eisbrocken von einem größeren Klotz und fügte sie dem Schmelzwasser zu.

Gipfeltag. Allein das Wort verursachte Josie einen eiskalten Schauder. Sie erinnerte sich plötzlich an etwas, was Sebastian gesagt hatte, kurz bevor er nach Nepal abgeflogen war. „Dort oben braucht es nur einen winzigen Fehler, und schon ist man verloren." Ein winziger Fehler – eine weitere Leiche, die zu den bisher 154 am Berg Gebliebenen hinzukäme. Was hatte sie je auf die verrückte Idee gebracht, sie würde zu den Erfolgreichen gehören?

Sie grub sich tiefer in ihren Schlafsack und versuchte, die Angst zu ignorieren, doch Hal nötigte sie zu mehreren Bechern heißer Getränke und zwei kleinen Tüten hochenergetischer Nahrung. Dann überwachte er genau, was sie anzog, vergewisserte sich, dass sie die einzelnen Lagen in der richtigen Reihenfolge überstreifte.

Es war 1.15 Uhr, als sie sich in ihre Daunenanzüge gewunden und den Windanzug darüber gezogen hatten. Dann verließen sie das Zelt. Hal kontrollierte in Josies Rucksack noch die korrekte Unterbringung ihres Sauerstoffzylinders und schloss die Schnallen ihres Klettergurtes.

Todd krabbelte aus dem benachbarten Zelt, in dem sich die zwei Sherpas noch fertig machten.

„Wie geht es Lapka?“, fragte ihn Hal.

„Er stöhnt ein wenig, aber es sieht so aus, als wollte er’s versuchen.“

„Wie viel Sauerstoff nehmen sie mit?“

„Genug, um zwei Flaschen auf dem Südgipfel zurückzulassen.“

„Nicht schlecht.“

Die Sherpas gesellten sich zu ihnen. „Das ist der aufregendste Tag meines Lebens“, brummelte Nima durch seine Maske, als er Josie sah. „Vielleicht erreiche ich heute mit dir den Gipfel.“

„Das hoffe ich, Nima, das hoffe ich sehr“, entgegnete sie.

Hal kontrollierte ein letztes Mal seinen Rucksack.

„Hast du das Dexamethason?“, erkundigte sich Todd.

Hal klopfte auf eine Tasche seines Daunenanzugs und ertastete die Umrisse der Plastikverpackung, in der die Spritze steckte. „Habe ich.“

„Was ist das denn?“, fragte Josie.

„Ein Kortisonderivat, mit dem man als kurzfristige Notfallmaßnahme akute Höhenkrankheit behandeln kann, um den Abstieg zu ermöglichen. Reine Vorsichtsmaßnahme.“ Hal warf einen Blick auf die Sherpas, um zu sehen, ob sie fertig waren. „Also, packen wir’s an?“

Josie nickte und umarmte Todd. „Bist du traurig, dass du nicht mitkommen kannst?“

„Irgendwer muss sich ja um den Funk kümmern. Außerdem gefällt mir die Vorstellung, dass ich mich gleich wieder in meinen Schlafsack kuscheln kann.“

Hal hielt ihm den hochgestreckten Daumen hin, dann brachen sie zur Überquerung des Südsattels auf. Das Gelände vor ihnen wurde nur von den gelben Lichtkegeln ihrer Stirnlampen erhellt. Die vier bewegten sich ohne Sicherungsseile über das flache Plateau, wählten ihren Weg über Fels und Eis aber umsichtig.

Vor ihnen lagen ein Mammutaufstieg von 16 bis 18 Stunden und unvorstellbare körperliche Anstrengungen. Sie würden kaum Zeit für eine Rast haben, abgesehen von kurzen Pausen, in denen sie Flüssigkeit und ein paar Kalorien zu sich nehmen mussten. Irgendwo hatte Josie gelesen, dass der Gipfeltag dem Körper ähnliche Leistungen abverlangte wie fünf hintereinander absolvierte Marathonläufe. Sie betete darum, dass sie es schaffen würde.

GEGEN 2.30 Uhr hatten sie das Ende des flachen Terrains auf dem Südsattel erreicht. Hal kletterte über eine beinharte Schneewehe und leuchtete mit seiner Stirnlampe durch die Nacht, bis er das erste Fixseil entdeckt hatte.

Nima war bei ihnen, aber Lapka hinkte bereits hinterher. 15 Minuten warteten sie auf ihn, und Nima konnte seine wachsende Ungeduld kaum bezähmen. „Warum ist er nur so langsam?“

„Ich möchte, dass du bei ihm bleibst“, wies Hal ihn an. „Ich fürchte, er schafft es nicht, wenn er allein aufsteigt.“

Nachdem sie Lapka Zeit gegeben hatten, wieder Atem zu schöpfen, begannen sie den Anstieg. Sie hängten sich mit dem Jümar, das im Falle eines Sturzes sofort blockieren würde, in das Seil ein.

Während der Hang immer steiler wurde, war Josie mehr und mehr darüber schockiert, wie wenig Sauerstoff sie zu bekommen schien. Sie keuchte schwer, und ihr war schwindelig. „Ich glaube, ich habe ein Problem mit meinem Sauerstoff.“

Hal blieb stehen und leuchtete mit seiner Stirnlampe auf den Zufuhrschlauch. „Mit deiner Ausrüstung ist alles in Ordnung. Das Problem ist deine Atmung. Es ist ein häufiger Fehler, dass man zu schnell atmet. Auf diese Weise ziehst du immer wieder deine eigene Luft aus der Maske ein, ohne frische dazuzubekommen. Du musst so langsam und tief wie möglich atmen.“

Josie versuchte, sich zu beruhigen. Lange und tief sog sie die Luft ein. Und gleich noch einmal. „Ich verstehe, was du meinst. Ich fühle mich schon besser.“ Mit neuem Selbstvertrauen reihte sie sich wieder hinter Hal ein. Sie entfernten sich immer weiter von den Sherpas. Nima blieb bei Lapka, obwohl es ihm mehr als schwer fiel.

Um vier Uhr schlug Hal eine Pause vor. Aus seiner Thermoskanne goss er Josie einen Becher heißer Schokolade ein und bestand darauf, dass sie auch einen Kraftriegel zu sich nahm. „Schau, dort sind die Sherpas.“ Er deutete auf die zwei Lichtkegel unter ihnen. „Lapkas Tempo gefällt mir nicht.“ Da entdeckte er noch etwas. „Sieh mal, hinter den Sherpas ist noch ein Licht, ganz unten, wo das flache Plateau aufhört.“

„Das ist aber seltsam, wer mag das wohl sein?“

Hal dachte nach. „Vielleicht Todd. Möglicherweise haben die Sherpas was vergessen, und er versucht, sie einzuholen." Er zog das Walkie-Talkie aus der Tasche. „Hal an Lager IV. Todd, melde dich."

„Leg los, Hal."

„Wir sehen eine dritte Stirnlampe hinter den Sherpas. Bist du das?"

„Machst du Witze? Ich liege hier warm und gemütlich in meinem Schlafsack."

„Du Hundesohn! Aber wer kann es dann sein?"

„Vermutlich Andrei Vasylenko, ein Ukrainer, er spielt den einsamen Wolf. Unten im Basislager habe ich neulich gehört, dass er sich zwar wegen der Genehmigung in eine der anderen Expeditionen eingekauft hat, aber die wollten nicht, dass er gemeinsam mit ihnen aufsteigt, denn er wurde schon von mehr Bergen gerettet, als ich heiße Mahlzeiten zu mir genommen habe. Er hat unser Lager passiert. Ich habe ihm was zugerufen, aber er hat mich wohl nicht gehört. Er war verdammt schnell unterwegs."

„Das muss er auch. Er ist ziemlich spät aufgebrochen. Ende."

Hal steckte das Funkgerät weg, dann warteten sie, bis die beiden Sherpas sie eingeholt hatten. Lapka keuchte schwer. Er sah krank aus.

„Tut mir Leid", sagte Nima. „Ich habe alles versucht, aber er geht einfach nicht schneller. Er ist zu alt."

„Ich bin nicht zu alt!" Lapka zog seine Sauerstoffmaske zur Seite und spuckte in den Schnee. „Ich bin heute nur krank."

„Ich glaube, er kommt nicht weiter als bis zum Südgipfel", fuhr Nima fort. „Wir hinterlegen dort oben für euch die Sauerstoffflaschen, dann bringe ich Lapka zurück."

„Das bedeutet aber, dass du heute nicht mit uns zum Gipfel kommst!" Josie hatte Mitleid mit ihm, da sie wusste, wie sehr er sich das gewünscht hatte.

„Ich habe noch viel Zeit", entgegnete er. „Aber ich lasse einen kranken Freund auf dem Berg nicht allein."

Hal nickte. „Danke, Nima. Mach dir keine Sorgen wegen deiner Gipfelchance, du wirst sicher bald wieder eine bekommen."

„Wenn es die Götter wollen. Jetzt geht weiter. Wir ruhen uns noch ein wenig aus."

Hal rammte seine vorderen Zacken in das Eis und stieg weiter in die Nacht. „Er ist wie sein Vater. Großmütig bis zur Selbstaufgabe. Diese Sherpas sind das liebenswürdigste Volk der Welt, und Nima ist einer der besten."

KURZ nach zehn Uhr beendeten Josie und Hal den langen Aufstieg durch die Eisrinnen und erreichten das markante Gelände des Südostgrats. Vor einer Stunde hatten sie ihre zweiten Sauerstoffflaschen angeschlossen.

„Ich muss mich eine Weile setzen." Ein Muskelkrampf machte Josie zu schaffen. „Lass mich ausruhen."

„Das kann ich nicht. Das letzte Mal, als ich dir eine Pause gegönnt habe, hat es uns 15 Minuten gekostet. Wir verlieren zu viel Zeit."

Sie hasste ihn dafür, aber sie wusste, dass er Recht hatte. Der gleichmäßige Schritt der ersten fünf oder sechs Stunden hatte sich zu einem Kriechen verlangsamt, das zudem von häufigen kurzen Verschnaufpausen unterbrochen wurde, wenn Josie nach Atem rang. Sie stützte sich auf ihren Eispickel und versuchte, einen Moment lang ihre Beine zu entlasten, indem sie das Gewicht auf ihren Oberkörper verlagerte.

„Komm schon, der Südgipfel ist gleich hinter diesem Grat."

Josie zwang sich zum Weiterklettern, wobei ihr der Gedanke, Sebastian könne nicht mehr weit entfernt sein, neue Kraft verlieh. Sebastian. Während des Aufstiegs war sie so sehr mit sich selbst beschäftigt gewesen, dass sie ihn fast vergessen hatte. Nicht das Ziel aus den Augen verlieren, erinnerte sie sich. Denk daran, weshalb du das hier eigentlich alles auf dich nimmst. Aber es war schwer.

Als sie endlich das flachere Terrain des Südgipfels erreichten, blieb Josie stehen und blinzelte verwirrt über die Fläche, als erwartete sie, Sebastian als Eisgespenst hier irgendwo herumstehen zu sehen.

Aber nirgends gab es Anzeichen von Toten.

Sie verschnauften eine Weile, dann stand Hal auf. „Ich sehe mich mal um." Er entfernte sich, seine Steigeisen knirschten im Eis.

Alleine gelassen, wurde sich Josie plötzlich entsetzt der unendlichen Einsamkeit bewusst. Sie saß auf einem ebenen Schneefeld, nur ein paar hundert Meter vom Gipfel des Everest entfernt. Mit einem Blick nach oben entdeckte sie den berüchtigten Gipfelgrat mit seinen zahlreichen Steilstufen. Der Vermessungspfosten, der den höchsten Punkt der Erde markierte, war von ihrer Position aus jedoch noch nicht zu sehen.

Hals Schritte näherten sich wieder. „Ich habe Sebastian und Rick gefunden. Sie liegen direkt nebeneinander hinter der Schneewehe da."

Er half Josie auf die Beine und führte sie in die benannte Richtung. Am Ende des Flachstücks lagen zwei halb vom Schnee zugewehte Leichname.

„Ich lasse dich eine Weile allein." Hal entfernte sich ein Stück.

Sebastian hatte sich wie ein Embryo zusammengerollt, sein Gesicht war zur Hälfte von der gebleichten Nylonkapuze seines Daunenanzugs verdeckt. Josie zog sie fort, damit sie ihn betrachten konnte.

Sie hatte sich diesen Moment so oft vorgestellt, dass sie jetzt keinerlei Schrecken beim Anblick des halb mumifizierten Gesichts des Mannes empfand, den sie liebte. Seine Züge waren noch erkennbar, obwohl sich die Haut um die Schädelknochen gespannt hatte. Die Augen waren zugefroren, und was von seinem Haar noch übrig war, hatte die extreme Strahlungsintensität in dieser Höhe weiß gebleicht.

Josie zog ihre äußeren Handschuhe aus und streichelte sein Gesicht. Es fühlte sich an wie Pergament. „Ich kann dir gar nicht sagen, wie sehr ich dich vermisse. Es war so schwer, über all das hinwegzukommen, ohne zu wissen, wo du bist, ohne den Ort zu kennen, der dich umgebracht hat. Aber jetzt kenne ich ihn und verstehe auch, was dich hierher gezogen hat.“ Sie schwieg eine Weile. „Kannst du dich an das Gedicht erinnern, das du mir mal geschickt hast?

Die, die mir nahe sind, wissen nicht,
dass du mir näher bist als sie.
Die, die mit mir sprechen, wissen nicht,
dass mein Herz voller Worte ist,
die du nie sprachst.“

Für einen Moment verstummte sie, während lange aufgestaute Emotionen sie übermannten. „So werde ich es immer empfinden. Mein Herz wird immer voller unausgesprochener Worte für dich sein, Sebastian.“ Dann stand sie auf, ihre Beine zitterten.

Hal trat zu ihr. „Bist du in Ordnung?“

„Ja, es geht schon.“

Hal kniete sich neben Ricks Leichnam und durchsuchte die Taschen, bis er die Kamera seines Freundes gefunden hatte. „Darauf finden wir vielleicht ein paar nützliche Aufnahmen.“ Er tastete den Körper weiter ab, bis er die Hand fand, an der der Ring steckte, den er für Deborah mitbringen sollte. Da der Finger geschrumpft war, ließ sich der Ring leicht abziehen, und Hal steckte ihn tief in eine seiner Taschen. Dann wandte er sich Sebastian zu und schlug die Klappe von dessen Rucksack zurück. Eine Sauerstoffflasche kam zum Vorschein. Er zog sie ein Stück heraus, drehte sie und entdeckte Ricks Namen, der mit schwarzem Marker darauf geschrieben war. „Also hat Rick Sebastian seine letzte Sauerstoffflasche gegeben. Ich wusste doch, dass er seine Kunden nicht im Stich gelassen hat!"

„Aber wo sind die anderen?"

„Ich weiß es nicht. Sie könnten den Grat hinuntergestürzt sein, als die Sicht immer schlechter wurde. Siehst du, wie steil es dort ist?" Hal kramte tiefer in den Rucksack hinein. „Da ist noch was, fühlt sich wie Goretex oder Dacron an." Er zog eine Ecke grellbunten Stoffes heraus. „Das könnte der Gleitschirm sein."

„Du hast Recht. Ich hatte ganz vergessen, dass er vorhatte runterzufliegen."

„Stört es dich, wenn ich ein paar Aufnahmen von den Leichen mache? Diese Sauerstoffflasche ist genau die Art von Beweisstück, die Deborah helfen könnte, wenn es zum Prozess kommt. Genauso die Tatsache, dass die beiden nebeneinander liegen."

„Natürlich."

Hal schoss ein paar Fotos, und danach wischte Josie noch einige Eiskristalle aus Sebastians Gesicht. „Du wirst immer in meinem Herzen bleiben." Sie richtete sich auf. „Ich bin fertig, Hal."

Er warf einen Blick den Grat hinauf und schien zu überlegen. Schließlich fragte er: „Wie steht's mit dem Gipfel? Bist du sicher, dass du jetzt noch dazu in der Lage bist?"

„Aber sicher. Packen wir ihn an!", antwortete sie, ohne zu zögern.

Der Gipfel. Das Wort allein versetzte ihr Herz noch heftiger in Raserei. Doch auch wenn sie auf Händen und Knien hinaufkriechen musste, sie wünschte es sich jetzt mehr denn je, ihn zu erklimmen.

Sie heftete den Blick auf Hals Steigeisen, während er erneut in seinen beständigen Schritt verfiel. Josie wappnete sich innerlich gegen den kommenden Schmerz.

ES SCHIENEN erst wenige Augenblicke vergangen, bevor Josie auf die Knie sank, um Atem zu schöpfen. Eine Welle der Übelkeit überkam sie, und der Geschmack von Galle füllte ihren Mund. Tief sog sie den Sauerstoff ein, wobei sie die Reinheit der Luft genoss, die den säuerlichen Geschmack allmählich verdrängte.

Sie warf einen Blick nach oben, und ihr ganzer Mut sank. Das Gelände war viel steiler, als es vom Südgipfel her ausgesehen hatte, und fiel auf beiden Seiten des Grats steil ab. Die Fixseile schlängelten sich an ihm entlang.

Hal holte einen Kraftriegel hervor, brach ihn in zwei Teile und gab

Josie die eine Hälfte. „Nimm ihn, komm schon. Du musst dir das Zeug reinstopfen, du wirst die Energie später noch brauchen."

Josie zog ihre Sauerstoffmaske gerade so weit zur Seite, um sich den Riegel in den Mund stecken zu können. Er war steinhart, und sie ließ ihn in der Wärme ihres Mundes antauen, bevor sie zu kauen begann und ihn schließlich schluckte.

„Weiter geht's", drängte Hal.

Josie zog sich am Seil hoch. Zitternd setzte sie einen Fuß vor den anderen und zwang sich, den Blick auf das rote Fixseil zu konzentrieren und nicht nach links und rechts in den Abgrund zu schauen.

Schritt und atmen. Atmen. Atmen. Schritt und atmen.

Plötzlich blieb Hal stehen. Sie waren an der bislang steilsten Stelle angekommen. Dumpf realisierte Josie, dass dies der Hillary Step sein musste. Das bedeutete 12 Meter anspruchsvolle Kletterei, wobei man nur durch das Fixseil gesichert war. Hal kontrollierte, ob Josies Jümar richtig angebracht war, bevor er sich an den Aufstieg machte.

Josie wartete auf seinen Zuruf, dann zwang sie ihren Körper aufwärts. Sie schwang ihren Pickel in die vereiste Wand und zog sich mit zitternden Armen daran hoch. Unkontrolliert keuchend, stieß sie ihr Steigeisen in das abbröckelnde Eis und hob den Fuß bis zu einem kleinen Felsvorsprung. Ihr ganzer Körper bebte von der Anstrengung, als sie sich nach oben zog.

Noch ein Schlag mit dem Pickel, noch zwei Züge, dann hatte sie es geschafft. Oben angekommen, brach sie auf dem Flachstück zusammen.

Plötzlich erwachte das Walkie-Talkie in Hals Tasche knacksend zum Leben. „Hallo, hier ist Todd. Wie geht's euch da oben?"

„Wir kommen langsam voran, aber wir sind okay. Haben gerade den Hillary Step hinter uns."

„Ihr wisst doch, wie viel Uhr es ist, oder? Es ist fast 13 Uhr."

„Was? Mist, ich habe überhaupt nicht mehr auf die Zeit geachtet!"

„13 Uhr ist Umkehrzeit. Was werdet ihr also tun?"

Hal warf einen Blick den Grat hinauf. Der Vermessungspfosten auf dem Gipfel war noch immer nicht zu sehen. „Lass mich das kurz mit Josie besprechen."

„Was besprechen?" Von ihren Schmerzen abgelenkt, hatte sie sich nicht auf das Gespräch der beiden Männer konzentriert.

„Wir haben ein Problem, Josie. Es ist Zeit zum Umkehren. Erinnerst du dich, dass ich dir mal gesagt habe, wenn wir es bis ein Uhr nicht geschafft haben, sind wir aus dem Rennen? Ich will nicht riskieren, dich im Dunklen absteigen zu lassen."

Verständnislos starrte sie ihn an, doch schließlich begriff sie die ganze Tragweite seiner Worte. Ein ungläubiger Ausdruck machte sich auf ihrem Gesicht breit. „Das meinst du doch wohl nicht ernst? Sag sofort, dass du das nicht ernst meinst!"

Hal erwiderte nichts.

Ihre Ungläubigkeit steigerte sich schnell zum Zorn. „Nein! Das kannst du mit mir nicht machen! Sieh doch, wie weit wir schon sind!"

„Es ist brutal, ich weiß, aber Tatsache ist, dass du einfach zu langsam bist."

„Ich werde schneller gehen. Ich kann es. Ich verspreche, ich schaffe es. Es gibt nichts, was uns hindern könnte. Wie weit ist es noch?"

„Wenn du einen Schritt zulegst, können wir in 30 Minuten oben sein. Wenn …"

„Bitte, Hal, bitte!"

Er gab keine Antwort, sondern starrte mit einer Intensität, die ihr Angst machte, über ihre Schulter hinweg auf den Horizont. Schließlich schaltete er das Walkie-Talkie wieder an. „Hal an Todd. Wir gehen rauf."

„Das ist ziemlich waghalsig."

„Ich weiß. Wo sind die Sherpas?"

„Ich kann sie mit dem Fernglas sehen. Sie haben es bis zum Südgipfel geschafft und dort die Sauerstoffflaschen für euch deponiert. Ach übrigens, Vasylenko steigt immer noch hinter euch auf. Er ist ebenfalls ziemlich spät dran."

„Na, das ist nicht unser Problem. Wir rufen von oben aus durch!"

„Viel Glück. Ende."

Josie griff nach Hals Arm und drückte ihn. „Danke."

„Danke mir, wenn wir wieder im Lager IV sind."

DUMPF bemerkte Josie, dass der vereiste Grat immer schmaler wurde und das Seil immer stärker an ihrem Klettergurt zerrte. Hal gönnte ihr keine Pause. Vorsichtig setzte sie ihre Füße seitwärts auf, beugte die Knie und strengte sich nach einem krebsgangartigen Bogen an, jeden einzelnen der zehn Zacken des Steigeisens sicher im Eis zu verankern.

Einrammen. Atmen. Einrammen. Sie spürte, wie ihre Nieren pochten. Atmen.

Josie schlug ihren Pickel ein und fiel auf ein Knie. Ihr Kopf sackte auf die dicken Handschuhe, und sie kämpfte darum, ihre Lungen mit der lebenserhaltenden Luft voll zu pumpen. Dann spürte sie Hals Arme unter ihren Achseln, und schon stand sie wieder auf ihren unsicheren Beinen.

Einige Minuten lang blieben sie stehen, bis Josies Schwindelgefühl sich gelegt hatte. Danach griff Hal nach ihrem Klettergurt und schob und zog sie abwechselnd über den nun flacher werdenden Grat. Plötzlich blieb er stehen. „Sieh nach oben!“

Josie blinzelte durch die überfrorenen Gläser ihrer Gletscherbrille und sah zum ersten Mal die Gebetsfähnchen und Flaggen, die um den dreibeinigen Vermessungspfosten auf dem Gipfel wehten: ein flatterndes Farbenspektakel, das nach einer letzten Erhebung auf dem höchsten Punkt der Gipfelpyramide thronte. Eine Welle von Adrenalin flutete durch ihren Körper.

Abermals packte Hal ihren Gurt und zog sie weiter.

„Jeder Meter nach oben …“ Schritt. Atmen. Ihre Lungen mussten gleich explodieren. „… ist ein Meter weniger zu gehen.“ Pause.

Sie hörte Hal, der durch den stärker werdenden Wind sonderbar weit entfernt klang. „Los, Josie, los! Sieh, wie nah wir schon sind! Komm!“

Sie blickte wieder den Grat hinauf. Er hatte Recht. Der Vermessungspfosten mit seinen Girlanden aus Flaggen und Gebetsfahnen befand sich nur noch ein paar Meter über ihnen. Wieder schoss ein Adrenalinstoß durch ihren Körper.

„Hör auf zu träumen, Josie. Bringen wir es zu Ende.“

Starr richtete sie den Blick nach oben, hob den Kopf, so hoch sie konnte, und streckte den Rücken. Nachdem sie den ersten Schritt gemacht hatte, knirschten auch Hals Steigeisen hinter ihr im Eis. Atmen. Noch ein Schritt, den Fuß im Halbkreis nach vorne schwingen, damit er sich nicht am anderen Stiefel verfängt. Atmen. Atmen.

„Nicht aufgeben.“ Mit einem explosionsartigen Keuchen überwand Josie die Schmerzbarriere. Atmen. Atmen. Atmen. Atmen.

Zwei weitere Schritte. Der Grat wurde immer flacher. Innerlich brach Josie in ein übermütiges Freudengelächter aus. Sie zwang sich zu noch einem Schritt – dann legte sie die Hand an den dreibeinigen Vermessungspfosten und benutzte ihn, um sich hochzuziehen.

Hal trat neben sie. „Der Everest gehört dir, Josie!“

Seite an Seite standen sie auf ihre Pickel gestützt da und rangen nach Atem. Das perfekte Naturschauspiel der ganzen Welt lag ihnen zu Füßen. Sprachlos vor Ehrfurcht, sah Josie nach Süden. Von ihrem Blickpunkt aus schienen die umliegenden Gipfel jäh zum Mittelpunkt der Erde abzustürzen. Ihre Grate wirkten so scharf wie Rasiermesser, und ihre spitzen Zacken schienen den Himmel aufzuschlitzen. Im Norden war die Sicht nicht so klar. Wolken verhüllten den Großteil des Himmels. Aber im Moment konnte nichts Josies immense Freude trüben.

„Für dich, Sebastian", flüsterte sie, „mit all meiner Liebe."

„ICH WERDE deine Sauerstoffzufuhr eine Weile höher stellen", informierte Hal sie. „Du wirst für das Interview ein bisschen mehr Luft brauchen." Klickend drehte er den Regler von zwei auf vier Liter pro Minute.

Sofort spürte Josie die erhöhte Luftzufuhr. In ihrem Körper breitete sich Wärme und eine Welle der Euphorie aus. Sie atmete tief ein und genoss die satte Atemluft. Dann zog sie Hal an sich. Mit tapsigen Bewegungen umarmten sie sich, und ihre Masken klapperten aneinander. „Wir haben es geschafft, Hal! Wir haben es wirklich geschafft!"

Er schaute gen Norden. „Wir haben noch Arbeit zu erledigen. Und dann sollten wir schnellstens absteigen. Der Anblick der Wolken da drüben stimmt mich nicht gerade froh." Er zog das Walkie-Talkie heraus. „Hal an Lager IV. Todd, hörst du mich?"

„Laut und deutlich, mein Freund. Hoffentlich habt ihr gute Neuigkeiten."

„Wir sind auf dem Gipfel!"

Jubel ertönte aus dem Lautsprecher. „Das sind die besten Nachrichten, die ich je gehört habe! Ist Josie okay?"

„Sie ist in ziemlich guter Verfassung."

„Gut, hör zu. Gerade hatte ich Rachel am Satellitentelefon. Sie wollte wissen, wie es euch geht. Ich glaube, sie ist noch dran. Soll ich sie durchstellen?"

„Na klar!"

„Hal?" Rachels Stimme klang zögernd und nervös.

„Ja, hier bin ich – auf dem Dach der Welt!"

„He, fantastisch! Ich freue mich ja so für dich! Und für Josie natürlich auch! Und – hast du Rick gefunden?"

„Ja, Ricks und Sebastians Leichen liegen direkt nebeneinander. Sieht so aus, als hätte Rick Sebastian seinen letzten Sauerstoff gegeben. Wir haben Ricks Kamera. Von den anderen haben wir niemanden gefunden."

„Ich sage es Deborah. Wir hören jetzt besser auf, ich weiß, wie …"

„Moment noch, ich habe eine Frage: Möchtest du mich heiraten?"

Ein Freudenschrei gellte durch das Walkie-Talkie. „Was? Hal, du verrückter Kerl! Du stellst mir diese Frage vom höchsten Punkt der Erde aus? Wie wunderbar! Die Antwort ist Ja!"

Er lachte. „Ich liebe dich."

„Ich dich auch."

„Ende."

Josie klopfte ihm auf den Rücken. „Gratuliere. Ich habe gar nicht gewusst, dass du ein solcher Romantiker bist!"

Wieder rauschte das Funkgerät, dieses Mal war es Todd. „Ich werde jetzt die Verbindung zu *Frühstücks-TV* herstellen."

„KANN hier vielleicht jemand mal diese verdammten Lichter etwas dimmen? Man fühlt sich ja wie in einer Sauna." Mike betupfte sich mit seinem Taschentuch die Stirn.

Das Studio war viel zu heiß. Der Einzige, dem die Hitze nichts auszumachen schien, war der Ersatzmoderator Tim, der auf dem Sofa saß und so knackig aussah wie eine frische Gurke.

„Wir haben den Anruf." Die Ankündigung des Aufnahmeleiters wurde in Tims Ohrhörer eingespeist. „Verbindung mit dem Everest in fünf Sekunden." Tim wandte sich der Kamera zu. „Soeben erfahren wir, dass Josie Turner und Hal Maher in diesem Moment auf dem Gipfel des Everest stehen! Dank den Wundern der modernen Technologie können wir nun live mit ihnen sprechen. Hören Sie mich, Josie?"

„Tim?" Laut und deutlich klang Josies Stimme durch die Studiolautsprecher, obwohl ihr Hals bei jedem Wort schmerzte und sie einen Hustenanfall unterdrücken musste.

„Josie! Sie sind eine Heldin! Vom gesamten Team die allerherzlichsten Glückwünsche! Wie ist es dort oben? Was sehen Sie?"

„Im Moment schweift mein Blick über die höchsten Gipfel des Himalaja, und ich bin die glücklichste Frau der Welt. Ich möchte dem ganzen Team für seine Unterstützung danken. Ohne euch hätte ich den Gipfel nie erreicht!"

„Wie war die letzte Etappe des Aufstiegs?"

„Anstrengender, als ich es je in Worte fassen könnte, und Furcht erregend …" Ein lautes atmosphärisches Knacken störte die Verbindung.

„Entschuldigen Sie, Josie, den letzten Teil konnten wir leider nicht verstehen. Könnten Sie das noch einmal wiederholen, bitte?"

Tim bekam keine Antwort.

„Hallo, Josie? Hören Sie mich?"

HAL FUNKTE Lager IV an. „Was ist los, Todd?“

„Die Satellitenverbindung ist zusammengebrochen.“

„Verdammt!“

„Ich arbeite dran. Sobald ich die Verbindung neu zustande bekomme, melde ich mich wieder. Ende.“

Hal machte sich an seinem Rucksack zu schaffen. „Dann wollen wir mal das Filmen hinter uns bringen.“ Er holte die digitale Videokamera heraus und machte ein paar vorsichtige Schritte nach unten, um für die Aufnahmen einen guten Blickwinkel zu haben.

„Ich hätte fast die Flagge vergessen!“ Josie begann in den Taschen ihres Daunenanzugs herumzukramen. Gleich darauf zog sie ein zerdrücktes Stück Stoff heraus. Sie entfaltete es und hielt es so, dass die Worte *FRÜHSTÜCKS-TV* EVEREST EXPEDITION von der Kamera erfasst werden konnten.

„Kannst du mal kurz die Maske vom Gesicht nehmen?“, rief Hal.

„O Gott! Na gut.“ Josie öffnete einen Klipp ihrer Maske und bemühte sich, ein Lächeln in ihr Gesicht zu zaubern, auch wenn sie krampfartig nach Luft schnappen musste. Triumphierend hielt sie die Fahne über ihren Kopf. „Geschafft! Wir stehen auf dem Dach der Welt!“

„Alles klar, das reicht.“

Sie setzte sich die Maske wieder auf und war zutiefst erleichtert, als die Sauerstoffzufuhr wieder einsetzte.

„Lager IV an Gipfel. Hört ihr mich? Lager IV an Gipfel.“

Hal griff nach dem Funkgerät. „Ja, hier Hal. Was gibt’s, Todd?“

„Nur zur Info, wir haben immer noch keine Satellitenverbindung.“

„Das ist ein verfluchter Mist! Sag ihnen, wenn sie die Verbindung in den nächsten fünf Minuten nicht zustande bekommen, steigen wir ab. Ende.“

„Nein!“ Josie riss ihm das Walkie-Talkie förmlich aus der Hand. „Todd, du musst diese Verbindung zustande bringen. Wir halten es hier schon noch eine Weile aus, wenn es sein muss.“

„Verstanden. Wartet, bis ich mich melde. Ende.“

Josie gab das Gerät an Hal zurück, der eine Weile in die sich aufbauende Wolkenwand starrte. „*Ich* sage, wann wir aufbrechen, Josie. Das ist *meine* Entscheidung, nicht deine.“

„Aber die Übertragung vom Gipfel war Teil der Abmachung, das bin ich dem Studio schuldig.“

„Und ich bin es dir und mir schuldig, uns lebendig von diesem Berg runterzubekommen.“

Ein plötzlicher Windstoß pfiff über den Gipfel, sodass sich die beiden Schutz suchend duckten. Die Gebetsfahnen erwachten einen Moment lang zum Leben, bevor sich der Wind wieder legte.

Hal stand auf und entfernte sich ein paar Schritte. Josie konnte das schwache Klicken des Auslösers und das Surren des Filmtransports hören, als er ein paar Fotos von ihr und der grandiosen Szenerie machte. Sie bemühte sich, den Zorn, der in ihr aufgeflammt war, zu bändigen, und starrte nach Norden. Zum ersten Mal bemerkte sie, dass die berühmte Schneefahne an Geschwindigkeit zugelegt hatte. Minutenlang saß sie bewegungslos da, wie hypnotisiert von dem heranflutenden und abebbenden Fluss dieses wirbelnden Phänomens, das sich in der Ferne verlor.

Sie schloss die Augen, als ein überraschender Schmerz durch ihre Netzhaut zuckte. Die Gletscherbrille! Hektisch tastete Josie auf ihrer Stirn herum. Eine schreckliche Sekunde lang fürchtete sie, die Schutzbrille verloren zu haben. Dann ertasteten ihre erstarrten Finger ungelenk deren Plastikrahmen, und Josie versuchte, sich die Brille vor die Augen zu zerren. Aber das elastische Band hatte sich an irgendeinem Teil der Sauerstoffmaske verheddert.

Josie zog die Brille nun ganz vom Kopf, um sie wieder richtig aufzusetzen, hielt sie zunächst aber vor sich hin, um mit ihrem Handschuh das Eis abzukratzen. Es war eine tapsige Bewegung, ein Sekundenbruchteil, den ihre eiskalten Hände hinter dem Signal ihres Gehirns herhinkten. Die Gletscherbrille fiel zu Boden, holperte in einer Serie von kurzen Sprüngen über die abschüssige Eisfläche und flog dann über deren Kante in den Abgrund. Weg war sie.

Eine Woge der Panik übermannte Josie. Mit beiden Händen umklammerte sie das dreibeinige Stativ und hielt sich mit aller Kraft daran fest. Dann hörte sie das Knirschen von Hals Schritten, der sich wieder zu ihr hocharbeitete. Bitte, lieber Gott, mach, dass er es nicht bemerkt, betete sie.

„Spürst du deine Füße noch?“, fragte Hal.

„Klar“, log Josie.

„Und wie sieht’s mit deinen Händen aus?“

„Sie sind natürlich ein bisschen kalt. Aber ich bemühe mich, den Kreislauf in Schwung zu halten.“

„Ich gebe London noch zwei Minuten, dann steigen wir ab.“

„Aber mir geht’s wirklich prima.“

„Dir geht’s gut, weil ich deinen Regler auf vier Liter aufgedreht habe.

Sobald wir aufbrechen, muss ich ihn wieder auf zwei Liter drosseln. Das wird nicht spurlos an dir vorübergehen."

Abermals verspürte Josie schmerzhafte Nadelstiche, die auf den Nervenenden hinter ihrer Netzhaut herumtanzten. Sie kniff die Augen zusammen, bis die Schmerzen wieder verschwunden waren.

Da erwachte das Walkie-Talkie mit einem Klicken zum Leben.

„Na endlich", knurrte Hal.

Zuerst ertönten nur atmosphärische Störungen, dann erklang Tims Stimme mit fast erschreckender Klarheit. „Hier ist das Studio von *Frühstücks-TV* in London. Können Sie uns hören?"

„Hier ist Hal Maher vom Gipfel des Everest. Wir hören Sie klar und deutlich."

„Bestens! Josie, wie fühlen Sie sich? Konnte der Everest Ihre Erwartungen erfüllen?"

Sie lachte. „Das kann man wohl sagen! Diesen Berg zu erklimmen war die größte Herausforderung in meinem ganzen Leben. Ich hatte wirklich keine Vorstellung davon, wie schwer es sein würde. Aber jetzt, da ich hier stehe, finde ich, dass sich die Mühe gelohnt hat."

„Soweit ich weiß, haben Sie heute die letzte Ruhestätte Ihres verstorbenen Mannes aufgesucht. Es war sicher ein höchst persönlicher und intimer Moment. Können Sie es ertragen, uns Ihre Gefühle zu schildern?"

Einen Moment lang suchte Josie nach Worten. „Ich weiß, eine Menge Leute fanden es geschmacklos, dass ich Sebastians Leiche besuchen wollte. Ich kann nur sagen, dass ich heute Gelegenheit hatte, einige Zeit bei ihm zu verbringen. Es waren für mich die glücklichsten Momente, seit er gestorben ist."

„Dabei wollen wir es belassen, Josie. Ich denke, wir können alle verstehen, wie Sie sich fühlen. Hal, wie lang werden Sie nun für den Abstieg brauchen?"

„Schwer zu sagen, aber wir sollten möglichst schnell aufbrechen."

„Dann wollen wir Sie jetzt auch nicht länger aufhalten. Viel Glück vom ganzen Team von *Frühstücks-TV*!"

DER WIND wurde immer stärker und die Kälte gleichzeitig immer durchdringender. Erneut fuhr unvermittelt ein stechender Schmerz durch Josies Netzhaut. Für einen Moment sah sie gar nichts mehr.

Das Wetter verschlechterte sich rapide, und sie hatten erst 30 Meter des Gipfelgrates hinter sich gelassen. Josie fühlte sich so müde, dass sie kaum mehr zu einer Bewegung fähig war. Sie musste sich einfach setzen. Was geschah nur mit ihr? Es sollte doch ein Leichtes sein abzusteigen. „Hal, meine Augen!“

Er beugte sich so über sie, dass der Wind gegen seinen Rücken prallte. „Wo ist deine Gletscherbrille?“

„Ich weiß es nicht. Sie ist nicht mehr da.“

„Du hast deine Brille verloren? Gott im Himmel! Ich habe dir doch oft genug eingetrichtert, sie nie abzunehmen. Du wirst schneeblind!“

„Gib mir doch deine“, bettelte sie. „Leih sie mir doch.“

„Der Schaden ist schon angerichtet. Wenn ich dir jetzt meine gebe, werde ich auch noch schneeblind, und dann haben wir wirklich ein Problem.“

Eine weitere Sturmbö erfasste sie. Nur Hals sicherndem Griff um ihren Hüftgurt war es zu verdanken, dass Josie nicht rückwärts vom Grat geblasen wurde.

„Los, komm! Dieses Wetter zieht mit rasender Geschwindigkeit heran!“

Josie mühte sich, ihre starren Muskeln in Bewegung zu setzen. Derweil wurde der Schmerz in ihren Augen zu einem dumpfen Druck.

Sie spürte, wie Hal sie in die Höhe zerrte. Schutz suchend lehnte sie sich an seine Schulter und machte einen unsicheren Schritt. Dann noch einen. Hal kämpfte sich weiter durch das Gewirbel aus Wolken, Graupel und durch die Luft jagenden Eiskörnern, die so hart wie Kieselsteine waren. Er zog Josie mit sich, und sein Rücken beugte sich unter ihrem Gewicht, das an seiner Seite lastete, während sie ihr Gesicht so weit wie möglich in der Kapuze ihres Daunenanzugs verbarg.

Sie spürte die Unsicherheit in Hals Schritt, als sie auf einen steileren Abschnitt trafen. Plötzlich blieb er stehen. Josie riskierte einen kurzen Blick aus ihrer Kapuze heraus, durch Zufall gerade in einem Moment, als der Schneesturm ein wenig Gewalt verlor und die Sicht freigab. Direkt vor ihnen stürzte eine Wand steil ab.

Übelkeit schwappte in Josie hoch. Atmen. Atmen. Atmen. „Hal, wir stehen am Abgrund!“

„Ich weiß!“, brüllte er zurück. Er zog sie ein paar Schritte aus der direkten Gefahrenzone und ließ sie rasten, während er in die weiße Leere starrte und nach einem winzigen Anhaltspunkt suchte, an dem er sich hätte orientieren können.

Nur ein paar Meter von ihnen entfernt tauchte aus dem anschwellenden Schneesturm unvermittelt ein Kletterer auf und kam mit schleppendem Schritt unendlich langsam direkt auf sie zu.

„Da kommt doch tatsächlich noch jemand herauf!“, schrie Hal Josie zu.

Erst als der Kletterer sich ihnen auf weniger als eine Armeslänge genähert hatte, gab er zu erkennen, dass er ihre Gegenwart bemerkt hatte.

„Vasylenko?“, fragte Hal.

Der Kletterer beugte sich nach vorne. Sein Körper zitterte unkontrolliert. „Wie weit ist es noch bis zum Gipfel?“

„Du wirst vom Grat geblasen. Kehr um!“

„Nein!“ Der Ukrainer zog eine Kamera aus seiner Tasche und fuchtelte damit herum. „Ich brauche ein Foto. Auf dem Gipfel. Komm mit mir hinauf.“

„Niemals. Du hältst mich wohl für verrückt? Wir steigen ab.“

Vasylenko packte Hal bei den Schultern. „Ich muss ein Foto haben! Sie glauben mir sonst wieder nicht. Wie auf dem K 2.“

Ungeachtet des heftigen Windes baute sich Hal jetzt vor ihm auf. „Hör mir gut zu. Ich glaube dir, dass du ein starker Kerl bist, aber wenn du bei den Wetterbedingungen weiter aufsteigst, dann stirbst du. Sieh zu, dass du von diesem Berg runterkommst, solange du noch die Chance dazu hast!“

„Der Gipfel ist gleich dort. Denkst du, ich kann jetzt umkehren?“

Wortlos führte Hal Josie um Vasylenko herum und zog sie mehrere Schritte in die Richtung, aus der der Ukrainer gekommen war. Als sie einen Blick zurückwarfen, war dieser kaum mehr als ein grauer Schatten inmitten des Schneetreibens.

Josie sog, so fest sie konnte, an ihrer Atemmaske. Sie schien entsetzlich wenig Luft zu bekommen. Ein wirbelnder Ring aus Sternen tanzte vor ihren Augen, als sie auf das Eis stürzte.

„Steh auf!“, schrie Hal. „Wir sind nicht mehr weit von den Fixseilen entfernt. Komm schon!“

Josie versuchte, sich zu bewegen, aber ihre Beine wollten ihrem Kommando nicht mehr gehorchen. Hal zerrte sie auf die Knie, dann griff er von hinten unter ihre Achseln und stemmte sie auf die Füße. Einige Sekunden lang stand sie selbstständig auf ihren Beinen, dann sackte sie erneut zusammen.

Keuchend kniete sich Hal neben sie. „Ich kann dich nicht tragen. Du musst auf eigenen Beinen diesen Berg runter. Jetzt steh auf und geh!“

Langsam bewegte sie den Kopf von einer Seite zur anderen.

Ratlos sah Hal sie eine Weile an, dann griff er nach ihrem Sauerstoffschlauch. Er bemerkte sofort, dass das erbsengroße rote Kügelchen in der Ventilanzeige bewegungslos auf der Feder lag. „Verflucht, du hast keinen Sauerstoff mehr! Ich habe die Zufuhr nicht wieder zurückgedreht, als wir den Gipfel verlassen haben. Wie konnte ich nur so blöd sein?" Er machte sich daran, die drei Klipps zu öffnen, mit denen Josies Maske befestigt war, und stopfte diese in ihren Anzug. Dann nahm er seine eigene Maske ab und presste sie gegen Josies Mund. „Halt sie fest."

Josie kam seiner Aufforderung nach und spürte sofort, wie der Sauerstoff jede Zelle ihres Körpers mit neuem Leben erfüllte.

Hal drehte sich vom Wind weg und holte das Walkie-Talkie heraus. „Hal an Lager IV. Todd, hörst du mich?"

Kaum vernehmbar erklang die Antwort. „Hal, hier ist Todd. Gott, bin ich froh, von euch zu hören! Seit einer Stunde versuche ich euch zu erreichen. Ich dachte schon, ihr wärt vom Grat gepustet worden."

Hal musste erst Atem schöpfen. Nachdem die unterbrochene Sauerstoffzufuhr allmählich Wirkung zeigte, wurde ihm langsam schwindlig. Als er zum Sprechen ansetzte, klangen seine Worte undeutlich. „Wir haben den Grat halb hinter uns, sind kurz vor den Fixseilen. Wir haben nur noch eine Viertelflasche Sauerstoff. Todd, ich muss die exakte Lage der zwei Zylinder am Südgipfel wissen. Sprich mit Nima. Lass dir genau sagen, wo er sie hinterlassen hat. Wahrscheinlich muss ich die Dinger aus dem Schnee graben."

„Verstanden."

„Ich ruf wieder durch, wenn wir am Südgipfel sind." Hal steckte das Funkgerät weg und half Josie auf die Füße. Der Sauerstoff hatte ihr neue Kräfte verliehen. „Wir werden uns die Flasche teilen, einverstanden?"

Josie nickte, aber die Panik in ihren Augen blieb Hal nicht verborgen. Sanft zog er ihr die Maske vom Gesicht und hielt sie sich etwa eine Minute selbst vor. Dann gab er sie Josie zurück und bedeutete ihr, dass sie sich nun wieder auf den Weg machen sollten.

Gemeinsam stemmten sie sich der anstürmenden Gewalt entgegen, die sich immer schneller zu einem Orkan steigerte.

SCHNELL schwand das Tageslicht. Hal kämpfte darum, durch seine getönten Gläser überhaupt noch etwas sehen zu können. „Wir müssen schneller gehen, Josie."

Unvermittelt stieß sie einen lauten Schmerzensschrei aus und fing an, mit ihren hart gefrorenen äußeren Handschuhen an ihren Augen herumzureiben. Hal musste seine Hände vom Fixseil nehmen, um sie gewaltsam daran zu hindern. Er legte seine Arme um sie und zog sie fest an sich. Sie presste ihren Kopf Schutz suchend an seine Schulter, wobei sich ihr Körper bei jeder Schmerzattacke neu verkrampfte.

Einen Moment lang hob Hal seine Brille von den Augen und suchte das unter ihnen liegende Steilstück des Grates ab. Doch alles, was er sehen konnte, war das Fixseil, das in eine tosende schwarzgraue Masse hinunterführte.

„Josie, wir müssen weiter."

Sie sah zu ihm auf. Das Weiße ihrer Augen war bereits gefährlich gerötet. „Pause?"

„Nein!" Hal stieg ein paar Schritte nach unten. Er drehte sich um und schlug mit dem Schaft seines Pickels gegen Josies Wade. „Beweg den Fuß! Sofort!"

Sie rückte ein paar Zentimeter nach vorne. Hal packte die Vorderseite ihres Klettergurtes und zog sie zu sich nach unten. Dann begab er sich wieder an ihre Seite und zwang sie, so schnell er es wagte, das Steilstück hinunter, wobei er sich mit einer Hand ans Fixseil klammerte.

Aus der Düsternis tauchte das flache Gelände des Schneefeldes auf, das die Senke zwischen dem steilen Gipfelgrat und dem Anstieg zum Südgipfel bildete. Ganz in der Nähe entdeckte Hal aus den Augenwinkeln heraus die zusammengerollten Körper von Sebastian und Rick.

Er klinkte Josie vom Seil ab und fing sie gerade noch auf, als sie umkippte. Instinktiv rollte sie sich zu einer Kugel zusammen, um so wenig Körperwärme wie möglich abzugeben.

Hal kauerte sich neben ihr zusammen und schrie in das Walkie-Talkie: „Hal an Todd!"

„Ich höre dich. Wo seid ihr?"

„In der Nähe des Südgipfels. Wo finde ich die Zylinder?"

„Auf der Westseite. Ungefähr fünf Meter unterhalb des Gipfels."

Hal schaltete das Gerät aus. „Rühr dich nicht vom Fleck!", befahl er Josie. „Ich komme so schnell wie möglich zurück."

Da er zu schnell aufstand, geriet er leicht ins Taumeln, während Sterne seine Sicht umnebelten. Dann stieg er über Josie hinweg und schlurfte auf den Hang zu. Die Flaschen mussten höher als seine augenblickliche Position liegen, und die Vorstellung, seinen völlig ausgelaugten Körper noch einmal zu einem Aufstieg zwingen zu müssen, ließ eine Welle der Verzweiflung über ihn hereinbrechen. Er musste seinen ganzen Willen aufbringen, denn sein gesamter Körper schmerzte und widersetzte sich der Anstrengung, wie er es noch nie zuvor getan hatte.

JOSIE ließ ihre Gedanken wandern. Fort von den quälenden Schmerzen in ihren Augen. Fort von der beißenden Kälte, die sie zerstören wollte. Zeit und Ort hatten aufgehört, noch eine Bedeutung für sie zu haben. Sie hatte es aufgegeben, nachvollziehen zu wollen, wie viele Minuten, Stunden oder Tage Hal schon weg war, hatte es aufgegeben, sich erinnern zu wollen, wo sie war – und warum.

Sie zitterte nicht mehr. Das musste ein gutes Zeichen sein, befand sie. Durch die Eis- und Schneekristalle, die sich um ihre Augen festgesetzt hatten, sah sie verzerrt eine dunkle Gestalt auf dem Plateau liegen, die durch das waagerecht dahinsausende Schneegestöber gerade noch zu erkennen war.

Sebastian!

Aber war er es wirklich, oder bildete sie sich das nur ein? Sie rollte sich auf den Bauch und kroch auf den Körper zu. Sie lachte in sich hinein. Das war ja perfekt, dass Sebastian auch hier war und sie trösten konnte.

Doch er war schrecklich kalt. Warum war er nur so kalt? Josie legte ihre Wange an seine. Sie würde ihn mit ihrem Körper wärmen, beschloss sie und kuschelte sich so nah wie möglich an ihn heran.

Sie träumte, mit ihm eng umschlungen in einem Schlafsack zu liegen, in einem Kokon der Wärme, die ihr schon fast zu viel wurde. Sie träumte, dass Sebastian lachte und sie zärtlich küsste.

Dann spürte sie den Wind, der über ihr Gesicht peitschte, und die Eiskristalle, die ihre Haut piekten. Sie öffnete die Augen, konnte aber nichts sehen. Doch sie spürte, dass sie mit Sebastian allein war. Völlig allein.

Zufrieden rollte sie sich wieder neben ihm zusammen. Sie nahm seine Hand in ihre und schloss ihre warmen, lebendigen Finger um seine, die gefroren und hart wie Stahl waren.

Ich liebe dich.

Wie nannten die Seelenklempner das? Josie erlebte einen Moment der Klarheit, bevor sie erneut in einen Dämmerzustand verfiel. Abschließen. Ja, das stimmte – das Wort passte haargenau.

HAL PRESSTE seine Hände an die Schläfen, um seine pochenden Kopfschmerzen wegzudrücken. Der Aufstieg hatte wieder Blut in seine unterkühlten Finger und Zehen gepumpt, die nun schmerzhaft zu neuem Leben erwachten. In den Handschuhen bildete er unter heftigen Schmerzen abwechselnd eine Faust und streckte die Finger wieder. Er durfte nicht aufhören, sie zu bewegen. Er würde sie brauchen, um die frischen Sauerstoffflaschen an die Regler zu schrauben.

Wenn er die Zylinder überhaupt fand. Er zermarterte sich das Hirn, um sich an Todds Worte zu erinnern. Was hatte der über die Lage der Sauerstoffflaschen doch gleich gesagt?

Hal begann den Hang längs zu queren, machte zunächst zehn Schritte, tat dann einen nach unten und ging zehn in derselben Richtung zurück. Da er wusste, dass die Sauerstoffflaschen zumindest teilweise von Schnee bedeckt sein würden, streifte er mit den Füßen hin und her und hoffte, damit auf Metall zu treffen.

Plötzlich stieß sein Steigeisen gegen einen harten Gegenstand unter dem Schnee. Hals Hoffnungen stiegen. Er wischte den Schnee zur Seite und leuchtete auf den Metallzylinder. Er war olivgrün und ganz offensichtlich alt – eine der vielen tausend weggeworfenen Sauerstoffflaschen, die die Todeszone übersäten.

Erneut nahm Hal die Suche auf. Zehn Minuten vergingen. 15. In Zeitlupentempo durchkämmte er das steile Terrain. Zunehmend frustriert, stocherte er mit dem Schaft seines Pickels im Schnee herum. „Hilf mir doch, sie zu finden!“, schrie er in den Wind.

Kurz darauf stand er knapp vor einer Ohnmacht. Es war mittlerweile 19 Stunden her, seit er mit Josie zum Gipfelsturm aufgebrochen war, und sein Körper verlangte verzweifelt nach Sauerstoff. Doch sein Instinkt sagte ihm, dass er schon zu lange brauchte. Er konnte es nicht riskieren, Josie noch länger alleine zu lassen. So machte er sich auf den Rückweg, stolperte den Abhang hinunter.

15 Minuten später erreichte er das verschneite Plateau, und seine Stirnlampe erzeugte einen düsteren Schatten auf der bewegungslosen, schneebedeckten Gestalt, die neben Sebastians Leiche lag.

„O Gott, Josie!“ Sie regte sich nicht. „Aufwachen, Josie!“ Hal zog den steif gefrorenen Stoff ihrer Kapuze zur Seite und leuchtete mit seiner Lampe direkt in ihr Gesicht.

Ihre Augen waren nur noch entzündete Schlitze, die Haut um sie herum war auf groteske Weise angeschwollen. Die Pupillen verengten sich kaum, als das Licht auf sie traf. „Wer ist da?“, krächzte Josie leise. „Ich habe gerade so schön geträumt.“

Zum ersten Mal seit Stunden ließ der Wind einige Augenblicke nach. Hal konnte mit ihr sprechen, ohne schreien zu müssen. „Wir werden dich jetzt sicher nach unten bringen, Josie.“

„Warum? Wieso bleiben wir nicht hier?“

Hal nahm all seine Kraft zusammen, löste sie von Sebastian und schleifte sie ein paar Meter von ihm weg.

Völlig verwirrt sah sie ihn an. „Wo ist Sebastian? Was hast du mit ihm gemacht?“ Der Wind nahm seine zornige Attacke wieder auf, gleichzeitig kreischte Josie: „Ich will meine Augen wiederhaben! Ich will, dass diese Schmerzen aufhören! Sebastian!“

Hal zerrte sie auf die Füße. „Josie, du darfst jetzt nicht aufgeben!“

Sie stolperte einen Schritt nach vorne, dann versagten ihre Beine den Dienst. Sie plumpste auf ihren Hintern, und Hal musste ihr mit einem schnellen Schritt ausweichen, um nicht mit zu Boden zu gehen. Noch befanden sie sich auf dem Plateau, aber nur noch knapp.

Lang ausgestreckt lag Josie da und machte nicht einmal mehr den Versuch, sich vor den Sturmböen zu schützen. Hal brüllte sie an, schlug ihr mehrmals ins Gesicht, um sie aufzurütteln. Verzweiflung und Zorn verliehen ihm die Stärke, so laut zu schreien, dass sie ihn mit Sicherheit verstehen würde. „Wenn du hier liegen bleibst, dann stirbst du! Hörst du mich, Josie? Steh jetzt auf, und beweg dich!“

Doch ihr Gesicht blieb regungslos. Eine heitere Gelassenheit lag darin, vergleichbar mit der auf antiken Totenmasken. Hal kannte diesen Ausdruck. Er hatte ihn schon einmal gesehen – es war der Ausdruck der Endgültigkeit, mit dem der menschliche Körper in extremen Höhen auf einmal abschaltete.

Hal hatte jetzt selbst den Punkt überschritten, an dem ihn allein seine Willenskraft noch auf den Beinen hielt. Steif ging er in die Knie und setzte sich mit dem Rücken zu Josie auf den Boden. Er schloss die Augen und ließ den Kopf zwischen seine Knie hängen.

„HIER ist Lager IV. Hal, hörst du mich?“ Doch aus dem Lautsprecher drang nur das zischende Übertragungsgeräusch. „Hal Maher? Hörst du mich?“

Plötzlich erklang seine Stimme. „Bist du’s, Todd?“

„Ja!“ Im Zelt erhob sich Jubel. Es war mehr als vier Stunden her, seit sie eine Nachricht vom Gipfelteam erhalten hatten. „Wo seid ihr, Hal?“

Es dauerte eine ganze Weile, bis er antwortete. Er klang lethargisch und undeutlich, als ob er unter Drogen stünde. „Am Südgipfel. Ich habe den Sauerstoff nicht gefunden.“

„Was? Ihr seid noch am Südgipfel?“ Todd konnte das Entsetzen in seiner Stimme nicht unterdrücken. „Wie geht es Josie?“ Sekunden vergingen. „Hörst du mich, Hal?“

„Sie ist direkt neben mir."

„Ist sie bei Bewusstsein?"

„Sie schläft."

„Das ist nicht gut, Hal. Kannst du sie nicht aufwecken und dazu bringen, dass sie sich bewegt?"

Keine Antwort. Plötzlich erinnerte sich Todd an die Spritze mit dem Kortisonderivat. Zwar war die Wirkung nur von kurzer Dauer, aber es konnte helfen, Josie wenigstens wieder auf die Beine zu bekommen.

„Hal, kannst du ihr die Dexamethason-Spritze geben?"

Sekundenlang ertönte nur Hals angestrengtes und schnelles Atmen, dann antwortete er: „Ich gebe ihr das Zeug nicht, solange es dunkel ist und wir uns ohnehin nicht rühren können. Ich hebe es für die Dämmerung auf, wenn wir sehen können, wohin wir gehen sollen. Wir bleiben heute Nacht hier, und bei Tagesanbruch kommen wir runter."

„Ihr habt doch dort oben keinerlei Schutz! Am Morgen seid ihr beide tot, Hal. Du weißt, dass das unmöglich ist. Es sind noch acht Stunden bis Tagesanbruch."

„Kannst du jemanden mit Sauerstoff heraufschicken?"

„Bei diesen Witterungsbedingungen? Wenn Nima oder Lapka bei der Suppe rausgehen, finden sie garantiert nicht mal über den Südsattel. Und wenn sie im Morgengrauen aufbrechen, sind sie nicht vor 13 oder 14 Uhr bei euch. Sie sind beide zu erschöpft, um sich schneller voranzubewegen."

Hal antwortete nicht.

Todd sah die beiden Sherpas an. „Gott sei mir gnädig für das, was ich jetzt tue", flüsterte er und schaltete wieder auf Übertragung. „Hal, wenn Josie nicht bei Bewusstsein ist, kann ihr niemand mehr helfen. Kein Mensch kann dir einen Vorwurf machen, wenn du sie liegen lässt. Du hast alles getan, was in deiner Macht steht."

„Nie im Leben, Todd! Ich kann sie nicht allein lassen, das weißt du. Ich kann nicht wieder jemanden zurücklassen. Ich habe einen Kocher bei mir und ein bisschen was zu essen. Ich werde ein Biwak ausheben."

„Du sturer Idiot! Verschwende deine Kraft nicht. Wenn du noch was davon übrig hast, benütze sie und bewege dich nach unten!"

„Ich schalte jetzt ab, Todd. Batterie sparen."

„Nein, das tust du nicht! Mach das ja nicht! Hör mir zu, Hal!"

Aus dem Lautsprecher ertönte ein schwaches Klicken. Die Verbindung war unterbrochen.

Todd sah Nima an. Der Sherpa hatte den Kopf auf die Hände gestützt.

Als er aufsah, hatte er Tränen in den Augen. „Ich gehe und suche Hal." Er raffte seinen Rucksack an sich und rappelte sich auf.

„Bist du lebensmüde?", fauchte Todd. „Wenn du jetzt da rausgehst, sehen wir dich nie wieder. Sei vernünftig, warte, bis es Tag wird, dann gehst du mit Lapka."

Nima kroch zurück. Tief im Inneren wusste er, dass Todd Recht hatte. „Dann bete ich zu den Göttern." Augenblicklich begann er, leise vor sich hin zu murmeln.

Sekunden später klingelte das Satellitentelefon. Todd wappnete sich innerlich und hob den Hörer ab.

„Todd, hörst du mich? Hier spricht Rachel aus Vancouver."

Gütiger Himmel, dachte Todd, das wird keine einfache Unterhaltung. „Rachel, ja ich höre dich."

„Kann ich mit Hal sprechen? Oder schläft er?"

„Äh, Hal und Josie sind noch nicht zurückgekommen."

Rachel stockte. „Noch nicht zurück? Aber ..., wo sind sie denn?"

„Hier herrschen Sichtverhältnisse wie in einer Waschküche. Gleich nachdem sie den Gipfel verlassen hatten, fing es zu stürmen an. Im Moment können sie die Hand vor den Augen nicht sehen. Aber ich bin sicher, sobald es aufklart, werden sie sich auf den Weg nach unten machen."

Rachel klang mit einem Mal ausdruckslos. „Wie bei Sebastian und Rick. Es wiederholt sich alles, ist es nicht so?"

Plötzlich erklang eine neue Stimme aus dem Hörer. „Was zum Teufel geht da oben vor sich?" Es war Deborah.

„Sie übernachten am Südgipfel."

„Unter welchen Bedingungen?"

„Es sind nicht die allerschlimmsten, die ich auf dem Everest erlebt habe, aber es sieht böse aus. Hal sprach davon, ein Biwak auszuheben."

„O mein Gott! Kannst du uns zu ihm durchstellen?"

„Das tue ich ungern, seine Batterien sind schon reichlich schwach."

„Verstehe. Na gut."

Deborah gab Stärke vor, das erkannte Todd an ihrer Stimme. „Ich rufe an, wenn wir Neuigkeiten haben." Er fühlte sich schrecklich. Er konnte sich die Szene, die sich in Vancouver nun abspielte, lebhaft vorstellen.

HAL SCHLUG die Spitze seines Pickels in die steile Eiswand auf der Westseite des Hangs. Das Eis war stahlhart, zu kompakt, um sich einfach so herausschlagen zu lassen. Hal fluchte, quälte sich einige Schritte weiter und leuchtete die Fläche mit seiner Stirnlampe ab. Wieder holte er zum Schlag aus. Das Ergebnis war das Gleiche. Allmählich begann er daran zu zweifeln, überhaupt noch einen geeigneten Ort zu finden, an dem es sich zu graben lohnte, nachdem er die Wand bereits seit einer halben Stunde kreuz und quer abgesucht hatte.

Noch einmal holte er aus. Dieses Mal fühlte sich die Eisschicht anders an, poröser. Hal hob den Pickel erneut. Das breite Ende grub sich tief in die Wand, und schon bröckelten lockere Eisklumpen heraus. Einen Meter weiter rechts erzielte Hal dasselbe Ergebnis. Mit neuem Mut machte er sich daran, das Eis herauszuhacken. Nach zehn oder 15 Minuten legte er eine Pause ein. Die Höhlung war noch nicht tiefer als 25 Zentimeter.

„Viel zu langsam", murmelte Hal. Wieder griff er nach dem Pickel und machte sich erneut an die Arbeit, wobei er die Frequenz seiner Schläge erhöhte. Atmen. Atmen. Atmen.

Völlig überraschend fuhr der Pickel in eine Stelle, die keinerlei Widerstand bot. Perplex leuchtete Hal mit seiner Stirnlampe in das entstandene kleine Loch. Er konnte kaum glauben, was er sah. Dahinter schien sich ein Hohlraum zu befinden. Er donnerte die Axt in das Loch und begann es um die Kanten herum zu vergrößern. In drei oder vier Minuten war es groß genug, damit er seinen Kopf hindurchstecken konnte.

Es war der schönste Anblick seines Lebens: ein etwa sarggroßer, ungefähr einen Meter hoher Hohlraum, der es nach ein wenig Arbeit zwei Menschen ermöglichen würde, nebeneinander liegend darin Platz zu finden. Hal erkannte, dass er auf den Eingang eines alten Biwaks gestoßen war. Er konnte sein Glück kaum fassen. Jetzt hatte er wenigstens eine Chance, Josie durch die Nacht zu bringen.

Er begann, den Eingang mit den Händen zu erweitern, und schaufelte locker gepackten Schnee aus dem Hohlraum heraus, sodass er bald seinen Oberkörper in die Öffnung zwängen konnte. Sogleich schaffte er auch den lockeren Schnee aus der Tiefe des Biwaks hinaus. Nachdem er auf diese Weise genügend Platz geschaffen hatte, zwängte er sich rückwärts aus dem Biwak heraus und stieg den Abhang bis zu dem Plateau hinunter, auf dem Josie lag.

„Ich habe einen Unterschlupf gefunden. Hörst du mich, Josie?"

Sie regte sich nicht.

Hal bückte sich und legte die Hände unter ihre Achseln. Mit dem Rücken zum Hang zerrte er Josie gegen den Wind ein paar Schritte nach oben. Rasten. Wieder ein paar Schritte. Rasten. Und so weiter. Und so weiter. Hal hatte keine Ahnung, wie lange er brauchte, um Josie jene zehn Meter zu schleifen, aber es kam ihm wie eine Ewigkeit vor. Als sie endlich den Eingang zu dem Biwak erreichten, drehte sich die Welt vor seinen Augen. Er atmete ein paar Mal tief ein, dann zerrte er Josie mit einer ruckartigen Bewegung und unter Einsatz seiner letzten Kräfte nach oben und lehnte sie mit dem Oberkörper gegen das Eingangsloch.

Er öffnete die Klipps ihrer Rucksackriemen. „Rein mit dir in das Biwak, Josie."

„Was soll ich tun?"

„Heb dein Bein, und kriech in das Loch."

Während sie ihr eines Knie steif auf den Rand des Eingangs hievte, schob er sie von hinten. Mit dem Kopf voran glitt sie in den Hohlraum und blieb ausgestreckt liegen. Hal warf ihren Rucksack nach drinnen, seinen eigenen hinterher und zwängte sich dann selbst hinein. Danach stopfte er einen der Rucksäcke in die Öffnung. Auch wenn noch Schneeflocken hereinwirbelten, konnten wenigstens die heftigsten Sturmböen nicht mehr eindringen.

Hal ließ sich auf den Rücken fallen. Eine Welle der Erleichterung durchflutete ihn, als er sich neben Josie ausstreckte. Er war den Tränen nahe, als er ihren Kopf in seinen Armen barg. „Ich werde dir jetzt Wärme verschaffen. Ich bringe dich schon durch die Nacht."

„Sind wir im Lager?"

„Ja, wir sind in einem Lager. In einem Lager mit fünf Sternen."

9

Hal zog seine Handschuhe aus und untersuchte seine Finger. Sie waren eiskalt und wächsern, hatten aber nur oberflächliche Erfrierungen erlitten. Er öffnete die Reißverschlüsse seines Wind- und des Daunenanzugs darunter und klemmte seine Hände unter die Achselhöhlen. Die Erleichterung darüber, dass er noch keine massiven Frostschäden erlitten hatte, half ihm, sich dem schmerzhaften Prozess zu unterziehen, seine Finger wieder aufzutauen.

Erst einmal wollte er Josie ihrem Schlaf überlassen. Also öffnete er seinen Rucksack und nahm die Notausrüstung heraus: einen leichten Schlafsack aus Goretex, eine Isomatte, einen kleinen Gaskocher sowie eine volle Kartusche Butangas, einen kleinen Aluminiumtopf und zwei rote Notfallpackungen, von denen jede verschiedene hochenergetische Lebensmittel von insgesamt 1500 Kalorien enthielt.

Im Anschluss rollte er den Schlafsack auseinander und begann, ihn der Länge nach auf dem Boden des Biwaks auszubreiten. Er musste Josie gegen die Eiswand schieben, sodass er das isolierende Material unter ihr auslegen konnte. Dieselbe Aktion wiederholte er mit der Isomatte, die er so platzierte, dass sie beide davon profitieren konnten.

Jetzt war es höchste Zeit, an die Flüssigkeitszufuhr zu denken. Er musste dafür sorgen, dass jeder von ihnen mindestens einen Liter trank.

Zunächst nahm er den Brenner zur Hand und schraubte ihn an den Verschluss der Kartusche. Dann nahm er einen Eiskratzer, der an seinem Gürtel hing, und schabte Eis von den Wänden der Höhle in den Aluminiumtopf. Als er diesen halb gefüllt hatte, legte er den Deckel auf den Topf und stellte diesen auf den Kocher in einer Nische der Eiswand, die wohl demjenigen, der dieses Biwak ausgehoben hatte, zum selben Zweck gedient hatte.

In einer seiner inneren Taschen ertastete Hal das Feuerzeug. Er hielt es an den Kocher und drehte das Gas auf. Doch ohne ausreichend Sauerstoff wollte es sich einfach nicht entzünden, selbst als das Feuerzeug endlich Funken schlug. Die Biwakhöhle füllte sich mit dem Gestank von unverbranntem Butangas, doch schließlich hatte Hal Glück – die Flamme des Kochers brannte. Hal beobachtete den blauen Flammenring, der summend zum Leben erwachte, dann übermannte ihn, gegen seinen Willen, der Schlaf.

Erschrocken fuhr er zehn Minuten später hoch. Im Topf schmolz soeben das letzte Eis.

Hal goss ein wenig der heißen Flüssigkeit in einen Becher und riss einen Beutel mit Schokoladenpulver aus der Notration auf. Er ließ den Inhalt in den Becher rieseln, rührte mit seinem Messer um und goss das restliche Wasser dazu. Es roch verführerisch süß. Sein ganzer Körper lechzte nach dem Zucker und der Wärme, die das Getränk verhieß. Aber zuerst war Josie an der Reihe.

„Josie." Sie wälzte sich zu ihm herum. „Du musst was trinken." Er hob ihren Kopf und wollte ihr den Becher an die Lippen halten. Aber sie wandte den Kopf ab. „Riech mal. Heiße Schokolade. Ich will, dass du das jetzt trinkst."

Sie öffnete die Lippen, ließ sich die Flüssigkeit in den Mund laufen und würgte sie in winzigen Schlucken hinunter. Als der Becher endlich leer war, füllte Hal den Topf mit neuem Eis und stellte ihn erneut auf den Kocher.

Josie Kalorien zuzuführen war seine nächste Aufgabe. Zucker würde ihre Energie am schnellsten zurückbringen. Er zerbrach eine 200-Gramm-Tafel Fondant mit Pfefferminzgeschmack in winzige Stückchen und steckte sie Josie in den Mund. Dann aß er seine eigene Ration. Binnen weniger Minuten spürte er, wie sein Blutstrom den Zucker absorbierte. Später würde er die in Folie eingeschweißten Fertiggerichte erhitzen.

Zunächst musste er sich jedoch um Josies Hände kümmern. Er zog ihre vier rechten Handschuhe ab, wobei ihm die letzte Schicht die größte Mühe bereitete. Sie bestand aus Seide, war steif gefroren und klebte förmlich an ihrer Haut. Josie war immer noch völlig teilnahmslos und sich kaum bewusst, was um sie herum vorging.

Hal stieß einen leisen Pfiff aus, als er ihre Hand endlich befreit hatte. Nur ihr kleiner Finger und der Daumen waren verschont geblieben. Die anderen Finger waren grässlich von mit Flüssigkeit gefüllten Blasen verunstaltet, die Erfrierungen ersten Grades bedeuteten. An ihren Rändern bemerkte Hal verräterische dunkle Verfärbungen. Das Gewebe würde gangränös werden und absterben, wenn er nicht schnell handelte. Eilig zog er auch die Handschuhe von Josies linker Hand. Hier sah es noch schlimmer aus – außer dem Daumen waren alle vier Finger voller Blasen.

Hal nahm Josies Hände und führte sie unter seine Achseln. Er schauderte, als er die Kälte an seinem Körper spürte und das gefrorene Gewebe Wärme aus seiner eigenen Haut zog. Josie begann zu murmeln, und ein paar Mal hörte Hal seinen Namen heraus. Er wusste, dass der Schmerz, den das Auftauen der Hände mit sich brachte, sie aus ihren Träumen reißen würde.

Zehn Minuten später war sie genug bei Bewusstsein, um zu sprechen. „Was passiert mit mir? Meine Hände brennen so." Instinktiv versuchte sie, sie herauszuziehen.

Aber Hal klemmte sie fest ein. „Bleib so. Nur noch eine Weile."

Josie drückte ihr Gesicht an seine Schulter und biss in den Stoff seines Daunenanzugs, während das Blut quälend langsam in ihre Finger zurückkehrte, Kapillare für Kapillare, Zelle für Zelle.

Sobald sich Josies Finger wieder bewegen ließen, durfte sie die Hände unter Hals Achselhöhlen hervorziehen, und er zeigte ihr, wie sie den Aufwärmprozess alleine fortsetzen konnte.

Bald war der zweite Topf Wasser fertig. Hal nahm das restliche Kakaopulver, rührte es ein und fügte dieses Mal noch eine kleine Tüte mit Müslimischung bei. Er gönnte sich selbst genau die Hälfte des warmen Müslis. Den Rest löffelte er Josie in den Mund.

„Und jetzt müssen wir dasselbe wie mit deinen Händen mit deinen Füßen machen."

Sie erwiderte nichts.

Hal fürchtete sich schrecklich davor, den Zustand ihrer Füße zu sehen. Josies Überlebenschancen waren durch das Auffinden des Biwaks dramatisch gestiegen, aber wenn sie nicht gehen konnte, war sie so gut wie tot.

Er löste die Riemen ihrer Steigeisen und schickte insgeheim ein Stoßgebet zum Himmel.

JOSIE stützte sich auf den Ellenbogen und nahm den Becher, den Hal ihr erneut hinhielt. Ihre Finger fühlten sich fremd an, aufgebläht und steif. Gierig trank sie den Becher aus.

„Ich werde jetzt die Fertiggerichte erhitzen", verkündete Hal.

Josie nickte. Sprechen strengte sie immer noch zu sehr an.

Ihre Füße schmerzten vom Auftauprozess noch immer. Doch Hal hatte ihr versichert, dass sie am Morgen wieder fähig wäre zu laufen, auch wenn sich ihre Füße anfühlten, als hätte man sie ihr nach einer stümperhaften Amputation wieder angenäht.

Der Zustand ihrer Augen hatte sich mehr oder weniger stabilisiert. Der brennend scharfe war einem dumpfen, klopfenden Schmerz gewichen. Josie hatte das Gefühl, als hätte ihr jemand einen Löffel Sand in die Augen gestreut.

Sie zitterte. In der Schneehöhle war es gerade warm genug, um ihre Körpertemperatur auf einem Level zu halten, der Leben noch möglich machte. Aber sie war weit davon entfernt, behaupten zu können, dass ihr warm war.

„Du hältst dich wacker", lobte Hal sie. „Du wirst es überstehen."

Josie streckte ihm ihre freie Hand entgegen. Er nahm sie in seine und führte sie an seine Lippen. Josie spürte die Wärme seines Atems, als er sanft darauf blies.

Er ließ sie ausruhen. Er hatte ihr so viel Flüssigkeit und Kalorien wie möglich eingeflößt, und der Schlaf würde ihr die nötige Kraft für den Abstieg zurückgeben – falls überhaupt noch ein Fünkchen Kraft in ihr steckte.

Er sah auf seine Uhr. Halb vier morgens. Er ertastete das Sprechfunkgerät in der Seitentasche seines Rucksacks und schaltete es an. „Todd, melde dich."

„Was ist, Hal?" Todd klang so verzweifelt, wie Hal ihn noch nie zuvor gehört hatte.

„Ich habe in der Nähe des Südgipfels ein Biwak gefunden. Bei Tagesanbruch marschieren wir los. Du musst uns die Sherpas entgegenschicken, sie sollen uns mit Flüssigkeit und Sauerstoff so weit wie möglich entgegenkommen. Hast du mich verstanden?"

„Verstanden, Hal. Bist du sicher, dass Josie stark genug für den Abstieg ist?"

„Ich habe sie mit Kalorien voll gestopft, sie müsste eigentlich eine Chance haben. Die Dexamethason-Spritze gebe ich ihr, bevor wir aufbrechen."

„Hal, tut mir Leid, was ich vor ein paar Stunden gesagt habe. Vielleicht war es zu früh, dir zu raten, dich allein auf den Weg zu machen. Aber wenn es doch so weit kommen sollte und Josie sich nicht bewegen kann, dann …" Todd kämpfte, um die richtigen Worte zu finden.

„Ich weiß, was du mir sagen willst. Ich schalte jetzt aus."

Ein paar Minuten saß Hal bewegungslos da und versuchte herauszufinden, was sich geändert hatte.

Dann wusste er es plötzlich – das Brausen des Windes hatte aufgehört, und durch den Eingang drang kein Schnee mehr. Der Sturm hatte seine Kraft verzehrt.

NIMA zog die Schulterriemen seines Rucksacks straff und sah in den Nachthimmel hinauf, während er auf Lapka wartete. Todd stand neben ihm vor dem Zelt und trat ruhelos von einem Bein auf das andere, um sich warm zu halten.

„Wie viel Uhr?", fragte ihn Nima.

Todd sah auf seine Uhr. „Halb fünf."

„Der Sturm ist vorbei, aber jetzt liegt eine Menge lockerer Schnee rum. Nicht gut für einen schnellen Aufstieg. Außerdem ist die Lawinengefahr größer. Hast du ein Walkie-Talkie für mich?"

„Nein, dies ist das letzte, das noch etwas Saft in der Batterie hat."

„Das ist gar nicht gut."

Nima riss die Zeltplane zur Seite, um zu sehen, ob Lapka endlich fertig war, der nun schon eine Ewigkeit brauchte, um sich vorzubereiten.

Nima schleuderte ihm in seiner Muttersprache ein paar Worte entgegen. „Setz dich endlich in Bewegung! Der Tag bricht schon fast an!"

„Ich mach doch, so schnell ich kann", schnappte Lapka zurück.

Nima versuchte, seines Ärgers Herr zu werden. Lapka hatte während der letzten beiden Tage schwer an der Höhenkrankheit gelitten. Trotzdem ging Nima seine Trägheit auf die Nerven. „Komm, lass dir mit den Stiefeln helfen." Er kniete sich im Zelteingang neben ihn.

Endlich war Lapka gerüstet und kam aus dem Zelt gekrochen. „Wie hoch steigen wir?", fragte er Todd in aggressivem Ton.

„Ich weiß es nicht. Wenn Hal es schafft, Josie auf die Beine zu bringen, kommen sie euch entgegen. Wenn er sie aber nicht aus dem Biwak kriegt, müsst ihr bis zum Südgipfel hoch. Ihr Leben hängt von euch ab."

„Wir haben unsere Aufgabe erledigt. Niemand lässt Sherpas zweimal hintereinander zum Südgipfel ..."

„Sei still!", fuhr Nima ihn an. „Willst du sie sterben lassen? Wo bleibt dein Stolz?"

Lapka spuckte in den Schnee. „Warum gehst du nicht?" Er stieß Todd vor die Brust. „Du bist noch gar nicht hinaufgestiegen."

„Mein Job ist eben hier", gab Todd zurück. „Wenn ich mich von der Stelle rühre, kann niemand die Kommunikation aufrechterhalten. Dann weiß niemand, wer noch lebt oder schon tot ist."

Mit verächtlichem Schnauben wandte Lapka sich ab.

„Also, packt ihr's jetzt oder nicht?", fragte Todd Nima, der unsicher war, ob Lapka nicht doch noch kneifen würde.

„Wir gehen", antwortete Nima und zog den fluchenden Lapka mit sich fort. Er schickte ein stilles Gebet zu den Göttern, während er über den Südsattel voranging und zum zweiten Mal in zwei Tagen auf den Anstieg zumarschierte. Sein Vater hätte es so gewollt.

„Es ist hell, Josie, wir müssen los."

Mit einem Schlag wurde sie sich bewusst, wo sie sich befand – es war der letzte Ort auf der ganzen Welt, an dem sie hätte sein wollen. Ihre Augen hatten sich etwas erholt, sodass sie verschwommen ihre Umgebung erkennen konnte. Durch das Eingangsloch drang schwaches Morgenlicht, und Hal kauerte neben ihr.

„Wir machen uns an den Abstieg." Er kroch auf den Eingang zu, schlug den Schnee, der sich über Nacht davor angesammelt hatte, nach draußen und zog Josies Rucksack herein. Dann streckte er den Kopf nach draußen. „Willst du wissen, was ich sehe?"

„Ja." Josie zwang sich, sich aufzusetzen.

„Es ist ein klarer Tag. Nicht direkt blauer Himmel, aber wenigstens so klar, dass wir den Weg entlang der Fixseile finden können. In ein paar Stunden werden wir auf die Sherpas treffen."

„Aber ich kann immer noch kaum was sehen."

„Das wird uns nicht abhalten. Ich werde dich in die Seile einklinken und dich Schritt für Schritt runterführen." Hal zog die Spritze heraus. „Halt jetzt bitte ganz still, während ich dir das Steroid verabreiche." Er injizierte Josie das Mittel direkt durch ihre vielen Kleidungsschichten in den Oberschenkel.

Die Wirkung setzte nahezu augenblicklich und drastisch ein. „Mein Gott, das Zeug wirkt aber schnell!" Josie spürte ein Kribbeln, als sich das Kortisonderivat seinen Weg bis in die letzte Faser ihres erschöpften Körpers bahnte.

„Es hält leider nicht lang an. Wir müssen uns also beeilen."

„Meine Finger fühlen sich an, als würden sie gleich platzen."

„Lass mal sehen."

Er zog Josie die Handschuhe ab. Die Blasen waren größer geworden, und die dunklen Ränder hatten sich verstärkt. Aber Hal war sich darüber im Klaren, dass es ihrer Moral im Moment abträglich wäre, wenn er ihr diese Tatsache verkündete.

„Sie haben sich stabilisiert. Du kannst sie wenigstens gebrauchen."

Aber sie war misstrauisch. „Ich werde sie verlieren, stimmt's?"

„Nicht, wenn du bereit bist zu kämpfen. Ich will, dass du jetzt positiv an die Sache rangehst. Verglichen damit, wie es sein könnte, sieht es mit uns im Moment gar nicht so schlecht aus. Wir hatten die ganze Nacht lang Schutz, wir hatten zu trinken und zu essen."

Hal sah auf die Uhr. Viertel nach sechs. Er packte seinen Rucksack und wandte sich dann der komplizierten Aufgabe zu, Josie fertig zu machen. Ihre Füße waren über Nacht angeschwollen, sodass es ihm nicht leicht fiel, ihr die starren Plastikstiefel anzuziehen. Außerdem waren die Schuhbänder zu einem wirren Knäuel zusammengefroren. Hal fummelte mit seinen tauben Fingerspitzen an den beinharten Strängen herum. Danach brauchte er gute fünf Minuten, um seine Finger mit der eigenen Atemluft zu erwärmen, damit er seine Stiefel ebenfalls anziehen konnte. Nachdem es ihm endlich gelungen war, als Letztes auch noch die Steigeisen anzulegen, meldete er Todd mit dem Walkie-Talkie ihren bevorstehenden Aufbruch.

„Also, Josie, ich gehe zuerst raus, dann kommst du mir nach."

Hal drehte sich zum Eingang – und erstarrte. Ein Gesicht sah herein.

„O Gott!“ Hal zuckte zurück und schnappte erschrocken nach Luft.

„Was ist los?“, schrie Josie in panischer Angst.

„Schon gut. Bleib ruhig. Ich kümmere mich darum.“

Das Gesicht, das Hal anstarrte, war von Frostschäden grauenhaft entstellt. Die Augen waren nur noch kleine Schlitze inmitten einer aufgedunsenen Fleischmasse, die Pupillen waren trüb, und das Weiße war blutunterlaufen. Nase und Wangen waren mit tintenschwarzen Flecken übersät. Die Lippen waren blau. Der Bart war zu einem Eisklumpen gefroren, den das Blut, das aus dem Mund sickerte, teilweise rot färbte.

Mühsam öffnete der Mann seine Lippen, wobei sich Eissplitter von seiner Mundpartie lösten. „Hilf mir.“

Plötzlich erkannte Hal ihn. „Vasylenko? Andrei, bist du das?“

Doch der andere gab keine Antwort, sondern schwankte nur von einer Seite zur anderen. Hal ließ ihn nicht aus den Augen, unfähig, den Blick von dem verwüsteten Gesicht abzuwenden.

„Sind die Sherpas schon da?“, rief Josie, die die lange Stille in Angst versetzt hatte.

„Nein, es ist Vasylenko. Er war die ganze Nacht draußen im Sturm. Er ist in einem schrecklichen Zustand.“

„Können wir jetzt aufbrechen?“

Hal traf eine blitzschnelle Entscheidung. „Andrei, wir steigen jetzt ab zu Lager IV. Ich werde dir helfen, soweit ich kann. Ich muss Josie die Fixseile runterhelfen, aber wenn du mit uns absteigst, werde ich aufpassen, dass auch du den Weg findest. Verstehst du mich?“

„Nein!“ Vasylenko fing an, sich in das Loch zu zwängen.

Hal legte seine Hände auf die Schultern des Ukrainers. „Du kannst nicht mehr reinkommen. Dir läuft die Zeit davon.“

„Lüg mich nicht an! Du hast ein Biwak. Du willst es nur für dich behalten!“ Vasylenko stemmte sich mit aller Gewalt gegen Hals Arme, zwängte Kopf und Schultern in die Höhle und drückte Hal gegen die Rückwand. Dieser wandte all seine Kraft auf, um den Ukrainer abzuhalten, aber der war zu stark. Wild begann er auf Hal einzuschlagen.

„Lass mich rein! Lass mich rein!“

Indem er sich mit den Knien an der Eingangswand abstützte, zwängte er auch den Rest seines Körpers in das Biwak, wobei er Josie halb unter sich begrub.

„Ich kriege keine Luft mehr“, japste sie und versuchte, sich von der auf ihr liegenden Last zu befreien.

Hal stieß den Eindringling zur Seite, sodass Vasylenko ausgestreckt auf der Fläche zu liegen kam, die Hal während der Nacht eingenommen hatte. Er selbst saß jetzt zusammengezwängt, die Beine vor der Brust, mit dem Rücken zum Eingang.

„Gehen wir jetzt?“, fragte Josie mit dünner, angstvoller Stimme.

Vasylenko reagierte völlig hysterisch, als er das hörte. „Keiner geht! Helft mir!“ Er begann in seiner Muttersprache vor sich hin zu brabbeln.

„Die Spritze hält nicht ewig vor“, drängte Josie. „Im Moment fühle ich mich stark genug, um abzusteigen.“

Hal spürte, wie Übelkeit in ihm aufstieg. Der Kampf mit Vasylenko hatte ihn erschöpft und schwindelig gemacht. „Lass mich nachdenken.“

„Worüber?“

Jetzt explodierte er vor Wut über die Situation, in der sie sich befanden. „Gib mir eine Chance, Josie! Die Lage hat sich geändert. Ich muss darüber nachdenken, okay?“

„Nein, das ist nicht okay.“ Sie begann, nach vorne zu rutschen. „Wir gehen jetzt. Ich werde jedenfalls nicht hier sterben.“

„Und Andrei?“

Umständlich schwang Josie ihre Stiefel über den ausgestreckten Körper des Ukrainers, konnte sich aber in dem beengten Raum nicht über ihn hinwegdrängen. „He, wach auf! Aus dem Weg! Beweg dich!“ Frustriert schlug sie auf seine Beine ein, doch er rührte sich nicht. Josie sackte zurück und keuchte vor Anstrengung. „Wir waren bereit zum Aufbruch, verdammt! Warum hast du ihn überhaupt reingelassen?“

„Ich konnte ihn nicht aufhalten.“

„Und jetzt? Was schlägst du vor? Sollen wir hier bleiben und uns zu Tode frieren?“

Hal grübelte eine Weile vor sich hin. „Option eins: Wir zwei gehen jetzt.“ Er deutete auf den bewegungslosen Vasylenko. „Dann stirbt er. Option zwei: Wir tun alles, um ihn am Leben zu halten. In etwa vier Stunden kommen die Sherpas mit Sauerstoff, dann steigen wir alle ab, und keiner stirbt.“

„Der Kerl spielt in dieser Gleichung überhaupt keine Rolle. Er hat sich selbst in diesen Schlamassel gebracht. Wir tragen keine Verantwortung für ihn.“

„Und wenn er Sebastian wäre?“

Josie erstarrte. „Wie kannst du es wagen, das in so einem Moment zu sagen?“

„Weil es die einzige Möglichkeit ist, die mir einfällt, um dir die Sachlage verständlich zu machen. Irgendwo auf der Welt gibt es einen Menschen, der vor einem Telefon sitzt und darauf wartet zu hören, ob dieser Mann hier am Leben ist oder nicht. Genau wie du damals."

Josie spürte bereits, dass die Wirkung der Spritze nachließ. Innerlich fühlte sie sich völlig leer. „Was tun wir also?"

Hal gab keine Antwort, sondern starrte hinaus ins Freie. „Ich kann ihn nicht sich selbst überlassen", erwiderte er schließlich. „Ich werde Todd anfunken und ihn informieren, dass wir unseren Plan geändert haben."

Josie hatte keine Energie mehr, um mit ihm zu streiten. Unendlich erschöpft wälzte sie sich an die Wand in ihre Kuhle zurück. „Ich werde dir nie verzeihen, wenn du mich sterben lässt."

Er tätschelte ihr Bein. „Erste Priorität", murmelte er, gegen einen Müdigkeitsschub ankämpfend, „wir kehren alle nach Hause zurück."

Er strengte sich an, sich auf seine Aufgabe zu konzentrieren. Nimm das Walkie-Talkie. Er bemühte sich, einen Arm zu heben, aber der fühlte sich an, als wäre er aus Blei. Hal überkam ein übermächtiges Schlafbedürfnis. „Wir kehren alle nach Hause zurück", murmelte er noch einmal, bevor er in einen Zustand entschwand, der irgendwo zwischen Tiefschlaf und Bewusstlosigkeit lag.

DEM SONNENEINFALL in der Rinne nach zu schließen, musste es etwa zehn Uhr sein. Nima verfluchte Lapka. Seit sie das Lager verlassen hatten, war es immer dasselbe gewesen: Er bahnte sich mühevoll den Weg durch den weichen Schnee, kam dennoch zügig voran, musste dann aber endlos auf Lapka warten, der offensichtlich am Ende seiner Kräfte war.

Nima blinzelte nach oben. Er hatte erwartet, Hal und Josie um diese Zeit allmählich auf sich zukommen zu sehen, und begann sich zu fragen, ob sie sich zuvor in der Dunkelheit irgendwie verfehlt haben könnten. Aber auch unten auf dem Südsattel war keine Bewegung auszumachen.

Einige Minuten später erreichte Lapka endlich die kleine Schneefläche, die Nima für die Rast ausgewählt hatte. Schwer hustend und würgend sank Lapka in den Schnee. „Wo sind sie? Wir müssten sie längst getroffen haben."

„Ich weiß es nicht", gab Nima zurück. „Vielleicht kann sich Josie ja nicht bewegen." Er nahm eine kleine Thermosflasche aus der Seitentasche seines Rucksackes und goss ein wenig süßen Tee in den Becher.

Mit zitternden Fingern griff Lapka danach. „Ich gehe keinen Schritt weiter“, keuchte er. „Ich lasse meinen Sauerstoff da. Hier ist Schluss.“ Zu beschämt, um Nima in die Augen zu sehen, wandte er den Kopf ab.

Wütend starrte Nima ihn an. Er hatte das Gefühl, Lapka packen und schütteln zu müssen, so zornig war er. Doch dann kauerte er sich neben den Freund und wischte den Schnee fort, der sich auf dessen Wangen angesammelt hatte. „Ich verstehe. Du musst dich nicht schämen. Du hast den Sauerstoff so hoch getragen, wie du konntest.“

Zutiefst dankbar für sein Verständnis sah ihn Lapka jetzt doch an. „Ich würde ja klettern, wenn ich noch könnte. Aber ich bin eben nicht mehr so jung wie du.“

Nima nahm Lapkas Rucksack, holte die zwei Sauerstoffflaschen heraus, die sich darin befanden, und packte sie in seinen eigenen Rucksack zu den beiden, die er selbst ohnehin schon schleppte. „Dann geh. Ich steige weiter auf.“

„HAL, MELDE dich! Hal, bitte melden! Hier spricht Todd.“

Langsam erwachte Hal aus seinem Schlaf. Er hob das Funkgerät an den Mund und schaffte es irgendwie, seinen Daumen auf die Übertragungstaste zu pressen. „Hallo“, krächzte er.

„Hal, ich konnte deine Stimme nicht hören, aber ich habe ein Klicken vernommen. Ich vermute, die Batterien in deinem Walkie-Talkie sind schon zu schwach, um deine Stimme noch übertragen zu können. Wenn du mich hörst, klicke einmal.“

Hal drückte die Taste erneut.

„Prima! Kannst du bestätigen, dass ihr das Biwak verlassen habt?“

Hal gab keine Antwort.

„Ich höre kein Klicken“, meldete sich Todd wieder. „Heißt das, dass ihr immer noch im Biwak seid?“

Klick.

„Verfluchter Mist! Ist Josie noch am Leben?“

Hal versuchte, seinen Kopf zu heben, um nachzusehen, konnte sich die Mühe aber sparen, da sie in diesem Moment zu husten anfing.

Klick.

„Gott sei Dank! Hör zu, Hal, Lapka ist umgekehrt, aber Nima ist weiter auf dem Weg nach oben. Ist Josie noch fähig zu gehen?“

Klick.

„Sehr gut. Wenn Nima in eure Nähe kommt, dann musst du aus dem

Biwak kriechen, damit er euch finden kann. Denkst du, du wirst das schaffen, Hal?“

Klick.

„Dann Ende für jetzt.“

Die Verbindung wurde unterbrochen. Lange Zeit blieb Hal liegen und starrte das Funkgerät an. Er wusste, dass er am Ende war. Doch er wusste auch, dass er etwas dagegen unternehmen musste. Aber was?

Direkt vor ihm befand sich Vasylenkos grässlich entstelltes Gesicht. Der Ukrainer schien zunehmend dem Wahnsinn zu verfallen. Er stöhnte laut und rollte sich ein wenig auf die Seite.

Da entdeckte Hal Vasylenkos Rucksack, der halb unter diesem verborgen gewesen war. Schockiert fiel Hal erst jetzt auf, dass er den Rucksack noch gar nicht in Augenschein genommen hatte. Wie konnte er das nur vergessen haben?

Der Rucksack war schwerer, als Hal angenommen hatte. Er zog den linken Handschuh aus und probierte mit dem Tastsinn, der ihm noch verblieben war, die Klippverschlüsse des Rucksackdeckels zu lösen.

Zum Vorschein kam ein orangefarbener Sauerstoffzylinder. Völlig konsterniert starrte Hal ihn an. Mit schwarzem Marker war Josies Name darauf geschrieben. Hal kontrollierte den Druck. Die Flasche war voll.

Hal zog seinen Regler aus dem kleinen Haufen von Ausrüstungsgegenständen, den er neben sich deponiert hatte, und schaffte es mit quälender Langsamkeit, ihn auf das Zylindergewinde zu schrauben. Dann drehte er die Zufuhr auf zwei Liter und hielt sich die Maske vors Gesicht. Er atmete tiefer ein, als er es je zuvor in seinem Leben getan hatte. Der Sauerstoff gab ihm fast augenblicklich neue Energie zurück.

Er drosch auf den Ukrainer ein. „Du verdammter Dieb! Wenn du nicht schon halb tot wärst, würde ich dich jetzt glatt umbringen!“ Dann rüttelte er an Josies Schulter. „Wach auf, wir haben Sauerstoff!“

Er ließ sie zehn Minuten lang atmen, dann drückte er die Maske Vasylenko aufs Gesicht. Weitere zehn Minuten später hielt er sie sich selbst wieder vor. Er sah auf die Uhr. Elf. Der Sauerstoff reichte noch für ein paar Stunden. Länger nicht. Wo blieben nur die Sherpas?

NIMA stapfte durch weicheren Schnee, tiefen Pulverschnee, der sich auf der windgeschützten Seite des Hanges angesammelt hatte. Bei jedem Schritt brach er erst durch eine dünne Eisschicht und sank dann bis zur Hüfte in den lockeren Neuschnee ein.

Er ermüdete jetzt schnell. Die Beine mit den schweren Stiefeln immer wieder hochzuziehen erforderte viel mehr Kraft, als seine ausgelaugten Oberschenkelmuskeln noch liefern konnten.

Er spürte, wie ihn seine Willenskraft verließ, als er an Lapka dachte, der bestimmt schon wieder das Lager erreicht hatte. Warum war er nicht ebenfalls umgedreht? Was, wenn Hal und Josie schon längst tot waren?

Nima krümmte den Rücken, um für einen kurzen Moment den heftigen Schmerzen entgegenzuwirken, die ihm der Rucksack bereitete. Dann warf er einen Blick nach oben. Es sah aus, als würde er noch Stunden brauchen. Er war kurz davor aufzugeben.

Aber einen schmerzhaften Schritt nach dem anderen kämpfte er sich weiter hinauf.

Der Sauerstoff war längst zu Ende gegangen. Hal beobachtete die schwachen nachmittäglichen Lichtstrahlen, die durch das Eingangsloch hereindrangen. Die Nacht war nur noch wenige Stunden entfernt. Und dann? Er konnte den Gedanken an eine weitere Nacht im Biwak nicht ertragen. Sie waren ohnehin an einem Punkt angelangt, an dem sie dem Tod näher waren als dem Leben. Die Körperprozesse der sich anbahnenden Höhenkrankheit hatten sich beschleunigt.

Rauschend erwachte das Walkie-Talkie zum Leben. Das Signal war unglaublich schwach, die Batterien schienen nun völlig am Ende zu sein. „Hal, hier ist Todd. Wenn du mich hörst, klicke mit der Taste."

Nur unter großen Schwierigkeiten gelang es Hal, das Gerät in seinen geschwollenen Fingern festzuhalten. Klick.

„Gut. Ich kann Nima durch das Fernglas erkennen. Er müsste in ein paar Minuten bei euch sein. Haltet euch bereit. Ende."

Klick.

Trotz seiner Schwäche und eines Schwindelgefühls versuchte Hal, seine Beine zu bewegen. Die Erfrierungen waren – dessen war er sich sicher – jetzt bis in seine Füße vorgedrungen. Er lehnte sich zurück, ihm war übel. Was nun? Er beschloss, Vasylenko als Ersten nach draußen zu befördern.

„Was machst du?" Verwirrt hob Josie den Kopf, als Hal sich plötzlich in Bewegung setzte.

„Nima ist bald hier. Ich werde zuerst Andrei rausschaffen."

Der Ukrainer zuckte zusammen, als er seinen Namen hörte.

„Andrei, wir steigen jetzt ab. Ein Sherpa ist auf dem Weg und bringt Sauerstoff."

Vasylenko winselte laut. Er lutschte an seinen erfrorenen Fingern und schaukelte in seinem unvorstellbaren Schmerz hin und her.

Plötzlich drang ein Laut von draußen zu ihnen herein. Er war schwach, aber Hal glaubte, dass es ein Ruf gewesen war.

„Nima!" Der erste Versuch, eine Antwort zu geben, war kaum mehr als ein Flüstern. „Nima! Hier sind wir!" Irgendwoher gewann Hals Stimme noch etwas Kraft.

Schritte näherten sich. „Hal?" Sekunden später tauchte Nimas Gesicht im Eingangsloch auf. Seine Augen blinzelten einen Moment lang verwirrt, als er die drei eng aneinander gedrängten Gestalten erblickte, doch als er Hal erkannte, trat ein Leuchten in sie. „Ich bin nicht zu spät?"

Hal umklammerte Nimas ausgestreckte Hand. „Du hast es geschafft, du hast es wirklich geschafft!"

„Wer ist das?" Der Sherpa deutete auf Vasylenko.

„Er suchte Schutz. Wir müssen ihn mit runternehmen."

„Josie!", rief Nima. „Ich habe Tee! Ich habe Sauerstoff! Wir steigen jetzt ab!"

Sie rappelte sich auf und sah ihn an. „Nima? Bist du das wirklich? Bist du wirklich gekommen, um uns zu retten?"

„Nicht sprechen. Wir haben keine Zeit. Bald ist es dunkel. Ich hole jetzt den Mann raus, in Ordnung?"

Schnell hatte Nima mit dem Pickel den Eingang vergrößert. Dann griff er mit beiden Händen nach Vasylenkos Schultern. Unter großen Schwierigkeiten gelang es ihm, dessen Körper in eine Position zu manövrieren, aus der er den halb bewusstlosen Ukrainer ins Freie befördern konnte. Er griff nach Vasylenkos Klettergurt und zog mit aller Kraft, bis er den Kletterer aus dem Biwak gezerrt hatte.

„Was soll das?", schrie der Ukrainer auf einmal und starrte verwirrt in die plötzliche Lichtflut.

„Sei still!" Nima klinkte eine Eisschraube aus Titan von seinem Klettergurt, schraubte sie in den Hang und sicherte Vasylenkos Gurt mit einer kurzen Schlinge daran. Dann wandte er sich wieder dem Biwak zu, wo Hal sich soeben abmühte, seine Beine zu strecken. „Ich helfe dir", sagte Nima fürsorglich.

So langsam und ungelenk, wie ein Insekt seinem Kokon entschlüpft, ließ sich Hal von ihm herausziehen, bevor er neben Vasylenko sackte. Ein paar Minuten blieb er so sitzen und massierte seine verkrampften Glieder. Als er sich endlich auf die Beine stellte, fühlte er sich wie ein Kind, das seinen ersten Schritt macht.

Nima drückte ihn fest an sich, und einen Moment lang hielten sich die beiden Männer fest umarmt.

„Danke, Nima. Ich danke dir aus tiefstem Herzen."

„Kein Problem." Nima grinste. „Du bist doch mein zweiter Vater."

10

Als Hal und Nima endlich die letzten Handgriffe an der Ausrüstung erledigt hatten, standen ihnen nur noch 30 Minuten Tageslicht zur Verfügung. Hal hatte nicht viel zu der Arbeit beitragen können, Nima hatte den Löwenanteil übernommen, die Sauerstoffmasken an die neuen Zylinder geschraubt und diese in den jeweiligen Rucksäcken verstaut.

Derweil hatte Hal Josie gezwungen, einen vollen Becher mit stark gesüßtem Tee zu trinken. Jetzt lag sie ausgestreckt auf dem Boden, atmete Sauerstoff aus ihrer neuen Flasche und wirkte von Minute zu Minute wacher.

Auch Hal taten Tee und Sauerstoff gut. Aber Vasylenko widersetzte sich mit aller Gewalt. „Keinen Tee!", schrie er. „Ich brauche keinen."

„Trink ihn", sagte Nima ruhig. „Du schaffst es ohne nicht runter."

Vasylenko hielt ihm seine grotesk geschwollenen Finger vors Gesicht. „Siehst du das?", kreischte er. „Alles egal! Mir ist alles egal!" Dann fing er zu schluchzen an, wobei er immer wieder in seiner Muttersprache vor sich hin plapperte.

„Er ist verrückt", stellte Nima fest.

„Ich weiß, aber wir nehmen ihn mit", erwiderte Hal.

„Aber vielleicht braucht Josie uns beide an den Fixseilen."

„Ich kümmere mich um Andrei, du übernimmst Josie."

Voller Abscheu funkelte Nima den Ukrainer an. „Na gut", murmelte er widerwillig.

Sie halfen Josie auf. Als die Blutzirkulation in ihren Beinen einsetzte, stöhnte sie laut auf vor Schmerz.

Vasylenko wehrte sich, als sie ihn auf die Beine stellten, sträubte sich aber nicht, als Hal ein kurzes Stück Seil nahm und es mit einem Karabiner an seinem Klettergurt befestigte.

Nima tat dasselbe bei Josie. „Kannst du gehen?", fragte er.

„Ich weiß noch nicht." Sie machte einen vorsichtigen Schritt, wurde aber zuversichtlicher, als sie spürte, dass ihr Körper zu funktionieren begann.

Zwischen dem Biwak und den Fixseilen befand sich in der Eiswand ein schmaler Sims. Er war wie ein von der Natur geschaffener Pfad, ungefähr 30 Meter lang, und es bot sich an, über ihn den steilen Hang bis zum Südgipfel zu traversieren. Sie betraten den Sims.

Plötzlich blieb Vasylenko abrupt stehen. „Gipfel." Er deutete auf den neben ihnen ansteigenden Hang.

„Das ist nicht der Gipfel, Andrei, wir gehen jetzt nach unten."

„Du lügst!" Heftig zerrte der Ukrainer am Seil und schickte sich an, den Hang hinaufzuklettern.

„Nein!" Hal wollte ihn an seinem Vorhaben hindern und packte ihn an den Oberarmen.

„Ich geh jetzt auf den Gipfel. Für das Foto. Ich brauche ein Foto!" Vasylenko begann wie verrückt zu nicken. „Ja, das ist eine gute Idee."

„Das ist keine gute Idee." Hal versuchte, ihn zurückzuziehen.

Unvermittelt stieß Vasylenko irre Schreie aus und begann, mit seinen steigeisenbewehrten Füßen nach Hal zu treten.

„Nima, hilf mir!"

Doch bevor der Sherpa Hal zu Hilfe eilen konnte, stieß Vasylenko diesen mit aller Gewalt von sich und machte einen Satz den Hang hinauf. Seine Steigeisen kratzten an der eisigen Fläche, als er scharrend nach Halt suchte. Als er mit einem Fuß ausglitt, warf er seinen Oberkörper nach vorne, um den Fall abzufangen. Doch er geriet ins Taumeln und rutschte nach unten, bevor es ihm gelang, sich mit beiden Händen an eines von Hals Beinen zu klammern. Einen verzweifelten Moment lang lastete sein ganzes Gewicht daran, während er mit den Steigeisen hektisch auf dem Eis herumkratzte, um Halt zu finden. Sein Körper drehte und wand sich wie ein Tier, das einem Fangeisen entkommen will, sein Schwerpunkt pendelte immer weiter hinaus. Schließlich schnappte er mit einer Hand überraschend nach Hals Klettergurt.

Wie aneinander gekettet, stürzten die beiden Männer in einem wilden Wirbel den Eishang hinunter.

HAL wurde einen Moment lang durch die Luft geschleudert, schlug mit der rechten Körperseite wieder auf und rutschte sofort, sich immer wieder drehend und überschlagend, weiter die vereiste Fläche hinab.

Mehrere Felsbrocken ragten aus dem Eis. Der erste sauste an ihnen vorbei, dann der zweite. Doch dann prallte Hal gegen einen dritten. Der

Fels riss seine Kleidung auf und bohrte sich in sein Bein. Hal spürte, wie der Knochen brach.

Eine Sekunde später rasten sie auf die Kante des Eishangs zu. Hal wappnete sich für den grauenhaften Augenblick, in dem sie darüber hinweg in die Tiefe stürzen würden.

Doch es passierte nicht.

Stattdessen blieb Hal mit einem Ruck, der ihn in der Mitte auseinander zu reißen drohte, mit einem Mal hängen. Sein Becken verdrehte sich schmerzhaft, und der Klettergurt schnitt ihm tief ins Fleisch. Durch den gewaltigen Aufprall war auch der letzte Rest Luft aus seiner Lunge gepresst worden. Hal rang nach Atem und versuchte zu begreifen, was geschehen war.

Er warf einen Blick unter sich und sah, dass Vasylenko an dem Kurzseil, das sie immer noch miteinander verband, über dem fast 3000 Meter tiefen Abgrund baumelte. Sein Gewicht zerrte an Hals Wirbelsäule, sodass dieser glaubte, sie würde jeden Moment brechen.

Er zwang seine gefrorenen Finger, den Karabiner aufzuklappen, in dem das Kurzseil eingeklinkt war. Ein leises metallisches Klicken, dann verschwand Vasylenko mit einem gutturalen Entsetzensschrei in der schwarzen Leere der schroffen Südwestwand.

Hal verlor das Bewusstsein, als er den Ukrainer stürzen sah.

WIE ANGEWURZELT waren Nima und Josie stehen geblieben und mussten zusehen, wie Hal und Vasylenko den Abhang hinuntersausten. Binnen Sekunden waren die beiden aus ihrem Blickfeld verschwunden. Sie hörten keinen Schrei, nichts, was sich wie der Aufprall von Körpern auf einem Felsen angehört hätte, nur Stille.

Nach einer Weile beugte sich Nima so weit wie möglich nach vorne, um die Falllinie hinabzusehen. Von seinem Standpunkt aus konnte er kein Hindernis ausmachen, das den Sturz von Hal und Vasylenko in die Tiefe aufgehalten haben könnte.

Er öffnete einen Klipp seiner Sauerstoffmaske. „Hal!“ Sein Schrei hallte von den Wänden des weiten Ovals, das das Western Cwm bildete, wider. „Hal!“

Sie warteten und beteten stumm um eine Antwort. Aber sie hörten nichts, und es überraschte sie auch nicht. Sie waren sicher, dass die beiden Männer in den Tod gestürzt waren.

Nima war der Erste, der wieder Worte fand. „Lager IV.“ Er deutete auf den schmalen Pfad, der in die Sicherheit führte. „Bitte komm.“

Josie schritt aus, aber durch ihren Kopf wirbelten verworrene Gedanken. Hatte sie wirklich gesehen, was da eben passiert war? Sie hatte das Gefühl, als hätte sich die Katastrophe auf einer Kinoleinwand abgespielt, in einer anderen Dimension, mit anderen Personen, aber nicht mit Hal. Wie ein nächtlicher Albtraum spielte sich die grauenhafte Szene wieder und wieder vor ihrem inneren Auge ab: das Geräusch der Steigeisen, die wie wild am Eis kratzten, Vasylenkos wahnsinniges Geschrei, er wolle auf den Gipfel. Und dann waren er und Hal in einem schicksalsträchtigen Moment des Irrsinns in der Tiefe verschwunden.

Josie verspürte keinen Kummer, führte sich lediglich die grausame Gewissheit vor Augen, dass der Berg Hal an sich gerissen hatte – wie schon so viele andere zuvor.

DIE SCHMERZEN in seinem gebrochenen Oberschenkel ließen Hal aus seiner Bewusstlosigkeit erwachen. Die Sonne ging gerade unter. Er drehte sich um, sah nach oben und stieß einen panischen Schrei aus. „Nima!"

Doch nirgends war eine Bewegung auszumachen. Das Einzige, was er sah, war eine bizarre, verwinkelte Form, die seinen Sturz aufgehalten hatte. Was war es? Ein Baum? Ein knorriger Ast? In dieser Höhe? Hal sah genauer hin. Und erkannte, was ihm das Leben gerettet hatte.

Sein Klettergurt hatte sich in dem gefrorenen Torso eines Bergsteigers verhakt, der halb unter Eis und Schnee begraben war. In absurdem Winkel ragte ein Arm aus dem Schnee, das Gesicht des Toten war zu einer Fratze des Horrors mumifiziert, und seine Haut war unter der unablässigen UV-Strahlung schwarz geworden. Er musste von einer Lawine oder einer Sturmbö hier heruntergerissen worden sein.

Hal griff nach der Hand des Toten, schlug seinen Pickel neben dem Leichnam ins Eis und zog sich zu ihm hoch. Er kämpfte gegen die Ohnmacht an, die ihn von seinen Schmerzen im Bein erlösen wollte, und arbeitete sich weiter hinauf, um seinen Klettergurt von dem Toten zu befreien.

Danach wartete er eine Weile, bis sich sein Atem wieder beruhigt hatte, dann schlug er den Pickel in den Abhang, stieß sich mit seinem linken Steigeisen, so fest es ging, ab und zog sich Zentimeter für Zentimeter nach oben, wobei sein gebrochenes Bein über das Eis schleifte. Eine Eisschraube benutzte er als zweiten Pickel, indem er sie mit dem linken Arm so weit wie möglich ins Eis bohrte. Der kleinste Fehler, und er würde hier und jetzt sterben, das war ihm bewusst. Jedes Mal wenn er sein ganzes Gewicht damit hochstemmte, zitterte sein gesundes Bein unkontrolliert. Seine Muskeln hatten die Grenzen der Belastbarkeit erreicht. Er war längst über Müdigkeit und Erschöpfung hinaus, aber ein ums andere Mal schwang er den Pickel, machte mit jeder Bewegung Zentimeter wertvollen Bodens gut.

Als er schließlich auf dem Sims angekommen war, von dem aus sie abgestürzt waren, blieb er völlig erschöpft liegen und fiel – für wie lange, würde er nie nachvollziehen können – abermals in tiefe Bewusstlosigkeit.

Als er die Augen wieder öffnete, wanderte ein silberner Mond über den Nachthimmel. Wenn sich nicht gerade Wolken vor ihn schoben, konnte Hal den dunklen Eingang des Biwaks erkennen, der sich vom Schnee abhob. Er schleppte sich der maulartigen Öffnung in der Eiswand entgegen. Abgesehen von dem verzehrenden Verlangen, den Unterschlupf zu erreichen, war er taub gegen alle Empfindungen.

Endlich das Biwak. Hal zog sein zertrümmertes Bein durch den Eingang nach und brach lang ausgestreckt zusammen.

Nima hatte nur sehr wenig zurückgelassen: eine Isomatte, zwei leere Sauerstoffzylinder und das tote Walkie-Talkie. Hal legte sich auf die Matte. Er nahm das Funkgerät, fummelte mit seinen aufgedunsenen Fingern am Gehäuse herum und holte die Batterien heraus. Danach zog er ungelenk die Reißverschlüsse seines Wind- und des Daunenanzugs auf, legte sich die Batterien auf die Brust und schloss die Anzüge wieder.

Würden sich die Batterien in ein paar Stunden in der Wärme so weit regenerieren, um einen, nur einen einzigen Funkruf zu ermöglichen? Und wenn, würde überhaupt noch jemand auf das Funkgerät achten?

Abermals sank Hal in eine tiefe Ohnmacht.

Josie erwachte in einem Kokon grünen Lichts, das durch die Seitenwände des Zeltes drang. Ein Schlafsack voller kuscheliger Daunen umfing sie, von irgendwoher drangen Stimmen an ihr Ohr.

Wie Puzzleteile wirbelten Bilder in ihrem Kopf herum: die Lichtkegel der Stirnlampen, die auf dem Südsattel umherhüpften; der grüne Stoff des Zeltes, in das man ihr hineinhalf; die weißen Bandagen, die ihr um die Hände gewickelt wurden, und die Injektion in ihren Arm. Morphium. Deshalb verspürte sie in Händen und Füßen keine Schmerzen.

Nimas Kopf erschien in der Zeltöffnung. Er zog den Reißverschluss von Josies Schlafsack auf und stützte ihren Rücken, damit sie sich aufrecht hinsetzen konnte. Dann löste er die Sauerstoffmaske, die ihren Körper über Nacht versorgt hatte, und flößte er ihr etwas Tee ein.

Ihre Lippen waren derart mit Blasen übersät, dass sie kaum an dem Getränk nippen konnte. „Danke", flüsterte sie.

Als Nima wieder hinauskroch, tauchte Todd hinter ihm auf. Er sah aus, als hätte er seit einer Woche kein Auge zugetan. „Josie, fühlst du dich kräftig genug, um zu sprechen?"

Sie nickte. „Schieß los", krächzte sie.

„Ich habe Nima schon ein Loch in den Bauch gefragt, aber er ist zu betroffen, um viel zu sagen." Er sah sie scharf an. „Glaubst du, es gibt eine Chance, dass Hal den Sturz überlebt hat? Könnte er noch da oben sein, verletzt, irgendwo in einer Felsspalte? Ich muss Entscheidungen treffen. Ich habe Verantwortung den Sherpas gegenüber, mir gegenüber – wir waren alle viel zu lang zu hoch oben –, und schließlich muss ich dich so schnell wie möglich in medizinische Behandlung bringen. Aber wenn wir das Lager hier erst mal abbrechen, bedeutet dies das Aus für Hal." Tränen schossen ihm in die Augen. „Könnte er noch am Leben sein?"

„Ich glaube nicht", flüsterte Josie.

„Mein Gott, wie soll ich das Rachel nur beibringen! Aber ich muss sie jetzt übers Satellitentelefon anrufen. Ich habe bislang nur weitergegeben, dass du hier ins Lager IV gebracht worden bist. Darüber hinaus habe ich nur verlauten lassen, dass Hal noch vermisst wird. Vielleicht möchte sie mit dir sprechen."

Josie antwortete nicht, ließ sich aber auf die Füße stellen und sich – halb getragen, halb selbst gehend – zum Kommunikationszelt hinüberbringen.

Todd schaltete auf Mithörfunktion, damit Josie dem Gespräch folgen konnte. „Rachel?"

Sie klang nervös, aber gefasst. „Ich höre dich, Todd. Wisst ihr was Neues von Hal?"

„Leider nur das Schlimmste. Ich muss dir sagen, dass er gestern Abend bei einem Unfall am Südgipfel ums Leben gekommen ist. Er ist abgestürzt."

Alle Zuversicht verließ Rachel schlagartig. Ihre Stimme überschlug sich. „Hal würde niemals abstürzen! Er kennt den Berg viel zu gut."

„Er hat versucht, einem anderen Kletterer zu helfen, der allein unterwegs war."

Angespanntes Schweigen. „Kann ich mit Josie sprechen?"

Sie ließ sich von Todd den Hörer halten. „Rachel, ich …“ Sie brach ab, da sie wusste, wie unzulänglich jedes weitere Wort klänge.

„Kein Problem. Ich will keinen Trost hören, ich will die Tatsachen wissen. Habt ihr Hals Leiche gesehen?“

„Nein. Er stürzte so rasend schnell den steilen Abhang runter.“

„Also könnte er noch am Leben sein? Niemand hat seine Leiche gesehen, stimmt das, Josie?“

„Wir haben ihn gerufen, er hat sich nicht gemeldet.“

„Und habt ihr ihn noch mal angefunkt?“

„Sein Walkie-Talkie ist tot“, schaltete sich Todd wieder ein. „Es ist schon seit mehr als zwölf Stunden tot.“

„Gibt es jemanden, der noch mal aufsteigen könnte?“

„Auf keinen Fall. Wir sind alle am Ende, Rachel. Keiner von uns hat mehr die Kraft dazu. Wir müssen jetzt zusehen, dass wir Josie nach unten schaffen.“

„Das heißt also, ihr würdet Hal nun im Stich lassen, sollte er noch am Leben sein?“

„Das ist nicht fair. Wir sind zu 99,9 Prozent sicher, dass er den Sturz nicht überlebt hat.“

„Und das zehntel Prozent?“ Rachel begann zu weinen. „Lieber Gott! Wenn aber doch noch eine kleine Chance bestünde! Wenn du noch mal versuchen würdest, mit ihm Funkkontakt aufzunehmen, wann wär das?“

„Zur vollen Stunde, also in 35 Minuten. Aber es hat doch …“

„Lass es mich versuchen. Stell mich durch, ich will es ein letztes Mal versuchen. Bitte!“

„Dadurch wird unser Aufbruch weiter verzögert. Ich muss es mit Josie besprechen.“ Er wandte sich ihr zu. „30 Minuten, die wir später unten ankommen, könnten einen Finger oder eine Zehe mehr bedeuten. Auf das läuft es letztlich hinaus.“

Josie sah auf ihre bandagierten Hände. Wo das Gewebe zu eitern begonnen hatte, sickerte Blut durch den Verband. „Wir versuchen es“, antwortete sie.

ALS HAL wieder zu sich kam, war ihm so kalt, dass er nicht zu sagen vermocht hätte, wo sein Körper aufhörte und das Eis begann. Er registrierte, dass es draußen hell war, und blinzelte, als sich ein schemenhaftes Bild der Umgebung vor seinen Augen abzeichnete. Dann zog er seine Hände aus dem schützenden Daunenanzug und nahm sie in Augenschein. Die Erfrierungen hatten sich noch ein paar weitere

Millimeter vorgefressen. Sie waren jetzt fast bis zu den mittleren Fingergliedern schwarz, doch als er versuchte, sie zu bewegen, stellte er fest, dass er sie noch gebrauchen konnte. Er sah auf seine Uhr. Fünf Minuten vor zehn.

Die Batterien! Er musste sie schnellstens in das Funkgerät bekommen, sonst würde er den zumindest theoretisch möglichen Kontrollanruf um zehn verpassen. Er holte sie hervor, fummelte sie in das Gerät und beobachtete auf dem Zifferblatt der Uhr, wie die Sekunden verrannen.

Um 9.59 Uhr und 45 Sekunden schaltete er das Walkie-Talkie ein. Es piepste leise, als ein schwaches atmosphärisches Rauschen aus dem Lautsprecher drang. Hal presste das Funkgerät an sein Ohr und wartete auf eine Stimme aus dem Äther. Er unternahm keinen Versuch, selbst zu senden, da er keine Energie verschwenden wollte. Wartete nur. Der Zeiger wanderte weiter. Zehn Uhr und 30 Sekunden. 40 Sekunden.

Plötzlich erklang eine vertraute Stimme. „Hier ist Rachel. Ich rufe Hal. Rachel an Hal. Kannst du mich hören, Hal?"

Sein Herz raste, als er auf die Übertragungstaste drückte und gleichzeitig hörte, wie das atmosphärische Rauschen schwächer wurde, während die Batterie ihre letzten Milliampere von sich gab.

„Ich bin nicht sicher, ob das eine Antwort war. Ich habe ein Klicken gehört, aber es war so schwach." Hal spürte, dass Rachel damit kämpfte, Haltung zu bewahren. „Hal, wenn du mich hörst, dann klicke jetzt!"

Er drückte die Taste so fest, dass die Frostblase an seinem Daumen aufplatzte.

Die Lautstärke wurde immer schwächer, bis kaum mehr etwas zu vernehmen war. Trotzdem hörte Hal die Verzweiflung aus Rachels nächsten Worten heraus. „Ich glaube, du bist noch am Leben … Kämpfe … für mich … Gib nicht auf …"

Ein Knacken ertönte, und das Funkgerät war tot. Ausdruckslos starrte Hal auf sein letztes Verbindungsglied zur Außenwelt. Er war gescheitert. Das Signal war zu schwach gewesen; Rachel konnte nicht sicher sein, dass sie etwas gehört hatte.

Hal sah aus dem Biwak. Zum ersten Mal erfasste ihn die Angst, er könnte an diesem Ort sterben. Er ließ seinen Blick über das kleine Plateau wenige Höhenmeter unterhalb des Biwaks wandern, wo er im Schnee einen kleinen Höcker erblickte – Sebastians Leiche. Sollte er auch so sterben?

WÄHREND die beiden Sherpas die Zelte abzubauen begannen, ließ Josie das Fernglas immer wieder die Fixseile auf und ab wandern, weil sie wider alle Vernunft hoffte, dass sich irgendwo etwas bewegte.

„Da war nichts." Sanft berührte Todd sie an der Schulter.

Wütend fuhr sie herum und funkelte ihn an. „Da war ein Klicken. Rachel hat es gehört, wir haben es alle gehört! Er ist noch am Leben!"

„Ich kann mir nicht vorstellen, dass Hal das war. Es war einfach ein Übertragungsgeräusch, ein Rest atmosphärischer ..."

„Er ist da oben! Und er wartet darauf, Hilfe zu bekommen. Wir müssen irgendwas tun!"

„Ich habe es Rachel schon erklärt." Todd bemühte sich, seine Ungeduld zu bezähmen. „Keiner von uns ist in der Lage, noch mal aufzusteigen."

„Rachel hatte Recht: Ihr lasst ihn einfach im Stich."

„Josie, wir sind alle nicht mehr weit vom Tod entfernt, kapierst du das?", fauchte er sie nun an. „Wir sind schon seit vier Tagen und Nächten in der Todeszone. Wir haben nichts mehr zu essen und keine Gaspatronen für den Kocher mehr. Wir haben auch keinen Sauerstoff mehr. Hal ist tot, Josie, du musst das endlich begreifen und an dich selbst denken! Du musst in ein Krankenhaus, und zwar auf dem schnellsten Weg. Ich habe schon einen Hubschrauber bestellt. Er holt dich im Lager I ab und fliegt dich direkt nach Kathmandu."

Mit einem Schlag übermannte Josie eine unendliche Müdigkeit. „Tut mir Leid, ich bin einfach zu erschöpft, um noch einen klaren Gedanken zu fassen. Ich könnte nur Rachel nie wieder unter die Augen treten, wenn wir nicht wirklich alles versucht hätten."

Todd bereitete eine Spritze mit Dexamethason vor.

„Ich weiß schließlich, wie sie sich fühlt", murmelte Josie, als die Nadel in ihren Oberschenkel drang.

DIE DREI Männer trugen und zerrten Josie die tausend Meter an den Fixseilen entlang, die die Lhotse-Flanke hinunterführten. Der Rückzug aus der Todeszone dauerte 15 Stunden und forderte den dreien, die sich Josies schlaffen Körper abwechselnd aufluden, einen enormen Kraftaufwand ab.

Josies Wahrnehmung wurde immer schwächer, je weiter der Nachmittag fortschritt und sich schließlich in eine bitterkalte Nacht verwandelte. Die meiste Zeit schlitterte Josie auf dem Rücken den Hang hinunter, sodass sie trotz der weichen Polsterung ihres Daunenanzugs blaue Flecken erlitt.

Irgendwann registrierte sie, dass sie in ein Zelt gelegt wurde, man ihr eine geschmacklose Flüssigkeit in den Mund träufelte und sie an einem Stück Schokolade im Mund fast erstickte. Unbekannte Stimmen drangen an ihr Ohr, andere Sherpas, die zum Lager III heraufgekommen waren, um bei der Evakuierung zu helfen.

Dann waren sie wieder draußen in der Nacht, wieder in Bewegung, und Josie wurde Meter für Meter abwärts transportiert.

Mit dem Tagesanbruch erreichten sie den Bergschrund, jene tiefe Spalte zwischen dem unbewegten und dem sich bewegenden Teil des Gletschers, die das Ende der Lhotse-Flanke und den Beginn des Western Cwm markierte. Eine kurze Leiter überwand Josie auf eigenen Beinen, wobei sie sich auf Todd verließ, der unter ihr stand und ihre gefühllosen Füße auf die Sprossen stellte. Endlich gelangten sie in das leichtere Gelände des Western Cwm, doch noch lagen sechs Stunden Fußmarsch zwischen ihnen und Lager II.

Nima und die anderen Sherpas trugen Josie abwechselnd auf dem Rücken. Von ihrer Umgebung sah sie nun nichts mehr, denn man hatte ihr einen schützenden Schal vor die entzündeten Augen gebunden. Die Strecke bestand nun aus einer Abfolge kräftezehrender Passagen. Unter Josies Gewicht waren allmählich auch die Sherpas am Rande ihrer Kraft angelangt und konnten sie jeweils nicht mehr länger als höchstens fünf Minuten am Stück tragen.

Dann endlich – Lager I oberhalb des Eisbruches.

Ohne einen Laut ließ sich Josie vom Arzt eines anderen Teams die Bandagen abnehmen. Sie versuchte, sein scharfes Einatmen möglichst nicht zur Kenntnis zu nehmen, als er sich die Frostschäden anschaute. „Hier vor Ort können wir nichts machen", teilte er Todd mit.

Kurz darauf wurde Josie Zeuge eines erregten Gesprächs, das Todd über Funk führte. Er überhäufte jemanden in Kathmandu mit einer wütenden Schimpfkanonade. „Wir zahlen bar", wiederholte er immer wieder. „Der Pilot bekommt harte Dollars von uns. Dollars!"

Irgendwann erklang wider Erwarten das gedämpfte Motorengeräusch eines Hubschraubers das Tal hinauf, und das charakteristische Schrappen der Rotoren hallte durch das Western Cwm.

Einige Zeit später hoben zahlreiche Hände Josie hoch und trugen sie über die Eisfläche auf den wartenden Hubschrauber zu.

„Wartet!", rief sie plötzlich gegen den Rotorenlärm an.

„Was ist denn?" Todd beugte sich zu ihr hinab, um sie besser verstehen zu können.

„Ich will den Berg noch mal sehen."

„Der Hubschrauber kann in dieser Höhe nicht ewig warten."

„Ich will mich nur verabschieden."

Todd wies die Sherpas an, sie auf die Beine zu stellen.

Bronzefarben und von keiner Wolke verhüllt, erhob sich der Everest in der späten Nachmittagssonne. Josies Blick folgte den mittlerweile vertrauten klaren Linien des sich zum Gipfel hinaufwindenden Südostgrats.

Dort oben musste irgendwo Hal sein, das wusste sie. Sie hatte nicht das Gefühl, von ihm getrennt zu sein; sie war zu nahe am Rand ihres eigenen Untergangs gewesen, um ein Gefühl der Abgrenzung zu empfinden. Stattdessen fühlte sie sich so sehr eins mit ihm, dass sie ihre ursprüngliche Absicht, ihm ein paar Worte des Abschieds zu sagen, als unnötig verwarf. Er würde sie sehen, wo immer er auch war. Hatte er ihr nicht gesagt, dass man vom Everest tausende von Kilometern weit sehen konnte?

Als sich ihre Augen gegen das Licht wehrten, senkte Josie den Blick und sah den Dunst träger Hitze über dem Gletschereis wabern. Die Luft pulsierte geradezu, spiegelte ihr Wasserpfützen vor – eine Fata Morgana in nie zuvor erreichten Höhen.

Plötzlich sah sie es: In einer der Pfützen begann sich eine Form zusammenzufügen. Josie kniff die Augen zusammen. Einen Moment lang dachte sie, sie hätte sich getäuscht. Doch dann bewegte es sich wieder: ein erhobener Arm, hinter Findlingen und Moränen fast verborgen, der einen Eispickel hochhielt.

„Todd, sieh mal, da ist jemand – da drüben!"

Er sah über den Gletscher, konnte aber nichts entdecken. „Mach dich doch nicht lächerlich!"

Wieder erspähte Josie den Arm. „Da! Da ist jemand!" Wie eine Schlafwandlerin begann sie, darauf zuzuwanken. Aber ihre erfrorenen Füße verweigerten den Dienst, und sie stürzte auf das Eis.

Todd und die Sherpas hoben sie auf. „Josie, hör auf damit, du fügst dir nur noch mehr Schaden zu!"

„Das ist Hal!", schrie sie und deutete auf den winzigen Punkt.

Plötzlich stieß einer der Sherpas einen Ruf aus und eilte davon.

Jetzt erst bemerkte auch Todd den Farbfleck in der Ferne. „Mein Gott, da ist ja wirklich jemand!"

Josie beobachtete, wie er den behänderen Sherpas, so schnell er konnte, durch das Labyrinth der Gletscherspalten und Felsen folgte.

Bald darauf hielten sie an und kauerten sich im Kreis um etwas herum. Es kam Josie wie eine Ewigkeit vor, bis sie sich endlich auf den Rückweg machten. Sie trugen jemanden, der in eine grellfarbige Stoffbahn gewickelt war, die zwischen den Sherpas wie eine Hängematte herunterhing.

Schließlich kam die Prozession vor Josie zum Halt. Sie blickte in Nimas Gesicht, in dem ungläubige Freude leuchtete. „Hal lebt! Hal lebt!“, rief er.

Sie legten das Bündel auf das Eis. In dem Stück Stoff, das Josie zunächst für eine Zeltplane hielt, lag Hal. Seine schmerzumnebelten Augen glänzten, als er sie erkannte.

„Wie konnte ich nur je daran zweifeln?“, flüsterte sie. Sie schmiegte ihr Gesicht an seines und drückte ihn mit ihren bandagierten Händen ungelenk an sich.

„Ich wollte nicht, dass du die Einzige bist, die zu Hause mit diesem Abenteuer angeben kann“, krächzte er mühsam. „Ruft Rachel an, sagt ihr, dass ich am Leben bin.“

„Gebt ihm Flüssigkeit!“, befahl Todd.

Josie stolperte zur Seite, als Nima eine Thermosflasche mit Schmelzwasser an Hals Lippen hielt. Diesen überkam ein heftiger Würgereiz, als er das Wasser seine Kehle hinunterzwang.

„Wie hat er das nur geschafft?“ Josie sah Todd verständnislos an.

„Das Ding, worauf er liegt, ist ein Gleitschirm“, antwortete er. „Aber woher er den hat, weiß Gott allein.“

Mit einem Mal verstand Josie. „Er gehörte Sebastian. Er steckte in seinem Rucksack.“

Perplex starrte Todd den Geretteten an. „Was? Er ist runtergeflogen? Mit einem Gleitschirm?“

Ein Sherpa kam vom Helikopter her auf sie zugerannt. „Der Pilot sagt, er wartet noch zwei Minuten, nicht länger.“

Todd geriet in Bewegung. Er wies die Träger an, Hal aus den Gurten des Gleitschirms zu schneiden, in denen er sich verheddert hatte, und ihn wieder anzuheben. Der sonderbare Winkel, in dem seine Beine herabhingen, machte es offensichtlich, dass sie beide gebrochen waren.

Josie wurde hinter dem Cockpit auf den blanken Aluminiumboden gepackt und Hal neben sie gehievt. Nima hielt Hals Hand bis zur letzten Sekunde, und als er sich umdrehte, hatte er Tränen in den Augen.

Todd winkte alle zur Seite. Die Rotoren begannen ihre Drehzahl zu erhöhen, und das schneidende Tosen steigerte sich zu einem schrillen

Pfeifen, als der Hubschrauber abhob. In geringer Höhe schwebte er über den Eisbruch und den Khumbu-Gletscher davon.

Josie rückte näher an Hal heran, um ihn vor dem Windzug zu schützen, der durch die Luke drang, wo sich normalerweise eine Tür hätte befinden müssen. Aber wegen der großen Höhe, in der er manövrieren musste, war jedes Gramm überflüssiges Gewicht aus dem Hubschrauber entfernt worden.

Wortlos beobachteten sie, wie das graue Eis grünen Terrassenfeldern wich, die die letzten Sonnenstrahlen des Tages in sich aufsaugten. Plötzlich deutete Hal mit seiner Hand hinaus.

Josies Augen folgten seiner Geste, und da sah sie, worauf er sie aufmerksam machen wollte. Es war der Everest, der einen kurzen Moment lang zwischen dichter werdenden Wolken zu erkennen war. Josie beobachtete, wie sie über seine Flanken zogen und ihn schließlich verhüllten.

MATT DICKINSON

Foto: Colin Luke

„Eine Riesendummheit wurde zum größten Abenteuer meines Lebens."

Matt Dickinson, Autor und Fernsehjournalist, hatte nicht vor, den Everest zu besteigen. Er wollte lediglich eine Dokumentation über den Gipfelversuch eines Schauspielers drehen. Als dieser auf 7500 Metern jedoch erschöpft aufgab, fehlte dem Gipfelteam ein Mann. „Außerdem musste jemand die Kamera tragen", ironisiert Dickinson im Rückblick seine Entscheidung mitzugehen – ein fast selbstmörderisches Unterfangen, wie er heute eingesteht. „Ich klettere, seit ich sechzehn war, aber vor dem Everest war ich noch nie über 6000 Meter hinausgekommen."

Dickinson riskierte sein Leben auf der technisch schwierigen Nordflanke von Tibet aus ausgerechnet im Frühling 1996, als auf der nepalesischen Südsattel-Route zahlreiche Bergsteiger das ihre auf tragische Weise verloren; Jon Krakauers Bestseller *In eisige Höhen* machte das Drama weltweit bekannt. Doch obgleich auch Dickinson das Schicksal herausforderte, kehrte er wohlbehalten zurück – als erster Brite, der auf dem Gipfel gefilmt hatte.

Seine Familie hat sich mit der Abenteuerlust des 41-Jährigen, die ihn für seine preisgekrönten Dokumentationen auch in die Antarktis segeln oder die Wüste Namib durchwandern ließ, offenkundig arrangiert. „Als ich nach drei Monaten vom Everest nach Hause kam, hatte ich dem Tod getrotzt, mir Frostbeulen geholt und elf Kilo abgenommen. Aber meine drei Kinder schauten bloß kurz von ihrem Computerspiel auf, gönnten mir ein ‚Hallo, Papa!' und waren schon wieder in das Spiel vertieft."

DER
KLOSTER-
WALD
PETRA OELKER

Wer in Möldenburg geboren wurde, lebte ohne Zweifel näher an den Mysterien der Dunkelheit als Menschen in großen Städten.

PROLOG

An einem dieser späten Junitage, deren milde Wärme und üppige Schönheit vergessen lassen, dass die Welt bei genauerem Hinsehen noch immer ein Jammertal ist, öffnete Dr. Andreas Mellert die Terrassentür seines Hauses und ging in den Garten hinaus. Es duftete nach Phlox und Rosen, in die friedvolle Stille mischten sich nichts als die behaglichen Geräusche eines späten Sonntagvormittags in einer ruhigen Wohnstraße. Im Nachbarhaus zur Linken übte ein Kind auf dem Klavier, und aus dem Garten zur Rechten zischelte ein sich rhythmisch drehender Rasensprenger.

Dr. Mellert schlenderte über den Rasen und sah in die Krone der uralten Blutbuche hinauf. So berichtete es später einer seiner Patienten, der mit dem Fahrrad vorbeigefahren war, über die Hecke gesehen und seinem Arzt einen Gruß zugerufen hatte, der allerdings unerwidert geblieben war. In diesem Moment zerriss der Lärm des Rettungshubschraubers, der auf dem Weg zu einem Unfall an der Autobahnauffahrt über die Lilienstraße donnerte, die Stille der Gärten. Das Klavier spielende Kind im Gartenzimmer des Hauses Lilienstraße Nummer sechs begann vor Schreck zu weinen, und seine Mutter erließ ihm zum Trost und zur eigenen Erleichterung den Rest der Übung.

Dr. Mellert lauschte dem Lärm nach, dann kehrte er mit langen Schritten und ohne sich noch einmal umzusehen in sein Haus zurück. Er schloss die Terrassentür hinter sich und zog die Vorhänge zu, sorgsam, als wolle er für einige Zeit verreisen. Das beobachtete die Nachbarin von Nummer zwei, die, vom Lärm des Hubschraubers in ihrem Liegestuhl geweckt, aufgestanden war, um den Rasensprenger abzudrehen.

Was dann geschah, kann nur vermutet werden: Dr. Mellert stieg in den Keller hinunter, nahm dort eines seiner Gewehre und einige Patronen aus dem Waffentresor. Womöglich setzte er sich erst jetzt an den Sekretär im Wohnzimmer und schrieb die wenigen Zeilen, vielleicht hatte er das aber auch schon früher getan. Dann, es muss etwa 11.30 Uhr gewesen sein, öffnete er die Garage, verstaute die Waffe auf dem Rücksitz des BMW und fuhr in das Waldgebiet hinaus, das von alters her Klosterwald genannt wurde. Dort kletterte er die Leiter zu dem Hochsitz hinauf, von dem aus er am liebsten und an vielen Abenden das Wild beobachtet hatte, lud sein Gewehr und setzte seinem Leben ein Ende.

Dr. Mellert war ein beliebter Arzt und angesehener Bürger, seine Ehe galt als gut, jedenfalls als nicht schlechter als andere, seine beiden Kinder empfand jeder als wohlgeraten. Auch von Schulden oder Lastern jeglicher Art, die doch in einer kleinen Stadt wie Möldenburg kaum verborgen geblieben wären, war nichts bekannt. Niemand, der ihn gekannt hatte, verstand, warum er es getan hatte.

Das Gerücht, er sei an diesem Vormittag nicht allein im Haus Lilienstraße Nummer vier gewesen, sondern habe einen Unbekannten zu Besuch gehabt und auch mit in den Wald genommen, blieb eines dieser Gerüchte, die stets auftauchen, wenn etwas Beunruhigendes, etwas Unerklärliches geschieht.

KAPITEL 1

Der Fahrtwind zerrieb die letzten Regentropfen auf der Glasscheibe zu einem diffusen Muster. Es war dunkel und die Scheibe nichts als ein schwarzer Spiegel, nur hin und wieder von den beleuchteten Fenstern eines der in den Äckern liegenden Gehöfte unterbrochen.

Felicitas Stern lehnte sich zurück. Ein Blick auf die Uhr war überflüssig. Gerade hatte der Zug die Brücke über die Mölde passiert, gleich würde er an den beiden hoch aufragenden Silos der Großbäckerei vorbeirattern. Es war etwa Viertel nach zehn. Heute würde sie an der Bürotür vorbei- und gleich in ihre Wohnung gehen. Gab es irgendetwas, was nicht bis morgen Zeit hatte? Die Saison war so gut wie vorüber – was immer auf ihrem Schreibtisch wartete, hatte bis morgen Zeit. Der lange, ruhige Winter konnte beginnen. Für ein halbes Jahr war es vorbei mit Nachrichten aus dem Faxgerät, mit aufgeregten Stimmen auf dem Anrufbeantworter. Oder mit einer neuen Rostepidemie im Rosengarten, einem neuen Riss in der Wand der Barbara-Kapelle oder der kurzfristigen Ankündigung dreier Touristenbusse, deren plappernde Fracht gleichzeitig eine Führung erwartete.

„Bitte?“

In der Scheibe spiegelte sich das Bild ihrer einzigen Mitreisenden. Felicitas Stern sah in das blasse Gesicht der jungen Frau, die neben ihrem

Sitz stand und sie fragend ansah. „Bitte, ist der nächste Bahnhof Möldenburg?“

„Ja, Möldenburg. In zehn Minuten sind wir da.“

Die Fremde nickte, kehrte zu ihrem Sitz auf der anderen Seite des Ganges zurück und starrte in die Dunkelheit hinaus. Schon als Felicitas auf dem Bahnsteig in Lüneburg auf das Einlaufen des Zuges gewartet hatte, war ihr die schmale Gestalt im zerknitterten Staubmantel aufgefallen, weil sie so kerzengerade auf einer der Bänke saß und trotz ihrer billigen Kleidung auf eine unbestimmte Art würdig wirkte.

Dann kam der Zug, nur zwei leere und kalte Wagen, und die beiden Frauen stiegen ein. Der Zug fuhr ab und tauchte in die Dunkelheit der Heidelandschaft.

Verstohlen betrachtete Felicitas den schmalen Rücken. Sie sah das in der Höhe des Kinns gerade abgeschnittene, glatte braune Haar, die regenfeuchten Flecken auf dem Mantel. Auf dem Sitz neben der Reisetasche lag eine Zeitung in einer fremden Sprache. Sie hatte mit einem weichen Akzent gesprochen, der schwer zuzuordnen war. Wahrscheinlich gehörte sie zu den Aussiedlerfamilien, die in der neuen Siedlung beim Gewerbegebiet lebten.

Felicitas wandte ihren Blick wieder zum Fenster. Der Zug fuhr in eine lang gezogene Kurve, und bald darauf beleuchteten die ersten Straßenlaternen kleine Einfamilienhäuser am Stadtrand.

Vier-, vielleicht fünfmal war sie diese Strecke gefahren, seit sie wieder in Möldenburg lebte. Nach Lüneburg fuhr sie gewöhnlich mit dem Auto, für die Besuche bei ihrer Tochter in Hamburg zog sie die Bahn vor. Hin und wieder erschien es ihr noch seltsam, in Verena nicht mehr die vor Energie übersprudelnde Studentin zu treffen, sondern eine ernsthafte Stationsärztin mit von langen Dienstzeiten müden Augen. So wie es ihr auch noch manchmal seltsam erschien, am Morgen nicht mehr in ihrer Heidelberger Wohnung aufzuwachen.

Im vergangenen März war sie nach mehr als dreißig Jahren nach Möldenburg zurückgekehrt. Der Ort war klein, alt und idyllisch. Sie war hier geboren und aufgewachsen, hatte jedes Haus, jeden Baum, jedes Gesicht gekannt. Und sie war damals, als sie mit neunzehn Jahren fortging, glücklich gewesen, ihn endlich gegen die große Welt einzutauschen. Sie hatte nicht Medizin studiert, wie es ihr Vater gewünscht hatte, sondern es mit Jura versucht. Eine trotzige Entscheidung. Das erkannte sie jedoch erst viel später, als sie darüber nachdachte, warum es ihr so leicht fiel, für ihr erstes Kind, Verena, das Studium abzubrechen. Lorenz hatte das ganz selbstverständlich gefunden. Er stand damals kurz vor der Habilitation, zudem war er ein altmodischer Mensch, liebevoll, verantwortungsbewusst, aber 15 Jahre älter als sie und um vieles konventioneller. Er verstand nicht, warum sie später darauf bestand, wenigstens bis zum ersten Examen weiterzustudieren.

Jasper wurde vier Jahre nach seiner Schwester und acht Wochen nach Felicitas' Examen geboren. Und fünfzehn Jahre vor Lorenz' Tod. Fünfzehn Jahre, das klang wie eine lange Zeit. Die folgenden dreizehn Jahre ohne ihn erschienen ihr jedoch sehr viel länger.

Es begann wieder zu regnen, sanft und nieselig. Als der Zug bremste, ergriff die junge Frau mit beiden Händen ihre Tasche und ging zur Tür.

Der Möldenburger Bahnhof war noch verlassener als der Lüneburger. Felicitas schlug den Mantelkragen hoch. Obwohl es für eine Nacht Mitte Oktober warm war, ließ ihre Müdigkeit sie frösteln, und sie begann sich auf ein Glas Rotwein und eine Zigarette zu freuen. Sie fand den Schirm und eilte zum Parkplatz. Ihr froschgrünes Auto stand allein unter der einzigen Laterne.

Erst als sie den Wagen auf die Straße rollen ließ, fiel ihr auf, dass das Mädchen immer noch auf dem Bahnsteig war. Sie hatte sich auf die Bank unter dem Vordach gesetzt, den Kopf gegen die Wand gelehnt. Ein Bild einsamen Jammers, gewiss wartete sie nur, bis sie abgeholt wurde. Sicher würde gleich jemand kommen. Ganz sicher.

Felicitas stoppte an der roten Ampel vor der Brücke, an deren Ende der alte Teil der Stadt begann. Immer wenn Felicitas in der Nacht diese Brücke passierte, fiel ihr ein, dass seit Jahrhunderten genau an dieser Stelle Menschen den Fluss überquert hatten, um die kleine Stadt, die einstmals als bedeutend gegolten hatte, zu erreichen. Seltsamerweise dachte sie nie bei Tag daran.

Sie rieb mit dem Zeigefinger über ihr Kinn und dachte, dass wer hier geboren war, ohne Zweifel näher an den Mysterien der Dunkelheit lebte als Menschen in großen Städten. Spökenkiekerei, dachte sie weiter und: Wenn die Ampel nicht bald auf Grün springt, fahre ich einfach los.

Nur noch über den Fluss, durch die Stadt und den Park, dann war sie zu Hause. In zehn Minuten. Höchstens.

Zuerst sah sie nur den Hund, ein dickes weiß-braunes Muskelpaket. Dann erkannte sie die drei Männer, schwarz gekleidet und kahlköpfig. Einer hielt den Hund an einem Lederriemen. Ihre Füße in schweren geschnürten Stiefeln bewegten sich wie im Gleichschritt. Sie gingen vorbei und bogen in die Straße zum Bahnhof ein.

Bahnhof? Die Ampel sprang auf Grün, und ohne noch eine Sekunde zu verschwenden, wendete Felicitas den Wagen und fuhr zurück.

Die junge Reisende saß immer noch auf der Bank, die Tasche auf dem Schoß umklammert. Felicitas berührte behutsam ihre Schultern. „Ich war mit Ihnen im Zug", sagte sie. „Erinnern Sie sich? Ich dachte, vielleicht kennen Sie sich hier nicht aus. Werden Sie denn nicht abgeholt?"

Die Frau richtete sich auf, ihr Blick blieb fragend.

„Abgeholt. Ich meine, kommt jemand und holt Sie ab?", fragte Felicitas noch einmal.

„Holen." Nun verstand sie. „Mich holt niemand."

„Aber jetzt fährt kein Bus mehr. Wo wollen Sie denn hin? Hier können Sie doch nicht bleiben."

Nun hob die Fremde ihre Tasche neben sich auf die Bank, öffnete sie, zog ein Notizheft heraus, hielt es ins Licht und las vor: „Ich möchte meinen Bräutigam besuchen. Gut Waldneuburg. Spargelernte."

„In Waldneuburg wird tatsächlich Spargel geerntet. Aber nur im Frühsommer, die Ernte ist seit Monaten vorbei."

Die Frau las weiter: „Bitte, wo ist der Weg nach Waldneuburg?"

„Das ist jetzt viel zu weit. Wie wollen Sie dahin kommen?"

„Ich kann weit gehen."

„Sicher können Sie das. Aber nicht mehr heute Nacht. Es ist zu spät. Wie heißen Sie eigentlich? Wie ist Ihr Name?"

„Valeria Dimitrescu."

„Ich bin Felicitas Stern. Für eine Nacht können Sie bei uns bleiben, Frau Dimitrescu, morgen früh finden wir schon jemanden, der Sie zum Gut hinausfährt. Also los! Sie sind hundemüde, und ich bin es auch." Sie griff entschlossen nach der Tasche, und Valeria Dimitrescu blieb nichts anderes übrig, als ihr nachzulaufen.

Zehn Minuten später lenkte Felicitas ihren Wagen in eine schmale, von Kastanien gesäumte Straße. Der Wagen rollte um eine letzte Biegung, und im Scheinwerferlicht tauchte inmitten einer hohen, von Efeu überrankten Backsteinmauer ein schmiedeeisernes Tor auf.

Felicitas öffnete das Autofenster, drückte auf die Fernbedienung, und das Tor öffnete sich mit leisem Quietschen, um sich gleich darauf hinter ihnen wieder zu schließen. Sie ließ den Wagen bis zum Parkplatz weiterrollen. Die Scheinwerfer beleuchteten eine mächtige Holztür in einer uralten Backsteinwand. Darüber brannte eine Laterne.

Valeria Dimitrescu beugte sich vor. „Ein Schloss?"

„Nein." Felicitas lachte leise. „Das ist ein Kloster."

„Sie sind eine …“ In Ermangelung des richtigen Wortes machte sie das Kreuzzeichen.

„Eine Nonne? Du lieber Himmel, nein, hier leben keine Nonnen. Schon seit 450 Jahren nicht mehr. Hier leben jetzt evangelische Klosterfrauen. Ich bin die Äbtissin.“

DIE SONNE gab sich alle Mühe, den Nebel zu besiegen. Nur ein leichter Dunst und die auf Gras, Bäumen und Büschen glitzernde Nässe erinnerten an den trüben Morgen. Es war noch kühl, aber das Licht des Vormittags brachte diese sanfte Wärme, die milden Oktobertagen ihre einzigartige Melange aus Melancholie und Sehnsucht gibt.

Die Äbtissin umrundete den Rasen im Innenhof des Klosters und freute sich an den ersten roten und gelben Blättern, die den Rasen zu einem bunten Teppich machten. Von der Haube des Dachreiters in der Mitte der Kirche schimmerte es matt kupfergrün, die Konturen zeichneten sich scharf und dunkel gegen den Himmel ab. Die Kirche ohne Turm erschien ihr immer noch seltsam. Den Zisterzienserinnen waren Türme nicht erlaubt gewesen. Das Gotteshaus gehörte seit Jahrhunderten nicht mehr zum Kloster, sondern war Gemeindekirche. Die Möldenburger hatten ein wenig abseits der Kirche einen eigenen Glockenturm gebaut.

Heute läutete das Glöckchen im Dachreiter nur noch bei besonderen Anlässen des Klosters, zweimal, seit Felicitas nach Möldenburg zurückgekehrt war. Zuerst bei ihrer Einführung als neue Äbtissin vor einem guten halben Jahr, zuletzt im August bei der Totenfeier für ihre Vorgängerin.

Felicitas liebte diesen friedvollen Ort in der Mitte des Klosters, es störte sie nicht, dass er einst ein Friedhof gewesen war. In den Sonnenstrahlen glitzerten taubenetzte Spinnweben im struppigen Wacholder. Es roch nach Laub, feuchter Erde und Holzfeuer, nicht einmal das Gurren der Tauben unterbrach an diesem Vormittag die Stille des Hofs.

Es gab Momente, in denen sie an ihrer Entscheidung, als Äbtissin nach Möldenburg zurückzukehren, zweifelte. Doch immer wenn sie die Geborgenheit dieses zum Garten und Ort der Besinnung gewordenen Hofes spürte, wusste sie, dass sie richtig entschieden hatte. Gerade vor dieser Ruhe hatte sie sich gefürchtet, vor diesem Leben in einer genau definierten Rolle. Obwohl sie bei ihrem Amtsantritt sehr wohl wusste, dass die Äbtissin eines Klosters alles andere als eine weltferne Betschwester, sondern vor allem die moderne Managerin eines bewohnten Museums von großer Besonderheit sein musste.

Sie öffnete die Tür zum Kreuzgang und lauschte. Keine Schritte. Jetzt zum Ende der Saison kamen nicht mehr viele Touristen, in wenigen Tagen schlossen die Heideklöster ihre Pforten. Das Licht fiel durch die Fenster im Gang mit den gläsernen Wappen der Äbtissinnen, der Familien der Stifter, der Pröpste vergangener Jahrhunderte.

Jedes der Heideklöster war sehenswert, jedes eine Fundgrube für sakrale Kunst, jeder Konvent stolz auf einen einzigartigen Schatz. Auch Kloster Möldenburg war ein Schmuckstück. Der Zustand seiner nahezu achthundert Jahre alten Backsteinmauern war tadellos, die sakralen Kunstwerke, von den Glasfenstern im Kreuzgang über die Heiligenstatuen zur Kirche mit dem von Figuren besetzten Triptychon, gehörten zu den schönsten Norddeutschlands.

Am Ende des Ganges trat die Äbtissin durch eine offen stehende Tür in den Gartenhof zwischen Klostergebäuden und der Mauer zum Wassergraben hinaus. Obwohl sie nicht so aussah, war die Mauer beinahe so ehrwürdig wie die übrigen Gebäude. Das Möldenburger Kloster war im 13. Jahrhundert von der Pfalzgräfin Agnes, der Schwiegertochter Heinrichs des Löwen, gestiftet und für ein Leben in strenger Klausur erbaut worden, wie es die Regeln der Zisterzienserinnen erforderten.

Der Westflügel fiel in den ersten Jahren der Reformation dem religiösen Eifer des Celler Herzogs Ernst zum Opfer. Der wurde „der Bekenner“ genannt, weil er sich als einer der ersten Landesherren zu Luthers neuer Lehre bekannte und sich eifrig daranmachte, die Klöster in seinem Herrschaftsbereich aufzulösen. Die Absicht, deren damals noch reiche Besitztümer in die herzogliche Tasche stecken zu können, mochte seine Frömmigkeit beflügelt haben. Die Möldenburger Nonnen leisteten entschlossenen, geradezu unweiblichen Widerstand. So dauerte es trotz des rabiaten Abrisses des Westflügels und der Zerstörung vieler sakraler Kunstwerke noch Jahrzehnte, bis sich auch hinter den Möldenburger Klostermauern die Reformation vollständig durchsetzte.

Dennoch blieben in der Lüneburger Region Frauenklöster erhalten. Herzogin Elisabeth von Calenberg-Göttingen setzte ihre Umwandlung in evangelische Stifte mit einer neuen Klosterordnung durch. So verloren sie einen Teil, aber nicht ihr gesamtes Vermögen, und das gemeinsame Leben frommer Frauen in einem respektablen Stand blieb weiter möglich. Zwar waren die Zeiten des ewigen Gelübdes vorbei, ein klösterlich geregelter Alltag wurde trotzdem beibehalten.

Die erste evangelische Äbtissin in Möldenburg setzte durch, dass der verheerte Westflügel wieder aufgebaut wurde, anstatt durch einen

Gemüsegarten ersetzt zu werden. Davor pflanzte sie zwölf Rosenstöcke, einen für jeden Monat. Es hieß, sie hätten sogar im Winter geblüht.

„Hier bin ich!“, rief eine Stimme aus einem Gebüsch. „Bei den Dahlien.“ Niemand war zu sehen als Barbarossa, ein dicker roter Kater, der auf einem umgestülpten Eimer saß, hingebungsvoll seine Brust leckte und tat, als beachte er die Spatzenfamilie beim Rosenrondell nicht.

Eine kurze, rundliche Gestalt zwängte sich zwischen den Jasmin- und Schneeballbüschen hindurch. In der Arbeitshose, dem dicken Pullover und den erdverkrusteten Gummistiefeln sah sie nicht aus, wie sich Touristen eine Klosterfrau, die Priorin gar, vorstellten. Erdige Schmutzstreifen in dem geröteten Gesicht und der eisgraue, über den Ohren mit zwei quittegelben Kämmen zurückgesteckte Pagenkopf verrieten nur eine eifrige Gärtnerin. Mit einem kleinen Ächzer setzte Elisabeth Möller die Stiege voller frisch ausgegrabener Dahlienknollen ab.

„Sie hätten mich nicht extra suchen müssen, Frau Stern“, sagte sie. „Ich habe den Zettel nur in Ihr Büro gelegt, damit Sie sich schon mal Gedanken machen können. Der olle Brandes meinte, ich solle Sie fragen. ‚Sie ist der Boss‘, hat er gesagt, ‚ich bin nur der Gärtner.‘ Wie finden Sie die Idee?“

„Sie wollen einen Kräutergarten anlegen?“

„Ja. Bei dem Gemüsegarten außerhalb der Mauer. Es hat hier immer einen gegeben, bis vor zweihundert Jahren. Ich habe Notizen darüber im Archiv gefunden und gedacht, es wäre doch sehr hübsch, wenn wir wieder einen hätten. Es gibt sogar noch Listen von Pflanzen, der Garten war die reinste Apotheke. Die frommen Schwestern sollen früher sogar einen eigenen Likör gebraut haben. Natürlich nur gegen Husten. Es würde auch eine neue Attraktion für unsere Besucher sein, wo doch alle heute wieder so viele Kräuter verwenden.“

„Die Idee ist wundervoll. Wenn sich hier so ein Garten anlegen lässt, dann machen wir das. Die letzte Entscheidung hat natürlich der Konvent, aber niemand wird dagegen sein.“

„Guten Morgen. Ich störe doch nicht? Ich habe Sie schon im Büro gesucht, Frau Stern. Aber es ist richtig, an einem so schönen Tag sollte man in Gottes freie Natur gehen.“

Die beiden Frauen hatten das Hüsteln nicht gehört. Lieselotte von Rudenhof, eine zarte Dame im eleganten Strickkostüm, stand hinter ihnen. „Ich“, sie richtete zierlich ein silbrig blondes Löckchen über ihrer rechten Schläfe, „bin im Garten zu gar nichts nutze. Wenn man sein Leben lang Personal gewöhnt war, versteht man sich nicht auf diese Dinge.

Liebe Frau Stern“, sie wandte sich der Äbtissin zu, „ich möchte Sie daran erinnern, dass der Seifenspender im Waschraum immer noch wackelt. Diese kleine Reparatur mag nicht so bedeutend sein wie die Arbeit an den Wandmalereien im Refektorium …“

„Natürlich, Frau von Rudenhof. Den Seifenspender habe ich tatsächlich vergessen. Sobald Herr Brandes aus Lüneburg zurück ist, werde ich ihn bitten, sich darum zu kümmern.“

„Er ist nicht da? Gerade jetzt, wo doch im Garten so viel zu tun ist? Sonst ist er doch immer hier, wo und wann immer er gebraucht wird.“

„Ja, immer“, brummte Elisabeth Möller. „Wenn er nicht gerade einen wichtigen Termin in ‚Elsis Tränke‘ hat.“

Brandes lebte seit nahezu einem Vierteljahrhundert als Gärtner und Hausmeister des Klosters im Gesindehaus. Felicitas hatte sich geirrt, als sie annahm, der tägliche Umgang mit Blumen führe zu Heiterkeit und Sanftmut. Brandes war ein Misanthrop. Doch seine mit den Jahren länger werdenden Pausen am Tresen der Kneipe wurden allgemein ignoriert. Von der Äbtissin umso bereitwilliger, da er in absehbarer Zeit in den Ruhestand gehen und einem neuen Gärtner Platz machen würde.

„Dann sind wir heute ja ganz verlassen.“ Frau von Rudenhof lächelte milde. „Frau Keller ist auch nicht da. Ich sah sie heute Morgen mit einer jungen Dame wegfahren. Einer fremden jungen Dame.“

„Ich habe Frau Keller gebeten, die junge Dame nach Waldneuburg zu bringen.“

„Ach. Dann ist sie Ihr Besuch von gestern Abend? Nicht dass Sie glauben, ich stehe ständig hinter der Gardine und beobachte den Klosterhof. Aber als ich gestern Nacht sehr spät ein Auto kommen hörte, da habe ich doch nach dem Rechten gesehen. Und da sah ich Sie aus dem Auto steigen, in Begleitung. Ich dachte, es sei Ihre Tochter.“

„Nein, sie ist eine Freundin meiner Tochter. Die junge Dame wollte nach Waldneuburg, und ich habe sie mitgenommen.“

Felicitas fühlte sich unbehaglich. Weil sie – wieder einmal – Ungeduld bewiesen und einen falschen, zu harschen Ton getroffen hatte. Und weil sie gelogen hatte. Warum? Konnte sie nicht auf der Straße aufsammeln, wen sie wollte? Das konnte sie, natürlich, aber es war eine andere Sache, eine Wildfremde mitten in der Nacht mit in das Kloster zu bringen. Keine der Klosterfrauen hätte das gutgeheißen.

„Nach Waldneuburg, so. Wer hätte gedacht, dass jemand aus Hamburg unser Gut besuchen will? Aber Zechaus sind ja reizende Leute.“

Plötzlich kam eine rotwangige Gestalt in einer flatternden grasgrünen

Bluse und violetten Samthosen über den Rasen herangestürmt. „Verzeihung, Frau Stern, gerade ist die Karosse von Mühlberg vorgefahren, der Alte und der Junge sind ausgestiegen, sie gehen ins Refektorium …"

„Danke, Margit", unterbrach die Äbtissin den haltlos sprudelnden Redefluss ihrer Sekretärin und sah amüsiert in das junge Gesicht unter dem karottenroten Haar. Margit Keller errötete, was nichts zu bedeuten hatte, sie errötete bei den nichtigsten Anlässen. „Also! Die Mühlbergs sind da. Ich glaube, es ist besser, Sie gehen mal ins Refektorium, Frau Äbtissin."

„DA KÖNNEN Sie mal sehen, Frau Rehland, ich hab wirklich keine Ahnung von Ihrem Metier." Die sonore Stimme klang der Äbtissin entgegen. Johannes Mühlberg stand in der Mitte des etwa zwanzig Meter langen Raumes gegen einen der drei langen Tische gelehnt, an denen Generationen von Klosterfrauen gegessen hatten. Die Arme vor der Brust verschränkt, sah er zu der schmalen Gestalt hinauf, die auf einer Leiter hockte.

Sie war dort nicht allein. Von der Ostwand des Refektoriums blickte eine Reihe würdiger Gestalten inmitten üppiger Ranken und Blüten auf die Besucher hinunter. Im Zentrum der Malerei Anna selbdritt, links von ihr Antonius mit Stab und Schwein, die Kirchenväter Ambrosius, Augustinus, Hieronymus und Papst Gregor, ein Bischof und Christophorus mit dem Christusknaben. Zu ihrer Rechten Katharina mit dem Schwert, Barbara mit dem Turm und fünf weitere, nur noch rudimentär erhaltene heilige Damen. Zu Füßen dieser Versammlung brach die Malerei ab, von dort bis zum Boden schmückten schlichtere bräunliche Palmwedel und mattrote Blüten die getünchte Mauer.

Das Bild war nur der Rest der Malereien, die einst alle Wände des Refektoriums bedeckten. Während die Palmwedel zur ältesten, vor sechshundert Jahren gemalten Schicht gehörten, war der Aufmarsch der heiligen Männer und Frauen einige Jahrzehnte jünger. In der Mitte des 16. Jahrhunderts verschwanden sie alle unter dichtem Putz, die Reformation mochte keine Heiligenbilder an evangelischen Wänden. Doch die Renaissance brachte neue Dekorationen, schlichte, mit zierlichen Knospen geschmückte Rahmen, in die Sinnsprüche und Bibelzitate gemalt waren. Ein Meister des Barocks schließlich übertünchte auch die und dekorierte die Wand mit gemalten Säulen. Auch die überlebten nicht lange. Im 18. Jahrhundert verschwanden auch die Säulen unter weißem Putz.

Die grundlegende Restaurierung der Wandmalerei war lange geplant gewesen, als sie durch das überraschende Auftauchen eines großzügigen Mäzens schneller als erwartet in Angriff genommen werden konnte.

„Spätgotik", sagte Mühlberg, „aha. Wann war das doch noch? Fünfzehnhundertirgendwas?"

„Eher vierzehnhundertirgendwas", antwortete die rotblonde Frau auf der Leiter. Judith Rehland hatte heruntersteigen wollen, als Johannes Mühlberg in das Refektorium gefegt kam, seinen etwas gemächlicheren Sohn im Gefolge, doch Mühlberg hatte ihr befohlen, oben zu bleiben. Er wolle nur mal schnell Guten Tag sagen und sehen, ob etwas gebraucht werde. Doch dann hatte er begonnen zu fragen. Nach den Namen der dargestellten Figuren, nach dem Künstler, der sie vor mehr als einem halben Jahrtausend an diese Wand gemalt hatte.

„Über den Maler können wir nur Vermutungen anstellen. Wahrscheinlich gehörte er zur Werkstatt des Lüneburgers Hinrik Levenstede des Jüngeren." Judith sprach zögernd. In den letzten Monaten war sie oft nach ihrer Arbeit gefragt worden, und zu Anfang hatte sie ausführlich geantwortet und erlebt, wie sie ihre Zuhörer ermüdete. Wenn sie erst einmal begann, vergaß sie schnell, dass sich Wörter wie Lampenschwarz, Rankenwerkornamentik oder Firnisabnahme für die meisten Menschen weniger spannend anhörten als für eine Restauratorin.

„Wirklich interessant", dröhnte Mühlberg. „Da freut man sich an der Kunst und hat keine Ahnung, was für Geschichten dahinter stecken. Sie haben alles fotografiert? Jedes Bröckchen dieser abblätternden Farbe?"

„Überhaupt jedes Bröckchen, Herr Mühlberg. Wir dokumentieren ständig mit Zeichnungen und Fotos den Zustand der Objekte in allen ihren Schichten, bis zur letzten Retusche und Fixierung. Im Labor wird analysiert, welche Farben verwendet wurden, wie die Schäden der einzelnen Farbschichten aussehen oder ob sich darin Bakterien niedergelassen haben. Und hier", sie zeigte auf eine dunklere Stelle an der Schulter des Ambrosius, „hier sitzt Schimmel. Das muss behandelt werden."

„Schimmel. Damit kennen wir uns besser aus als mit der Kunst. Was, Karsten? Unser Brot darf auch nicht schimmeln."

Er drehte sich nach seinem Sohn um, der höflich um ein interessiertes Gesicht bemüht war. Karsten Mühlberg überragte seinen Vater um einen halben Kopf, er war schlank, sein Haar voll und dunkelblond, und auch wenn die breiten Schultern in dem eleganten Jackett den Sportler verrieten, wirkte er neben seinem mittelgroßen, kompakten Vater blass und unbedeutend. Dessen kantiger Kopf mit dem kurzen, an den Schläfen ergrauten Haar, der stets wache Blick und das kräftige Kinn ließen keinen Zweifel an seiner nie ermüdenden Tatkraft.

„Sicher nicht", murmelte der jüngere Mühlberg, „aber ich denke, wir verwenden andere Methoden als Frau Rehland."

„Und da kommt die Chefin." Johannes Mühlberg eilte der Äbtissin entgegen. „Entschuldigen Sie unseren Überfall, Äbtissin. Karsten sollte endlich mal sehen, was hier so passiert. Wir sind nur Bäcker und die reinsten Banausen, aber wenn wir schon mal eine solche Attraktion in der Stadt haben, wollen wir auch dabei sein."

Die schlichte Berufsbezeichnung Bäcker war so richtig wie schamlos untertrieben. Johannes Mühlberg stand schon seit mehr als zwanzig Jahren nicht mehr am Backtrog, aus der kleinen Bäckerei seines Vaters hatte er einen florierenden Industriebetrieb gemacht.

Die Produkte der Großbäckerei Mühlberg wurden in mehr als zweihundert eigenen Filialen in jedem größeren Supermarkt Norddeutschlands verkauft. Karsten Mühlberg, sein einziger Sohn, hatte nach dem Abitur zwar auch eine Bäckerlehre absolviert, allerdings nur, um so schnell wie möglich mit dem Betriebswirtschaftsstudium zu beginnen.

„Gegen Banausen wie Sie, Herr Mühlberg, ist absolut nichts einzuwenden", sagte Felicitas. „Sie sind hier stets willkommen, und wir geben immer gerne Auskunft. Das heißt", sie lächelte der Frau auf der Leiter zu, „Frau Rehland. Ich verstehe nicht mehr vom Restaurieren als Sie." Sie entzog ihm sanft ihre Hand, die er immer noch hielt. „Ohne Ihre schnelle Hilfe hätte es ewig gedauert, bis wir das Geld für die Restaurierung aufgetrieben hätten."

„Reine Selbstsucht, Frau Stern", sagte Mühlberg fröhlich. „Es ist immer schön, wenn man helfen kann. Wie lange wird es dauern, bis die Wand wieder genug hergibt, um sie vorzuzeigen, Frau Rehland? Wir wollen ordentlich trommeln, wenn der alte Glanz wieder neu ist. Büfett, Presse, bisschen Prominenz."

Johannes Mühlberg, das wusste jeder und fürchtete mancher in Möldenburg, war dabei, seine Geschäfte auf seinen Sohn zu übertragen, um sich endlich in die Möldenburger Politik einzumischen. Er wollte Bürgermeister werden, und kaum jemand zweifelte an seinem Erfolg.

„Drei Monate wird es sicher dauern, bis Sie die Wand vorführen können."

Mühlberg sah enttäuscht aus, aber er nickte jovial. „Dann haben wir noch viel Zeit. Aber nun ruft die Pflicht. Ein Termin. Karsten!"

Ehe die Äbtissin Anstalten machen konnte, die beiden Mühlbergs zur Tür zu begleiten, waren sie schon verschwunden, der ältere mit grüßend wedelnder Hand dem jüngeren immer drei Schritte voraus.

„Du meine Güte.“ Judith Rehland sprang von der Leiter und lachte. „Ihr Mäzen ist eine echte Dampfwalze. In der Haut seines Sohnes möchte ich nicht stecken.“

„Karsten steht in dem Ruf, ein ungewöhnlich tüchtiger Manager zu sein. Es heißt, er sei dabei, mit ‚Mühlberg-Brot‘ die Börse zu erobern. Mir konnte jedenfalls nichts Schöneres passieren, als so schnell jemanden zu finden, der bereit ist, sein kostbares Geld für unser Projekt herzugeben. Ich bin Johannes Mühlberg einfach dankbar.“

Judith griff nach ihrer Kamera und kletterte wieder auf die Leiter. „Ich habe in der Stadt gehört, der ältere Mühlberg habe sich früher nie um das Kloster gekümmert, erst seit die neue Äbtissin hier sei, soll er seine Schwäche für die alten Mauern entdeckt haben.“

„Die Leute reden viel“, sagte Felicitas. „Doch nun entschuldigen Sie mich, ich muss einen Schraubenschlüssel auftreiben.“

KAPITEL 2

Wenn Charlotte aus der Schule kam und das Fahrrad durch die Einfahrt und über den Gartenweg schob, erwartete sie immer noch, ihren Vater auf der Terrasse zu sehen. Als sei er gerade von seinen mittäglichen Hausbesuchen heimgekommen und halte nach ihr Ausschau. Dann hatten sie gemeinsam gegessen, immer in der Küche, und er war in seine Praxis in der Altstadt zurückgekehrt.

Tatsächlich waren diese gemeinsamen Mittagessen selten gewesen. Doch je mehr Zeit seit seinem Tod verging, umso mehr wurden auch diese eiligen Mahlzeiten in ihrer Erinnerung zum nahezu täglichen Ritual.

Andreas Mellert war nun seit vier Monaten begraben. Als sie um die Hausecke bog, klang durch die weit offen stehende Terrassentür die Teufelstrillersonate in den Garten, die ihr Vater oft gehört hatte. Ihre Mutter hatte Giuseppe Tartinis Musik einmal als kitschig bezeichnet, doch er hatte nur gelächelt.

Nicht schon wieder, dachte Charly, ließ das Fahrrad fallen und rannte zum Haus.

Ende August hatte sie gedacht, es sei endlich vorbei. Doch in der Nacht zum 28. September, dem Hochzeitstag ihrer Eltern, war sie von schrill dröhnender Musik aufgewacht, und als sie die Treppe hinunterstieg, fand sie ihre Mutter in einem der beiden Sessel vor dem Kamin. Charlotte stellte die Musik ab und entwand der Hand ihrer Mutter das Glas. Ohne auf deren Proteste zu achten, schob sie sie die Treppe hinauf in ihr Schlafzimmer und blieb an ihrem Bett, bis sie eingeschlafen war. Es dauerte nicht lange, Betrunkene schlafen schnell ein. Bevor sie in ihr Zimmer zurückkehrte, ging sie in die Küche hinunter und leerte die Brandyflasche in den Ausguss.

Am nächsten Tag hatte Astrid Mellert ihrer Tochter versprochen, nicht mehr zu trinken. Sie hatte durchgehalten, mehr oder weniger.

Charlotte zog die Terrassentür auf und sah entgeistert auf das Chaos von Papieren, Aktenordnern und Briefmappen auf dem Wohnzimmerteppich – und auf ihre in der Mitte der Papierflut hockende Mutter.

„Mama!“, schrie sie gegen den Lärm der Musik, „was machst du da?“

Astrid Mellert sah erschrocken auf. Charlotte sah die roten Augen, die getrockneten Reste von verlaufener Wimperntusche in dem fleckigen Gesicht und spürte Ekel. Sie stellte die Musik leiser.

„Was suchst du?“, fragte sie und schob mit dem Fuß einen Haufen Papier zur Seite. Ihr Blick fiel auf das noch halb gefüllte Rotweinglas, das schief auf einem dicken Aktenordner stand. „Mama. Du hattest es doch versprochen.“

„Versprochen? Ach, du meinst den Rotwein? Nur ein Glas, Charly.“

„Ist ja gut, Mama, reg dich nicht auf.“

„Hast du schon gegessen?“

Charlotte schüttelte den Kopf, und Astrid seufzte. „Tut mir Leid. Ich dachte, du isst heute in der Cafeteria. Ich habe mal wieder nichts gekocht. Möchtest du Rührei?“

„Lass nur, ich mach mir später Spaghetti. Mama, was sind das für Papiere? Suchst du was?“

„Ich ordne bloß ein bisschen, alter Kram.“

Charlotte wusste, dass sie log. „Das sind die Ordner und Mappen aus Papas Sekretär“, sagte sie.

Astrid Mellert hob den Kopf. Charlotte stand nun an der Tür, dünn und hoch aufgeschossen, das glatte blonde Haar zum Pferdeschwanz gebunden. Der schwarze Pullover betonte ihre Blässe, sie sah müde aus, ihr Blick hatte alle Unbefangenheit behüteter Jugend verloren.

„Charly“, flüsterte sie. Sie stand auf und zog ihre Tochter an sich. „Es tut mir so Leid. An jedem Abend nehme ich mir vor, morgen wieder so zu sein wie vorher. Und dann fängt der nächste Tag an, und ich bin nichts als ein Stein. Ich will dir helfen und kann es nicht.“ Tränen fielen auf das

Haar ihrer Tochter. Zum ersten Mal seit jener Nacht im Juni spürte sie, wie die Mauer zwischen ihr und ihrer Tochter zu bröckeln begann.

Sie hatte damals den Tag auf dem Golfplatz verbracht und war prächtiger Laune, als sie zurückkehrte. Sie fand es für einen Moment irritierend, dass das Tor nicht verschlossen war – Andreas schloss es stets mit großer Sorgfalt –, und öffnete die Haustür.

„Charlotte", rief sie, „ich bin zurück. Andreas!" Beinahe hätte sie auch nach Mark gerufen, immer noch nicht daran gewöhnt, dass ihr Sohn seit dem Frühjahr in England lebte. Niemand antwortete, und ihr fiel ein, dass Charlotte noch beim Sommerfest ihres Tennisklubs war.

Sie trug ihre Golfschläger in den Keller; erst als sie die Treppe wieder hinauflief, fiel ihr auf, dass der Schlüssel des Waffentresors im Schloss steckte. Sie ließ sich ein Bad ein. Sicher hockte Andreas mal wieder auf seinem Lieblingshochsitz und starrte stundenlang auf irgendwelche Rehböcke. Sie hatte nie verstanden, was daran so reizvoll sein sollte. Er nahm nur selten eine Waffe mit, eigentlich nur, wenn er den Jagdpächter begleitete. Dass er heute den Schrank nicht verschlossen und sogar den Schlüssel stecken gelassen hatte, war ungewöhnlich. Womöglich war Andreas doch nicht so gnadenlos gewissenhaft, wie es immer schien.

Am Abend zogen Wolken auf, nach den ersten Donnerschlägen färbte sich der Himmel über der Stadt schwarz, auf die plötzliche Kühle folgte ein prasselnder Wolkenbruch. Im Erdgeschoss klingelte das Telefon, doch als sie den Apparat in der Diele erreichte, hatte der Anrufer schon wieder aufgelegt. Andreas, dachte sie. Sie wählte die Handynummer ihres Mannes, hörte die Mailboxstimme und legte wieder auf.

Das Unwetter endete so plötzlich, wie es begonnen hatte. So entzündete sie ein paar Buchenscheite im Kamin und machte es sich mit einem Roman vor dem Feuer gemütlich. Sie nickte darüber ein. Als das Klingeln an der Tür sie aufweckte, war das Feuer nur mehr ein Glosen.

Zwei Männer standen vor der Tür. Einen der beiden erkannte sie als den neuen Arzt, der sich erst vor wenigen Monaten als zweiter Internist in der Stadt niedergelassen hatte. Der andere trug die Uniform eines Polizisten, und Astrid wurde übel. Sie blieb stumm, starrte die Männer an, hörte den Arzt sprechen.

„Er hat nicht gelitten, Frau Mellert. Er war gleich tot. Womöglich war es ein Unfall. Allerdings haben wir das hier gefunden." Er öffnete seinen Notfallkoffer, zog ein feuchtes Kuvert heraus und hielt es ihr entgegen. „Der steckte in der Innentasche seiner Jacke. Ihr Name steht drauf."

„Mama", rief plötzlich eine helle Stimme, „ich bin wieder da!" Charlotte drängte sich an den beiden Männern vorbei. „Was ist denn passiert? Sag doch was!"

Da begann Astrid zu schreien. Die Spritze, die der Arzt ihr gab, wirkte bis zum Morgengrauen. Sie öffnete die Augen, erkannte ihre Kusine Felicitas an ihrem Bett und wusste, dass es stimmte. Andreas hatte sich erschossen, und sie war schuld. Sie fragte sich, warum sie nichts fühlte. Keine Trauer, keinen Schmerz.

„Wo ist Charly?"

„Sie schläft dort auf der Couch. Sie hat mich gleich angerufen. Der Arzt durfte ihr erst ein Schlafmittel geben, als ich hier war. Charly war sehr tapfer, aber sie wollte nicht allein in ihrem Zimmer schlafen."

„Der Brief." Astrid setzte sich auf. „Wo ist der Brief?"

„Leise, Astrid, weck das Kind nicht auf. Der Brief ist unten."

Das Kuvert lag auf dem Couchtisch. „Er ist geöffnet." Astrid sah Felicitas an. „Hast du etwa meinen Brief …"

„Natürlich nicht. Vielleicht war er nicht verschlossen."

„Doch, das war er. Ich weiß es genau. Jemand hat ihn aufgerissen. Der Polizist! Dieses Schwein hat meinen Brief aufgemacht und gelesen." Endlich fühlte sie etwas, aber es war keine Trauer. Es war Zorn.

Der verzweifelte Schmerz folgte in den nächsten Tagen, das Entsetzen, das schneidende Gefühl der Schuld. Beinahe ertrinkend in ihrem eigenen Kampf, hatte sie Charly im Stich gelassen. Ab heute, das nahm sie sich vor, würde sie alles anders machen.

„Ich will den Brief lesen", sagte Charlotte plötzlich und löste sich aus ihren Armen. „Du hast ihn mir nicht gezeigt, aber ich will ihn lesen. Du hast ihn doch nicht weggeworfen?"

„Nein, er ist noch da. In meiner Handtasche."

Sie ging in die Diele und holte ihre Tasche. In den ersten Tagen nach dem Tod ihres Mannes hatte sie den Brief immer wieder gelesen, dann nicht mehr. Sie öffnete die Tasche und holte das Kuvert heraus.

Charlotte starrte lange auf die wenigen Zeilen. *Es geht nicht mehr, Astrid. Verzeih mir. Sage Charly und Mark, dass ich sie liebe.*

„Er ist nicht unterschrieben", sagte Charlotte und legte den Bogen auf den Tisch. „Warum hat er ihn nicht unterschrieben?"

„Ich weiß es nicht."

„Man unterschreibt Briefe. Das hier ist nur irgendein Zettel, den kann jeder geschrieben haben. Dieses Gekrakel. Papa schreibt viel schöner."

„Es ist seine Schrift. Es tut mir Leid", murmelte Astrid.

„Immer tut dir alles Leid. Mach doch endlich mal was, was dir nicht Leid tun muss.“

Charlotte rannte die Treppe hinauf. Die Tür zu ihrem Zimmer schlug zu, und die Stille des Hauses war wieder bleiern wie zuvor.

Judith Rehland hatte nichts gegen Klöster. Natürlich nicht, wer Restauratorin war und eine Leidenschaft für Renaissancefresken hegte, kam an Klöstern und Kirchen nicht vorbei. Allerdings hatte sie dabei stets an italienische Kathedralen und Palazzi gedacht. Nun war sie in der Lüneburger Heide gelandet, und obwohl sich das nicht halb so aufregend anhörte, war dieser Auftrag das reine Glück, weil man eine so bedeutende Arbeit nur selten einer noch nicht einmal dreißigjährigen Restauratorin anvertraute.

Sie hatte ihr Studium vor vier Jahren abgeschlossen. Viele ihrer Kommilitonen, die sich auf das Restaurieren von Gemälden, Wandmalereien oder Skulpturen spezialisiert hatten, ergatterten bisher kaum mehr als Teilaufträge, mussten sich mit mageren Honoraren für die Reinigung bemooster Grabsteine durchschlagen. Andere hatten sich für einen anderen Weg entschieden, für den Kunsthandel zum Beispiel.

Nein, sie hatte nichts gegen Klöster, auch wenn sie sich nicht vorstellen konnte, warum jemand darin leben wollte. So hatte sie das Angebot der Äbtissin, sie könne für die Zeit ihrer Arbeit in eine der beiden Gästewohnungen ziehen, höflich abgelehnt. Womöglich hätten die Damen sie aufgefordert, an den Andachten teilzunehmen.

Das kleine Haus im Park, in dem sie nun wohnte, gehörte zwar zum Kloster, doch es stand außerhalb der Mauer. Wenn eine der Klosterfrauen sich erkundigte, ob sie sich so allein nicht fürchte, lächelte sie und sagte, es seien doch nur fünf Minuten bis zur Klosterpforte.

„Da ist doch jemand. Wie konnte ich nur eine Sekunde annehmen, dass Sie nicht hier sind, Judith. Weiß Mühlberg eigentlich, dass er sein Geld auch in ein Wunder an Arbeitswut investiert?“

Judith drehte sich vorsichtig auf ihrer Leiter um und sah auf Dr. Henry Lukas hinunter. Ein Mann von Mitte dreißig, der trotz des für einen aufstrebenden Rechtsanwalt korrekten Anzugs aussah, als komme er von einer Segelpartie. Er schob die etwas zu langen braunen Haare hinter die Ohren, pfiff leise durch die Zähne und sagte: „Donnerwetter!“

„Schön, nicht?“ Judiths Abwehr schmolz. Die meisten Besucher erwarteten von der Restaurierung ein buntes Bild, dessen alte Muster leuchtend nachgemalt worden waren, und manche zeigten sich enttäuscht.

Aber Restaurieren bedeutete nicht neu machen, sondern die behutsame Sicherung dessen, was die Zeit erhalten hatte.

„Ja“, sagte Henry, „das sind wirklich tolle Fresken, jedenfalls für Norddeutschland. Oder irre ich mich?“

„Nein, die sind tatsächlich toll. Allerdings sind das keine Fresken, das ist eine Seccomalerei.“ Sie sah sein ratloses Gesicht und erklärte geduldig: „Dabei wird die Farbe auf den trockenen Putz aufgetragen. Fresken werden auf frischen, noch feuchten gemalt. Die halten besser, weil die Farbpigmente mit Kalkwasser angerührt werden und sich so fest mit der Wand, genauer gesagt mit dem Kalk im Putz, verbinden.“

„Ich war lange nicht hier, seitdem ist an Ihrer Wand viel passiert. Wenn sogar ich den Unterschied sehe, heißt das schon was.“

Im Sommer war Henry Lukas oft im Refektorium erschienen, zuerst als Rechtsberater des Klosters stets auf der Suche nach der Äbtissin, bald darauf ganz ohne Vorwand. Er hatte alle Register gezogen, doch Judith erwies sich gegen seinen Charme, der allgemein als unwiderstehlich galt, als immun.

Er setzte sich auf die lange Bank. „Haben Sie eigentlich nie ein juristisches Problem?“, fragte er schließlich. „Ich würde Sie glänzend vertreten. Neben dem Kloster gehört die Firma Mühlberg zu meinen erlesensten Klienten“, fuhr er fort. Überflüssig zu erwähnen, dass Mühlberg ihn nur mit kleineren Aufträgen beschäftigte. Die großen Fische bearbeitete eine Hamburger Kanzlei. Mühlberg war zu schlau, einem Möldenburger Anwalt alle Geheimnisse seiner Geschäfte anzuvertrauen. „Eigentlich suche ich Johannes Mühlberg. Seine Sekretärin sagte, er sei hier bei ‚seinen‘ Malereien.“

„Sie haben unsere Mäzene gerade verpasst. Die hatten einen Termin und waren schon spät dran.“

„Sie haben wohl nicht gesagt, wohin sie gegangen sind?“

„Mir nicht. Der Senior hat nur etwas von einem Termin gesagt.“

„Termine, so.“ Er runzelte die Stirn. „Sagen Sie mal, hier gibt es doch jede Menge Kostbarkeiten. Sakrale Kunst lässt sich sicher teuer verkaufen. Glauben Sie, dass die Alarmanlage ausreicht?“

Judith zuckte mit den Achseln. „Soviel ich weiß, ist die Alarmanlage ziemlich neu. Wenn Sie kriminelle Ambitionen haben, sollten Sie die Äbtissin aushorchen.“ Sie zog eine Lupe aus der Hosentasche. „Hatten Sie es nicht sehr eilig, die Mühlbergs zu finden?“

Henry Lukas wusste, wann es Zeit war zu gehen. „Bis zum nächsten Mal“, murmelte er und zog die Tür hinter sich ins Schloss.

Judith hörte die Tür zufallen und atmete auf. Alle im Kloster schwärmten von Henry Lukas. Judith hatte nichts gegen ihn, aber auch nichts für ihn übrig. Erst recht nicht, wenn er unerwartet im Refektorium auftauchte. Restaurieren erforderte Konzentration, und sie war gern mit den Heiligen an der Wand allein. Henry Lukas mochte charmant sein, aber er störte sie in der Ruhe ihrer Arbeit. Umso mehr, seit sie spürte, wie in seiner Gegenwart ihre sorgsam aufgebaute Barriere Besorgnis erregend schwankte.

KAPITEL 3

Es war lange her, seit Astrid Mellert sich in die Nähe des Gymnasiums gewagt hatte. Auch heute hatte sie es nicht vorgehabt, es war einfach passiert. Astrid stoppte ihren Wagen wenige Meter vor dem Schulportal. Die Straße lag verlassen. Die große Pause war vorbei. Sie setzte sich auf eine der beiden Bänke hinter dem Kriegerdenkmal, von der aus sie die Schule sehen konnte. Felicitas hatte gesagt, es gebe für sie absolut keinen Grund, sich länger zu vergraben, sie solle endlich wieder unterrichten. Es werde ihr gut tun. Und – vor allem – auch Charlotte.

Nach Andreas' Tod hatte sie sich beurlauben lassen. Am liebsten hätte sie gekündigt, aber das hatte Felicitas verhindert.

Eine dunkelgrüne Limousine fuhr langsam vorbei und bog in den Schulparkplatz ein. Das volle weiße Haar des Fahrers war unverkennbar. Was wollte Arnold Zechau in der Schule? Der Wagen verschwand hinter dem Gebäude, und sie richtete sich wieder auf.

Warum war sie so feige? Das war sie früher nie gewesen. Warum hatte sie Arnold nicht einfach angerufen und gefragt? Er war an jenem Nachmittag nicht wie gewöhnlich an Sonntagnachmittagen auf dem Golfplatz gewesen. Wo dann? Hatte Andreas es doch herausbekommen und Arnold an diesem Nachmittag zur Rede gestellt? Nein, das hätte Andreas nie getan. Wie sie es gehasst hatte, dieses Schweigen, dieses Dulden in seinen Augen, die immer milde blickten, entschuldigend und vorwurfsvoll zugleich. Das war seine Mauer gewesen, die sie nicht zu durchdringen verstand.

Sie war Arnold seit diesem Tag nicht mehr begegnet. Er hatte sie nicht einmal angerufen, sondern nur eine Karte geschickt, so wie es viele getan hatten, eine Karte mit schwarzem Rand und mageren Zeilen.

„Frau Mellert?“

Hastig drehte sie sich zu der Stimme um. Zwei Mädchen aus der Klasse, die sie während des letzten Jahres bis zu Andreas' Tod unterrichtet hatte, standen neben der Bank. Wie waren nur ihre Namen?

„Wir wollen Sie nicht nerven, Frau Mellert", begann die eine, „aber wir dachten, wir fragen Sie einfach mal. Wann kommen Sie denn zu uns zurück? Es ist auch wegen der Klassenreise im Januar. Wir finden es nämlich besser, eigentlich, wenn Sie mitfahren."

Astrid schluckte. Sie hatte nie daran gedacht, jemand könnte sie vermissen. Am wenigsten ihre Schüler. Sie rutschte ein wenig zur Seite und sagte: „Setzt euch doch."

„STÖRE ich?" Ohne Judiths Antwort abzuwarten, ließ sich Margit Keller neben sie auf die Bank fallen. „Ehrlich", sagte sie, „ich finde toll, was Sie machen, Ihren Job möchte ich trotzdem nicht haben. Den ganzen Tag vor einer Wand in dieser kalten Klause hocken. Warum haben Sie sich diesen Beruf ausgesucht?"

Judith rührte in ihrem Kaffee und zuckte mit den Achseln. „Wie man sich eben einen Beruf aussucht. Warum haben Sie Ihren? Macht Ihnen Büroarbeit Spaß?"

„Total. Ich organisiere gern. Das war hier dringend nötig. Die Äbtissin ist große Klasse, und ich finde es cool, hier zu arbeiten."

Vorher habe sie bei Duck gearbeitet, dem großen Autohaus im Gewerbegebiet. Natürlich sei dort mehr los gewesen, und manche Kunden seien richtig interessant gewesen. Geschichten könne sie erzählen!

Womit sie umgehend begann. Glücklicherweise erwartete sie keine Zeichen der Anteilnahme, und Judith hörte erst wieder zu, als Margit sagte: „Rumänen hatte ich mir ganz anders vorgestellt. Ich kenne sonst natürlich keine, aber im letzten Jahr hat die Polizei diese Rumänenbande geschnappt, das war ungefähr, ein Jahr bevor Sie nach Möldenburg kamen. Da waren Fotos in der Zeitung. Die haben hier in der Gegend monatelang alles geklaut, was nicht niet- und nagelfest war."

„Moment. Ich habe gerade nicht richtig zugehört. Welchen Rumänen hatten Sie sich anders vorgestellt? Einen der Einbrecher?"

„Aber nein. Den, der sich den Golf ansehen wollte, als ich noch bei Auto-Duck gearbeitet habe. Der war ganz bestimmt keiner. Der war so schön, ich dachte, der sei Italiener."

„Woher wissen Sie denn, dass dieser Mann Rumäne war?"

„Er hat es mir gesagt. Am Schwarzen Meer, hat er gesagt, ist es wie am Mittelmeer. Und er war so nett. Rumänen haben wir ja selten in Möldenburg. Obwohl, vorgestern war wieder eine hier, die hat sogar bei der Äbtissin übernachtet, und Frau Stern hat mich gebeten, sie nach Waldneuburg rauszufahren. Da wollte sie nämlich hin. Sie ist extra aus Bukarest gekommen, um ihren Verlobten zu suchen. ‚Bräutigam', hat sie gesagt. Vorsicht, Frau Rehland, Ihr Kaffee. Warten Sie, ich laufe schnell und hole einen Lappen und Wasser."

Judith starrte auf den braunen Fleck auf ihrer Hose. „... extra aus Bukarest gekommen, um ihren Verlobten zu suchen." Es stimmte also nicht, dass ihn zu Hause niemand vermisste. Doch nicht diese dumme Lüge hatte sie erschreckt. Erschreckt hatte sie einzig, dass sie Recht gehabt hatte. Er war tatsächlich verschwunden, nicht nur aus Möldenburg.

FRÜHER, als Felicitas Stern noch van Dorting hieß, war ihr der Weg nach Waldneuburg weit erschienen. Das Gut lag sechs Kilometer vor der Stadt, und die mit Kopfsteinen gepflasterte Straße schlängelte sich schmal durch dichten Mischwald. Inzwischen hatte sich die Stadt tief in den Wald gefressen.

Kurz vor dem Zufahrtsweg zum Gut lichtete sich der Wald für die Waldneuburger Spargelfelder. Auf einem Gatter saß ein Bussard und beobachtete eine Herde stattlicher pechschwarzer Rinder.

Die ersten Scheunen kamen in Sicht, und das Herrenhaus schimmerte durch das schon herbststruppige Blattwerk der Büsche unter den steinalten Eichen des Vorplatzes. Doch, sie erinnerte sich an das Gut, aber sie hatte vergessen, wie schön es war, wie beeindruckend in seiner kühlen Würde. Die Wirtschaftsgebäude, zwei große Scheunen und mehrere kleine Lagerhäuser und Wagenschuppen standen links des Herrenhauses. Die Ställe hatten ihren Platz hinter dem zweistöckigen Gebäude.

Früher, als hier außer den Zechaus noch Gutsarbeiterfamilien lebten, stand auf dem Vorhof ständig etwas herum, Trecker, Fahrräder, Gummistiefel. Nun erinnerte der Platz mit dem Staudenbeet in seiner Mitte an ein herrschaftliches Jagdschlösschen. Selbst die schneeweißen Gänse, die gerade über den Hof wackelten und die langen Hälse nach dem Auto reckten, umrundeten brav das Beet, ohne auch nur einmal die gelbroten Schnäbel in das saftige Grün zu stecken.

Felicitas ließ den Wagen vor der ersten Scheune ausrollen, stellte den Motor ab und sah dem Mann entgegen, der rasch über den Hof näher kam. Sein Haar, tadellos geschnitten, war schlohweiß. Er trug ein fein gemustertes mattgrünes Tweedjackett über sandfarbenen Breeches, sein Gesicht war gebräunt, sein Lächeln strahlend.

„Lissi! So eine Freude.“ Er küsste sie auf die Wange. „Du siehst prächtig aus. Gar nicht, wie man sich eine Äbtissin vorstellt. Ich hoffe, du hast dir inzwischen wenigstens das unwürdige Rauchen abgewöhnt.“

Felicitas lächelte. Seit ihrer Rückkehr war sie zweimal auf dem Gut zu Gast gewesen, einmal zu einem privaten Essen im April, einmal zu dem alljährlichen Sommerfest, das zu den gesellschaftlichen Höhepunkten Möldenburgs gehörte.

Arnold Zechau war nur ein Jahr älter als Felicitas. Während der Tanzstunde waren sie einander oft auf die Füße getreten, später jedoch erheblich zarter miteinander umgegangen. Nur er hatte sie Lissi nennen dürfen. Hätte der alte Heinrich Zechau für seinen Sohn nicht eine passendere Partie im Auge gehabt, wäre Arnold damals nur ein wenig ungehorsamer gewesen, womöglich hätte Felicitas Möldenburg nie verlassen. Heute war sie dem tyrannischen alten Zechau dankbar.

„Gunda ist bei ihrer Schwester auf Teneriffa. Sie wird es schrecklich bedauern, dass sie dich verpasst.“ Eine höfliche Lüge, das wussten beide. Als Felicitas Gunda Zechau vor vielen Jahren zum ersten Mal begegnete, war es Antipathie auf den ersten Blick gewesen.

„Du warst lange nicht hier, Lissi.“

„Ich hatte gerade in der Gegend zu tun und möchte mich endlich für das Gemüse bedanken, das du uns zum Erntedankfest für die Kirche gestiftet hast. Außerdem brauche ich deinen Rat.“

„Lass uns ins Haus gehen. Gegen einen Sherry hast du sicher nichts einzuwenden?“

Er führte sie durch die Diele. Die schon vor dreißig Jahren beachtliche Anzahl von Jagdtrophäen an der Wand gegenüber der Eingangstür war seither weiter gewachsen. Die meisten waren Gehörne von Rehböcken und Hirschgeweihe, alle um den Kopf eines Keilers mit beeindruckenden Hauern angeordnet. Auch der ausgestopfte Fuchs hatte früher nicht hier gestanden. Womöglich gehörte er zu Gunda Zechaus Mitgift.

An einem besonderen Platz über dem Kamin hing der Kopf eines mächtigen fast schwarzen Tieres mit halbmondförmig nach oben weisenden Hörnern. Auch dieses Ungetüm war neu. Felicitas blieb stehen. „Ich wollte dich schon bei meinem letzten Besuch fragen, was das ist, Arnold. Einer deiner Black Welsh?“

„Um Gottes willen, nein. Glaubst du, ich schieße auf mein eigenes Vieh?“ Er trat neben sie, legte in vertrauter Geste seinen Arm um ihre Schultern und sah zu seiner Trophäe auf. „Das ist ein afrikanischer Kaffernbüffel. Letztlich auch nur ein Rind. Aber viel aggressiver. Ich musste tüchtig schwitzen, bis er endlich im Steppengras lag."

„Du fährst tatsächlich zur Großwildjagd nach Afrika?"

„Jeder hat seine Marotte, Lissi. Du lebst im Kloster, und ich fahre hin und wieder mit der Büchse in die Wildnis. Das sind Urinstinkte, Frauen suchen Schutz, Männer die Herausforderung."

„Arnold, du spinnst." Sie lachte, auch wenn es nicht sehr vergnügt klang. „Was eine Herausforderung ist oder nicht, diskutieren wir ein anderes Mal. Hattest du nicht etwas von einem Sherry gesagt?"

Von Arnold Zechaus Privatbüro gaben zwei Fenster den Blick auf einen gepflegten Bauerngarten frei. Felicitas setzte sich in einen der beiden alten Ledersessel.

Arnold Zechau holte eine Karaffe und zwei Sherrygläser. „Ich hätte nie gedacht, dass ich zum klösterlichen Ratgeber aufsteigen würde", sagte er, während er die Gläser füllte. „Also, was willst du wissen?"

Felicitas nippte an ihrem Sherry und begann ihm von Elisabeth Möllers Plänen zu erzählen. Nun sei sie auf der Suche nach einem guten Großhändler, nach jemandem, der die Priorin beraten könne. Möglichst ohne dafür das Honorar eines Werbemanagers zu erwarten.

Arnold nickte verständnisvoll. Da war es wieder, dieses ironische Zucken um seine Mundwinkel. „Klar", sagte er. „Fromme Menschen müssen ständig sparen. Abgesehen vom Papst, aber der ist für euch ja nicht zuständig. Am besten wendest du dich an die Häberers, die Leute vom Ökohof in Lemburg." Die Häberers bauten jede Menge Kräuter an. Und nun wolle er endlich hören, warum sie tatsächlich gekommen sei.

„Ich hatte zwei Gründe. Die Kräuter und die Rumänin, die vorgestern hier war. Wahrscheinlich ist es unverzeihliche Neugier, aber ich möchte wissen, ob du ihr helfen konntest? Weißt du, wo ihr Verlobter steckt?"

„Rumänin? Ich habe keine Ahnung, von wem du sprichst."

„War sie nicht bei dir? Sie spricht ein bisschen Deutsch. Meine Sekretärin hat sie vorgestern hergefahren, am Vormittag. Die junge Frau sucht ihren Verlobten. Er war im Sommer zur Spargelernte hier und ist nicht zurückgekehrt."

„Und da ist sie den weiten Weg hierher gekommen? Das nenne ich echte Liebe. Und naiv. Wenn er wirklich hier war und nach der Ernte nicht wieder nach Hause gefahren ist, wird er untergetaucht sein, verdient sein Geld illegal und hat längst die nächste Braut."

Felicitas sah ihn schweigend an. Er mochte Recht haben, aber der Gedanke gefiel ihr ebenso wenig wie sein Ton.

„Die meisten unserer Saisonarbeiter kommen aus Polen", fuhr er fort, „aber ein paar Rumänen sind auch immer dabei. Für diese Dinge ist mein Verwalter zuständig. Odewald. Wenn ich mich richtig erinnere, hatten wir in diesem Sommer zwei Abgänge, ich glaube, die waren Rumänen. Odewald hat sich schrecklich geärgert."

„Abgänge? Du meinst, zwei deiner Erntehelfer sind einfach verschwunden? Warum sind die beiden verschwunden?"

„Ganz gewiss nicht, weil wir sie schlecht behandelt haben. Diese Leute kommen nach Deutschland, weil sie Geld verdienen müssen, und einige haben die Vorstellung, auf dem Hamburger Kiez einen besseren Schnitt zu machen. Das ist aber die Ausnahme, jedenfalls bei uns. Die meisten unserer Saisonarbeiter kommen schon seit Jahren. Wenn doch mal ein Neuer dabei ist, kommt der auf Empfehlung eines der anderen Arbeiter. Bei unbekannten Neuen weiß man nie, ob sie trinken oder ob sie zuverlässige Arbeiter sind. Alles andere interessiert hier nicht. Nur legale Papiere und gute Arbeit."

Auf den Spargelfeldern, dachte Felicitas beim Abschied, fing das Zusammenwachsen von Europa jedenfalls nicht an. Vielleicht hatte Arnold mit seiner kühlen Haltung Recht. Diese Männer kamen, um acht Wochen lang Geld zu verdienen und wieder zu gehen. Einer – oder zwei – hatte sich anders entschieden, und auch wenn die einsame junge Frau auf dem Bahnhof ihr Leid getan hatte, ging sie das alles nichts an.

KAPITEL 4

Er blieb stehen und sah zum Himmel hinauf. Im Osten glitzerten die Sterne hell, nach Westen hin verblasste ihr Leuchten in dem fahlen Schein, der von der Stadt aufstieg. Otto Bittner kannte den Klosterwald wie seine Westentasche und konnte nicht verstehen, warum sich die meisten Leute im Wald fürchteten. Besonders im Dunkeln. Er fürchtete sich nur an Orten voller Menschen.

Vor dem Schwarzwild jedoch hatte er Respekt. Wer einem wütenden Keiler in die Quere kam, konnte nur hoffen, einen guten Kletterbaum in der Nähe zu haben. Doch in diesem Teil des Waldes hatte er schon lange keine Spuren von Schwarzwild mehr entdeckt. Vielleicht wegen der vielen Hochsitze. Hier hockte ständig einer mit einer Büchse herum, der Jagdpächter und seine Gäste.

Der Weg schlängelte sich in ein mit dichtem Unterholz bewachsenes

Waldstück. Er sog tief den würzigen Geruch nach feuchter Erde, Pilzen und moderndem Holz ein. Ein Windhauch wehte vorbei, er schnupperte und fand noch ein anderes Aroma in der feuchten Nachtluft. Es gefiel ihm nicht. Im Unterholz musste irgendein Tier verendet sein.

Otto Bittner war stolz auf seine Nase. Sie arbeitete mindestens so gut wie seine Augen, er roch alles, und er sah auch alles, sogar im Dunkeln. Der Mond war noch nicht über die Wipfel der Tannen gestiegen, Licht gab er trotzdem schon.

„Wir beide sehen und riechen alles, was, Thimo?" Er drehte sich nach seinem Hund um, doch der war nicht mehr da. „Thimo?" Er stieß einen ärgerlichen Pfiff aus. Thimo kam nicht. Da war nur ein Rascheln im Gebüsch.

Wieder pfiff er. Das Buschwerk geriet in Bewegung, und endlich sah er den Schemen des Hundes in der Dunkelheit. Er zerrte irgendetwas mit sich, und Bittner rief: „Lass den Ast fallen, Thimo, mit dem kommst du da nie raus!"

Aber Thimo ließ den Ast, den er quer im Maul mit sich schleppte, nicht los, sondern zerrte so lange, bis er es geschafft hatte, und legte den Fund stolz seinem Herrn zu Füßen.

Otto Bittner sah auf Thimos Beute hinunter, bückte sich und schnellte wieder hoch. Was im matten Nachtlicht die Farbe eines von der Rinde befreiten Astes zeigte, war kein Holz. Es war ein Knochen, und er wusste, dass er weder zum Skelett eines Keilers noch zu dem eines Rehs gehörte.

AUCH nach dreieinhalb Monaten als Vertretung in der Mellertschen Praxis war Dr. Hartwig immer noch von den banalen Vorzügen des Lebens in der Provinz verblüfft. Wie vom Überangebot an Parkplätzen. Ständig kam er zu Verabredungen zu früh, weil er sich nach fünfzehn Jahren Berlin nicht abgewöhnen konnte, eine halbe Stunde für Staus und Parkplatzsuche einzuplanen.

Er bugsierte seinen wendigen BMW auf den Stellplatz des Anwaltsbüros. Es würde nur fünf Minuten dauern. Der Stapel lag auf seinem Tisch im Behandlungszimmer, ein Griff, und er war wieder da. Er blinzelte durch die Windschutzscheibe nach oben zum zweiten Stock. Hinter den Fenstern des Anwalts war alles dunkel, hinter einem Fenster in der Etage darunter allerdings schimmerte ein mattes Licht. Er erinnerte sich genau, dass er alle Lichter gelöscht hatte. Eines hatte er offensichtlich vergessen. Ausgerechnet in seinem Sprechzimmer?

Er stieg aus, blickte noch einmal zum ersten Stock hinauf und blieb abrupt stehen. Hinter den Lamellenvorhängen, kaum wahrnehmbar, bewegte sich ein Schatten. Jemand war in der Praxis. Und er war so dumm gewesen zu glauben, in einem Ort wie Möldenburg gebe es keine Junkies. Er zog sein Handy aus der Tasche und tippte 110 ein.

Acht Minuten später stand ein Streifenwagen in der Hofeinfahrt, und die Polizeiobermeister Birgit Sabowsky und Jürgen Dessau eilten leise die Treppe hinauf. Eine weitere Minute später war die Polizistin wieder da. „Die Tür ist nicht aufgebrochen", flüsterte sie, „völlig unversehrt. War ein Fenster offen?"

„Natürlich nicht", flüsterte Hartwig zurück. „Die sind sogar abgeschlossen. Ich hab's selbst kontrolliert."

„Hat noch jemand außer Ihnen einen Schlüssel?"

„Nur meine erste Sprechstundenhilfe."

„Und Sie glauben nicht, dass sie da oben ist? Vielleicht hat sie ihr Schminktäschchen vergessen?"

„Unmöglich. Der Weg wäre zu aufwändig. Sie macht Urlaub auf Bali."

„Geben Sie mir Ihren Schlüssel. Gibt es einen zweiten Ausgang?"

„Nein, nur den über diese Treppe."

Sie verschwand wieder nach oben. Dann rief jemand seinen Namen, und Hartwig flitzte die Treppe hinauf. Hinter dem Schreibtisch saß eine Frau, die, schreckensbleich und die Hände halb erhoben, auf die Pistole starrte, die Dessau auf sie richtete.

„Die Dame", sagte Birgit Sabowsky, „behauptet, die Praxis gehöre ihr. Stimmt das?"

„Frau Mellert", stotterte Hartwig, „was machen Sie hier? Brauchen Sie etwas, ich meine, kann ich Ihnen irgendwie helfen?"

ASTRID MELLERT ging die wenigen Schritte durch den Vorgarten zur Haustür. Sie hatte Hartwigs Angebot, sie nach Hause zu fahren, überflüssig gefunden und dennoch angenommen. Sie wusste nicht, warum, vielleicht weil es einfach angenehm war, gefahren zu werden. Aber sie wollte nicht, dass er ihr nachsah, so mitleidig besorgt. Sie wollte nicht seinen Blick in ihrem Rücken spüren wie eine nachsichtige Hand.

Was dachte er denn? Sie werde noch einmal umkehren und in die Praxis zurücklaufen? Glaubte er ihr nicht, dass sie bei Andreas' Unterlagen eine Mappe mit privaten Briefen vermisste und sie in der Praxis vermutet hatte? Es war tatsächlich keine gute Lüge, vor allem, wenn man selbst nicht wusste, was man suchte.

Sie drehte den Schlüssel im Schloss, hob grüßend die Hand und betrat das Haus. Als sie auf den Schalter drückte und warmes Licht die Diele und den großen Wohnraum durchflutete, hörte sie das Auto endlich davonfahren.

Sie hatte sie nicht kommen gehört, nicht bevor dieser Polizist mit dem rosigen Babygesicht sagte: „Was tun Sie da?“ und ihr die Pistole entgegenhielt. Aber es stimmte, die Praxis gehörte ihr. Sie war Teil ihres Erbes. Dennoch hatte sie nicht das Recht, in alten Patientenakten herumzublättern. Es gab nichts mehr in der Praxis, das sie etwas anging. Alle privaten Unterlagen von Andreas lagen in zwei Kartons im Keller.

Ein Karton enthielt ausschließlich die Unterlagen zu der Anzeige und der Verleumdungsklage. Diese alte Sache, über die Andreas nie mehr gesprochen hatte, nachdem die Akten vor drei Jahren geschlossen worden waren. „Es ist vorbei, Astrid“, hatte er gesagt, „ich will nicht mehr darüber reden.“

Sie wollten es vergessen, aber es war ihnen nicht gelungen. Sie würde auch nicht den Tag vergessen, als er mittags aus der Praxis kam und erzählte, die Tochter des alten Kohlbrand habe ihn wegen Vernachlässigung seiner ärztlichen Pflichten angezeigt. Das Verfahren war eröffnet, jedoch schnell wieder eingestellt worden. Alle Gutachten hatten für ihn gesprochen, und alle waren der Ansicht, die Tochter des toten alten Mannes drücke ihr Gewissen, weil sie sich nicht einmal von ihrer mallorquinischen Finca herbemüht hatte, um nach ihrem kranken Vater zu sehen, und wolle das nun mit Schuldzuweisungen kompensieren.

Doch es hatte ihn noch monatelang gequält. Er war sicher gewesen, richtig gehandelt zu haben, medizinisch und menschlich. So wie er es immer tat. Je länger die Untersuchung dauerte, umso stärker wuchsen seine Zweifel. Auch so war er immer gewesen. In seiner Arbeit ruhig, sicher, zuverlässig. Doch kaum kam irgendein Idiot, schon zweifelte er, ob er nicht mehr, anderes oder womöglich gar nichts hätte tun sollen. Sie kannte niemanden, der verantwortlicher gedacht und gehandelt hätte, bis zur Pedanterie, in seinem Beruf wie im privaten Leben. Sie würde nie verstehen, warum er sich so leicht hatte verunsichern lassen.

So wie sie nicht verstand, warum er sich getötet hatte. Ihre dumme kleine Affäre. War das ein Grund? Das konnte nicht sein. Oder war es die Sprachlosigkeit, die sich in den letzten Jahren in ihrem Haus eingenistet hatte? War er so hoffnungslos und müde gewesen, dass er lieber starb, als die Mauer zu durchbrechen?

Dennoch – sie würde nicht für den Rest ihres Lebens die schuldbeladene graue Witwe sein. Sie würde gehen, irgendwohin. An einen Ort, an dem sie niemand kannte. Denn trotz der bedauernden Blicke würden die Menschen dieser Stadt ihr niemals verzeihen, dass er sich getötet hatte. So wie auch Charlotte ihr niemals verzeihen würde.

DAS ZUCKENDE Blaulicht malte bizarr springende Muster in die Nebelfetzen, im steten Aufleuchten erschienen die Stämme der Fichten wie ein steifes Ballett vor nächtlicher Schwärze. Erik Hildebrandt parkte sein Auto hinter einem schlammbespritzten Trecker. Er war nicht sicher gewesen, ob er in den richtigen Waldweg eingebogen war, und hatte beinahe bereut, dass er das Angebot, ihn an der Landstraße abzuholen, abgelehnt hatte. An den seltenen Tagen, an denen er sich seine Marotten eingestand und sich vornahm, die eine oder andere endlich abzulegen, setzte er sein Beharren, alle Wege allein mit seiner dicken Kartenmappe zu finden, ganz oben auf die Liste. Gewöhnlich, wenn er auf irgendeinem Acker gelandet war anstatt bei dem Gehöft, wo er erwartet wurde. Seine Frau hatte sich oft darüber aufgeregt. „Männer“, hatte sie gesagt, „sind nicht zu stolz, nach dem Weg zu fragen, sondern zu stur.“ Manchmal hatte sie gar von Ochsensturheit gesprochen. Besonders in dem Jahr vor ihrer Scheidung.

Der Streifenwagen blockierte den Waldweg nahe beim Fundort. Er stieg aus seinem Auto, und während er sich an den Schaulustigen vorbeidrängte, zählte er vor dem Trecker eine Schlange von neun Pkws, einem Pick-up und zwei Motorrädern.

„Dessau? Sind Sie das?“ Der Polizist neben dem Streifenwagen drehte sich um und sah den Neuankömmling mit strengem Blick an. Er hatte in das weiße Licht der Scheinwerfer gestarrt, mit dem die Männer von der Feuerwehr den Wald um die Fundstelle ausleuchteten. So brauchten seine Augen einige Sekunden, bis sie erkannten, dass da nicht wieder einer der Gaffer mit dummen Fragen stand, sondern der dringend erwartete Kriminalhauptkommissar aus Lüneburg.

Erik Hildebrandt war nicht klein, doch Dessau überragte ihn um Haupteslänge und bemühte sich, mit einem respektvollen Gesicht auf den Älteren hinabzusehen. Er war erleichtert. Hildebrandt galt zwar nicht als die Nummer eins und ganz gewiss nicht als der Freundlichste beim Zentralen Kriminaldienst in Lüneburg, aber mit ihm würde es immerhin leichter sein als mit diesen neuen Kollegen, die die Polizeifachhochschule mit Glanz absolviert hatten und ständig von Profilern und genetischen Fingerabdrücken redeten.

„Der reinste Horrorfilm da mit dem Licht und dem Nebel“, sagte

Hildebrandt und schob die Hände in die Jackentaschen. „Sie waren doch am Telefon, als der Fund gemeldet wurde. Sind Sie sofort hergefahren?“

Dessau nickte eifrig. „Sofort, natürlich.“ Wenn es nicht der alte Bittner gewesen wäre, erklärte er, hätte er gedacht, da mache wieder einer zu viel Wind. „Aber der Bittner kennt sich mit Wild aus, dem muss man so was glauben. Polizeiobermeisterin Sabowsky und ich hatten gerade einen Einsatz gehabt, Einbruch in einer Arztpraxis, war aber falscher Alarm. Von dort sind wir gleich losgefahren. Wir haben ihn bei seiner Telefonzelle abgeholt, und er hat uns die Stelle gezeigt. Er und Thimo.“

„Thimo?“

„Sein Hund. Der hat den Knochen gefunden, und Bittner hat sofort gedacht, das muss ein Menschenknochen sein, und ist zur nächsten Telefonzelle marschiert.“

„Wann war das?“

„Kurz vor zehn waren wir hier. 21.55 Uhr akkurat.“

„Und Bittner, ist der noch hier?“

Dessau schüttelte verlegen den Kopf. „Den haben wir vor einer Stunde nach Hause gefahren. Aus reiner Notwehr. Er hat allen auf den Füßen rumgetreten, und sein Hund war völlig aus dem Häuschen. Wir haben Bittner versprochen, dass ihn morgen einer besucht und seine Aussage noch mal aufnimmt.“

„Dann wollen wir morgen mal hören, ob er weiß, wer sich außer ihm in diesem Waldstück rumdrückt. Sind die Rechtsmediziner schon da?“

„Seit einer Viertelstunde. Wir hatten Glück, Dr. Moppe und sein Kollege waren gerade in Bleckede. Er ist gleich hergekommen. Von Hamburg hätte er mindestens doppelt so lange gebraucht.“

Die Ärzte des Hamburger Instituts für Rechtsmedizin waren für halb Norddeutschland zuständig, Hildebrandt hatte zahllose Stunden damit verbracht, auf sie zu warten. Dass es heute umgekehrt war, fand er sehr angenehm. Er nickte Dessau kurz zu und marschierte weiter. Eine zweite Sperre aus rot-weißem Trassierband zog sich direkt vor dem Wagen der Feuerwehr über den Weg und setzte sich nach links in den Wald fort.

„Guten Abend, Kriminalhauptkommissar Hildebrandt.“ Eine junge Polizistin löste sich aus der Gruppe der Männer. „Sie werden schon dringend erwartet. Sabowsky, Polizeiobermeisterin Sabowsky.“

„Sie waren mit Dessau als Erste hier, stimmt's? Darüber reden wir später. Jetzt muss ich in diesen Dschungel kriechen. Wer ist jetzt drin?“

„Die beiden Mediziner und zwei Kollegen von der Spurensicherung. Sie haben gesagt, der Tote müsse da schon seit Monaten gelegen haben.

Und auf dem Pfad sei jetzt nichts Wichtiges mehr zu zertreten. Sie sollen aber diese blauen Plastikdinger über Ihre Schuhe ziehen."

Hildebrandt bückte sich, blinzelte in die Lücke im Gebüsch, die mit groben Schnitten erweitert worden war, und machte sich auf den Weg zu einem der hellen Lichtkegel. Dort hockten drei vorgebeugte Gestalten in weißen Schutzanzügen, eine weitere stand halb aufrecht mit hängendem Kopf gegen eine Fichte gelehnt, die Hand fest vor dem Mund. Das konnte nur der neue Fotograf von der Spurensicherung sein. Die Haltung war eindeutig und üblich für einen Neuling.

Hildebrandt war an diese Arbeit gewöhnt. Dennoch: Mord mochte in Chicago etwas Alltägliches sein, in der Lüneburger Heide nicht. Jedenfalls nicht die entdeckten Morde. Manchmal wurden von Ärzten selbst Schussverletzungen bei Toten übersehen. Das wunderte ihn nicht. Er traute seinen Mitmenschen alles zu, Mord und Totschlag, vor allem aber Schlamperei.

Das konnte hier nicht passieren. Hier handelte es sich so gut wie sicher um einen Mord. Es musste ein ordentliches Stück Arbeit gewesen sein, im durchwurzelten Waldboden ein Grab zu buddeln.

Eine knappe Viertelstunde später kroch Hildebrandt wieder zurück auf den Weg. Er zupfte Tannennadeln von seinen Ärmeln und atmete tief durch. Es half für den Moment, aber er wusste, er würde diesen jauchigen Geruch noch lange in der Nase haben. Nun roch er plötzlich Kaffee. Birgit Sabowsky stand vor ihm, in der Hand einen dampfenden Becher.

„Auch die Feuerwehrdamen haben eine Nachtschicht eingelegt. Schnittchen und Kaffee für alle."

Nun schoben sich die Männer in den Schutzanzügen an Hildebrandt vorbei, zwischen sich einen weißen Leichensack. Auch die Bestatter waren eingetroffen. Wenig später verschwand der weiße Sack in einem grauen Metallsarg.

Viel war nicht übrig von dem, was einmal ein Mensch gewesen war. Die Kleidung des Toten war besser erhalten als sein Körper: Bluejeans, ein schwarzer Gürtel, ein blau-weiß kariertes Hemd, Fetzen ehemals weißer Baumwollwäsche, schwarze Turnschuhe.

„Und?", hatte Hildebrandt Dr. Moppe gefragt, als sie an der Fundstelle zusammenstanden. „Sagt er Ihnen schon was?"

„Kein Wort", hatte Moppe geantwortet. „Nicht mal, ob er ein Er ist. Tot, schwarze Haare, das ist schon so ziemlich alles. Hübsche Zähne, erstaunlich gesund für unsere kranke Zivilisation, noch nicht sehr alt. Nun fragen Sie mich nicht gleich, wie lange der hier schon liegt. Da muss ich mir noch was Schlaues einfallen lassen, um das in etwa rauszukriegen."

Erik Hildebrandt leerte seinen Becher und zerrte die Plastiküberzieher von seinen Schuhen. Polizeiobermeisterin Sabowsky nahm ihm die blauen Plastikfetzen ab und stopfte sie in die Tasche ihres Parkas.

„Ich fahre jetzt zur Obduktion nach Lüneburg", sagte er, „morgen Vormittag bin ich wieder da. Bis dahin legen Sie eine Liste der im letzten halben Jahr vermissten Erwachsenen aus der Region auf irgendeinen Schreibtisch, an dem ich meine Ruhe habe. Alles andere besprechen wir dann. Und diesen Waldschrat, Thimo Dings …"

„Otto Bittner, Thimo heißt sein Hund."

„Richtig. Bittner will ich auch gleich sehen."

„Ich wollte noch, also, da war etwas im letzten Sommer, vielleicht ist es gar nicht wichtig."

Hildebrandt seufzte. „Alles ist wichtig. Was war im letzten Sommer?"

„Frühsommer, genauer gesagt. Da wollte eine Frau jemanden als vermisst melden. Ich glaube, ihren Freund. Ich habe die Anzeige nicht aufgenommen, sie wusste nicht mal das Geburtsdatum. Als ich ihr die Vorschriften erklärte, ist sie plötzlich weggelaufen. Ich dachte, Sie sollten das wissen, weil ich vorhin gehört habe, dass diese Leiche etwa ein halbes Jahr hier liegt."

„Es wäre praktisch, wenn Ihnen auch noch einfällt, wie diese Freundin heißt. Notieren Sie, was Sie noch wissen, und legen Sie es zu dem anderen Kram auf den Schreibtisch. Sehen Sie zu, dass Sie wenigstens ein oder zwei Stunden Schlaf kriegen, Sabowsky. Ich brauche Sie morgen. Mit klarem Kopf. Es reicht, wenn ich müde bin."

JUDITH schlug die Decke zur Seite und sprang aus dem Bett, atemlos und mit klopfendem Herzen. Die Kälte des Zimmers und die knarrenden Dielen unter ihren Füßen weckten sie vollends auf. Es war nur ein Traum gewesen, seit langem wieder der erste, dafür umso eindringlicher.

Sie tastete nach der Lampe auf dem Hocker, der ihr als Nachttisch diente. Das Rauschen in ihren Ohren ließ nach und gab Raum für die Geräusche der Nacht. Sie lauschte. Da war nichts.

In den ersten Wochen hier war sie oft aus dem Schlaf hochgeschreckt, hatte auf das Ächzen der Bäume im Wind gehört, auf die fremden Geräusche des alten Hauses in der Kühle der Nacht.

Sie mochte das Alleinsein, deshalb mochte sie auch dieses kleine Haus. Früher hatten die Jagdaufseher mit ihren Familien darin gewohnt. Nachdem die Klosterwälder verpachtet worden waren, stand es leer.

Darin könne sie nicht wohnen, hatte die Äbtissin gesagt, es sei wohl zu heizen, aber es müsse gründlich renoviert werden.

Das hatte Judith getan, an den langen Sommerabenden, an den Wochenenden, wann immer sie das Refektorium verließ. Was sonst hätte sie in Möldenburg auch tun sollen? Sie tapezierte und malte, ersetzte alte Dielen durch neue und besserte die Fenster aus. Es gab Momente, in denen sie beinahe bedauerte, Möldenburg wieder zu verlassen.

Sie öffnete die Tür zum Flur. Bis zur Küche brauchte sie nur drei Schritte. Bevor sie das Licht anknipste, trat sie ans Fenster und sah hinaus in den Park. Über dem Wassergraben um das Kloster hing Nebel. Selbst das Licht der bei der Klosterpforte brennenden Laterne war mehr zu ahnen, als zu sehen.

Als sie die Milch aus dem Kühlschrank nahm, fiel ihr Blick auf die Postkarte, die sie mit Stecknadeln an der Wand befestigt hatte. Die Karte hatte ihre Mutter ihr im August aus Paris geschickt, Beweise für ihre kunstsinnige Tochter, dass sie nicht nur die Schaufenster der Couturiers bewundert, sondern auch das Musée d'Orsay besucht hatte. Alfred Sisleys Gemälde „Schnee in Louveciennes" erinnerte Judith an ein anderes, das sie etliche Monate zuvor am entgegengesetzten Ende des Kontinents gesehen hatte.

Bei den Impressionisten kannte sie sich nicht gut aus, dass es auch einige rumänische gegeben hatte, hatte sie nicht gewusst. Trotz ihrer Lehrjahre und Erfolge in Paris waren sie außerhalb Rumäniens nahezu unbekannt. Dabei standen Nicolae Grigorescu und auch Ion Andreescu einigen der Großen unter den französischen Malern ihrer Zeit kaum nach.

Vielleicht ist Constantin in Paris, dachte sie. Andreescu hatte er besonders gemocht. Sein „Winter in Barbizon", so hatte er erzählt, war eines der ersten Bilder, an das er sich erinnerte. Eine Reproduktion hatte im Arbeitszimmer seines Vaters gehangen, als seine Familie noch im Zentrum Bukarests lebte. Immer wieder hatte Constantin seinen Vater gebeten, ihn hochzuheben, damit er das Bild besser betrachten konnte. Die verschneite Kleinstadtstraße, gemalt in kühlem Weiß, Grau und lichtem Ocker, die dennoch von großer Heiterkeit war. Er hatte sich von seinem Vater von den Malern erzählen lassen und von der kleinen Stadt in den Karpaten, in der er selbst geboren war und die Andreescus Barbizon so glich.

Das war in den Jahren gewesen, bevor sie in die Enge der feuchten, lärmvollen Wohnblöcke an den Rändern der Hauptstadt umzogen. Bevor sein Vater eines Morgens aus dem Haus ging, auf der Straße von fremden Männern in ein schwarzes Auto gestoßen wurde und nicht mehr zurückkehrte. Auch das alte Stadtviertel verschwand. An seinem Platz erhoben sich nun die Monumentalbauten des Diktators Ceauşescu.

Er hatte ihr Andreescus Original in einer Bukarester Galerie gezeigt und dort von der Reproduktion erzählt, die seine Kindheit begleitet hatte. Darüber hinaus wusste sie wenig von ihm. Es war ihr recht gewesen, sie hatte ihm nicht zu nahe kommen wollen.

Judith goss Milch in einen Topf und stellte den Herd an. Sie rührte Kakao in die Milch und setzte sich mit hochgezogenen Beinen in den Korbsessel neben dem winzigen Küchentisch. Sie hatte sich noch nicht entschieden, ob sie ihn von seiner hässlichen braunen Farbe befreien oder mit einer freundlicheren übermalen wollte. Gelb, hatte Constantin gesagt. Gelb macht glücklich. Er hatte ihr auch gesagt, dass er allein sei, dass niemand auf ihn warte. Damals war es ihr egal gewesen. Nun war jemand gekommen, ihn zu suchen, und plötzlich war es ihr nicht mehr egal. Die peinliche alltägliche Lüge machte alles, was schön gewesen war, zu einer banalen, schmuddeligen Affäre.

Judith stellte den leeren Becher auf den Tisch, löschte die Lichter und kroch wieder unter die Decke.

KAPITEL 5

Alle redeten von dem Toten, den Otto Bittner in der vergangenen Nacht im Klosterwald gefunden hatte. Die meisten hörten davon beim Frühstück in den Nachrichten, doch auch ohne Radio verbreitete sich die Neuigkeit blitzschnell von Haus zu Haus.

Die Völkerwanderung zum Fundort der Leiche setzte mit dem Hellwerden erneut ein. Wieder entstand eine Autoschlange an dem matschigen Waldweg, wieder hinderte eine halbe Hundertschaft Uniformierter die Menge interessierter Bürger und Bürgerinnen daran, durch den Wald zu robben und den Fundort zu zertrampeln. Auch die Spurensicherung kehrte mit dem ersten Tageslicht zurück, drehte jedes Blatt, jedes Ästchen um, siebte die Erde und suchte nach irgendetwas, was bei der Klärung des Falls helfen würde. Die Tatwaffe zum Beispiel wäre nicht schlecht gewesen, aber darauf hoffte niemand. Unwahrscheinlich, dass der Mord an diesem so schwer erreichbaren Fundort geschehen war.

Noch unwahrscheinlicher, dass der Täter sein Werkzeug gleich neben der Leiche abgelegt hatte.

Alle Telefone der Wache liefen an diesem Morgen heiß. Die Zahl der Verwandten und Freunde der Möldenburger Polizisten war über Nacht sprunghaft angestiegen, und die Frage, was es denn Neues von der Leiche gebe, fiel immer nur ganz nebenbei.

Henry Lukas war an diesem Morgen womöglich der Einzige, der ohne begleitendes Radiogeplauder gefrühstückt hatte. Was Isa-Beate Küter, offiziell Sekretärin, tatsächlich Mädchen für alles, als echtes Glück empfand. Ihrem Chef als Erste die grausige Neuigkeit mit allen in den letzten Stunden gewucherten Details zu überbringen bedeutete reine Wonne. Leider war Henry in Eile. Er wurde auf Gut Waldneuburg erwartet, und einige Details mussten noch überprüft werden.

Drei Stunden später trat er hoch zufrieden aus dem Gutshaus. Er warf einen prüfenden Blick zum Himmel und entschied, das Verdeck seines Cabrios nicht zu schließen. Es war Mittag und für einen Oktobertag und norddeutsche Verhältnisse mild. Henry liebte sein Cabrio. Es gab ihm ein verwegenes Roadmoviegefühl, selbst wenn er nur über die Möldenburger Landstraße bretterte.

Er wickelte sich den Schal um den Hals, schob die altmodische Steppenwolf-CD ein und ließ den Motor an. Nur um ihn gleich wieder auszustellen. Fünf von Zechaus Welsh Blacks schoben sich die Auffahrt zum Gutshaus herauf, zwar von zwei Männern begleitet, doch diese Viecher sahen aus wie lebende Dampfwalzen und wogen pro Nase glatt eine Tonne. Endlich hatten die walisischen Rinder ihre mächtigen Körper vorbeigeschoben, und Henry beeilte sich, vom Gut zu kommen.

Als er in die Landstraße einbog, klingelte sein Handy. Er drehte seufzend die Lautstärke herunter und drückte auf den Freisprechknopf.

„Wo um Gottes willen treiben Sie sich rum, Lukas? Wir telefonieren schon seit einer halben Stunde hinter Ihnen her, warum sind Sie nicht in Ihrem Büro, wo Sie hingehören? Ich brauche Sie. Können Sie in einer Viertelstunde hier sein?“

„Wie wär's in zwanzig Minuten, Herr Mühlberg? Schneller geht's nicht.“

„Also zwanzig Minuten! Beeilen Sie sich!“

Henry gab Gas. Mühlberg plagte also ein Problem. Sehr gut.

Johannes Mühlberg saß hinter seinem Schreibtisch, eine violette Thermoskanne und eine Kaffeetasse aus Meißener Porzellan vor sich, und verbreitete Zigarrendampf.

„Na endlich!“, rief er, als Henry sein Büro siebzehn Minuten später betrat. „Haben Sie das gesehen?“ Er hielt ihm eine Zeitungsseite entgegen und klopfte auf den mit einem roten Strich umkreisten Artikel.

Henry las die Überschrift und schluckte. „Verdammt, Sie haben sich erwischen lassen.“

„Was? Quatsch, ich doch nicht.“ Johannes Mühlberg lachte. „Setzen Sie sich, und lesen Sie. Es geht nicht um mich, aber um meine Branche. Irgendein Schmierschreiberling wird sich jetzt was ausdenken und uns mit Mäusedreck bewerfen.“

Henry setzte sich und las: MÄUSE UND SCHABEN NEBEN BROTKISTEN. GROSSBÄCKEREI WEGEN GRAVIERENDER HYGIENEMÄNGEL GESCHLOSSEN. Was dann folgte, musste überzeugte Selbstbäcker triumphieren lassen, bei ganz normalen Supermarktkunden hingegen Übelkeit hervorrufen. Das Gewerbeaufsichtsamt hatte bei der Kontrolle einer Großbäckerei im Bayerischen (Gott sei Dank weit weg, dachte Henry) mehr Dreck und Unrat als Mehl und auch ansehnliche Populationen wohlgenährter Mäuse und Schaben gefunden. Der Betrieb wurde umgehend geschlossen. Mit einer Anklage wegen Verstoßes gegen das Lebensmittelbedarfsgesetz sei zu rechnen.

„Das ist doch eine üble Sache, oder? Brot, unser heiligstes Nahrungsmittel.“

„Das ist tatsächlich eine unangenehme Sache, aber das war in Bayern, Herr Mühlberg. Ich verstehe Ihre Aufregung nicht so ganz.“

„Mein Betrieb ist sauber, da kann kontrollieren, wer will, zu jeder Tages- und Nachtzeit. Trotzdem, ich denke, man sollte was tun. Eine unauffällige Werbekampagne. Imagepflege, verstehen Sie?“

Karsten Mühlberg stand in der Tür, einen Aktenordner unter dem Arm. „Störe ich?“

„Du kommst genau richtig, Karsten. Setz dich, wir müssen über diesen Artikel sprechen, den du mir auf den Schreibtisch gelegt hast.“

Das Gespräch dauerte eine halbe Stunde. Henrys Resümee, es sei für „Mühlberg-Brot“ absolut ohne Belang, was ein bayerischer Bäcker tue oder nicht, und es sei nie gut, schlafende Hunde zu wecken, selbst wenn die eigene Weste weiß sei, wurde von Johannes Mühlberg akzeptiert.

„Sehr gut. Wenn ihr meint, dann vergesse ich diesen Kakerlakenkram. Aber, Henry, was ich Sie noch fragen wollte. Ich meine, also, mein Geburtstag, diese kleine Feier, Ihre Tante ist natürlich eingeladen. Sie hat auch zugesagt. Frau Rehland haben wir auch eine Einladung geschickt. Nette junge Frau. Nicht, Karsten? Also, was ich fragen wollte …“

„Welche Tante meinen Sie?“

„Frau Stern natürlich. Die Äbtissin. Ist sie etwa nicht Ihre Tante?“

Henry grinste und begann zu verstehen. „Unsere Großväter waren Cousins. Oder unsere Urgroßväter? Ich habe keine Ahnung, wie man unser Verwandtschaftsverhältnis nennt.“

„Ist ja egal. Was ich wissen will: Soll ich ihr an dem Abend einen Wagen schicken? Karsten findet das übertrieben, aber ich denke, sie ist eine allein stehende Dame und nach unserer Tradition die Erste der Stadt. Da ist ein Wagen mit Chauffeur doch das Mindeste. Traditionen sind wichtig, finden Sie nicht? Na, was sagen Sie?“

„Ich glaube nicht, dass Frau Stern das erwartet“, sagte Henry. „Aber es ist eine großartige Geste. Ehrlich gesagt, ich selbst wäre nie auf so eine Idee gekommen. Und, wenn ich das noch ergänzen darf, ich würde nicht anfragen, ob Sie einen Wagen schicken dürfen. Lassen Sie ihr einfach durch Ihr Sekretariat mitteilen, der Wagen hole sie ab.“

„Machen wir. Vielen Dank, Henry. Setzen Sie unser Palaver als juristische Beratung auf die Rechnung. Und nun raus mit euch beiden! Ach, noch eine andere Frage.“ Henry war schon an der Tür und drehte sich noch einmal um. „Was spricht man eigentlich über die Sache mit dieser alten Leiche im Wald? Ich nehme an, die Polizei wird auch zu mir kommen, die Fundstelle liegt mitten in meinem Revier. Weiß man da schon was Genaues?“

„Wenig“, erwiderte Henry. „Ein Toter, Geschlecht und Identität unbekannt, dunkelhaarig, seit vier bis sechs Monaten tot und vergraben; es wird ermittelt.“

„Das ist tatsächlich nicht viel. Es soll einen Vermissten geben, einen, der als Erntehelfer bei Zechau gearbeitet hat.“ Henry nickte, und Mühlberg fuhr fort: „Ich habe auch gehört, dass vor einigen Tagen eine junge Frau in der Stadt war, wohl eine Rumänin, die hat nach ihm gefragt. Sie soll im Kloster übernachtet haben. Stimmt das? Bei Frau Stern?“

„Davon weiß ich nichts, tut mir Leid, aber es würde mich nicht wundern. Felicitas sammelt immer wieder verlorene Seelen auf. Vielleicht hat der Konvent beschlossen, dass das Kloster für so was zuständig ist. Also eine Art Kirchenasyl.“

„Sehr ehrenwert, die Damen. Trotzdem, finden Sie das richtig? Nichts gegen den Balkan, schöne Gegend da, wirklich, aber mit den Leuten muss man vorsichtig sein. Vielleicht sollten Sie Frau Stern unauffällig darauf hinweisen. Sie war lange weg. Womöglich glaubt sie, hier gibt’s keine dunklen Elemente.“

„Seit mein Vater Sponsor für die alten Malereien im Refektorium ist", sagte Karsten Mühlberg, „ist seine Sorge um das Kloster enorm gewachsen. Kannst du ihn nicht davon überzeugen, Henry, dass Frau Stern auf sich selbst aufpasst? Mir glaubt er nicht."

Karsten Mühlberg verabschiedete Henry an der Bürotür und eilte davon. Henry wollte ihm noch einen Gruß an seine Frau nachrufen, aber Karsten war schon verschwunden. Henry mochte Karsten Mühlbergs Frau Linde. Sie war erst 26, stets ein wenig still und nach drei Ehejahren immer noch nicht schwanger. Ein beliebtes Gesprächsthema in der Stadt. Auch übte sie weder einen Beruf aus, noch engagierte sie sich in Sachen Soziales oder Kultur. Sie spielte nicht einmal Golf, sondern saß zu Hause und schrieb Gedichte. Die jungen Mühlbergs galten als mustergültiges, einander in Liebe und Respekt zugetanes Paar. Woran selbst Henry, dessen Vertrauen in scheinbar glückliche Ehen mit Andreas Mellerts Selbstmord einen schweren Einbruch erlitten hatte, nicht zweifelte. Andererseits konnten Linde und Karsten nicht viel Zeit für Ehestreitigkeiten haben. Der junge Mühlberg war ein rastloses Arbeitstier.

Vergnügt vor sich hin pfeifend, fand Henry mal wieder, das Angestelltenleben sei ein Kreuz, und war froh, dass Gott oder die Evolution ihn nicht dafür geschaffen hatte.

Auf der Treppe traf Henry Wilhelm Brandes in seinem besten Jackett und mit blitzblanken Schuhen. Er grummelte Henry einen Gruß zu und war nicht für eine Minute in ein Schwätzchen zu verwickeln, das Henry Gelegenheit gegeben hätte herauszubekommen, was ausgerechnet den Klostergärtner in Mühlbergs Allerheiligstes verschlug.

Als er aus dem Verwaltungsgebäude trat, fielen die ersten Tropfen, es gelang ihm gerade noch, das Verdeck seines Autos zu schließen, bevor der Regen richtig lospladderte. Er wusste nicht, ob er Mühlbergs offensichtliche Verehrung für Felicitas rührend oder amüsant finden sollte. Auf alle Fälle interessant, beschloss er.

So oder so, er hatte keine Ahnung, was Mühlberg tatsächlich von ihm gewollt hatte. Diese bayerische Kakerlakengeschichte hätte kaum solcher Eile bedurft. So furchtbar, wie er tat, konnte ihn das nicht beschäftigen. Wenn Mühlberg sich Zeit für den Klostergärtner nahm, musste er viel Zeit haben. Vielleicht wollte er Brandes nach den Vorlieben, womöglich gar den Lieblingsblumen seiner Äbtissin ausfragen. Eine ganz schlechte Idee. Brandes würde ohne Zweifel vertrocknete Brombeerranken empfehlen. Oder Brennnesseln.

DIE MÖLDENBURGER Polizeiwache befand sich in einem Neubau zwischen zwei schmucken Wohnhäusern aus der Zeit um die Jahrhundertwende und war die beachtlichste Bausünde der Stadt. Die echten Möldenburger nannten das kartonförmige Gebäude aus wenig Backstein und viel Beton modern. Der Vorschlag eines neuen Mitglieds des Gemeinderats, die Fassade mit wildem Wein zu beranken, fand keine Zustimmung.

Erik Hildebrandt wusste davon nichts. Es wäre ihm auch egal gewesen. Er hatte keinen Blick für Architektur. Er ging durch die doppelte Glastür und fand den Tresen so verlassen wie die beiden Schreibtische dahinter.

Birgit Sabowsky kam aus dem hinteren Raum. „Wollen Sie Kaffee? Es läuft gerade neuer durch."

„Wenn Sie mir meinen Schreibtisch gezeigt haben, wäre Kaffee großartig, Frau Sabowsky. Ich hoffe, er ist stark."

Hildebrandt war hundemüde. Früher hatten ihm durchgearbeitete Nächte nichts ausgemacht, heute gaben sie ihm das Gefühl, Kalk in den Gelenken und Gummi in den Knochen zu haben. Doch er hatte beschlossen, darüber nicht zu lamentieren. Die Obduktion hatte weniger Zeit als gewöhnlich in Anspruch genommen, es war nicht mehr viel zu obduzieren gewesen. Trotzdem hatte der Rest der Nacht nur noch für zwei Stunden Schlaf gereicht, bevor er nach einer Stippvisite in der Lüneburger Zentrale wieder nach Möldenburg gefahren war.

Nun wusste er, dass der Tote zwischen zwanzig und vierzig Jahre alt, dunkel-, beinahe schwarzhaarig und etwa 1,75 bis 1,80 Meter groß gewesen war. Geschlecht: Fragezeichen. Wahrscheinlich männlich. Todeszeitpunkt: doppeltes Fragezeichen. Er musste schon eine ganze Weile vergraben gewesen sein, doch in der Erde blieb ein Körper um ein Vielfaches länger erhalten als an der Luft.

Seltsam, dass das Schwarzwild ihn nicht schon früher gefunden hatte. Die Leiche lag in einer sandigen Mulde. Die Stelle war mit Bedacht gewählt. Wer immer dem Toten sein Grab bereitet hatte, kannte sich im Klosterwald aus. Die Buddelei musste trotzdem ein hartes Stück Arbeit gewesen sein.

Und sonst? Keine Fingerabdrücke, immerhin ein gutes Gebiss, was jedoch nur half, wenn man den passenden Zahnarzt fand, wozu man wiederum zuerst die Identität des Toten klären musste, und eine Verdickung am rechten Oberarmknochen. Den müsse er sich mal gebrochen haben, hatte Dr. Moppe gesagt, irgendwo, wo eine Fraktur nicht optimal zu versorgen sei. Eine gut versorgte Fraktur nämlich hinterlasse keine solche Verdickung an der Bruchstelle.

Bei der Untersuchung des Brustkorbs wurden Moppe und seine Kollegen fündig. Auf den Rippen lagen noch lederige Hautreste, doch die Kerben entdeckten sie an frei liegenden Rippen. Erstochen, sagte Dr. Moppe und hielt triumphierend sein Skalpell hoch. Sauber erstochen mit einer zweischneidigen Klinge. Wieder wurde mit Lupe und Kamera hantiert, und der Arzt versprach, er wolle Luzifer heißen, wenn das Mikroskop keine Metallpartikel ans Licht bringe.

„Hier ist noch einer. Ich meine, ein Vermisster." Birgit Sabowsky legte eine dünne Mappe neben die dickere, die Hildebrandt noch nicht geöffnet hatte. „Es ist nur eine Notiz, er ist nämlich in Freiburg vermisst gemeldet worden. Wir hatten eine Anfrage, weil er hier geboren worden ist. Ich dachte nur, der Vollständigkeit halber und weil Sie alles wissen wollten."

Hildebrandt legte die Mappe unter die anderen und klopfte auf den Stuhl neben dem Schreibtisch. „Setzen!", sagte er. Und als sie saß: „Wohin haben sich Ihre Kollegen verdrückt?"

„Dessau und Setrupp sind am Fundort, zwei haben Spätdienst, Wümmel und Klostermann kommen gleich. Und ich bin hier."

„Na fein. Auf Sie müssen Ihre Kollegen nun auch noch verzichten, weil ich Sie brauche. Wir arbeiten hier, ich wohne für die nächsten Tage in der „Alten Post", mein Gepäck ist schon dort. Zwei Kollegen in Lüneburg kümmern sich um die mageren Spuren. Im Übrigen heiße ich Hildebrandt und möchte auch nur so genannt werden. Und jetzt erzählen Sie mal: Wer ist hier im letzten Jahr abhanden gekommen und nicht wieder aufgetaucht?"

„Grausam", seufzte Frau von Rudenhof, und Frau Hailing sagte: „Ausgerechnet im Klosterwald!"

Fräulein Morender sagte gar nichts. Die Vorbereitung der Inventur war ihr ernst, sie konzentrierte sich auf die Postkarten in dem Karton vor ihr auf dem Verkaufstisch, die sie gerade zum dritten Mal zählte. Sie wusste, dass eine der anderen Damen ihr Ergebnis heimlich überprüfen würde. Zuerst hatte sie das gekränkt, aber schließlich, wer schon über neunzig ist, macht schon mal einen Fehler.

Leichte Schritte näherten sich durch den Kreuzgang, und die Äbtissin betrat den Raum, einst Sitz der Pförtnerin, nun Kassen- und Verkaufsraum für Eintrittskarten, Postkarten und Dias, Broschüren und Bücher.

Im gleichen Moment schob Judith Rehland die schwere Eingangstür auf, und bevor sie sie wieder hinter sich schließen konnte, fuhr ein Windstoß durch das zum Eingang hin geöffnete Kassenfenster und fegte die Inventurlisten vom Tisch.

Felicitas fing zwei im Flug, eine landete auf den Postkarten, nach dem Rest fahndete Frau von Rudenhof unter dem Büchertisch.

„Tut mir Leid“, sagte Judith und rettete eine letzte aus einem aufgeklappten Werkzeugkasten auf dem Tisch, von dem niemand wusste, was er hier sollte.

„Macht nichts“, tröstete Frau Hailing, „so ist der Herbst. Haben Sie schon von unserer Leiche gehört, Frau Rehland?“

„Leiche? Im Kloster?“

„Du meine Güte, nein! Im Klosterwald. Ein Hund hat dort eine ausgebuddelt.“

Davon hatte Judith nichts gehört. Sie mochte keine Nachrichten zum Frühstück.

„Gruselig“, sagte Felicitas. „Ich dachte immer, so etwas passiert in unserer friedlichen Stadt nicht. Das ist natürlich Unsinn, aber …“

„Sehr richtig.“ Frau von Rudenhof unterbrach das Zählen der Listen und hob streng den rechten Zeigefinger. „Sehr richtig. Wo der Mensch ist, ist auch das Böse. ‚Denn Gutes erhoffte ich, und Böses kam; ich harrte auf Licht, und es kam Finsternis.‘“

„Hiob“, murmelte Fräulein Morender mit bedauerndem Nicken.

„Wissen Sie Einzelheiten?“, wandte sich Felicitas an Karin Hailing. „Ich habe nur eine kurze Meldung im Radio gehört, und in der Zeitung steht noch nichts.“

„Ja“, sagte Frau Hailing. „Ganz zufällig musste ich heute Morgen schon vor neun Erika Blömer anrufen. Frau Blömer ist diese Fengshui-Beraterin, ich habe doch von ihrem Vortrag erzählt. Ihr Mann ist bei der freiwilligen Feuerwehr und weiß alles.“

Der Vormittag versprach interessant zu werden. Judith setzte sich auf die Tischkante, Felicitas, Frau von Rudenhof und Fräulein Morender scharten sich um Frau Hailing.

„Und“, sagte Fräulein Morende, „müssen Tote im Wald neuerdings gelöscht werden?“

„Nicht unbedingt.“ Frau Hailing ließ sich nicht aus der Ruhe und um den Genuss des Wissensvorsprungs bringen. „Aber es war mitten in der Nacht. Die Feuerwehr sorgt auch für Licht, wenn die Polizei im Dunkeln Spuren suchen muss. Und Leichen. Das nächste Mal, hat Frau Blömer gesagt, ruft sie mich an. Es sei grandios gewesen. Der wabernde Nebel, die starken Scheinwerfer, all die Leute in weißen Overalls wie Raumfahrer, die im Wald rumkrochen."

„Sehr schön", unterbrach Felicitas, die weniger an fantasievollen Schilderungen als an Konkretem interessiert war. „Hat die Polizei schon herausgefunden, wer der arme Mensch war?"

„Nein. Die Leiche ist schon so verwest, dass es fraglich ist, ob man das je herausbekommt."

„Dann muss er dort schon ewig gelegen haben", sagte Felicitas.

„Wie man es nimmt. Es ist zwar noch nicht offiziell, aber einer der Ärzte hat gesagt, so etwa ein halbes Jahr. Wahrscheinlich ist er schon Anfang des Sommers gestorben. Um genau zu sein: ermordet worden. Denn natürlich ist er ermordet worden. Wer vergräbt sich schon selbst?"

Mit lautem Krachen fiel der Werkzeugkasten vom Tisch, und die vier Frauen fuhren erschrocken herum. Judith Rehland stand neben dem Tisch und starrte Karin Hailing an. „Verzeihung", murmelte sie, „wie ungeschickt." Hastig sammelte sie das Werkzeug ein und warf es zurück in den Kasten. Felicitas war sicher, dass ihre Hände stärker zitterten, als es einem so belanglosen Schrecken wie einem heruntergefallenen Werkzeugkasten angemessen war.

KAPITEL 6

Matts Goldmann ließ sich von der Hocke auf den Waldboden fallen und atmete einige Male tief ein und aus. Er liebte seine Arbeit, liebte die penible Suche nach Winzigkeiten, nach einem einzelnen Haar, einem Stäubchen, einem halben Fingerabdruck, einem Faden. Die Vorstellung, dass solche winzigen Dinge große Verbrechen aufzuklären halfen, womöglich erst bewiesen, faszinierten ihn. Heute konnten Täter schon durch ein mikroskopisch kleines Hautschüppchen oder durch ein paar Zellen aus dem Speichel überführt werden. Aber auch die mussten gefunden werden.

Doch so gründlich er und sein Kollege auch den Waldboden untersuchten, sosehr sie auch siebten und sichteten, abgesehen von einigen kleineren Knochen der Leiche, die sie gestern in der Dunkelheit übersehen hatten, gab der Boden kaum etwas her, was nicht in den Wald gehörte. Nicht einmal einen Knopf. Immerhin, und das war ein stolzer Fund, blieb ein leicht verbogener und verkratzter Ohrring im Sieb.

Leider war der Ring kein einmaliges Stück, sondern ein billiges Ding aus Silberblech, wie es sie zu abertausenden gab. Ein kleines Teil im Puzzle um die Identität des Toten bedeutete es trotzdem. Oder um die Identität dessen, der ihn verscharrt hatte.

Matts Goldman richtete sich auf. Mit der Mulde waren sie fast durch. Obwohl Hildebrandt nicht so aussah, war er ein ganz Pingeliger. Tiefenarbeit hatte er gefordert, so tief, wie Objekte in einem Jahr überwuchert oder zugeweht werden können. Wie tief war das? Es ging nichts über einen ordentlichen Teppichboden, selbst ein verfilzter Flokati war ihm lieber als Waldboden. Für den nächsten Fund, tatsächlich den Fund des Tages, musste er nicht mehr lange suchen.

Obwohl das Messer seit Monaten in der Erde gelegen haben musste, war es gut erhalten. Der Hirschhorngriff wirkte matt, doch er war fest, die Klinge, etwa zwölf Zentimeter lang und am Schaft fünf Zentimeter breit, glänzte unter der feuchten Erde noch wie frisch geschmiedeter Stahl. Es war ein verdammt gutes Messer, irgendwer hatte irgendwann viel Geld dafür ausgegeben. Oder es in einem teuren Geschäft geklaut.

POLIZEIOBERMEISTERIN SABOWSKY nahm den Fuß vom Gas, lenkte den Wagen ihres neuen Chefs auf Zeit behutsam durch das Schlammloch und drückte das Pedal im genau richtigen Moment wieder ein Stück hinunter. Erleichtert spürte sie, wie die Räder festen Grund fassten.

Der Besuch bei Otto Bittner war überflüssig gewesen, sie hatte gleich gewusst, dass sie damit ihre Zeit verschwendeten. Das Protokoll hätte eine Streifenwagenbesatzung erledigen können. Hildebrandt hatte ihre Gedanken gelesen, jedenfalls hatte er gegrinst und gesagt, wenn er seine Karte richtig interpretiere, liege Bittners Haus in der Richtung des Guts, beinahe Luftlinie. Nach der kurzen Nacht werde ihnen eine kleine Fahrt durch den Wald gut tun. Dann hatte er ihr den Autoschlüssel zugeworfen und sich auf den Beifahrersitz gesetzt.

Immerhin gab die Sache mit dem Gut einen Pluspunkt. Sabowsky wusste zwar nicht, wer die Frau gewesen war, die im Juni eine Vermisstenanzeige hatte aufgeben wollen, diese hatte – daran erinnerte sie sich – ihren Namen nicht genannt. Aber dass der Mann auf Gut Waldneuburg gearbeitet oder gewohnt hatte, war ihr gleich wieder eingefallen.

Unter einer Buche zeigte ein hölzernes Schild mit dem Namenszug GUT WALDNEUBURG und dem Hinweis 1,5 km in einen Schotterweg. Trotzdem wagte sie nicht, schneller zu fahren. Auch am späten Vormittag wusste man hier nie, ob nicht ein Reh dumm genug war, den Weg zu überqueren, anstatt vor dem Lärm des Motors zu flüchten. Und Hildebrandt, der schon die Augen geschlossen hatte, kaum dass der Sicherheitsgurt eingeklinkt war, sollte ruhig noch ein wenig länger dösen. Sie mochte ihn lieber, wenn er schlief.

Erst als sie durch die Einfahrt fuhr, öffnete er die Augen und sah sich – schlagartig hellwach – um.

An einem Nebeneingang, einer schmalen Holztür mit einem vergitterten Fenster, hing ein Schild mit der Aufschrift BÜRO. Hildebrandt marschierte zu der Tür, klopfte an, öffnete sie und ging hinein. Der Raum war klein, auf dem Schreibtisch häuften sich Papiere und Broschüren, der Computer summte, neben dem gefüllten Aschenbecher lag ein aufgeschlagener Aktenordner, aber niemand war da.

Hildebrandt ließ sich auf einen Stuhl fallen. „Gucken Sie mal, ob Sie den Gutsherrn oder den Verwalter finden."

Das war nicht mehr nötig. Die Tür flog auf, und ein offensichtlich schlecht gelaunter Mann stürmte herein. Groß, Ende dreißig, seine schwarze, etwas verwaschene Hose und sein dunkelblauer Pullover mit Lederflicken auf den Ellbogen betonten seine Hagerkeit. „Was erlauben Sie sich, einfach in mein Büro zu gehen? Wer sind Sie überhaupt?"

Hildebrandt nannte ihre Namen, zeigte seinen Ausweis und fragte nach Arnold Zechau. Der sei nicht da, sagte der Mann, er komme erst am Nachmittag zurück. Er sei der Verwalter, Odewald, Jürgen Odewald. Allerdings sei er in Eile. Es gebe Probleme mit einem Rind.

Hildebrandt mochte weder hagere noch schlecht gelaunte Menschen. Hager war er selbst, schlecht gelaunt häufig auch, das reichte ihm. „Geben Sie uns Name und Adresse Ihres Arbeiters, der kürzlich verschwunden ist, und Sie sind uns gleich wieder los."

„Verschwunden? Ach, Sie meinen die Saisonarbeiter. Das stimmt. In diesem Sommer haben sich zwei vor der Zeit verabschiedet. Der eine war neu, bei dem hat mich das nicht gewundert, aber der andere war schon zum dritten Mal hier, weiß der Teufel, warum der auch so dumm war. So was spricht sich doch rum, den beschäftigt hier keiner mehr."

„Ärgerlich, so mitten in der Ernte. Was ernten Sie eigentlich im Juni?"

„Spargel. Das ist reine Handarbeit, dazu braucht man Erfahrung."

„Und diese beiden, wie waren die?"

„Beide gute Arbeiter, deshalb war es ja so ärgerlich." Auch der Neue. Neuling im Spargelstechen, aber anstellig. Auch immer pünktlich auf den Beinen, Spargel werde ja vor Tau und Tag gestochen, aber Sovata sei keinmal zu spät gekommen. „Rumänen, aber gute Arbeiter."

„Sicher können Sie mir die Namen nennen, Geburtsdaten, Adressen und so weiter. Die Personalien und alles, was Sie sonst noch haben."

Odewald zog einen Ordner aus dem Regal neben dem Schreibtisch und begann zu blättern. „Hier ist es. Sovata, Constantin, und Dordea, Gheorghe. Ich kopiere Ihnen die Seite." Er beugte sich zum Faxgerät vor, legte den Bogen ein und drückte auf die Kopiertaste.

„Waren die beiden befreundet?", fragte Sabowsky. „Und sind sie zusammen verschwunden? Am selben Tag?"

„Die kannten sich wohl ganz gut." Der Verwalter griff nach der Kopie und legte sie vor Hildebrandt auf den Schreibtisch. „Dordea", fuhr er fort, „ist der, der schon öfter für uns gearbeitet hat, der hat den Sovata empfohlen, er hat ihn auch mitgebracht. Die haben sich gut verstanden. Aber abgereist sind sie nicht zusammen." Er warf einen Blick in den Ordner. „Sovata am 30. Mai und Dordea am 2. Juni."

„Sie haben die beiden nicht als vermisst gemeldet?"

„Ich habe dem Arbeitsamt gemeldet, dass die abgefahren sind, ohne ihren Vertrag zu erfüllen. Nicht mal ihren Lohn haben die eingefordert. Was sollte die Polizei machen? Wenn die jeden Ausländer suchen wollte, der sich hier illegal aufhält … Ich denke", sagte Odewald, „die hatten keine Lust mehr auf den Job und sind längst wieder zu Hause."

Hildebrandt ließ sich die beiden Männer beschreiben. Sie hatten einander sehr geähnelt, jedenfalls in der Statur, knapp 1,80 Meter, kräftige junge Männer, schlank. Augenfarbe? So nah sei er ihnen wirklich nicht gekommen. Haarfarbe? Unterschiedlich, der Sovata sei ein dunkler Typ, die Haare fast schwarz, und der Dordea hellbraun, fast blond.

Ob es Ärger zwischen den beiden und den anderen Arbeitern gegeben habe? Jedenfalls keine Schlägerei. Der neue Rumäne sei nicht viel mit den anderen zusammen gewesen. Außer den sechs Polen habe es im letzten Sommer nur Sovata, Dordea und einen weiteren Rumänen gegeben, dessen Personalien fände er auch auf der Kopie. Der Raducan, das sei der Dritte, kam wie Dordea schon seit mehreren Jahren her. Der habe nicht gewusst, wohin oder warum die beiden anderen verschwunden seien. Nein, er glaube nicht, dass es Bekanntschaften in der Stadt oder Umgebung gegeben habe. So was sei überhaupt nicht üblich. Der Dunkle, Sovata, sei aber abends öfter weg gewesen. Nein, keine Ahnung, wohin. Sicher nach Möldenburg, wohin sonst? Der sprach ganz gut Deutsch. Eigentlich, erklärte er, gingen die Saisonarbeiter nur selten vom Gut. Die hielten ihr Geld zusammen, außerdem glaubte er nicht, dass die Männer in den Kneipen sehr willkommen waren.

„Sonst gibt es über die beiden nichts zu sagen", schloss er. „Aber der eine, ich glaube Sovata, hat Gepäck hier gelassen. Es müsste noch da sein."

„Gepäck? Wo?" Hildebrandt verlor schlagartig alles scheinbare Desinteresse.

„Im Arbeiterhaus. Wenn Sie das Zeug sehen wollen, gehen wir am besten gleich rüber."

Die Unterkunft der Saisonarbeiter, ein eingeschossiges, lang gestrecktes Backsteinhaus, stand am Rand des Anwesens im Schatten der beiden großen Scheunen. Odewald öffnete die Tür und ging voraus durch einen engen dunklen Flur.

Die Luft stand muffig in den kleinen Räumen, es roch nach Desinfektionsmitteln und einem Rest von Männerschweiß. Das Gebäude war in sechs ineinander übergehende Zimmer aufgeteilt, ein größeres in der Mitte als Küche und Gemeinschaftsraum eingerichtet. In den übrigen standen jeweils drei Betten, zwei davon übereinander, ein Schrank und eine Kommode. An den Fußenden der Matratzen lagen Decken und Kopfkissen. Ein schmaler Durchlass führte von der Küche in ein Badezimmer mit vier Waschbecken und zwei Duschen hinter halb zurückgezogenen Plastikvorhängen.

Odewald ging voraus bis in den letzten Raum und zeigte auf einen Reisesack aus festem olivfarbenem Segeltuch. Daneben lagen eine dicke Jacke aus schwarzem Cord und ein Paar Arbeitsstiefel, an denen noch sandige Erde haftete. Auf den Seesack hatte jemand mit schwarzer Tinte SOVATA geschrieben, der Namenszug verblasste schon, doch noch immer wirkte die Schrift schwungvoll, beinahe elegant.

„Sie können das Zeug mitnehmen. Herr Zechau wird nichts dagegen haben, und ich bin froh, den Müll endlich los zu sein. Aber eine Quittung müsste ich haben. Wenn der plötzlich wiederkommt, will ich keinen Ärger."

„Lässt man sein Gepäck und seinen Lohn zurück, wenn man heimfährt?", fragte Birgit Sabowsky den Verwalter.

„Wenn man das Gepäck nennen will. Kann doch sein, dass er das alte Zeug nicht mehr gebraucht hat. Da, wo er hinwollte."

Sabowsky griff wortlos nach dem Reisesack und marschierte aus dem Haus. Auch Hildebrandt verließ, die Stiefel in der Hand und die Jacke unter dem Arm, mit Odewald das Haus. „Noch eine Frage: War irgendwann mal eine junge Frau hier und hat nach den verschwundenen Männern gefragt? Oder nach einem von ihnen. Hellbraune Haare, mittelgroß."

„Die war hier, vorgestern, glaube ich. Oder vorvorgestern."

„Wie heißt sie, wo wohnt sie?“

„Das weiß ich nicht. Sie hat ihren Namen genannt, aber ich habe ihn vergessen. Diese komischen Namen kann man nicht behalten. Aber sie hat im Kloster übernachtet, das weiß ich genau, bevor sie hergekommen ist. Danach ist sie gleich zum Bahnhof.“

„Und woher wissen Sie das?“

„Von meiner Nichte, Margit Keller, die hat sie hergefahren. Sie ist die Sekretärin der Äbtissin. Sicher weiß Frau Stern, wie die Rumänin heißt und wo sie hin ist. Und ich dachte …“

Trotz seines plötzlichen Anfalls von Redseligkeit verriet er nicht, was er dachte, doch das interessierte Hildebrandt auch nicht mehr. Eine Kate im Wald, ein herrschaftlicher Gutshof – nun ein Kloster. Der Fall fing an, ihm auf die Nerven zu gehen.

„Und sonst hat sich niemand nach den beiden erkundigt? Im Sommer zum Beispiel, gleich nach deren Verschwinden?“

„Keine Seele. Es hat auch keiner angerufen, aus Rumänien, meine ich. Deshalb dachte ich ja, die sind längst wieder zu Hause. Frau Stern kann Ihnen bestimmt mehr sagen.“

Hildebrandt hatte gerade Stiefel und Jacke in einen Plastikbeutel gesteckt und im Kofferraum verstaut, als sein Handy klingelte. Es war der Mann von der Spurensicherung. Hildebrandt hörte zu, stopfte den winzigen Apparat in eine seiner wie stets überfüllten Jackentaschen und verschwand noch einmal im Gutsbüro. Bevor Sabowsky entschieden hatte, ob sie ihm folgen solle, war er wieder da.

„Es geht voran“, sagte er und setzte sich auf den Beifahrersitz. „Ich wusste doch, dass perforierte Ohrläppchen zu irgendetwas gut sein müssen. Worauf warten Sie, Sabowsky? Fahren Sie los!“

Die Äbtissin schob ihr Fahrrad in den Ständer vor der Buchhandlung am Großen Markt, zog den Schlüssel ab und nahm ihre Tasche aus dem Gepäckträgerkorb. Auf dem weiten Platz vor dem Rathaus waren dicht an dicht die Stände des Wochenmarktes aufgebaut. Bratwurstduft lag in der Luft, aufmerksam schnuppernde Nasen fanden auch das würzig-strenge Aroma der Herbstastern und Chrysanthemen und das süße von gebrannten Mandeln.

Felicitas war während der letzten drei Jahrzehnte immer nur zu kurzen Familienbesuchen nach Möldenburg zurückgekehrt, auch um alte Freunde zu treffen, doch nachdem sie Jasper und Verena geboren hatte, entfernte sich ihre Welt immer mehr von der ihrer Kindheit und Jugend.

Sie traf viele Menschen und reiste auch viel, vor allem während der Jahre mit Lorenz. Später, als nach seinem plötzlichen Tod der Spagat zwischen dem Muttersein und der Notwendigkeit, Geld zu verdienen, sie beinahe auffraß, traf sie noch mehr Menschen. Zahllose neue Gesichter, die die alten verblassen ließen.

Nun wurde sie immer wieder angesprochen und begrüßt. Sie traf alte Lehrer, den Pastor, der sie getraut hatte, die Schneiderin ihrer Mutter oder die Tochter ihrer Klavierlehrerin, für sie alle war Felicitas „von Dortings Jüngste" geblieben. Äbtissin hin oder her.

Leider misslang es ihr, plötzlich all diese Menschen zu mögen oder auch nur so zu tun. Als Politikerin wäre sie ein glatter Reinfall. Zumindest gelang es ihr stets, höflich zu bleiben, eine beachtliche Leistung ihres nicht immer sanften Temperaments.

Felicitas umrundete den türkischen Gemüsestand und betrat das Markt-Café mit immerhin drei Stehtischen. An einem der Tische lehnten zwei Mädchen und tuschelten. Felicitas entspannte sich. Die beiden waren zu jung, als dass sie sie hätte kennen können. Sie trat an die Kasse und bestellte einen Kaffee, da hörte sie ihren Namen.

„Tante Felicitas?"

Sie nahm ihren Kaffeebecher vom Tresen und drehte sich um. Die Mädchen sahen sie an, die eine neugierig, die andere mit einer Mischung aus Schüchternheit und Trotz.

„Charly?" Die Schüchterne war Charlotte, allerdings eine fremde Charlotte. Wäre Felicitas ihr auf der Straße begegnet, hätte sie die Tochter ihrer Kusine kaum erkannt.

„Ich bin's wirklich, Tante Felicitas. Findest du es schlimm?"

Charlotte Mellert, noch vor zwei Stunden blond und langhaarig wie ein präraffaelischer Engel, sah mit vorgeschobener Unterlippe unter einem schwarzen Pagenkopf hervor.

„Nun", sagte Felicitas und bemühte sich, nicht zu laut auszuatmen, „schlimm würde ich nicht gerade sagen. Interessant. Und ziemlich fremd, ich hätte dich kaum erkannt." Widerwillig gestand sie sich ein, dass die schwarze Farbe Charlotte nicht verunstaltete. Sie gab dem jungen Gesicht eine Zartheit, die die Verletzlichkeit ihrer fünfzehnjährigen Seele verriet.

„Ich muss los, Charly." Svenja, ein dünnes, sommersprossiges Geschöpf, küsste ihre Freundin auf die Wange, warf Felicitas noch einen grüßenden Blick zu und ging hinaus.

„Habe ich deine Freundin in die Flucht geschlagen?"

„Svenja lässt sich nicht in die Flucht schlagen, ihre Freistunde ist vorbei, sie hat jetzt Russisch. Svenja ist immer pünktlich."

„Und du? Wann musst du zurück in die Schule?"

„Morgen. Heute habe ich frei."

„Wie schön für dich. Haben die Lehrer Grippe?"

„Nein. Ich schwänze."

„Ach, du meine Güte! Wenn du sowieso schwänzt, hast du Lust, mit mir essen zu gehen? Es ist gleich Mittag, und ich habe riesigen Hunger. Wo geht man denn am besten hin?"

Fünf Minuten später sagte Felicitas zum zweiten Mal: „Ach, du meine Güte!" Diesmal meinte sie die Sitzecken des Restaurants, die mit halb gerafften roten Samtvorhängen dekoriert waren. Während ihrer Tanzstundenzeit war hier eine italienische Eisdiele gewesen.

Sie fanden einen freien Tisch in der letzten Nische. Charly entschied sich für Pizza, Felicitas für Balsamhuhn auf Salat. „Nun erzähl mir, wie es dir geht", forderte Felicitas ihre Nichte auf. „Wir haben uns nicht oft gesehen in der letzten Zeit."

Der Kellner brachte die Pizza und das Huhn, goss Mineralwasser ein und verschwand.

„Mir geht's gut", sagte Charlotte, „meistens jedenfalls. Aber Mama geht's nicht gut. Kannst du nicht mal mit ihr reden? Sie hält viel von dir, mit mir redet sie nicht, sie sagt nur irgendwas. Sie wühlt immer noch in Papas Papieren rum, als gäbe es da was. Aber sie sagt nicht, was. Darf ich dich mal was fragen?"

„Was du willst."

„Hast du Papa gut gekannt?"

„Gut? Nein, eigentlich nicht. Deine Eltern haben geheiratet, als ich schon nicht mehr in Möldenburg war. Wir haben euch manchmal besucht, einmal haben wir sogar zusammen Urlaub in der Bretagne gemacht, aber da warst du gerade erst ein halbes Jahr alt."

„Wie war er?"

Felicitas lehnte sich zurück. „Dein Vater war ein feiner, sensibler Mensch, Charly. Er hat seinen Beruf sehr geliebt, aber seine Familie noch mehr. So sehr, dass er sein geliebtes Klinikum gegen die Praxis in Astrids Heimatstadt getauscht hat. Er war klug und gebildet, er liebte die Musik, das weißt du ja selbst. Ich weiß nicht, was passiert ist. Er hatte viel Humor, aber wie viele feinfühlige Menschen hatte er auch eine dunkle Seite."

„Was meinst du damit? Hat er was Verbotenes gemacht?"

„Aber nein. Mit dunkler Seite meine ich etwas Melancholisches. Er gehörte zu den Menschen, die niemals denken oder sagen: Ja, das ist wohl ungerecht und gemein, aber so ist das Leben nun mal, ich kann es nicht ändern. Er nahm sich solche Dinge immer sehr zu Herzen. Ich denke, er fühlte sich zu oft verantwortlich. Das mag ehrenwert sein, doch auf die Dauer hält das niemand aus. Versteh mich nicht falsch, es ist richtig, sich zu engagieren, gegen Ungerechtigkeit aufzustehen. Aber niemand kann das ständig und in allen Bereichen. Dein Vater wusste das natürlich, er litt trotzdem an dieser Unmöglichkeit. Ich kann mir vorstellen, dass er sich im Laufe der Jahre immer hilfloser fühlte. Und irgendwann resignierte."

„Warum? Er hat doch so viel getan. Für seine Patienten, für die neue Ambulanz, er hat in der Schule Vorträge über Aids gehalten. Er hat auch Patienten ohne Krankenschein behandelt, arme Leute aus der Russensiedlung oder Penner. Er dachte, das weiß keiner, aber ich hab's doch gewusst. Mama nicht. Die hat so was nicht interessiert. Wenn sie sich mehr um ihn gekümmert hätte …"

„Halt, Charly! Vorsicht! Zuerst waren in meinem Kopf auch solche Gedanken: Wenn Andreas nicht mehr leben wollte, warum hat Astrid das nicht gemerkt? War sie eine schlechte Ehefrau? Das ist alles falsch. Ich weiß nicht, ob deine Mutter eine vorbildliche Ehefrau war. Aber ich weiß, sie war keine schlechtere als andere. Wenn man so lange miteinander lebt, glaubt man, den anderen zu kennen. Es gibt auch Zeiten, in denen man sich nicht mag, in jeder Ehe. Vielleicht ist deinen Eltern in ihrer Ehe etwas verloren gegangen, Vertrauen, die Zuversicht. Vielleicht hätten sie etwas dagegen unternehmen sollen, vielleicht haben sie es sogar versucht. Vor allem aber, Charly: Menschen treffen einsame Entschlüsse. Oft gerade dann, wenn es besser wäre, die Gedanken zu teilen. Manche können das einfach nicht. Ich glaube auch, dass es deiner Mutter schlecht geht und dass sie immer noch verzweifelt nach einem Grund für seinen Entschluss sucht. Womöglich in irgendwelchen Papieren, sicher in sich selbst. Das ist schwer, Charly, furchtbar schwer."

Sie schwieg. Das war zu viel gewesen für ein fünfzehnjähriges, tief verunsichertes Mädchen. Sie griff über den Tisch und legte ihre Hand leicht auf die von Charlotte.

„Ich war so wütend, Tante Felicitas", flüsterte Charly. „So schrecklich wütend, weil er das gemacht hat. Auf Mama bin ich auch wütend, aber nicht so sehr. Das ist doch verrückt, oder?"

„Er hat dich verlassen, das macht dich wütend. Als Lorenz starb, war ich auch wütend."

Charlotte starrte ihre Tante erschrocken an. „Hat er sich auch …?"

„Aber nein. Sein Herz ist einfach stehen geblieben. Er war vorher nicht mal krank, jedenfalls wusste das niemand. Aber ich fühlte mich im Stich gelassen. Mit zwei Kindern, ohne Beruf. Und ohne ihn."

„Hast du ihn sehr geliebt?"

Felicitas nickte. „Sehr." Seit dem Tod ihres Mannes waren fast vierzehn Jahre vergangen. Immer noch fiel es ihr schwer, darüber zu sprechen.

„Tante Felicitas?"

„Ja?"

Zwei dünne Mädchenarme schlangen sich um ihren Hals, und Charly flüsterte: „Danke. Eine letzte Frage habe ich noch, für heute jedenfalls. Muss ich noch Tante zu dir sagen? Oder würde dir auch Felicitas reichen?"

KAPITEL 7

Erik Hildebrandt kannte Möldenburg, aber nicht das Kloster. Klöster waren nicht die bevorzugten Arbeitsplätze Krimineller. Im Übrigen hatte er die weit verbreitete Vorliebe für das Mittelalter nie verstanden. Ihm fielen dabei zuerst Pest und Aberglaube, Hunger und Sklaverei ein. Allerdings gestand er sich ein, dass dieses Kloster mit seinen warmen Backsteinmauern keineswegs arrogant wirkte, sondern durchaus wohnlich und einladend.

Etwas Sanftes strich an seinen Waden entlang, er blickte hinunter und sah in Barbarossas kugelrundes Fellgesicht. Er beugte sich zu dem Kater hinunter und strich ihm über das rote Fell. „Welche Tür empfiehlst du mir, Katze? Die rechte oder die linke?"

Barbarossa zottelte über den Hof und setzte sich mit klagendem Maunzen vor die linke Tür.

Hildebrandt drückte die Klinke hinunter und trat ein. Er erwartete einen dunklen Raum, doch die weiß getünchten Wände der Halle reflektierten das durch die Spitzbogenfenster vom Innenhof hereinfallende herbstlich sanfte Sonnenlicht. In einer Nische plätscherten flüsternd mehrere Wasserstrahlen aus einem Bronzeaufsatz, der einer gotischen Kirchturmspitze ähnelte, in ein rundes Wasserbecken. Lange Gänge, wie die Halle mit Steinplatten ausgelegt, führten nach links und rechts. Von rechts hörte er gedämpft Stimmen, also wandte er sich dorthin.

Zwei Frauen standen in der Mitte des Raumes und starrten auf die gegenüberliegende bemalte Wand. Die ältere, das dunkle Haar von einer auffallend weißen Strähne durchzogen und nicht mehr so schlank, wie sie in ihrer Jugend gewiss gewesen war, hatte die linke Hand tief in die Tasche ihrer burgunderroten Strickjacke gesteckt, in der rechten glomm eine Zigarette vor sich hin. Die jüngere war zierlich und rotblond, ihr ehemals weißer Overall mit tausend Farbklecksen übersät.

„Es wäre mir wirklich lieb", sagte die ältere, „wenn Sie mit mir führen. Henry hat mir unter dem Siegel der Verschwiegenheit anvertraut, Mühlberg schicke mir einen Wagen. Ich käme mir albern vor, allein mit der Limousine vorzufahren."

„Wenn Sie es wollen, fahre ich gerne mit. Ich kenne da ja niemanden. Warum hat er mich überhaupt eingeladen?"

„Er ist sehr stolz auf seine Künstlerin."

„Was ich mache, ist solides Handwerk, keine Kunst."

Hildebrandt räusperte sich, und die beiden Frauen fuhren herum. „Entschuldigen Sie. Ich wollte Sie nicht erschrecken. Mein Name ist Hildebrandt, Zentraler Kriminaldienst Lüneburg. Ich suche Frau Stern, die Äbtissin."

„Ich bin Felicitas Stern. Und das ist Frau Rehland, unsere Restauratorin. Was kann ich für Sie tun?"

Hildebrandt war überrascht. Er hatte eine graue Frau mit vor der Brust gefalteten Händen erwartet, klein, streng, zäh. Und alt. Die Frau, die nun in Rock und eleganter Strickjacke vor ihm stand, schien jünger als er, ein wenig an Jahren und viel an Ausstrahlung. Grau, beinahe weiß, war an ihr nur die durchaus attraktive Strähne in ihrem kastanienbraunen Haar. Und die Augen, denen, da war er sicher, nichts entging. Allerdings hielt er sie unbedingt für zäh. Und für streng, hin und wieder.

Die Äbtissin entsprach nicht seinen Vorstellungen. Dass sie in der Stadt als Respektsperson galt, wunderte ihn dennoch nicht.

Er zeigte seinen Ausweis, der genau geprüft wurde, und versicherte, Frau Rehland störe nicht, im Gegenteil, womöglich könne auch sie ihm weiterhelfen. „Vielleicht haben Sie gehört, dass ein Toter im Wald gefunden wurde …"

„Dies ist eine kleine Stadt, Herr Hildebrandt. Man müsste im Koma liegen, um nicht davon gehört zu haben."

Hildebrandt nickte. „Wir wissen noch nicht, wer er ist, deshalb überprüfen wir alle Hinweise über Vermisste. Im vergangenen Sommer sind zwei Saisonarbeiter von einem Gut hier in der Nähe verschwunden, vor wenigen Tagen hat eine junge Frau nach einem von ihnen gefragt. Sie soll bei Ihnen übernachtet haben, Frau Stern. Stimmt das?“

Die Äbtissin warf den Rest ihrer Zigarette in den Aschenbecher. „Ich weiß nicht, nach wem sie dort fragen wollte“, sagte sie. „Ich weiß nur, dass sie aus Rumänien kam, um ihren Verlobten zu suchen. Es sieht so aus, als habe er sie sitzen lassen. Meine Sekretärin hat sie nach Waldneuburg und anschließend zum Bahnhof gefahren. Sie wollte gleich wieder abreisen. Sie kannte sonst niemanden hier.“

„Außer Ihnen. Wo haben Sie sich kennen gelernt?“

„Auf dem Bahnsteig. Sie kam mit demselben Zug wie ich aus Lüneburg.“

„Aber sie hat doch bei Ihnen übernachtet?“

„Das hat sie. Es war spät, ich konnte sie nicht mutterseelenallein auf dem Bahnsteig sitzen lassen. Ich bin sicher, sie besaß sehr wenig Geld. Sie sprach auch nur wenige Brocken Deutsch und wollte zum Gut. Das ging um diese Uhrzeit nicht mehr.“

Hildebrandt wandte den Kopf zu Judith. Die war wieder auf ihre Leiter geklettert und schien in ihre Arbeit vertieft. „Haben Sie diese Frau auch gesehen oder gesprochen, Frau Rehland?“

„Nein. Ich habe nur von ihr gehört. Margit Keller hat mir von ihr erzählt.“

Hildebrandt nickte und wandte sich wieder der Äbtissin zu.

„Und Sie sind sicher, dass sie sonst nichts gesagt hat, Frau Stern? Gar nichts?“

„Gar nichts, ganz sicher. Sie war nicht gerade redselig. Abgesehen davon, dass sie, wie ich schon sagte, kaum Deutsch sprach, war sie todmüde. Ich übrigens auch. Sie brauchte ein Bett für die Nacht und am nächsten Morgen eine Fahrgelegenheit zum Gut. Natürlich habe ich daran gedacht, sie in einem Hotel unterzubringen, aber sie sah nicht aus, als habe sie Geld übrig.“

„Wie sah die Frau aus? Sicher können Sie sie beschreiben.“

„Sie sah absolut unauffällig aus.“ Felicitas berichtete, was sie in ihrer Erinnerung fand. Es war nicht viel. Der zerknitterte helle Mantel, das hellbraune, gerade abgeschnittene Haar, die blasse Haut.

Hildebrandt hatte nicht mehr erwartet. Auch die Auskünfte der Sekretärin würden kaum ergiebiger ausfallen.

Frau Keller? Natürlich könne er mit ihr sprechen, sagte die Äbtissin. „Sie ist im Büro. Am besten bringe ich Sie hin.“

Die Schritte entfernten sich durch den Kreuzgang, die kurzen, schnellen der Äbtissin, die langen, schweren des Hauptkommissars. Judith Rehland starrte in das Gesicht eines der alten Kirchenväter. Sie hatte gedacht, es sei vorbei. Doch das war ein Irrtum gewesen.

„WAS NEHMEN Sie zu Ihrem Tee? Milch? Zucker? Ich habe auch Honig."

„Keine Milch, Frau Stern, danke. Honig wäre prima."

Judith Rehland sah sich im Wohnzimmer der Äbtissin um und versuchte, nicht gar zu neugierig zu erscheinen. Bisher hatten sie sich nur im Klosterbüro oder im Refektorium getroffen. Die Privaträume der Äbtissin wiesen mit den Klosterzellen vergangener Zeiten so viel Gemeinsamkeit auf wie ein Stück Wüste mit einem liebevoll angelegten Garten. Die beiden ineinander gehenden, großzügigen Wohnräume waren licht, der Blick über den Garten und den Klostersee auf das schon leicht gefärbte Laub des Parks hätte einer Hochglanzpostkarte Ehre gemacht. Die Gediegenheit des Sekretärs aus Wurzelholz, des ovalen Biedermeiertisches mit den sechs passenden Stühlen und des üppigen weißen Sofas mit den beiden Sesseln bildete einen stilvollen Kontrast zu den modernen Grafiken an der Wand gegenüber den Fenstern.

„Setzen Sie sich doch, Frau Rehland. Am besten auf das Sofa, das ist am gemütlichsten. Und dann legen Sie los. Ich bin neugierig."

Das war sie, seit Judith in ihrem Büro erschienen war und gefragt hatte, ob sie ein paar Minuten Zeit habe. Sie brauche einen Rat und wisse nicht, wen sie sonst fragen könnte. Felicitas mochte Judith Rehland und war erleichtert, dass ihr Gefühl sie im Frühjahr, als sie sich für die viel zu junge Restauratorin entschied, nicht getrogen hatte. Judith Rehland arbeitete konzentriert und gewissenhaft, ihr behutsamer Umgang mit den alten Malereien verriet Können und Respekt.

Allerdings hatte Felicitas nicht mit dieser beinahe schroffen Sprödigkeit gerechnet, die Judith wie ein Mantel umgab. Es musste kühl und einsam darunter sein, doch vielleicht liebte sie diese Abgeschiedenheit. Die Äbtissin respektierte diesen Wunsch nach Distanz.

Als Judith vor einer Viertelstunde in ihrem Büro stand, beschloss die Äbtissin, es sei Zeit für eine Tasse Tee. Den, so sagte sie, nehme sie am liebsten in ihrer Wohnung.

Sie nahm einen Keks aus der Schale. „Wollen Sie nicht auch einen? Nein? Na gut. Was ist Ihr Problem?"

„Es geht um die Rumänin. Ich glaube, ich kenne den Mann, den sie sucht. Vorhin, als dieser Polizist hier war, dachte ich, es sei nicht wichtig. Es geht auch niemanden etwas an. Eigentlich. Wenn ich mir jetzt aber vorstelle, er könnte der Tote sein, ist es vielleicht doch wichtig. Sie verstehen kein Wort, oder?"

„Fast keins. Wie wäre es, wenn Sie einfach mit dem Anfang beginnen?"

Der Anfang. Es war während des Urlaubs im letzten Herbst gewesen, vor einem Jahr. „Sonne", hatte sie am Last-Minute-Schalter gesagt, „und billig." Sie landete in Rumänien, am Schwarzen Meer. Und hatte das Glück der Nachsaisonreisenden, der Strand war nicht mehr überfüllt, das Hotel besser, als der Preis versprach. Constantin arbeitete dort als Kellner, er sprach Deutsch, er war unaufdringlich, aber er war immer da. Das Meer war schuld, der Himmel mit diesen unglaublichen Sternen, die Leichtigkeit, die das Leben bekommt, wenn der Alltag weit weg ist.

„Er hat Kunstgeschichte studiert, es war schön, mit jemandem zu reden, mit dem man etwas gemeinsam hat. Er hat mir von den rumänischen Klöstern erzählt und von den Wäldern in Zentralrumänien. Dorthin wollte er nach dem Ende der Saison fahren, er hatte da wieder einen Job."

„Sie haben ihn im Urlaub kennen gelernt. Und dann haben Sie sich in ihn verliebt."

„Nein. Das heißt: doch. Ein bisschen." Vielleicht lag es an dem aufmunternden Lächeln der Äbtissin, plötzlich schwand das bleierne Unbehagen. „Wir hatten eine Affäre", stieß Judith hervor, „und das ist mir peinlich."

„Peinlich? Warum?"

„Ich finde Frauen peinlich, die sich mit einem gut gebauten griechischen Touristenführer, spanischen Barkeeper oder italienischen Skilehrer einlassen. Ich habe das nie verstanden. Die lachen doch über die Touristinnen."

„Sie sind altmodisch, Judith. Und sehr streng. Sie mochten ihn und haben sich ein paar glückliche Tage genehmigt. Was ist daran schlimm? Oder hat er Sie angepumpt?"

„Nein, er wollte im Gegenteil immer für mich bezahlen, jeden Kaffee, jedes Glas Wein."

„Warum hat er überhaupt als Kellner gearbeitet?"

„Er hat sein Studium abgeschlossen, aber Kunstgeschichte ist dort ein brotloser Job. Als er zu studieren begann, hatte er geglaubt, das Leben werde sich nach dem Umbruch in Rumänien schnell ändern. Er ist ein Träumer. Inzwischen sieht er die Realität. Er nimmt alle möglichen Jobs an. Sogar als Saisonarbeiter."

Felicitas pfiff leise durch die Zähne. „Jetzt beginne ich die ganze Geschichte zu verstehen. Er war hier? Als Saisonarbeiter bei Arnold Zechau?"

„Auf Waldneuburg, ja. Im Sommer zur Spargelernte."

„Und er hat Sie besucht."

Judith nickte. „Damals hatte ich mich schon um diesen Auftrag beworben, ich hatte ihm im Urlaub davon erzählt. Er muss sich den Namen der Stadt gemerkt haben. Jedenfalls stand er Anfang Mai plötzlich vor mir. Ich war auf dem Markt, packte an einem Stand Gemüse in meinen Korb, und als ich aufsah, entdeckte ich ihn. Er stand nur drei Meter weiter an einem anderen Stand. Er tat so, als sei er so überrascht wie ich. Er machte das sehr überzeugend. Ich habe mich gefreut. Irgendwie."

„Und dann? Was haben Sie gemacht?"

Judith errötete. „Er war nur ein paarmal da und ist nachts immer wieder zum Gut zurückgefahren. Mit dem Fahrrad. Er musste doch schon bei Dämmerung aufs Feld. Dann ist er verschwunden. Er ist einfach nicht wiedergekommen, und jetzt …"

„Denken Sie, er ist womöglich der Tote, den Bittner mit seinem Hund im Wald gefunden hat?"

„Es ist doch möglich. Theoretisch. Die Vorstellung ist schrecklich."

„Haben Sie irgendeine Idee, warum er Möldenburg verlassen haben könnte? Hat er etwas erzählt? Von Streit, von neuen Plänen?"

„Eigentlich nicht. Jedenfalls nichts von Problemen. Auch nur wenig vom Gut und seiner Arbeit, aber es gefiel ihm hier, er wollte bleiben."

„In Deutschland?"

„In Möldenburg. So etwas hatte ich befürchtet, und an unserem letzten Abend habe ich ihm gesagt, ich könne ihm dabei nicht helfen. Ich würde ihn nicht heiraten und damit sozusagen einbürgern. Er hat gelächelt, beinahe mitleidig, und irgendetwas gesagt wie: Es gebe eine bessere Möglichkeit, er wisse schon einen Weg, um hier leben und arbeiten zu können. Es klang nicht, als meinte er damit Spargel ernten."

„Er spricht gut Deutsch, haben Sie gesagt. Falls er deutsche Vorfahren hat, könnte er sich als Rumäniendeutscher rückführen lassen."

„Von deutschen Vorfahren war nie die Rede. Deutsch hatte er von seiner Großmutter gelernt, die konnte es von ihrem österreichischen Kindermädchen. Ich denke, das mit dem Hierbleiben war nur ein schönes Luftschloss. Er hat viel Fantasie."

„Haben Sie ihn eigentlich gesucht, nachdem er nicht wieder bei Ihnen auftauchte?"

„Mehr oder weniger. Da passierte nämlich noch etwas Seltsames. Zwei Tage nach diesem Abend bekam ich einen Anruf, ein Mann fragte nach Constantin, so heißt er, Constantin Sovata. Er sprach sehr hastig und ziemlich unverständlich. Ich konnte ihm nicht helfen und habe mich damals nur geärgert, weil Constantin meine Handynummer weitergegeben hatte. Dann erzählte mir Margit Keller, auf dem Gut seien zwei Rumänen verschwunden, da fing ich an, mir Sorgen zu machen. Schließlich wollte ich eine Vermisstenanzeige aufgeben. Aber ich wusste ja nichts als seinen Namen, entsprechend begeistert hat die Polizistin auf der Wache reagiert. In ihren Augen stand deutlich: doofe, sitzen gelassene Frau. Ich gestehe, ich bin geflüchtet. Schließlich entschied ich, er sei einfach nur abgehauen. Wer weiß, wohin."

„Auf Waldneuburg haben Sie sich nicht erkundigt?"

„Da hätte ich kaum mehr erfahren, als Margit erzählt hatte. Der Verwalter ist doch ihr Onkel."

„Stimmt. Was Margit nicht weiß, weiß niemand. Und jetzt?"

„Das ist das Problem. Meinen Sie, ich muss das diesem Polizisten erzählen?"

„Unbedingt, bevor die selbst auf Sie kommen. Trinken Sie vorher einen Schnaps, und vergessen Sie, dass so eine Urlaubsliebe peinlich erscheinen könnte. Wirklich, Judith, wenn das die einzige Leiche in Ihrem Keller ist, sind Sie zu beglückwünschen."

Judith wurde wieder blass, auch Felicitas fand, dass das eine äußerst unpassende Bemerkung gewesen war.

Kriminalhauptkommissar Hildebrandt schob mit der Gabel einen Zweig Rosmarin an den Tellerrand und schnupperte mit halb geschlossenen Augen den würzigen Duft seines Abendessens. Hätte die Äbtissin ihn jetzt gesehen, wäre ihr strenges Urteil ins Wanken gekommen. Hildebrandt erschien ihr als ein grauer Asket, ohne Humor und Großzügigkeit, ohne Nachsicht für menschliche Schwächen. Mit dem Mangel an Nachsicht lag sie richtig, von Asket konnte keine Rede sein. Das Lamm war zart und köstlich, und die Röstkartoffeln waren ganz so, wie er es in einem soliden ländlichen Gasthof erwartete.

Aus dem Klubraum hörte er leise murmelnde Stimmen. Das Gemurmel schwoll an, und Hildebrandt schaltete seine Ohren ab. Er brauchte eine Pause.

Der Tag war lang gewesen und, abgesehen von den Funden im Wald, mager an Ergebnissen. Der Jagdpächter und auch der Bauer, dem das

Waldstück gehörte, waren so ergiebig gewesen wie eine leere Brötchentüte. Nichts gesehen, nichts gewusst, nichts gehört.

Auch Sovatas Gepäck hatte nichts Neues verraten. Kleidung, Toilettenartikel, ein Paar gut gepflegte Lederschuhe, ein kleines Taschenmesser. Das war alles. Ein Adress- oder Notizbuch, ein Tagebuch gar, womöglich mit sauber aufgelisteten Namen und Verabredungen, war nicht da, natürlich nicht. Auffällig war nur die Unordnung in der Tasche, als habe jemand alles hastig hineingestopft. Oder gründlich durchsucht. Irgendjemand hatte Sovatas magere Hinterlassenschaft in die Tasche gepackt. Er sei es nicht gewesen, versicherte Odewald am Telefon.

Trotzdem waren die Tasche und ihr Inhalt ein Schatz. Ein Haar, ein paar Hautschüppchen, winzige Partikel von Constantin Sovatas Körper würden in den Labors der Rechtsmedizin klären, ob der Tote im Wald der Mann war, der die Kleidung in der Tasche mit dem Namenszug SOVATA getragen hatte.

Eine Überraschung hatte es an diesem Tag doch gegeben. Dass sich ausgerechnet die Restauratorin aus dem Kloster als Freundin eines dieser Erntehelfer entpuppte! Sabowsky hatte sie in die Mangel genommen, während er unterwegs war, aber auch nicht viel Neues herausbekommen. Immerhin besaß sie ein Foto von Sovata. Sabowsky hatte in Judith Rehland die Frau wieder erkannt, die im Sommer eine Vermisstenanzeige hatte aufgeben wollen und davongelaufen war.

Personalien, Adressen und Beschreibungen der beiden verloren gegangenen Erntehelfer waren nach Bukarest unterwegs. Irgendwann würde die Anfrage beantwortet werden.

Außer den beiden Erntehelfern galten nur drei weitere Personen in der Region als vermisst, alle deutlich kleiner als der Tote aus dem Wald.

„Schmeckt's, der Herr?“ Der Kellner stand vor ihm.

„Wunderbar. Machen Sie mir noch ein Bier? Wenn Sie mögen, auch eins für Sie.“

Der Kellner mochte. Er zapfte die Biere, diesmal blitzschnell, was zu Lasten der Schaumkronen ging, und ließ sich mit einem zufriedenen Seufzer auf die Eckbank fallen. Er sagte „Prost!“, setzte sein Glas an und stellte es halb geleert auf den Tisch.

„Wer tagt eigentlich im Klubzimmer?“

„Heute tagen unsere Jäger. Die sind immer bei uns. Trinken alle nicht viel.“

Die Tür zum Klubzimmer flog auf, ein schmaler Mann in grauem Anzug, am Revers eine Nadel mit goldenen Eichblättern über zwei

Wildschweinhauern, marschierte durch die Gaststube und verschwand im Gang zu den Toiletten.

„Das ist unser Kämmerer, Meyenkamp. Als ich das Bier reinbrachte, stritten sie sich gerade über den Toten im Klosterwald, die Jäger nennen ihn den ‚Mühlbergs Forst', weil der da die Jagd gepachtet hat."

„Worum ging es bei dem Streit?"

„Ich glaube, es geht um die große Treibjagd im November. Da werden immer hohe Gäste eingeladen. Ich hab vorhin gehört, wie der Apotheker gesagt hat, man könne die Jagd nicht da machen, wo eine Leiche vor sich hin gerottet habe. Aber die meisten finden, das ist Unsinn."

„Wer ist denn Mitglied in Ihrem Jagdverein?"

„Jeder, der was ist in Möldenburg. Das geht vom Vater auf den Sohn. Dieselben, die auch im Stadtrat sitzen, die Fabrikanten, wir haben zwei, wussten Sie das? Der eine macht Schnaps, der andere Brötchen. Der Chef von der Bank, die Ärzte natürlich, die meisten jedenfalls. Dr. Mellert war auch Mitglied."

„Dr. Mellert? Wer ist das?"

„Der war unser Internist. Guter Arzt und netter Mann. Im Sommer hat er sich erschossen, wissen Sie das nicht? Auf seinem Lieblingshochsitz. Meine Frau sagt, die Astrid Mellert ist schuld. Ich glaub das aber nicht. Lebenslustig war sie, aber warum auch nicht? Seit ihr Mann tot ist, sieht man sie kaum noch. Ich sage, wer eine Äbtissin in der Familie hat …"

„Äbtissin? Meinen Sie Frau Stern?"

„Natürlich, unsere Äbtissin. Frau Stern und Frau Mellert sind Kusinen."

„Wenn seine Frau nicht schuld war, warum, denken Sie, hat dieser nette Mann sich dann erschossen?"

„Das weiß keiner."

„Wann hat er sich erschossen?"

„Im letzten Sommer, an einem Sonntag Anfang Juni. Ihre Kollegen auf der Wache haben solche Sachen bestimmt in den Akten."

Wieder flog die Tür auf, jemand streckte den Kopf heraus und bestellte eine weitere Runde Bier und einen Piccolo. Der Kellner kam seiner Pflicht am Zapfhahn nach, und der Hauptkommissar griff zur Zeitung. Durch die noch halb geöffnete Tür erkannte Hildebrandt weitere drei Männer. Rasch hob er die Zeitung, hoch genug, um nicht erkannt zu werden, niedrig genug, um beobachten zu können.

Der Schlanke mit dem weißen Haar war der Gutsbesitzer Arnold Zechau. So hatte ihn der zweite Mann jedenfalls gerade angesprochen.

Der, einen halben Kopf kleiner und kompakt, war Johannes Mühlberg, Pächter der Jagd im Klosterwald. Er legte die Hand auf die Schulter des dritten, sehr viel jüngeren Mannes, den diese vertrauliche Geste vor stolzer Freude erröten ließ. Mühlberg hob prostend sein Glas.

„Mitglied im Jagdverein sind alle, die in Möldenburg was sind", hatte der Kellner gesagt. Hildebrandt lehnte sich zurück. Wer hätte gedacht, dass ein einfacher Polizeiobermeister wie Jochen Dessau, nicht einmal der Revierleiter, in einer Stadt wie Möldenburg zu denen gehörte, die was sind?

KAPITEL 8

Vielen Dank, Frau von Rudenhof, Ihre Sorge ist sehr freundlich, aber die letzten Schritte kann ich wirklich allein gehen. Da ist schon die Laterne." Judith Rehland wies den Weg zu ihrem Haus hinunter, doch der verlor sich in der Finsternis des Parks.

„Von Laterne keine Spur", stellte Frau Kutzschinsky fest.

„Heute nicht, stimmt. Ich hab vergessen, sie anzumachen."

„Lassen wir der jungen Dame ihren Willen, meine Lieben", sagte Frau Hofmann und schob ihren Arm unter den von Elisabeth Möllers. „Es ist spät und kalt. Schlafen Sie gut, meine Liebe, es war nett von Ihnen, uns ins Kino zu begleiten." Damit marschierte sie, Elisabeth Möller und die beiden anderen Damen im widerstrebenden Gefolge, auf das Klostertor zu.

Judith bog in den schmalen Weg zu ihrem Haus ein. Zwischen den riesigen Rhododendronbüschen verschluckte schattenlose Dunkelheit selbst den Lichtschein von der Stadt. Sie griff in die Manteltasche, vergeblich, sie fand nur ihr Handy und das kleine Notizbuch, die Taschenlampe lag auf dem Küchentisch. Bisher hatte sie sich in diesem Park nie gefürchtet. Sie würde das auch heute nicht zulassen. Das drängende Gefühl in ihrem Rücken gefiel ihr dennoch nicht.

Es war eine gute Idee gewesen, mit den vier Damen ins Kino zu gehen. Ihr Besuch auf der Wache, oder war es ein Verhör gewesen, hatte sie deprimiert wegen der Erinnerung und weil die Polizistin sie wieder so abschätzig angesehen hatte. Der Film hatte sie für kurze Zeit abgelenkt. Dorothea Hofmanns Kinoabend stand zweimal im Monat auf dem Programm, egal, was die Möldenburger Lichtspiele boten.

Judith blieb stehen und sah zum Himmel auf. Nichts als tief hängende Wolken, kein noch so winziger Stern weit und breit.

Verdammt, nun war sie gestolpert. Fluchend rieb sie ihre schmerzenden Zehen und richtete sich, plötzlich den Atem anhaltend, wieder auf.

Hatte da etwas gequietscht? Die Schuppentür, natürlich. Hatte sie vergessen, sie zu schließen? Das kleine Haus war nur noch zwanzig Schritte entfernt. Sie tastete in der Manteltasche nach ihrem Schlüssel.

Beinahe hätte der Mann sie umgerannt, eine Gestalt, schwarz wie die Nacht. Sie stolperte zurück, spürte den explodierenden Schmerz in ihrem Kopf. Und dann nichts mehr.

„Ich? Ich bin der Letzte, der ihr helfen kann, Felicitas. Als Seelentröster bin ich eine Niete. Für so was bin ich nicht der richtige Typ. Dafür habe ich einfach kein Gen." Henry Lukas sah die Äbtissin erschrocken an.

„Von Seelentrösterei ist nicht die Rede, Henry", sagte Felicitas und füllte sein Rotweinglas nach. „Das versuche ich. Sofern sie es zulässt. Du sollst Astrid nur ab und zu aus dem Haus locken. Nimm sie mit auf den Golfplatz, sie war seit Andreas' Tod nicht mehr dort. Und gib nicht gleich auf, wenn sie beim ersten Mal Nein sagt. Unternimm etwas mit ihr, damit sie auf andere Gedanken kommt und sich daran gewöhnt, wieder unter Menschen zu sein. Es geht nicht nur um Astrid, Henry, sondern auch um Charly. Bis Astrid sich wieder fängt, leidet sie doppelt. Fünfzehn ist schon ohne ein solches Drama ein unangenehmes Alter."

„An Charly habe ich gar nicht gedacht. Die wirkt immer so stark."

„Das ist sie. Ein bisschen zu sehr für meinen Geschmack."

„Weißt du eigentlich, was für ein Problem Andreas hatte?"

„Überhaupt nicht. Aber ich gäbe viel darum, es zu wissen. Als ich in die Stadt zurückkam, fand ich, dass er sich verändert hatte. Ich dachte, wir seien eben alle älter geworden. Aber er schien mir trotzdem noch der alte Andreas zu sein, bei all seiner Freundlichkeit auch ein bisschen unnahbar. Sein Tod hat mich wie ein Hammerschlag getroffen."

„Mich auch. Alle. Obwohl, irgendetwas war mit ihm seit etwa einem Jahr vor seinem Tod. Er war grau geworden, energielos. Er trank auch mehr als sonst."

„Was war denn im letzten Winter? Gab es Ärger in der Praxis? Oder Sorgen wegen Charly? Vielleicht war er nur traurig, weil Mark nach England wollte."

„Nein." Henry schüttelte den Kopf. „Marks Entscheidung hat ihn gefreut. Mir fällt nichts ein, Felicitas. Im letzten Winter hat er sich nicht nur diesen Budapester Kongress gegönnt, sondern sogar noch ein paar Tage drangehängt, um sich dort unten Klöster oder so etwas anzusehen. Das mit den Klöstern habe ich zwar nicht geglaubt, aber Astrid fand seine Versuche, sich auch mal zu vergnügen, toll. Mich ging das nichts an. Es kann allerdings sein, dass etwas mit Astrid war."

„Eine Ehekrise? Deswegen geht man als erwachsener Mann doch nicht in den Wald und ..."

„Vielleicht war's ernster. Astrid denkt, es weiß keiner, aber ich weiß es doch."

„Henry! Ich verstehe kein Wort. Kannst du bitte in klaren Worten reden?"

„Sie sind, ich meine, sie waren schließlich beide verheiratet, da ..."

Das Telefon klingelte. „Wo sind Sie?", fragte Felicitas, ihre Stimme klang fremd. Sie stand mit versteinertem Gesicht neben ihrem Sekretär, den Hörer fest am Ohr. „Bleiben Sie da!", sagte sie. „Rühren Sie sich nicht von der Stelle! Wir sind in zwei Minuten da."

JUDITH kauerte in der Tür ihres Hauses, den Kopf gegen das Holz gelehnt, beide Arme fest um ihren Körper geschlungen. Die wenigen Minuten, bis die Scheinwerfer das Dunkel des Weges zerschnitten, waren ihr wie eine Ewigkeit erschienen. Vom Licht geblendet, schloss sie die Augen, dann hörte sie die Stimme der Äbtissin, sah sie vor sich hocken und versuchte zu lächeln.

„Es ist gar nicht so schlimm", sagte sie. „Ich wusste nur nicht, wen ich sonst anrufen sollte. Der Schlüssel ... ist weg. Ich habe ihn fallen lassen."

„Wo?"

„Dort drüben, beim Anbau. Ich konnte ihn nicht finden."

„Geht mal weg da!" Nun erkannte sie im Licht der abgeblendeten Scheinwerfer Henry Lukas. Felicitas half ihr behutsam auf, Henry schätzte kurz die Tür ab und trat kräftig dagegen. Er trat noch einmal, Holz splitterte, und die Tür sprang auf.

Als nur Minuten später Andreas Mellerts Nachfolger Dr. Hartwig eintraf, lag Judith, in Decken gewickelt, ein feuchtes Tuch im Nacken, auf ihrem Sofa, in der Küche klapperte Henry mit Wasserkessel und Teedosen, und die Äbtissin saß neben ihr und versuchte herauszubekommen, was geschehen war.

Sie habe niemanden erkannt, erzählte Judith. Sie habe die erhobene Faust gesehen, sie sei zurückgewichen – dann wisse sie nichts mehr. Sie blieb nur wenige Augenblicke ohne Bewusstsein. Sie wollte den Schlüssel suchen, aber ihr Kopf und die Schultern schmerzten, und es war stockdunkel um das Haus. Vor der Finsternis und der Angst verkroch sie sich auf der Türschwelle, fand das Handy in ihrer Tasche und wählte die Nummer der Äbtissin.

Dr. Hartwig entschied, nun sei genug geredet. Die Beule an ihrem Hinterkopf befand er als beeindruckend, aber nicht bedrohlich, sie werde noch eine Weile schmerzen, auch der Bereich der Halswirbelsäule sei leicht gestaucht, aber kein Grund zur Sorge. Im Übrigen sehe es nicht aus, als habe sie jemand niedergeschlagen, vielmehr nehme er an, sie sei vor dem Schlag rückwärts gestolpert und mit Kopf und Schulter auf etwas sehr Hartes gefallen. Sie habe mehr Glück als Verstand gehabt. Da ihr nicht übel sei, helfe jetzt am besten eine ordentliche Portion Schlaf. Sie solle sich während der nächsten Tage schonen, aber falls sie sich schlechter fühle, müsse sie sich gleich melden.

Henry brachte heißen Tee aus der Küche. Wieder krochen Scheinwerfer durch den Park. Die Tür ging auf, Kriminalhauptkommissar Hildebrandt und Polizeiobermeisterin Sabowsky betrachteten die Folgen von Henry Lukas' Tritten an der Tür.

„Keine sehr subtile Methode", sagte Erik Hildebrandt. „Die Tür können Sie vergessen. Wie geht es Frau Rehland?", wandte er sich an die Äbtissin.

„Mir geht es gut." Judith versuchte sich aufzurichten. „Ich habe mich nur erschreckt und eine Beule am Hinterkopf. Wieso sind Sie überhaupt hier?"

„Weil ich Herrn Hildebrandt angerufen habe", sagte Felicitas. „Es könnte doch sein, dass dieser schwarze Mann heute Nacht kein Zufall war. So wie es hier aussieht, spricht einiges dafür."

Sie zeigte auf die auf den Teppich geleerten Schubladen, den noch halb offenen Schrank und die umgekippten Bücher- und Zeitschriftenstapel. Dass Küche und Schlafzimmer kaum besser aussahen, würde der Kommissar von selbst merken.

„Die Tür haben wir aufgebrochen", erklärte die Äbtissin. „Frau Rehland hat bei dem Überfall ihren Schlüssel verloren." Nein, bisher habe niemand nachgesehen, auf welchem Weg er hereingekommen sei. Im Hof sei es stockdunkel. Die Laterne neben der Haustür sei zerbrochen, das müsse dieser Mensch getan haben.

Hildebrandt sagte, wenn jemand Polizeiobermeisterin Sabowsky begleiten könne, wäre das sicher hilfreich. Er sah dabei Henry an.

Der komplimentierte den Arzt hinaus und suchte in der Küche nach Judiths Taschenlampe. Was überflüssig war, denn als er mit dem Lämpchen um das Haus rannte, empfing ihn der grelle Schein einer Lampe von der Größe eines Harlem-City-Blasters.

„Oben steht ein Fenster offen“, sagte Birgit Sabowsky. „Das Fahrrad und der Anbau sind die reinste Einladung. Wie eine Treppe. Halten Sie mal!“ Sie drückte Henry die Lampe in die Hand, und ehe er begriff, was sie vorhatte, war sie schon auf dem Dach des Anbaus und untersuchte das Fenster der oberen Etage. Das Dach knarrte bedenklich.

Ein klarer Fall. Jemand war auf das Dach des Badezimmeranbaus gestiegen, hatte die Scheibe eingeschlagen und war eingestiegen. Die Polizistin kletterte wieder auf die Erde, kehrte, Henry einen halben Schritt hinter ihr, ins Haus zurück und stieg die Treppe zur oberen Etage hinauf. Das Schloss der Tür am Ende der Treppe war von innen aufgebrochen.

DIE ÄBTISSIN zog leise die Tür des Gästezimmers ins Schloss. Judith schlief. Sie hatte nicht protestiert, als Felicitas verkündete, sie werde Judith mit ins Kloster nehmen.

Vom Fenster des Gästezimmers aus hatte Felicitas bei Judiths Haus noch immer einen Lichtschein gesehen. Die Spurensuche war noch nicht beendet. Im Obergeschoss hatten sie nichts gefunden, es war leer, außer ein paar rudimentären Abdrücken von Schuhen mit einer Profilsohle. „Turnschuhe“, hatte Hildebrandt missmutig gemurmelt.

Ein Licht würde die ganze Nacht brennen. Hildebrandt hatte einen Polizisten herbeordert, einen baumlangen Menschen mit einem Zwiebackbabygesicht, um Wache zu halten. Viel Aufwand für ein verlassenes Haus, in dem es nichts zu stehlen gab als ein paar Bücher und Kleider.

Plötzlich fröstelte sie. Es war keine gute Nacht gewesen, und in ihrem Kopf wuchsen immer mehr beunruhigende Fragen. Leise öffnete sie die Tür zu ihrer Wohnung. Das Licht der Lampe auf dem Sekretär empfing sie warm und tröstlich. Sie glaubte, das alte Haus atmen zu hören, ruhig und sicher. Seine Geschichte war jahrhundertealt, bei aller Abgeschlossenheit des Klosters war es immer eine bewegte, manchmal auch eine kämpferische Geschichte. Es gab kein Leben ohne Herausforderung, und hier war sie nicht allein. Nie zuvor seit ihrer Ankunft hatte sie die Richtigkeit ihres neuen Lebens tiefer gefühlt als beim Betreten der Äbtissinnenwohnung.

KAPITEL 9

Ganz gegen ihre Erwartung schlief Felicitas tief und traumlos. Die Nacht hatte ihre Gedanken nicht vertrieben, sie drängten sich wieder in ihr Bewusstsein, noch bevor sie die Nachttischlampe anknipste. Doch dieser Morgen ließ keine Zeit für Fragen. Um Punkt neun traf sich der Konvent. Heute stand die Organisation der am Ende der Saison üblichen Inventur, Aufräum- und Putzarbeiten auf der Tagesordnung, das Sommerfinale, wie Elisabeth Möller es vergnügt nannte. Alles, was ihrem Tatendrang Nahrung gab, empfand die Priorin als vergnüglich. Sie hatte der Äbtissin eine Kopie des Plans auf den Schreibtisch gelegt, mit dieser Vorlage würde nicht mehr viel zu besprechen sein. Die Priorin verstand es, die Stärken und Schwächen, Vorlieben und Abneigungen der Klosterfrauen bei der Aufgabenverteilung einzubeziehen.

Es war Felicitas' erstes Saisonende als Äbtissin, ohne die unerschütterliche Möllerin an ihrer Seite wäre sie nervös gewesen. Ihr war der Gedanke unbehaglich, die Damen des Konvents zur Putzkolonne zu machen.

Das sei so ehrenwert wie überflüssig, hatte die Priorin versichert. So eine Gemeinschaftsaktion sei ein großer Spaß und außerordentlich befriedigend.

Felicitas horchte an der Tür des Gästezimmers, klopfte leise und öffnete sie behutsam. Judith schlief, und Felicitas verließ auf Zehenspitzen den Raum. Es gab kein besseres Allheilmittel als den Schlaf. Von der Liebe vielleicht abgesehen.

Obwohl der Weg zum Winterrefektorium, von jeher der Ort für Besprechungen und Geselligkeiten des Konvents, nicht weit war, legte sie sich eine warme Jacke um die Schultern, als sie ihre Räume verließ. Kein Wunder, dass in den mittelalterlichen Klosterzeiten nur wenige der Nonnen ein hohes Alter erreichten. Nicht nur ihre kargen Mahlzeiten und der durch die strengen Ordensregeln stets zu kurze Schlaf, auch die Grabeskälte während der langen, feuchten Winter musste ihre Gesundheit in kurzer Zeit ruiniert haben.

Die Wohnräume des Klosters waren jetzt gemütlich warm, in der Eingangshalle, im Sommerrefektorium und vor allem in den Gängen jedoch war die Kälte nie ganz zu vertreiben. Jetzt im Oktober spürte man sie erst, wenn man sich länger dort aufhielt. Ein Kloster, dachte die Äbtissin, ist eben kein Sanatorium.

„Bin ich die Erste?“ Hilda Bettermann streckte den Kopf durch die Tür.

Die Witwe eines Pastors war erst wenige Monate vor Felicitas in den Konvent eingetreten. Sie war die verkörperte graue Maus, aber wer sie vor einem Jahr gekannt hatte, würde sie immerhin schon als stilles Kaninchen bezeichnen. Ihr Rücken beginne sich langsam aufzurichten, hatte Karin Hailing, ständige Besucherin eines Yogakurses, neulich bemerkt. Eines Tages werde sie sogar lachen.

Um Punkt neun betrat Laetitia von Hohmrath als Letzte das Refektorium, die Gespräche verstummten, und neun erwartungsvolle Gesichter wandten sich ihrer Äbtissin zu. Alle kannten die Tagesordnung, alle brannten darauf, davon zu hören, was nicht auf der Liste stand. Selbst wer Judiths späten Einzug ins Gästezimmer verschlafen hatte, und das waren die meisten, hatte inzwischen von dem nächtlichen Überfall auf die Restauratorin gehört. Frau Hofmann saß zwischen den Damen von Rudenhof und Hailing. Es sei unverzeihlich, meldete sie sich gleich zu Wort, sie hätte Frau Rehland nicht nachgeben dürfen.

Sie selbst hätte gewiss nicht anders gehandelt, versicherte die Äbtissin energisch. Schuldig sei einzig dieser Einbrecher. Im Übrigen gehe es Judith gut, die Unordnung in ihrem Haus sei schnell zu beheben. Wenn alle einverstanden seien, wolle sie Judith einladen, im Kloster zu wohnen. Zumindest bis das Haus besser gesichert sei.

Als erster Punkt stand Elisabeth Möllers Idee vom Kräutergarten auf der Tagesordnung, der einstimmig abgesegnet wurde. Endlich beugten sich neun Köpfe über die von der Priorin verteilten Pläne für die anstehenden Arbeiten zum Ende der Saison.

Felicitas bemühte sich um pflichtschuldige Konzentration, doch da waren sie schon wieder, diese lästigen Gedanken. Die Nachricht vom Leichenfund im Wald hatte sie zunächst nicht besonders berührt. Das war furchtbar, aber letztlich nicht viel mehr als eine Meldung in den Nachrichten. Noch wusste niemand, ob der Tote Judiths rumänischer Freund war. Wenn sie den Kommissar richtig verstanden hatte, stand der Verdacht jedoch kurz vor seinem Beweis. Nun wurde aus Resten eines anonymen Körpers ein Mensch; ein junger Mann, der von einem guten Leben geträumt und ein grauenvolles Ende gefunden hatte.

Die Stimme der Priorin drang in ihr Bewusstsein. „Bevor im Dezember der Restaurator der Klosterkammer ...“

Klosterkammer, murmelte es aufdringlich in Felicitas' Kopf. Kloster. Was hatte Henry gesagt? Andreas habe sich Klöster angesehen? Das wunderte sie nicht. Er hatte sich immer für Kunstgeschichtliches interessiert. In Ungarn? Wenn sie Henry richtig verstanden hatte, war das nur eine Ausflucht gewesen. Ausflucht für was? Henry dachte an eine Affäre. Er hatte nun mal eine großzügige Fantasie. Trotzdem. Vielleicht hatte Andreas auf diesem Kongress in Budapest eine aufregende Kollegin kennen gelernt und ein paar Tage mit ihr verbracht. Auch Astrid hatte eine Affäre gehabt. Das hatte Henry angedeutet. Aber nicht mehr, mit wem. In dem Moment war Judiths Anruf gekommen und Astrid umgehend vergessen gewesen. Etwas viel Wichtigeres hatte sie noch vergessen. Was? Constantin: Kunstgeschichte. Kellner in Rumänien. Wie hatte er es geschafft, ausgerechnet in Möldenburg einen Job als Erntehelfer zu bekommen? Sie musste Arnold Zechau danach fragen.

„Sehr schön. Das hätten wir geklärt", bekundete Elisabeth Möller abschließend.

Die Äbtissin spürte den sanft drückenden Ellbogen der Priorin an ihrem Arm, sie räusperte sich und blickte in die Runde. „Vielen Dank für Ihre Kooperationsbereitschaft", sagte sie, „ich hätte nicht gedacht, dass ein so aufwändiges Unternehmen so problemlos zu regeln ist. Ohne Frau Möllers gründliche Vorarbeit wäre es sicher nicht gelungen. Ich hoffe, Sie vergeben mir, wenn ich heute nicht immer aufmerksam war. Die Ereignisse der letzten Nacht beschäftigen mich noch."

„Das macht nichts", sagte Fräulein Morender zu ihrer Linken und tätschelte Felicitas' Hand. „Solange Sie nicht ab und zu einnicken wie ich, macht das gar nichts."

IN IHRER Erinnerung hatte es schlimmer ausgesehen. Eine halbe Stunde, und das ganze Durcheinander würde aufgeräumt sein. Judith betrachtete irritiert die Kommode. War die auch gestern Nacht von der Wand abgerückt gewesen?

„Wenn es Ihnen wirklich nichts ausmacht, dann gehe ich jetzt. Es war die ganze Nacht absolut ruhig." Jochen Dessau stand mit müdem Gesicht neben Judith Rehland im Wohnzimmer und folgte ihrem Blick. „Die Kommode, ja. Die rücke ich Ihnen zurück. Wir haben uns hier ein bisschen umgesehen. Vielleicht hat der Mann was gesucht und es nicht gefunden. Wir denken, er hat Sie mit den Damen im Park reden hören und musste früher abhauen, als er vorhatte." Der Polizeiobermeister schob die Kommode zurück auf ihren Platz und griff nach seiner Windjacke. „Wir haben das Fenster oben erst mal zugenagelt. Die Handwerker kommen heute Mittag. Auch wegen der Tür. Sie sollten ein ordentliches Schloss einbauen lassen, Frau Rehland. Wir haben diese Faltblätter auf der Wache, mit Tipps, wie man sich vor Einbrechern schützt. Die sollten Sie sich ansehen. Wenn irgendetwas ist, rufen Sie sofort an. Wir sind in drei Minuten da, lässt der Hauptkommissar ausrichten." Er sah sich suchend um. „Haben Sie etwa kein Telefon? Ich sehe keinen Apparat."

„Doch", Judith klopfte auf ihre Manteltasche, „ein Handy. Ich bekomme nicht viele Anrufe."

Dessau nickte. Er hob grüßend die Hand, beugte seinen Kopf unter dem Türrahmen hindurch, und sie sah ihm durch das Fenster nach, wie er den Weg bis zur Einbuchtung ging, an der er seinen Wagen abgestellt hatte.

Die Stille im Haus wurde plötzlich sehr laut. Judith ging in die Küche. Geschirr, Bestecke, Vorräte, alles war wieder in den Schränken verstaut, wenn auch nicht dort, wo es zuvor gewesen war. Sie kehrte zu der Unordnung zurück und begann die Zeitschriften aus dem Durcheinander auf dem Boden zu ziehen und zu einem Stapel zu schichten.

Ihr Kopf, beim Aufwachen noch leicht benommen, war nun ganz klar. Noch einmal hatte sie gestern Nacht erzählen müssen, woher und wie gut sie Constantin kannte, wie er in Rumänien gelebt hatte, wie oft er hier gewesen war, ob er etwas von seinen Plänen oder von Problemen, was er überhaupt erzählt hatte. Die Äbtissin hatte dem schließlich ein Ende gemacht. Judith war ihr dafür dankbar.

Eine Frage noch, hatte der Hauptkommissar gesagt. Ob Herr Sovata irgendetwas bei ihr deponiert habe. Deponiert? Da erst hatte sie begriffen, was all diese doch schon zuvor auf der Wache beantworteten Fragen bedeuteten. Er glaubte nicht an einen einfachen Einbruch, sondern an einen Zusammenhang mit Constantins Verschwinden. Und er ging davon aus, dass der Tote im Wald Constantin war.

Judith hatte während der letzten Tage daran gedacht. Es erschien ihr undenkbar. Constantin konnte nicht tot sein.

Sie beugte sich wieder über das Chaos auf ihrem Teppich. Der Inhalt der linken Kommodenschublade, alles, was an Überflüssigem in eine Schublade gestopft wird, lag in einem Haufen vor ihr. Müll, dachte sie und schob alles energisch zusammen. Sie griff auch nach einem kleinen Oktavheft, wie sie es früher für ihre Vokabeln benutzt hatte.

Sie blätterte es durch und fand nur leere Seiten. Bis auf die letzte. Dort standen ein Name, eine Adresse und eine Telefonnummer. Sie kannte weder den Namen noch die Anschrift. Aber sie erkannte die schönen, runden Buchstaben, die Constantins Schrift kennzeichneten. Er hatte nie etwas von seinen Sachen bei ihr gelassen. Wie kam das Heft in die Kommode?

Das Knarren der Tür ließ ihre Bewegungen gefrieren. Da schlich jemand durch den Flur. Wo war ihr Handy? Im Mantel, und der lag in der Küche. Wenn jetzt …

„Störe ich?“ Henry Lukas lehnte im Türrahmen.

„Verdammt, können Sie nicht klopfen? Sie haben mich zu Tode erschreckt.“

„Das tut mir Leid.“ Er hockte sich mit bekümmerter Miene neben Judith auf den Boden. „Ich habe im Kloster angerufen, um zu hören, wie es Ihnen geht. Margit hat mir gesagt, Sie seien hier. Sie sollen sich doch schonen.“

„Mir geht's gut. Auch wenn Ihr Auftritt beinahe die nächste Kopfschmerzattacke ausgelöst hätte.“

„Was haben Sie da? Ein altes Vokabelheft?“ Henry nahm ihr behutsam das noch auf der letzten Seite aufgeschlagene Heft aus der Hand, las die Adresse und ließ die übrigen Blätter an seinem Daumen entlanggleiten. „Im ganzen Heft nur eine Adresse, und die auf der letzten Seite? Das sieht schwer nach Geheimnis aus. Sie haben eine sehr schöne Schrift.“

„Nein“, sagte Judith, „das ist Constantins Schrift.“

„Constantin? Etwa Zechaus verschwundener Saisonarbeiter? Entschuldigen Sie, gestern Abend, als der Kommissar Sie ausfragte, musste ich zuhören.“

„Macht nichts“, sagte Judith. „Ich weiß nicht, wie das Heft in meine Schublade geraten ist. Ich habe es nie vorher gesehen.“

„Vielleicht wollte der Einbrecher gar nichts klauen, sondern hat Ihnen was gebracht.“ Henry hob das kleine Heft hoch und wedelte damit durch die Luft. „Schauen Sie nicht so erschrocken, das war ein Scherz.“

„Wenn es trotzdem so war?“

„Absolut unwahrscheinlich, vergessen Sie's. Was ist das überhaupt für eine Adresse?“

„Keine Ahnung. Eine Straße in Hamburg, ich weiß aber nicht, wo, und ich weiß nicht“, sie nahm ihm das Heft aus der Hand und las vor, „wer Kurt und Tereza Wagner sind. Constantin hat allerdings mal etwas von Freunden in Hamburg gesagt. Das war noch in Rumänien, als ich ihn kennen lernte. Ich hatte das damals nicht beachtet. Natürlich, das wird die Adresse der Leute sein, die er hier kennt. Ich muss gleich

Hildebrandt anrufen. Wenn diese Wagners etwas wissen, vielleicht …"

Henry sprach ihren Satz zu Ende: „Vielleicht ist Ihr Constantin dort untergekrochen?"

„Er ist nicht *mein* Constantin. Aber vielleicht ist er dort." Sie rannte in die Küche, kam mit dem Handy zurück und griff nach dem Oktavheft.

„Was wollen Sie? Die Leute anrufen?" Henry sprang auf und nahm ihr das Heft aus der Hand. „Das würde ich nicht tun. Lassen Sie uns erst mal nachdenken. Wir haben eine Adresse."

„*Ich* habe eine Adresse!"

„Okay, *Sie* haben eine Adresse. Wenn er die nicht für Sie hier gelassen, sondern nur verloren hat, will er nicht, dass die jemand kennt. Wenn Sie jetzt dort anrufen, ist, wer immer sich meldet, gewarnt und kann schnell verschwinden. Oder Constantin warnen, falls der auch dort ist. Es ist offensichtlich, dass er nicht gefunden werden will."

„Das hört sich plausibel an, auch wenn mir das ein bisschen nach Räuberpistole klingt. Warum sollten die verschwinden?"

„Räuberpistole? Wir haben hier einen Toten, ziemlich sicher einen Rumänen. Den hat einer um die Ecke gebracht und im Wald vergraben. Da lag er monatelang, bis die Wildschweine ihn wieder ans Licht gewühlt haben. Das ist keine Räuberpistole, Judith. Das ist Realität von der übelsten Sorte."

„Sie haben ja Recht", gab sie müde zu. „Also gleich zur Polizei. Das ist mir lieber, als mit Hildebrandt zu telefonieren. Würde es Ihnen etwas ausmachen, mich zur Wache zu fahren?"

„Natürlich fahre ich Sie. Warten Sie mal! Ich habe eine viel bessere Idee. Wir fahren selbst hin."

„Nach Hamburg? Zu diesen Wagners?"

„Natürlich. Und zwar sofort. Denken Sie mal nach: Was wird Hildebrandt tun? Er wird seine Hamburger Kollegen anrufen, und die sausen sofort in diese Dingsbumsstraße, machen jede Menge Lärm, Blaulicht. Dann ist keiner mehr da. Kein Haus ohne Hintereingang. Irgendetwas ist da faul, das heißt, die haben Angst und machen nicht einfach die Tür auf, wenn die Polizei klingelt. Wenn einer keine Aufenthaltserlaubnis hat, gehen Abschiebungen fix und sind überhaupt nicht lustig. Aber wenn wir kommen, einfach zwei nette junge Menschen, ganz ohne Lärm …"

FELICITAS fühlte sich außerordentlich zufrieden. Sie war auf lange Debatten eingestellt gewesen, auf spitzfindige Begründungen, warum die eine diese Aufgabe lieber, die andere jene weniger gern übernehmen wolle. Nichts von alledem war geschehen. Es schien, als fänden tatsächlich alle Damen ein Vergnügen in den lästigen Saisonabschlussarbeiten. Sie öffnete die Tür zu ihrem Büro. Das rote Lämpchen des Anrufbeantworters blinkte ihr hektisch entgegen. Die erste Nachricht war von der absurden Art. „Sekretariat Mühlberg senior“, meldete sich eine gesetzte Frauenstimme und teilte mit, Herr Johannes Mühlberg gestatte sich, der Frau Äbtissin zu seinem Empfang am kommenden Freitag einen Wagen zu schicken. Der Chauffeur werde die Frau Äbtissin um 18.30 Uhr an der Klosterpforte erwarten. Herr Johannes Mühlberg lasse ergebenst grüßen und freue sich, dass die Frau Äbtissin ihm die Ehre gebe, bei seinem Empfang anwesend zu sein.

Felicitas lachte schallend. Diese verstaubte Drechselei konnte unmöglich von Johannes Mühlberg selbst stammen.

Es piepste, und Judiths Stimme klang dünn aus dem winzigen Lautsprecher. „Frau Stern? Ich will Ihnen nur schnell sagen, wo ich bin, damit Sie sich keine Sorgen machen. Es geht mir gut, wirklich. Ich fahre mit Dr. Lukas nach Hamburg. Wir sind sicher am Spätnachmittag zurück. Oder am Abend.“ Es knackte, und der Apparat blieb stumm.

Was wollten die beiden in Hamburg? Henry war nicht so unvernünftig, wie er oft tat. Warum machte er mit Judith, die sich und ihren Kopf schonen sollte, einen so weiten Ausflug? Mit einer ärgerlichen Handbewegung wischte sie ihr Misstrauen fort. Judith war erwachsen. Es ging sie nichts an.

Trotzdem schlug sie ihr Adressenverzeichnis auf und tippte Judiths Handynummer ein. Es klingelte lange, niemand nahm ab.

Ihre Finger trommelten ein kurzes Stakkato auf die Schreibplatte ihres Sekretärs, dann tippte sie Henrys Nummer ein. Eine blecherne Stimme meldete, Dr. Henry Lukas sei zurzeit nicht erreichbar, man könne eine Nachricht hinterlassen.

KAPITEL 10

Charlotte folgte hungrig dem Duft von Ingwer, Zitrone und Apfelkuchen in die Küche. „Du kommst genau richtig“, sagte Astrid. Sie rührte Sahne in die Kürbissuppe. „Gib mir mal die Teller, Charly! Deine Hände sehen aus, als hättest du den ganzen Keller umgeräumt.“

Charlotte wusch flüchtig ihre Hände und balancierte dann die dampfenden Teller zum Küchentisch. Astrid setzte sich ihrer Tochter gegenüber.

„Die Suppe ist große Klasse, Mama. Was ziehst du an?"

„Zu Mühlbergs Fest? Ich weiß nicht, Charly. Ich habe mir überlegt, dass ich besser nicht auf das Fest gehe. Ich bin noch nicht so weit, ohne mich wirst du viel mehr Spaß haben. Sieh mich doch nicht so an. Es ist nur Mühlbergs Jubelfeier. Du wirst viel bessere Gesellschaft haben, Henry holt dich ab."

„Ich will aber nicht ohne dich gehen. Du kannst nicht immer nur zu Hause rumsitzen. Du musst mitkommen."

„Ich dachte, du magst Henry", sagte Astrid. „Du brauchst mich dort nicht. Felicitas ist auch da. Und Margit. Lauter Leute, die du gut kennst."

„Bitte, Mama. Nur dieses eine Mal."

„Ich überleg's mir bis morgen. Ist das okay?"

„Überleg dir, was du willst. Hauptsache, du kommst mit." Dann begann Charlotte von der Schule zu erzählen, von der geplanten Klassenfahrt. Später, während sie das Geschirr in die Spülmaschine räumten, sagte sie: „Im Keller habe ich übrigens ein paar Fotos gefunden. Kannst du sie dir mal angucken? Ich habe sie noch nie gesehen. Fotos von Papa. Sie waren in dem Karton mit den Sachen aus der Praxis."

„Klar", erwiderte Astrid. „Am besten gleich. Wo sind sie?"

Charlotte rannte in die Diele und kam mit einem braunen Umschlag zurück. Astrid zog die Bilder heraus, es waren nur zwei, und legte sie vor sich auf den Küchentisch. „Seltsam", sagte sie, „die kenne ich auch nicht."

Beide Fotos zeigten Andreas Mellert in dem dicken Parka, den er im Winter zur Jagd oder bei langen Spaziergängen an Frosttagen trug. Er lächelte, in der erhobenen Hand hielt er einen angebissenen Apfel. Sie nahm das erste Bild auf und versuchte, die beiden Männer neben ihm zu erkennen. Alle drei waren etwa bis zur Taille abgebildet. Der eine, links von ihm, war ein junger Mann. Eine dunkle Mütze bedeckte halb seine Ohren, sein Mund verschwand unter einem dicken braunen Schnurrbart, sein Gesicht war gerötet. Vielleicht war es ein kalter Tag gewesen. Der andere Mann, ein wenig im Hintergrund, drehte dem Fotografen den Rücken zu. Er hielt ein Fernglas vor die Augen, sein Kopf war beinahe vollständig von einer Kappe bedeckt.

„Weißt du, wer die Männer sind?", fragte Charlotte, und als Astrid den Kopf schüttelte: „Oder wo das war? Guck dir den Hintergrund an. Da ist ein steiler Hang, das kann nicht bei Möldenburg sein."

„Nach Hochgebirge sieht das nicht aus, und ein paar ordentliche Hügel gibt es bei uns doch auch."

„Hügelchen, Mama, höchstens. Wann mag das gewesen sein? Das Laub sieht schon ziemlich nach Herbst aus, und Papa hat den Parka an. Den hat er vor zwei Jahren gekauft. Das weiß ich genau, weil ich stinksauer war, dass ich keinen bekam."

„Stimmt. Armes Mädchen. Du hast getan, als müsstest du erfrieren. Ich weiß trotzdem nicht, wer die Männer sind oder wo das Foto entstanden ist. In dem Herbst war er, glaube ich, zur Schwarzwildjagd in die Eifel eingeladen. Da gibt's sicher auch Männer mit so schrecklichen Schnauzbärten. Es ist möglich, dass ihm einer der anderen Jäger die Bilder in die Praxis geschickt und er sie dort vergessen hat."

Charlotte griff nach dem zweiten Bild. „Und dieses? Es ist fast dasselbe, nur einen Moment später aufgenommen. Guck mal, hier kann man den anderen etwas besser erkennen. Na ja, nicht wirklich. Er hat sich wohl gerade umgedreht, sein Gesicht ist ganz unscharf. Eigentlich ist mir egal, wer die anderen sind. Macht es dir was aus, wenn ich die Bilder in meinem Fotokarton aufhebe?"

„Aber nein. Da sind sie gut aufgehoben. Und jetzt, Fräulein Mellert", Astrid bemühte sich um einen munteren Ton, „wie wär's mit Hausaufgaben?"

„Sofort." Charlotte salutierte, schob die Fotos in den Umschlag zurück, nicht ohne ihre Finger liebevoll über das Gesicht ihres Vaters gleiten zu lassen, warf ihrer Mutter eine Kusshand zu und verschwand in Richtung Treppe.

JUDITH hatte gedacht, Henry würde permanent auf der Überholspur fahren und mit der Lichthupe spielen. Doch Henry übte Rücksicht wegen Judiths Kopf. So gab sie ihrer Müdigkeit nach. Sie erwachte, als sie die Autobahn verließen.

„Wir sind da", sagte Henry. „Wenn ich so eine Hochhausidylle sehe, weiß ich, warum ich in Möldenburg lebe." Er bog in eine schmalere Straße ein, suchte nach der richtigen Hausnummer und hielt in einer Parkbucht.

An einem sonnigen Sommertag und wenn man Hochhaussiedlungen am Rand der Großstadt schätzte, mochte auch dieser Stadtteil seinen ganz eigenen Reiz haben. Sein Name – Kirchdorf-Süd – suggerierte alles andere als die Realität. Judith sah an dem grauen Gebäude hinauf. Sie zählte vierzehn Stockwerke.

An der Wand neben der gläsernen Tür waren etwa dreißig Klingeln, neben einigen fehlte das Namensschild.

„Waren Sie schon mal hier, Henry?"

„Nein, warum?"

„Weil Sie den Weg so einfach gefunden haben. Ich hätte dreimal fragen müssen."

„Das Mysterium heißt Stadtplan. Ich habe nachgesehen, während Sie schliefen. Hier", er zeigte auf eines der Schilder, „wir sind richtig."

„Warum klingeln Sie dann nicht?"

„Besser, wir warten, bis einer rauskommt, dann gehen wir ohne warnendes Geklingel rein."

Das Kind, das gleich darauf aus dem Haus trat, nannte ihm bereitwillig das Stockwerk, in dem die Wagners wohnten. Dann lief es davon, die Münze, die Henry ihm zum Dank gegeben hatte, fest in der Hand.

Judith drückte auf den Fahrstuhlknopf. Mit zögerlichem Ruckeln senkte sich die Kabine zum Erdgeschoss. Die Tür mit dem Namenszug WAGNER fanden sie am Ende des Flurs im sechsten Stock.

Henry drückte auf die Klingel und schob Judith vor den Spion. Eilige Schritte, und die Tür öffnete sich weit. Die erwartungsvolle Freude im Gesicht der jungen Frau erlosch beim Anblick der fremden Besucher schlagartig.

„Frau Wagner?" Henry legte sein bezauberndstes Lächeln auf, das er gewöhnlich für alte Damen mit einer langen Liste von Grundbucheintragungen reservierte, und schob sich sanft, aber entschlossen in die Tür. Er nannte seinen Namen, stellte Judith vor und richtete Grüße von Felicitas Stern aus, der Äbtissin des Klosters Möldenburg. Das war das Zauberwort. Ganz, wie er es erwartet hatte.

„Frau Stern", sagte die junge Frau und trat mit einer schüchtern einladenden Handbewegung zur Seite, „die Äbtissin. Ist sie hier?"

„Leider nicht." Henry zog Judith in die Wohnung und warf die Tür hinter ihr ins Schloss. „Aber sie lässt Sie herzlich grüßen, und Frau Rehland lebt auch im Kloster. Sie sind nicht Frau Wagner, nicht wahr? Sie sind die junge Dame, die im Kloster übernachtet hat. Wir haben Glück", sein Zauberlächeln glitt rasch zu Judith und zurück, „wir möchten nämlich gar nicht zu den Wagners, sondern zu Frau – entschuldigen Sie, jetzt habe ich tatsächlich Ihren Namen vergessen."

„Valeria Dimitrescu", sagte sie. „Das ist schwer für Deutsche."

„Gar nicht, in bin nur vergesslich. Wir wollen Sie nicht lange aufhalten, Frau Dimitrescu, aber …"

„Aufhalten?" Ihr Blick wurde ratlos, Henrys Lächeln dünner, und Judith sagte: „Nicht lange bleiben. Wir haben nur eine Frage. Sie waren vor einigen Tagen auf Gut Waldneuburg, um Ihren Verlobten zu suchen. Heißt er Constantin Sovata?"

Valerias Züge wurden starr. „Nicht Constantin", sagte sie. „Gheorghe. Gheorghe Dordea. Er ist nicht hier", fuhr sie hastig fort. „Er ist in Rumänien. Niemand ist hier."

Also hatte Constantin doch nicht gelogen, dachte Judith, niemand wartete auf ihn in Bukarest. Zumindest nicht diese junge Frau, die sich der Liebe wegen auf den weiten Weg nach Deutschland gemacht hatte.

„Gheorghe ist ein Freund von Constantin, sie haben zusammen auf dem Gut gearbeitet. Er hat es mir erzählt", log Judith. „Ich bin eine Freundin von Constantin. Er hat einige Sachen bei mir gelassen, die möchte ich ihm zurückgeben. Wissen Sie, wo er ist? Ist Constantin hier?"

Valeria schüttelte den Kopf. „Alle in Bukarest. Niemand ist hier, nur Kurt und Tereza."

Die Zauberwörter Äbtissin und Kloster hatten ihre Kraft verloren. Was immer Judith fragte, was immer Henry erklärte, die Antwort blieb dieselbe: niemand hier. Sie bekamen nur heraus, dass Tereza und Kurt Wagner seit fünf Jahren in Deutschland lebten und Kurt ein Freund von Gheorghe war. Offenbar hatte er in Rumänien als Lehrer gearbeitet und nun eine Anstellung als Lastwagenfahrer im Hafen. Was Tereza machte, blieb unklar. Schließlich riss Judith das erste Blatt aus dem Oktavheft, schrieb ihren Namen und die Telefonnummer der Äbtissin darauf und gab es Valeria.

„Das ist mein Name", erklärte sie, bemüht, langsam und deutlich zu sprechen, „und die Telefonnummer der Äbtissin im Kloster. Frau Stern weiß immer, wo ich bin." Wenn ihr doch noch etwas einfalle, möge Valeria bitte dort anrufen. Dann drängte sie ihren widerstrebenden Begleiter Henry aus der Wohnung.

„Was fasziniert dich so, dass du nichts hörst und siehst, Lissi? Das Patagonien-Buch oder der Prachtband über die Sahara?"

Erschrocken fuhr die Äbtissin herum. Hinter ihr stand Arnold Zechau und blickte in das Schaufenster der Buchhandlung.

„Ich überlege, ob unsere Restauratorin sich über das Buch ganz links freuen würde. Das über die Fresken in Assisi. Ich glaube, sie wäre lieber in Italien als in Möldenburg."

„Wer nicht? Obwohl ich natürlich meine Rinder vermissen würde.

Wie geht es deiner jungen Künstlerin? Die halbe Stadt spricht vom Einbruch in euer einsames Hexenhaus. Die Schwere ihrer Verletzungen nimmt stündlich zu."

Felicitas stöhnte. „Es geht ihr gut, sie ist mit einer Beule am Hinterkopf und einem Schrecken davongekommen. Sie nimmt das alles ziemlich gelassen, jedenfalls tut sie so. Heute hat sie sich sogar schon von Henry beschwatzen lassen, mit ihm nach Hamburg zu fahren."

„Nach Hamburg? Was will sie dort?"

„Auf vergnüglichere Gedanken kommen, hoffe ich. Sie sollte sich ausruhen, aber während ich am Vormittag im Konvent war, ist sie in das Haus hinübergegangen, um aufzuräumen. Henry hat sie dort besucht, und dann sind sie losgefahren. Das ist doch unvernünftig." Sie fuhr mit den Fingern über die strenge Falte an der Nasenwurzel und lachte. „Meine Kinder haben mir oft vorgehalten, ich sei eine schreckliche Glucke. Es scheint, sie hatten Recht."

„Macht nichts, Lissy. Kinder halten ihre Eltern immer für Glucken. Womöglich hat sie beim Aufräumen etwas gefunden, was sie in Hamburg klären will."

„Klären? In Hamburg? Was sollte das sein?"

„Keine Ahnung."

„Hatte sie nicht eine Liebschaft mit einem meiner abhanden gekommenen Saisonarbeiter? Ich denke immer noch, dass die beiden auf dem Hamburger Kiez untergetaucht sind."

„Wer hat dir von Judiths rumänischer Freundschaft erzählt?"

Arnold inspizierte stirnrunzelnd seine wie stets tadellos polierten Schuhspitzen. „Das habe ich irgendwo aufgeschnappt. Du weißt, wie in der Stadt geredet wird."

„Aber davon wusste niemand. Außer der Polizei."

„Tut mir Leid, aber das ist ein Irrtum. Hier bleibt nichts unter der Decke." Sein Blick glitt zur Uhr über der Apothekentür. „Schon so spät. Ich hätte dich gerne auf einen Kaffee eingeladen, aber ich muss dringend nach Hause."

Er küsste sie auf die Wange, murmelte etwas von „Wir sehen uns auf Mühlbergs Jubelfeier" und winkte noch einmal, bevor er im Durchgang zum Parkplatz hinter der Apotheke verschwand.

Unbequeme Fragen, dachte Felicitas, schlugen Arnold Zechau von jeher in die Flucht. Und von jeher verstand er es, mit einer süßen Portion leerer Worte zu flüchten. Erst jetzt fiel ihr ein, dass sie ihn hatte fragen wollen, wie es einem Kunsthistoriker und Teilzeitkellner im fernen

Bukarest gelang, Arbeit ausgerechnet in der Möldenburger Spargelernte zu bekommen.

Das Buch über die Oberkirche von San Francesco war prachtvoll. Im Klappentext stand, die Fresken seien die reichsten ganz Italiens, wenn nicht gar Europas. Aber vielleicht würde Judith das Geschenk als unpassende Vertraulichkeit stören? Sie reagierte wie eine Mimose, sobald jemand an ihrer Raureifschicht kratzte. Es gab keinen Anlass für ein Geschenk, jedenfalls keinen anderen als Felicitas' pochendes Gewissen. Sie hätte niemals erlauben dürfen, dass Judith allein in dem abseits gelegenen Haus wohnte.

Als Felicitas aus der Buchhandlung trat, war es dunkel. Die Geschäfte würden bald schließen, die vielen Menschen, die jetzt noch ihre letzten Einkäufe erledigten, saßen dann in ihren warmen Wohnungen am Abendbrottisch. Sie freute sich am Anblick der Straßen ihrer Stadt, die auch ohne Lichterketten und Schnee aussahen, als gehörten sie auf einen altmodisch kerzenbeleuchteten Adventskalender. Abgesehen von dem Brunnen in der Mitte des Marktplatzes, einem hochmodernen Kunstwerk aus Ringen und Kugeln verschiedener Größe über einem grünlichen Kupferbecken und Stolz des Möldenburger Kulturvereins.

Eine einsame Gestalt, die Hände auf dem Rücken verschränkt, den Kopf in Betrachtung des Brunnens zur Seite geneigt, wandte sich um, als Felicitas vorbeiging. Kriminalhauptkommissar Hildebrandts Züge wirkten im sparsamen Licht der Kugellaternen bleich, die strengen Falten zwischen Nase und Mundwinkeln noch tiefer als gewöhnlich.

„Guten Abend, Herr Hildebrandt", sagte Felicitas, „gefällt Ihnen unser Ausflug in die Moderne?"

Hildebrandt lächelte missmutig und sagte: „Nun ja. Wie geht es Frau Rehland?"

„Ganz gut. Ich denke aber, sie hat nichts dagegen, vorerst hinter unseren sicheren Klostermauern zu wohnen."

„Sehr vernünftig. Schön, Sie hier zu treffen, Frau Stern, dann muss ich nicht unangemeldet ans Klostertor klopfen. Ich bin nämlich auf dem Weg zu Ihnen. Ich möchte Sie um etwas bitten." Er zog fröstelnd die Schultern hoch. „Haben Sie schon zu Abend gegessen? Ich meine, ich würde gerne etwas essen, und es wäre nett, wenn ich Sie einladen dürfte. Wenn Sie nicht gleich zurück ins Kloster müssen."

„War es das, worum Sie mich bitten wollten? Mit Ihnen essen zu gehen?" Hätte er sie gebeten, dem nächsten Sonntagsgottesdienst auf dem Nonnenchor beizuwohnen, wäre sie nicht erstaunter gewesen.

„Ja. Das heißt nein, aber es gibt dieses italienische Restaurant ganz in der Nähe Ihres Klosters. Dort spricht es sich angenehmer als auf diesem zugigen Platz. Entschuldigen Sie, ich weiß einfach nicht, wie man eine Äbtissin zum Abendessen einlädt. Darf man das überhaupt?"

„Man darf, die Zeiten der strengen Klausur sind seit ungefähr fünfhundert Jahren vorbei", sagte Felicitas. „Auch Äbtissinnen essen gerne gut. Ich erspare Ihnen sogar das Tischgebet."

Die „Klosterschänke" an der Mühlbachstraße empfing sie mit leiser Musik, köstlichen Düften und zur Hälfte besetzten Tischen. Es war erst Viertel nach sechs.

Eine Kellnerin nahm der Äbtissin und Hildebrandt die Mäntel ab, doch bevor sie die neuen Gäste zu einem Tisch geleiten konnte, wurde sie vom Inhaber des Lokals, Marcello Bassani, abgelöst.

„Signora Stern, welche Ehre für mein Haus." Sein Blick taxierte mit professioneller Geschwindigkeit ihren Begleiter, registrierte hagere Züge eines Asketen und wechselte von Neugier zu bescheidenem Interesse. Da Felicitas nicht daran dachte, ihren Begleiter vorzustellen, eilte er ihnen voraus zu einem Tisch am Ende des Raumes.

Was den Asketen betraf, hatte sich Bassani geirrt. Erik Hildebrandt erwies sich als Kenner italienischer Rotweine. Er gab Abruzzenweinen den Vorzug, während Bassani ihn zu überzeugen versuchte, dass zu den ausgewählten Hauptgängen – Hildebrandt hatte sich für Entenbrust mit Mango und gratiniertem Fenchel, Felicitas für Perlhuhn mit Granatapfelsoße und gebackenem Sellerie entschieden – ein 96er Barolo vorzüglich sei. Felicitas entschuldigte sich, sie müsse telefonieren.

„Hallo?", rief die Priorin ins Telefon. „Frau Stern? Ist etwas passiert?"

Nein, erklärte Felicitas, sie sei mit dem Hauptkommissar in der Klosterschänke zum Abendessen. Ob Judith schon zurück sei?

Judith war noch nicht zurück. Die Priorin versprach, die Äbtissin zu benachrichtigen, sobald sie im Kloster eintraf.

Die Weindebatte näherte sich ihrem Ende, als Felicitas zurückkehrte. „Ist er nicht nett, unser italienischer Wirt?", fragte sie, als Bassani in die Küche eilte.

Hildebrandt nickte. „Ein bisschen zu nett, finde ich. Aber er hat einen guten Weinkeller."

„Gott sei Dank. Ich fürchtete schon, wir müssten Wasser trinken. Gibt es etwas, was Sie wirklich mögen? Ohne Einschränkung?"

Den Duft reifer Äpfel frisch vom Baum, dachte er und sagte: „Wenn ich nachdenke, fällt mir sicher etwas ein." Erik Hildebrandt lächelte ganz ohne Missmut, und die Äbtissin fragte sich, ob er womöglich doch Humor habe. „Wie wird man eigentlich Äbtissin? Muss man einen Bibeltest machen?"

Felicitas seufzte. „Es ist seltsam", sagte sie, „alle reden vom Internet und von modernem Management, aber wenn das Stichwort Kloster fällt, denken alle nur ans Mittelalter."

Ein evangelisches Kloster wie das Möldenburger, erklärte sie, sei durchaus eine moderne Einrichtung. Eine Art Wohnstift für evangelische Frauen, aber mit besonderen Aufgaben. Voraussetzung für die Aufnahme sei praktiziertes evangelisches Christentum und das Ende des Berufslebens und der Familienpflichten.

„Diese Klöster sind auch nach der Reformation Orte gelebten Christentums geblieben, heute sind sie zugleich große Museen mit jahrhundertelanger Tradition. Bewohnt werden sie auch deshalb, weil sie so besser zu erhalten sind. Es ist unsere Aufgabe, die Klöster mit ihrer sakralen Kunst und Kultur und so auch die christliche Botschaft der Öffentlichkeit vorzustellen. Jede Klosterfrau macht während des Sommerhalbjahres, wenn die Häuser geöffnet sind, Führungen. Das gehört zu den Pflichten, wer dazu nicht bereit ist, kann nicht aufgenommen werden. Dafür darben wir nicht in kargen Zellen, auch das Geißeln ist seit Jahrhunderten abgeschafft, falls Sie da Zweifel haben sollten. Wir leben in freundlichen und durchaus komfortablen Dreizimmerwohnungen, jede versorgt sich selbst, jede kann ihre Tür abschließen. Und unsere Tracht tragen wir nur beim Gottesdienst und zu besonderen Anlässen. Auch sind Klosterfrauen heute nicht mehr die unverheirateten Töchter reicher Familien. Wir haben alle einen Beruf erlernt und ausgeübt, fast alle von uns haben auch Kinder erzogen und eine Familie versorgt. Nun ist es unser Beruf, die Klöster zu erhalten und Menschen für sie zu interessieren. Meine Aufgabe ist, das Ganze zu verwalten und zu organisieren. Warum essen Sie Ihre Suppe nicht?"

„Oh, die Suppe." Hildebrandt tauchte gehorsam seinen Löffel ein und kostete von der Brühe. „Verzeihen Sie, ich wollte Ihnen keine Frömmelei oder so etwas unterstellen. Bei Kloster denkt man doch zuerst an Mönche mit Tonsur oder schwarz vermummte Ordensfrauen mit gesenktem Blick. Und bei Äbtissin – na ja. Sie wissen schon."

Felicitas nickte. „Ich muss mich entschuldigen. Ich neige bisweilen dazu, Vorträge zu halten. Auch die Demut ist bei uns nicht so ausgeprägt, wie Sie vielleicht gedacht haben. Wissen Sie was? Ich bin gern Äbtissin. Ich habe gerne etwas zu sagen, und ich leite gerne ein Team.

Bevor ich hierher kam, war ich Abteilungsleiterin in einer Volkshochschule. Nach dem Tod meines Mannes musste ich arbeiten, um mich und meine beiden Kinder zu ernähren. Und um mein Leben wieder in den Griff zu bekommen, das auch." Warum, um Gottes willen, erzählte sie ihm das? Einem fremden, chronisch missmutigen Mann?

Die Kellnerin brachte den Hauptgang, Marcello Bassani eine neue Flasche Wein.

„Sie wollten sicher keinen Vortrag über das Klosterleben hören", sagte Felicitas. „Um was wollen Sie mich bitten?"

„Wir haben den Bericht vom Labor der Rechtsmedizin bekommen. Der Tote in Ihrem Klosterwald ist eindeutig Constantin Sovata."

Felicitas ließ seufzend das Besteck sinken. „Das habe ich befürchtet. Und jetzt möchten Sie, dass ich es Frau Rehland beibringe?"

„Das wäre mir lieb. Es wäre leichter für sie, als wenn ich es ihr sage."

„Dachte ich mir doch, dass Sie irgendwo ein Herz versteckt haben." Das sollte leicht klingen, aber es klang bleischwer. Die Nachricht überraschte Felicitas nicht, sie konnte auch Judith nicht wirklich überraschen, aber eine Befürchtung war doch etwas anderes als die Konfrontation mit der Gewissheit. „Ich mache das natürlich und danke Ihnen für diese Rücksicht. Verraten Sie mir, ob Ihre Ermittlungen auch sonst vorangekommen sind?"

Er sah sie nachdenklich an. „Da gibt es noch nicht viel zu verraten. Leider. Wir wissen nun, dass der Tote ein junger Rumäne war, Saisonarbeiter auf Gut Waldneuburg. Wir wissen, dass ein Zweiter, der mit ihm befreundet war oder ihn zumindest schon in Rumänien kannte, flüchtig ist. Oder verschwunden. Die Tatwaffe ist ein rumänisches Jagdmesser. Fingerabdrücke: negativ. Alles deutet darauf hin, dass dieser zweite Rumäne der Täter ist. Die Fahndung läuft."

„Das klingt nicht nach großem Erfolg."

„Nein, das tut es nicht. Aber das ist normal."

„Dabei fällt mir ein", sagte Felicitas, „dass ich Sie auch etwas fragen muss. Frau Rehland hat mir von ihrer Beziehung zu dem Toten erzählt, sie hat es auf der Wache ausgesagt und Ihnen gestern Abend noch einmal berichtet. Gibt es so etwas wie eine Schweigepflicht bei der Polizei?"

„Das kommt darauf an. Natürlich informieren wir die Presse, das müssen wir, wenn etwas im Interesse der Öffentlichkeit ist."

„Über Judiths Beziehung zu Arnold Zechaus Erntehelfer habe ich in den Medien aber nichts gehört."

„Das konnten Sie nicht. Es gab und gibt bisher keinen Grund, das den Medien zum Fraß vorzuwerfen."

„Also weiß es außer mir niemand als Sie und Ihre Kollegen. Wieso werde ich dann heute Abend auf der Marktstraße darauf angesprochen?"

Hildebrandts Blick wurde streng. „Wenn der junge Mann Ihre Restauratorin mehrmals in ihrer Wohnung besucht hat, hat es wahrscheinlich jemand beobachtet und seine Schlüsse gezogen."

„Kann sein. Aber das war im Frühsommer, hätte es jemand gewusst, wäre schon vor Monaten darüber geredet worden."

„Wer hat Ihnen die fromme Botschaft zugetragen?"

„Muss ich das sagen?"

„Nein, aber warum nicht? Es ist die Wahrheit, keine üble Nachrede, kein polizeiliches Interesse – ich würde es nur gerne wissen. Sie können das unter Berufskrankheit abbuchen."

Ob der Name Arnold Zechau ihn überraschte oder nicht, konnte Felicitas nicht beurteilen.

Erik Hildebrandt hatte wieder sein graues Austerngesicht aufgesetzt und widmete sich der Entenbrust.

„Wenn er ein Jugendfreund ist, wird ihn alles interessieren, was mit dem Kloster zusammenhängt", sagte er schließlich. „Dass er die Information aus den Polizeiakten hat, ist mehr als unwahrscheinlich. Wenn es Sie beruhigt, höre ich mich mal um." Er schenkte ihr und sich Wein nach und fuhr fort: „Ich möchte Sie um noch etwas bitten, Frau Stern. Dorfklatsch, sei er noch so abenteuerlich, findet stets mein professionelles Ohr. Ich dachte mir aber schon, dass Sie dazu neigen, Möldenburger Heimlichkeiten heimlich bleiben zu lassen. Tatsächlich ziehe ich es auch vor, selbst zu hören und zu sehen."

„Was könnte Sie interessieren? Geheimnisse, Klatsch – natürlich! Sie wollen, dass ich Sie bei Mühlbergs Fest einschleuse?"

Hildebrandt machte ein Gesicht wie der Kater Barbarossa, nachdem er etwas vom Küchentisch stibitzt hatte, und die Äbtissin lachte.

„Ich sehe schon, ich habe richtig getippt. Was wollen Sie da? Sie werden dort kaum jemanden treffen, der sich mit Saisonarbeitern auskennt, von unserem Gutsherrn mal abgesehen. Aber wenn ich Arnold richtig einschätze, kennt er keinen persönlich."

„Ich bin nur neugierig."

„Ich glaube Ihnen kein Wort. Nun gut, wenn Sie versprechen, weder über Mühlbergs Weine zu nörgeln noch den Wohltäter unseres Klosters auf andere Art zu verärgern, nehme ich Sie mit. Johannes Mühlberg wird nichts dagegen haben. Denken Sie, Sie könnten sich zu diesem Anlass zu einer Krawatte durchringen?"

Der Hauptkommissar kam nicht dazu, die Wahl der passenden Garderobe zu versprechen. „Und wegen Constantin", sagte die Äbtissin hastig, „überlassen Sie bitte mir, wann ich es Judith sage." Sie hob grüßend die Hand, und Hildebrandt drehte sich um.

Henry Lukas stand am Tresen und schwatzte mit Marcello Bassani. Hinter ihm erkannte Hildebrandt die schmale Gestalt Judith Rehlands. Judith erkannte die Äbtissin, zupfte Henry am Ärmel, und beide drängten sich zwischen neu ankommenden Gästen hindurch zu dem Tisch an der Fensterfront.

Felicitas unterdrückte einen Seufzer. Da saßen sie nun, Henry frisch und strahlend wie immer, Judith blasser als gewöhnlich, und wirkten ganz und gar nicht, als hätten sie einen vergnüglichen Tag miteinander gehabt.

Eine zutreffende Beobachtung. Nach ihrem wenig ergiebigen Besuch waren beide schweigsam gewesen.

Einige Kilometer vor Möldenburg befand Henry, es sei höchste Zeit für Kaffee und etwas zu essen. Er bog von der Bundesstraße ab und hielt vor einem Landgasthof. Judith war müde, ihr Kopf schmerzte.

„Sie müssen hungrig sein, Judith", sagte die Äbtissin und verbiss sich den besorgten Tadel über den zu anstrengenden Ausflug.

„Gar nicht. Wir haben unterwegs gegessen, von dort habe ich auch im Kloster angerufen, damit Sie sich keine Sorgen machen. Es geht mir gut", fügte sie hastig hinzu, „ich bin nur ein bisschen müde. Frau Möller sagte, Sie seien hier. ‚Unter Bewachung des Polizeichefs.' Da wir sowieso zu Ihnen wollten", wandte sie sich an Hildebrandt, „sind wir gleich hergekommen."

Die nächsten zehn Minuten übernahm Henry das Wort. Er berichtete von Judiths Adressenfund, von ihrem Entschluss, nach Hamburg zu fahren, und von ihrer Begegnung mit Valeria Dimitrescu. Er ertrug stoisch den immer eisiger werdenden Blick des Hauptkommissars und schloss: „Leider haben wir nichts rausbekommen, was wir nicht schon wussten."

„Sie spricht sehr schlecht Deutsch", sagte Judith. „Und wie würden Sie sich verhalten, wenn plötzlich zwei Fremde vor der Tür stehen und Sie ausfragen?"

„Sie wollte einfach nichts sagen", hielt Henry dagegen.

„Moment!" Hildebrandts Stimme ließ Henry und Judith erschrocken verstummen. „Würden Sie mir freundlicherweise erklären, warum Sie diesen abenteuerlichen Ausflug unternommen haben, anstatt das Notizbuch umgehend bei der Wache abzuliefern? Das war unverantwortlich, Dr. Lukas. Nicht nur, weil Sie Frau Rehland einer Gefahr ausgesetzt, sondern weil Sie meine Arbeit behindert haben. Flehen Sie die Äbtissin um Asyl im Kloster an, falls wir die Wohnung jetzt verlassen finden. Und nun, bitte, die Adresse."

Judith zog Constantins Notizbuch aus ihrer Tasche und reichte es Hildebrandt. „Sie warten hier!", schnauzte Hildebrandt, schob seinen Stuhl zurück und ging durch das Restaurant zum Vorraum.

Die drei sahen ihm nach. Felicitas erlaubte sich ein Stöhnen. Henry und Judith machten Gesichter wie Kinder, die beim Apfelstehlen erwischt worden waren.

„Henry", sagte Felicitas, „bist du immer noch nicht vernünftig? Nein, ich habe jetzt keine Lust auf Erklärungen. Die sind morgen fällig, wenn ich wieder ruhiger bin. Ich verstehe Hildebrandts Ärger. Ich verstehe auch, Judith, dass Sie wissen wollten, ob Constantin in Hamburg lebt. Aber hier geht es nicht um den Verlust von silbernen Löffeln, sondern um einen Mord, und den zu verfolgen ist einzig Sache der Polizei." Sie atmete tief aus, nahm einen Schluck Wein und lehnte sich zurück. „So. Das war die Tirade im Schnelldurchgang. Sobald der Hauptkommissar vom Telefonieren zurück ist, bringst du uns ins Kloster, Henry. Judith muss sofort ins Bett. Und morgen", fügte sie hinzu, „möchte ich dich im Kloster sehen. Oder glaubst du, ich gebe mich mit eurer Kurzfassung zufrieden? Da kommt der strenge Herr Hildebrandt. Wenn er die Handschellen zieht, besorge ich euch einen guten Anwalt."

Hildebrandts Miene erinnerte nicht mehr an die Arktis, sondern nur noch an einen harten mitteleuropäischen Winter. Er stellte noch ein paar Fragen, ließ sich die Frau in der Wohnung beschreiben, noch einmal deren Worte wiederholen, versichern, dass bestimmt niemand sonst in der Wohnung gewesen sei, und beglich schweigend die Rechnung.

An der Garderobe half er der Äbtissin in den Mantel und hielt sie für einen Moment zurück. „Ich bedauere, dass dieser Abend ein so unerfreuliches Ende fand. Versprechen Sie mir, es mich wissen zu lassen, wenn diesen beiden dummen jungen Menschen noch etwas einfällt, was sie noch nicht erzählt haben?"

„Ich verspreche Ihnen", sagte Felicitas, „sie davon zu überzeugen, Ihnen alles zu sagen. Reicht das?"

Beinahe hätte Hildebrandt gelächelt. „Solidarität und gute Erziehung", antwortete er, „sind der Polizeiarbeit oft ebenso hinderlich wie Amateurdetektive. Aber ja, es reicht mir."

„Danke, Herr Hildebrandt, auch für das Essen."

Hildebrandt hielt der Äbtissin die Tür auf, und sie traten ins Freie. Judith saß schon in Henrys Auto. Der fast volle Mond kokettierte mit der Dunkelheit. Die Straße lag verlassen. Nur ein Streifenwagen näherte sich schnell von der Innenstadt, hielt mit quietschenden Reifen, und Birgit Sabowsky sprang heraus. Die Kollegen in Hamburg seien schon unterwegs, sagte sie, man müsse sich beeilen.

Bevor Hildebrandt in den Wagen stieg, wandte er sich noch einmal zu Felicitas um. „Dieser Freund, der Ihnen von Frau Rehlands Bekanntschaft mit dem Toten erzählt hat, ist doch sicher Jäger und Mitglied im hiesigen Jagdverein?"

„Ja, das ist er. Warum?"

Statt einer Antwort hob er grüßend die Hand, und der schwere Wagen schoss davon.

KAPITEL 11

Die Mühlberg'sche Villa in der Herrmannstraße zeichnete sich durch zwei kupfergedeckte Türmchen und zwei Säulen links und rechts der Haustür aus. Die anderen Häuser dieses Stadtviertels standen noch in üppigen Gärten, einzig dieses Grundstück erstreckte sich wie beim Bau des Hauses vor neunzig Jahren über die dreifache Größe. Es wurde deshalb allgemein als Park bezeichnet.

Die Einladung zum Jubelfest des Hausherrn galt als Beleg für die Zugehörigkeit zur Creme der Stadt. An diesem Freitag glich die Villa einer Dependance von Disneyland. Immerhin war es Karsten Mühlberg gelungen, seinen Vater zu überzeugen, dass weiße Lichterketten um die Fenster der Vorderfront, in den Platanen und den Büschen des vorderen Gartens mehr Eindruck machten als kunterbunte.

Frisch gewaschene Autos säumten bereits die Straße, als die schwarze Limousine vorfuhr. Judith starrte sprachlos durch das hintere Seitenfenster auf die leuchtende Pracht. Erik Hildebrandt murmelte etwas, was nach „Donnerwetter" klang, Felicitas überlegte, wie viele Lichterketten nötig wären, das Kloster so herrlich kitschig zu schmücken, und verstaute eilig ihren Lippenstift in der Handtasche.

„Noch können Sie kneifen, Herr Hildebandt", spottete sie.

„Auf gar keinen Fall. Ich war noch nie in einem Haus, das schon im

Oktober wie ein Kaufhaus zur Weihnachtszeit aussieht. Und die Festmusik", Hildebrandt zeigte auf eine kleine Gruppe jagdgerecht ausstaffierter Männer mit Jagdhörnern, „verspricht originell zu werden."

Einen der Waidmänner erkannte Felicitas. Dass Brandes, der Klostergärtner, als Treiber an den großen Jagden teilnahm, wusste sie, dass er das auch als Bläser tat, überraschte sie.

Die Stimmung während der Fahrt vom Kloster zu Mühlbergs Haus war nicht gerade heiter gewesen. Erik Hildebrandt konnte seinen Ärger über Judiths und Henrys „idiotischen Ausflug" nicht verbergen. Sie hatten es vermasselt. Die Hamburger Kollegen trafen nur noch das nervöse Ehepaar Wagner an, von Valeria Dimitrescu und Gheorghe Dordea weit und breit keine Spur.

Tereza und Kurt Wagner bewiesen erstaunliche Standfestigkeit. Sie blieben dabei, die Gesuchten wohl zu kennen, auch hätten beide eine Zeit lang bei ihnen gewohnt, als Besucher aus der alten Heimat, das sei nur selbstverständliche Gastfreundschaft. Doch Gheorghe Dordea sei schon vor Wochen nach Rumänien zurückgekehrt. Jedenfalls habe er das gesagt, als er zum Bahnhof fuhr.

Valeria, beteuerten sie, sei gerade erst abgereist, am Nachmittag. Das sei schon lange so geplant gewesen. Warum Frau Dimitrescu das den Besuchern nicht gesagt hatte? Wozu? Es ging diese fremden Menschen nichts an. Ja, es stimme, Valeria sei nach Deutschland gekommen, um ihren Verlobten zu suchen. Der sei zwar längst nach Rumänien zurückgekehrt, aber eben nicht zu ihr. Nein, natürlich sei das nicht nett. Ja, sie hatten von dem Toten in Möldenburg gehört, es habe in den Zeitungen gestanden. Nein, Constantin Sovata hätten sie nie getroffen, doch Gheorghe habe von einem Constantin erzählt, einem Freund, der, ohne sich auch nur zu verabschieden, weggegangen sei. Er habe aber nichts von einem Streit gesagt. Schmeicheln, drohen, nichts nützte. Auch nicht die Versicherung, man suche den Dordea nur als Zeugen, er sei in keiner Weise verdächtig. Schließlich hatte Hildebrandt aufgegeben.

„Herr Hildebrandt?" Die Äbtissin zupfte ihn am Ärmel. „Ich weiß nicht, was Sie gerade plagt, aber für die nächsten drei Minuten müssen Sie ein freundliches Gesicht machen. Johannes Mühlberg lässt uns sonst nicht rein."

Erik Hildebrandt lächelte. Zu seinem Erstaunen fiel es ihm ganz leicht. Der strahlende Jubilar stand im schwarzen Anzug im Entree, an seiner Seite eine von Bassanis schönsten Kellnerinnen mit einem Tablett voller Champagnergläser, und begrüßte die neuen Gäste. Felicitas wurde mit einem vollendeten Handkuss bedacht, Judith mit einer munterbesorgten Frage nach ihrem Befinden, Hildebrandt mit einem höflichen Händedruck. Überraschungsgäste seien ihm stets willkommen, versicherte er. Sie seien die Würze jedes Festes, bei diesem Anlass mit so vielen reich geschmückten Damen sei es geradezu beruhigend, die Polizei im Haus zu haben. Die nächsten Gäste drängten ins Entree, und Felicitas, Judith und Hildebrandt balancierten ihre Champagnergläser durch die schwatzende Menge.

Felicitas war beeindruckt. Sie hatte altdeutsche Eiche erwartet, schwere Goldrahmen um ländliche Idyllen und Jagdszenen. Die drei ineinander gehenden Wohnräume des Erdgeschosses waren tatsächlich dunkel möbliert, auch die gerahmten Idyllen waren vertreten, doch bei aller Behäbigkeit verrieten die Räume einen sicheren Geschmack, waren frei von scheußlichen Nippes und boten elegante Behaglichkeit.

Zuerst entdeckte Felicitas im Gedränge der festlich gekleideten Menschen Astrid. Im dunklen, rötlich schimmernden Samtkleid, nahezu ungeschminkt und sehr zerbrechlich. Neben ihr stand Charlotte, schwarz von Kopf bis Fuß, stark geschminkt und nicht ganz so zerbrechlich. Henry war in seinem Element. Er unterhielt Astrid, Charlotte und drei weitere Damen.

Marcello Bassani, als Chef der Speisen und Getränke engagiert, überwachte mit Argusaugen den Fleiß seiner Kellnerinnen. Eine von ihnen kämpfte hinter dem Büfett mit dem widerspenstigen Korken einer Rotweinflasche.

„Ist das nicht Frau Sabowsky?“, fragte Felicitas ihren selbst ernannten Begleiter. „Ihre Polizeimeisterin?“

„Polizeiobermeisterin. Ja, das ist sie“, bestätigte Hildebrandt. „Junge Polizistinnen verdienen schlecht. Ab und zu ein kleiner Nebenjob muss erlaubt sein. Eine Polizistin als Aushilfskellnerin ist immer noch besser als Anwälte und Restauratorinnen als dilettierende Detektive.“

Felicitas lächelte süß. „Sind Sie sicher, dass Frau Sabowsky nicht zum Spionieren Korken zieht und Teller füllt?“

„Als Miss Marple von Möldenburg?“

„Es war nur ein Scherz. Vergessen Sie mal für fünf Minuten den Kriminalhauptkommissar, hier müssen wir uns nur amüsieren, sonst nichts. Außerdem“, sie hob den Zeigefinger, „beginnt gerade das Kulturprogramm.“

Im Sog der Gäste ließen sie sich vor das Haus schieben, die Waldhörner klangen im Abendnebel sehr romantisch. Die Darbietung war sehr feierlich, was durch die Blitzlichter des Fotografen des *Möldenburger Boten* noch gefördert wurde. Nach dem dritten Stück begann jemand zu klatschen. Es nützte nichts, die fünf Männer gaben erst nach dem sechsten auf.

Erik Hildebrandt war verschwunden, dafür schob sich Johannes Mühlberg zu Felicitas durch, bot ihr seinen Arm und geleitete sie zurück ins Haus. Er müsse ihr unbedingt Linde vorstellen, damit sie die ganze Familie kenne. Die Frau seines Sohnes sei Künstlerin, aber ein wirklich nettes Mädchen.

Der Lärmpegel der Stimmen stieg beständig und übertönte das fleißige Trio im Erker des mittleren Zimmers. Das fabrizierte mit Violine, Bass und Klarinette milde Barmusik.

Erik Hildebrandt begann sich zu langweilen. In einer feiernden Menge fühlte er sich verloren, das Geheimnis des gelungenen Smalltalk hatte er nie gelöst. Am Sideboard des mittleren Zimmers, Depot zur Selbstbedienung mit hochprozentigen Getränken, entdeckte er schließlich eine vertraute Gestalt. Den blonden Kopf hatte er an diesem Abend immer wieder über die Menge ragen sehen. Er tippte dem Mann mit dem rosigen Kindergesicht auf die Schulter.

„Na, Kollege Dessau?“, sagte Hildebrandt. „Sie gehören also auch zu den Spitzen der Möldenburger Gesellschaft. Respekt! Oder hat Sie der Jubilar als Bodyguard engagiert?“

Dessau, ein gut gefülltes Glas an den Lippen, fuhr herum und wurde rot.

„Macht nichts“, sagte Hildebrandt und klopfte ihm sanft auf den Rücken. „Ich bin ja auch hier.“ Er ließ dem Polizeiobermeister keine Zeit für Erklärungen und beschloss, sich den Jagdtrophäen des Hausherrn zu widmen, bevor er sich unauffällig verdrückte.

Vergeblich. Der „Jagdzimmer“ genannte Raum war schon überfüllt. Die Wand über dem Kamin auch. Dort präsentierte sich die Sammlung der Jagdtrophäen des Hausherrn vom bescheidenen Gehörn eines Rehbocks bis zum veritablen Vierundzwanzigender eines Rotwildkönigs, akkurat nach Größen um den mächtigen Kopf eines Keilers arrangiert.

„Tolle Feier, was?“ Johannes Mühlberg trat neben den Hauptkommissar. „Ich hoffe, Sie verzeihen, dass ich Sie nicht selbst eingeladen habe. Sie waren noch nicht in der Stadt, als wir unsere Liste aufstellten. Umso besser, dass unsere verehrte Äbtissin Sie mitgebracht hat.“ Er verschränkte die Arme hinter dem Rücken. „Jetzt will ich Sie nicht mit Dienstlichem langweilen, Herr Hildebrandt, haben Sie morgen ein paar

Minuten Zeit für mich? Es ist nur eine Kleinigkeit. Aber ich denke, Sie wollen sicher alles hören, was mit diesen Rumänen zusammenhängt."

Hildebrandt nickte. „Deshalb bin ich in der Stadt. Wenn es nur eine Kleinigkeit ist – warum reden wir nicht gleich?"

„Gleich? Keine schlechte Idee. Am besten gehen wir in mein Büro, da haben wir Ruhe. Kommen Sie?"

FELICITAS griff ein Glas Mineralwasser von einem vorbeischwebenden Tablett und lächelte Karsten Mühlberg zu.

„Ich bewundere die Organisation", sagte sie. „Die sei einzig Ihr Verdienst, sagte Ihr Vater. Sollten wir je ein Fest im Kloster veranstalten, engagiere ich Sie. Sind Sie das mit Ihrem Vater?"

Das Foto, das Felicitas an der Wand zwischen einer ganzen Reihe anderer Familienbilder entdeckt hatte, zeigte Johannes Mühlberg mit Gewehr, den Arm um die Schultern eines Jungen, der einen Hasen an den Hinterläufen hochhielt.

Karsten seufzte. „Ja", sagte er, „neben meinem Vater, das bin ich und mein erstes erlegtes Wild. Aber ich war kein guter Schütze und bin es auch nie geworden."

„Sie sehen aber ganz glücklich aus. Waren Sie stolz?"

„Ich erinnere mich nicht genau. Damals war ich gerade sechzehn. Mein Vater war sehr stolz."

„Er ist wohl ein begeisterter Jäger? Seine Sammlung im Kaminzimmer ist wirklich beeindruckend. Jagt er nur hier, oder fährt er auch ins Ausland? Arnold Zechau macht das, er hat es mir neulich erzählt", fuhr sie fort, als Karsten schweigend nickte. „Fährt Ihr Vater auch auf den Balkan? Ich habe neulich eine Reportage gelesen, ich glaube, über die Jagd in Bulgarien. Oder Rumänien? Ich glaube, es war ein Bericht über beide Länder."

Nach den ungeschriebenen Gesetzen der Partyplauderei hätte er jetzt etwas Nettes sagen müssen. Doch er murmelte etwas von „nach dem Rechten sehen" und „die Äbtissin möge entschuldigen, der Wein gehe aus" und verschwand in Richtung Küche.

Geflüchtet, dachte Felicitas. Offensichtlich behagte ihm das Thema Jagd nicht, sie diagnostizierte einen schwelenden Vater-Sohn-Konflikt. Doch was machte es schon, wenn Karsten Mühlberg keinen Hasen treffen konnte, solange er die Bilanzen von „Mühlberg-Brot" glänzen ließ?

Sie sah sich nach Astrid und Judith um. Beide hatte sie während des ganzen Abends nur kurz gesprochen oder gesehen. Astrid, während der ersten Stunde von Henry und Charlotte eisern eskortiert, hatte sich längst selbstständig gemacht. Je weiter der Abend voranschritt, umso gelöster wirkte sie.

Arnold Zechau hatte das Fest schon verlassen, auch ihn hatte sie einmal neben Astrid gesehen, die Hand vertraulich auf ihrem Rücken, was nichts Besonderes war. Sie kannten sich seit Jahrzehnten, die Weise jedoch, in der Astrid diese Hand wegstieß, war sehr besonders. Das war es also, was Henry nicht mehr gesagt hatte. Ausgerechnet Arnold?

ERIK HILDEBRANDT war Johannes Mühlberg in einen kleinen Raum gefolgt. Er war mit schwarzen, auf Altdeutsch getrimmten Möbeln voll gestellt. Auf einem Rauchtischchen stand eine Sammlung gerahmter Familienfotos. Eine rotwangige Blondine in Öl blickte von einer Wand darüber freundlich auf sie hinab, sie sah genauso aus, wie Hildebrandt sich Annegret Mühlberg vorstellte, Johannes' vor wenigen Jahren gestorbene Frau. An der Wand gegenüber hing das Gehörn eines afrikanischen Springbocks. Vor der Vitrine lag ein Bärenfell. Mühlberg hatte ihn in seine private Schatzkammer geführt.

Sie setzten sich in zwei Lehnstühle. Johannes Mühlberg war bester Stimmung. Er holte Gläser aus einer Vitrine, füllte sie mit altem Bordeaux und reichte eines seinem Gast. Dann kam er gleich zum Kern der Sache. Die beiden jungen Rumänen habe er gekannt, begann er. Besonders den verschwundenen, den toten kaum.

Gheorghe Dordea kam schon seit einigen Jahren zur Ernte nach Waldneuburg. Gleich beim ersten Mal erzählte er Arnold Zechau von den Karpaten, an deren südwestlichen Hängen er in den Wintern manchmal als Jagdführer arbeitete. Er sprach gut genug Deutsch, um einem passionierten Jäger Appetit zu machen, vor allem auf Bären. Westeuropäische Jäger reisten schon lange auf den Balkan, nach Ungarn vor allem. Auch noch weiter nach Osten und Nordosten, zum Beispiel nach Russland, Polen oder Tschechien, auch ins Baltikum. Grandiose Jagdgebiete, hervorragende Organisation. In Rumänien jedoch weniger. Als sich die Rumänen nach dem Ende des Ceauşescu-Regimes bemühten, den lukrativen Jagdtourismus aufzubauen, erläuterte Mühlberg, hatten sie versäumt, rechtzeitig die Anträge für die Erlaubnis zum Export der Trophäen zu stellen. Das sei im Washingtoner Artenschutzabkommen geregelt. Inzwischen jedoch hatten sie das nachgeholt, die Sache mit den Trophäen sei nun kein Problem mehr, auch der Transport funktioniere reibungslos. Vom Revier über die Werkstatt des Präparators bis ins Wohnzimmer des Jägers.

„Um es kurz zu machen: Ich habe über mein Reisebüro eine Reise gebucht und Gheorghe Dordea als Jagdführer angefordert."

„Man kann sich bestimmte Helfer bestellen?", fragte Hildebrandt.

„Wenn man bezahlt, geht alles." Er wollte Dordea, weil der ein zuverlässiger Mann war und er sich mit ihm verständigen konnte. Im letzten Herbst, in der zweiten Oktoberhälfte, reiste Johannes Mühlberg also zur Jagd nach Rumänien. Damals lernte er auch Constantin Sovata kennen, der dort als Jagdhelfer arbeitete.

„Der war kein jagderfahrener Führer wie Dordea, aber als Treiber und Träger werden auch solche Männer gebraucht. Das war eigentlich schon alles, was ich Ihnen erzählen wollte. Bis auf eine Kleinigkeit. Sicher ist es unwichtig, aber ich denke – na, das habe ich ja schon gesagt. Also: Die beiden hatten dort unten ständig Streit. Ich war eine Woche da, ein paar Tage war Dordea krank, ungewöhnlich, sie sind harte Burschen, ständig an der frischen Luft, die haut sonst nichts um, aber ihn hatte es eben erwischt. Während der ganzen übrigen Zeit liefen die beiden mit grimmigen Gesichtern rum, jedenfalls wenn sie sich begegneten. Es soll auch eine Prügelei gegeben haben, das hat mir aber nur einer der anderen Jäger erzählt, ich war nicht selbst dabei. Es war mir auch egal."

„Worum ging es bei den Streitereien?"

„Um ein Mädchen, hieß es. Das heißt es ja immer bei solchen Jungs, wahrscheinlich stimmt es auch. Junge Männer eben. Hahnenkämpfe. So was gehört zum Erwachsenwerden, oder? Wen in jungen Jahren nicht der Hafer sticht, sage ich immer, der ist mit vierzig so gut wie tot."

Hildebrandt nickte, obwohl er sich nie um ein Mädchen geprügelt hatte, was vielleicht ein Versäumnis war.

„Sonst ist bei diesem Jagdausflug nichts vorgefallen? Etwas Ungewöhnliches?"

Johannes Mühlberg hob die Schultern. „Rein gar nichts. Es war ein fantastischer Aufenthalt, abgesehen von den exzellenten Jagdmöglichkeiten aber ganz gewöhnlich. Eine reine Männergesellschaft, entsprechend verliefen die Abende. Sie kennen das, tagsüber unterwegs in den Wäldern, abends Jägerlatein und Wodka. Von allem jede Menge, die frische Karpatenluft macht das ja leicht wieder wett."

„Ja, die Karpatenluft", sagte Hildebrandt. „So richtig schlimm kann es mit dem Ärger zwischen den beiden aber nicht gewesen sein. Odewald, der Gutsverwalter, behauptet, Dordea habe ihm Sovata als Erntehelfer empfohlen und mitgebracht."

„Sehen Sie? Die ganze Angelegenheit ist letztlich unwichtig. Aber falls Ihnen der andere nicht wieder durch die Lappen geht und Sie ihn noch schnappen, wäre das doch ein Hinweis für ein Motiv. Dachte ich. Natürlich verstehe ich nichts von Ihrer Arbeit. Dordea ist ein guter Mann, aber ein echter Heißsporn. Der Rumäne in den Karpaten ist noch leidenschaftlich. Wenn ich mir da meinen Karsten ansehe. Na, ist ja egal. Auf dem Chefsessel meines Betriebs ist mir ein kühler Kopf allemal lieber."

„Und als Dordea in diesem Sommer wieder auf Gut Waldneuburg gearbeitet hat? Da haben Sie ihn doch sicher auch gesehen, als alten Jagdkameraden?"

„Nein. Der Mann wurde wie jeder andere Jagdführer für seine Arbeit bezahlt. Mit Kameradschaft hat das nichts zu tun. Hier erntet er Spargel, das ist etwas völlig anderes."

Hildebrandts Blick glitt über den dicken braunen Pelz auf dem Boden. „Ist das ein Bärenfell? Von Ihrer Rumänienreise?"

„Ja, ein prächtiges Stück, was? Sie müssen mal drüberstreichen. Mit so einem Fell hält der Bär jede Temperatur aus. Überhaupt die Bären. Wunderbare Tiere, kolossale Kraftpakete, blitzschnell und schlauer als die Füchse, mit feinster Nase. Entschuldigen Sie, das ist wohl nur altmodisches Jägergeschwätz. So ein Tier zu besiegen gibt ein großartiges Gefühl. So, jetzt sollten wir uns wieder unters Volk mischen. Sonst glauben meine Gäste noch, ich hätte keine Manieren."

„Nur eine Frage noch, Herr Mühlberg. Wir haben den Toten nicht erst gestern gefunden. Warum erzählen Sie mir das alles erst heute?"

„Besser spät als nie, was? Mal im Ernst: Ich habe nicht früher daran gedacht. Natürlich habe ich gehört, der Tote könne womöglich einer der beiden verschwundenen Rumänen sein. Dass es tatsächlich Sovata ist, weiß man aber erst seit gestern. Oder seit vorgestern? Jedenfalls habe ich dem vorher keine Bedeutung zugemessen. Ich hatte einfach zu viel um die Ohren."

Hildebrandt erhob sich. „Dann will ich Sie Ihren Gästen nicht länger vorenthalten", sagte er. „Sollte mir noch eine Frage einfallen, weiß ich, wo ich Sie finde. Waren Sie eigentlich allein in Rumänien?"

Mühlberg öffnete die Tür und wandte sich zu Hildebrandt um. „Diesmal, ja", sagte er. „Ich mache Jagdreisen sonst nie allein, meistens fährt Arnold Zechau mit, Dr. Lukas war auch schon mal dabei. In Ungarn auf Rotwild, wenn ich mich richtig erinnere. Aber im letzten Jahr bin ich allein gefahren, Arnold hatte etwas anderes vor."

„Was?"

„Ich glaube, in dem Jahr war er in Afrika auf Büffeljagd. Aber nein, das stimmt gar nicht. Arnolds Afrikatour war schon ein Jahr früher."

„Büffel in Afrika. Das klingt verdammt teuer."

„Das ist es auch. Nun fragen Sie mich nicht nach den Einkünften meiner Freunde. Die gehen mich nichts an."

Bevor Erik Hildebrandt eine weitere Frage einfiel, tauchte Karsten Mühlberg auf der Suche nach seinem Vater auf. Späte Gäste seien zu begrüßen, einige der frühen zu verabschieden. Der Gastgeber wurde längst vermisst, so ließ er den Kriminalhauptkommissar allein.

Dafür stand Birgit Sabowsky plötzlich vor ihm und hielt ihm ein schon ziemlich leeres Tablett entgegen. Er entschied sich für Mineralwasser. „Und?", fragte er. „Lohnt sich Ihr Einsatz?"

„Kaum." Sabowskys Gesicht verriet Resignation. „Viel mehr als schmerzende Füße ist bisher nicht dabei herausgekommen. Und bei Ihnen?" Sie hatte ihn mit Johannes Mühlberg aus dem Zimmer kommen sehen und brannte darauf zu erfahren, was hinter der verschlossenen Tür beredet worden war.

„Na ja", sagte Hildebrandt, „darüber reden wir morgen. Wenn Sie ausgeschlafen haben."

KAPITEL 12

Felicitas betrat ihre Wohnung. Sie legte die Aktenmappe auf die Schreibplatte des Sekretärs, ging in die Küche und setzte Teewasser auf. Der Klostersee hinter dem Fenster lag bleiern, das jenseitige Ufer verbarg sich hinter einer Wand aus grauem Dunst. Sie wandte sich ihren Teedosen zu, als das Telefon klingelte.

Die Stimme war ihr fremd, was sie sagte, beunruhigend. Fünf Minuten später eilte die Äbtissin über den Gang und die Treppe zum Erdgeschoss hinunter zu ihrem Büro, rief Margit ein eiliges „Ich muss für etwa zwei Stunden weg!" zu und eilte weiter. Im Laufschritt erreichte sie den Parkplatz. Ihr blieb nicht viel Zeit. Nicht einmal so viel, um darüber nachzudenken, worauf sie sich einließ.

Ja, sie wisse, wo das sei, hatte sie der Stimme am Telefon versichert. Ipswick lag nur wenige Kilometer nördlich von Möldenburg abseits der Landstraße. Ein kleiner Ort, der Treffpunkt musste leicht zu finden sein.

Sie solle allein kommen, hatte die Stimme gesagt, falls sie jemanden mitbringe, werde sie niemanden antreffen. Felicitas überlegte keine Sekunde. Das klang so unwirklich, wie dieses ganze Unternehmen war.

Alle dachten, sie sitze mit dem Taschenrechner und frischem Tee über den Inventarlisten, und was tat sie? Sie folgte einer fremden Stimme, raste über die nebelnasse Straße und hatte nicht einmal daran gedacht zu hinterlassen, wohin sie fuhr. Niemand würde wissen, wo man sie suchen sollte, falls sie nicht zurückkehrte. Ein absurder Gedanke. Was sollte ihr in einem Dorfgasthof passieren?

Auf dem großen Parkplatz des Gasthofs standen zwei Wagen. Sie sah auf die Uhr: sieben Minuten vor der verabredeten Zeit. Warum hatte die Frau am anderen Ende der Leitung sich für diesen Treffpunkt entschieden?

Über dem Portal des Gasthofs stand in altmodischen Schriftzügen IPSWICKER HOF, darüber hing ein von Wind und Wetter matt geschrubbtes Geweih. Sie betrat einen dämmerigen, bis zur Schulterhöhe grün gefliesten Flur. An der Tür auf der rechten Seite klebte ein Schild mit der Aufschrift GASTSTUBE. Die beiden Männer am Tisch gleich neben der Tür sahen bei ihrem Eintreten flüchtig auf. Mehr Gäste gab es nicht, selbst die Theke war verwaist. Die Äbtissin setzte sich an einen der hinteren Tische, die durch die hohen Lehnen gepolsterter Bänke voneinander abgeteilt wurden. Die Tür neben der Theke flog auf, und eine junge Frau brachte ein Tablett mit Tellern und einer dampfenden Terrine zu den beiden Männern. Sie trug enge Jeans und einen weiten roten Pullover. Das glatte blonde Haar umrahmte ein freundliches junges Gesicht. Felicitas bestellte Kaffee und Mineralwasser.

Der Platz am Fenster gab den Blick auf eine gute Hälfte des Parkplatzes frei, sie starrte hinaus und wartete. Der Gasthof war halbwegs gemütlich, doch nichts Besonderes.

Felicitas hatte gerade ihren zweiten Kaffee bestellt, als eine Frau in einer dick wattierten schwarzen Jacke eintrat. Ohne zu zögern, schritt sie durch die Gaststube und setzte sich ihr gegenüber an den Tisch.

„Sie sind Frau Stern“, sagte sie, „die Äbtissin. Valeria hat mir beschrieben, wie Sie aussehen.“

„Dann müssen Sie Tereza Wagner sein. Wo ist Valeria? Ich dachte, sie kommt mit Ihnen.“

„Valeria lässt Sie grüßen, unser Treffen war ihre Idee. Sie hofft immer auf die Hilfe der Kirche. Obwohl ihr nicht ganz klar ist, was für eine Art Äbtissin Sie sind, hält sie Sie für vertrauenswürdig.“

Der Ton in Terezas Stimme ließ keinen Zweifel daran, dass sie Valerias Meinung nicht vorbehaltlos teilte.

„Ich vertrete nicht die Kirche. Möchten Sie etwas trinken?“

Tereza Wagner hatte die Kellnerin nicht bemerkt, sie sah zu ihr auf und bestellte ein Glas Tee.

„Ich bin auch keine Nonne“, fuhr Felicitas fort, „sondern so eine Art Vorsteherin oder Verwalterin eines evangelischen Klosters. Ich bin allein gekommen, wie Sie es gefordert haben. Sie müssen mir vertrauen oder es lassen. Das ist einzig Ihre Entscheidung. Wenn Sie mir etwas zu sagen haben, werde ich zuhören und versuchen zu helfen.“

Tereza Wagner öffnete den Reißverschluss ihrer Jacke, doch sie zog sie trotz der Wärme in der Gaststube nicht aus. Sie war eine Frau Mitte dreißig, ihr weizenblondes Haar war modisch kurz geschnitten, die grauen Augen unter den dunkleren Brauen, die feine Nase, die blassen Lippen gaben ihr etwas Strenges. Einzig die krampfhaft gefalteten Hände auf der Tischkante verrieten, dass sie nicht so sicher war, wie sie tat. Die Kellnerin brachte den zweiten Kaffee und den Tee.

„Natürlich“, sagte Tereza schließlich, „entschuldigen Sie. Ich bin dankbar, dass Sie gekommen sind. Valeria hat uns erzählt, wie Sie sie mitten in der Nacht ins Kloster mitnahmen und am nächsten Morgen sogar zu diesem Gut bringen ließen. Das war mehr als freundlich. Wir wissen niemand sonst, dem wir erzählen könnten, was passiert ist. Und wir finden, es sollte jemand wissen.“

„Am Telefon haben Sie gesagt, es gehe um Constantin Sovata. Warum sind Sie nicht zur Polizei gegangen?“

„Weil wir Kriminelle sind, denken Sie jetzt.“ Tereza löste ihren Blick von dem Teeglas und sah Felicitas trotzig an. „Ich würde das denken, wenn ich an Ihrer Stelle wäre. Aber das stimmt nicht. Mit Constantins Tod haben wir nichts zu tun. Auch Gheorghe nicht, obwohl das alle denken. Ich will Ihnen nur sagen, was ich weiß, damit Sie es der Polizei erzählen.“ Sie nippte vorsichtig an dem dampfenden Tee, dann begann sie zu erzählen.

Sie und Kurt stammten aus Bukarest. Als Rumäniendeutsche konnten sie vor fünf Jahren nach Deutschland auswandern, der Kontakt zu zurückgebliebenen Verwandten und Freunden riss nie ganz ab. Kurt hatte als Kind in einem Dorf in den Karpaten gelebt und, auch nachdem er mit seinen Eltern nach Bukarest gezogen war, die Sommer oft bei Verwandten in den Karpaten verbracht. Dort war Gheorghe sein Freund gewesen und ist es bis heute geblieben, obwohl sich ihrer beider Leben immer stärker voneinander unterschied. Auch Constantin Sovata verbrachte dort einige Sommer seiner Kindheit bei Verwandten.

Sie hatten lange nichts von Gheorghe gehört, als er im Frühsommer vor zwei Jahren anrief und sagte, er sei als Saisonarbeiter in Deutschland, ganz in der Nähe. Sie luden ihn ein, er besuchte sie zweimal. Kurt hatte studiert, er war wie Tereza in Bukarest Lehrer gewesen. Gheorghe blieb in dem Dorf in den Karpaten, betrieb mit seinem älteren Bruder eine kleine Landwirtschaft und arbeitete, wann immer es ging, als Jagdführer, weil das Geld nicht reichte, aber auch, weil er die Jagd liebte.

Auch in diesem Sommer hatte Gheorghe wieder aus Möldenburg angerufen, wieder waren Verabredungen getroffen worden, allerdings erst für den Juni. Dann hatte er plötzlich vor der Tür gestanden, in den ersten Junitagen, und gebeten, einige Tage bleiben zu dürfen. Die Arbeit auf dem Gut sei schon beendet, sein Visum laufe aber erst Mitte Juli ab, vorher wolle er nicht zurückfahren.

„Und als sein Visum abgelaufen war?“, fragte Felicitas. „Ist er tatsächlich nach Rumänien zurückgekehrt?“

Tereza schob die warme Jacke von ihren Schultern. „Nein, er ist geblieben. Mein Mann wusste, warum, er hat damals nur noch nicht mit mir darüber geredet.“ Gheorghe fand eine Arbeit. Er arbeitete hart, auch viele Nachtschichten, sonst ging er selten aus dem Haus.

„Hatten Sie keine Angst, dass die Polizei ihn aufspürt? Er war doch illegal in Deutschland, nachdem sein Visum abgelaufen war.“

„Natürlich habe ich mir Gedanken gemacht. Ich hätte es auch besser gefunden, wenn er sich eine eigene Wohnung gesucht hätte.“

„Woher kennen Sie überhaupt diesen Gasthof hier?“

„Im letzten Jahr haben wir uns hier mal mit Gheorghe getroffen.“ Tereza stand auf, streifte die Jacke ab und hängte sie an den Kleiderhaken zwischen Felicitas’ Bank und der nächsten. Die dicke Jacke hing da wie aufgeblasen und nahm Felicitas die Sicht auf die Gaststube.

„Erzählen Sie weiter“, sagte Felicitas, „ich möchte wieder im Kloster sein, bevor ich vermisst werde.“

„Vor einigen Tagen“, fuhr Tereza mit gedämpfter Stimme fort, „kam Valeria. Wir wussten nicht, dass Gheorghe verlobt war, aber er hatte ihr von uns erzählt, und sie fand unsere Adresse bei seinen Sachen. Nachdem sie ihn in Möldenburg nicht gefunden hatte, dachte sie, wir wüssten, wo er ist. Valeria wusste nicht, dass Gheorghe bei uns war.“

Gheorghe war wütend, als er heimkam und Valeria ihm die Tür öffnete. Er brüllte sie an, sie solle sofort zurückfahren, er könne nicht mitkommen. Valeria weinte, Gheorghe brüllte. An dem Abend kam alles heraus, und seither hatten sie einen Weg gesucht, Gheorghe zu helfen. Als Constantin von dem Gut verschwand, war Gheorghe gleich sicher, dass ihm etwas zugestoßen war. „Sie haben ihn umgebracht", stieß er schließlich hervor. „Dieser hirnverbrannte Idiot!" Er habe ihm gesagt, er solle die Finger von dieser Sache lassen, er könne nur der Verlierer sein. Es sei zwecklos, gegen Leute mit viel Geld zu spielen, wenn man selbst ein armes Schwein ist. Constantin wollte das nicht einsehen. Er habe nichts Böses vor, seine Wünsche seien leicht zu erfüllen, für einen Mann mit Beziehungen eine Lappalie.

Felicitas verstand kein Wort. Als sie den Versuch machte, eine Frage zu stellen, hob Tereza abwehrend die Hand.

„Gheorghe vergaß das gleich wieder. Constantin, sagte er, erzählte gern von wunderbaren Plänen. Die Realität gefiel ihm nicht, also dachte er sich eine bessere aus. Als Constantin verschwand, erinnerte sich Gheorghe und bekam Angst. Constantin wäre nämlich nie ohne Abschied fortgegangen", fuhr sie fort, „auch nicht ohne sein Gepäck. Außerdem hatte Gheorghe einen Verdacht."

Endlich!, dachte Felicitas und beugte sich wieder vor.

Im letzten Herbst hatte Gheorghe Constantin einen Job als Jagdhelfer in den Karpaten besorgt, und da geschah dann das Unglück. Frühmorgens, in der Dämmerung, gingen zwei der ausländischen Jäger mit ihrem Führer auf die Suche nach einem Bären. Es war ein besonders großes Tier, schlau und angeblich schwer zu finden. Wer diese Trophäe mit nach Hause brachte, konnte lange davon erzählen. Constantin begleitete die drei Männer, womöglich, um ihre Ausrüstung zu tragen. Tereza wusste nicht genau, wie es passiert war. Gheorghe hatte nur wenig von diesem Unglückstag erzählt, auf alle Fälle war etwas schief gegangen. Später hieß es, der Jagdführer sei betrunken gewesen, vielleicht auch nur müde. Warum auch immer, er kam dem Bären in die Quere und wurde von dessen mächtigen Prankenhieben getötet. „Die Jäger versuchten, ihn zu retten, aber der Bär war schneller. Sie töteten ihn zu spät."

„Wie grauenhaft", sagte Felicitas. „Und Constantin hat das gesehen? Er war bei diesem Unglück dabei?"

Tereza nickte. „Die beiden Jäger", fuhr sie fort, „brachten den toten Jagdführer ins Dorf und schickten andere, um den erlegten Bären zu holen." Die Trophäe könne ihnen keine große Freude mehr bereitet haben, sie müsse voller Einschusslöcher gewesen sein.

„Sie haben sich dennoch sehr großzügig gezeigt und der Familie des getöteten Jagdführers eine Entschädigung gezahlt. Gheorghe glaubte, sie hätten auch eine Spende für die Kirche gegeben, die bekam nämlich bald darauf ein neues Dach, aber niemand im Dorf habe darüber gesprochen. Die Jäger hätten all das nicht tun müssen. Aber ich nehme an, es hat ihnen nicht besonders wehgetan."

Felicitas beugte sich vor. „Wer waren diese beiden Jäger? Gheorghe muss das wissen, wenn er dort war. Hat er keine Namen genannt?"

„Nein, Frau Stern, das wollte er nicht. Er hat gesagt, es sei besser, wenn wir nichts wüssten. Verstehen Sie nicht? Als Constantin verschwand, hat er Angst bekommen. Er war zwar bei dieser Jagd nicht dabei, weil er krank war, aber er weiß natürlich, wer damals dort zu Gast war, und ich glaube, dass da im Wald noch etwas geschehen ist, dass etwas vertuscht wurde. Deshalb die großzügige Entschädigung. Ich kann mir nicht vorstellen, dass einer von denen etwas bezahlt, wenn es nicht nötig ist. Constantin wusste etwas, und er hat versucht, diese Männer zu erpressen. Deshalb wollte er mit Gheorghe nach Deutschland fahren, nach Möldenburg. Gheorghe sagt, er habe auf Möldenburg bestanden. Diese Jäger, zumindest einer von ihnen, müssen dort leben."

Ihre Stimme war lauter geworden. Felicitas schob die schwarze Jacke zur Seite und sah besorgt nach den beiden Männern, die nun an der Theke über ihren Bieren saßen. Sie beachteten sie nicht. „Erpressung klingt plausibel", sagte sie und zog die Jacke wieder vor die Bank. „Aber was dann? Wollte er sich Papiere kaufen, um hier bleiben zu können?"

„Ich weiß nicht, was er wollte. Das ist jetzt auch nicht mehr wichtig, es hat sowieso nicht geklappt. Stattdessen ist er tot. Gheorghe hat gute Gründe unterzutauchen. Er ist doch nur vom Gut verschwunden, weil er Angst hatte, diese Männer könnten glauben, er wisse, was Constantin wusste, und auch ihn töten. Er hat von Anfang an gedacht, dass Constantin tot ist, und auch gefürchtet, man werde ihn verdächtigen. "

„Warum ist er nicht gleich nach Rumänien zurückgekehrt, da wäre er doch in Sicherheit gewesen?"

„Er hat sich überlegt, dass er hier noch Geld verdienen kann, vor allem aber hatte er Angst, dass man ihn auch zu Hause verhaftet. Er ist sicher, dass die deutsche und die rumänische Polizei zusammenarbeiten. Vor einigen Tagen hieß es, die Mordwaffe sei gefunden worden, ein rumänisches Jagdmesser. Nun stand in der Zeitung, der Tote sei der rumänische Staatsbürger Constantin Sovata. Wer den kenne, möge sich bei der Polizei melden – was hätten Sie an Gheorghes Stelle getan? Hätten Sie sich brav gemeldet?"

Felicitas schwieg. An zwei Tischen saßen neue Gäste, sie hatte ihr Eintreten nicht bemerkt.

„Und zwischendurch", sagte sie, „klopften auch noch zwei wildfremde Menschen an Ihre Tür und fragten Valeria nach Constantin. Ich verstehe, dass sich Ihr Freund in der Falle fühlt. Auch wenn ich es nach wie vor für falsch halte davonzulaufen. Und was erwarten Sie nun von mir? Soll ich zur Polizei gehen und erklären, Gheorghe Dordea habe mit diesem Mord nichts zu tun und wisse auch nichts darüber? Es habe allerdings im letzten Jahr in den Karpaten einen Jagdunfall gegeben, möglicherweise habe Constantin Sovata deswegen jemand in Möldenburg erpresst, und möglicherweise wurde er deshalb getötet?"

„Genau deshalb bin ich hier. Würden Sie das bitte für uns tun? Wenn der Mord nicht aufgeklärt wird, muss Gheorghe sich ständig gejagt fühlen. Er will doch nichts als zurückkehren und weiterleben wie bisher. Aber sie werden ihn immer suchen, auch oder gerade in Rumänien."

„Das werden sie bestimmt." Felicitas stützte seufzend ihr Kinn in die Hände. „Wenn er nicht so klug ist, endlich selbst eine Aussage zu machen. Sie wollen mir nicht sagen, wo er ist? Und wo Valeria ist?"

„Das darf ich nicht. Ich habe es versprochen."

„Ich will Ihnen gerne glauben, obwohl Sie sicher verstehen, dass das nicht so einfach ist. Selbst wenn ich Ihnen glaube, ich kenne den Freund Ihres Mannes nicht. Woher soll ich wissen, ob er Ihnen nicht ein Märchen erzählt hat, um seine Haut zu retten?"

„Das können Sie nicht wissen. Aber es wird doch leicht sein herauszufinden, wer im letzten Herbst ein Visum für Rumänien beantragt hat. Und am Zoll muss man angeben, ob und was für Waffen man einführt. Es gibt für alles Papiere, Listen und Genehmigungen. Für einen rumänischen Erntehelfer macht sich die Polizei vielleicht nicht so viel Mühe, aber für die Äbtissin ihres Klosters? Ganz bestimmt. Es werden nicht viele Männer aus Ihrer Stadt im letzten Herbst dort gewesen sein. Außerdem", hastig sprang sie auf und zog einen Umschlag aus der Innentasche ihrer Jacke, „außerdem gibt es ein Foto. Gheorghe hat es in Constantins Gepäck gefunden. Womöglich kennen Sie die Gesichter."

Felicitas' Kopf schmerzte, ihre Augen brannten. Sie wollte nicht sehen, was sie nun sehen musste. Sie nahm die Fotografie und sah in ein verhalten lächelndes Gesicht, ihr Blick suchte nach Vertrautem in den beiden anderen Gesichtern, jedoch vergeblich.

„Kennen Sie ihn? Den Mann im Vordergrund?" Tereza sah sie aufmerksam an, wieder misstrauisch.

„Ja." Felicitas nickte. „Den Mann in der Mitte kenne ich. Und ich kann mir absolut nicht vorstellen, dass es irgendetwas gab, mit dem man ihn erpressen konnte. Ich kenne niemanden, der anständiger und zuverlässiger ist.“ Sie hielt die Fotografie ins Licht. „Es sind drei Männer, einer sieht aus, wie ich mir einen Jagdführer vorstelle.“

„Er ist der Mann, der von dem Bären angefallen wurde.“

„Und der dritte? Hat Gheorghe etwas zu den Männern gesagt?“

„Nur dass beide deutsche Jäger sind.“

„Ich muss mir die Gesichter mit einer Lupe ansehen. Der dritte Mann ist ja kaum zu erkennen. Woher haben Sie das Foto?“

„Aus Gheorghes Gepäck.“

„Er hat es Ihnen nicht selbst gegeben? Weiß er etwa nichts von unserem Treffen?“

„Nein.“

„Und Ihr Mann?“

„Kurt weiß, dass ich darüber nachdenke.“

„Sie haben Mut, Frau Wagner. Ihnen ist doch klar, dass, wenn ich mit dieser Fotografie und Ihrer Geschichte zu Hauptkommissar Hildebrandt gehe, sofort wieder die Polizei vor Ihrer Tür steht.“

„Ich weiß. Mein Mann wird einsehen, dass es so am besten ist.“

„Ihr Wort in Gottes Ohr.“ Felicitas schob die Fotografie in den Umschlag und steckte ihn in ihre Tasche. „Also gut, Frau Wagner, ich werde für Sie mit dem Hauptkommissar sprechen.“ Am besten fahre Tereza jetzt nach Hause und beichte ihrem Mann dieses seltsame Treffen. „Es ist Ihre Sache, und mir steht nicht zu, Sie zu bevormunden, aber Sie beide sollten nicht versuchen, sich eine Version zurechtzulegen, von der Sie glauben, dass sie Ihrem Freund mehr hilft als die Wahrheit. Sie werden das nicht durchhalten, Tereza, Sie werden sich widersprechen, und dann glaubt Ihnen erst recht niemand mehr. Morgen erzähle ich dem Hauptkommissar Ihre Geschichte und gebe ihm das Bild. Er wird Sie trotzdem mächtig zwiebeln, um herauszubekommen, wo Gheorghe ist.“

„Das macht nichts.“ Tereza Wagners Lächeln war zum ersten Mal fröhlich. „Leider wissen wir überhaupt nicht, wo er oder Valeria ist. Obwohl es uns möglicherweise wieder einfällt, wenn die Polizei herausfindet, wer Constantin wirklich getötet hat. Und warum.“

Felicitas bezahlte, ging mit Tereza nach draußen und sah dem vom Parkplatz rollenden Auto nach. Doch, es war richtig gewesen, Tereza Wagner nicht zu sagen, dass der Mann, dessen Gesicht auf der Fotografie deutlich zu erkennen war, Gheorghe nicht mehr entlasten konnte. Ausgerechnet Andreas! Wieso war er in Rumänien gewesen? Hatte Astrid nicht erzählt, er habe diese organisierten Jagdreisen ins Ausland, bei denen das Wild den gut zahlenden Jägern vor die Büchse getrieben werde, strikt abgelehnt? Oder aber hatte er für sich entschieden, die Jagd auf Bären in den Karpaten sei etwas anderes, bedeute eine Hilfe für die Bevölkerung, die unter der Überzahl der großen Räuber litt? Das hätte zu ihm gepasst.

Und sein Selbstmord? War es wirklich einer gewesen? Constantin war etwa drei Wochen vor Andreas' Tod verschwunden. Wann war er gestorben? Vor oder nach Andreas' Selbstmord?

Astrid hatte nie aufgehört zu zweifeln, dass sich Andreas erschossen hatte. Hatte Constantin Andreas erpresst? Was war bei dieser Jagd in den Karpaten wirklich geschehen? Was bewies so ein Schnappschuss überhaupt? Der konnte überall aufgenommen worden sein. Gheorghe hatte behauptet, der Mann mit dem Schnauzbart sei ein rumänischer Jagdführer. Das musste nicht stimmen. Diese *ganze* Geschichte musste nicht stimmen. Und wenn doch, woher hatte Constantin das Bild?

Sie öffnete mit klammen Fingern ihre Autotür, registrierte kaum, dass mal wieder die Innenbeleuchtung streikte, und zog die Tür hinter sich ins Schloss. Die Scheiben waren beschlagen. Sie spürte ihre Hände zittern. „Das hat man davon", sagte sie laut in die kalte Stille, „wenn man sich auf dubiose Verabredungen einlässt", rieb energisch ihre steifen Hände aneinander und drehte den Schlüssel im Zündschloss.

Nicht nur die Innenbeleuchtung streikte. Auch der Motor. Er sprang einfach nicht an. Er versuchte es nicht einmal, sondern blieb einfach stumm. Dies war absolut kein guter Tag. Also zurück in den Gasthof, im Kloster anrufen, dort würde man sie längst vermissen, und ein Taxi bestellen. Sie griff wütend nach ihrer Handtasche, als eine dunkle Silhouette neben dem Wagen auftauchte und jemand an die Scheibe klopfte. Ihr Herz machte einen Satz, sie ließ die Tasche los, sah sie vom Sitz kippen, und alles, was sich darin angesammelt hatte – Taschentücher, Brieftasche, Lippenstift und Terminkalender –, verteilte sich auf der Matte vor dem Beifahrersitz. Auch der braune Umschlag mit dem Foto.

KAPITEL 13

Kriminalhauptkommissar Hildebrandt öffnete das Fenster, sofort erfüllte das Rauschen der Autos sein Büro. Rushhour in Lüneburg, dachte er, schloss das Fenster wieder, setzte sich an seinen Schreibtisch. Er hätte gerne einen Kaffee getrunken, doch sein Magen zeigte sich schon den ganzen Tag missgestimmt, so griff er nach der Flasche mit Wasser.

Erik Hildebrandts Stimmung tendierte zu Dunkelgrau. Daran war er gewöhnt. Auch daran, dass das niemanden kümmerte. Heute wünschte er, es würde sich jemand kümmern, es würde jemand fragen, wie es ihm gehe oder ob er vielleicht noch auf ein Bier mitkomme.

Der eklatante Mangel an solchen freundschaftlichen Fragen lag nicht an der Ignoranz seiner Kollegen. Er selbst hätte sich auch nicht gefragt. Er trank noch einen Schluck Wasser, suchte in den Untiefen seiner Schubladen nach dem Aspirin und spülte zwei Tabletten mit dem Rest aus der Flasche hinunter.

Er konnte nicht ewig in Möldenburg herumhängen. Dort war seine Arbeit getan, den Rest musste er hier erledigen. Es war nicht das erste Mal, dass er feststeckte. Es war nicht seine Art, so schnell aufzugeben.

Der verschwundene Erntehelfer war der Verdächtige Nummer eins. Wie hatte Mühlberg senior gesagt? „Der Rumäne ist noch leidenschaftlich.“ So etwas Ähnliches hatte heute Morgen auch der Oberstaatsanwalt gemurmelt: „Bei denen sitzen die Messer nun mal locker.“ Hildebrandt neigte dazu, dem zuzustimmen. Trotzdem, solange er Gheorghe Dordea nicht im Verhörzimmer hatte, würde er die Akte nicht einstauben lassen. Und solange dieses verdammte Fax nicht kam – sie hatten es für heute sicher zugesagt –, würde er sein Büro nicht verlassen.

Arnold Zechaus magere Sätze hatten ihm nicht weitergeholfen. Am Morgen nach dem Fest war er allein zum Gut Waldneuburg hinausgefahren. Gunda Zechau, kühl, blond, in grauer Hose und schwarzem Pullover die perfekte Dame, hatte ihn zu einer Weide nahe dem Gutshaus geschickt. Dort hatte Arnold Zechau in Gummistiefeln im nassen Gras gestanden und mal wieder seine Welsh Blacks bewundert, schrecklich schöne Tiere. Er hatte den Hauptkommissar begrüßt, ihm jedes der schwarzen Ungetüme mit Namen vorgestellt und sich prächtig amüsiert, als Hildebrandt sich geweigert hatte, selbst die beiden Einjährigen an der Stirn zu kraulen.

Arnold Zechaus Lächeln hatte sich nur unmerklich verändert, als Hildebrandt begonnen hatte, seine Fragen zu stellen. Doch, hatte er bestätigt, einer seiner Saisonarbeiter habe vor ein oder zwei Jahren von den guten Revieren in den Karpaten erzählt. Und ja, Johannes Mühlberg sei in Rumänien gewesen. Im letzten Herbst, jetzt erinnere er sich daran.

Das war so lange her, er hatte es vergessen und es, hätte er daran gedacht, auch für unwichtig gehalten. Nein, er selbst war nie dort gewesen. Johannes Mühlberg hatte es gut gefallen, prächtiges Revier und eine erstaunlich komfortable Unterkunft. Ihm selbst sei das nicht so wichtig, aber Mühlberg lege großen Wert auf guten Service. So eine Jagd sei ein ungemein reizvolles, aber auch anstrengendes Unternehmen. Mehr wisse er nicht. „Es gibt mehr als genug Jäger, die andere ständig mit ihren Heldentaten und abenteuerlichen Abschüssen belästigen. Johannes Mühlberg“, betonte er, „gehört nicht dazu. Gott sei Dank.“

Hildebrandt hatte das erstaunt zur Kenntnis genommen. Bei dem Gespräch in Mühlbergs Raritätenkabinett hatte er einen anderen Eindruck.

Arnold Zechau hatte auch nicht gewusst, in wessen Gesellschaft Mühlberg gereist war. Allein, hatte er angenommen, Johannes hätte es erzählt, wenn er einen Jagdfreund mitgenommen hätte. Wenn doch, könne es niemand aus Möldenburg gewesen sein. So etwas spreche sich herum.

Er hatte den Hauptkommissar zu seinem Auto zurückbegleitet, unterwegs nur noch über das gelungene Geburtstagsfest seines Freundes geplaudert. Als Hildebrandt das Gut verlassen hatte, war ihm eingefallen, dass Zechau nicht eine Frage nach dem Stand der Ermittlungen gestellt hatte.

„He, Erik, wach auf!“ Kommissaranwärter Michael Heumann stand in der Tür. „Dein Fax ist endlich da.“

Die Nachricht aus Bukarest war so kurz wie enttäuschend. Gheorghe Dordea habe über die Vermittlungsstelle und das Arbeitsamt Lüneburg eine Arbeits- und Aufenthaltserlaubnis für Deutschland für die Zeit vom 26. April bis zum 10. Juli erhalten. Über seine Rückkehr sei nichts bekannt. Ebenso nichts über seinen derzeitigen Aufenthalt. Die übrigen Fragen hoffe man so bald wie möglich beantworten zu können, die Routine sei veranlasst.

Er warf das Fax ärgerlich auf den Schreibtisch und lehnte sich in seinem Stuhl zurück. Dabei gestand er sich ein, dass er – möglicherweise – auch so dringend auf das Fax wartete, weil es eine umgehende Fahrt nach Möldenburg erfordern würde. Eine gute Gelegenheit, seine Schulden bei der Äbtissin abzutragen. Ihr Lotsendienst in Mühlbergs Repräsentationsräumen erforderte unbedingt eine Einladung zum Abendessen …

„Hildebrandt! Noch mal aufwachen!“ Wieder stand Heumann in der Tür. „Meeting beim Leiter ZKD. Sofort!“

Hildebrandt stand auf und beschloss zu lächeln. „Danke“, sagte er, „so ein Glück. Ich habe sowieso nichts Besseres vor.“

„Ach nein, Frau Rehland, das ist nicht nötig.“ Elisabeth Möller schob unruhig die kalten Hände in die Ärmel ihrer dicken Strickjacke. „Gehen Sie nur mit Dr. Lukas essen. Aber wenn er kommt, um Sie abzuholen, fragen Sie doch bitte, ob er weiß, wo Frau Stern ist.“

Judith rutschte von ihrem Gerüst. „Dr. Lukas muss bald kommen“, sagte sie und wischte sich den Staub von den Händen. „Vielleicht weiß er tatsächlich etwas. Mir fällt leider gar nichts ein. Ich habe Frau Stern am Nachmittag über den Hof zum Parkplatz laufen sehen, sie hatte es offensichtlich sehr eilig. Meinen Sie nicht doch, wir sollten die Äbtissin suchen?“

„Nicht gerade suchen. Sonst glaubt sie womöglich, wir hätten heimlich die Klausur wieder eingeführt.“ Die Äbtissin, hatte auch Elisabeth Möller gewusst, sei am frühen Nachmittag mit dem Auto weggefahren, niemand wisse, wohin, obwohl sie für gewöhnlich hinterlasse, wohin sie gehe. Elisabeth Möller seufzte verhalten. „Normalerweise würde ich mir keine Gedanken machen, aber sie war nicht bei der Andacht. Da ist uns überhaupt erst aufgefallen, dass sie noch nicht zurück ist. Ich werde mal bei Frau Mellert anrufen, Frau Stern war häufig dort in der letzten Zeit.“

Eigentlich, dachte Judith flüchtig, wäre es angenehm, hin und wieder vermisst zu werden. Aber in ihrem Kopf war jetzt kein Platz für sentimentale Gedanken.

Ein leiser Pfiff ließ sie herumfahren. Henry stand hinter ihr, den Blick auf die Wandmalerei gerichtet, und nickte anerkennend. „Das Gesicht der Dame sieht wieder liebreizend aus“, sagte er. „Sehr einladend und gar nicht heilig.“

„Hallo, Henry! Wie sind Sie ins Kloster gekommen?“

„Frau von Rudenhof kam gerade raus und hat mich reingelassen. Sind Sie fertig?“

„Längst. Ich bin nur hier, weil man im Refektorium die Klingel besser hört als im Gästezimmer. Wissen Sie, wo die Äbtissin ist? Die Priorin sucht sie.“

„Keine Ahnung. Felicitas hat doch ständig etwas zu erledigen. Zum Nachtgebet wird sie schon wieder zurück sein. Können wir gehen? Ich muss Ihnen und meinem knurrenden Magen ohnehin einen kleinen Umweg zumuten. Ich habe eine Mappe mit Unterlagen für Karsten Mühlberg im Auto, er möchte sie heute noch haben. Es dauert nur zehn Minuten.“

WIEDER klopfte es, und Felicitas kurbelte die Scheibe hinunter.

„Dachte ich doch, dass Sie es sind, Frau Stern.“ Johannes Mühlberg stand neben dem Wagen. „Überrascht, was? Ich habe Ihr Auto erkannt, dieses Grün leuchtet selbst in der Dunkelheit.“

„Herr Mühlberg.“ Felicitas seufzte erleichtert. „Sie schickt der Himmel. Aber wieso kennen Sie mein Auto?“

Er lachte. „Die ganze Stadt kennt das Auto unserer verehrten Äbtissin. Sie unterschätzen Ihre Prominenz. Macht Ihr Wagen Sperenzchen?"

„Er macht gar nichts mehr."

„Darf ich es mal versuchen?" Er öffnete die Tür und reichte ihr die Hand zum Aussteigen. Auch seine Versuche blieben erfolglos. „Ich würde jetzt gerne lässig die Motorhaube öffnen, ein bisschen herumfummeln und Sie mit meinen technischen Talenten beeindrucken. Leider kann ich damit nicht dienen."

Felicitas unterdrückte einen undamenhaften Fluch, öffnete die Beifahrertür und stopfte das herausgerutschte Sammelsurium in ihre Tasche zurück. „Nehmen Sie mich mit in die Stadt? Ich muss dringend zurück ins Kloster."

„Es ist mir eine Ehre. Machen Sie sich wegen Ihres Autos keine Gedanken. Morgen früh schicke ich einen meiner Mechaniker her. Sie haben was vergessen, Frau Stern." Er stieg aus und hielt den braunen Umschlag hoch.

„Du meine Güte!" Felicitas griff danach und schob ihn tief in ihre Tasche. „Sehr wichtig. Vielen Dank. Klosterunterlagen", erklärte sie.

Johannes Mühlbergs Auto, ein wendiger kleiner Landrover, stand am hinteren Rand des Parkplatzes.

„Was hat Sie in den Ipswicker Hof verschlagen?", fragte Felicitas, als sie über den Parkplatz gingen.

„Der Ipswicker Hof ist Treffpunkt für die große Treibjagd im Nachbarrevier. Außerdem gibt es hier die besten Bratkartoffeln weit und breit." Er hielt ihr die Beifahrertür auf, schloss die Tür und setzte sich hinter das Steuer. „Und Sie? Was tun Sie hier?"

„Ich habe eine alte Freundin getroffen. Sie war auf der Durchreise", antwortete Felicitas hastig, „und hatte keine Zeit, bis nach Möldenburg zu fahren. Da bin ich eben nach Ipswick gefahren. Waren Sie in der Gaststube? Ich habe Sie gar nicht gesehen."

„Ich Sie auch nicht. Das liegt an den berüchtigten Ipswicker Séparées. Altmodische Dinger, diese Bänke, aber ganz gemütlich."

Johannes Mühlberg lenkte den Landrover vom Parkplatz auf die Dorfstraße. Er schwieg, und Felicitas kam auf eine Idee und fragte: „Haben Sie Andreas Mellert eigentlich gut gekannt?"

Mühlberg bremste vor dem Stoppschild an der Kreuzung zur Landstraße, beugte sich aufmerksam vor, gab wieder Gas und lenkte den Wagen auf die verlassene Fahrbahn. „Wie kommen Sie jetzt auf Mellert?", fragte er.

Sie spürte seinen Blick und bereute ihre Frage. Sie wusste nicht, warum. Sie wusste nur, es war keine gute Frage gewesen.

„Nur so“, sagte sie leichthin, „immer wenn ich Astrid treffe, so wie auf Ihrem Fest am Freitag, denke ich an Andreas. Ich verstehe seinen Tod immer noch nicht.“

„Niemand tut das“, sagte Mühlberg. „Ich kannte ihn nicht besser als andere. Er war keiner, den man gut kennt, aber ich mochte ihn. Tüchtiger Mann. Was er aber im letzten Sommer gemacht hat, war eine große Eselei. Und rücksichtslos. Wenn man Familie hat, macht man so was einfach nicht. Schwach ist so was, schwach. Und Schwäche ist Verrat. So was können wir uns nicht leisten. Da liegen genug auf der Lauer, die uns neiden, was wir hart erarbeitet haben. Die drängen von allen Seiten über die grünen Grenzen und denken, hier sei das Schlaraffenland. Man kriegt aber nichts geschenkt! Was ein Mann hat, muss er verteidigen. Das ist Naturgesetz. So war es immer, und so wird es immer bleiben. “ Seine Stimme war heftig geworden, er starrte durch die Windschutzscheibe auf die Straße, die Scheinwerfer aufgeblendet, den Fuß fest auf dem Gaspedal.

Naturgesetz?, dachte Felicitas. Das gehörte zu den Wörtern, die ihr Angst machten. Gut, dass der Weg zum Kloster nicht mehr weit war. So kannte sie den stets überschäumend liebenswürdigen Mühlberg nicht. Sie wandte kaum merklich den Kopf und sah ihn aus den Augenwinkeln an. Sein weiches Profil wirkte in der Dunkelheit schärfer. Gleißende Halogenscheinwerfer kamen entgegen, beleuchteten für Sekunden sein Gesicht, er drehte es zur Seite, um dem blendenden Licht auszuweichen, nur eine Bewegung, eine kleine Veränderung, doch sie reichte aus. Nun wusste Felicitas, wer der dritte Mann auf der Fotografie war.

Natürlich, dachte sie, Mühlberg war mit Leib und Seele Jäger. Warum sollte er nicht mit Andreas zur Jagd gefahren sein? „Warum biegen Sie hier ab?“, fragte sie. „Nach Möldenburg geht es weiter geradeaus.“

Er beschleunigte das Tempo und nickte. „Die Straße hätte ich nehmen können“, sagte er, „aber an der Brücke über die Mölde gibt es um diese Zeit immer einen Stau. Ich mache nur einen kleinen Umweg. Durch den Klosterwald. Ich habe da noch etwas zu erledigen.“

Er fuhr zu schnell. Über die Straße, kaum doppelt so breit wie der Landrover, zogen Nebelfetzen, träge, bis sie kurz vor den abgeblendeten Scheinwerfern aufwirbelten wie in einem hysterischen Tanz, während hinter ihnen der letzte Schimmer der Lichter von der Landstraße in der Nacht versickerte.

EIN ZARTER Duft nach Backwerk und Zimt empfing Judith und Henry, als sie auf dem Besucherparkplatz der Mühlberg'schen Großbäckerei aus dem Auto stiegen.

Karsten Mühlberg erwartete sie in der Tür seines Büros. Seine Kleidung war wie immer korrekt: grauer, dezent modischer Einreiher, dunkelblaue, dezent gestreifte Krawatte, der ganze Mann verkörperte Dezenz. Auffällig an ihm war nur das müde Gesicht mit den umschatteten Augen.

Trotzdem begrüßte er sie freundlich. Henrys halbherziger Vorschlag, Karsten möge sie zum Essen begleiten, wurde abgelehnt. Der Tag sei anstrengend gewesen, er wolle endlich nach Hause.

Henrys noch halbherzigerer Protest wurde von der Klingel unterbrochen. Karsten nahm den Hörer der Gegensprechanlage auf. Er sagte: „Nein, mein Vater ist nicht mehr da. Ja, natürlich. Mein Büro ist in der dritten Etage. In den linken Gang, die Tür ist offen." Er legte den Hörer auf. „Kriminalkommissar Hildebrandt", sagte er. „Er kommt rauf."

„Hildebrandt? Weißt du, was er will?"

„Meinen Vater sprechen. Und weil der nicht hier ist, mich. Ich wäre dir dankbar, wenn du bliebest, Henry, es kann nicht lange dauern."

Eilige Schritte kamen näher.

„Guten Abend", sagte Erik Hildebrandt. Er nickte Judith zu und ergriff Karsten Mühlbergs ausgestreckte Hand. Henry ignorierte er.

„Herr Mühlberg", sagte er, „ich muss Ihren Vater sprechen. Wo könnte er jetzt sein?"

„Zu Hause, nehme ich an."

„Dort habe ich zweimal angerufen, da ist er nicht. Hat Ihr Vater heute Abend einen Termin?"

„Nein, das wüsste ich. Wenn Sie wollen, sehe ich trotzdem in seinen Terminkalender."

Karsten verließ das Büro, kam kurz darauf mit der Agenda seines Vaters zurück und schüttelte den Kopf. „Nichts, wie ich schon sagte. Er hat am Nachmittag das Haus verlassen, das macht er selten, aber es kommt vor. Es ist nicht seine Gewohnheit, sich bei mir abzumelden. Er ist schon erwachsen, wissen Sie?"

Hildebrandt sah ihn prüfend an. Der Ton gefiel ihm nicht, Karsten Mühlberg war längst nicht so gelassen, wie er tat. „Am Nachmittag", sagte er, „das ist eine ziemlich lange Zeit."

„Vielleicht hat er doch eine Verabredung", sagte Judith. „Es ist nur so eine Idee. Die Äbtissin ist nämlich auch schon seit dem Nachmittag weg. Vielleicht hat sie sich mit Herrn Mühlberg getroffen. Die Priorin sorgt sich ein bisschen, weil Frau Stern die Andacht verpasst hat."

„Verdammt", flüsterte Karsten, und Henry, der besser als Judith wusste, dass Felicitas niemals ohne triftigen Grund und gewiss nicht, ohne der Priorin Bescheid zu geben, der Andacht fernbleiben würde, fragte knapp: „Bassani?"

Karsten, Judith und auch Hildebrandt nickten, und Henry tippte die Zahlen ein. Wichtige Telefonnummern hatte er im Kopf. Weder die Äbtissin noch Johannes Mühlberg waren in der Klosterschänke. Auch der Wirt der Alten Post hatte beide lange nicht mehr gesehen.

Alle blickten Karsten Mühlberg fragend an. Seine Unterlippe zitterte, und sein Gesicht war nun nicht mehr grau, sondern kalkweiß. „Wir müssen ihn finden", sagte er. „Sofort!"

Johannes Mühlberg stellte den Motor ab und ließ den Landrover die letzten, leicht abschüssigen Meter bis hinter sein Jagdhaus rollen.

„Mein Refugium", sagte er leichthin.

„Was soll das? Sie wollten mich ins Kloster zurückbringen, ich erwarte, dass Sie das tun. Und zwar sofort!"

„Das kann ich leider nicht." Er zog den Zündschlüssel ab. Er stieg aus dem Wagen, und ehe Felicitas einen Entschluss fassen konnte, stand er vor der Beifahrertür und öffnete sie. „Kommen Sie. Und laufen Sie nicht weg. Sie geraten nur in den Sumpf, das wäre doch schade. Nun kommen Sie schon! Und vergessen Sie Ihre Tasche nicht."

Er griff nach ihrem Handgelenk, und Felicitas gab nach. Sie spürte den weichen Waldboden unter ihren Füßen, ein Gefühl, das sie immer geliebt hatte, das ihr nun unwirklich schien wie der Griff um ihr Handgelenk, wie diese ganze schwarz-dunstige Nacht. Warum trat sie ihm nicht gegen die Knie? Oder besser noch einen halben Meter höher? Immer wenn sie in einem Film solch eine Szene miterlebte, ärgerte sie sich, wenn das dumme Opfer nicht um sich schlug, trat und biss. Bis nach Waldneuburg konnte es nicht weit sein, einen Kilometer vielleicht.

Die Gedanken schossen ihr durch den Kopf, doch ihr Körper handelte nicht. Ein hysterisches Lachen stieg in ihr auf. Das war doch alles nicht wahr. Eine Farce. Selbst wenn Johannes Mühlberg der Mann auf der Fotografie wäre – er wollte nur stolz sein Refugium präsentieren und würde gleich einen teuren Wein entkorken und erklären, er habe schon immer einen lauschigen Abend mit einer Äbtissin verbringen wollen.

„Sie haben doch nicht etwa Angst vor mir, Äbtissin?", fragte er und steckte den Schlüssel ins Schloss. „Und ich dachte, Sie kann nichts erschüttern. Wenn Sie erfahren wollen, warum unser gemeinsamer Freund Andreas starb, kommen Sie mit. Es ist Ihre einzige Chance. Es ist übrigens hier ganz in der Nähe passiert. Aber das wissen Sie sicher."

Nein, das hatte sie nicht gewusst. Aber sie schwieg und beobachtete, wie er im Windfang einen kleinen Schlüssel in ein Schloss an der Wand steckte und umdrehte. „Die Alarmanlage", erklärte er höflich. „Sie hat einen direkten Draht zur Möldenburger Wache. Wir wollen doch nicht gestört werden." Er schloss die Eingangstür ab, öffnete die zweite Tür und schob sie in den Raum. Gemütlich, dachte sie, absurd gemütlich. „Ziehen Sie Ihren Mantel aus, und setzen Sie sich", hörte sie ihn sagen. „Ich lasse immer die Heizung an, sonst wird alles feucht."

„Sie schließen jetzt sofort die Tür auf. Wenn Sie mich nicht zurückfahren wollen, gehe ich eben zu Fuß." Felicitas hörte die empörte Entschlossenheit in ihrer Stimme und wunderte sich.

Mühlberg lächelte. „Ich sagte doch schon: Das geht nicht. Sie sind zu neugierig, Äbtissin. Das ist immer schädlich. Nun setzen Sie sich endlich." Er drückte sie auf einen Sessel. „Sie wollen doch sicher auch wissen, warum Mellert tot ist."

„Haben Sie ihn erschossen?"

„Halten Sie mich für einen Unmenschen? Mellert war mein Jagdfreund. Nein, diesen Unfug hat er ganz allein erledigt."

„Warum veranstalten Sie dann diesen Unfug? Wegen der Jagd in den Karpaten im letzten Herbst? Was ist dort passiert?"

„Viel zu neugierig. Und zu mildtätig. Wir beide wären jetzt nicht hier, wenn Sie Dordeas dumme Freundin auf dem Bahnhof gelassen hätten." Er öffnete die Tür eines Schrankes und schloss die dahinter verborgene Stahltür auf. Fünf Jagdgewehre standen sauber aufgereiht in ihren Halterungen. „Kognak?", fragte er und nahm eine Flasche und ein Glas aus einem Seitenfach. „Nein? Sie erlauben aber, dass ich einen trinke. Hin und wieder macht er das Leben angenehmer."

Felicitas sah zu, wie er sich einschenkte, einen Schluck nahm und zufrieden dem Aroma nachschmeckte. Plötzlich wurde sie ruhig. Ihre Angst war so absurd wie ihre Fantasie. Mühlberg benahm sich seltsam, aber das bedeutete noch nicht, dass sie in Gefahr war. Er war der Besitzer einer florierenden Großbäckerei, ein großzügiger Mäzen des Klosters und nach der nächsten Wahl Möldenburgs Bürgermeister. Was immer er an diesem Abend vorhatte, er würde sie nicht einfach umbringen. So dumm konnte er nicht sein.

„Sie starren mich an, als sei ich ein Untier“, sagte Mühlberg und schüttelte bedauernd den Kopf. „Ich bin keins, glauben Sie mir. Ich wehre mich nur. Ich sorge für Ordnung, wenn Sie so wollen.“

„Im Moment habe ich den Eindruck wachsender Unordnung“, sagte Felicitas, „vor allem aber warte ich immer noch auf eine Antwort.“

„Sie wollen wissen, warum Mellert tot ist? Weil er ein schwacher Mensch war, es gab keinen Grund, sich zu erschießen. Aber er nahm jede Kleinigkeit viel zu schwer. Womöglich hätte er doch noch gebeichtet.“

„Was hätte er beichten können? Was für eine ‚Kleinigkeit‘? Die Sache in Rumänien? Er war doch mit Ihnen dort? Es gibt Fotos, auf denen Sie beide zu erkennen sind. Mit dem getöteten Jagdhelfer.“

„Ja, diese dummen Fotos. Zuerst dachte ich, wir hätten alle vernichtet, aber ich habe immer vermutet, dass Sovata bei aller Dummheit schlau genug war, noch irgendwo welche zu deponieren.“

„Es gibt noch mehr davon. Sie sind im Kloster, und wenn ich nicht in spätestens einer halben Stunde zurück bin, noch heute bei der Polizei.“

„Ach, Äbtissin, Sie lügen schlecht.“ Er griff nach ihrer Tasche, fand den Umschlag und zog die Fotos heraus. „Vorhin auf dem Parkplatz habe ich zu spät begriffen, was ich für Sie aufgehoben hatte. Sonst hätte ich den Umschlag einfach eingesteckt. Sie hätten es nicht bemerkt. Pech für uns beide, nun sind wir in einer sehr schwierigen Lage.“

„Was wollen Sie von mir? Wollen Sie mich wegen dieser Bilder umbringen? Dann haben Sie Andreas doch erschossen. Es war leicht für Sie, das als Selbstmord hinzudrehen.“

„Fangen Sie doch nicht wieder mit diesem Unsinn an. Natürlich war es Selbstmord. Halten Sie mich für einen solchen Simpel? Andreas hätte geschwiegen wie ein Grab. Er hat sich lieber umgebracht, als zu reden.“

„Gerade haben Sie noch gesagt, Sie hatten Sorge, er könne beichten. Was?“

„Sie wissen doch schon eine ganze Menge. Ich habe mich wirklich angestrengt, als ich Rücken an Rücken mit Ihnen saß, nur durch die Banklehnen getrennt. Dummerweise haben Sie und Frau Wagner zu leise gesprochen, ich konnte nicht alles verstehen. Allerdings genug.“

„Woher kennen Sie die Wagners? Haben Sie Tereza in den Ipswicker Hof geschickt?“

Er starrte sie einen Augenblick verständnislos an, dann lachte er berstend. „Ich? Die Idee ist nicht schlecht. Ein Komplott! Sie haben eine grandiose Fantasie. Ich muss Sie enttäuschen, ich kenne diese Leute nicht. Selbst die Namen kenne ich erst seit ein paar Tagen.“

„Woher?"

„Ist das jetzt nicht egal? Letztlich war ich sicher, dass Sovata noch weitere Fotos hatte. Ein schwacher Mensch. Und dumm. Der hat geglaubt, er könne hier einfach so einmarschieren. Aber da hatte er sich geschnitten. Obwohl ich fürchte, ohne meine Hilfe wäre Andreas auf ihn reingefallen. Wissen Sie, was der wollte? Eine ‚Existenz' hat er gefordert. Er wollte hier bleiben und einen gut bezahlten Job. Nicht als Lastwagenfahrer, er wollte in Kunst machen. Womöglich noch Mitglied im Jagdverein werden und mit uns Golf spielen. Er hat sogar vorgeschlagen, wir sollten ihm eine Stelle als Kustos im Kloster einrichten. Ihre reizende Restauratorin hat ihm ein bisschen zu viel erzählt."

Felicitas war übel. Sie begann zu begreifen, warum Andreas Mellert gestorben war. „Wer hat Sovata umgebracht? Sie oder Andreas?"

Der Mann vor ihr hörte sie nicht.

„Sie denken jetzt, Mühlberg spinnt, Andreas war im letzten Herbst doch gar nicht in Rumänien", fuhr er fort. „Sie denken, Mellert war auf einem seiner schlauen Kongresse. In Budapest. Da war er tatsächlich, aber nur drei Tage. Es hat ein ordentliches Stück Arbeit gekostet, ihn zur Bärenjagd zu überreden. Seine zartfühlende Gattin mag das nämlich nicht. Also ist er nach Budapest geflogen, und ich reiste mit unseren Waffen nach Bukarest. Dort haben wir uns getroffen und sind zusammen weiter in die Karpaten. Ich wäre besser ohne ihn gefahren. Die Art, wie dort gejagt wird, gefiel ihm nicht. Er hat was von Ethik geredet und ständig rumgemeckert: Die Jagdführer trieben uns die Bären vor die Büchse, die Tiere würden mit Kadavern auf die Lichtungen zum Abschuss gelockt, überhaupt seien die beinahe zahm und so weiter. Das ist natürlich alles Unsinn. So was gibt's, aber nicht bei mir. Dass die Jagd von den ehemaligen Ceaușescu-Jägern organisiert wurde, gefiel ihm auch nicht. Dabei sind sie alle tüchtige Leute. Warum Know-how verschwenden, nur weil die Regierung wechselt? Tun wir doch auch nicht."

Die Flasche, dachte Felicitas, wenn ich die Flasche greifen und ihm über den Kopf hauen könnte. Er muss weiterreden, bis mir etwas einfällt. Oder bis jemand kommt. Aber niemand würde kommen. Niemand ahnte, wo sie war.

„Und jetzt", sagte sie, so forsch es ihr möglich war, „erzählen Sie mir, was dort passiert ist. Dann fahren Sie mich zurück, und wir vergessen das Ganze."

„So einfach wird es nicht sein. Leider nicht, ich bedauere das tief." Er lehnte sich zurück.

Es passierte am fünften Tag, kurz vor der Rückkehr nach Deutschland. Am Vorabend war es spät geworden und, wie das eben sei auf solchen Reisen, sehr feucht. Sie hatten getrunken, auch Andreas Mellert. Johannes Mühlberg hatte ihren Jagdführer eingeladen, wie Gheorghe ein Mann aus dem Dorf. Gheorghe war krank geworden. Der andere sprach auch ein paar Brocken Deutsch, sie erzählten sich Jagdgeschichten. Johannes Mühlberg hatte seinen Bären schon geschossen, ein mächtiges Tier, teurer Abschuss, aber dazu fuhr man schließlich dorthin. Wer sparen wollte, sollte Rebhühner jagen.

Sie hatten nur wenige Stunden geschlafen. Mühlberg reichte das, Andreas Mellert jedoch war nur mit Mühe aus dem Bett zu scheuchen. Wahrscheinlich wollte er sich nur um den Abschuss drücken.

Der Morgen war noch düster, als sie in den Wald gingen. Die Jagdführer wussten genau, wann und wo welcher Bär zu finden war. Es klappte nicht immer, natürlich nicht, so ein Bär ist schlau und hat seinen eigenen Kopf. Besonders das Tier, für das Andreas Mellert gebucht hatte. Ein alter Bär, groß und schwer, gut und gerne ein 25 000-Mark-Abschuss. So was ließ man nicht einfach sausen nur wegen eines Katers und ein bisschen Müdigkeit.

Es passierte schnell. Sie hörten den Bären, gleich darauf tauchte er im Dunst auf, nur ein dunkler Schemen im Unterholz. Andreas flüsterte, er werde heute sowieso nicht treffen, seine Hände würden zittern. Mühlberg bedeutete ihm, er solle die Büchse bereithalten, und Andreas schwieg. Er hob die Waffe vor die Augen, da knackte es plötzlich laut hinter ihnen, als breche ein dicker, trockener Ast. Andreas, den Finger schon schussbereit am Abzug, fuhr herum, es knallte, und der Jagdführer brach zusammen. „Sauberer Schuss“, schloss Mühlberg, „der Mann war gleich tot.“

„Das ist entsetzlich.“

Mühlberg nickte. „Klar war es das. So was soll nicht vorkommen, aber es kommt eben doch ab und zu vor. Jagdunfall. Berufsrisiko. Was glauben Sie, was so ein Unfall im Ausland trotzdem für Scherereien geben kann? Andreas klappte fast zusammen, jammerte nach seiner Arzttasche, natürlich dummes Zeug, die war weit weg.“ Mühlberg griff nach den beiden Gewehren, sicherte sie und zerrte Andreas Mellert den Hang hinauf.

„Wir müssen Hilfe holen“, murmelte der.

„Die kommt gleich von selbst“, murmelte Mühlberg, „sei still, und komm mit.“

Die Chancen standen gut. Inzwischen war es hell, und der Wind stand günstig. Mit ein bisschen Glück würde es klappen. Hinter einen Felsen geduckt, mussten sie nicht lange warten. Der Schuss hatte den Bären vertrieben, doch der Blutgeruch des Toten lockte ihn bald zurück. Mühlberg beobachtete durch das Zielfernrohr, was weiter unten am Hang geschah. Dann zielte er sorgfältig und schoss viermal, bis das Magazin seines Repetiergewehrs leer war. Er griff nach Mellerts Gewehr, schoss wieder, die letzten drei Patronen. Schon nach dem ersten Schuss wäre kein weiterer nötig gewesen. Aber er hatte schnell gedacht und gehandelt.

Bevor der Bär starb, hatte er die ihm zugedachte Aufgabe perfekt erledigt. Der Mann, dessen blutbesudelte Jacke ihn angelockt hatte, war nicht mehr zu erkennen. Auch das Einschussloch, durch das die Kugel aus Andreas Mellerts Gewehr seine Halsschlagader zerrissen und die Wirbelsäule zerschmettert hatte, war verschwunden. Da war nur noch zerfetztes Fleisch.

Niemand, weder die rumänischen Jäger noch die Leute im Dorf des Toten, bezweifelte, dass der Jagdführer, noch vom Vorabend betrunken, dem Bären in die Quere gekommen war, dass die beiden Männer versucht hatten, ihn zu retten, indem sie ihre Magazine leer schossen. Alle waren tief beeindruckt von der Großzügigkeit der beiden deutschen Jäger, die, obwohl sie durch die Unachtsamkeit ihres Jagdführers selbst in großer Gefahr gewesen waren, die Familie des Toten mit einer größeren Summe zu trösten suchten.

„Warum haben Sie das gemacht?“, fragte Felicitas. Ihr Zorn hatte sie verlassen. Seltsamerweise auch die Angst. „Nur wegen ein paar Scherereien?“

„Instinkt. So eine Geschichte hinterlässt keinen guten Eindruck. Was glauben Sie, hätten die Patienten von Dr. Mellert gesagt, wenn sich das herumgesprochen hätte? Womöglich hätten wir länger bleiben müssen, bis alles geregelt gewesen wäre. Ich hatte Termine, ich musste pünktlich zurück sein. Diese Sache wäre auch teuer geworden. Ohne Schmiergeld läuft in diesen Ländern gar nichts. Und der Mann war tot. Sie haben ja keine Ahnung, was bei einer Bärenjagd los ist. Wenn wir ihn zurückgetragen hätten, hätte der Geruch Bären angelockt, mindestens einen, und dann hätte der auch uns gekriegt.“

„Schlechter Instinkt“, sagte Felicitas. „Sie hätten warten und das Tier erschießen können, bevor es sich über Ihren Jagdführer hermachte.“

Mühlberg machte eine wegwerfende Handbewegung. „Hätten! Sie verstehen diese Dinge nicht.“

„Und Constantin Sovata? Hat er Sie deswegen erpresst?“

„Dieser Idiot! An dem Morgen war er unterwegs zu dem Hochsitz, bei dem wir pausieren wollten. Er hörte den ersten Schuss und schlich sich ran. Er hatte alles beobachtet und fein den Mund gehalten. Bis er hier auftauchte."

Es war in der zweiten Maiwoche, berichtete Mühlberg weiter, als Dr. Mellert die verletzte Hand eines neuen Patienten behandelte. Eine harmlose Wunde; da es aber beim Spargelstechen geschehen war, gab er ihm eine Tetanusspritze. Anstatt danach das Behandlungszimmer zu verlassen, setzte sich der Patient auf den Stuhl neben dem Schreibtisch des Arztes und fragte, ob er sich an ihn erinnere. Dr. Mellert lächelte: „Sie kamen mir gleich bekannt vor. Helfen Sie mir, woher kennen wir uns?"

Wortlos legte sein Patient einen Umschlag auf den Tisch. Darin waren vier Fotos. Mellerts Gesicht wurde grau.

Er wolle keinen Ärger machen, versicherte Sovata. Er brauche nur ein wenig Hilfe. Für einen Mann wie den Doktor sei doch so eine kleine Gefälligkeit kein Problem. Gewiss habe Dr. Mellert die nötigen Verbindungen. Sovata erklärte, was er für die Fotos und sein Schweigen forderte. Trotz seines guten Examens habe er in Rumänien keine Chance.

Andreas Mellert war verwirrt. Er hatte mit Geldforderungen gerechnet. Eine Einbürgerung, einen gut bezahlten Job – wie sollte das gehen? Er bat um Bedenkzeit. Sie trafen sich ein zweites Mal, wieder während der Sprechstunde, und schließlich ein drittes Mal.

„Mellert hat mich erst nach dem zweiten Treffen informiert. Ich wollte das alles nicht, Äbtissin. Aber Sovata wurde frech, ich weiß nicht, was der sich vorgestellt hat. Er hat geglaubt, wir zaubern ihm die Erfüllung seiner verrückten Wünsche und laden ihn zum Champagner ein. Ich habe ihn ausgelacht, ich habe ihm gesagt, das sei alles absurd und was er glaube, was so ein paar Fotos wert seien. Rumänien sei ihm egal, sagte er. Aber hier in Möldenburg würde diese Geschichte viele interessieren. Ich will Ihnen nicht die ganzen unschönen Einzelheiten ausbreiten. Sovata gab einfach nicht nach. Argumente wollte er nicht hören. Er wurde frech. Wir trügen unsern dicken Hintern in die Wälder fremder Leute und hielten uns für große Jäger. Zirkus sei das. Ich hab schließlich zugelangt, so was sagt mir keiner. Und plötzlich hat er das Messer vom Tisch genommen."

Felicitas hörte ein Geräusch. Nur die Ahnung eines Geräusches, doch sie war wie elektrisiert. Jeder Muskel ihres Körpers spannte sich, bereit zum Sprung. Da kam jemand. Endlich! Vielleicht war es nur ein Knacken des alten Hauses. Und wenn doch jemand kam? Dann durfte Johannes Mühlberg es nicht hören.

„Sie haben ihn erstochen“, sagte Felicitas laut, ihre Stimme klang rau. „Einfach so?“

„Einfach so!“ Er stieß verächtlich den Atem aus. „Ich wollte ihm mein Messer abnehmen, der Kerl hat mich bedroht, oder etwa nicht? Da habe ich zugestochen. Und sagen Sie selbst: Was ist so einer wert gegen Mellert und mich? Ein mieser kleiner Erpresser. Sollte ich zulassen, dass so einer tüchtige Männer in Verruf bringt?“

Und ich muss raus hier, dachte Felicitas. Wieder glaubte sie etwas zu hören. Leise Schritte?

Nun lauschte auch Johannes Mühlberg. Er erhob sich, rasch und geschmeidig wie ein junger Mann, griff eine Büchse aus dem Gewehrschrank und zog Felicitas mit einem Ruck aus dem Sessel.

„Aufstehen!“, zischte er. Sie hörte das feine Klicken, als er seine Büchse entsicherte, die Tür flog auf, und Karsten Mühlberg trat ein. Sein Schlüsselbund baumelte am Türschloss. Er hob streng die Hand, und Erik Hildebrandt hinter ihm blieb stehen.

„Gib mir das Gewehr, Vater“, sagte er ruhig. „Bitte.“ Er streckte die Hand vor, als fordere er einem Kind ein verbotenes Spielzeug ab.

Johannes Mühlberg starrte seinen Sohn an, nur wenige Sekunden lang, doch die längsten, die Felicitas je erlebt hatte. Sein kantiges Gesicht wurde schlaff, er schloss die Augen und senkte langsam das Gewehr.

KAPITEL 14

Felicitas sah auf ihre Uhr, doch es war zu dunkel, um die dünnen Zeiger zu erkennen. Sie eilte an den Autos vorbei, die den Straßenrand bis zur Klosterschänke säumten, und betrat das Restaurant.

Marcello Bassani begrüßte *l'Abtissa!* strahlend, nahm ihr den Mantel ab und führte sie zu einem Tisch an der vorderen Fensterreihe. Die Plätze an den Fenstern zum Garten, erklärte er zerknirscht, seien leider schon seit Tagen vorbestellt. Er habe sich erlaubt, als Entschädigung eine Flasche Prosecco zu bringen.

Die steckte in einem verchromten Kübel voller Eiswürfel und war schon leer. Was letztlich ein Glück war, denn ihr Inhalt hatte Erik Hildebrandt und Henry Lukas ihren gegenseitigen Grimm vergessen lassen. Jedenfalls klang ihre Debatte über den Begriff Einwanderungsland höchst angeregt.

Es war Hildebrandts Vorschlag gewesen, sich einen Tisch zu teilen, als Henry das Restaurant betrat. Henrys Neugier siegte über den Wunsch, den Abend mit Judith allein zu verbringen.

Hildebrandt schien für diesen Abend alles zusammengekratzt zu haben, was ihm an Frohsinn, Geduld und Humor zur Verfügung stand. Er schulde ihr noch etwas, hatte er Felicitas am Telefon erklärt, für ihre Unterstützung und zur Entschädigung für den ausgestandenen Schrecken. Letzteres hatte sie verblüfft. An ihrem Schrecken hatte er nicht den geringsten Anteil, und noch in jener Nacht hatte ihr der Hauptkommissar eine saftige Predigt gehalten. Wie habe sie so dumm sein können, mit Mühlberg allein in die Jagdhütte zu fahren? Warum habe sie ihn nicht angerufen oder zumindest im Kloster eine Nachricht hinterlassen? Als sie ihm darauf von ihrem Treffen mit Tereza Wagner und ihrer zufälligen Begegnung mit Johannes Mühlberg vor dem Ipswicker Hof berichtete, knirschte er nur noch grimmig mit den Zähnen.

Das war nun drei Wochen her. Gheorghe Dordea und Valeria Dimitrescu waren wieder zu Hause in Rumänien, der aufgeregte Klatsch in Möldenburg verebbte nach und nach, Judith arbeitete wieder ungestört auf ihrem Gerüst an der Wandmalerei, Astrid Mellert bereitete sich auf die Rückkehr zu ihrer Gymnasialklasse im Dezember vor, und für Felicitas hatte der erste Klosterwinter begonnen. Die Einladung des Hauptkommissars hatte sie gefreut. Sie mochte ihn.

Die Nacht in Johannes Mühlbergs Jagdhütte erschien ihr immer noch als unwirklich. Wenn sich die Bilder und Worte wieder in ihren Kopf drängten, suchte sie in ihrer Erinnerung nach der Angst, die sie doch gefühlt haben musste, aber sie fand sie nicht. Ebenso wenig gelang es ihr, sich den Mann, den sie bis dahin nur als großzügigen Spender und lauten, aber charmanten Plauderer gekannt hatte, als den vorzustellen, der er auch war: ein Mann, der zum Messer griff und ein Leben auslöschte, nur damit sein Ruf nicht beschädigt wurde. Der sein Opfer in seinem Jagdrevier vergrub und noch in einer solchen Situation kühl genug daran dachte, die Tatwaffe in die Nähe der Leiche zu legen, um den Verdacht auf einen anderen zu lenken.

Jetzt war Johannes Mühlberg ein Mann, der in einer Zelle auf seinen Prozess und viele Jahre hinter Gittern wartete. Allerdings, das hatte Henry gesagt, sei er ungebrochen zuversichtlich. Sein Anwalt sei einer der teuersten. Auch der beste.

Als Bassani die zweite Flasche öffnete, traf auch Judith ein. Henry vergaß umgehend alle Einwanderungsdebatten und interessierte sich nur noch für ihre bald zu packenden Umzugskisten. Judith hatte entschieden, nicht mehr in das einsame Haus im Park zurückzukehren. Was alle sehr vernünftig fanden, umso mehr, als Henry eine fabelhafte Alternative bereithielt: eine Wohnung mit lieblichem Blick auf die Mölde und nur eine Viertelstunde vom Kloster entfernt. Dass sie sich im selben Haus wie Henrys Wohnung befand, war gewiss nur ein Zufall.

Nachdem das Essen serviert war, kam Judith Felicitas zuvor. Inzwischen wussten zwar alle, dass der Einbruch in ihr Haus in Mühlbergs Auftrag geschehen war, auch dass die dunkle Gestalt der Mann gewesen war, der für ihn schon bei anderen Gelegenheiten delikate Aufträge erledigt hatte. Doch wenn Mühlberg angenommen hatte, dass Beweise für die rumänische Unglücksjagd in ihrer Wohnung versteckt gewesen waren, warum hatte er erst viel später danach suchen lassen?

„Weil er das bis dahin gar nicht vermutet hatte“, erklärte Hildebrandt. „Er wusste nichts von Ihrer Beziehung zu Sovata, bis einer seiner Jagdfreunde ihm davon erzählte.“ Er sah in drei fragende Gesichter und räusperte sich. „Nun ja“, sagte er und blickte die Äbtissin an. „Sie haben mich neulich gefragt, ob es bei der Polizei so eine Art Schweigepflicht gibt. Ich habe geantwortet, natürlich werde nicht über die Ermittlungsergebnisse geredet. Aber es gibt eben immer Schwätzer. Der Kollege Dessau wurde nicht wegen seiner waidmännischen Tüchtigkeit von den Oberjägern Ihrer Stadt in deren Reihen aufgenommen. Das hatte Mühlberg arrangiert, weil er es praktisch fand, einen unauffälligen Draht zur Wache zu haben.“ Dessau habe sich durch Mühlbergs Interesse enorm geehrt gefühlt und sei der Versuchung erlegen, sich mit der Preisgabe von Ermittlungsergebnissen wichtig zu machen. Johannes Mühlbergs Helfer, fuhr er fort, sei ein Mann aus der betriebseigenen Mühlberg'-schen Kfz-Werkstatt. Der hatte schon im Juni den Auftrag erhalten, Sovatas Gepäck und das Zimmer im Erntehelferhaus zu durchsuchen, was er unbemerkt, aber erfolglos getan hatte.

Felicitas saß plötzlich sehr gerade. „Hat der etwa auch dafür gesorgt, dass mein Auto auf dem Parkplatz nicht mehr ansprang?“

„Nein. Mühlberg war wirklich nur zufällig zur gleichen Zeit im Ipswicker Hof, ebenso zufällig verweigerte Ihr Wagen den Dienst. Allerdings hat er nicht zufällig gehört, was Sie mit Frau Wagner besprochen haben. Als er Sie sah und die ersten Wortfetzen verstand, begriff er gleich, worum es ging. Er zählte zwei und zwei zusammen, falsch, aber doch richtig.“

„Sie erwarten nicht, dass wir das verstehen?“, fragte Felicitas.

„Es ist ganz einfach: Sie haben auf dem Fest den jungen Mühlberg gefragt, ob sein Vater auch in Rumänien jage. Johannes Mühlberg dachte nun fälschlich, Sie träfen sich mit Frau Wagner, weil Sie ihm schon auf der Spur waren, weil Sie womöglich herausbekommen hatten, dass Mellert ihn begleitet hatte. Schließlich ist Frau Mellert mit Ihnen verwandt. Es war gar nicht unwahrscheinlich, dass Sie oder Frau Mellert irgendwelche Hinweise gefunden hatten."

„Meine Fragen an Karsten waren doch nur ganz allgemein. Wir standen gerade vor ein paar alten Jagdfotos. Das Thema bot sich an, aber es war nur Smalltalk."

„Und trotzdem ein Volltreffer. Sie haben der vagen Sorge des jungen Mühlberg neues Futter gegeben, deshalb hat er seinen Vater am nächsten Morgen nach dieser Jagdreise gefragt. Dummerweise erwähnte er auch, Sie hätten ihn darauf angesprochen. Also dachte Johannes Mühlberg, Sie wüssten Bescheid, jedenfalls teilweise. Seinem Sohn gegenüber ließ er sich allerdings nichts anmerken. Er lachte nur und sagte, das sei eine Jagd gewesen wie jede andere auch, dicke Bären, lange Nächte. Karsten glaubte ihm nicht und drängte seinen Vater, wenn er etwas wisse, müsse er es der Polizei sagen. Da wurde der Alte ziemlich barsch, und das Thema war beendet."

„Das heißt", fragte Judith, die bisher schweigend zugehört und sich heißhungrig ihren mit Knoblauch und Peperoni gewürzten Garnelen gewidmet hatte, „wenn Frau Stern nicht mit Karsten über Großwildjagden geplaudert und Rumänien erwähnt hätte, wäre Mühlberg gar nicht auf die Idee gekommen, sie könne etwas wissen? Dann hätte er sie nicht in seine Jagdhütte gelotst?"

„Möglicherweise. Zumindest hätte er sich dann nicht so angestrengt, ihr Gespräch mit Frau Wagner zu belauschen. Aber machen Sie sich nichts draus", wandte er sich wieder Felicitas zu, „jede Geschichte ist voller Wenn, Hätte und Wäre."

Wie das ganze Leben, fügte er hinzu, allerdings nur in Gedanken. Wie die meisten Wahrheiten klänge auch diese banal, sobald man sie ausspräche.

„Und warum sind Sie an dem Abend so plötzlich bei Karsten aufgetaucht?", wollte Henry wissen. „Hatten Sie eine Erleuchtung?"

„Nur dank der schnellen Reaktion unserer Kollegen in Bukarest. Als ich schon aufgeben wollte, kam doch noch das Fax mit den dringend erwarteten Informationen. Darin stand unter anderem, Johannes Mühlberg habe bei seiner Ausreise aus Rumänien im letzten Herbst neben anderen

Waffen auch ein rumänisches Jagdmesser deklariert. Die Beschreibung passte genau auf das Messer, das wir in der Nähe des Toten gefunden und als Tatwaffe identifiziert hatten. Danach wollte ich ihn fragen."

Felicitas seufzte. „Der arme Karsten", sagte sie. „Für ihn muss das der schlimmste Tag seines Lebens gewesen sein."

„Sicher", erwiderte Hildebrandt kühl, „allerdings hatte er schon vermutet, dass sein Vater in irgendeiner Weise in den Mord verwickelt war. Als er das Foto von Sovata in der Zeitung sah, erinnerte er sich. Der war ihm im Frühsommer begegnet, als er aus der Mellert'schen Praxis kam. Außerdem wusste er, dass Dr. Mellert mit seinem Vater in Rumänien gewesen war."

„Das alles muss ihn sehr gequält haben", murmelte Judith. „Deshalb erschrak er so, als ich sagte, die Äbtissin sei wie sein Vater seit dem Nachmittag unauffindbar."

„Es fällt mir immer noch schwer", sagte Felicitas, „mir Andreas Mellert in dieser Nacht vorzustellen, in der Constantin starb. Aber wenigstens verstehen Astrid und Charlotte nun, warum er sich umgebracht hat. Der Jagdunfall und das, was danach in Rumänien geschah, war für ihn schon entsetzlich genug. Auch noch Zeuge eines Mordes zu werden, mitzuhelfen, den Toten im Wald zu vergraben, und über all das schweigen zu müssen – wer kann damit leben?"

„Viele Leute, Felicitas", sagte Henry, „sehr viele. Jeden Tag." Sein Blick wurde hart. „Ich will jetzt nicht von Feigheit faseln. Er hat sich eben so entschieden, das kann ich akzeptieren. Nicht akzeptieren kann ich, dass er sein Geheimnis mitgenommen hat. Kannst du mir auch nur halbwegs plausibel erklären, warum er seine Familie und auch seine Freunde mit zwei mageren Zeilen abgespeist und mit der ewigen Frage nach dem Warum zurückgelassen hat? Er hat die Falschen beschützt, nämlich Mühlberg und sich selbst. Das nehme ich ihm übel."

Judith legte ihre Hand auf seine, und er hielt sie fest.

„Du hast Recht, Henry", sagte Felicitas leise, „dafür gibt es keine plausible Erklärung."

„Denken Sie, Mühlberg wollte Frau Stern wirklich umbringen, Herr Hildebrandt?", fragte Judith plötzlich in die betretene Stille.

„Er streitet das natürlich vehement ab", sagte Hildebrandt. „Allerdings nach dem, was er schon getan hatte ..."

„Unsinn", unterbrach ihn Felicitas. „Er wusste nicht, was er tun sollte. Er wollte wissen, was ich wusste, und als er erst mal anfing zu reden, na ja, da konnte er nicht wieder aufhören. Er wollte erklären, dass er eigentlich nicht schuldig sei. Schuld haben für ihn seine Opfer. Außerdem hört er sich schrecklich gerne reden. Vielleicht musste er diesen Albtraum einfach loswerden. Ich kann mir nicht vorstellen, dass irgendjemand, auch nicht ein Johannes Mühlberg, mit einer solchen Last einfach weiterlebt wie bisher."

„Amen!", sagte Henry und hob sein Glas. „Wir wollen auf dich trinken, Äbtissin. Auf dich und deinen unerschütterlichen, leider etwas blinden Glauben an das Gute im Menschen."

Alle leerten ihr Glas, und Felicitas verkündete noch einmal, dass sie nie wirklich in Gefahr gewesen sei. „So etwas geschieht einer braven Äbtissin nämlich nicht. Und nun", sagte sie, entschlossen, auch diesem Drama etwas Positives abzugewinnen, „können wir ruhig leben. In einer so netten kleinen Stadt kann es unmöglich mehr als einen Mörder geben."

„Bestimmt nicht", sagte Judith, und Henry rief: „Auf gar keinen Fall, obwohl ich gerne mal einen verteidigen würde!"

Erik Hildebrandt sah Felicitas an, beneidete sie um ihren unerschütterlichen Optimismus und schwieg. Der Abend war zu schön, um Illusionen zu zerstören. Hätte er die Äbtissin besser gekannt, hätte er gewusst, dass seine Rücksicht überflüssig war. Denn manchmal, wenn sie in den nächsten Monaten tief in der Nacht erwachte, wenn der Wind um das Kloster über die Grabsteine im Innenhof und den schwarzen Klostersee strich, brachte ihr die Erinnerung an jene Nacht die Angst, die sie sich zuvor nicht erlaubt hatte. Denn Henry irrte. Ihr Glaube an das Gute im Menschen war weder blind noch unerschütterlich.

PETRA OELKER

Foto: Hergen Schimpf

„Kleinstädte sind gut für Krimis."

Petra Oelker, Jahrgang 1947, ist inzwischen eine bekannte Krimi-Autorin mit einer halben Million verkaufter Bücher. Erfolgreich ist sie vor allem deswegen, weil sie Krimis speziell für ihre weibliche Fangemeinde schreibt. Daher auch ihre Sympathie für „starke Frauen", wie sie auch in ihrem neuen Roman *Der Klosterwald* wieder vertreten sind – etwa mit der Äbtissin Felicitas Stern.

Für ihren Krimi hat Petra Oelker lange recherchiert. Natürlich gibt es diese evangelischen Heideklöster wirklich, und auch viele ihrer Figuren haben eine „lebendige" Vorlage. So hat die Krimi-Äbtissin deutliche Ähnlichkeiten mit Renate von Randow, einer früheren Hotelmanagerin, die heute das Kloster Wienhausen bei Celle leitet. Hier verbringen – wie im Buch beschrieben – „gestandene" ältere Damen ihren Lebensabend, die auch in diesem Lebensabschnitt nicht allein sein wollen und darüber hinaus eine sinnvolle Aufgabe brauchen.

Auch viele der Einwohner von Möldenburg sind lebendig dargestellt, genauso wie der Markt, die Kleinstadtatmosphäre bis hin zum örtlichen Jagdverein. „Kleinstädte sind gut für Krimis. Alles ist überschaubar", findet die Autorin. Das kommt ihr sehr entgegen, denn Petra Oelker interessieren die beteiligten Menschen, „das Verbrechen steht immer in der zweiten Reihe, die Hauptfiguren im Vordergrund". Was natürlich nicht ausschließt, dass ihre Krimis bis zur letzten Seite spannend sind …

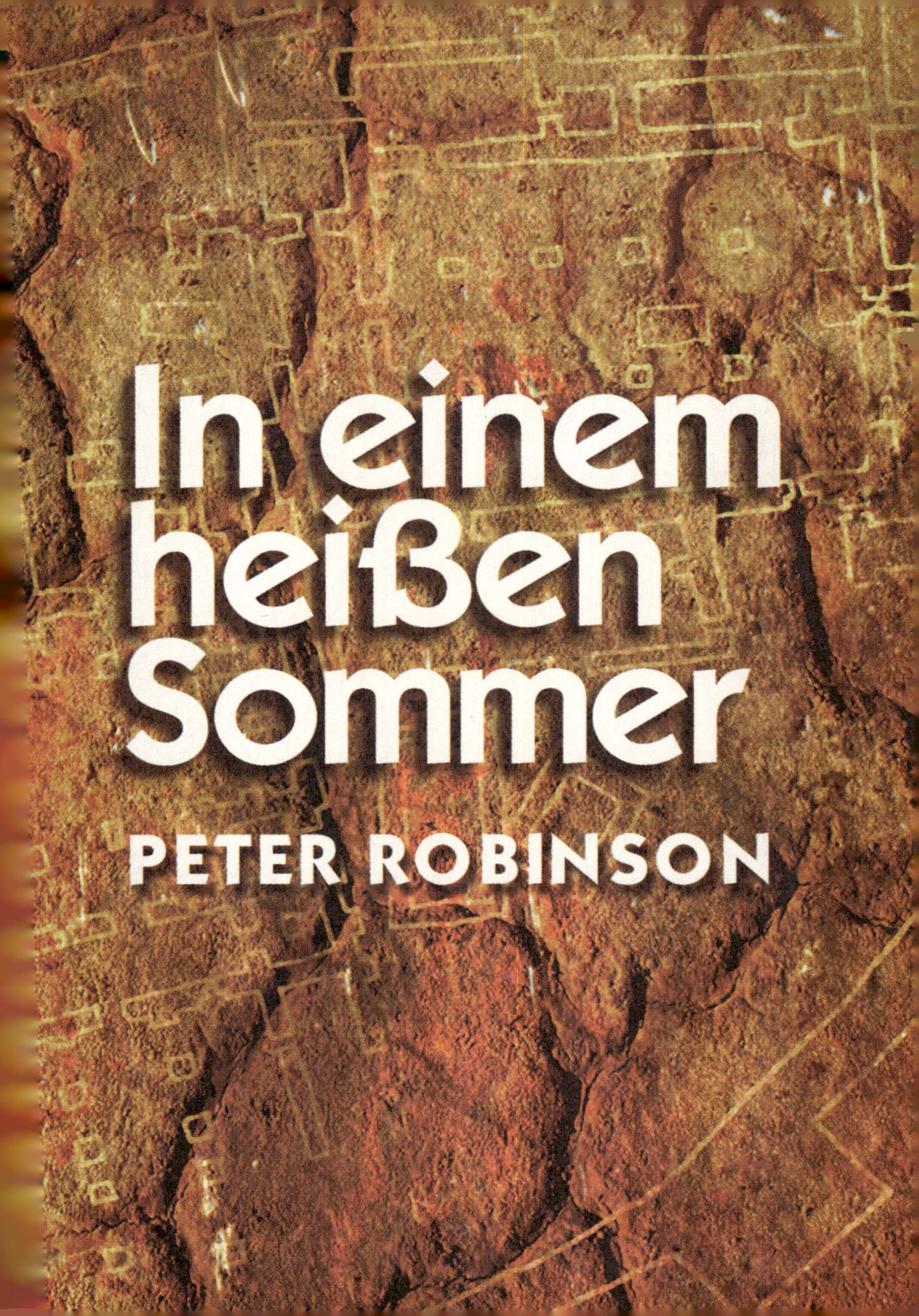
In einem heißen Sommer
PETER ROBINSON

Es war ein stürmischer Nachmittag im April 1941, als sie zum ersten Mal in unserem Laden auftauchte. Selbst in ihrer Landmädchenuniform sah sie wie ein Filmstar aus.

Sie hatte ein blasses, herzförmiges Gesicht, eine perfekt proportionierte Nase, einen schön geschwungenen Mund sowie die größten Augen, vom tiefsten Blau, die ich je gesehen hatte.

PROLOG

Es war der „Sommer der Liebe“, August 1967. Ich hatte gerade meinen Mann beerdigt, als ich zum ersten Mal zu dem Stausee zurückfuhr, der das Dorf meiner Kindheit überflutet hatte.

Ich unternahm diese Fahrt, nur wenige Monate nachdem Ronald und ich von einem unserer häufigen langen Auslandsaufenthalte zurückgekehrt waren. Auslandsaufenthalte, die mir viele Jahre recht gewesen waren. Auch Ronald war mir recht gewesen. Er war ein anständiger Kerl und ein guter Ehemann, gewillt zu akzeptieren, dass unsere Ehe eine Zweckehe war. Ich glaube, er sah in mir einen Pluspunkt für seine Karriere als Diplomat, obwohl es sicherlich weder blendende Schönheit noch sprühender Geist waren, die ihn für mich einnahmen. Doch ich war vorzeigbar und intelligent, überdies konnte ich ausnehmend gut tanzen.

Wie auch immer – bald ging mir die Rolle der Gattin eines rangniederen Diplomaten in Fleisch und Blut über. Sie schien mir ein geringer Preis zu sein. In gewisser Weise war ich für Ronald der Schlüssel zu beruflichem Erfolg und Aufstieg, und er ermöglichte mir – obwohl ich es ihm nie sagte – Flucht und Abstand. Ich heiratete ihn, weil ich wusste, dass wir weit weg von England leben würden.

Jetzt, nach mehr als zehn Jahren im Ausland, ist das nicht mehr so wichtig. Es reicht mir nun, den Rest meiner Tage in der Wohnung in Belsize Park zu verbringen. Außerdem hinterließ mir Ronald eine ansehnliche Geldsumme. Auf jeden Fall genug, um die nächsten Jahre ein sicheres Auskommen zu haben und mir einen neuen Sportwagen leisten zu können. Einen roten. Mit Radio.

Und so sang ich zu „All You Need Is Love“, als ich zum ersten Mal nach über zwanzig Jahren zurück nach Hobb’s End fuhr. Aus unerklärlichen Gründen gefiel mir die primitive, schlichte, sentimentale neue Musik, die die jungen Leute jetzt hörten, obwohl ich Anfang vierzig war. Wenn ich ihr lauschte, sehnte ich mich danach, wieder jung zu sein; jung, doch ohne die Erschwernisse meiner eigenen Jugend; jung, doch ohne den Krieg; jung, doch ohne den Kummer.

Nachdem ich vor Skipton die Hauptstraße verlassen hatte, sah ich kein anderes Auto mehr. Es war ein Sommertag wie aus dem Bilderbuch. Die Luft roch süß nach frisch gemähtem Gras und Wildblumen, und ich bildete mir ein, sogar den warmen Dunst riechen zu können, der aus den Trockenmauern aufstieg. Wie geschliffener Granat glänzten die Beeren an den Ebereschen. Schafe blökten kläglich in den fernen Tälern. Die Farben waren ungeheuer kräftig – das Grün grüner als je zuvor, das Blau des Himmels leuchtend klar.

Nicht weit hinter Grassington verfuhr ich mich. Ich hielt an und erkundigte mich bei zwei Männern, die eine Trockenmauer reparierten, nach dem Weg. Seit langer Zeit hatte ich den typischen breiten Dialekt der Yorkshire Dales nicht mehr gehört, sodass er zunächst fremd in meinen Ohren klang. Schließlich verstand ich sie jedoch, bedankte mich und fuhr weiter.

Die alte Straße endete am Waldrand, sodass ich aussteigen und den Rest des Weges zu Fuß über einen gewundenen Trampelpfad zurücklegen musste. Wolken von Mücken summten über meinem Kopf, und im Unterholz raschelten Zaunkönige.

Dann lag der Wald hinter mir, und ich stand am Ufer des Stausees. Mein Herz begann zu klopfen, und kurz befürchtete ich, ich würde ohnmächtig werden. Als ich hier gelebt hatte, war Hobb's End ein Dorf in einem Tal gewesen. Jetzt blickte ich auf einen waldgesäumten See.

Die vollkommen reglose Wasseroberfläche spiegelte die Bäume und von Zeit zu Zeit eine vorbeifliegende Möwe oder Schwalbe. Rechts von mir konnte ich den kleinen Damm erkennen, hinter dem sich der Fluss bei der Einmündung in den Harksmere-Stausee verjüngte.

Ich setzte mich ans Ufer und betrachtete die Umgebung. Wo ich saß, hatte früher die alte Eisenbahnlinie entlanggeführt. Die einspurige Trasse nach Harrogate war für uns während des Krieges die einzig wirkliche Verbindung zur Welt jenseits der Grenzen von Hobb's End gewesen.

Die Zeit verging, während ich in Erinnerungen schwelgte. Bald breitete sich im Wald um mich herum die Dunkelheit aus. Der Hauch einer Brise kam auf. Dann ging der Vollmond auf und verstreute sein knochenweißes Licht. Ich bildete mir ein, im Wasser deutlich das Dorf erkennen zu können, das früher einmal dort gestanden hatte.

Was ich sah, war das Bild des Dorfes, so wie es gewesen war, als ich dort lebte: Rauchfahnen aus Schornsteinen auf Schiefer- und Steindächern, die dunkle Mühle auf dem kleinen Hügel im Westen, der gedrungene Kirchturm, die gewundene High Street neben dem schmalen

Fluss, Menschen, die ihren täglichen Verrichtungen nachgingen. In meiner Fantasie konnte ich sogar unseren kleinen Laden erkennen, wo sie mir an jenem stürmischen Frühlingstag 1941 zum ersten Mal begegnete. Dem Tag, an dem alles begann.

1

Adam Kelly spielte gern in verlassenen Häusern, er liebte den modrigen Geruch der alten Zimmer, das Ächzen und Stöhnen, wenn er darin umherlief. Er fand es herrlich, über die fehlenden Treppenstufen zu springen, von Sparren zu Sparren zu hüpfen und Gipsstaub aufzuwirbeln.

An diesem Nachmittag hatte Adam ein ganzes Dorf zum Spielen.

Er stand am Rand eines flachen Tales und blickte auf die Ruinen hinunter. Dies war der Tag, auf den er gewartet hatte. Heute hing die Zukunft des Universums von Adam ab; das Dorf war ein Test, eines der Dinge, die er erobern musste, bevor er zum Level 7 vorrücken konnte.

Die einzigen Menschen, die zu sehen waren, standen am hinteren Ende bei der alten Flachsmühle: ein Mann in Jeans und rotem T-Shirt und eine ganz in Weiß gekleidete Frau. Sie taten, als seien sie Touristen, hielten ihre Videokamera in alle möglichen Richtungen, aber Adam argwöhnte, sie könnten die gleiche Absicht haben wie er. Er hatte das Spiel schon oft genug auf dem Computer gespielt, er wusste: Nichts war das, was es vorgab zu sein.

Halb rutschte, halb lief er die morastige Böschung hinab und kam unten auf der roten, ausgebrannten Erde schlitternd zum Stehen. Die Sonne brannte vom Himmel, und er schwitzte. Seine Brille rutschte ihm immer wieder von der Nase. Irgendwo war der Talisman versteckt, und Adam hatte die Aufgabe, ihn zu finden. Aber wo sollte er beginnen? Er wusste noch nicht einmal, wie er aussah.

Er überquerte die alte Steinbrücke und betrat eines der halb zerstörten kleinen Häuser. Es roch wie in einer kaputten Toilette.

Schräg fiel die Sonne durch das Loch, wo vorher das Dach gewesen war. An manchen Stellen hatten sich die schweren Steinplatten, die den Boden bedeckten, verschoben und waren gesprungen. Dicke Lehmbrocken quollen aus den Furchen. In diesem Haus war nichts. Also weiter.

Draußen entdeckte Adam bei der Brücke ein kleines Nebengebäude, eine Art Steinschuppen, wie er vielleicht einmal benutzt worden war, um Kohle zu lagern oder Lebensmittel kühl zu halten. Was es auch gewesen war, *Die Zerstörer* hatten den Schuppen größtenteils intakt gelassen. Das Gebäude war ungefähr zwei Meter hoch und hatte ein unbeschädigtes, schräg geneigtes Dach aus Steinplatten. Endlich hatte er etwas gefunden, auf das er klettern konnte, um sich einen Überblick zu verschaffen.

Auf einer Seite des Schuppens standen mehrere Steine ein wenig hervor, so wie Stufen. Vorsichtig verlagerte Adam das Gewicht auf den ersten Stein. Er hielt. Adam begann zu klettern, und schon war er oben.

Er hievte sich auf das Dach. Es fiel nur leicht ab, sodass er sich problemlos bewegen konnte. Doch als er in der Mitte stand, gaben die dicken Steinplatten unter ihm nach. Mit einem Schrei stürzte er in die Dunkelheit.

Er landete mit dem Rücken auf einem Polster aus Schlamm; das linke Handgelenk stieß gegen eine heruntergefallene Steinplatte, und sein rechter Arm, den er zum Abbremsen ausgestreckt hatte, versank bis zum Ellenbogen im Morast. Atemlos lag er da und blickte zu dem Viereck blauen Himmels hinauf. Plötzlich sah er, dass sich zwei der auf dem Dach liegen gebliebenen Platten neigten und herabfielen. Jede war ungefähr einen Quadratmeter groß und fünfzehn Zentimeter dick. Trafen sie ihn, würden sie ihn zu Brei zerquetschen. Aber er konnte sich nicht bewegen.

Sie schienen in Zeitlupe zu fallen. Er spürte keine Angst, nur so etwas wie Ergebenheit. Das musste Level 7 sein, dachte er und wartete auf den Aufprall.

Eine Platte fiel links von ihm herunter und blieb im Schlamm stecken, die andere landete rechts von ihm und brach beim Aufprall auf einer Bodenplatte entzwei. Er war also verschont geblieben. Adam fühlte sich ein wenig benommen. Ernstlich verletzt schien er nicht zu sein, dachte er, als er seine Glieder langsam bewegte. Das linke Handgelenk tat schrecklich weh, doch gebrochen war es wohl nicht. Sein rechter Arm steckte noch immer tief im Schlamm. Er versuchte seine Finger im Morast zu bewegen und stieß dabei gegen etwas Hartes.

Es fühlte sich an wie ein Häufchen glatter, harter Spindeln oder wie ein Bündel kurzer Stöckchen. Neugierig schob er den Arm weiter nach unten und umfasste es fest. Dann zog er seinen Arm zentimeterweise heraus. Der Schlamm machte saugende, schmatzende Geräusche. Endlich konnte er den Gegenstand betrachten, den er festhielt.

Es war das Skelett einer Hand.

Banks trat einen Schritt zurück, um seine Arbeit zu begutachten, und pfiff dabei die „Habanera" aus „Carmen", die aus seiner Anlage dröhnte. Nicht schlecht für einen Anfänger, dachte er und tauchte den Pinsel in eine Dose Terpentin, auf jeden Fall eine Verbesserung gegenüber der schimmeligen Tapete, die er gestern von den Wänden seines neuen Hauses gerissen hatte.

Besonders gut gefiel ihm die Farbe. Der Mann im Heimwerkermarkt hatte gesagt, sie wirke beruhigend, und Beruhigung war genau das Richtige für ihn. Der Blauton erinnerte ihn an die griechische Insel Santorin, die er mit seiner von ihm getrennt lebenden Frau Sandra während ihres letzten gemeinsamen Urlaubs besucht hatte. Mit dieser Erinnerung hatte er zwar nicht gerechnet, doch er glaubte, damit leben zu können.

Zufrieden mit seiner Arbeit, zog Banks eine Packung Zigaretten aus der Tasche. Nur drei heute Morgen. Gut. Er versuchte, sich auf zehn oder weniger pro Tag zu beschränken.

Er ging in die Küche und setzte den Kessel auf, um sich einen Tee zu kochen. Das Telefon klingelte.

Banks machte die Anlage aus und griff zum Hörer.

„Dad?"

„Brian, bist du's? Ich hab schon versucht, dich zu erreichen. Wo steckst du?"

„Ich wohne momentan bei Andrew."

„Wo ist das?"

„In Wimbledon. Hör mal, Dad ..."

„Müssten deine Prüfungsergebnisse nicht schon raus sein?"

„Ja, na ja, deshalb rufe ich an ..."

„Erzähl!", forderte Banks Brian auf. „Du hast bestanden, oder?"

„Ja, klar. Es ist nur so, dass ich nicht so gut war, wie ich gedacht hatte."

„Wie hast du abgeschnitten?"

Brian flüsterte fast. „Drittklassig."

„*Drittklassig?* Das ist eine ziemliche Enttäuschung, oder?"

„Na ja, ist immerhin mehr, als du je geschafft hast."

Banks holte tief Luft. „Es ist verdammt noch mal egal, was ich geschafft habe oder nicht! Wir sprechen hier über dich. Über deine Zukunft. Mit einem drittklassigen Abschluss bekommst du nie und nimmer einen Job. Willst du dich zu den anderen Arbeitslosen stellen?"

„Vielen Dank, Dad. Schön zu wissen, was du von mir hältst. Egal, auch wenn du's nicht glaubst, ich leb nicht von der Stütze. Wir wollen's mal versuchen, ich und die Band."

„Ihr wollt was?“

„Andrew kennt einen Typen, der hat ein Studio und so, und er meint, wir können vorbeikommen und ein Demoband mit ein paar von meinen Songs aufnehmen. Die Leute fahren auf uns ab. Uns kommen die Auftritte schon zu den Ohren raus. Wir verdienen ’ne Menge Geld.“

„Geld ist nicht alles. Was ist mit deiner Zukunft? Was willst du machen, wenn du mit fünfundzwanzig die beste Zeit hinter dir hast, aber nichts auf der hohen Kante? Hast du das schon deiner Mutter erzählt?“

„Na ja, ich dachte irgendwie, dass …, vielleicht …, dass du das machen könntest.“

Er sollte mit Sandra reden? Sie konnten sich momentan noch nicht einmal über das Wetter unterhalten, ohne zu streiten.

Der Kessel begann zu pfeifen.

„Ich denke, du rufst sie besser selbst an“, sagte Banks.

„Vielen Dank auch, Dad“, erwiderte Brian, seine Stimme klang bitter. „Ich dachte, du würdest das verstehen. Ich dachte, du würdest Musik mögen. Los, geh zu deinem blöden Kessel!“

„Brian …“

Aber Brian legte auf. Banks stürzte in die Küche und nahm den Kessel vom Herd. Die Lust auf eine Tasse Tee war ihm vergangen.

Bevor er weiter nachdenken konnte, klingelte das Telefon erneut.

Dieses Mal war es der Polizeipräsident, Chief Constable Jeremiah „Jimmy“ Riddle. Scheinbar mein Glückstag heute, dachte Banks. Der neue Anruf bedeutete, dass Banks nicht mehr die 1471 anrufen konnte, um Brians Telefonnummer in Wimbledon angesagt zu bekommen, nach der zu fragen er vergessen hatte. 1471 funktionierte nur mit dem zuletzt erhaltenen Anruf. Er fluchte und griff nach den Zigaretten. Wenn das so weiterging, würde er nie aufhören. Pfeif drauf. Er zündete sich eine an.

„Drücken Sie sich mal wieder, Banks?“

„Urlaub“, erwiderte er, „ganz offiziell. Können Sie nachprüfen.“

„Egal. Ich hab hier was für Sie. Es eilt.“

Banks fragte sich, aus welchem Grund Jimmy Riddle ihn aus dem Urlaub zurückrief. Seitdem Riddle ihn widerwillig hatte aufnehmen müssen, nachdem er ihn im Jahr zuvor voreilig vom Dienst suspendiert hatte, lag Banks’ Karriere auf Eis, mühte er sich mit Anzeigen, Statistiken und noch mehr Anzeigen ab. Nicht ein einziger richtiger Fall in neun Monaten. So einfach würde sich das Blatt doch wohl nicht wenden. Da musste mehr dahinterstecken – Riddle tat nie etwas ohne Hintergedanken.

„Wir haben gerade einen Bericht aus Harkside bekommen", fuhr Riddle fort. „Ein Junge hat auf dem Boden des Stausees von Thornfield ein paar Knochen gefunden. Das ist einer von den Seen, die im Laufe des Sommers ausgetrocknet sind. Ich nehme an, früher stand da mal ein Dorf. Jedenfalls gibt es in Harkside nur eine kleine Wache, und die haben nur einen Sergeanten. Ich möchte, dass Sie als leitender Ermittlungsbeamter runterfahren."

„Alte Knochen? Hat das nicht Zeit?"

„Wahrscheinlich schon. Aber mir wäre es lieber, wenn Sie sofort loslegen."

„Was ist mit Harrogate oder Ripon?"

„Zu viel zu tun. Seien Sie nicht so undankbar, Banks! Das ist die beste Gelegenheit, Ihre Karriere aus dem Tief zu holen, in das sie reingeraten ist. Der Sergeant von Harkside ist schon am Tatort. Heißt Cabbot."

Banks dachte nach. Was zum Teufel war hier los? Unter normalen Umständen würde man einen hohen Kripobeamten, einen Detective Chief Inspector, nicht in den letzten Winkel der Grafschaft entsenden, nur um einen Haufen alter Knochen zu inspizieren. Riddle würde ihm mit Sicherheit keinen Gefallen tun; es musste ihn gelangweilt haben, Banks auf dem Revier einzusperren, deshalb hatte er sich eine neue interessante Möglichkeit einfallen lassen, ihn zu quälen. Riddle war offensichtlich der Meinung, der Fall sei langweilig oder unangenehm, vielleicht sogar beides, und könne nur mit einem Patzer oder einer Peinlichkeit enden.

„Und, Banks? Vergessen Sie Ihre Gummistiefel nicht."

Banks hätte schwören können, dass er Riddle kichern hörte.

Er kramte eine Karte der Yorkshire Dales hervor. Thornfield war der westlichste von drei miteinander verbundenen Stauseen am Fluss Rowan, der von seiner Quelle oben in den Pennines mehr oder weniger in östlicher Richtung verlief, bis er sich nach Süden wandte und in der Nähe von Otley in die Wharfe floss. Banks fuhr die Strecke mit dem Zeigefinger auf der Karte nach. Es würde wahrscheinlich mehr als eine Stunde dauern, dorthin zu kommen.

Nachdem er kurz geduscht hatte, griff Banks nach seinem Autoschlüssel und dem Geldbeutel und ging hinaus in den nachmittäglichen Sonnenschein. Bevor er ins Auto stieg, blieb er einen Moment stehen, legte die Hände auf die warme Steinmauer und blickte hinunter auf die nackten Felsen, über die normalerweise der Wasserfall von Gratly rauschte. Eine Zeile aus einem Gedicht von T. S. Eliot kam ihm in den Sinn: „Gedanken eines dürren Hirns zur dürren Jahreszeit." Sehr passend. Es war eine lange Dürreperiode gewesen, alles in diesem Sommer war ausgetrocknet, auch Banks' Gedanken.

Er wünschte, das Gespräch mit Brian wäre anders verlaufen. Als er in den Cavalier stieg, dachte er, dass Brian alt genug sei, um selbst zu entscheiden. Wenn er für den Versuch, reich und berühmt zu werden, alles hinschmeißen wollte, dann war das seine Sache, nicht wahr?

Wenigstens hatte Banks nun einen konkreten Auftrag zu erledigen. Diesmal hatte Jimmy Riddle einen Fehler gemacht. Zweifellos war er überzeugt, Banks eine gemeine, ausweglose Aufgabe gestellt zu haben, aber Riddle hatte die eine, alles überragende Eigenschaft von Banks übersehen, die ihn selbst in einer schweren Phase nicht verließ: seine Neugier. Kurz fühlte sich Banks wie ein Pilot mit Startverbot, der plötzlich wieder Flugerlaubnis erhalten hatte, dann fuhr er los.

DIE SIGNIERSTUNDE begann um halb sieben, aber Vivian Elmsley hatte der Pressesprecherin gesagt, sie würde gern frühzeitig da sein, sich mit der Umgebung vertraut machen und mit der Belegschaft sprechen.

Schon um Viertel nach sechs hatte sich in der Buchhandlung eine Menschenmenge versammelt. Das war zu erwarten gewesen. Nach zwanzig Romanen in ebenso vielen Jahren war Vivian Elmsley plötzlich sehr erfolgreich geworden. Ihre fünfzehnbändige Inspector-Niven-Reihe hatte es vor kurzem ins Fernsehen geschafft. Die ersten drei Folgen waren bereits ausgestrahlt und von der Kritik bejubelt worden, und dementsprechend war Vivians Gesicht in den letzten Monaten der Öffentlichkeit so vertraut geworden, wie es für einen Schriftsteller nur möglich war. Schließlich war es eine Nachricht wert, wenn man mit über siebzig plötzlich zum Star wurde.

Um Punkt halb sechs stellte Adrian, der alles organisiert hatte, sie vor, und unter höflichem Applaus griff sie zu ihrem neuesten Inspector-Niven-Buch und begann zu lesen.

Nach der Lesung stellte sich das Publikum in einer ordentlichen Reihe an, und Vivian signierte die Bücher, hielt mit jedem Besucher einen kurzen Plausch, fragte nach einer besonderen Widmung und achtete darauf, die Namen richtig zu schreiben.

Vivian betrachtete ihre Hand beim Signieren. Krallenähnlich, fast skelettartig, gesprenkelt mit Leberflecken. Ihre Hände würden sie als Erstes im Stich lassen, dachte sie. Der Rest hatte sich erstaunlich gut gehalten. Sie war groß und schlank geblieben. Weder war sie geschrumpft noch dick geworden wie so viele ältere Frauen. Das stahlgraue, streng zurückgekämmte und im Nacken festgesteckte Haar bildete über dem ausdrucksvollen, länglichen Gesicht ein Dreieck. Die tiefblauen Augen hatten eine fast orientalische Mandelform, die Nase war leicht gekrümmt, die Lippen dünn. Kein Gesicht, das oft lachte, dachten die Leute. Und sie hatten Recht, obwohl es nicht immer so gewesen war.

„Sie haben früher oben im Norden gelebt, stimmt's?"

Vivian blickte auf, verblüfft über die Frage. Der Mann schien um die sechzig zu sein, dünn bis abgemagert, mit einem langen blassen Gesicht und glattem hellem Haar. Er trug eine verblichene Jeans und ein grellbuntes kurzärmliges Hemd. Er reichte ihr ein Buch zum Signieren.

Vivian nickte. „Vor langer Zeit." Dann sah sie auf das Buch. „Wem soll ich das Buch widmen?"

„Wie hieß der Ort, wo Sie wohnten?"

„Das ist schon lange her."

„Hatten Sie damals den gleichen Namen wie heute?"

„Hören Sie, ich ..."

„Entschuldigen Sie, Sir." Höflich bat Adrian den Mann weiterzugehen. Dieser tat, wie ihm geheißen.

Als alles vorbei war, schlugen Adrian und die Mitarbeiter vor, essen zu gehen, doch Vivian war müde. Sie wollte nichts anderes tun als nach Hause fahren, ein langes, heißes Bad nehmen und dazu einen Gin Tonic trinken.

Während sie zur U-Bahn schlenderte, dachte sie über den seltsamen Mann in der Buchhandlung nach. Sie lebte nicht gern in der Vergangenheit, aber er hatte sie in eine nachdenkliche Stimmung versetzt wie schon zuvor die neulich erschienenen Zeitungsfotos vom ausgetrockneten Thornfield-Stausee.

Zum ersten Mal seit über vierzig Jahren waren die Ruinen von Hobb's End ans Tageslicht gelangt, und die Erinnerungen an ihr Leben dort stürzten auf sie ein. Vivian erschauerte, als sie die Stufen zur U-Bahn hinunterstieg.

NACH DEM Gang durch den Wald blieb Banks stehen und holte Luft. Von seinem Standpunkt am Rand des Thornfield-Stausees aus lag das lang gestreckte Becken mit den Ruinen vor ihm. Es war ungefähr vierhundert Meter breit und achthundert Meter lang. Auf der gegenüberliegenden Uferböschung zeigten die unterschiedlichen Farben der Erde an, wo das Wasser gestanden hatte. Hinter dem Ufer erstreckte sich Richtung Norden der Wald von Rowan Woods.

Am dramatischsten war der Anblick direkt zu seinen Füßen: das versunkene Dorf, flankiert von einer verfallenen Mühle auf einem kleinen Hügel im Westen und einer winzigen Packpferdbrücke im Osten. Es gab keinen Straßenbelag, aber der Verlauf der alten High Street entlang des Flusses war deutlich zu erkennen. Bei der Brücke gabelte sie sich: Ein Straßenzweig führte in Richtung Rowan Woods, der andere führte über die Brücke und verlief dann entlang der Uferstraße bis nach Harkside.

Unten, auf der anderen Seite der Brücke, stand eine Gruppe von Menschen, einer von ihnen trug eine Uniform. Es war ein warmer Abend, und als Banks unten ankam, schwitzte er. Die Talsohle war nicht so schlammig, wie er gedacht hatte. Die rötlichbraune Erde war größtenteils ausgetrocknet und durch die Hitze aufgesprungen.

Als er die Packpferdbrücke überquerte, kam eine Frau auf ihn zu. „Entschuldigen Sie, Sir“, sagte sie, „aber dies hier ist ein Tatort. Es tut mir Leid, aber Sie dürfen nicht näher kommen.“

Banks grinste. Er wusste, dass er nicht wie ein Chief Inspector aussah. Er trug ein am Hals offenes blaues Jeanshemd ohne Krawatte, eine beige Hose und schwarze Gummistiefel. „Warum ist er dann nicht abgesperrt?“, fragte er.

Die Frau runzelte die Stirn. Sie war Ende zwanzig oder Anfang dreißig, langbeinig, groß und schlank, nur wenig kleiner als Banks. Sie trug Jeans und einen Blazer mit Fischgrätmuster, der ihre Taille betonte. Das kastanienbraune Haar fiel ihr in Stufen bis auf die Schultern, und sie hatte glatte gebräunte Haut. Sie war keine klassische Schönheit, doch verriet ihr Aussehen eine starke Persönlichkeit und Intelligenz. Die roten Gummistiefel rundeten diesen Eindruck ab.

Banks lächelte. „Muss ich Sie erst von der Brücke werfen, bevor ich rüberkommen kann, so wie Robin Hood das mit Little John gemacht hat?“

„Ich glaube, es war eigentlich anders herum, aber Sie können es ja versuchen“, sagte sie. Nachdem sie sich gegenseitig kurz abschätzig gemustert hatten, blinzelte sie und sagte: „Dann sind Sie also Chief Inspector Banks?“

„Sergeant Cabbot, nehme ich an?“

„Ja, Sir.“ Sie lächelte. Es war nicht mehr als ein Zucken der Mundwinkel und ein kurzes Aufleuchten ihrer Augen, aber es machte Eindruck.

„Und die da?“ Banks zeigte auf den Mann und die Frau, die mit dem uniformierten Beamten sprachen. Der Mann richtete eine Videokamera auf den Schuppen.

„Sie haben die Gegend für eine Fernsehsendung erkundet, als sie den Jungen durchs Dach fallen sahen. Sie sind ihm zu Hilfe geeilt. Offenbar hatten sie auch die Kamera zur Hand. Ich schätze, es wird eine hübsche kleine Meldung in den Abendnachrichten geben.“ Sie kratzte sich an der Nase. „Wir hatten kein Absperrband mehr, Sir.“

„Gegen die Fernsehleute können wir jetzt nichts machen“, sagte Banks. „Am besten erzählen Sie mir, was passiert ist. Ich weiß nur, dass ein Junge hier ein paar alte Knochen gefunden hat.“

Sergeant Cabbot nickte. „Adam Kelly. Er ist dreizehn. Ich hab ihn nach Hause geschickt. Er kam mir ein bisschen durcheinander vor, außerdem hatte er sich am Handgelenk und am Ellenbogen verletzt. Nichts Schlimmes. Als Adam über das Dach lief, gab es unter ihm nach. Er kann von Glück sagen, dass er sich nicht die Wirbelsäule gebrochen hat.“ Sie wies auf den Schuppen. „Die Balken müssen morsch gewesen sein. Na ja, jedenfalls hat der Schlamm Adams Sturz abgefangen, sein Arm steckte im Dreck, und er zog das Skelett einer Hand heraus.“

„Eine Menschenhand?“

„Weiß ich nicht, Sir. Ich meine, für meine Begriffe sieht sie menschlich aus, aber dafür brauchen wir einen Fachmann. Ich hab gelesen, Bärentatzen seien sehr leicht mit Menschenhänden zu verwechseln.“

„*Bärentatzen?* Wann haben Sie das letzte Mal einen Bären in dieser Gegend gesehen?“

„Nun, erst letzte Woche, Sir.“

Banks stutzte, sah das Flackern in ihren Augen und lächelte. Irgendetwas an dieser Frau fesselte ihn. Bei den meisten jüngeren Polizeibeamten schlich sich, wenn sie von einem Vorgesetzten nach ihrer Vorgehensweise befragt wurden, oft so etwas wie ein „Hab ich das richtig gemacht, Sir?“ in ihre Stimme ein, oder sie nahmen eine Abwehrhaltung ein. Doch Sergeant Cabbot war völlig anders. Sie gab die Dinge einfach so wieder, wie sie sich ereignet hatten, vollkommen selbstsicher und beherrscht, ohne im Geringsten arrogant oder aufsässig zu wirken. „Gut“, sagte er, „sehen wir es uns mal an.“

Sergeant Cabbot ging voraus. Banks folgte ihr zum Schuppen.

Der Schuppen war ungefähr fünf Quadratmeter groß. Banks stand in der Tür und betrachtete den Abdruck im Schlamm, den der Junge hinterlassen hatte, dann die zwei schweren Steinplatten links und rechts davon. Sergeant Cabbot hatte Recht: Adam Kelly hatte wirklich großes Glück gehabt.

Banks' Blick blieb an dem Skelett einer Hand hängen, das sich um den Rand einer zerbrochenen Steinplatte krallte. Die Knochen waren dunkel und schmutzverkrustet, aber Banks erkannte in ihnen ebenfalls eine Menschenhand.

„Wir holen besser ein paar Fachleute", sagte er. „Dann brauchen wir jemanden von der Gerichtsmedizin, einen forensischen Anthropologen. Und bis dahin – ich hab noch nichts gegessen. Kann man hier irgendwo in der Nähe etwas bekommen?"

„Am besten im ‚Black Swan' in Harkside."

„Haben Sie schon gegessen?"

„Nein, aber …"

„Dann können Sie doch mitkommen und mir beim Essen alles erzählen."

VIVIAN ELMSLEY war todmüde, als sie schließlich von der Signierstunde nach Hause kam. Sie stellte ihre Aktentasche im Flur ab und ging ins Wohnzimmer. Die meisten Menschen hätten gestaunt, im Haus eines Menschen von Vivians Alter eine moderne Einrichtung aus Chrom und Glas vorzufinden, aber sie mochte es lieber als die furchtbar kitschigen Antiquitäten und den Nippes, mit denen alte Menschen ihre Häuser voll stopften.

Vivian goss sich einen starken Gin Tonic ein und ging zu ihrem sündhaft gemütlichen Lieblingssessel aus verchromtem Stahl und schwarzem Leder. Sie warf einen Blick auf die Uhr. Kurz vor neun. Zuerst wollte sie die Nachrichten anschauen. Danach würde sie ein Bad nehmen und lesen.

In den Nachrichten kam der übliche Mist. Größtenteils Politik, ein verpfuschtes Attentat im Mittleren Osten. Gegen Ende kam dann eine dieser kleinen Klatschgeschichten. Diesmal setzte sich Vivian auf und spitzte die Ohren.

Die Kamera schwenkte über eine Ansammlung vertrauter Ruinen, während der Sprecher erklärte, dass dieses vergessene Dorf aus den Yorkshire Dales namens Hobb's End durch die jetzige Dürre zum ersten Mal seit der offiziellen Flutung 1953 ans Tageslicht gelangt sei. Plötzlich änderte sich die Perspektive, und sie sah ein paar Menschen neben der Brücke stehen.

„Heute", fuhr der Sprecher fort, „entdeckte ein kleiner Junge beim Erkunden des Geländes etwas, auf was er nicht vorbereitet war." Dieser Fall rufe glatt nach einer Miss Marple, sagte er, ein Skelett sei gefunden worden, im sumpfigen Boden unter einem alten Schuppen. Wie konnte es dorthin gelangen? Die Polizei habe in diesem frühen Stadium keine Erklärung abgeben wollen.

Vivian sackte im Sessel zusammen und holte tief Luft. Dann griff sie nach ihrem Gin Tonic. Als sie sich von ihrem Schreck erholt hatte, lief im Fernsehen schon längst der Wetterbericht.

Sobald sie sich ein wenig besser fühlte, ging sie ins Arbeitszimmer und suchte in ihrem Sekretär nach dem Manuskript, das sie in den frühen Siebzigern geschrieben hatte, einige Jahre nach ihrem letzten Besuch des Thornfield-Stausees. Sie trug es ins Wohnzimmer. Es war nie zur Veröffentlichung bestimmt gewesen. In vielerlei Hinsicht hatte sie den Text nur als Schreibübung verfasst, als sie sich nach dem Tod ihres Mannes für die Schriftstellerei zu interessieren begann. Sie hatte damit angefangen, als sie noch glaubte, die alte Regel „Schreib, was du kennst" bedeute, man solle über das eigene Leben, über die eigenen Erfahrungen berichten. Zwar schrieb sie noch immer über das, was sie kannte – Schuld, Trauer, Schmerz, Wahnsinn –, nur packte sie es heute in das Leben ihrer Figuren.

Als sie zu lesen begann, wurde ihr klar, dass sie gar nicht genau benennen konnte, was sie da in den Händen hielt. Ihre Memoiren? Einen Roman? Sie hatte versucht, sich an die Fakten zu halten, hatte sogar bei Unsicherheiten in ihren alten Tagebüchern nachgeschlagen. Doch da sie den Text zu einer Zeit in ihrem Leben verfasst hatte, als ihr noch nicht bewusst gewesen war, wie fließend der Übergang von Wahrem zu Erfundenem war, hatte sie nicht mit Sicherheit sagen können, um was es sich handelte. War ihr das jetzt klarer? Es gab nur eine Möglichkeit, das herauszufinden.

SERGEANT CABBOT fuhr mit ihrem metallic roten Astra voraus, Banks folgte ihr durch die gewundenen Einbahnstraßen, die von kleinen Häusern aus Kalkstein gesäumt wurden.

Sie parkte neben der Dorfwiese, wo wenige verstreut stehende Bäume ihren Schatten auf die Bänke warfen. Alte Leute saßen in der spätsommerlichen Dämmerung und sahen dem bunten Treiben zu. Alle wichtigen Einrichtungen waren um die Grünfläche herum versammelt: eine Bank, ein Zeitschriftenladen, ein Metzger, ein Gemüsehändler, eine Kirche aus dem fünfzehnten Jahrhundert und drei Pubs.

„Wohnen Sie hier?", fragte Banks.

„Ja, Sir, wegen meiner Sünden."

Es war nur so dahergesagt, doch Banks konnte nicht umhin, sich zu fragen, was für Sünden das sein mochten. Sie gingen hinüber zum Black Swan mit seiner weiß getünchten Holzfassade, seinen Giebeln und dem durchhängenden Schieferdach. Drinnen hockten an wackligen Holztischen ein paar Touristen und Wanderer vor ihren Gläsern. Banks ging mit Sergeant Cabbot zum Tresen. Sie fragte die Bedienung, ob sie noch etwas essen könnten.

„Kommt drauf an, was Sie wollen, Liebes", antwortete die Frau und wies auf die Tafel.

Banks entschied sich für Rindfleisch und Pastete mit Pommes. Sergeant Cabbot bestellte ein Salatsandwich.

„Auf Diät?", fragte Banks.

„Nein, Sir. Ich esse kein Fleisch. Hab also keine große Auswahl."

„Verstehe. Trinken Sie denn?"

„Mit Begeisterung!" Sie lachte. „Apropos, ich nehme ein Glas Swan's Down Bitter. Kann ich wärmstens empfehlen."

Banks folgte ihrem Rat und war froh darüber. Er hatte noch keinen vegetarischen Bierfan kennen gelernt.

Sie gingen mit ihren Gläsern zu einem Tisch am offenen Fenster. Banks holte seine Zigaretten hervor. „Stört es Sie?", fragte er.

Sergeant Cabbot schüttelte den Kopf. „Meistens habe ich meine Gelüste unter Kontrolle."

„Aufgehört?"

„Vor einem Jahr."

Banks zündete sich eine an. „Ich überlege momentan, selbst damit aufzuhören."

„Viel Glück." Sie trank einen Schluck Bier und leckte sich die Lippen. „Ah, ist das gut. Darf ich Sie etwas fragen?"

„Ja, sicher."

Sie beugte sich vor und berührte die Haare an seiner rechten Schläfe. „Was ist das? Das Blaue da. Ich hätte nicht gedacht, dass sich ein Inspector die Haare färbt."

Banks merkte, wie er errötete. „Das muss Farbe sein. Ich dachte, ich hätte alles rausgewaschen."

Sie lächelte. „Macht nichts. Sieht eigentlich sogar nett aus."

Banks konzentrierte sich wieder auf die vor ihm liegende Aufgabe. „Ich hab eben im Auto meinen Sergeanten angerufen", erklärte er. „Er trommelt ein Team der Spurensicherung zusammen, das morgen früh die Knochen ausgraben wird. Ansprechpartner ist ein Mann namens

John Webb. Er hat Archäologie studiert, müsste also wissen, was er tut. Sie könnten morgen früh die Unis abtelefonieren und schauen, ob Sie irgendwo einen netten forensischen Anthropologen finden. Und bis dahin erzählen Sie mir alles über den Thornfield-Stausee."

Sergeant Cabbot lehnte sich auf ihrem Stuhl zurück und schlug die Beine übereinander. Sie hatte die roten Gummistiefel gegen weiße Sommerschuhe eingetauscht. Die Jeans rutschte hoch und gab den Blick auf schmale Knöchel frei, um einen hing ein dünnes Goldkettchen. Wieder fragte sich Banks, was sie nur getan haben mochte, um in so einem gottverlassenen Nest wie Harkside zu landen.

„Der Thornfield-Stausee wurde in den frühen Fünfzigern gebaut", sagte sie. „Das Dorf war damals schon seit mehreren Jahren so gut wie verlassen. Seit Ende des Krieges, nehme ich an."

Das Essen kam. Banks drückte seine Zigarette aus. „Warum war es verlassen? Was hat die Leute vertrieben?"

„Sie wurden nicht vertrieben. Das Dorf starb einfach aus. Im neunzehnten Jahrhundert war die Flachsmühle die Existenzgrundlage des Dorfes. Dem Mühlenbesitzer Lord Clifford gehörten auch Land und Häuser. Sehr feudal."

„Sie sind ja offensichtlich eine Expertin."

„Ich hab mich über die Gegend schlau gemacht, als ich herkam. Jedenfalls hatten sie in der Flachsmühle immer weniger zu tun – zu viel Konkurrenz –, dann starb der alte Lord Clifford. Nach dem Zweiten Weltkrieg zogen die Leute in die Stadt oder in andere Täler. Schließlich verkaufte der neue Lord Clifford das Land an das Wasserwerk von Leeds. Die letzten Einwohner wurden umgesiedelt, und in den nächsten Jahren wurde der Stausee gebaut."

„Unsere Leiche, wenn es denn eine ist und wenn sie von einem Menschen stammt, muss also mindestens seit Anfang der Fünfzigerjahre dort liegen?"

„Es sei denn, es hat sie jemand in diesem Sommer dort hingebracht."

„Ich bin kein Fachmann, aber nach dem, was ich bis jetzt gesehen habe, sieht sie älter aus."

„Sie kann umgebettet worden sein."

„Schon möglich." Banks schob die restlichen Pommes frites zur Seite.

„Wie dem auch sei, ohne dass jemand nachgeholfen hätte, kann eine Leiche niemals unter diese Steinplatte auf dem Boden des Gebäudes geraten sein, meinen Sie nicht auch, Sir?"

Es war ein stürmischer Nachmittag im April 1941, als sie zum ersten Mal in unserem Laden auftauchte. Selbst in ihrer Landmädchenuniform, dem grünen Pullover mit dem V-Ausschnitt, der beigefarbenen Bluse, dem grünen Halstuch und der braunen Kniebundhose aus Cord sah sie wie ein Filmstar aus.

Sie war nicht sehr groß, vielleicht einen Meter fünfundfünfzig oder sechzig, aber die langweilige Uniform konnte nicht die Art von Figur verbergen, der Männer auf der Straße hinterherpfiffen. Sie hatte ein blasses, herzförmiges Gesicht, eine perfekt proportionierte Nase, einen schön geschwungenen Mund sowie die größten Augen, vom tiefsten Blau, die ich je gesehen hatte. Das blonde Haar quoll unter ihrem braunen Filzhut hervor.

„Sie haben nicht zufällig fünf Woodbines zu verkaufen?“, fragte sie.

Ich schüttelte den Kopf. „Tut mir Leid“, antwortete ich. „Wir haben überhaupt keine Zigaretten.“ Es war mit die schwerste Zeit, die wir bis dahin im Krieg erlebt hatten: Die deutsche Luftwaffe legte mit ihren Bomben unsere Städte in Schutt und Asche; im Atlantik versenkten deutsche U-Boote mit alarmierender Regelmäßigkeit unsere Geleitschiffe; und die Fleischration war gerade wieder gekürzt worden. Und da kam diese Fremde frech wie Oskar in den Laden und verlangte Zigaretten! Ich hatte natürlich gelogen. Es gab Zigaretten, doch der kleine Vorrat war unseren Stammkunden vorbehalten.

Sie setzte ein breites Lächeln auf. „Ich hatte es auch nicht angenommen“, sagte sie, „aber fragen kostet ja nichts. Na ja, da kann man nichts machen.“

„Sind Sie das neue Landmädchen auf der Top Hill Farm?“, fragte ich, inzwischen neugierig geworden.

Sie lächelte wieder. „Spricht sich schnell herum, nicht? Ja. Das bin ich. Gloria Stringer.“ Sie streckte mir ihre Hand entgegen. Sie war weich und ein wenig feucht und fühlte sich an wie ein Blatt nach einem Sommerregen. Im Vergleich mit einem so zarten Etwas war meine Hand rau und schwer. „Gwen Shackleton“, stammelte ich. „Freut mich.“

Gloria sah sich um. „Nicht viel los hier, oder?“, bemerkte sie.

Ich lächelte. „Nicht viel.“ Ich wusste natürlich, was sie meinte, aber es kam mir trotzdem sonderbar vor, so etwas zu sagen. Ich stand jeden Morgen um sechs Uhr auf, um mich in den Laden zu stellen. Außerdem hielt ich einmal pro Woche nachts nach Bränden Ausschau und arbeitete zusätzlich noch in unserem freiwilligen weiblichen Hilfsdienst.

Ich wusste natürlich, worin die Aufgaben eines Landmädchens bestanden, aber nach ihrem Aussehen zu urteilen, hätte ich schwören können, dass Gloria Stringer noch nie in ihrem Leben schwere körperliche Arbeit geleistet hatte. Doch damit lag ich ziemlich falsch, wie bei so vielen anfänglichen Einschätzungen von Gloria. Sie konnte den ganzen Tag lang heuen, dreschen, melken und Rüben ernten und dennoch frisch, lebhaft und energiegeladen aussehen.

Auf den ersten Blick kam Gloria Stringer mir eitel, gewöhnlich, oberflächlich und selbstsüchtig vor. Und ihre Schönheit passte mir auch nicht.

Und dann musste ausgerechnet Michael Stanhope mitten in unsere Unterhaltung platzen.

Michael Stanhope galt im Dorf als eine Art Original. Er war ein mäßig erfolgreicher Künstler Anfang fünfzig. An jenem Tag war er mit einem zerknitterten weißen Leinenanzug bekleidet, darunter trug er ein schmuddeliges fliederfarbenes Hemd und eine schief sitzende gelbe Fliege. Auf dem Kopf hatte er seinen unvermeidlichen Hut mit der breiten Krempe, und in der Hand hielt er seinen Stock mit dem Schlangenkopfgriff. Wie immer sah er ziemlich ramponiert aus. Seine Wangen waren von einem mindestens drei Tage alten Bart bedeckt, und er roch nach abgestandenem Rauch und Alkohol.

Viele Menschen konnten Michael Stanhope nicht leiden, weil er keine Angst hatte, seine Meinung zu sagen, und sogar auf den Krieg schimpfte. Ich mochte ihn irgendwie ganz gern, obwohl ich seine Ansichten nicht teilte. Meistens wollte er mit dem, was er sagte, einfach nur die Leute ärgern.

„Guten Morgen, mein Engel“, sagte er wie immer, obwohl ich mich ganz und gar nicht engelsgleich fühlte. „Ich hoffe, du hast meine übliche Ration?“

„Äh, tut mir Leid, Mr Stanhope“, stotterte ich. „Es ist nichts mehr da.“

„Nichts mehr da? Komm, Mädchen, komm, das kann nicht sein. Ich wette, wenn du an den richtigen Stellen suchst“, sagte er, beugte sich vor und klopfte mit dem Stock auf den Tresen, „dann findest du was.“

Ich wusste, dass ich verloren hatte. Ich griff gedemütigt unter die Theke und holte zwei Päckchen Piccadilly hervor.

„Das macht einen Shilling acht, bitte“, sagte ich.

„Unerhört“, beschwerte sich Mr Stanhope, während er nach den Münzen kramte, „wie uns diese Regierung mit Steuern ins Grab bringt, nur um Krieg führen zu können.“

Als ich Gloria einen schuldbewussten Blick zuwarf, lächelte sie mich an und zuckte mit den Schultern.

Mr Stanhope musste meine Geste bemerkt haben.

„Ah, verstehe", sagte er, drehte sich zu Gloria um und ließ den Blick ungeniert auf ihrer Figur ruhen. „Könnte es sein, dass Sie sich ebenfalls nach Zigaretten erkundigt haben, meine Liebe?"

Gloria nickte. „Zufällig ja."

„Hm", machte Mr Stanhope, „ich sage Ihnen was. Wir können eventuell eine Art Absprache treffen. Ich habe nur eine Bedingung."

„Oh", sagte Gloria und kniff die Augen zusammen. „Und die wäre?"

„Dass Sie hin und wieder auf der Straße rauchen."

Gloria begann zu lachen. „Das ist kein Problem", sagte sie. „Das kann ich Ihnen versichern."

Und er gab ihr eins seiner Päckchen.

Ich war platt. Zigaretten waren weder billig noch leicht zu bekommen. Anstatt zu protestieren, sie könne das unmöglich annehmen, wie ich es getan hätte, nahm Gloria das Päckchen entgegen und sagte: „Nun, vielen Dank auch, Mr …?"

Er strahlte sie an. „Stanhope. Michael Stanhope. Es ist mir ein Vergnügen. Glauben Sie mir, meine Liebe, es ist wirklich außerordentlich erfreulich, in einer Gegend wie dieser einer so attraktiven Frau wie Ihnen zu begegnen." Dann machte er einen Schritt auf sie zu und unterzog sie einer, wie ich fand, ziemlich unverschämten Musterung, so, als würde ein Bauer ein Pferd untersuchen, das er zu kaufen beabsichtigte.

Gloria zuckte nicht mit der Wimper.

„Hören Sie, Sie müssen mich unbedingt einmal in meinem Atelier besuchen, meine Liebe. Sich meine Radierungen ansehen, sozusagen." Und damit verschwand er.

In dem nun folgenden Schweigen starrten Gloria und ich uns einen Moment lang an, dann prusteten wir los. Ich sagte, es täte mir Leid, sie wegen der Zigaretten belogen zu haben, aber sie tat die Entschuldigung ab. „Du musst dich um deine Stammkunden kümmern", meinte sie.

„Ich muss mich auch für Mr Stanhope entschuldigen", sagte ich. „Er kann leider etwas unverschämt sein."

„Unsinn", erwiderte sie. „Ich mochte ihn eigentlich. Und er hat mir ja die hier geschenkt." Sie öffnete die Packung und bot mir eine Zigarette an. Ich schüttelte den Kopf. Sie steckte sich eine in den Mundwinkel und zündete sie mit einem kleinen silbernen Feuerzeug an. „Auch gut", meinte sie. „Ich sehe, ich muss eine Weile mit diesen hier auskommen."

„Ich kann dir in Zukunft welche zur Seite legen", sagte ich.

„Ach, wirklich? O ja, bitte! Das wäre herrlich! Wenn ich jetzt noch kurz einmal in die Filmzeitschrift da drüben schauen dürfte, die mit Vivien Leigh auf der Titelseite?“

Doch bevor ich ihr die Zeitschrift holen konnte, stürzte Matthew herein.

Beim Geräusch der Ladenglocke drehte sich Gloria mit neugierig erhobenen Augenbrauen um. Als er sie sah, blieb mein Bruder wie angewurzelt stehen und fiel so tief in ihre Augen, dass man es plumpsen hören konnte.

ALS BANKS am Abend nach Hause kam, hörte er zuerst den Anrufbeantworter ab. Nichts. Verdammt. Nach dem verpfuschten Telefonat vom Nachmittag wollte er die Dinge richtig stellen, aber er hatte Brians Nummer in Wimbledon ja nicht. Sandra wusste die Nummer möglicherweise, aber mit ihr zu reden war das Letzte, was er tun wollte.

Banks schenkte sich einen Whisky ein, zündete sich die letzte Zigarette des Tages an und ging mit seinem Glas nach draußen. Das Cottage stand an einem schmalen, unbefestigten Weg ungefähr fünfzig Meter westlich von Gratly. Vor der Dürre hatte sich die Stelle für Wanderer angeboten, die kurz anhalten und den Wasserfall bewundern wollten, doch nachts war sowieso nie jemand da. Banks stand gern dort draußen. Es half ihm beim Nachdenken, beim Ordnen der Gedanken. Heute blitzte helles Sternenlicht im samtigen Himmel, in der Ferne schienen die Lichter eines Bauernhauses; der fast volle Mond hing über dem Tal, und der viereckige Kirchturm ragte massiv in die Dunkelheit.

Banks dachte wieder daran, auf welch seltsame Art er zu diesem abgelegenen Häuschen gekommen war. Während der letzten einsamen Monate in der Doppelhaushälfte in Eastvale hatte sich Banks so sehr gehen lassen, dass er nicht einmal mehr geputzt oder aufgeräumt hatte. Abends stand er meistens im Pub, und nachts schlief er halb betrunken auf dem Sofa ein, während sich die Pappschachteln vom Lieferservice in einem ständig größer werdenden Kreis um ihn stapelten. Im April hatte er offenbar den Tiefpunkt erreicht. Es gab einen neuen Mann in Sandras Leben, einen Fotojournalisten namens Sean. Banks empfand nun noch mehr Wut und Selbstmitleid. Als Sandra einige Wochen später entschied, die Trennung solle von Dauer sein, verkauften sie die Doppelhaushälfte.

Nach dem Verkauf fing Banks an, die Einsamkeit zu suchen. Als er das Cottage zum ersten Mal von außen sah, hielt er nicht viel davon. Der Blick auf das Tal war großartig, doch war es ein gedrungenes, hässliches kleines Haus, an dem viel getan werden musste. Es war aus der in den

Yorkshire Dales typischen Mischung von Kalksandstein, grobem Sandstein und Steinplatten gebaut und war ursprünglich das Zuhause eines Landarbeiters gewesen. Innen roch das Haus nach Kampfer und Schimmel, und die gesamten Möbel und Einrichtungsgegenstände wirkten dunkel und schmuddelig. Unten war ein Wohnzimmer mit einem Steinkamin; oben zwei kleine Schlafzimmer. Doch als Banks die Küche betrat, verspürte er ein Wohlgefühl und inneren Frieden. Er *wusste*, dass er das Cottage haben musste.

Das Cottage wurde zu Banks' langfristigem Vorhaben – zu seiner Therapie, seinem Refugium. Er hatte den sonderbaren Eindruck, dass die Arbeit am Haus einer Arbeit an sich selbst gleichkam. Beides musste überholt werden, und in beiden Fällen hatte er sich einiges vorgenommen. Irgendwie hatte er in den letzten Jahren seinen Weg verloren, und er wollte einen neuen finden. Bisher hatte er Kiefernschränke in die Küche eingebaut, eine Dusche installiert und das Wohnzimmer gestrichen. Das hatte ihm die Depression nicht vollständig vom Hals gehalten, aber er konnte besser damit umgehen.

Banks drückte die Zigarette aus und ging wieder hinein. Als er in seinen Schlafanzug schlüpfte, dachte er an das Skelett der Hand, das möglicherweise von einem Menschen stammte, und an die ganz entschieden menschliche Sergeant Cabbot. Und er dachte an Hobb's End, dieses verlorene, zerstörte Dorf, das plötzlich mit seinen Geheimnissen aus der Tiefe aufgetaucht war.

2

Am nächsten Morgen schaute Banks vom Waldrand aus zu, wie die Spurensicherung unter der fachkundigen Leitung von John Webb das Skelett vorsichtig aus seinem sumpfigen Grab barg.

Zuerst musste die Mauer abgetragen werden, neben der die Gebeine lagen, dann wurde um den Fundort herum eine breite Rinne ausgeschachtet und gegraben, bis die Knochen ungefähr einen Meter unter der Erdoberfläche zum Vorschein kamen. Als Nächstes schoben die Beamten eine dünne Metallplatte in das Erdreich und hoben, als sie sich an der richtigen Stelle befanden, das Skelett darauf heraus.

Noch in Erde gebettet, lagen die Knochen auf dem Metall, und vier Träger der Spurensicherung hievten sie die Böschung hinauf, wo sie sie zu Banks' Füßen ins Gras legten. Es war genau elf Uhr, und Sergeant

Cabbot war noch immer nicht da. Banks hatte bereits mit Adam Kelly gesprochen, der seiner Aussage vom Vortag jedoch nichts hatte hinzufügen können. Adam war zwar noch verstört gewesen, aber Banks hatte gespürt, dass er hart im Nehmen war. Eine Zeit lang würde er unter seinen Freunden eine kleine Berühmtheit sein.

Banks betrachtete die schmutzige, gekrümmte Gestalt zu seinen Füßen. Die Knochen hatten die braune Farbe der Erde angenommen, in der sie so lange gelegen hatten. Der Schädel sah aus, als wäre er mit Schlamm gefüllt – Schmutz im Mund, in der Nase, in den Augenhöhlen –, und einige lange Knochen wirkten wie alte verrostete Metallrohre.

Die Spurensicherung hatte das Skelett in jeder Phase der Ausgrabung fotografiert und kehrte jetzt nach unten zurück, um mit dem akribischen Absuchen der Gegend zu beginnen. John Webb durchsuchte den Boden nach Gegenständen, die zur gleichen Zeit vergraben worden waren.

Banks lehnte sich gegen einen Baumstamm und sah Webb bei der Arbeit zu. Er war müde; fast die ganze Nacht hatte er sich im Bett herumgewälzt. Die morgendliche Hitze machte ihn schläfrig. Kurz gab er dem Impuls nach, schloss die Augen und lehnte den Kopf gegen den Baum. Er war kurz davor wegzudösen, als er hinter sich zuerst ein Rascheln, dann eine Stimme vernahm.

„Morgen, Sir. Schlimme Nacht gehabt?"

„So ähnlich", erwiderte Banks und löste sich vom Baumstamm.

„Tut mir Leid, dass ich erst jetzt komme. Das Semester an der Uni hat noch nicht angefangen, daher sind viele Profs noch im Urlaub. Na ja, irgendwann konnte ich an der Universität Leeds einen Dr. Ioan Williams auftreiben. Er ist Anthropologe mit Erfahrung in Gerichtsmedizin. Er meinte, wenn wir ihm die Knochen ins Unilabor bringen, könnte er am frühen Abend einen ersten Blick darauf werfen."

„Gut", sagte Banks. „Je eher wir wissen, womit wir es hier zu tun haben, desto besser."

Wenn das Skelett hundert Jahre oder länger in der Erde gelegen hatte, würde es sich nicht lohnen, die Untersuchung voranzutreiben. Andererseits, wenn es sich um ein Mordopfer handeln sollte, das dort während des Krieges oder später vergraben worden war, bestand die Möglichkeit, dass der Täter noch lebte.

„Soll ich den Transport überwachen?", fragte Webb.

Banks nickte. „Wenn du so nett wärst, John."

Webb sah auf seine Uhr. „Wenn wir Glück haben, kann es um eins auf dem Labortisch liegen."

„Ich muss noch viel mehr über das Dorf wissen", sagte Banks zu Sergeant Cabbot. Er wies auf die Ruinen des Hauses neben der Brücke. „Der Schuppen gehörte auf jeden Fall zu dem Cottage, deshalb wüsste ich gerne, wer da wohnte und wie die Nachbarn hießen. Ich glaube, es gibt hier drei Möglichkeiten. Entweder haben wir es mit jemandem zu tun, der das leere Dorf als Müllhalde benutzt hat, um in der Zeit, als das Dorf unbewohnt war, eine Leiche zu vergraben ..."

„Zwischen Mai 1946 und August 1953. Hab ich heute Morgen nachgeschlagen."

„Gut. Entweder das, oder aber die Leiche wurde vergraben, als das Dorf noch bewohnt war, nämlich vor Mai 1946, und das Opfer wurde nicht weit von seinem Heim verscharrt. Oder die Leiche wurde diesen Sommer dorthin gebracht. Es ist zu früh für Spekulationen, aber wir müssen wissen, wer in dem Cottage wohnte, bevor das Dorf geräumt wurde, und ob jemand aus dem Dorf als vermisst gemeldet wurde."

„Ja, Sir."

„Wo befindet sich das Gemeindearchiv jetzt?"

„Ich weiß nicht. Ich schätze, es wurde nach Saint Jude in Harkside gebracht."

„Vielleicht lohnt es, sich dort ein wenig umzusehen, wenn Sie ansonsten nicht weiterkommen. Außerdem gibt's noch die Lokalzeitung. Ach, und noch etwas, Sergeant Cabbot."

„Ja?"

„Hören Sie, ich kann Sie nicht die ganze Zeit Sergeant Cabbot nennen. Wie heißen Sie mit Vornamen?"

Sie lächelte. „Annie, Sir. Annie Cabbot."

„Gut, Annie Cabbot, wissen Sie vielleicht zufällig, wie viele Ärzte oder Zahnärzte es in Hobb's End gab?"

„Ich kann mir nicht vorstellen, dass es viele waren. Die meisten Einwohner gingen bestimmt nach Harkside."

„Versuchen Sie es herauszufinden. Ist zwar weit hergeholt, aber wenn wir Unterlagen eines Zahnarztes finden können, die zu dem Schädel passen, haben wir Glück. Wissen Sie zufällig, ob es noch jemanden gibt, der früher in Hobb's End lebte und jetzt in Harkside wohnt?"

„Ich frage mal Inspector Harmond. Der kommt hier aus der Gegend."

„Gut. Ich überlasse das Ihnen und fahre zusammen mit John die Knochen nach Leeds. Wir treffen uns um sechs beim Labor. Bis dahin", sagte er, „ist hier meine Handynummer. Rufen Sie kurz an, wenn Sie was finden."

BANKS war ein komischer Kauz, dachte Annie auf der Rückfahrt nach Harkside. Sie hatte natürlich schon einiges über ihn gehört. So wusste sie beispielsweise, dass Chief Constable Riddle ihn hasste, dass Banks bei ihm in Ungnade gefallen war, obwohl sie den Grund nicht kannte. Irgendwer hatte sogar von einer Schlägerei zwischen den beiden berichtet. Aus irgendeinem Grund war seine Karriere auf Eis gelegt worden.

Annie hatte auch gehört, dass Banks vor nicht allzu langer Zeit von seiner Frau verlassen worden war. Und nicht nur das, es ging auch das Gerücht um, dass er eine Geliebte in Leeds hatte. Annie hatte gehört, er sei ein Einzelgänger und ein Drückeberger. Er sei ein hervorragender Kommissar, aber seit der Trennung von seiner Frau heruntergekommen, seine besten Jahre habe er hinter sich, er sei ausgebrannt.

Auf den ersten Blick glaubte Annie, ihn zu mögen. Attraktiv fand sie ihn jedenfalls, und er sah nicht älter aus als Mitte dreißig, auch wenn sein dichtes schwarzes, lockiges Haar an den Schläfen graue Strähnen aufwies. Er wirkte müde, aber sie spürte dennoch, dass das Feuer irgendwo hinter seinen scharfen blauen Augen schwelte. Vielleicht aber war das Feuer, das sie in ihm spürte, nur die nicht vollständig erloschene Glut, die bald in sich zusammenfallen würde. Nun, wenn Annie in den vergangenen Jahren eines gelernt hatte, dann war es, keine vorschnellen Schlüsse über Menschen zu ziehen.

Annie parkte neben der Polizeiwache und ging hinein. Nur vier Beamte arbeiteten direkt von der Wache aus: Inspector Harmond, Annie und die Police Constables Cameron und Gould. Verglichen mit anderen, waren diese Männer eine ganz anständige Truppe. Sie fühlte sich keinesfalls von ihnen bedroht. Constable Cameron war verheiratet und hatte zwei Kinder, die er vergötterte. Gould schien eines dieser seltenen Exemplare zu sein, die überhaupt kein Sexualleben hatten – offenbar war er damit zufrieden, zu Hause bei seiner Mutter zu wohnen und Briefmarken in sein Album zu kleben. Inspector Harmond war, nun ja, onkelhaft.

Die Wache von Harkside war ein Großraumbüro – nur das Zimmer von Inspector Harmond war am hinteren Ende abgeteilt. Annies Schreibtisch erstreckte sich über eine Ecke, in der sich ein Seitenfenster befand. Sie hatte keinen besonderen Ausblick – nur die Gasse mit dem Kopfsteinpflaster und die Rückwand des „Three Feathers“ –, aber wenigstens war sie nah an einer Licht- und Luftquelle. Diese kleinen Dinge waren sehr wichtig, das hatte Annie herausgefunden. Sie hatte versucht, den großen Wurf zu landen, hatte sich auf der Überholspur befunden. Es war aufregend gewesen, aber es hatte kein gutes Ende für sie genommen. Jetzt entdeckte sie langsam wieder, was im Leben zählte.

Im Allgemeinen handelte es sich bei Harkside um eine Gemeinde, die das Gesetz respektierte. Daher gab es für eine Kripobeamtin nicht viel zu erledigen. Es fiel eine Menge Papierkram an, somit hatte sie genug zu tun. Aber sie war keineswegs an einen Ort versetzt worden, der viele Überstunden nötig machte. Auch das kam ihr gelegen.

Annie ging zuerst zur Kaffeemaschine und goss ihren Becher voll. Dann trat sie an die Tür von Inspector Harmonds Büro und klopfte.

Harmond sah von seinem Schreibtisch auf. „Annie! Was ist, Mädchen?"

„Hast du kurz Zeit?"

„Ja. Setz dich."

Harmond war Mitte fünfzig und schien vollkommen zufrieden zu sein, den Rest seines Arbeitslebens als Inspector auf dem Land zu verbringen. Seine Gesichtszüge wirkten ein wenig grob, und aus seiner missgestalteten Knollennase sprossen ein paar schwarze Haare, aber es war ein offenes, freundliches Gesicht, dem man vertrauen konnte.

„Es geht um die Sache mit dem Skelett", sagte Annie und setzte sich. „Chief Inspector Banks interessiert sich dafür, ob jetzt jemand in Harkside lebt, der früher in Hobb's End wohnte."

Harmond kratzte sich am Kopf. „Erinnerst du dich an Mrs Kettering, der ihr Wellensittich damals wegflog?"

„Wie könnte ich das vergessen?" Es war einer von Annies ersten Fällen in Harkside gewesen.

Inspector Harmond lächelte. „Sie hat früher in Hobb's End gelebt. „Weißt du noch, wo sie wohnt?"

„Oben bei ‚The Edge', oder?" The Edge war der Name, den die Dorfbewohner der gemauerten Uferstraße gegeben hatten, die an der Südseite des Harksmere-Stausees verlief. Nur eine Häuserreihe stand direkt am Wasser, zwischen ihr und dem Rest des Dorfes erstreckte sich ungefähr ein Kilometer freies Feld. „Sonst noch jemand?"

„Nicht dass ich wüsste. Jedenfalls nicht aus dem Gedächtnis. Lass mich mal machen, ich hör mich um. Hältst du mich auf dem Laufenden?"

„Sicher."

„Und noch was, Annie!" Harmond kratzte sich an der Nase. „Dieser Chief Inspector Banks – ich habe ein bisschen was über ihn gehört. Pass mal gut auf dich auf, Mädchen."

BEVOR ich die Geschichte weitererzähle, möchte ich mich und mein Dorf etwas genauer beschreiben. Wie schon bekannt, heiße ich Gwen – das ist die Kurzform von Gwynneth – Shackleton. Mein Vater starb drei Jahre vor Ausbruch des Krieges, und 1940 war meine Mutter bereits arbeitsunfähig, sie litt an Arthritis. Manchmal konnte sie im Laden aushelfen, aber die meiste Arbeit blieb an mir hängen.

Matthew stand mir zur Seite, sooft er konnte, aber den Großteil der Woche war er mit der Universität beschäftigt, und am Wochenende half er bei der Bürgerwehr. Er war 21, doch ermutigte ihn das Ministerium trotz der Mobilmachung, das dritte Jahr des Ingenieurstudiums an der Universität Leeds abzuschließen. Man war der Meinung, seine Ausbildung könne den Streitkräften zugute kommen.

Unser kleiner Laden führte Zeitschriften und Gemischtwaren. Er lag auf halber Höhe der High Street, und wir wohnten darüber. Wir verkauften keine verderbliche Ware, nur Dinge wie Süßigkeiten, Zigaretten, Papierwaren, Marmelade und anderen Krimskrams, Tee und Konserven – das hing natürlich davon ab, was gerade zu bekommen war.

Obwohl die meisten wehrfähigen Männer des Dorfes einberufen worden waren, war mir der Ort noch nie so geschäftig vorgekommen. Die alte Flachsmühle lief wieder auf Hochtouren, die meisten verheirateten Frauen arbeiteten dort. Das Militär brauchte Flachs, um Gewebe für Fallschirmgurte und andere Dinge herzustellen.

Ungefähr anderthalb Kilometer entfernt, in Rowan Woods, befand sich ein großer Stützpunkt der Royal Air Force, und oft war die High Street voll von hupenden Jeeps und Lastern. Die Flieger kamen manchmal in die Dorfpubs, wenn sie nicht nach Harkside fuhren, wo man mehr unternehmen konnte. Abgesehen davon jedoch hatte der Krieg anfangs kaum Auswirkungen auf uns. Trotz der Lebensmittelrationierung veränderten sich unsere Essgewohnheiten nicht so sehr wie die der Stadtbevölkerung, denn wir waren schon immer daran gewöhnt, viel Gemüse zu essen, und auf dem Land gab es immer Eier, Butter und Milch.

Es fiel vielleicht am schwersten, sich an die Verdunkelung zu gewöhnen. Wir mussten unsere Fenster abdichten und Verdunkelungsvorhänge anbringen. In mondhellen Nächten, besonders bei Vollmond, hatte das eine spektakuläre Wirkung: Die Hügel strahlten, als seien sie mit Silberpuder bestäubt, die Sterne glitzerten wie geschliffene Diamanten auf schwarzem Samt. Aber in wolkenreichen oder mondlosen Nächten liefen die Leute gegen Bäume und fuhren mit dem Fahrrad sogar in den Fluss. Man durfte eine Taschenlampe benutzen, wenn man die Birne mit mehreren Lagen Seidenpapier umhüllte, aber es gab kaum Batterien. Alle Auto- und Fahrradleuchten mussten abgedeckt werden. Es gab Unmengen von Autounfällen, bis das Benzin knapp wurde und man nur noch fuhr, wenn es beruflich nicht zu umgehen war.

Am Tag vor Glorias Ankunft rückte der Krieg näher an uns heran; Matthew erhielt seinen Einberufungsbefehl. Er sollte sich innerhalb von zwei Wochen zur ärztlichen Untersuchung in Leeds einfinden.

ANNIE CABBOT parkte gerade ihren Astra, als Banks eintrat. Er beobachtete, wie sie ausstieg, und trat hinter sie.

Sie drehte sich um. „Ach Sie, Sir."

Banks lächelte und nickte mit Blick auf das Haus. „Gehen wir rein!"

Er folgte ihr die Treppe hinauf. Jetzt trug sie einen mittellangen Rock mit passendem Blazer, darunter eine weiße Bluse. Außerdem hatte sie eine schwarze Aktentasche aus Leder unter dem Arm. Sie wirkte sehr viel geschäftsmäßiger. Banks nahm einen leichten Duft von Jasmin wahr, als er hinter ihr herging.

Banks klingelte, und die Tür wurde geöffnet.

Dr. Ioan Williams erwartete sie auf dem Treppenabsatz. Er war ein großer, schlaksiger Bursche mit langem, fettigem blondem Haar. Eine Brille mit Drahtgestell vergrößerte seine grauen Augen. Dr. Williams war viel jünger, als Banks erwartet hatte. Er trug keinen weißen Laborkittel, sondern war lässig mit Jeans und einem schwarzen T-Shirt bekleidet. Er hatte einen festen Händedruck, und danach zu urteilen, wie er den Blick auf Sergeant Cabbot ruhen ließ, konzentrierte er sich im Moment nicht hundertprozentig auf die Naturwissenschaften.

„Kommen Sie rein!", sagte er, führte sie den Gang hinunter und öffnete die Tür zum Labor. Auf dem langen Tisch in der Mitte des Raums lag das Skelett. Die Knochen sahen anders aus, nachdem Williams' Assistenten sich an ihnen zu schaffen gemacht hatten. Vieles war noch verkrustet, aber der Schädel, die Rippen und die langen Knochen waren jetzt leichter zu untersuchen. Sie hatten noch immer eine schmutzige gelbbraune Farbe, aber wenigstens wies die Ansammlung jetzt mehr Ähnlichkeit mit dem Skelett eines menschlichen Wesens auf.

„Meine Leute haben beim Säubern ein paar Kleinigkeiten gefunden", erklärte Williams. „Sie liegen da drüben auf dem anderen Labortisch."

Banks sah sich die Sammlung von schmutzigen Gegenständen an. Es war schwer zu sagen, um was es sich handelte: Ein Ring? Fetzen alter

Kleidung? „Können Sie die säubern lassen und mir rüberschicken?“, fragte er.

„Kein Problem. So, dann machen wir uns mal an die Arbeit.“

Annie holte ihr Notizbuch heraus.

„Zuerst“, begann Williams, „möchte ich bestätigen, nur der Vollständigkeit halber, dass wir es tatsächlich mit den Überresten eines Menschen zu tun haben, höchstwahrscheinlich nordeuropäischer Abstammung.“

„Was ist mit einer DNS-Analyse?“, fragte Banks.

Williams schnaubte. „Anscheinend glauben die Leute, dass DNS-Analyse so eine Art Zauberwort ist. Ist es aber nicht. Ich kann Ihnen sehr viel mehr über das sagen, was Sie wissen wollen, als es irgendeine lächerliche DNS könnte. Darf ich jetzt fortfahren?“

„Ich bitte darum. Aber veranlassen Sie trotzdem eine DNS-Analyse. Sie könnte uns eventuell helfen, die Identität festzustellen.“

Williams nickte. „Ja, sicher.“ Er wandte sich wieder dem Skelett zu. „Die Größe des Subjekts war in diesem Fall einfach per Messung zu eruieren. Etwas mehr als einsfünfzig – zwischen einsvierundfünfzig und einsfünfundfünfzig.“ Dr. Williams wandte sich um und lächelte Sergeant Cabbot an. „Aber ob die Person blaue Augen hatte, weiß ich nicht genau.“

Annie lächelte kühl zurück. Banks sah, wie sie die Augen verdrehte, nachdem sich Williams wieder abgewandt hatte.

„Im Übrigen haben wir es hier mit den Überresten einer jungen Frau zu tun. Im Allgemeinen“, erklärte Williams, „sind männliche Skelette größer, die Knochenoberfläche ist rauer. Der männliche Schädel ist dicker.“

„Tja, na so was“, murmelte Annie, ohne aufzusehen.

Williams lachte. „Jedenfalls ist das Becken in diesem Fall intakt, sodass es für das geübte Auge einfach zu erkennen ist. Das weibliche Becken ist weiter und flacher als das männliche, um den Geburtsvorgang zu erleichtern.“ Banks beobachtete Williams, der mit der Hand über die Knochen fuhr. „Das Schambein ist auf jeden Fall weiblich.“ Er blickte wieder Sergeant Cabbot an. Annie hielt den Kopf gesenkt.

„Eindeutig weiblich“, fasste Banks zusammen.

Williams nahm eine kleine Lupe vom Labortisch und reichte sie Banks. „Sehen Sie mal hier.“ Er wies auf die Stelle, an der die beiden Beckenknochen aufeinander trafen. Banks konnte eine kaum wahrnehmbare Kerbe oder Vertiefung erkennen.

„Das ist eine Dehnungsfuge“, sagte Williams. Sie wird durch die Belastung verursacht, die die Bänder während des Geburtsvorgangs auf die Knochen ausüben.“

„Also hat sie mindestens ein Kind zur Welt gebracht?“

„Tja“, fuhr Williams fort, „wir haben auf jeder Seite des Schambeins nur eine Fuge, was nahe legt, dass sie nur einmal in ihrem Leben geboren hat.“

„Wie alt war sie bei ihrem Tod?“

„Um das eindeutig bestimmen zu können, müsste ich umfassendere Tests machen.“

„Was haben Sie momentan für Anhaltspunkte?“

„Hm, da wäre erst einmal der Epiphysenschluss. Hier am Ende der langen Knochen von Armen und Beinen haben sich die Epiphysen vollständig mit den Schäften verbunden, was normalerweise nicht vor dem zwanzigsten oder einundzwanzigsten Lebensjahr geschieht. Aber sehen Sie mal hier!“ Er wies auf das Schlüsselbein. „Die Epiphyse am Brustbeinende des Schlüsselbeins, die sich erst mit Ende zwanzig schließt, ist noch geöffnet. Ich würde sagen, zwischen zweiundzwanzig und achtundzwanzig.“

„Haben Sie eine Vorstellung, wie lange sie da unten gelegen hat?“

Williams verschränkte die Arme. „Es gibt gewisse Anhaltspunkte dafür, dass wir es hier mit jungen Gebeinen zu tun haben und nicht mit archäologischen. Was fällt Ihnen am stärksten an den Knochen auf?“

„Die Farbe“, antwortete Banks.

„Stimmt. Und was sagt Ihnen das?“

Banks fragte sich, wie nützlich die sokratische Methode zu einem solchen Zeitpunkt war, aber seine Erfahrung sagte ihm, dass es normalerweise nicht schadete, auf Wissenschaftler einzugehen. „Dass sie verfärbt sind oder verfallen.“

„Gut. Gut. Es ist tatsächlich so, dass die Verfärbung ein Hinweis darauf ist, dass sie die Farbe der umgebenden Erde angenommen haben. Und dann das hier.“ Er wies auf mehrere Stellen an den Knochen. „Tatsächlich blättert die Oberfläche des Knochens ab, zerkrümelt. Wenn man das nun alles in Betracht zieht, dann würde ich schätzen, dass das Skelett ein paar Jahrzehnte lang da unten lag. Wie wir bereits wissen, ist es unwahrscheinlich, dass sie nach 1953 vergraben wurde. Ich würde von da an zehn Jahre zurückrechnen.“

„1943?“

„Moment mal. Das ist nur eine ganz grobe Schätzung. Die Geschwindigkeit skelettalen Verfalls ist in höchstem Maße unvorhersagbar. Ihr Zahnheilkundler wird Ihnen sicherlich mehr sagen können, der kann den Zeitraum vielleicht stärker eingrenzen. Es gibt verschiedene Tests, die sich mit den Knochen durchführen lassen. Ich brauche jedenfalls noch weitere Informationen über Boden, Mineraliengehalt, Bakteriengehalt, Temperaturschwankungen und verschiedene andere Faktoren. Gleich morgen früh statte ich dem Fundort einen Besuch ab und nehme ein paar Bodenproben." Er sah Annie an. „Vielleicht möchte mich Sergeant Cabbot dorthin begleiten?"

„Tut mir Leid", erwiderte Annie. „Zu viel zu tun."

Sein Blick verweilte auf ihr. „Schade."

„Den Fundort zu besichtigen ist kein Problem", sagte Banks. „Ich sorge dafür, dass Sie ein Auto bekommen und dass der Erkennungsdienst Sie erwartet. Können Sie uns irgendetwas über die mögliche Todesursache sagen?"

„Ich denke, da kann ich Ihnen ein wenig behilflich sein, auch wenn es eigentlich nicht mein Fachgebiet ist, aber Sie sollten das dann auf jeden Fall durch Ihren Pathologen vom Innenministerium bestätigen lassen."

„Aber sicher."

„Sehen Sie diese Abdrücke hier auf den Knochen?" Dr. Williams wies auf eine Vielzahl dreieckiger Kerben auf mehreren Rippenbögen und in der Beckengegend.

Als Banks genauer hinsah, wusste er, dass er sie schon zuvor an Knochen gesehen hatte. „Stichwunden", murmelte er.

„Ganz genau. Sehen Sie die kleinen Kringel da in den Knochen, wie Sägespäne? Sie sind noch nicht vom Knochen abgetrennt, und das geht nur, wenn der Knochen noch lebt. Und es gibt keine Anzeichen einer Heilung. Wenn sie nach diesen Verletzungen weitergelebt hätte, wären die Knochen zum Teil verheilt, und zwar ungefähr zehn Tage nach der Verletzung. Außerdem muss man berücksichtigen, dass die Positionierung von einigen Wunden darauf hinweist, dass das Messer mit einiger Sicherheit lebenswichtige Organe durchbohrt hat. Ich würde sogar so weit gehen zu behaupten, dass mehr als einmal heftig auf sie eingestochen wurde, was mit fast hundertprozentiger Sicherheit ihren Tod zur Folge hatte."

Banks sah Annie Cabbot an.

„Also Mord", sagte sie.

AM NÄCHSTEN Morgen fuhr Annie Long Hill hinauf, um sich mit Ruby Kettering zu unterhalten. Die alte Dame kniete gerade im Garten und besprühte ihre Dahlien. Sie sah auf, als Annie das Tor öffnete und sich vorstellte.

„Ich weiß, wer Sie sind“, sagte Ruby Kettering und stemmte sich hoch. „Ich erinnere mich an Sie. Sie sind die nette Polizistin, die meinen Joey zurückgebracht hat.“

Mrs Kettering trug eine rote Baseballmütze, einen weiten gelben Kittel und eine schlotternde weiße Hose, die ihr bis zu den Knien reichte.

„Was kann ich für Sie tun?“, fragte sie und wischte sich mit dem Unterarm Schweiß und Schmutz von der Stirn. „Hoffentlich sind Sie nicht gekommen, um mich zu verhaften. Hat mich jemand angezeigt?“

„Sie angezeigt? Wieso denn?“, fragte Annie.

Mrs Kettering warf einen schuldbewussten Blick auf den neben der Haustür aufgerollten Gartenschlauch. „Ich weiß ja, dass das Wasser knapp ist, aber ich kann meinen Garten nicht einfach vertrocknen lassen. Bei so einem Wetter braucht ein Garten eine Menge Wasser. Ich habe kein Auto, brauche also kein Wasser zum Autowaschen, und da dachte ich, wenn ich nur ein klein wenig nehme …“

Annie lächelte. „Keine Sorge, Mrs Kettering“, sagte sie augenzwinkernd, „ich werde das nicht melden.“

Mrs Kettering seufzte und legte ihre knotige, venenüberzogene Hand aufs Herz. „Oh, vielen Dank, meine Liebe“, sagte sie. „Wissen Sie, ich glaube nicht, dass ich in meinem Alter noch ins Gefängnis gehen könnte. Ich habe gehört, das Essen dort soll ganz furchtbar sein. Und das bei meinem Magen … Egal, nennen Sie mich doch Ruby.“

„Es geht um Hobb’s End. Ich habe gehört, dass Sie mal dort gewohnt haben.“

Mrs Kettering nickte. „Sieben Jahre haben Reg und ich dort gewohnt. Von 1933 bis 1940. Es war unser erstes gemeinsames Haus, direkt nach unserer Hochzeit. Warten Sie, meine Liebe, möchten Sie etwas Kaltes zu trinken, Zitronenlimonade vielleicht?“

„Ja, vielen Dank.“

„Wir können uns dort drüben hinsetzen“, sagte Mrs Kettering. Sie wies auf eine Terrasse aus Steinfliesen, auf der zwei Liegestühle halb in der Sonne standen.

„Das ist eine gute Idee“, sagte Annie und ging hinüber.

Mrs Kettering verschwand im Haus. Annie machte es sich in einem der Liegestühle bequem und ließ es sich gut gehen.

„Da wären wir, meine Liebe“, sagte Mrs Kettering, als sie mit einem Tablett nach draußen kam. Zuerst reichte sie Annie ein großes Glas, dann nahm sie das andere, stellte das Tablett zur Seite und setzte sich.

„Hobb's End“, sagte Mrs Kettering. „Das ist lange her. Was möchten Sie denn wissen?“

„Alles, was Sie mir erzählen können“, sagte Annie. Dann berichtete sie Mrs Kettering von dem Skelett.

„Ja, ich habe darüber etwas in den Nachrichten gehört. Eine junge Frau, ungefähr einsfünfundfünfzig, mit einem Baby?“, wiederholte Mrs Kettering, die Stirn vor Konzentration gerunzelt. „Hm, da gab es das Mädchen von den McSorleys, aber als wir wegzogen, war sie weit über dreißig. Nein, meine Liebe, da fällt mir niemand ein. Das Cottage am Ende, sagen Sie, das bei der Feenbrücke?“

„Die Feenbrücke?“

„So haben wir sie immer genannt. Weil sie so klein war, dass nur Feen hinübergehen konnten.“

„Verstehe. Stimmt.“

Mrs Kettering verzog das Gesicht. „Tut mir Leid, meine Liebe, da herrscht bei mir völlige Leere. Ich kann mich auf jeden Fall an keine junge Frau erinnern, die dort wohnte.“

„Macht nichts“, sagte Annie. „Was können Sie mir über das Dorf selbst sagen? Was wohnten denn für Leute im Dorf?“

„Eigentlich alle möglichen. Wir hatten Ladenbesitzer, Milchmänner, Gastwirte, Landarbeiter, Maurer, Lastwagenfahrer, den einen oder anderen Handlungsreisenden. Wir hatten sogar unseren eigenen berühmten Künstler, Michael Stanhope. Na ja, inzwischen ist er aus der Mode gekommen. Kommen Sie mal mit!“

Sie erhob sich mühsam aus dem Liegestuhl, und Annie folgte ihr ins Haus. Mrs Kettering wies auf ein großes Aquarell, das über einer Kamineinfassung aus dunklem Holz hing. „Das ist von ihm“, sagte sie. „Er schenkte es mir zum Abschied. Fragen Sie mich nicht, warum, aber er hatte eine Schwäche für mich. Vielleicht weil ich damals ein ganz hübsches Ding war.“

Malerei war Annies große Leidenschaft. Sie betrachtete das Bild. „Ist das Hobb's End vor dem Krieg?“

„Genauer gesagt, kurz nach Ausbruch des Krieges. Es ist von der Feenbrücke aus gemalt, mit Blick auf die Mühle.“

Annie trat einen Schritt zurück und musterte das Bild sorgfältig. Was ihr als Erstes ins Auge fiel, war Stanhopes eigentümliche Verwendung von Farbe. Es handelte sich um eine Herbstszene. Sie vermittelte den Eindruck, als habe Stanhope die tief in den Steinen, Feldern, Hügeln und im Wasser versteckten Farbtöne und Schattierungen herausgeholt, sie ans Licht gezwungen und dadurch ein Zusammenspiel von purpurroten, blauen, braunen und grünen Tönen geschaffen. Das Bild war unheimlich, fast surreal in der Wirkung. Als Nächstes bemerkte sie die leicht verzerrte Perspektive. Da war die Mühle, sie thronte auf der Anhöhe in der oberen linken Ecke, und obwohl es aussah, als solle sie die Szene beherrschen, tat sie es irgendwie nicht. Die Kirche auf der rechten Seite des Flusses rückte durch ihren dunklen, unterschwellig bedrohlich wirkenden viereckigen Kirchturm viel stärker in den Vordergrund.

Die übrige Bildgestaltung wirkte schlicht und relativ realistisch: eine dörfliche Szene auf der High Street, die sie an Brueghel erinnerte. Die Dorfbewohner gingen ihren Alltagsbeschäftigungen nach: einkaufen, plaudern, Kinderwagen schieben. Ein Mann saß rittlings auf einem Dach und besserte den Schornstein aus, ein großes Mädchen stand vor einem Zeitungsladen und rückte die Zeitungen im Ständer zurecht; ein Schlachterjunge radelte die High Street hinunter, sein Korb war voll mit Paketen aus braunem Einschlagpapier.

Alltagsleben. Aber das Ganze hatte etwas Unheilvolles. Teilweise waren es die Gesichter. Wenn man das Bild lange genug betrachtete, glaubte man beinahe, dass der Mann auf dem Dach jeden Moment einen Dachziegel auf einen Passanten fallen lassen würde oder dass der Schlachterjunge ein Hackebeil schwingen würde, um jemandem den Kopf abzuschlagen.

Die einzigen Wesen, die anziehend wirkten, waren die Kinder. Sie spielten im seichten Wasser des Flusses, spritzten sich nass, paddelten herum. Manche sahen aus wie Engel, und alle machten einen unschuldigen Eindruck. Die Kinder hatten etwas Religiöses, Ekstatisches an sich, und in Verbindung mit dem Wasser erinnerte die Szene an das Motiv der Taufe. Es war eine großartige Arbeit.

Unten rechts in der Ecke, genau über der Signatur des Malers, befand sich der Schuppen, in dem das Skelett gefunden worden war. Daneben stand ein kleines Häuschen. Neben der Tür verkündete ein Holzschild seinen Namen: BRIDGE COTTAGE.

„Was meinen Sie?“, fragte Mrs Kettering.

„Ist Ihnen aufgefallen, wie die alle aussehen? Als ob …“

„Als ob alle Heuchler oder Sadisten wären? Ja, das ist mir aufgefallen.

So wirkten sie eben auf Stanhope. Ich muss sagen, dass mir Hobb's End ganz anders vorkam. Wollen wir wieder zurück in den Garten gehen?"

Annie folgte Mrs Kettering nach draußen und setzte sich.

„Was wurde aus Stanhope?"

„Ich glaube, er blieb bis zum bitteren Ende im Dorf, und später hörte ich, er sei in ein kleines Atelier in London gezogen. Aber ich glaube, er schaffte es nicht, in der Künstlerszene der Hauptstadt Fuß zu fassen."

Annie blieb eine Weile schweigend sitzen und ließ sich alles durch den Kopf gehen. „Bridge Cottage", sagte sie, „wo wir das Skelett gefunden haben. Auf Ihrem Bild sah es vernachlässigt aus."

„Das hab ich auch schon gemerkt", bestätigte Mrs Kettering, „und dadurch ist mir noch etwas eingefallen. Also, ich glaube, dass dort eine alte Frau wohnte. Eine Art Einsiedlerin, weshalb ich Ihnen nichts über sie sagen kann. Tut mir Leid, dass ich Ihnen keine größere Hilfe bin."

Annie erhob sich. „Sie waren mir eine Hilfe. Glauben Sie mir."

ALS MATTHEW und Gloria sich zum ersten Mal begegneten, konnte ich ihre gegenseitige Anziehungskraft wie die unheimliche elektrische Spannung vor einem Gewitter spüren. Das machte mir Angst; ich weiß nicht, warum.

Nach ihrer ersten Begegnung im April ging es schnell bei ihnen. Schon am selben Nachmittag zeigte Matthew ihr das Dorf. Einige Tage später gingen sie nach Harkside ins Kino und dann dort zum Maitanz. Ich half an der Getränketheke aus und konnte daher sehen, wie eng sie miteinander tanzten, wie sie sich ansahen. Ich war kein bisschen überrascht, als Matthew ankündigte, er habe Gloria zum Abendessen eingeladen. Mutter ging es wieder schlecht, sodass die Vorbereitung an mir hängen blieb.

Ich hörte mir die BBC-Serie „Brains Trust" an und hatte den Kaninchenschmortopf bereits zum Köcheln auf den Herd gestellt, als Gloria den Kopf zur Tür hereinstreckte. Matthew stand hinter ihr. Mutter machte sich noch im Schlafzimmer zurecht.

Glorias goldenes Haar war links gescheitelt und fiel ihr in langen Korkenzieherlocken bis auf die Schultern. Auf ihren Lippen lag nur ein Hauch Lippenstift. Sie trug eine blaue Bluse mit Schulterpolstern und Puffärmeln, die in einen schlichten schwarzen Rock mit silbernen Knöpfen an der Seite gesteckt war. Ich fühlte mich schäbig in meinem einfachen alten Schürzenkleid.

„Sieh mal, was Gloria uns mitgebracht hat", sagte Matthew und hielt mir einen Liter Milch und ein halbes Dutzend Eier hin. Ich dankte ihr.

„Hallo, Gwen“, sagte Gloria, „hätte ich mir denken können, dass du dir gerne „Brains Trust“ anhörst. Sag mal, wen magst du lieber? Joad oder Campbell?“

„Joad. Er ist am intelligentesten, am belesensten, und er kann sich am besten ausdrücken.“

„Hm, stimmt schon“, meinte Gloria und setzte sich aufs Sofa. Matthew saß neben ihr und sah aus wie ein stolzer Besitzer, wovon auch immer. „Ich selbst mag Campbell am liebsten“, fügte sie hinzu. „Ich finde ihn am unterhaltsamsten.“

„Ich hätte gar nicht gedacht, dass du dir so etwas anhörst“, sagte ich und bereute meine Unhöflichkeit im selben Moment, als mir die Worte über die Lippen kamen.

Gloria zuckte nur mit den Achseln. „Ich hab's mir ein- oder zweimal angehört.“ Dann leuchteten ihre Augen in der ihr eigenen Art auf. „Aber du hast Recht, wenn ich ein Rundfunkgerät hätte, würde ich den ganzen Tag lang nichts anderes als Musik hören.“

„Du hast kein Rundfunkgerät?“ Es musste doch jeder ein Rundfunkgerät haben!

„Mr Kilnsey kommt keins ins Haus. Er ist ein ziemlich strenger Methodist, weißt du. Er meint, sie wären das Sprachrohr des Teufels.“

„Ach du liebe Güte“, sagte Matthew kopfschüttelnd.

Gloria stieß ihn an. „Es stimmt! So redet er wirklich. Aber eigentlich ist es mir egal. Ich arbeite und schlafe ja nur da.“

„Ich muss mal nach dem Essen sehen“, sagte ich. Zuerst setzte ich den Kessel auf, um Tee zu kochen, dann schälte ich einige Kartoffeln und putzte die Möhren und Pastinaken. Außerdem hatten wir ein paar Zwiebeln aus dem Garten und Rhabarber für einen Kuchen.

Das Wasser im Kessel kochte. Ich bereitete den Tee zu und brachte ihn hinein. Durch die Rationierung musste man sparsam haushalten, deshalb war der Tee viel schwächer als sonst bei uns üblich. Da der Zucker auf nur ein Pfund für zwei Wochen rationiert war und sich der Großteil davon im Rhabarberkuchen befand, hatten wir drei aufgehört, den Tee damit zu süßen. Doch bei Gloria war ich mir nicht sicher, also bot ich ihn ihr an.

„Das mach ich nicht mehr“, sagte sie. „Ich habe nämlich eine viel bessere Verwendung für meine Zuckerration gefunden. Sie schüttelte ihre Locken. „Wenn man ihn mit warmem Wasser verrührt, kann man ihn als Haarfestiger benutzen.“

„Da muss sich dein Kopf aber furchtbar klebrig anfühlen“, bemerkte ich.

Sie lachte. „Tja, manchmal habe ich Schwierigkeiten, den Hut abzunehmen. Aber bei dem Wind kann das auch ein richtiger Segen sein."

In dem Moment hatte Mutter ihren großen Auftritt. Wegen ihrer Arthritis ging sie langsam, und ihr Stock schlug auf den Holzboden auf. Sie trug eines ihrer alten Kleider mit Blumenmuster. Ihre Gestalt wirkte schmal und ziemlich zerbrechlich, sie hielt sich ein wenig vornübergebeugt und besaß ein rundes, gerötetes, angenehmes Gesicht. Es war ein freundliches Gesicht, und sie war eine freundliche Frau.

„Was für eine hübsche Bluse, meine Liebe", sagte Mutter, nachdem sie einander vorgestellt worden waren. „Haben Sie die selbst gemacht?"

„Ja", antwortete Gloria, „ich konnte ein wenig Fallschirmseide organisieren, die habe ich gefärbt. Ich kann Ihnen auch eine nähen, wenn Sie möchten. Ich habe mir auf dem Hof ein wenig Stoff zur Seite gelegt."

„Du lieber Himmel, meine Liebe, Sie wollen doch Ihre Zeit nicht damit verschwenden, für eine alte verkrüppelte Frau wie mich modische Kleidung zu machen. Nein, was ich habe, wird schon bis zu meinem Ende reichen."

Im Radio folgte eine andere Sendung. Gloria gefiel sie besser als die vorherige, denn die ganzen Lieder kannte sie aus ihren geliebten Hollywood-Musicals. Mutter und Gloria fingen an, sich darüber zu unterhalten, wie wunderbar sie Fred Astaire und Ginger Rogers in „Swing Time" fanden.

Wir stellten das Rundfunkgerät ab, während wir aßen. „So, mein Kind", sagte Mutter, als der Eintopf serviert wurde, „jetzt erzählen Sie uns mal von sich!"

„Da gibt es eigentlich nicht viel zu erzählen", erwiderte Gloria.

„Ach, kommen Sie. Woher stammen Sie?"

„Aus London."

„Oh, Sie armes Ding. Was ist mit Ihren Eltern?"

„Die wurden beide bei der Bombardierung getötet."

„Oje, das tut mir wirklich Leid. Wann war das?"

„Letztes Jahr im September. Jetzt bin ich ganz allein."

„Unsinn, mein Mädchen", sagte Mutter, „wir sind ja auch noch da."

Ich erstickte fast an meinem Kaninchen. „Aber es ist ja nicht so, dass wir sie adoptieren würden, Mutter", brachte ich heraus.

„Sei nicht so unfreundlich, Gwen. Die Menschen müssen zusammenhalten."

„Egal", meinte Matthew, „jetzt hat Gloria das alles ja hinter sich, stimmt's, Liebling?"

Sie sah ihn mit ihren schönen großen Augen an, die Bewunderung triefte aus ihnen wie Sirup. „Ja", sagte sie. „Und ich gehe nie mehr zurück."

„Ist denn niemand übrig geblieben?"

„Niemand. Ich war gerade bei einer Freundin ein paar Straßen weiter, als der Luftangriff begann. Ich dachte, meine Familie würde zur Untergrundbahn gehen, so wie wir es bei Luftangriffen immer taten, aber sie schafften es nicht rechtzeitig. Meine Großeltern wohnten nebenan, deshalb kamen sie ebenfalls ums Leben."

Eine Weile schwiegen wir alle und verdauten Glorias Schreckensbericht.

„Wieso haben Sie sich für so einen gottverlassenen Ort wie Hobb's End entschieden?", wollte Mutter wissen.

„Die Frauenlandarmee hat mich hergeschickt. Ich war schon froh, dass ich überhaupt aufs Land durfte."

Nach dem Rhabarberkuchen zündeten sich Matthew und Gloria Zigaretten an. Dann räusperte sich Matthew und sagte: „Mutter, ich habe Gloria heute Abend eingeladen, weil wir, äh, dir etwas sagen möchten."

Mein Herz begann wild zu klopfen.

„Wir möchten heiraten."

Ich starrte Matthew ungläubig an: groß, schneidig, hübsch, die reizende dunkelbraune Haarlocke, die ihm immer ins Auge fiel, die Grübchen in den Mundwinkeln, wenn er lächelte, die klaren Augen, das kantige Kinn. Und dann sah ich Gloria an, bemerkte ihr Strahlen.

In dem Moment hasste ich sie.

„Aha", sagte Mutter. „Heiraten möchtet ihr also."

„Und wie wir das möchten!", sagte Gloria, beugte sich vor und griff nach Matthews Hand. „Ich weiß, dass wir uns noch nicht lange kennen, aber es ist Krieg und …"

Mutter winkte ab. „Habt ihr aber auch daran gedacht, dass Matthew vielleicht bald weit weg muss?"

„Darüber haben wir nachgedacht, Mutter", antwortete er. „Ich habe die ärztliche Untersuchung zwar schon hinter mir, aber nach meinem Abschluss muss ich noch die Grundausbildung machen, und es ist gut möglich, dass ich bis nach Weihnachten jedes Wochenende nach Hause fahren darf."

„Matt ist bis Juli an der Universität von Leeds", sagte Gloria, „danach muss er eben dahin, wo er zur Ausbildung hingeschickt wird. Ich weiß, es ist nicht ideal. Uns wäre nichts lieber, als die ganze Zeit zusammen zu sein. Aber wir wissen, dass das nicht möglich ist."

Ich konnte es nicht glauben; sie nannte ihn Matt. Wie konnte sie nur! Für Mutter und mich war er immer Matthew gewesen.

„Hm. Viele Paare warten noch mit dem Heiraten", bemerkte Mutter, „bis die Zeiten ein wenig sicherer sind."

„Aber es gibt auch viele Leute, die heiraten", wandte Matthew ein, „und das Beste aus ihrem Leben machen. Aber wenn mir als Soldat etwas zustoßen sollte, dann sterbe ich weitaus glücklicher, weil ich mit Gloria verheiratet gewesen bin. Auch wenn es nur ein Tag war."

Mutter sah mich an. „Was hältst du denn davon, Gwen?"

Ich schluckte. „Ich? Nun, ich schätze, wenn sie es sich wirklich in den Kopf gesetzt haben, dann können wir nichts sagen, was sie davon abhalten würde."

„Gute alte Gwen", meinte Matthew. „Ich wusste, dass ich mich auf dich verlassen kann."

„Wo wollt ihr denn wohnen?", erkundigte sich Mutter. „Es ist ja nicht so, dass wir euch nicht haben möchten, aber wir haben hier nicht genug Platz, wisst ihr."

„Wir wollen im Bridge Cottage wohnen."

Mutter runzelte die Stirn. „Was? In dem heruntergekommenen Schuppen bei der Feenbrücke?"

„Ja. Ich habe schon mit dem Verwalter von Lord Clifford in Leeds gesprochen, und er meinte, dass die Evakuierten nächste Woche ausziehen. Ich weiß, dass es eine Menge zu renovieren gibt, aber darin bin ich geschickt. Und es kostet nur fünf Shilling die Woche."

„Was ist mit Kindern? Habt ihr daran auch schon gedacht?"

Wie es manchmal geschah, legte sich ein trauriger Schatten über Glorias Gesicht, als würde die Sonne von einer Wolke verdunkelt. „Wir haben keine Kinder geplant", sagte sie, „noch nicht jedenfalls." Dann lächelte sie wieder. „Nach dem Krieg werden wir weitersehen. Dann ist alles ganz anders."

Mutter schwieg eine Weile, dann sagte sie: „Ihr habt wirklich an alles gedacht, wie?"

Matthew strahlte. „An alles, Mutter. Sag doch bitte, dass du uns deinen Segen gibst. Bitte!"

Mutter sah wieder Gloria an. „Und Sie sind eine Waise, meine Liebe? Sie haben keine Verwandten mehr?"

„Nein. Aber haben Sie nicht gesagt, ich hätte ja Sie?"

Mutter lächelte. „Das habe ich wohl. Na, dann habt ihr meinen Segen."

Manchmal ging Vivian Elmsley morgens gern den Rosslyn Hill bis zur Hampstead High Street hinauf, besonders wenn das Wetter gut war. Dort setzte sie sich vor eins der Cafés an einen Tisch und verlor sich in Gedanken über das Buch, an dem sie gerade arbeitete. An solchen Tagen setzte sie sich mit ihrem Notizbuch hin und schrieb, während sie einen Kaffee schlürfte, ein paar Einfälle nieder.

Heute jedoch hatte sie etwas ganz anderes im Kopf. Sie schlug die Zeitung auf. Die Meldung, nach der sie suchte, fand sich in einer Spalte auf der Innenseite. Die Polizei von North Yorkshire gab bekannt, dass es sich bei den im Thornfield-Stausee gefundenen Gebeinen um die eines weiblichen Mordopfers handelte. Detective Inspector Alan Banks sagte, es stehe fest, dass es die Leiche einer Frau Anfang zwanzig sei. Alles weise darauf hin, dass sie erstochen wurde. Erste Hinweise ließen darauf schließen, dass das Verbrechen in diesem Jahrhundert verübt worden sei. Wer Informationen zu diesem Fall habe, werde gebeten, sich unverzüglich mit der Polizei in North Yorkshire in Verbindung zu setzen.

Das wussten sie also bereits. Mit leicht zitternder Hand legte Vivian die Zeitung beiseite.

Es war schon seltsam, dachte sie, wie sie sich im Laufe der Jahre von der Vergangenheit hatte lösen können: die Jahre mit Ronald in Afrika, die ersten Versuche als Schriftstellerin nach seinem Tod, die Absagen und Demütigungen, das Hochgefühl der ersten Veröffentlichung, der langsame Aufstieg zum Erfolg, die Fernsehserie. Vor Ronald hatte sie immer gedacht, ihr Leben sei verflucht. Doch im Laufe der Jahre entdeckte sie stattdessen, dass es viel erfüllter war, als sie es sich je erträumt hatte. Aber einen Preis zahlte man immer, und das war die tief sitzende, nagende Schuld, die zwar ihre Flucht in die Welt der Fantasie beflügelte, ihr aber gleichzeitig tiefe Verzweiflung und schlaflose Nächte bescherte, die, so fürchtete sie manchmal, nie ein Ende haben würden.

Vivian warf noch einen kurzen Blick auf die Zeitung und seufzte. Nun, jetzt würde die Polizei ja nicht mehr lange brauchen, oder? Und was würde dann aus ihrem hart erarbeiteten Seelenfrieden werden?

Banks begann mit dem Studentensekretariat an Brians Universität und hatte nach zehn Minuten die Assistentin überredet, ihren „strengen Verschwiegenheitskodex“ zu brechen, nachdem er ihr mehrere Lügen über die Bedeutung der verlangten Information aufgetischt hatte. Auf dem Block vor ihm stand die Telefonnummer eines Andrew Jones in Wimbledon. Er wählte die Nummer, aber es nahm niemand ab, auch sprang kein Anrufbeantworter an.

Kaum hatte er den Hörer aufgelegt, klingelte das Telefon. Es war John Webb.

„Ich habe gerade den Kram abgeholt, den wir mit dem Skelett in Hobb's End ausgegraben haben", sagte er. „Die Jungs von Dr. Williams haben alles schön sauber gemacht."

„Was habt ihr gefunden? Wohl nicht mehr viel, nehme ich an."

„Du würdest dich wundern, was so alles die Zeit überdauert. Ich habe ein paar Knöpfe und Metallspangen gefunden, die aussehen, als ob sie von einem Büstenhalter oder Hüftgürtel stammen. Außerdem waren zwei kleine Lederschuhe dabei."

„Das heißt also, dass sie in ihrer Kleidung vergraben wurde?"

„Sieht so aus."

„Sonst noch was?"

„Ja, ein anderer Stoff, schwer und schwarz. Auf keinen Fall ein Kleidungsstück. Vielleicht eine Art Vorhang?"

„Hast du einen Ehering gefunden?"

„Glaub schon. Es sieht so aus."

„Irgendein Hinweis auf die Mordwaffe? Höchstwahrscheinlich eine Art Messer. Handtasche oder Geldbeutel? Irgendeine Art Ausweis?"

„Tut mir Leid, nein. Nur das, was ich dir gesagt habe."

„Gut, vielen Dank, John."

„Keine Ursache. Ich lass es dir später rüberschicken."

Obwohl es die Gesundheitsfanatiker endlich geschafft hatten, das Rauchen auf jeder Polizeidienststelle des Landes zu verbieten, zündete sich Banks eine Zigarette an. Er hatte sein eigenes Büro. Bei geschlossener Tür und geöffnetem Fenster merkte es eh keiner. Er verlor sich in vergnüglichen Fantasien, die mit Annie Cabbot und ihren roten Gummistiefeln zu tun hatten.

Träum weiter, sagte er zu sich. Die Wahrheit war, dass Annie Cabbot ihn nicht wollen würde, und er würde es auch nicht versuchen. Er war zu alt, um sich mit jemandem zu treffen und sich zu fragen, ob ein Gutenachtkuss angebracht sei. Er würde gar nicht wissen, wie er anfangen sollte.

Seit Sandras Auszug hatte er nur ein sexuelles Abenteuer gehabt, und das war ein völliger Reinfall gewesen. Nachdem er auf einer Abschiedsparty im „Queen's Arms" zu tief ins Glas geschaut hatte, hatte er eine Frau namens Karen Soundso abgeschleppt. Ohne langes Federlesen fuhren sie zu ihm, wo sie nach nur kurzem Zögern auf dem Sofa landeten, die Klamotten überall verstreut. Trotz des Alkohols klappte alles gut. Gegen vier Uhr morgens wachte Banks mit pochenden Kopfschmerzen auf, an ihn klammerte sich eine nackte Frau. Er verspürte den brennenden Wunsch, allein zu sein. Sie sahen sich nie wieder.

Das Telefon riss ihn aus seinen deprimierenden Erinnerungen zurück in die Gegenwart. Es war Geoff Turner, der Zahnheilkundler der Gerichtsmedizin.

„Geoff. Gibt's was Neues?"

„Nichts Weltbewegendes. Dafür ist es noch zu früh. Aber ich wollte unbedingt anfangen. Als Erstes wollte ich Dr. Williams' Altersbestimmung zum Zeitpunkt des Todes bestätigen. Er hat Recht. Die dritten Molare sind draußen – die Weisheitszähne –, aber die Zahnwurzelspitzen haben sich noch nicht vollständig geschlossen, ebenso wenig die medialen Seiten der Zwischenkiefernähte. Die dritten Molare kommen normalerweise nicht vor Anfang zwanzig heraus. Die Spitzen schließen sich normalerweise bis zum fünfundzwanzigsten Lebensjahr, die Mediane bis zum dreißigsten. Das würde bedeuten, sie müsste Mitte zwanzig gewesen sein."

„Danke, Geoff. Hast du eine Ahnung, wie lange sie da unten gelegen hat?"

„Die wenigen vorhandenen Füllungen scheinen auf relativ neue Sanierungsarbeit hinzuweisen, nicht später als in den Fünfzigerjahren, wenn dir das hilft. Wir haben es hier sicherlich nicht mit Zahnmedizin erster Güte zu tun. Und mehrere Zähne fehlen, ziemlich saubere Extraktion. Außerdem gibt es Anzeichen von Vernachlässigung, was vielleicht darauf hinweist, dass wir es mit jemandem aus armen Verhältnissen zu tun haben, der sich nicht die beste Behandlung leisten konnte. Eine andere Möglichkeit ist Krieg."

„Ja? Wie meinst du das?"

„Denk doch mal nach! Die meisten guten jungen Zahnärzte und Ärzte waren bei den Streitkräften, es waren nur noch alte Tattergreise übrig. Mit schlechten Instrumenten. Es war kaum etwas zu machen."

„Danke noch mal. Ich schulde dir was, Geoff."

„Viel Glück, Alan. Wir sprechen uns wieder."

Banks legte den Hörer auf und lehnte sich auf seinem Stuhl zurück, um über das nachzudenken, was er gerade gehört hatte. Wenn das Opfer zum Zeitpunkt des Todes zwischen 22 und 28 Jahren gewesen war, wäre es jetzt wahrscheinlich zwischen siebzig und achtzig. Dann konnte aber auch ihr Mörder noch am Leben sein, ebenso ein Zeuge oder wenigstens jemand, der sich an sie erinnerte.

3

Im Vergleich zu anderen Hochzeiten war die von Matthew und Gloria verhältnismäßig bescheiden. Einige Familienangehörige kamen aus Eastvale und Richmond angereist. Gloria hatte ja keine Familie, daher waren die übrigen Gäste Leute aus dem Ort. Gloria hatte darauf bestanden, Michael Stanhope einzuladen, denn sie hatte Freundschaft mit ihm geschlossen. Er hatte sich immerhin die Mühe gemacht, sich zu rasieren, das Haar zu kämmen und einen anständigen, wenn auch ziemlich fadenscheinigen Anzug anzuziehen.

Ich muss zugeben, dass Gloria strahlend schön war. Mit ihrem Engelsgesicht und ihrem irdischen Körper hatte sie natürlich die besten Voraussetzungen. Sie hatte ein Hochzeitskleid im Ausverkauf bei Foster's in Harkside für nur zwei Pfund zehn Shilling erstanden. Es war weiß und von schlichter Machart, elegant und geschmackvoll. Gloria hatte sich ihren eigenen Schleier aus Spitze genäht, denn Spitze war nicht rationiert. Als ob man es geahnt hätte, trat am Sonntag vor der Hochzeit eine Kleiderrationierung in Kraft. Zum Glück hatten wir uns bereits ans Ausbessern und Flicken gewöhnt.

Cynthia Garmen und ich waren die Brautjungfern. Wir trugen aus alten Vorhängen genähte Taftkleider.

Es war der 7. Juni 1941, ein wunderbarer Tag, vor dem blauen Himmel sahen die Wolken aus wie Spuren verschütteter Milch. Reverend Graham hielt in Saint Bart den Gottesdienst.

Danach fand der Empfang im Gemeindehaus statt. Glücklicherweise waren gerade die ersten amerikanischen Lebensmittel bei uns im Laden eingetroffen, deshalb hatten wir Frühstücksfleisch für Sandwiches und Wurstfleisch in Dosen, aus dem man ganz wunderbare Würstchen im Schlafrock machen konnte. Wir bekamen ein Fass wässriges Bier vom „Shoulder of Mutton“ und hatten noch ein wenig süßen Sherry im Schrank aufbewahrt.

Matthews Freund Richard Bright spielte Trompete in der Victor-Pearson-Tanzband, deshalb trat fast die Hälfte der Gruppe auf und verdiente sich so ihre Mahlzeit. Natürlich eröffneten Gloria und Matthew den Tanz, und als ich ihnen zusah, bekam ich einen Kloß im Hals.

Michael Stanhope sagte, wie schön Gloria seiner Meinung nach aussehe und welch ein Glück Matthew habe. Betty Warden rümpfte den halben Abend die Nase über alles und jeden, aber als sie mit William

Goodall tanzte, kam sie mir vor wie ein anderer Mensch. Alice Hill war so lustig und gesprächig wie immer, und ich glaube, an dem Abend verguckte sie sich in Eric Poole. Jedenfalls tanzten die beiden ziemlich oft sehr eng miteinander.

Irgendwann kam Gloria zu mir. „Dies ist der glücklichste Tag in meinem Leben, Gwen", sagte sie. „Weißt du, noch vor sechs Monaten dachte ich, ich würde nie wieder lachen oder tanzen können. Aber dank dir, deiner Mutter und natürlich dank Matt … Vielen Dank, Gwen, vielen, vielen Dank!" Sie beugte sich vor, drückte mich an ihre Brust und gab mir einen Kuss auf die Wange. „Ich hab dich noch gar nicht tanzen sehen", sagte sie dann.

Ich schüttelte den Kopf. „Hab ich auch nicht. Ich meine, ich kann es nicht."

„Dann zeig ich's dir", sagte sie. „Natürlich nicht jetzt …"

Dann entschuldigte sie sich und ging zu Mutter und Cynthia hinüber, wobei sie alle, an denen sie vorbeiging, mit ihren unglaublich blauen Augen anstrahlte.

Matthew und Gloria gingen zum ersten Mal zusammen als Mann und Frau ins Bridge Cottage. Ob es auch ihr *erstes Mal* war, kann ich nicht sagen. Vielleicht ist das heute schwer zu glauben, aber ich wusste damals, mit 16, nur sehr wenig über diese Dinge. Am nächsten Morgen wollten sie zu dreitägigen Flitterwochen nach Scarborough aufbrechen. Danach hieß es für Matthew: zurück zur Universität, und Gloria musste zurück zur Top Hill Farm, auch wenn sie künftig im Bridge Cottage wohnte.

Schließlich verabschiedete ich mich auch und machte mich allein auf den Heimweg. Es war ein langer, schwerer Tag gewesen. Zu Hause überzeugte ich mich davon, dass die Verdunkelungsvorhänge ordentlich zugezogen waren, dann ging ich zu Bett.

Erst als ich kurz vor dem Einschlafen war und das Tosen und Brummen der Bomber hörte, die vom Luftwaffenstützpunkt Rowan Woods aus starteten, fiel mir wieder ein, dass die Hochzeitsglocken nicht geläutet hatten. Seit 1940 hatten keine Kirchenglocken mehr geläutet, dies durfte nur im Fall einer Invasion geschehen. Ich fand das sehr traurig und weinte mich an diesem Abend in den Schlaf.

ALS ANNIE Schritte auf der Treppe hörte, blieb sie mit dem staubigen Aktenordner in der Hand stehen. Sie war überrascht, als sie Chief Inspector Banks erblickte.

„Inspector Harmond sagte mir, Sie wären hier unten“, erklärte Banks.

Annie machte eine ausladende Handbewegung, um ihm den modrig riechenden, schlecht beleuchteten Raum zu zeigen. „Willkommen im Archiv“, sagte sie.

Lächelnd ging Banks zu ihr hinüber. „Schon was gefunden?“

„Eine ganze Menge, ehrlich gesagt. Ich habe fast den ganzen Tag am Telefon gehangen, jetzt wollte ich gerade die Vermisstenakten durchgehen.“

„Und?“

„Der fragliche Zeitraum ist in dieser Hinsicht ziemlich verwirrend. Direkt nach dem Krieg kamen und gingen die Menschen. Die meisten von denen, die vermisst wurden, tauchten irgendwann wieder auf, tot oder lebendig oder in den Kolonien. Ein paar junge Frauen, auf die die Beschreibung passt, sind nicht weiter belegt. Dem gehe ich noch nach.“

„Lust auf ein Bier? Im Black Swan?“

Annie grinste. „Sie sprechen mir aus der Seele.“ Das war eine Erleichterung! Sie hatte fast den ganzen Nachmittag in dem stickigen Keller verbracht.

Wenige Minuten später, als sie gemütlich auf einer gepolsterten Bank saß, das Bier hatte sie bereits halb leer getrunken, leckte sich Annie die Lippen. „Zuerst habe ich das Wahlregister durchgesehen“, sagte sie, „aber der Beamte im Gemeindebüro meinte, dass man es seit Kriegsausbruch nicht mehr aktualisiert hat. Die letzte dort eingetragene Bewohnerin von Bridge Cottage ist eine Miss Violet Croft. Beim Grundbuchamt hatte ich etwas mehr Glück. Violet Croft mietete das Cottage vom 14. September 1919 bis zum 3. Juli 1940, also muss das die alte Frau sein, an die sich Ruby Kettering erinnert. Bis Juni 1941 stand das Haus leer, dann ließen sich dort Mr und Mrs Shackleton nieder. Eventuell wurde es in der Zwischenzeit für die Einquartierung von Evakuierten oder Armeeangehörigen beschlagnahmt, darüber gibt es aber keine Unterlagen.“

„Was passierte mit Miss Violet Croft?“

Annie blätterte eine Seite in ihrem Notizbuch um. „Als Nächstes bin ich zu Saint Jude gegangen. Der junge Vikar dort war sehr hilfsbereit. Alle alten Unterlagen des Gemeindearchivs und die Gemeindeblättchen aus Saint Bart werden dort in der Sakristei aufbewahrt. Violet Croft, eine der Kirchengemeinde angehörende unverheiratete Frau, starb im Juli 1940 an Lungenentzündung. Sie wurde siebenundsiebzig.“

„Dann scheidet sie aus. Was ist mit den Shackletons?“

„Sie wurden am 7. Juni 1941 in Saint Bart getraut. Der Mann hieß Matthew Stephen Shackleton, der Mädchenname der Frau war Gloria Kathleen Stringer. Brautjungfern waren Gwynneth Shackleton und Cynthia Garmen."

„Waren sie in Hobb's End ansässig?"

„Matthew Shackleton schon. Seine Eltern wohnten in der High Street 38. Ihnen gehörte der Zeitungsladen. Die Braut stammt laut Angaben aus London, Eltern verstorben."

„London ist groß", murmelte Banks. „Wie alt war sie?"

„Neunzehn. Geboren am 17. September 1921."

„Interessant. Dann wäre sie zum Kriegsende im passenden Alter gewesen. Kinder?"

„Nein. Ich habe die Taufeinträge durchgesehen, aber da steht nichts. War sich Dr. Williams denn bezüglich der Geburten sicher, was meinen Sie?"

„Das Gefühl hatte ich schon. Sie haben die Kerben doch selbst gesehen. Wissen Sie was? Langsam erscheint vor meinem inneren Auge eine Vision des Londoner Zentralarchivs für Geburten, Eheschließungen und Todesfälle – wie wär's damit?"

Annie stöhnte. Geburts-, Heirats- und Todesurkunden zu prüfen war eine der langweiligsten Aufgaben, die man einem Beamten übertragen konnte. Das einzig Positive daran war, dass man nach London fahren musste.

„Hatten Sie Glück bei der Schulbehörde?", erkundigte sich Banks.

„Nein. Die behaupten, sie hätten die Unterlagen von Hobb's End verloren oder verlegt. Genauso wenig Glück hatte ich bei den Ärzten. Ich schätze, wir können uns von dieser Spur verabschieden."

„Schade. Was sagt Ihr Instinkt dazu, Annie?"

Annie war überrascht. Kein Vorgesetzter hatte sie je nach ihren *Gefühlen*, ihrer *weiblichen Intuition* gefragt. Banks war tatsächlich anders. „Na ja, Sir", sagte sie, „zuerst mal glaube ich nicht, dass da eine Fremde umgebracht wurde. Es wirkt wie eine Familienangelegenheit."

„Ich verstehe, was Sie meinen. Folgerung?"

„Opfer ist Gloria Shackleton. Mörder ist ihr Ehemann oder jemand anders, der sie kannte."

„Motiv?"

„Das weiß der Himmel. Eifersucht, Sex, Geld?"

„*Verdunkelungsvorhänge*." Banks schlug mit der Hand auf den Tisch.

„Wie bitte?"

„Verdunkelungsvorhänge. John Webb hat doch bei der Leiche ein schweres schwarzes Material gefunden. Jetzt ergibt es einen Sinn. Die Leiche war in einen Verdunkelungsvorhang gewickelt, Annie. Und Geoff Turner sprach von einer möglichen Zahnsanierung aus der Kriegszeit. Ich bin mir ziemlich sicher, dass wir es hier mit einem Opfer aus dem Krieg zu tun haben."

„Brillant, Holmes."

„Einfach, mein lieber Watson. Die Beschreibung passt auf Gloria Shackleton als Opfer. Bevor wir weitermachen, sollten wir so viel wie möglich über sie herausfinden. Wurde sie nicht als vermisst gemeldet?"

„Nicht in den Dokumenten, die ich eingesehen habe."

„Gut." Banks sah auf seine Uhr. „Wie wäre es mit was zu essen? Ich bekomme langsam Hunger. Gibt es ein anständiges Restaurant in Harkside?"

Annie überlegte kurz, gab dann dem erregenden Gefühl von Leichtsinn nach, das in ihr kribbelte, und sagte: „Tja, wir könnten natürlich auch bei mir essen."

NACH den Flitterwochen arbeitete Gloria wieder auf dem Bauernhof. Am Wochenende blieb sie im Bridge Cottage und erwartete frisch und gepflegt Matthews Ankunft. Matthew bestand sein Ingenieursexamen und begann in Catterick, was nicht allzu weit entfernt war, mit seiner Grundausbildung. Ich hatte meistens im Laden zu tun.

Trotz allem schafften wir es ein paarmal, gemeinsam nach Harkside ins Kino zu gehen. Gloria war verrückt nach Filmen.

Manchmal ließen wir uns von den in Rowan Woods stationierten Angehörigen der Luftwaffe mitnehmen, wir freundeten uns mit ein paar kanadischen Fliegern an, die an die RAF angeschlossen waren: Mark aus Toronto und Stephen aus Winnipeg. Mark sah umwerfend aus. Durch die Art, wie er Gloria ansah, wusste ich, dass sie ihm gefiel. Gloria schien das Spaß zu machen. Manchmal durften sie mit uns ins Kino gehen, und sie benahmen sich beide untadelig.

An Glorias zwanzigstem Geburtstag im September lud ich sie in „Brunton's Café" auf dem Long Hill, einem kleinen Hügel, ein, wo wir gierig Grillwurst mit Kartoffelpüree, geschmorte Butterbohnen, gefolgt von Biskuitrolle mit Vanillesoße, verschlangen. Da es ein Wochentag war, konnte Matthew nicht dabei sein. Nach dem Essen gingen wir zum Lyceum, wo wir uns „Mädchen im Rampenlicht" mit Jimmy Stewart und Lana Turner ansahen. Der Film war natürlich Glorias Wahl gewesen.

Leider hätte unser Geschmack unterschiedlicher nicht sein können. Gloria gefielen seichte Hollywood-Musicals und romantische Komödien mit hübschen Stars und gut aussehenden Hauptdarstellern, während ich Filme mit etwas mehr Tiefgang bevorzugte.

Manchmal begleiteten Alice, Cynthia und Betty uns ins Kino, gelegentlich sogar Michael Stanhope. Auf dem Heimweg erfreute er uns oft mit seinen boshaften, kritischen Kommentaren, doch enttäuschte er mich, weil er eher Glorias Filme bevorzugte.

Matthew und Gloria versuchten Bridge Cottage bestmöglich einzurichten. Die einfachsten Dinge musste man sich organisieren, wie Gardinenstangen oder Kleiderhaken. Manchmal gingen die beiden am Wochenende zu Versteigerungen, kauften eine alte Anrichte oder einen Kleiderschrank hier, eine Kommode da, und so machten sie Bridge Cottage nach und nach zu ihrem Heim.

Gloria löste ihr Versprechen ein, mir Tanzstunden zu geben. So verbrachte ich jedes Wochenende eine gute Stunde im Bridge Cottage, während Matthew nach dem Essen die Zeitung las. Ich lernte Walzer, Quickstepp und Foxtrott. Schließlich erprobte ich mein Können beim Tanz zur Guy-Fawkes-Nacht im Mechanischen Institut in Harkside. Ich tanzte sehr gut, und das gab meinem Selbstvertrauen einen Schub.

Weihnachten hatte Matthew seine Grundausbildung fast abgeschlossen; von einer Abkommandierung war die Rede. Er meinte jedoch, es bestünde nicht viel Hoffnung, dass der Sohn eines Ladenbesitzers zum Offizier ernannt würde.

Und an Weihnachten, auf einer Feier von Gloria und Matthew, bekam ich auch zum ersten Mal eine vage Ahnung von Glorias wirklichen Problemen mit Männern.

ANNIES Haus entpuppte sich als gedrungenes, schmales Cottage mitten in einem Labyrinth. Banks ließ sein Auto bei einer Wiese stehen, und sie gingen durch so viele enge, krumme Straßen und Gassen, dass er innerhalb weniger Minuten die Orientierung verloren hatte.

„Warum denke ich die ganze Zeit, dass ich besser einen Faden am Black Swan befestigt hätte?“, fragte er, als er ihr folgte.

Annie warf ihm über die Schulter einen Blick zu und grinste. Sie öffnete ein hohes Holztor in einer Steinmauer und führte ihn über einen kleinen, gepflasterten Hof zu einer Hintertür.

„Wo parken Sie Ihr Auto?“, fragte Banks.

Annie lachte. „Ganz weit weg. Also, das Häuschen ist zwar winzig, hat keine tolle Aussicht und ist ziemlich dunkel. Aber es gehört mir. Na ja, jedenfalls wenn ich die Hypothek abbezahlt habe." Sie führte ihn durch das Wohnzimmer. Es war klein, aber gemütlich. Sie hatte es größtenteils in Weiß, Gelb und Creme eingerichtet, da von außen nicht viel Licht hereinfiel. Das Zimmer machte einen luftigen, freundlichen Eindruck. Der Platz reichte gerade für eine kleine dreiteilige Couchgarnitur, einen Fernseher, eine Minianlage und ein kleines Bücherregal unter dem Fenster. An den Wänden hingen mehrere Aquarelle, hauptsächlich Ansichten der Umgebung. Auch ein Ölporträt einer jungen Frau mit wallendem präraffaelitischem Haar und lachenden Augen befand sich dort.

Annie hob die Hand und strich das Haar nach hinten. „Nach der Arbeit im Keller fühle ich mich so richtig schmuddelig. Ich gehe zuerst nach oben und dusche kurz, dann mache ich Abendessen. Machen Sie es sich bequem. Im Kühlschrank ist Bier. Bedienen Sie sich!" Sie ging nach oben. Banks hörte die Treppe knarren.

Diese Frau ist ein Rätsel, dachte er. Ihr Chef, ein Chief Inspector, ist als Gast in ihrem Haus, doch ist das ihrem Verhalten nicht im Geringsten anzumerken. Er hörte die Dusche rauschen.

Zuerst tat er das, was er immer tat, wenn er in einem unbekannten Zimmer allein gelassen wurde: Er sah sich um. Neugier war Teil seines Charakters. Er bückte sich und prüfte die CD-Titel im Schrank unter der Anlage. Eine seltsame Zusammenstellung: gregorianische Gesänge, Don Cherrys „Eternal Now" und verschiedene CDs mit Ambient-Musik von Brian Eno. Außerdem hatte sie eine umfangreiche Blues-Sammlung. Daneben standen ein paar Pop- und Folk-CDs. Die Bücher handelten hauptsächlich von fernöstlicher Philosophie.

Banks schlenderte in die Küche, öffnete den Kühlschrank und holte eine Flasche Black-Sheep-Bier heraus. Er fand den Flaschenöffner in einer der Schubladen und ein Bierglas im Schrank. Vorsichtig goss er das Bier ein. Dann trank er einen Schluck und ging zurück ins Wohnzimmer. Er holte „Eternal Now" aus ihrer Hülle und legte sie in den CD-Spieler. Von Don Cherry, einem Jazztrompeter, hatte er schon gehört, aber er kannte dessen Musik nicht genauer.

Vor dem Ende des ersten Stücks schwebte Annie in einer warmen, frisch geschrubbt riechenden Wolke ins Zimmer.

„Hätte nie gedacht, dass Sie Don Cherry mögen", sagte sie mit einem spöttischen Grinsen.

„Das Leben ist voller Überraschungen. Gefällt mir."

„Ich mach jetzt das Essen, in Ordnung?“ Sie verschwand in der Küche und rief ihm über die Schulter zu: „Sie können mir Gesellschaft leisten!“

Banks nahm sein Bier mit und setzte sich an den Küchentisch. Annie hockte vor dem Kühlschrank und holte Gemüse heraus.

„Ist Pasta okay?“, fragte sie, den Kopf leicht nach hinten gewandt.

„Toll. Ist schon lange her, dass ich was Selbstgekochtes gegessen habe. Momentan esse ich entweder irgendwelches Zeug im Pub oder was Schnelles, Einfaches von Marks & Spencer.“

„Ah, die kleinen Freunde des einsamen Essers.“ Annie ließ Wasser in einen großen Topf laufen, fügte etwas Salz und Olivenöl hinzu und stellte ihn auf den Gasherd. Beim Putzen und Schneiden von Pilzen, Schalotten, Knoblauch und Zucchini machte sie nicht eine überflüssige Handbewegung. Sie strahlte eine Ruhe aus, die Banks seine Befangenheit nahm. Bald war das Öl in der Pfanne heiß, sodass sie das Gemüse hineintun konnte. Als es gar war, gab sie Dosentomaten und Kräuter hinzu. Banks hatte das Bier fast ausgetrunken, als Annie verkündete, das Essen sei fertig, und zwei dampfende Teller auf den Tisch stellte.

Banks rieb Parmesan über seine Pasta und griff zu. Nachdem er probiert hatte, lobte er Annie.

„Sehen Sie?“, erwiderte sie, „es gibt nicht nur Tofu. Wenn man Vegetarier ist, lässt man sich in der Küche etwas mehr einfallen.“

„Merk ich schon.“

„Wein?“

„Ja, bitte.“

Annie holte eine Flasche bulgarischen Merlot und schenkte sich und Banks ein Glas ein. „Wissen Sie, ich würde sehr gerne mehr über diesen Künstler aus Hobb’s End herausfinden, über diesen Michael Stanhope. Er lebte schließlich während des Krieges in Hobb’s End. Vielleicht kannte er diese Shackleton. Möglicherweise gibt es noch andere Bilder. Sie könnten uns etwas verraten.“

„Könnten sie“, stimmte Banks zu. „Obwohl ich mir nicht sicher bin, inwieweit man sich auf die Kunst als Beweisstück verlassen kann.“

Annie lächelte. „Vielleicht nicht. Aber Künstler verzerren oft die Realität, um so die Wahrheit aufzudecken. Dabei ist die Weltsicht des wahren Künstlers genauso zulässig wie jede andere. Vielleicht in mancherlei Hinsicht noch viel treffender, weil er sich bemüht, tiefer zu sehen. Was ich damit sagen will, ist, dass Stanhope offensichtlich etwas Seltsames an Hobb’s End auffiel, etwas, was unter der Oberfläche lag. Er erkannte dort etwas Böses, und in den Kindern sah er vielleicht etwas Erlösendes.“

„Ist das nicht ein bisschen weit hergeholt? Kann doch auch nur daran gelegen haben, dass der Krieg näher rückte, oder?"

„Ich will ja keinen Schamanen aus ihm machen. Er sah richtig hin und entdeckte dabei vielleicht etwas, was uns helfen könnte."

Banks trank einen kleinen Schluck Wein. „Sie wissen ja offenbar eine Menge über dieses Thema."

„Mein Vater ist ein Künstler."

„Ein bekannter?"

„Eigentlich nicht. In manchen Kreisen vielleicht." Sie lächelte schief. „Er wird nie als einer der Großen in die Geschichte eingehen, wenn Sie das meinen."

„Was ist mit Ihrer Mutter?"

Annie war eine Weile still. „Sie ist tot", sagte sie schließlich. „Damals war ich sechs. Ich kann mich nicht besonders gut an sie erinnern."

„Das ist traurig. Tut mir Leid."

„Noch etwas Wein?"

„Bitte. Dieses Ölporträt im Wohnzimmer, ist das Ihre Mutter?"

Annie nickte.

„Gemalt von Ihrem Vater?"

„Ja."

„Sie war eine schöne Frau. Sie haben viel Ähnlichkeit mit ihr."

Jetzt war es draußen fast dunkel. Annie hatte noch kein Licht gemacht, daher konnte Banks ihren Gesichtsausdruck nicht erkennen.

„Woher kommen Sie?", fragte er.

„Aus St Ives."

„Hübsche Gegend. Hab ein paarmal dort Urlaub gemacht."

„Ich schaffe es nicht so oft runter. In den Sechzigern wurde es zu so einer Art Künstlerkolonie. Im Laufe der Jahre hat mein Vater alle möglichen Jobs angenommen, um das Malen finanzieren zu können. Inzwischen malt er Landschaftsbilder der Gegend und verkauft sie an Touristen. Damit hat er einigen Erfolg."

„Hat er Sie allein großgezogen?"

Annie schob das Haar nach hinten. „Nun, eigentlich nicht. Wir wohnten in einer Art Künstlerkolonie auf einem alten Bauernhof außerhalb der Stadt, deshalb waren immer eine Menge Leute da. Meine Großfamilie, könnte man sagen. Ray lebt schon seit fast zwanzig Jahren mit seiner Freundin Jasmine zusammen."

„Hört sich nach einer merkwürdigen Konstellation an."

„Nur für den, der es nicht erlebt hat. Manche Leute meinten, wir veranstalteten jede Nacht Orgien, nähmen Drogen, das Übliche. Es war zwar immer ein bisschen was zu rauchen da, aber sonst hätten sie nicht mehr im Unrecht sein können. Im Großen und Ganzen war es ein ziemlich schönes Umfeld zum Aufwachsen."

„Warum sind Sie zur Polizei gegangen?"

„Der Dorfpolizist hat mich meiner Jungfernschaft beraubt."

„*Im Ernst?*"

Annie lachte. „Ja. Wirklich. Er hieß Rob. Er kam bei uns vorbei, weil er jemanden suchte, der untergetaucht war. Er sah gut aus. Ich war siebzehn. Er nahm mich wahr. Es schien mir eine angemessene Form der Rebellion zu sein. Ich hatte damals einfach genug von diesem Lebensstil. So viel Gerede, so wenig Taten. Rob war solide, zuverlässig und glaubte stärker an sich und seine Ideale."

„Wirklich?"

„Ja. Wir waren zusammen, bis ich nach Exeter auf die Uni ging. Ungefähr ein Jahr später tauchte er dann als Constable in Exeter auf. Er stellte mich ein paar von seinen Freunden vor, und wir waren wieder irgendwie zusammen. Ich schätze, sie fanden mich ein wenig seltsam. Ich beschäftigte mich damals mit Yoga und Meditation. So richtig passte ich nirgendwohin. Keine Ahnung, warum, aber zur Polizei zu gehen klang aufregend. Anders. War eine spontane Entscheidung, das gebe ich zu."

Banks wollte sie fragen, warum sie in so einem verschlafenen Nest wie Harkside gelandet war, aber er spürte, dass es nicht der richtige Augenblick war. „Was wurde aus Rob?"

„Er wurde drei Jahre später bei einer Drogenrazzia getötet. Seine Pistole hatte Ladehemmung."

„Das tut mir Leid."

Annie fächerte sich frische Luft zu. „Oh, ist mir heiß. Da bin ich hier am Erzählen … Ich hab schon ewig nicht mehr so mit jemandem geredet."

„Ich hätte nichts gegen eine Zigarette. Möchten Sie mit mir rausgehen? Sich etwas abkühlen, wenn das denn geht?"

„Gut."

Sie traten in den Hinterhof. Es war eine warme Nacht, obwohl eine leichte Brise die Luft bewegte. Annie stand neben ihm. Er konnte ihren Duft riechen. Er zündete eine Zigarette an, sog daran und blies eine Wolke dunklen Rauch aus.

„Ich bin in vielerlei Hinsicht wie Sie", sagte Annie.

„Wie meinen Sie das?"

„Na, wie viel haben Sie mir denn über Ihre Vergangenheit erzählt?

Sie sind ein Einzelgänger wie ich. Ich meine nicht nur jetzt, weil Sie …"

„Weil meine Frau mich verlassen hat?"

„Ja. Ich glaube, Sie haben ein einsames Wesen, Sie sondern sich ab. Ihre Distanz anderen gegenüber beeinflusst die Art und Weise, wie Sie die Welt sehen. Ich glaube, ich bin genauso."

Es war genau das, was Sandra ihm bei ihrem letzten Streit vorgeworfen hatte. Etwas in ihm stand immer abseits, war unerreichbar für sie, immer schottete er sich ein wenig von ihr ab. Es war nicht nur der Beruf mit seinen Anforderungen, sondern etwas tiefer Liegendes: eine grundlegende Einsamkeit. So war er sogar schon als Kind gewesen. Ein Beobachter. Immer abseits. Wie Annie gesagt hatte, gehörte das zu seinem Wesen, das nicht zu ändern war, auch wenn er es versuchte.

„Vielleicht haben Sie Recht", sagte er.

Banks ließ die Zigarette fallen und trat die rote Glut aus. Ein kühler Windstoß ließ die fernen Bäume rauschen und wehte durch den Hof. Annie fröstelte. Banks legte den Arm um sie und zog sie sanft zu sich heran. Sie lehnte ihren Kopf an seine Schulter.

„Oje", meinte sie. „Ich weiß nicht, ob das eine gute Idee ist."

„Wenn dich das mit dem Dienstgrad stört …"

„Nein, nein. Das nicht. Das ist mir völlig egal. Nein, es ist nur …, ich hab einige schlechte Erfahrungen mit Männern gemacht. Ich … Oh, verdammt, warum ist das so schwierig?"

Banks sagte nichts. Annie seufzte tief. „Ich war schon lange nicht mehr mit einem Mann zusammen", meinte sie. „Weil ich es nicht wollte. Seit fast zwei Jahren nicht mehr."

„Ich möchte dich nicht unter Druck setzen", sagte Banks.

„Keine Sorge. Das würde ich nicht zulassen. Ich treffe meine eigenen Entscheidungen."

„Ich finde niemals wieder allein aus diesem Labyrinth heraus."

„Ich würde dich führen", sagte Annie, sah ihn an und lächelte. „Wenn ich denn wirklich wollte, dass du gehst." Sie legte ihm die Hand auf die Brust. Sein Herz klopfte lauter. Das konnte sie sicher hören. „Es gibt eine Menge Gründe, jetzt aufzuhören, weißt du", fuhr sie fort. „Ich hab gehört, du wärst ein ganz Schlimmer. Ein Weiberheld."

„Stimmt nicht."

Sie blickten sich eine Weile schweigend an. Annie biss sich auf die Lippe, erschauerte wieder und sagte: „Ach, verdammt!"

Banks beugte sich vor und küsste sie. Ihre Lippen gaben nach, ihr Körper schmiegte sich an ihn.

MATTHEW und Gloria beschlossen, am Heiligabend eine Party zu geben. Gegen sieben Uhr trafen die Gäste im Bridge Cottage ein; auch Flieger vom Stützpunkt waren darunter, einige hatten ihre Freundinnen mitgebracht. Alices Eric war damals schon in Nordafrika, aber Bettys William hatte die Tauglichkeitsprüfung nicht bestanden, deswegen wurde er nur für die Bürgerwehr zugelassen. Michael Stanhope kam in seinem üblichen „Künstlerkostüm", aber er brachte zwei Flaschen Gin und etwas Wein mit und war deshalb äußerst willkommen. Mark und Stephen hatten eine Flasche kanadischen Whisky spendiert.

Matthew und Gloria hatten das kleine Wohnzimmer, so gut sie konnten, mit bunten Lichtern über dem Kaminsims, Luftballons und Girlanden geschmückt. An dem Abend lief ein Konzert von Victor Sylvester, und schon bald tanzten in dem überfüllten Raum alle eng miteinander. Gloria trank zu viel Whisky und ging dann zu Gin über. Sie wurde nicht laut, fiel auch nicht hin oder Ähnliches, aber ihre Augen glänzten, und sie hatte einen etwas schwankenden Gang.

Ich wurde von einem Funker der Royal Air Force abgelenkt, der mich zuerst unter den Mistelzweig zog, mir einen nach Ölsardinen schmeckenden Kuss gab und mir dann die Schwierigkeiten der Funkortung erklären wollte.

Einige Zeit später fiel mir auf, dass ich Gloria schon länger nicht gesehen hatte, und ich fragte mich, ob ihr wohl schlecht geworden sei. Außerdem musste ich zur Toilette, daher entzog ich mich so behutsam und höflich wie möglich dem Vortrag über Funkortung. Draußen war es kalt und dunkel, deshalb legte ich mir den Mantel über die Schultern, griff zur Taschenlampe mit ihrem gedämpften Licht und ging nach draußen in den Hinterhof.

Zum Bridge Cottage gehörten zwei Nebengebäude. In dem einen war die Toilette untergebracht, das andere wurde zur Lagerung von Lebensmitteln benutzt. Als ich den mit Steinplatten gepflasterten Weg zur Toilette hinunterging, hörte ich in der Nähe plötzlich Geräusche. Ich hielt inne und vernahm ein Grunzen und eine gedämpft rufende Stimme. Dann merkte ich, dass die Geräusche hinter der Toilette hervorkamen. Verwundert schlich ich hinüber und beleuchtete mit der Lampe die Mauer.

Was ich sah, ließ meine Haut kribbeln.

Gloria wurde von Mark, dem kanadischen Flieger, gegen die Wand gedrückt. Ihr Kleid bauschte sich um ihre Taille, die blasse weiße Haut ihrer nackten Oberschenkel über den Strümpfen leuchtete in der Dunkelheit. Mark drängte sich an sie, die eine Hand hatte er über ihren Mund gelegt, mit der anderen fingerte er an seinem Schritt herum.

Gloria rief immer wieder mit gedämpfter Stimme: „Nein, bitte nicht!" Sie versuchte sich gegen ihn zu wehren. Als er das Licht meiner Lampe sah, fluchte er und machte sich davon.

Gloria lehnte sich gegen die Mauer, keuchte und schluchzte, Haar und Kleidung waren in Unordnung. Dann strich sie ihr Kleid glatt, beugte sich vor und erbrach sich.

Ich war unsicher, was ich tun sollte. Ich war mir nicht einmal sicher, was sich da gerade vor meinen Augen abgespielt hatte – nur, dass damit etwas ganz und gar nicht stimmte.

Das Einzige, was ich wusste, war, dass Gloria verletzt und bestürzt aussah und offenbar Schmerzen hatte. Ich handelte, ohne nachzudenken: Ich breitete die Arme aus, und sie fiel hinein.

Es drang gerade so viel Licht durch die dünnen Gardinen, dass Banks Annie betrachten konnte, die leise atmend neben ihm lag. Sie lag gekrümmt auf der Seite, den Rücken ihm zugewandt, die Hände vor sich verschränkt. Sanft berührte Banks sie. Annie bewegte sich ein wenig, wachte aber nicht auf.

Banks legte sich auf den Rücken und schloss die Augen. Seine einzige Befürchtung gestern Abend war, er würde sich anschließend so fühlen wie nach dem Sex mit Karen. Er hätte es besser wissen müssen; er hätte wissen müssen, dass es etwas anderes war.

Für einen ganz kurzen Moment fragte er sich, ob Riddle ihm eine neue Falle gestellt hatte. Waren Kameras in der Schlafzimmerwand versteckt? Arbeiteten die beiden zusammen auf Banks' endgültigen Sturz hin? Dann verschwand die Paranoia so schnell, wie sie gekommen war. Jimmy Riddle konnte nicht wissen, wer Sergeant Cabbot war. Mit Sicherheit hätte er Banks sonst nicht einmal in ihre Nähe gelassen.

Annie bewegte sich, und Banks strich mit der Hand langsam von ihrer Hüfte bis zur Schulter.

„Hmmm …", murmelte sie. „Guten Morgen."

„Guten Morgen." Banks legte den Arm um sie, ließ die Hand auf ihrem Bauch ruhen und zog sie an sich. Er küsste die weiche Haut zwischen Schulter und Nacken und ließ dann die Hand hinauf zu ihrer kleinen Brust gleiten. Annie seufzte, und Banks drehte sie sanft zu sich um.

„WEGEN neulich abends“, sagte Gloria, als ich sie das nächste Mal allein traf. „Auf der Weihnachtsfeier. Ich möchte mich bei dir bedanken. Wenn du nicht vorbeigekommen wärst, weiß ich nicht, was passiert wäre. Ich will bloß nicht, dass du es für etwas hältst, was es nicht war.“

„Ich weiß nicht, für was ich es halte“, entgegnete ich. Es war mir peinlich, dass sie so mit mir redete.

„Er ging mir nach“, fuhr Gloria fort. „Es war nicht meine Absicht, aber ich muss ihm wohl irgendwie Hoffnungen gemacht haben. Er sagte, ich hätte ihn gereizt, hätte ihm den ganzen Abend schöne Augen gemacht. Es ist einfach nur etwas außer Kontrolle geraten, das ist alles.“

„Was meinst du damit?“

„Es kommt mir so vor, als könnten sie sich nicht zusammenreißen. Sie sind so stark. Und manchmal ist es wirklich einfacher nachzugeben, auch wenn du's nicht glaubst.“

„Und was hast du gemacht? Nachgegeben?“

„Nein. Ich wehrte mich, aber Mark hielt mir den Mund zu. Ich liebe Matt, Gwen, ich will keinen Wirbel machen, ich will Matt nicht aufregen. Können wir es nicht einfach vergessen?“, bat Gloria.

Ich nickte. „Das ist wahrscheinlich das Beste.“

Sie umarmte mich. „Gut. Und wir bleiben Freundinnen, Gwen?“

„Ja, sicher.“

NACHDEM Banks gegangen war, meditierte Annie wie gewöhnlich zwanzig Minuten und machte dann ein paar Yogaübungen. Anschließend duschte sie. Beim Abtrocknen merkte sie, wie gut es ihr ging. Sie hoffte, dass Banks nicht zu dem Typ Mann gehörte, der sich moralisch verpflichtet fühlte, sich in eine Frau zu verlieben, nur weil er mit ihr geschlafen hatte. Sie wollte ihn öfter sehen, ja; sie wollte wieder mit ihm schlafen, ja; aber darüber hinaus war sie sich nicht sicher. Trotzdem, vielleicht wäre es ja ganz nett, wenn er sich ein wenig in sie verlieben würde. Nur ein ganz klein wenig.

Doch jetzt winkte ihr ein weiterer schöner Sommertag, und sie genoss den großen Luxus, nichts weiter tun zu müssen, als zu überlegen, ob sie ihre Wäsche waschen oder zum Einkaufen nach Harrogate fahren sollte.

Doch zuallererst ging sie zum Telefon und wählte eine Nummer, die sie auswendig wusste. Es klingelte sechsmal, bis sich ein Mann meldete.

„Ray?“

„Annie? Wie geht's dir, mein Schatz? Wir machen hier ein kleines Fest.“

Annie konnte Lachen und Musik im Hintergrund hören. „Aber es ist erst zehn Uhr vormittags“, sagte sie.

„Ja? Ach, du weißt ja, wie das ist, mein Schatz. Carpe diem und so.“

„Dad, wann wirst du endlich erwachsen? Hast du noch immer nicht bemerkt, dass die Sechziger vorbei sind? Eines Tages kommt die Polizei und nimmt euch alle fest.“

„Polizei? Die interessiert sich doch nicht für ein paar klitzekleine Joints, oder? Egal, wie geht's meiner kleinen Frau Wachtmeister? In letzter Zeit mal wieder einen Mann abgekriegt?“

„Dad!“ Annie merkte, dass sie rot anlief.

„Schon gut. Entschuldigung. Ich will doch nur ein bisschen den Daddy spielen, mehr nicht. Es ist zwar schön, mit dir zu sprechen, aber es sieht dir nicht besonders ähnlich, vor dem Abendtarif anzurufen. Kann ich dir irgendwie helfen? Soll ich ein paar Verdächtige für dich zusammenschlagen?“

„Nein. Aber es gibt da tatsächlich etwas“, sagte sie, „wobei du mir vielleicht helfen könntest. Es geht um den Künstler Michael Stanhope.“

„Stanhope ... Kommt mir bekannt vor. Wart mal ... Jetzt weiß ich es wieder. Er starb irgendwann in den Sechzigern. Warum willst du das wissen?“

„In Zusammenhang mit einem Fall, an dem ich arbeite, hab ich ein Bild von ihm gesehen.“

„Wie war es, das Bild, meine ich?“

Annie beschrieb es ihm.

„Ja, das ist Stanhope. Er war bekannt für seine Brueghel-ähnlichen Dorfszenen. Dazu eine Prise Lowry. Verstehst du, das war sein Problem: ein Epigone, hat nie einen eigenen erkennbaren Stil entwickelt.“

„Weißt du, wo ich mehr über ihn herausfinden könnte? Gibt es ein Buch über ihn?“

„Glaube ich nicht. So wichtig war er nicht. Das meiste von ihm wird in Privatsammlungen hängen, vielleicht ist es auch auf ein paar Galerien verteilt. Warum versuchst du es nicht in Leeds? Dort müssten sie ein paar Stanhopes haben, schließlich kommt er ja von dort.“

„Gute Idee“, meinte Annie. „Das mach ich.“

UND FREUNDINNEN blieben wir. Wir feierten zusammen ins neue Jahr, hakten uns unter und sangen „Auld Lang Syne“. Weihnachten war Hongkong an die Japaner gefallen, und die Kämpfe in Nordafrika und Russland gingen unverändert hart weiter.

Obwohl ich oft über das Geschehene nachdachte, wusste ich nicht, wie viel Schuld Gloria gehabt hatte. Also mühte ich mich, so gut ich konnte, den ganzen Zwischenfall aus meinem Kopf zu verbannen.

Am 15. Januar 1942 stach der Feldwebel Matthew Shackleton in See. Er wusste nicht, wohin ihn die Reise führte, doch wir nahmen alle an, er reise nach Nordafrika, um dort mit der Achten Armee zu kämpfen.

Man stelle sich unsere Überraschung vor, als Gloria einen Brief aus Ceylon erhielt, dann einen weiteren aus Kalkutta in Indien. Ich hätte mich schwarz ärgern können, es nicht früher geahnt zu haben. Natürlich brauchten sie keine Brücken und Straßen in der Wüste, sondern in den Dschungeln des Fernen Ostens.

ANNIE parkte nördlich des Zentrums von Leeds und ging zu Fuß in die Stadt. Es war voll, Passanten schoben sich über die Bürgersteige. Annie setzte ihre Sonnenbrille auf und machte sich durch das Gedränge zur Cookridge Street auf. Eine kurze Recherche hatte ergeben, dass die Leeds City Art Gallery mehrere Werke von Michael Stanhope in ihrer Sammlung hatte.

Im Gebäude angekommen, nahm sie sich am Empfang den Katalog. Die Stanhopes hingen im zweiten Stock. Vier Bilder. Sie ging die breite Steintreppe hinauf.

Als Annie die Stanhopes fand, war sie erst einmal enttäuscht. Zwei waren ziemlich öde Landschaftsbilder. Das dritte zeigte Hobb's End in seiner Senke, Rauch stieg aus den Schornsteinen, in Purpur und Violett ergossen sich die Strahlen der untergehenden Sonne über den Himmel. Ein schöner Anblick, doch zeigte er Annie nichts, was sie nicht schon wusste.

Das vierte Bild jedoch war eine Offenbarung.

Dem Katalog zufolge lautete der Titel *Liegender Akt*, das Gemälde erinnerte Annie an Goyas *Die nackte Maja*. Eine Frau ruhte auf einem Bett in ungefähr derselben Pose wie Goyas Original: auf ein Kissen gestützt, die Hände hinter dem Kopf verschränkt. Sie sah den Betrachter direkt an, und ihr Blick war von herausfordernder Sinnlichkeit. Wie bei *Maja* standen ihre runden Brüste weit auseinander und waren die Beine leicht angewinkelt, sie waren in einem seltsamen Winkel geneigt, da die untere Hälfte ihres Körpers dem Betrachter leicht zugewandt war. Doch im Unterschied zu Goyas *Maja* hatte Stanhopes Modell kein schwarzes, sondern goldblondes Haar, die großen Augen waren von einem strahlenden Blau, die Lippen voller und röter.

Aber in Stanhopes Betrachtung steckte mehr: Wenn man ganz genau hinsah, entdeckte man Panzer, Flugzeuge, marschierende Soldaten, Explosionen und Hakenkreuze. Er hatte den Krieg in den Hintergrund gemalt. Erotik und Massenvernichtungswaffen. Wie auch immer man das deuten wollte.

Annie warf einen kurzen Blick auf die Angaben neben dem Gemälde an der Wand, dann trat sie keuchend zurück.

Da stand es schwarz auf weiß: *Liegender Akt: Gloria, Herbst 1944.*

AM MONTAGMORGEN sah sich Banks zum wiederholten Male die Postkarte mit dem Druck von *Liegender Akt: Gloria, Herbst 1944* an, die auf seinem Schreibtisch lag. Es war eine unheimliche, beunruhigende Erfahrung, die künstlerische Interpretation des Körpers zu betrachten, der aller Wahrscheinlichkeit nach einmal die schmutzbedeckten Knochen bedeckt hatte, die letzte Woche ausgegraben worden waren.

Annie hatte, begeistert von ihrer Entdeckung, am späten Samstagnachmittag angerufen. Sie hatten sich zum Abendessen im Cockett's Hotel in Hawes getroffen, mit der festen Absicht, anschließend getrennte Wege zu gehen, da sie sich einig waren, nichts überstürzen zu wollen. Doch nach der zweiten Flasche Wein hatten sie sich, anstatt zu gehen, ein Zimmer genommen und waren am Sonntagmorgen von Glockengeläut geweckt worden. Nach einem gemütlichen Frühstück reisten sie ab, denn sie waren übereingekommen, ihre Schäferstündchen auf die Wochenenden zu beschränken.

Als er Gloria in ihrer Pose erneut betrachtete – schön, erotisch, sinnlich und verspielt, aber gleichzeitig herausfordernd und spöttisch, als teile sie ein Geheimnis mit dem Maler –, hatte Banks das Gefühl, in diesem Fall wieder gefordert zu sein. Er war davon besessen, so viele Übeltäter wie möglich zur Strecke zu bringen. Waren die Opfer tot, konnte er sie natürlich nicht mehr beschützen, aber er konnte schließlich trotzdem noch herausfinden, was ihnen zugestoßen war, und die Verantwortlichen vor Gericht bringen. Er war überzeugt, dass Gloria Shackleton das Opfer war, das sie in Hobb's End gefunden hatten, und er wollte wissen, wie sie gewesen und was mit ihr passiert war.

Der Anruf von Dr. Glendenning, dem Pathologen des Innenministeriums, riss ihn aus seinen Gedanken. „Ah, Banks", sagte er. „Gut, dass ich Sie erwische. Sie können von Glück sagen, dass ich gerade in Leeds bin. Sonst hätten Sie lange auf Ihre Autopsie warten können. Eine Menge frischer Leichen buhlen um meine Aufmerksamkeit."

„Da bin ich mir sicher. Was haben Sie gefunden?"

„Leider nicht viel mehr, als Ihnen schon Dr. Williams gesagt hat. Sie wurde erstochen, und zwar auf bösartige Weise. Vierzehn-, fünfzehnmal wurde auf sie eingestochen, soweit ich sehen konnte. Man kann nicht sagen, wodurch sie starb. Nach Einstichwinkel und Anordnung der Kerben zu urteilen, muss die Klinge mit ziemlicher Sicherheit verschiedene lebenswichtige Organe durchbohrt haben."

„Gibt es Indizien für weitere Verletzungen?"

„Geduld, junger Mann. Ich komme schon noch darauf zu sprechen, wenn Sie mich ausreden lassen. Ich habe mögliche, und das möchte ich betonen, mögliche Anzeichen für eine Erdrosselung gefunden."

„Erdrosselung?"

„Das sagte ich. Plappern Sie mir nicht alles nach! Ich gehe vom Zungenbein im Hals aus. Nun, das ist ein sehr zerbrechlicher Knochen, der bei einer Erdrosselung mit den Händen fast immer entzweigeht, aber ich habe ‚möglich' gesagt, weil er auch im Laufe der Zeit aus anderen Gründen brechen kann. Durch das Gewicht der Erde und des Wassers beispielsweise. Obwohl ich sagen muss, dass das Skelett in einem bemerkenswert guten Zustand war, wenn man bedenkt, wo es so lange gelegen hat."

„Wäre es also eher möglich oder wahrscheinlich?"

Glendenning seufzte übertrieben. „Nun gut, sagen wir, dass es sicherlich nicht unmöglich, sondern sogar ziemlich wahrscheinlich ist, dass die arme Frau erdrosselt wurde."

„Bevor sie erstochen wurde."

„Es scheint mir schwer vorstellbar, dass der Mörder danach noch das Bedürfnis verspürte, sie zu erwürgen. Deshalb würde ich sagen, zuerst kam die Erdrosselung, dann kamen, aus welchem Grund auch immer, die Stichwunden. Im Übrigen kommt diese Reihenfolge auch statistisch häufiger vor."

„Aber warum die Stichverletzungen? Um sicherzustellen, dass sie wirklich tot war?"

„Das bezweifle ich. Der Täter verlor beim Morden die Kontrolle über sich. Entweder das, oder er wusste genau, was er tat, und es machte ihm Spaß."

„Gut", meinte Banks und kritzelte eifrig auf den Block, der vor ihm lag. „Vielen Dank, Doc."

TAG FÜR Tag verfolgte ich im Februar und März 1942 die Nachrichten. Ich las von den schätzungsweise sechzigtausend Briten, die in Singapur gefangen genommen worden waren, und von den Kämpfen am Sittang, von wo Matthew Gloria ebenfalls einen Brief schrieb, in dem er sie bat, sich keine Sorgen zu machen. Am 8. März hörten wir dann, dass Rangun gefallen war. Die Stimmung im Laden war ziemlich bedrückt. In einer Woche war einfach kein Fisch aufzutreiben, in der nächsten fehlte Geflügel. Das Benzin für Privatleute wurde im März vollständig gestrichen.

Ich schrieb Matthew jeden Tag, wahrscheinlich öfter als Gloria. Sie war nie gut im Briefeschreiben. Matthew antwortete nicht besonders oft, aber wenn er es tat, versicherte er uns immer, es ginge ihm gut. Meistens beschwerte er sich über den Monsun und die feuchte Dschungelhitze. Lange Zeit wussten wir nicht einmal, ob er an einer Schlacht beteiligt gewesen war. Einmal jedoch schrieb er: *Gähnende Langeweile wird nur hin und wieder von einem kurzen Scharmützel abgelöst.*

Im September kam „Stolz und Vorurteil" mit Laurence Olivier und Greer Garson endlich ins Lyzeum. Der alte Granville hatte Gloria gerade einen Zahn gezogen, nachdem sie mehrere Tage lang Zahnschmerzen gehabt hatte. Wie immer richtete Granville mehr Schaden an, als zu helfen; es blutete über einen Tag lang. Als sich Gloria langsam ein wenig besser fühlte, überredete ich sie, mit mir ins Kino zu gehen. Es stellte eine nette Abwechslung zu all den albernen Komödien und Musicals dar.

Es war ein wunderschöner Herbstabend, getaucht in rauchgrünes und goldenes Licht. Ich konnte das rosafarbene Heidekraut auf den fernen Anhöhen im Westen dunkler werden sehen und die saubere, nach Heu duftende Luft riechen.

Trotz der verheerenden Auswirkungen des Krieges war ich in diesem Moment sehr zufrieden. Doch als wir in der einbrechenden Dunkelheit zur Feenbrücke hinunterliefen, empfand ich einen eisigen Schauer der Vorahnung, als sei jemand über mein Grab gelaufen, wie Mutter gesagt hätte.

In den nächsten Wochen versuchte ich das Gefühl zu verdrängen, doch hartnäckig kehrte es immer wieder zurück. Es gab reichlich Grund zum Jubeln, sagte ich mir: Matthew schrieb weiterhin regelmäßig; die Rote Armee schien in Stalingrad an Boden zu gewinnen; und in Nordafrika wendete sich das Blatt.

Doch als ich im November nach dem Sieg in El-Alamein im Bett lag und die Kirchenglocken zum ersten Mal seit Jahren wieder läuten hörte, konnte ich nicht anders als weinen, weil Matthew zu seiner Hochzeit keine Glocken gehabt hatte.

„Punkt eins, Fehlanzeige", sagte Annie später zu Banks am Telefon. „Nach der Eheschließung 1941 kann ich keinen einzigen offiziellen Eintrag zu Gloria Shackleton finden. Keine Vermisstenanzeige in unseren Akten, nirgends eine Todesanzeige."

„Okay. Weiter?"

„Hm, ich hab ein bisschen mehr über ihr Leben in Hobb's End herausfinden können, das meiste habe ich mir mithilfe des Gemeindeblatts zusammengereimt. Zum ersten Mal wird sie in der Ausgabe vom Mai 1941 erwähnt, da begrüßt man sie in der Gemeinde als Mitglied der Frauenlandarmee. Ihr wird eine Stelle auf einem Hof namens Top Hill Farm zugewiesen. Er gehörte einem Mr Frederick Kilnsey und seiner Frau Edith. Sie hatten einen Sohn namens Joseph, der einberufen wurde. Deswegen kam Gloria. Na ja, Joseph kam nicht zurück. Starb in El-Alamein. Zu dem Zeitpunkt lebte Gloria schon im Bridge Cottage. Leider wurde der Druck des Gemeindeblatts Anfang 1942 eingestellt. Papiermangel."

„Schade. Weiter?"

„Das ist eigentlich alles. Matthew Shackletons jüngere Schwester namens Gwynneth, die auch Trauzeugin war, war im März 1942 noch im Dorf. Hat sogar einen kleinen Artikel über den Anbau von Zwiebeln verfasst."

„Faszinierend. Was ist mit Matthew?"

„Das letzte Mal wurde er erwähnt, als er nach Übersee in See stach. Wohin, steht da nicht. Wahrscheinlich geheim."

„Hast du eine Ahnung, wo die ganzen Leute hinzogen, als Hobb's End geräumt wurde?"

„Nein. Aber ich habe Ruby Kettering angerufen. Sie kennt noch zwei Frauen, die während des Krieges in Hobb's End lebten. Die eine heißt Betty Goodall, sie wohnt jetzt in Edinburgh, und die andere ist eine Alice Poole aus Scarborough."

„Gut. Was ist dir lieber: Edinburgh oder Scarborough?"

„Ist mir egal."

„Ich werfe eine Münze. Kopf oder Zahl?"

„Wie soll ich dir denn am Telefon glauben?"

„Glaub mir einfach. Kopf oder Zahl?"

„Das ist doch verrückt. Kopf."

Banks kam zurück ans Telefon. „Es war Kopf. Such's dir aus."

„Dann nehme ich Scarborough."

„Gut. Wenn ich früh genug loskomme, bin ich am frühen Abend aus

Edinburgh zurück. Aber zuerst möchte ich heute Abend etwas in den Nachrichten senden lassen. Ich will Glorias Namen ausstrahlen lassen, mal sehen, ob jemand reagiert."

„Jimmy Riddle glaubt also, er hätte Ihnen hiermit so richtig eins ausgewischt?", fragte Sergeant Hatchley und schluckte den ersten Bissen getoasteten Teekuchen herunter.

„Um es kurz zu machen: Ja", antwortete Banks.

Sie saßen im „Golden Grill" auf der anderen Straßenseite des Polizeireviers von Eastvale. Die Market Street war voller Touristen. Wie die Schafe oben im Moor schoben sie sich über die enge Straße.

Sobald die beiden bei der geschäftigen Kellnerin ihre Bestellung aufgegeben hatten, erzählte Banks Hatchley von dem Skelett. Als er fertig war, wurde das Essen aufgetischt.

Banks wusste, dass sein Sergeant als Faulenzer und Rowdy bekannt war. Sein Aussehen machte es nicht gerade besser. Hatchley war groß und massig, und normalerweise sah er aus, als sei er gerade durch den Dreck gezogen worden. Aber Banks hatte immer wieder die Erfahrung gemacht, dass Hatchley ein sturer, hartnäckiger, schwer abzuschüttelnder Bursche war, sobald er sich in etwas verbissen hatte.

„Jedenfalls glauben wir zu wissen, wer das Opfer war, aber wir möchten alle anderen Möglichkeiten ausschließen. Ich möchte gerne, dass Sie sich morgen Constable Bridges schnappen und mit ihm nach London zum Zentralarchiv fahren. Hier ist eine Liste von Punkten, die geklärt werden sollen." Banks reichte ihm ein Blatt.

Hatchley warf einen kurzen Blick darauf. „Kann ich nicht lieber Constable Sexton mitnehmen?"

Banks grinste. „Ellie Sexton? Sie sind ein verheirateter Mann. Ich schäme mich für Sie, Jim. Bevor Sie losfahren, könnten Sie noch eine landesweite Anfrage starten, ob es in dem Zeitraum ähnliche Verbrechen gegeben hat. Es liegt lange zurück, aber es besteht ja die Möglichkeit, dass einer einen ungeklärten Fall in den Akten hat."

Die Eingangstür ging auf, und Constable Sexton steuerte auf die Männer zu. Hatchley stieß Banks an. „Da ist sie. Die Königin vom Revier Eastvale."

„Halt's Maul, Sergeant", sagte sie und wandte sich an Banks. „Sir, wir haben gerade eine dringende Mitteilung von einer Sergeant Cabbot aus Harkside erhalten. Sie bittet Sie, so schnell wie möglich zu kommen. Sie meinte, ein Junge namens Adam Kelly hätte Ihnen etwas zu sagen."

DAS TELEGRAMM in seinem unverkennbaren orangefarbenen Umschlag wurde aus irgendeinem Grund im Laden abgegeben. Ich erinnere mich an den Tag: Es war Palmsonntag, der 18. April 1943. Gloria arbeitete an dem Tag, sodass ich mit heftig klopfendem Herzen zur Top Hill Farm hinauflaufen musste.

Ich fand sie im Hühnerstall, wo sie Eier zusammensuchte.

„Was machst du hier, Gwen?“, fragte sie.

Keuchend reichte ich ihr das Telegramm. Sie las es, ihr Gesicht wurde grau, und sie sank rückwärts gegen die Wand. „O nein“, sagte sie. „Nein.“ Dann begann ihr ganzer Körper zu zittern. Ich wollte zu ihr gehen, aber irgendwie spürte ich, dass ich nicht durfte. Ich musste warten, bis die erste Welle des Schmerzes abgeebbt war.

MRS KELLY öffnete die Tür und bat die Beamten herein. Banks spürte die Spannung auf der Stelle. Das Nachbeben einer Standpauke; es war ein Gefühl, das er aus seiner Kindheit kannte.

„Er macht den Mund nicht auf“, sagte Mrs Kelly. Sie war eine einfache, gequält aussehende Frau Anfang dreißig, wirkte aber älter mit dem strähnigen Haar und dem verhärmten Gesicht. „Als er zum Mittagessen von der Schule nach Hause kam, hab ich ihn zur Rede gestellt, da ist er hoch in sein Zimmer gelaufen. Er will nicht runterkommen.“

„Weswegen haben Sie ihn denn zur Rede gestellt, Mrs Kelly?“, fragte Banks.

„Weil er was geklaut hat. Von diesem …, diesem Skelett da. Ich hab es beim Aufräumen in seinem Zimmer gefunden. Jetzt sagen bestimmt alle, dass ich ihn nicht richtig erzogen hab. Ist nicht einfach, wenn man allein ist.“

„Beruhigen Sie sich, Mrs Kelly“, sagte Annie und legte der Frau die Hand auf den Arm. „Keiner gibt Ihnen die Schuld an irgendetwas. Oder Adam. Wir möchten der Sache einfach nur auf den Grund gehen, das ist alles.“

„Kann ich raufgehen und mit ihm reden?“, fragte Banks.

„Wie Sie wollen. Aus dem bekommen Sie nix raus. Oben an der Treppe links.“

Banks warf Annie, die versuchte, Mrs Kelly in einen Sessel zu bugsieren, einen Blick zu, dann stieg er die Treppe hinauf. Er klopfte an Adams Tür, und als er keine Antwort bekam, öffnete er sie einen Spaltbreit und sah um die Ecke. „Adam?“, fragte er. „Ich bin’s, Mr Banks. Kennst du mich noch?“

Adam lag auf dem Bett und hatte ihm den Rücken zugewandt. Langsam drehte er sich um und sagte: „Ich hab's doch nicht böse gemeint, ehrlich nicht. Ich will nicht ins Gefängnis."

„Es bringt dich doch keiner ins Gefängnis, Adam. Beruhige dich erst mal, und erzähl mir dann, was passiert ist. Darf ich reinkommen?"

Adam setzte sich auf. „Meinetwegen", sagte er.

Banks setzte sich an das Fußende des Bettes. Poster von muskelbepackten, Schwert schwingenden Fantasyhelden hingen an der Wand. Auf dem Schreibtisch stand ein kleiner Computer. „Erzähl doch einfach mal!", schlug er vor.

„Ich dachte, er wär verzaubert", sagte Adam. „Der Talisman. Deswegen bin ich dahin gegangen. Nach Hobb's End. Das ist ein verzauberter Ort. Er wurde im Kampf zwischen Gut und Böse zerstört, aber da liegen immer noch Zaubersachen im Boden."

„Du hast was gefunden, an dem Tag, als du vom Dach gestürzt bist?"

Adam nickte.

„Zeigst du's mir?"

Der Junge zögerte und griff dann unter sein Kopfkissen, um etwas Kleines, Rundes hervorzuholen. Widerstrebend reichte er es Banks. Es sah nach einem Metallknopf aus. Angelaufen – aber deutlich erkennbar ein Knopf.

„Wo hast du den gefunden, Adam?"

„Der ist mir in die Hand gefallen, ehrlich."

Banks wandte sich ab, um sein Lächeln zu verbergen. „Also gut", meinte er. „Was hast du gerade gemacht, als er dir in die Hand fiel?"

„Ich hab die Hand rausgezogen."

„Er war also in der Hand des Skeletts?"

„Muss er eigentlich, oder?"

„Schon gut. Warum hast du uns nichts davon erzählt?"

„Ich dachte, es wär der Talisman. Der ist nicht leicht zu kriegen. Man muss durch den Schleier zum 7. Level."

Banks hatte nicht die geringste Ahnung, wovon der Junge sprach. Aber darauf kam es wohl auch nicht an. „Das hast du gut gemacht", sagte er. „Aber du hättest mir Bescheid sagen sollen, als ich das erste Mal mit dir gesprochen habe. Das ist kein Talisman, sondern nur ein alter Knopf."

Adam schien enttäuscht. „Ist er wichtig?"

„Das weiß ich noch nicht. Vielleicht schon."

„Wer war es? Wissen Sie das? Das Skelett?"

„Eine junge Frau." Banks hielt ihm die Hand mit dem Knopf hin. „Der könnte uns helfen, das herauszufinden." Er erhob sich. „Du kannst jetzt mit runterkommen, wenn du willst. Es tut dir keiner was."

„Aber meine Mum ..."

„Sie war nur durcheinander, mehr nicht. Und jetzt komm mit nach unten."

Adams Mutter machte in der Küche Tee, Annie lehnte am Tresen und sprach mit ihr.

„Aha, du kommst also wieder zu uns, du kleiner Teufel, ja?", sagte Mrs Kelly.

„'tschuldigung Mum."

Sie zauste sein Haar. „Mach so was bloß nicht noch mal."

Vivian Elmsley machte es sich zu den Abendnachrichten mit einem Gin Tonic bequem. Seitdem sie von ihren Erinnerungen gequält wurde, trank sie häufiger, hatte sie festgestellt.

Die Nachrichten an diesem Abend erschütterten sie bis ins Mark.

Gegen Ende der Sendung wurde Hobb's End gezeigt, wo die Beamten der Spurensicherung noch immer in den Ruinen herumwühlten.

„Eine Geschichte aus dem Norden Englands, über die wir bereits berichteten", begann die Reporterin, „hat heute eine neue Wendung genommen. Nach der Untersuchung der Knochenfunde ist sich die Polizei der Identität des Opfers ziemlich sicher. Unsere Redaktion Nord sprach mit Detective Chief Inspector Alan Banks, der die Untersuchung leitet." Die Kamera ruhte auf einem schlanken, dunkelhaarigen Mann mit durchdringenden blauen Augen. „Können Sie uns sagen, wie Sie zu diesem Schluss kamen?", fragte die Journalistin.

„Ja." Banks blickte beim Sprechen direkt in die Kamera. „Als wir die Personen überprüften, die während des Zweiten Weltkrieges in dem Cottage wohnten, stellten wir fest, dass der Name einer Frau, sie heißt Gloria Shackleton, nach 1941 nicht mehr in den Unterlagen auftaucht. Dafür kann es natürlich verschiedene Gründe geben, wir prüfen auch noch andere Möglichkeiten. Aber wir müssen ebenfalls in Betracht ziehen, dass sie nicht mehr erwähnt wird, weil sie tot war."

„Wie lange befanden sich die Überreste der Frau unter der Erde?"

„Das kann man nicht präzise sagen, aber wir schätzen seit Anfang oder Mitte der Vierzigerjahre."

„Das ist eine lange Zeit. Können unsere Zuschauer irgendwie behilflich sein?"

„Allerdings, das können sie.“ Dann erschienen auf dem Bildschirm der Kopf und die Schultern einer Frau. Das war doch nicht möglich! Aber es gab keinen Zweifel, um wen es sich handelte: *Gloria.*

Vivian schnappte nach Luft und griff sich ans Herz.

Es sah aus wie ein Bildausschnitt. Der Haltung des Kopfes nach zu urteilen, hatte Gloria liegend als Modell posiert.

Im Hintergrund war Banks' Stimme zu hören: „Wenn jemand diese Frau kennt, die unseres Wissens nach zwischen 1921 und 41 in London und danach in Hobb's End lebte, möchte er oder sie sich bitte mit der Polizei von North Yorkshire in Verbindung setzen.“ Er nannte eine Telefonnummer.

Vivian sah nur noch Glorias Gesicht: Stanhopes Vision von Glorias Gesicht, diese durchtriebene Mischung aus Naivität und Laszivität, dieses einladende Lächeln mit seinem Versprechen geheimer Freuden. Dann überlief sie ein ängstlicher Schauer: Wenn sie Gloria bereits entdeckt hatten, wie lange dauerte es dann noch, bis sie gefunden wurde?

4

„Da stand nur, dass er vermisst wird“, sagte Gloria beharrlich mehr als zwei Monate später, im Hochsommer 1943. Wir standen an eine Trockenmauer gelehnt und blickten über die goldgrünen Hügel nach Nordwesten. Sie hielt mir den letzten Brief des Ministeriums vor die Nase. „Hier: ‚vermisst während schwerer Gefechte östlich des Irrawaddy River in Burma‘.“

Seit wir die Nachricht von Matthews Verschwinden bekommen hatten, bestand unser wichtigster Lebensinhalt in dem Bemühen, so viel wie irgend möglich darüber herauszufinden, was ihm zugestoßen war. Zuerst hatten wir Briefe geschrieben, dann hatten wir sogar im Ministerium angerufen. Doch das Einzige, was wir aus dem Mann am Telefon herausbekommen konnten, war, dass sich die Gegend, in der Matthew verschwunden war, nun in der Hand der Japaner befand. Es sei eine nicht näher genannte Zahl Gefallener bestätigt worden, aber Matthew sei nicht darunter. Es bestünde die Möglichkeit, dass er getötet oder gefangen genommen worden war. Seit dem Telefongespräch hatte Gloria gegrübelt, was als Nächstes zu tun war. „Ich finde, wir sollten nach London fahren“, sagte sie. „Wir wollen Antworten.“

Den Rest des Monats versuchte ich Gloria die Reise nach London auszureden, aber sie war unerbittlich. Selbst Michael Stanhope meinte, es sei reine Zeitverschwendung. Die Regierungsangestellten würden uns nichts sagen. Ich war noch nie in London gewesen, und dieses Vorhaben machte mir eine Heidenangst.

Schließlich wurde die Fahrt für September geplant. Gloria entschied, es sei am besten, mit dem Nachtzug hin- und zurückzufahren. So brauchte sie ihre eineinhalb freien Tage lediglich auf die Wochenmitte zu verschieben. Cynthia Garmen versicherte mir, sie würde nach Mutter und dem Laden sehen. Mutter gab Gloria einige ihrer Bezugsscheine für Kleidung, falls wir Zeit haben sollten, uns in den großen Geschäften umzusehen. Obwohl Gloria sie dankbar entgegennahm, waren Kleider das Letzte, was sie im Kopf hatte.

ES WAR zehn Uhr, als Banks mit seinem Auto die Hügelkuppe erreichte und Edinburgh in seiner dunstigen Herrlichkeit in der Ferne erblickte: die stufenförmig angelegten Wohnblöcke, den dunklen gotischen Spitzturm des Sir-Walter-Scott-Denkmals, den Buckel von Arthur's Seat, das Schloss auf dem Felsen, das schimmernde Meer dahinter.

Betty Goodall lebte in einer Nebenstraße der Dahlkeith Road, nicht weit vom Stadtzentrum entfernt. Sie hatte ihm am Telefon eine präzise Anfahrtsbeschreibung durchgegeben, sodass er sich nur wenige Male verfuhr, bis er die schmale Straße mit den hohen Mietshäusern fand.

Mrs Goodall öffnete umgehend auf Banks' Klingeln und führte ihn in ein Wohnzimmer mit hoher Decke, das nach Lavendel roch. Sie war eine kleine, gedrungene Frau. Ihr frisch dauergewelltes Haar war fast weiß, die Locken wirkten so betonhart wie die von Margaret Thatcher.

Mrs Goodall bot ihm an, in einem stattlichen Damastsessel Platz zu nehmen, dessen Arm- und Rückenlehnen mit weißen Sesselschonern aus Spitze bezogen waren.

„Darf ich Ihnen einen Tee anbieten?"

„Gerne."

Sie verschwand in der Küche. Banks sah sich um. Der Raum war irgendwie nichts sagend: sauber und aufgeräumt, aber ohne jede Atmosphäre. Einige gerahmte Bilder standen auf der Anrichte, aber keines zeigte Hobb's End.

Mrs Goodall kam langsam ins Zimmer zurück, auf einem Tablett trug sie ein Porzellanservice vor sich her. Sie stellte es auf dem Tisch vor dem Sofa ab und setzte sich dann.

„Wir lassen ihn ein paar Minuten ziehen, ja? Nun", sagte sie, die

Hände im Schoß gefaltet, „fangen wir an! Am Telefon erwähnten Sie Hobb's End. Was wünschen Sie zu wissen?"

„Erinnern Sie sich an Gloria Shackleton?", fragte Banks. „Während des Krieges wohnte sie im Bridge Cottage."

Mrs Goodall sah aus, als hätte sie gerade Essig verschluckt. „Sicher erinnere ich mich an sie", antwortete sie. „Ein furchtbares Mädchen."

„Ja? In welcher Hinsicht?"

„Um mich ganz gewöhnlich auszudrücken, Chief Inspector: Das Mädchen war ein freches Flittchen. Das wusste ich von dem Moment an, als ich sie zum ersten Mal in der Kirche erblickte. Damals hieß sie noch Gloria Stringer."

„War sie gläubig?"

„Keine wahre Christin würde sich so zur Schau stellen, wie sie es tat."

„Warum ging sie dann zur Kirche?"

„Weil die Shackletons gingen, natürlich. Bei denen hatte sie sich so richtig eingenistet."

„Ursprünglich war sie doch aus London, oder? Hat sie je etwas über ihre Vergangenheit erzählt?"

„Mir nicht, obwohl ich im Hinterkopf habe, dass mir jemand berichtete, ihre Eltern seien bei den Luftangriffen auf London ums Leben gekommen." Mrs Goodall richtete sich kerzengerade auf und schenkte ein. Die Teetassen bestanden aus zartem, zerbrechlichem Porzellan und hatten einen schmalen Henkel, durch den Banks unmöglich seinen Finger schieben konnte. „Sicherlich hoffte man", fuhr sie fort, „dass sie sich mit der Zeit bemühen würde, sich unterzuordnen, ihr Verhalten und ihr Auftreten den dörflichen Gepflogenheiten anzupassen – aber nichts dergleichen."

„Kannten Sie sie gut?"

„Chief Inspector, klingt es so, als sei sie ein Mensch gewesen, auf dessen Gesellschaft ich Wert gelegt hätte?"

„Hatten Sie überhaupt Umgang mit Gloria?"

Mrs Goodall nickte. „Ja, das hatte ich. Es lag mir ob, ihr mitzuteilen, dass ihr Verhalten inakzeptabel war, genauso wie ihr Auftreten."

„Ihr Auftreten?"

„Ja. Welche Kleidung sie trug, wie sie herumstolzierte, wie sie ihr Haar frisierte. Das war nicht damenhaft."

„Sie sagten, es habe Ihnen obgelegen? In welcher Funktion? War man allgemein schlecht auf sie zu sprechen?"

„In meiner Eigenschaft als Mitglied der Kirche von England."

„Verstehe. Wie reagierte Gloria auf Ihren Tadel?"

Mrs Goodall lief noch in Erinnerung daran rot an. „Ich wies sie darauf hin, dass es ihr moralisch und gesellschaftlich sehr zugute kommen könnte, wenn sie ein aktives Mitglied der Frauengemeinschaft und der Missionsgesellschaft würde. Sie schimpfte mich eine wichtigtuerische Ziege und deutete an, dass es nur eine Missionarsstellung gebe, an der sie interessiert sei, und das sei nicht die in der Kirche. Ist das nicht unglaublich? Und sie warf mit Ausdrücken um sich, die ich nicht einmal aus dem Mund des gewöhnlichsten Bauerntrampels erwartet hätte."

„Sie heiratete Matthew Shackleton, stimmt's?"

Mrs Goodall sog laut zischend die Luft ein. „Ja. Matthew war ein außergewöhnlicher Mann. Ich hatte weit mehr von ihm erwartet. Nicht lange nach ihrer Hochzeit wurde er ins Ausland geschickt. Der Arme wurde an der Front vermisst gemeldet. Irgendwann 1943. Wurde von den Japanern gefangen genommen." Sie erschauerte. „Ich nehme an, er starb."

„Sie hatten keinen Kontakt mehr?"

Sie drehte an ihrem Ehering. „Nein. Mein Mann William wurde Anfang vierundvierzig nach Schottland geschickt. Ich begleitete ihn, und wir hatten nichts mehr mit Hobb's End zu tun."

„Wissen Sie, ob sich Gloria neben Matthew auch mit anderen Männern traf?"

Mrs Goodall rümpfte die Nase. „Mit ziemlicher Sicherheit."

„Mit wem?"

Sie hielt kurz inne, dann stieß sie nur ein Wort aus: „Soldaten."

„Was für Soldaten?"

„Es herrschte Krieg, Chief Inspector. Soldaten waren überall. Aber nicht nur britische." Zum ersten Mal während des Gesprächs entschlüpfte Mrs Goodall ein kleines Lächeln. „Die hier waren sexbesessen", erwiderte sie, „überbezahlt und fern der Heimat."

„Amerikaner?"

„Ja. Die Royal Air Force übergab Rowan Woods der amerikanischen Luftwaffe. Und ich brauche Ihnen wohl nichts über die Gelegenheiten zu Unzucht und Verdorbenheit zu erzählen, die ein weitläufiges Waldgebiet wie Rowan Woods zu bieten hat, oder?"

Banks fragte sich, ob sie eine Verneinung als Hinweis auf persönliche Erfahrungen verstehen würde. Er entschied, es nicht zu riskieren. „Gab es jemand Besonderen?", fragte er.

„Das hätte ich nicht mitbekommen. Ich hielt mich von ihnen fern. Glaubt man Cynthia Garmen, hatte sie mehr als einen. Nicht dass Cynthia geschwätzig gewesen wäre. Nicht mehr jedenfalls, als ihr zustand. Sie hat ja selbst einen von denen geheiratet, nicht wahr? Ist nach Pennsylvania gezogen."

„Also interessierte sich niemand ernsthaft für Gloria?"

„Oh, ich bezweifle nicht, dass diese Liebschaften so ernst waren, wie eine Frau es nur meinen konnte. Eine verheiratete Frau."

„Aber Sie sagten doch, sie dachte, ihr Mann sei tot."

„Vermisst oder verschollen. Das ist nicht ganz dasselbe." Mrs Goodall schwieg eine Weile, dann sagte sie: „Darf ich Ihnen eine Frage stellen? Warum erkundigen Sie sich nach so vielen Jahren nach dieser Shackleton?"

Banks erzählte ihr von der Entdeckung der Gebeine, die man für Glorias Überreste hielt.

Mrs Goodall erbleichte. „Ich möchte nicht schlecht über die Tote sprechen", stammelte sie. „Das hätten Sie mir früher erzählen sollen."

„Hätte das Ihre Aussage geändert?"

„Wahrscheinlich nicht. Ich habe es immer für eine wichtige Tugend gehalten, die Wahrheit zu sagen. Ich kann Ihnen jedoch nicht mehr mitteilen, als dass Gloria Shackleton noch gesund und munter war, als William und ich Hobb's End im Mai 1944 verließen."

„Vielen Dank", erwiderte Banks. „Das hilft uns, den Zeitraum einzugrenzen. Wissen Sie, ob sie Feinde hatte?"

„Keinen, der das tun würde, was Sie gerade geschildert haben. So wie ich auch, lehnten viele Menschen sie ab. Aber das ist ja etwas anderes. Glauben Sie nicht, dass Sie diesen Fall angesichts Glorias eigensinnigem Charakter als *crime passionnel* betrachten sollten?"

„Möglich." Banks rutschte im Sessel herum. „Was ist mit Michael Stanhope?"

Sie zog die Augenbrauen hoch. „Noch so einer. Liederlich, pervers. Vom gleichen Schlag, er und Gloria Shackleton."

„Es scheint ein Aktgemälde von Gloria zu geben. Wussten Sie etwas darüber?"

„Es überrascht mich zwar in keinster Weise, aber nein, davon wusste ich nichts."

„Können Sie sich vorstellen, dass Gloria eine Affäre mit Michael Stanhope hatte?"

„Das weiß ich nicht. Da die beiden ähnliche Ansichten und Charaktere hatten, würde ich es nicht ausschließen. Immerhin verbrachten sie sehr viel Zeit miteinander."

„Hatten Gloria und Matthew Kinder? Bei der Autopsie gab es gewisse Indizien dafür."

„Nicht dass ich wüsste. Und so etwas ist in einem kleinen Dorf schwer zu verbergen. Sie kann ein Kind bekommen haben, nachdem wir 1944 fortzogen."

„Ja, möglich. Oder aber sie gebar ein Kind, *bevor* sie nach Hobb's End kam."

„Aber …, aber das würde ja bedeuten …, dass sie schon einmal verheiratet war!"

„Nur eine Sünde mehr auf ihrer Liste", sagte Banks. „Aber das muss nicht unbedingt so sein. Ich kann mir vorstellen, dass selbst damals, in der guten alten Zeit, das eine oder andere Kind auf der falschen Seite des Bettes geboren wurde."

Mrs Goodalls Lippen verzogen sich kurz zu einem Strich, dann sagte sie: „Ich habe keinen Sinn für Ihren Sarkasmus, Chief Inspector, auch nicht für Ihre grobe Ausdrucksweise."

„Es tut mir Leid, Mrs Goodall. Ich wollte nicht sarkastisch sein, wirklich nicht, ich möchte hier nur einem besonders gemeinen Mord auf die Spur kommen. Ich bin der Meinung, dass das Opfer jede Anstrengung wert ist."

„Aber ganz bestimmt. Ich gebe meinen Fehler zu: Gloria Shackleton hat auf gar keinen Fall das verdient, was ihr Ihren Angaben nach zugestoßen ist."

„Kannten Sie Matthews Schwester Gwynneth?"

„Gwen? O ja. Gwen war ein ziemlich stilles Mädchen, hatte immer den Kopf in den Büchern."

„Wissen Sie, was aus ihr geworden ist? Lebt sie noch?"

„Leider verloren wir uns aus den Augen, als William und ich nach Schottland zogen."

„War sie eng mit Gloria befreundet?"

„Nun, sie gingen immer zusammen zum Tanzen nach Harkside, auch mal ins Kino. Aber sie waren grundverschieden. Es wurde gemunkelt, Gloria würde Gwen auf die falsche Bahn bringen. Gwen war vielleicht zwei oder drei Jahre jünger. Sie war leicht zu beeindrucken."

„Wie sah sie aus?"

„Gwen? Sie war ziemlich unscheinbar, abgesehen von ihren Augen. Eindrucksvolle Augen hatte sie, fast schon orientalisch, so schräg standen sie. Und sie war groß. Groß und plump. Ein ungelenkes Mädchen."

„Und Matthew?"

„Ein flotter, fescher Kerl. Sehr vernünftig." Wieder huschte ein kleines Lächeln über ihre strengen Züge. „Wenn ich nicht meinen William kennen gelernt hätte …, tja, wer weiß."

Banks erhob sich. „Es tut mir Leid, dass ich Ihre Zeit so lange in Anspruch genommen habe. Sie sind mir eine große Hilfe gewesen."

„Wenn ich Ihnen sonst noch irgendwie helfen kann, zögern Sie bitte nicht, sich bei mir zu melden."

Gloria und ich nahmen den Nachtzug vom Bahnhof Leeds, dessen Bahnsteig mit jungen Soldaten überfüllt war. Wir wurden von der Menschenmenge vorwärts gedrückt und schließlich mehr oder weniger auf Sitze in einem überfüllten Abteil geschoben.

Man saß viel zu eng zusammengepfercht, als dass man hätte schlafen können. Ich konnte nicht einmal lesen. Die Vorhänge waren zugezogen, und das Abteil wurde lediglich von einer geisterhaft blauen Lampe beleuchtet.

Eine Zeit lang unterhielten wir uns mit zwei jungen Soldaten, doch nach und nach verstummten alle. Nach einer Weile schlief Gloria ein. Langsam rutschte ihr Kopf zur Seite, bis ihre Wange auf meiner Schulter ruhte.

Die letzten ein oder zwei Stunden der Fahrt sah ich zum ersten Mal endlose Straßen ausgebombter Häuserreihen. Im Schutt wuchsen Weidenröschen und Greiskraut, sie schoben sich durch die Risse im zerbombten Mauerwerk. Einige Häuser waren in der Mitte aufgerissen und halbiert worden. Man konnte die Tapete erkennen, gerahmte Bilder und Fotografien an den Wänden, ein Bett hing halb an den gezackten Resten des Fußbodens fest. Ich weiß nicht, ob ich bis zu diesem Zeitpunkt die Ausmaße der Verwüstung wirklich erfasst hatte.

Bei unserer Ankunft in King's Cross war es bereits nach zehn Uhr morgens, und ich hatte einen Bärenhunger. Gloria wollte direkt nach Whitehall fahren, aber ich konnte sie überreden, erst etwas zu essen. Wir fanden ein Lyons-Restaurant, wo wir eine Scheibe dünnen Frühstücksspeck und ein Ei bekamen.

Nach dem Frühstück traten wir wieder auf die Straße. Die ganze Gegend machte einen schäbigen, heruntergekommenen, besiegten Eindruck.

Ich sah die ersten verwundeten Soldaten, traurig blickende Männer mit bandagierten Köpfen, fehlenden Gliedmaßen und Augenklappen, manche auf Krücken oder mit einem Arm in der Schlinge. Die Menschen sahen verhärmt und blass aus, so wie man nach jahrelanger Lebensmittelrationierung, Bombardierung und Unsicherheit eben aussieht.

Gloria war in ihrem Element. Wir fuhren mit einem Bus und stiegen an einer breiten Straße aus, die von hohen Gebäuden gesäumt wurde. Während Gloria mit mir von einem Haus zum nächsten ging, fühlte ich mich wie ein kleines Kind, das die Mutter hinter sich herzerrte. Gloria fand schließlich einen Beamten niederen Ranges, der sich ein wenig besser mit dem Krieg im Fernen Osten auszukennen schien. Und er schien Gloria ins Herz geschlossen zu haben.

Es war ein ordentlicher kleiner Mann in einem Nadelstreifenanzug. Sein Haar war grau und in der Mitte gescheitelt, und er hatte einen säuberlich gestutzten Schnauzer. Er warf einen kurzen Blick auf seine Uhr. Dann deutete er an, er hätte vielleicht zehn Minuten für uns Zeit, wenn wir ihn zum Teehaus an der Ecke begleiten wollten.

Wir folgten ihm zum Teehaus, bezahlten den Tee an der Theke, und Gloria begann, den armen Kerl mit Fragen zu löchern: „Wie stehen die Chancen, dass Matthew noch lebt?“

Der Mann stutzte und räusperte sich, dann wog er seine Worte sorgfältig ab. „Diese Frage kann ich leider nicht genau beantworten“, erwiderte er. „Wie ich Ihnen schon sagte, besitze ich keine Informationen über den von Ihnen angesprochenen Fall, sondern nur ein wenig Allgemeinwissen über die Situation im Osten.“

„Schon gut“, fuhr Gloria unerschrocken fort, „erzählen Sie mir, was am Irrawaddy passiert ist.“

Arthur Winchester hielt inne und trank noch einen Schluck Tee. „Wie Sie wahrscheinlich wissen“, begann er, „liegt Burma zwischen Indien und China, und es wäre von unschätzbarem Wert, wenn unsere Streitkräfte die Burma-Straße wieder öffnen könnten, damit ihnen der Weg nach China freisteht, was dann als Ausgangspunkt für Operationen gegen Japan genutzt werden könnte. Das ist allgemein bekannt, wie ich schon sagte.“

„Mir nicht.“ Gloria zündete sich eine Zigarette an. „Und weiter?“, drängte sie ihn und atmete den Qualm aus.

„Einfach ausgedrückt: Seit Burma gefallen ist, versuchen wir es zurückzuerobern. Eine der Offensiven zu diesem Zweck war die Operation Chindit, mit der im Februar begonnen wurde. Sie setzte östlich des Irrawaddy, eines Flusses in Zentralburma, ein. Als wir dort standen, lancierten die Japaner einen Großangriff an der Arakan-Front, sodass sich die Briten zurückziehen mussten. Die Chindits, Soldaten einer speziellen Dschungeleinheit, gerieten hinter die feindlichen Linien und wurden abgeschnitten, sodass sie sich nicht mehr geordnet zurückziehen konnten." Er sah Gloria an. „Das ist zweifelsohne der Grund, warum Ihnen niemand Genaueres über Ihren Mann sagen konnte."

„Aber wir versuchen immer noch, Burma zurückzuerobern?"

„O ja. Es ist von großer strategischer Bedeutung."

„Also besteht noch Hoffnung, dass Matthew gefunden wird. Wenn die Briten Burma zurückerobern?"

„Ich möchte Ihnen keine Hoffnung machen, meine Liebe. Das kann noch sehr lange dauern."

„Woher wissen Sie das alles?", fragte Gloria.

Arthur Winchester neigte bescheiden den Kopf. „Sehr viel weiß ich leider nicht. Aber vor dem Krieg war ich Geschichtslehrer. Der Ferne Osten hat mich immer interessiert."

„Also können Sie uns eigentlich nichts Genaues sagen?", fragte Gloria.

„Nun, mir kommt jeder Grund gelegen, um mit einer hübschen Dame Tee trinken zu können, wenn ich das sagen darf."

Wütend sprang Gloria auf. Arthur Winchester hielt sie beschämt am Ärmel fest. „Es tut mir Leid, meine Liebe. Das war ungehörig. Ich wollte Sie wirklich nicht beleidigen. Das war nur ein Kompliment."

Vorsichtig nahm Gloria wieder Platz, mit einem harten, argwöhnischen Ausdruck in den Augen, und fragte: „Können Sie uns überhaupt etwas sagen, Mr Winchester?"

„Ich kann Ihnen nur sagen, meine Liebe", fuhr er feierlich fort, „dass viele der Verwundeten beim Rückzug hinter den feindlichen Linien zurückgelassen werden mussten. Man gab ihnen ein wenig Geld und natürlich eine Waffe."

Gloria war blass geworden. Ich merkte, dass ich den Stoff meines Kleides mit der Faust im Schoß zusammenknüllte, bis meine Fingerknöchel weiß wurden.

„Und wenn das auch mit Matthew passiert ist?"

Arthur Winchester zögerte. „Tja", meinte er, „die Japaner nehmen nicht gerne Verwundete gefangen. Das hängt natürlich davon ab, wie schwer er verwundet war, ob er arbeiten konnte."

„Sie wollen also sagen, dass sie ihn einfach umgebracht haben?"

„Ich will sagen, dass das möglich ist. Oder … wie schon gesagt, man ließ den Verwundeten eine Waffe da."

Es dauerte ein paar Augenblicke, bis wir verstanden, was er meinte. Ich glaube, ich äußerte mich als Erste. „Sie meinen, Matthew könnte Selbstmord begangen haben?", fragte ich.

„Wenn eine Gefangennahme unausweichlich und er schwer verwundet war, dann würde ich sagen, ist das eine Möglichkeit." Seine Stimme klang ein wenig fröhlicher. „Aber das ist alles nur reine Vermutung, verstehen Sie? Vielleicht wurde er einfach vom Feind gefangen genommen und bringt den Rest des Krieges in einem relativ sicheren Gefangenenlager hinter sich. Das Hauptproblem ist, dass unsere Informationskanäle sehr dürftig sind. Selbst das Rote Kreuz hat große Schwierigkeiten, seine Pakete auszuliefern und Auskünfte zu erhalten. Es ist bekannt, wie schwer der Umgang mit den Japanern ist."

„Er ist also vielleicht Kriegsgefangener, und keiner hat es für nötig gehalten, Bescheid zu geben. Wollen Sie das damit sagen?"

„Das ist durchaus eine Möglichkeit. Ja. Aber ..." Er hielt wieder inne. „Tja", meinte er. „Ich möchte Sie nicht beunruhigen, aber ich würde sagen, Sie sollten hoffen, dass er tot ist. Das wäre am besten." Er schwieg. „Sehen Sie, es ist Krieg. Alles ist anders. Sie müssen die Vergangenheit hinter sich lassen. Ihr Mann ist wahrscheinlich tot. Und wenn nicht, ändert sich auch nichts. Danach wird nichts mehr so sein wie vorher. In der ganzen Stadt leben die Menschen, als ob es kein Morgen gäbe. Wie lange bleiben Sie in London?"

Gloria beäugte ihn misstrauisch. „Bis heute Abend. Warum?"

„Ich kenne da ein Haus. Sehr diskret. Vielleicht könnte ich ..."

Gloria sprang so schnell auf, dass sie gegen den Tisch stieß und den Rest ihres Tees auf den Schoß von Arthur Winchester verschüttete. Doch er erhob sich nicht, um ihn aufzuwischen. Stattdessen stürzte er mit den Worten zur Tür: „Du liebe Güte, so spät schon? Ich muss mich beeilen."

Gloria blickte ihm böse nach, strich dann ihre Locken zurück und setzte sich wieder.

Wir trödelten mit unserem Tee herum. Gloria rauchte noch eine Zigarette und starrte durch die beschlagenen Fensterscheiben nach draußen. „Was meinte er damit, es wäre besser so?", fragte Gloria.

„Weiß ich nicht", erwiderte ich. „Ich schätze, er wollte damit sagen, dass die Japaner ihre Gefangenen nicht so gut behandeln wie wir unsere. Für mich hörte es sich an, als wäre Matthew besser dran, wenn er tot wäre."

ANNIE parkte in einer der steil ansteigenden Straßen hinter dem Schloss und suchte Alice Pooles Haus. Das Cottage war leicht zu finden. Es befand sich in einem ruhigen, höher gelegenen Stadtteil, fern der Pubs und Einkaufszentren voller Urlauber. Vom Garten aus konnte sie weit unten einen Streifen Nordsee erkennen, die heute stahlgraublau war, gesprenkelt mit kleinen Booten. Möwen zogen über einem Fischschwarm kreischend ihre Kreise.

Die Frau, die die Tür öffnete, war groß und hatte dünnes, strähniges Haar wie Zuckerwatte. Sie trug ein langes, weites purpurrotes Kleid mit goldenen Stickereien am Hals, dazu goldenen Ohrschmuck aus ineinander verschlungenen Ringen. Eine schwarze Hornbrille hing an einer Kette um ihren Hals. Sie führte Annie in ein helles, unordentliches Zimmer. „Darf ich Ihnen etwas anbieten?", fragte sie, nachdem sie Annie in einen Sessel bugsiert hatte. „Ich nehme um diese Zeit normalerweise mein zweites Frühstück zu mir."

Annie lächelte. „Danke, Mrs Poole."

„Alice. Sagen Sie doch Alice zu mir. Und warum blättern Sie nicht mal hierin herum."

Sie reichte Annie ein dickes, in Leder gebundenes Fotoalbum und steuerte auf die Küche zu. Die meisten der Schwarzweißfotos waren Familienaufnahmen, aber es befanden sich auch mehrere Dorfansichten darunter. Es gab auch ein paar Bilder der Kirche und der Flachsmühle.

Alice Poole kam mit zwei Tassen Kaffee zurück, zwischen den Zähnen hielt sie einen Schokoriegel. „Eine kleine Schwäche von mir", sagte sie, als sie die Hände wieder frei hatte. „Möchten Sie auch einen?"

„Nein", erwiderte Annie. „So ist es gut." Sie nahm die Kaffeetasse.

„Sie sind also wegen Gloria gekommen?"

„Haben Sie davon gehört?"

„O ja. Ihr Chef war gestern Abend im Fernsehen. Wie furchtbar! Gibt es schon einen Verdächtigen?"

„Eigentlich nicht", sagte Annie. „Es ist sehr schwer, weil alles so lange her ist."

„Das können Sie wohl sagen. Ich bin schon fünfundsiebzig. Hier, das ist Gloria." Alice zeigte auf eine Aufnahme von vier Mädchen, die vor einem Jeep standen, und tippte auf eine zierliche Blondine mit langen Locken, schmaler Taille und einem provozierenden Lächeln. Darunter stand: *Juli 1944*. „Das hier ist Gwen, ihre Schwägerin."

Gwen war die Größte. Sie lächelte nicht und hatte sich vom Betrachter abgewandt, als schäme sie sich ihres Aussehens. „Und das hier ist Cynthia Garmen. Oh, und das da bin ich." Alice war offenbar eine grazile Blondine gewesen. Im Jeep hinter den Mädchen standen vier junge Männer in Uniform.

„Wer ist das?", fragte Annie.

„Amerikaner. Das ist Charlie, und der hieß Brad. Wir trafen uns ziemlich oft. Wie die anderen beiden hießen, weiß ich nicht mehr."

„Ich würde gerne eine Kopie davon machen, wenn ich darf."

„Kein Problem." Alice löste das Bild aus den Fotoecken. „Aber gehen Sie bitte vorsichtig damit um."

„Versprochen." Annie schob es in ihre Tasche. „Kannten Sie Gloria gut?", fragte sie weiter.

„Ziemlich gut. Sie heiratete Matthew Shackleton, wie Sie wahrscheinlich schon wissen, und als er im Krieg war, wurden Gloria und Gwen, Matthews Schwester, unzertrennlich. Aber sehr oft unternahmen wir auch gemeinsam etwas."

„Wie war sie so?"

„Gloria?" Alice wickelte den Schokoriegel aus und biss hinein. „Hm, ich würde sagen, sie war ein anständiger Mensch. Lustig. Es machte Spaß, mit ihr zusammen zu sein. Lieb. Großzügig. Sie hätte einem ihr letztes Hemd gegeben."

„Erzählte sie Ihnen von ihrer Vergangenheit?"

„Sie sagte nur, sie hätte ihre Familie bei den deutschen Luftangriffen verloren. Es muss sehr schmerzhaft für sie gewesen sein. Manchmal machte Gloria einen sehr abwesenden Eindruck. Gelegentlich überkam sie eine tiefe, stille Traurigkeit, einfach so, während eines Picknicks oder beim Tanzen. Aber nicht oft."

„Hatte sie Feinde?"

„Es gab so einige, die über sie die Nase rümpften. Gloria ging alleine ins Pub, und sie rauchte auf der Straße. Ich weiß, das ist heute nichts Besonderes mehr, aber damals war es …, nun ja, für manche war es dasselbe, als wäre man ein Freudenmädchen." Sie schüttelte langsam den Kopf. „Und einigen war Gloria einfach zu frech und flatterhaft. Betty Goodall hatte nie viel für sie übrig. Betty war immer schon zu streng in ihren religiösen Ansichten, wenn Sie mich fragen."

„Wissen Sie, ob Gloria irgendetwas tat, was diese Missbilligung rechtfertigte, oder ging es nur um ihr Wesen, ihren Charakter?"

„Ojemine. Sie möchten, dass ich aus dem Nähkästchen plaudere?"

Annie lachte. „Nur wenn Sie wollen. Aber es ist schon so lange her, es könnte uns helfen, den Mörder zu finden."

„Oh, ich weiß, meine Liebe. Ich weiß. Ich hole nur eben meine Zigaretten." Sie stand auf und brachte ihre Handtasche herüber, holte eine Packung Dunhill heraus und zündete sich mit einem goldenen Feuerzeug eine Zigarette an. „Also gut, meine Liebe, wo war ich stehen geblieben?"

„Ich wollte wissen, ob Gloria Affären hatte, mit anderen Männern ins Bett ging."

„Mit Sicherheit nicht mehr als andere damals auch. Sicherlich flirtete sie gern. Aber das heißt doch nichts, oder? Vielleicht war ich ja naiv, aber ich glaube, da war mehr Rauch als Feuer. Meistens jedenfalls."

„Was hielten Sie von Matthew?"

„Ach, er war ganz nett; er sah gut aus und war charmant, und natürlich tat es einem Leid, was hinterher mit ihm passierte."

„Was passierte denn?"

„Er wurde von den Japanern getötet. Drüben in Burma."

„Wie reagierte Gloria auf seinen Tod?"

„Es brach ihr das Herz. Sie war am Boden zerstört. Ich machte mir Sorgen um sie. Gwen meinte, das würde sich schon geben, aber Gwen machte auch nicht den besten Eindruck auf mich. Standen sich sehr nahe, sie und Matthew. Nun ja, als Gloria dann wieder ausging, war sie noch viel leichtsinniger, wissen Sie, wie manche werden, wenn sie meinen, sie hätten nichts mehr zu verlieren." Sie sog an ihrer Zigarette.

„Wann begann Glorias Beziehung zu Michael Stanhope, dem Maler?"

„Ach, der war immer in der Nähe. Beide waren Außenseiter, Freigeister. Auf eine gewisse Art verstanden sie einander."

„Kannten Sie Stanhope?"

„Nur vom Sehen. Er war ein Exzentriker. Trug immer diesen Schlapphut. Und den Gehstock. Sehr affektiert. Es war nicht zu übersehen, dass er ein Künstler war, verstehen Sie? Aber ich glaube, er war ein harmloser Zeitgenosse. Jedenfalls kann er mit Gloria nichts gehabt haben. Er war homosexuell, meine Liebe."

„Verstehe. Hatte Gloria nach dem Tod ihres Mannes noch andere Affären?", fragte Annie.

„Sie hatte da was mit einem Yankee, der hieß Billy Joe irgendwas. Man sagte ihr nach, sie würde sich mit amerikanischen Fliegern herumtreiben, spät nachts im Wald verschwinden und so weiter." Alice zwinkerte.

„Glauben Sie, da war etwas dran?"

„Es würde mich wundern, wenn nicht. Sie war allein. Wir haben uns oft mit ihnen getroffen, Betty, Cynthia, Gloria, Gwen und ich. Wir gingen tanzen, oft in der Kaserne oder in Harkside. Die meisten Jungs aus dem Dorf waren im Krieg, außer den Untauglichen und denen mit freigestellten Berufen. Und die hockten immer nur im Shoulder of Mutton herum und jammerten die ganze Zeit. Die Amerikaner waren anders. Sie erzählten von Städten, die wir nur im Kino gesehen hatten. Sie waren exotisch. Aufregend. Sie hatten auch alle möglichen Sachen, die wir wegen der Rationierung nicht bekommen konnten. Nylonstrümpfe, Zigaretten und so. Wir hatten uns mit PX angefreundet, das war der Spitzname von dem Kerl, der auf dem Stützpunkt den Laden verwaltete, und er konnte uns alles Mögliche besorgen. Insbesondere Gloria. Für sie hatte er eine ganz besondere Schwäche. Gloria war wie ein wunderschöner, exotischer Schmetterling; sie zog jeden Mann an, den sie kennen lernte."

„Dieser PX, wie hieß der mit richtigem Namen?"

„Tut mir Leid, Liebes, ich könnte noch nicht einmal behaupten, dass ich es jemals wusste. Wir nannten ihn einfach immer PX."

„Gab es sonst noch jemand Besonderes?"

„Nach Billy Joe gab es Brad, der auf dem Foto, für den sie viel übrig hatte. Sie wollte nichts Ernstes, aber Brad war bis über beide Ohren verliebt."

„Können Sie sich an seinen Nachnamen erinnern?"

„Nein, tut mir Leid."

„Wie lange waren die beiden zusammen?"

„Da fragen Sie mich etwas. Ich glaube, bis 1944. Jedenfalls trafen sie sich noch, als wir Weihnachten abreisten. Mein Eric wurde verwundet. Nichts Ernstes, aber dadurch wurde er frühzeitig entlassen. Der Arzt empfahl ihm Seeluft, deshalb kamen wir hierher, verliebten uns in den Ort und blieben schließlich."

„Hat Gloria jemals von einem Kind gesprochen?"

Alice blickte verwirrt. „Nein, mir gegenüber nicht. Weiß noch nicht mal, ob sie überhaupt Kinder mochte. Aber warten Sie …, da war mal etwas, als ich über die Feenbrücke ging. Da tauchte ein Kerl auf mit einem kleinen Jungen im Schlepptau. Sie gingen ins Haus, um Gloria zu besuchen. Ich hörte, wie sie laut wurden."

„Wer war das denn, wissen Sie das?"

„Tut mir Leid, Liebes, keine Ahnung."

„Haben Sie Gloria je nach ihm gefragt?"

„Ja. Aber ich bekam keinen Ton aus ihr heraus. So war sie manchmal. Sie sagte nur, dass es Verwandte aus dem Süden wären. Sie glauben doch nicht …?"

„Ich weiß es nicht", erwiderte Annie. „Kamen sie noch einmal wieder, der Mann und der Junge?"

„Nicht dass ich wüsste."

„Und was war mit Gwen und Gloria, nachdem Sie wegzogen?"

„Das weiß ich nicht. Ich habe Gloria nie wiedergesehen oder von ihr gehört. Ich schickte ihr eine Postkarte, das muss im März oder April 45 gewesen sein, ich hab ihr geschrieben, dass wir in Scarborough bleiben würden. Sie hat nicht geantwortet. Im Laufe des Lebens verliert man den Kontakt zu vielen Leuten, habe ich gemerkt. Mit Gwen war es genauso. Aber wir hatten schon eine Menge Spaß zusammen."

„Also, Alice", sagte Annie. „Ich glaube, das ist momentan alles. Sie haben mir sehr geholfen."

„Ist nett, dass Sie das sagen, Liebes. Ich muss zugeben, dass ich das kleine Plauderstündchen sehr genossen habe. Ist schon Jahre her, dass ich über all das nachgedacht habe."

AUF DEM Rückweg von Edinburgh fuhr Banks noch bei seiner Dienststelle vorbei. Als Reaktion auf seinen Fernsehauftritt am Montagabend warteten ungefähr zwanzig Nachrichten auf ihn. Eine gute Stunde lang erledigte er Rückrufe, doch die meisten Anrufer wollten nur ihre Kriegserinnerungen aufleben lassen. Es kam dabei lediglich heraus, dass jemand glaubte, die Shackletons seien nach dem Ende des Krieges nach Leeds gezogen.

Banks hatte auch eine Nachricht von John Webb erhalten, der ihm ausrichtete, er habe den Knopf gesäubert. Er sei höchstwahrscheinlich aus Messing und habe auf der Vorderseite ein erhabenes Muster, das an Flügel erinnere. Angesichts des in Betracht kommenden Zeitraums seien die Streitkräfte in Erwägung zu ziehen, vielleicht die Royal Air Force, fügte er hinzu.

Als Banks auf der Dienststelle alles erledigt hatte, rief er Annie an und fragte sie, ob es ihr etwas ausmache, nach Gratly zu kommen. Er würde mit ihr zum Essen ins „Dog and Gun" in Helmthorpe gehen und inbrünstig hoffen, dass dort etwas Vegetarisches auf der Speisekarte stand. Dann fuhr er nach Hause und duschte ausgiebig. Als Nächstes versuchte er Brian in Wimbledon zu erreichen. Wieder hatte er kein Glück.

Als Annie kam, zeigte sie ihm zuerst das Foto von Gloria und ihren Freundinnen. Nach einer kurzen Führung durch das Haus machten sie sich im Dämmerlicht auf nach Helmthorpe. Dabei tauschten sie die neuesten Erkenntnisse aus.

Es war Anfang September, und es wurde jetzt früher dunkel. Als sie auf die High Street traten, stand die Sonne schon tief im Westen, ein roter Ball, der wie ein Stück Kohle in der Dämmerung glühte. Lachen und Musik drangen aus den offenen Türen des Pubs.

Sie fanden einen Tisch im Biergarten hinter dem Haus. Durch die Bäume malte das ersterbende Sonnenlicht blutrote und karmesinrote Streifen auf die Flussniederungen. Annie setzte sich, und Banks holte an der Theke zwei Gläser Bier und bestellte das Essen. Glücklicherweise hatte Annie gesagt, sie habe keinen großen Hunger, ein Sandwich mit Käse und eingelegten Gurken wäre genau das Richtige.

„Prost!" Banks nahm einen Schluck. „Wen hätten wir dann also?", fragte er. „Jetzt, wo wir wissen, dass Matthew vor Gloria starb?"

Annie lehnte sich zurück und streckte die langen Beine aus. „Wie wär's mit dem Geliebten?", schlug sie vor. „Dem Amerikaner?"

„Brad? Als Mörder? Warum?"

„Warum nicht? Ich habe den Eindruck, dass Gloria die Art von Frau war, die einen enormen Einfluss auf Männer ausübte. Alice sagte, er war stärker in Gloria verliebt als sie in ihn. Vielleicht versuchte sie ihm den Laufpass zu geben, und er war nicht einverstanden."

„Wir müssen auf jeden Fall mehr über die Amerikaner in Hobb's End herausfinden", sagte Banks. „Vielleicht kann dich die amerikanische Botschaft auf eine bestimmte Spur bringen."

„Das heißt also, ich soll mich darum kümmern?"

Banks lachte. „Vorgesetzter zu sein hat so seine Vorteile. Ich werde versuchen, mehr Informationen über Matthew Shackleton zu erhalten."

Das Essen kam, und eine Weile aßen beide schweigend.

„Was ist mit Michael Stanhope?", schlug Banks vor.

„Was hätte er für ein Motiv haben sollen? Sie waren Freunde."

„Zügellose Leidenschaft? Wenn er sich stark zu Gloria hingezogen fühlte, sie aber keine sexuelle Beziehung mit ihm eingehen wollte, dann könnte ihn das Anfertigen des Aktbildes übermäßig erregt haben."

Annie zog die Augenbrauen hoch. „Du würdest dich wundern, wie unbeteiligt ein Künstler sein kann. Ich habe den Eindruck, dass viele Dorfbewohner ihre negativen Gefühle auf Gloria projizierten. Meiner Meinung nach war sie eigentlich ein anständiges Mädchen, aber ihr Aussehen und ihre lockere Einstellung trugen ihr nicht enden wollende Probleme ein, besonders mit Männern. Irgendwann drehte halt jemand durch."

„Du hörst dich an, als wüsstest du, wovon du sprichst."

Annie wandte sich ab und starrte auf den dunklen Fluss. Er hatte sie lediglich mit einer lässig hingeworfenen Bemerkung aufziehen wollen, doch fühlte sich Banks, als hätte er verbotenes Terrain betreten. Ihm wurde klar, dass sie noch sehr vorsichtig miteinander sein mussten.

Nach einer Pause fuhr Annie fort: „Alice meinte, er sei schwul gewesen."

„Das konnte sie doch nicht mit Sicherheit wissen. Vielleicht war er ja auch bisexuell. Aber die Stanhope-Theorie hat sowieso einen entscheidenden Fehler. Wenn irgendwas zwischen ihnen vorgefallen sein sollte, dann doch wohl eher in seinem Atelier. Da stand sie nackt vor ihm. Wenn er sie umgebracht hat, glaube ich nicht, dass er es riskiert hätte, die Leiche den ganzen Weg zurück zum Bridge Cottage zu tragen. Dann hätte er eine andere Möglichkeit gesucht, um sie loszuwerden, irgendwo in der Nähe. Willst du noch etwas trinken?"

„Besser nicht", meinte Annie und legte die Hand auf ihr Glas. „Wenn ich fahre, trinke ich nie mehr als eins."

Banks hielt kurz inne, er hatte seine Stimme irgendwo tief in seiner Brust verloren. „Du *musst* ja nicht nach Hause fahren", sagte er schließlich.

Annie lächelte und legte die Hand auf seinen Arm. Die Berührung ließ sein Herz schneller schlagen.

„Nein, aber es wäre besser, denke ich. Ist ja schließlich ein Wochentag und so. Außerdem hatten wir uns doch geeinigt, nicht?"

„Der Versuch ist nicht strafbar. Was dagegen, wenn ich noch was trinke?"

Sie lachte. „Natürlich nicht."

Banks ging hinein. Er hatte nicht erwartet, dass Annie auf sein Angebot einging, war aber dennoch enttäuscht. Es musste doch hin und wieder ein wenig Platz für Spontaneität geben, oder nicht? Ob er diese Sache mit den Beziehungen wohl jemals verstehen würde?

Er bestellte ein zweites Bier und ging wieder nach draußen. Annie war jetzt nur noch eine dunkle Silhouette – und zwar eine schöne mit ihrem grazilen Hals und dem markanten Profil – und blickte auf die ihr eigene entspannte, in sich ruhende Art auf den Fluss.

Banks setzte sich und brach den Bann. „Und was ist mit dem geheimnisvollen Fremden und dem Kind, die nach ihr suchten? Glorias Familie kam bei den Luftangriffen auf London ums Leben, aber sie hat Alice erzählt, es seien Verwandte."

„Ich weiß. Kommt einem irgendwie komisch vor, oder?"

„Wenn sie abgehauen ist und ihren Mann oder Freund mit ihrem Kind sitzen gelassen hat, dann gäbe es noch einen mehr, der Grund hatte, auf sie sauer zu sein. Er könnte sie aufgespürt und getötet haben."

„Ja, aber wer es auch war, hat sich ja nicht zwangsläufig mit dem Kind sitzen gelassen gefühlt. Vielleicht liebte er den Jungen", sagte Annie. „Ich wüsste auch gerne, was aus ihrer Schwägerin Gwynneth geworden ist."

„Vielleicht ist sie tot. Hältst du sie für verdächtig?“

Annie runzelte die Stirn. „Könnte ja etwas zwischen ihnen vorgefallen sein.“

„Es gibt wohl noch eine Menge Dinge, die wir über den Ablauf des Geschehens nicht wissen.“

„Dir ist doch klar, dass wir eventuell nie herausfinden, wer sie umgebracht hat, oder?“

Banks trank aus und nickte. „Wenn es so kommen sollte, fertigen wir einen Abschlussbericht mit allen Beweisen an, die wir gesammelt haben, und schließen daraus auf die wahrscheinlichste Lösung.“

„Was glaubst du, wie du damit klarkommst?“

„Wie meinst du das?“

„Es ist dir wichtig geworden, nicht? Damit will ich nicht sagen, dass es mir egal ist. Ist es nicht. Aber für dich ist es was anderes. Bei dir ist es irgendwie zwanghaft.“

Banks zündete sich eine Zigarette an. „Einer muss sich doch darum kümmern.“

„Das klingt aber melodramatisch.“

Banks versuchte seine verworrenen Gedanken in Worte zu fassen. „Gloria Shackleton. Ich weiß, wie sie aussah. Ich habe eine Vorstellung von ihrer Persönlichkeit, kenne ihre Freundinnen, weiß, wie gern sie sich vergnügte und unterhielt.“ Er tippte sich an den Kopf. „Sie ist für mich hier oben, und darauf kommt es an, schon ziemlich real. Irgendjemand hat ihr das alles genommen. Er hat sie erwürgt, vierzehn- oder fünfzehnmal auf sie eingestochen und sie in einem Lagerschuppen vergraben.“

„Ständig wird irgendwo jemand umgebracht. Was ist an diesem Mord so besonders?“

Banks schüttelte den Kopf. „Weiß ich nicht. Zum Teil liegt es am Krieg selbst. Irgendwie macht die Tatsache, dass so ein heimtückischer Mord gerade in einer Zeit verübt wurde, in der dieses wilde Gemetzel in der Welt im Gange war, das Ganze fast zu einer Art Karikatur. Soweit wir wissen, wurde Gloria nie als vermisst gemeldet. Es kommt einem vor, als sei es allen egal gewesen. Das finde ich furchtbar.“ Banks lächelte. „Verstehst du das?“

Annie strich ihm mit den Fingern über den Arm. „Mich berührt es auch“, sagte sie. „Vielleicht auf andere Weise, aber ich meine es ehrlich.“

Banks sah ihr in die Augen. Er spürte, dass sie ihm nichts vortäuschte. Er nickte. „Das weiß ich. Gehen wir?“

Sie traten auf die Straße, wo es nun viel ruhiger war, da die Nacht hereingebrochen war. Zum Glück schien der Mond, denn ansonsten war der schmale Fußweg aus Steinplatten, der um das steile Ufer von Gratly Beck das Tal hinauf bis zum Ort selbst führte, nicht beleuchtet.

Nachdem sie den schmalen Durchlass am anderen Ende passiert hatten, war der Bürgersteig breiter, und Annie schob den Arm unter seinen. Sie überquerten die Steinbrücke, gingen die Straße hinunter und hielten vor der Eingangstür zu Banks' Haus.

„Kaffee?", fragte Banks.

Annie grinste. „Nein, aber ich trinke wohl etwas Kaltes, wenn du etwas hast." Sie blieb im Wohnzimmer und sah sich seine CD-Sammlung an, während er zum Kühlschrank ging.

Er holte eine Packung Orangensaft heraus und goss zwei Gläser ein. Im Wohnzimmer lief eine alte CD von Etta James. Intensive, mitreißende Musik. Die hatte er schon seit Jahren nicht mehr gehört. Annie kam herein.

„Du hast ja eine irre CD-Sammlung", bemerkte sie. „Dass du überhaupt noch weißt, was du auflegen sollst."

„Manchmal ist es wirklich schwierig. Hängt von der Stimmung ab."

Bald schmetterte Etta „Jump Into My Fire".

„Willst du wirklich keinen Schlummertrunk?", fragte Banks, als Annie ihr Glas geleert hatte.

„Nein, ich hab doch gesagt, dass ich noch fahren muss."

„Schade", meinte Banks. „Ich hatte gedacht, dass du es dir eventuell noch überlegst."

Jetzt lief „Come To Mama", und die rhythmische, sinnlich-langsame Musik machte Banks zu schaffen. Er musste sich immer wieder sagen, dass Annie ein weiblicher Sergeant war, eine Kollegin, mit der er an einem Fall arbeitete, und dass er nicht einmal an so etwas denken sollte. Das Problem war nur, dass Annie Cabbot so ganz anders war als alle Polizeibeamten, die er jemals kennen gelernt hatte.

„Hm", meinte Annie lächelnd. „Ich hab ja nicht gesagt, dass ich jetzt schon fahren muss, oder?" Dann stand sie auf und zog sich das T-Shirt langsam über den Kopf. Den Kopf zur Seite geneigt, lächelte sie, streckte die Hand aus und sagte: „Komm zu Mama."

IN KALIFORNIEN gibt es angeblich riesige Mammutbäume, die, wenn sie bei einem Waldbrand verkohlen, eine neue Schicht um das tote geschwärzte Holz bilden. Matthews Verschwinden versengte mein Mark auf diese Weise, und auch wenn darüber eine neue Haut wuchs, so gab es in mir doch einen Teil, der schwarz und tot blieb. Dieser Kern ist immer noch da.

Natürlich ging das Leben weiter. Tut es immer. Gloria stürzte sich auf dem Hof in die Arbeit. Irgendwann lächelten und lachten wir wieder.

Im Oktober kam auch endlich „Vom Winde verweht" nach Harkside, und Gloria schleppte mich buchstäblich ins Kino. Wie sich herausstellte, gefiel mir der Film, und Gloria war – wie zu erwarten – ganz verrückt nach Clark Gable.

Im September hatten wir erfahren, dass der Flugplatz Rowan Woods geschlossen worden und die RAF fortgezogen sei. Ein Angehöriger des Bodenpersonals erzählte mir, die Rollbahn in Rowan Woods müsse umgebaut werden, um viermotorige Flugzeuge aufnehmen zu können. Im Verlauf der nächsten Monate schleppten irische Arbeiter tonnenweise Zement, Kies und Teer an, um die Rollbahn wieder verkehrstauglich zu machen. Kurz vor Weihnachten wurde Rowan Woods die neue Heimat der 448. Bombergruppe der 8. Luftflotte der Vereinigten Staaten.

Die Amis waren da.

OBWOHL seit dem Bericht im Fernsehen Angst und Sorge an ihr nagten, versuchte Vivian Elmsley ein normales Leben zu führen: Morgens spazierte sie nach Hampstead hinauf, setzte sich tagsüber in ihr Arbeitszimmer, egal, ob sie etwas schrieb oder nicht, sprach mit ihrem Agenten oder Verleger, beantwortete die Korrespondenz. Und die ganze Zeit wartete sie auf das Klopfen an der Tür, ohne zu wissen, was sie sagen würde.

Als es dann so weit war, kam der Schlag in einer Form, die sie nicht im Geringsten erwartet hatte.

Am Dienstagabend klingelte das Telefon, als sie schon fast eingeschlafen war. Sie hob den Hörer ab und hörte nichts als Schweigen.

„Wer ist da?", fragte sie.

Schweigen.

Sie wollte gerade auflegen, als eine Stimme, die sie nicht kannte, flüsterte: „Gwen Shackleton?"

„Ich heiße Vivian Elmsley. Sie müssen sich irren."

„Ich irre mich nicht. Ich weiß, wer Sie sind. Wissen Sie, wer ich bin?"

„Ich habe keine Ahnung, wovon Sie reden."

„Die werden Sie haben. Sehr bald."

Dann legte der Anrufer auf.

5

Weihnachten 1943. Es war eine düstere, kalte, mondlose Nacht, als die 448. Bombergruppe den ersten Tanz in Rowan Woods veranstaltete. Gloria, Cynthia, Alice und ich gingen zusammen durch den Wald. Wir hatten Straßenschuhe an den Füßen und trugen unsere Tanzschuhe in der Hand.

Alice tänzelte vor uns her. „Ach, denkt euch bloß, die ganzen Amis, die das Geld nur so zum Fenster rauswerfen. Sie bekommen viel mehr als unsere Jungs, wisst ihr."

„Red dir bloß nicht ein, dass sie im Gegenzug nichts dafür haben wollen, Alice Poole", sagte Gloria. „Und vergiss bloß nicht deinen armen Eric, der für sein Land kämpft."

Danach waren wir eine Weile still. Ich hatte nur Matthew im Kopf. Ein Fuchs oder Dachs huschte plötzlich über den Pfad und brach das Schweigen. Den Rest des Weges waren wir aufgeregt und kicherten wie dumme Schulmädchen.

Wir hatten uns besondere Mühe mit unserem Aussehen gegeben – selbst ich, die sich im Allgemeinen nicht viel um solche Oberflächlichkeiten kümmerte. Wir hatten unsere besten Kleider an. Gloria sah natürlich wieder umwerfend aus in ihrem schwarzen Samtkleid mit V-Ausschnitt, Puffärmeln und breiten Schulterpolstern. Ich trug ein schlichtes Kleid für alle Gelegenheiten, das ich in London gekauft hatte.

Cynthia Garmen war aufgemacht wie Dorothy Lamour. Sie trug ihr schwarzes Haar in einem Pagenschnitt und hatte sehr viel Schminke aufgelegt. Alice hatte ihre Marlene-Dietrich-Phase: Die ausgezupften Augenbrauen waren mit einem hohen Bogen nachgezogen, das gewellte blonde Haar war in der Mitte gescheitelt und reichte ihr bis auf die Schultern. Sie trug ein burgunderrotes Prinzesskleid mit langen, schmalen Ärmeln, das vorn durchgeknöpft war. An der Taille war es abgenäht, damit man sehen konnte, wie schlank sie war.

Der Tanzabend fand im Kasino statt. Wir hörten die Musik schon von weitem. Es war Glenn Millers „Take The ‚A' Train". Vor dem Eintreten überprüften wir unser Aussehen ein letztes Mal im Taschenspiegel. Dann zogen wir die Tanzschuhe an. Endlich bereit, hatten wir unseren großen Auftritt.

Der Saal war bereits überfüllt mit Fliegern und englischen Mädchen, größtenteils aus Harkside. Die Tanzfläche war brechend voll, und am

Tresen standen lachende und trinkende Menschen. Andere saßen rauchend und plaudernd an den wackeligen Tischen.

„Darf ich Ihnen die Mäntel abnehmen, meine Damen?“

„Oh, danke sehr“, antwortete Gloria.

Natürlich war es Gloria gewesen, nach der sich alle umgedreht hatten.

Wir reichten dem jungen, großen, schlanken, dunkelhäutigen Flieger unsere Mäntel. Er sprach mit schleppendem Akzent, hatte braune Augen, kurzes schwarzes Haar und die weißesten Zähne, die ich je gesehen hatte.

„Hier entlang!“ Er führte uns zur gegenüberliegenden Seite des Tresens, wo alle Mäntel hingen. „Hier sind sie sicher. Und jetzt, Ma'am“, sagte er und wandte sich direkt an Gloria, „geben Sie mir bitte die Ehre des ersten Tanzes?“

Gloria neigte den Kopf kaum merklich, reichte ihre Tasche an mich weiter und verschwand. Es dauerte nicht lange, bis sich jemand Cynthia schnappte, sodass ich drei Handtaschen hielt. Aber ein recht hübscher junger Navigator aus New Jersey namens Bernard bat mich um einen Tanz, noch bevor sein Freund Alice fragte. Also reichte ich die drei Handtaschen an sie weiter und ließ sie stehen.

Nach „Kalamazoo“, „Stardust“ und „April in Paris“ trafen wir uns am Tresen wieder, und der große Flieger, der uns die Mäntel abgenommen hatte, gab uns allen einen Bourbon aus. Er hieß Billy Joe Farrell. Er stammte aus Tennessee und arbeitete beim Bodenpersonal. Er stellte uns seinen Freund vor, Edgar Konig, der von allen PX genannt wurde, weil er den Posten „Exchange“ verwaltete, den Laden mit Versorgungsgütern, der auf amerikanischen Stützpunkten die Abkürzung PX trug. PX war ein schlaksiger junger Mann aus Iowa mit einem Kindergesicht und kurz geschorenem hellem Haar. Er war groß, hatte hohe Wangenknochen, einen Schmollmund und unglaublich lange Wimpern über kornblumenblauen Pupillen. Und er war sehr schüchtern. Er war die Sorte Mensch, die immer mit dabei ist, ohne jemals wirklich wahrgenommen zu werden. Und ich glaube, er war nur deshalb so großzügig gegenüber uns allen, damit er bemerkt wurde.

Wenn ich heute an jenen Abend zurückdenke, so habe ich den Eindruck, als sei er in einem Strudel aus Tanzen, Reden und Trinken vergangen und vorüber gewesen, noch ehe er so recht begonnen hatte.

Als wir vier beschwipst durch den Wald zurückgingen, untergehakt bei unseren Verehrern, sangen wir „Shenandoah“ und kamen nach den Gutenachtküssen überein, uns eine Woche später in Harkside wiederzusehen.

ES WAR das erste Mal seit Monaten, dass Banks wieder zum Mittagessen im Queen's Arms war. Cyril, der Wirt, begrüßte ihn wie einen lange verschollenen Freund, und Cyrils Frau Glenys lächelte ihn so scheu an wie sonst auch. Er bestellte ein Bier und einen mit Roastbeef und Zwiebelsoße gefüllten Yorkshire-Pudding. Das Pub war gut besucht, aber Banks schaffte es, sich einen kleinen Kupfertisch in der hinteren Ecke zu sichern.

Er hatte den Schnellhefter mitgenommen, den Sergeant Hatchley ihm eben auf den Schreibtisch gelegt hatte: Auszüge aus dem Zentralarchiv für Geburten, Eheschließungen und Todesfälle. Am Morgen hatte er bereits das Militärarchiv telefonisch zu Matthew Shackletons Werdegang befragt. Man sicherte ihm zu, ihn zurückzurufen.

Hatchleys Notizen bestätigten, dass Gloria am 17. September 1921 geboren worden war. Der offizielle Eintrag als Geburtsort war Mile End.

Als Nächstes hatte Hatchley Todesurkunden von Glorias Eltern gefunden, die auf den 15. September 1940 ausgestellt waren und die Adresse in Mile End sowie „Verletzungen durch Bombardierung" als Todesursache anführten.

Hatchley war es nicht gelungen, die Todesurkunde von Gloria Kathleen Shackleton zu finden, aber er entdeckte die von Matthew, und die darauf verzeichneten Informationen führten dazu, dass sich Banks beinahe an seinem Bier verschluckte.

Matthew Shackleton starb am 15. März 1950 durch eigene Hand im Allgemeinen Krankenhaus in Leeds. Als Todesursache waren „selbst beigebrachte Schussverletzungen" angegeben. Damals war er 31 Jahre alt, arbeitslos und wohnte in Bramley, Leeds. Als Zeugin seines Todes firmierte Gwynneth Vivian Shackleton unter derselben Anschrift.

Banks dachte kurz nach. Matthew Shackleton war angeblich in Burma ums Leben gekommen, doch stimmte das offenbar nicht. Von den drei Menschen aus dem alten Hobb's End, mit denen sie gesprochen hatten, hatte keiner die Rückkehr von Matthew Shackleton erwähnt. Er musste also aufgetaucht sein, nachdem sie das Dorf verlassen hatten.

Womit er des Mordes an seiner Frau äußerst verdächtig war.

Und warum hatte er sich umgebracht?

Banks las weiter. Es existierte eine Heiratsurkunde für Gwynneth Vivian Shackleton und Ronald Maurice Bingham. Sie wurden am 21. August 1954 getraut. Ronald starb am 18. Juli 1967 zu Hause an Lungenkrebs. Eine Todesurkunde für Gwynneth gab es nicht.

Hatchley hatte herausgefunden, dass es Unterlagen über ein Kind gab, das Gloria Kathleen Stringer am 5. November 1937 im Haus ihrer Eltern in Mile End, London, zur Welt gebracht hatte, kurz nach ihrem sechzehnten Geburtstag. Der Junge wurde auf den Namen Francis Paul Henderson getauft, bekam also den Familiennamen des Vaters. George Henderson war Hafenarbeiter. Von einer Heiratsurkunde keine Spur.

Also hatte Gloria, drei Jahre bevor sie in Hobb's End auftauchte, ein Kind geboren. Hatte sie den Jungen in die Obhut von George Henderson übergeben? War George Henderson der Mann mit dem Jungen, der während des Krieges im Bridge Cottage aufgetaucht war?

Glenys brachte Banks seinen Yorkshire-Pudding. Der Inspector begann zu essen und spülte jeden Bissen mit einem Schluck Bier herunter.

Hatchleys letzten Nachforschungen zufolge war George Henderson vor nur fünf Monaten an einem Herzinfarkt gestorben. Es gab weder eine Todes- noch eine Heiratsurkunde für seinen Sohn Francis. Warum waren Gwynneth Shackleton und Francis Henderson nicht auf ihn zugekommen? Eine Möglichkeit war, dass keiner von beiden wusste, was hier vorging, aber das hielt Banks dann doch für einen zu großen Zufall. Vielleicht hatten sie etwas zu verbergen? Alles, was in Hobb's End passiert war, geschah vor Francis' achtem Geburtstag, somit war er kaum des Mordes an Gloria Shackleton verdächtig. Nichtsdestotrotz könnte er mit seiner DNS dabei behilflich sein, mit absoluter Sicherheit nachzuweisen, dass das Skelett wirklich das von Gloria Shackleton war.

Banks seufzte, schob die Unterlagen zurück in seine Aktentasche und ging durch die Menschenmassen über die Market Street. An der Anmeldung des Reviers lag eine Nachricht des Militärarchivs, der er entnahm, dass Matthew Shackleton 1943 als „vermisst oder verschollen" eingetragen worden war, mehr wusste man nicht über ihn. Es wurde immer merkwürdiger. In seinem Büro griff Banks zum Telefon und rief Detective Inspector Ken Blackstone vom Millgarth-Polizeirevier in Leeds an.

„Alan", begrüßte ihn Blackstone. „Hab lange nichts von dir gehört."

Seine Stimme klang kühl und distanziert. Im vergangenen Jahr hatten sie nicht viel miteinander zu tun gehabt, und Banks wurde klar, dass er sich von Ken wahrscheinlich genauso entfremdet hatte wie von allen anderen, die in seinen dunklen Tagen seine Freunde hatten sein wollen. „Du weißt ja, wie das ist", sagte er.

„Klar. Und? Was kann ich für dich tun? Erzähl mir nicht, dass du einfach nur anrufst, um zu hören, wie's mir geht."

„Nicht ganz."

„Hab ich auch nicht angenommen." Blackstones Stimme wurde etwas freundlicher. „Gibt's was Neues von dir und Sandra?"

„Nein. Hab nur gehört, dass sie wieder einen Freund hat."

„Das tut mir Leid, Alan."

„Diese Dinge passieren eben."

„Wem erzählst du das. Kenn ich selber alles. Sollen wir uns mal ordentlich betrinken und darüber reden?"

Banks lachte. „Wär mir ein Vergnügen. Übrigens, hast du mal irgendwas über einen Detective Sergeant namens Cabbot gehört? Annie Cabbot?"

„Nicht dass ich wüsste. Allerdings hab ich mich in letzter Zeit nicht so für den Tratsch interessiert. Also, was kann ich für dich tun?"

„Nun, ich suche nach den genauen Umständen eines Selbstmords. In Leeds. Bramley. Schussverletzung. Sein Name ist Matthew Shackleton. Starb am 15. März 1950."

„Das kann eine Weile dauern."

„Du meinst, es dauert eher ein paar Minuten als ein paar Sekunden?"

Blackstone lachte. „Sprechen wir lieber von Stunden. Ich lasse Constable Collins ein bisschen herumtelefonieren. Ich melde mich wieder."

„Danke, Ken", sagte Banks. „Ich weiß das zu schätzen."

„Solltest du auch. Ach, und Alan? Wir müssen uns mal wiedersehen."

„Ich weiß, ich weiß. Curry, Besäufnis und über die Weiber herziehen. Sobald du die Informationen hast."

BILLY JOE und Gloria wurden bald ein Paar. Billy Joe wurde gesehen, wie er allein zum Bridge Cottage ging, und schon fing das Gerede an. Noch schlimmer wurde es, als man sah, wie PX am nächsten Tag ebenfalls zu Gloria ging. Auch er schien sich auf seine schüchterne Art in sie verguckt zu haben und war offenbar damit zufrieden, ihr alles zu beschaffen, was ihr Herz begehrte. Ich schlug Gloria vor, sie solle die Männer nur durch die Hintertür hereinlassen, damit man sie nicht sah, aber sie lachte nur.

Gloria sagte mir, sie wolle Sex und Billy Joe sei gut darin.

Und natürlich brauchte Gloria auch ihre Luckys, Nylonstrümpfe, Lippenstifte, Rouge und Whisky. PX besorgte ihr all diese Dinge, wenn sie nur einmal mit den Wimpern klimperte. Ob sie ihm dafür im Gegenzug irgendwelche Gefälligkeiten erwies, kann ich nicht mit Sicherheit sagen, bezweifle es aber. Ich konnte mir auch nicht vorstellen, dass PX auf diese Weise mit einer Frau zusammen war. Er schien zu schüchtern zu sein.

Billy Joe war eigentlich Flugzeugmechaniker, aber er konnte alles reparieren, was Räder hatte. Als unser kleiner Lieferwagen eines Tages seinen Geist aufgab, kam Billy Joe abends vorbei, PX und ein paar andere im Schlepptau, reparierte das Auto in null Komma nichts, und anschließend holte die ganze Bagage Gloria ab und ging auf ein Glas ins Shoulder of Mutton. An jenem Abend geschah etwas Merkwürdiges.

Sie waren die einzigen Amerikaner im Pub und wir die einzigen Frauen. Das sorgte nicht nur für viele argwöhnische Blicke, sondern auch für ein paar laute spitze Bemerkungen.

„Das stell man sich mal vor, Bert", sagte ein Dorfbewohner, als wir die ersten Getränke holten. „Unsere Jungs kämpfen drüben gegen die Nazis, und die verfluchten Amis hier scharwenzeln um unsere Frauen herum wie notgeile Kater."

Wir ignorierten sie und suchten einen ruhigen Tisch in der Ecke.

Als die nächste Runde fällig war, ging Billy Joe zur Theke. Er trank das wässrige Bier, deshalb hatte ich ihm schon vorher gesagt, er solle auf sein Glas achten, denn Gläser waren knapp. Als Billy Joe an unseren Tisch zurückkam, rief ein strammer Bauernbursche, der nicht einberufen worden war – was, glaube ich, mit einer Allergie zu tun hatte –, ihm hinterher: „Hey, Yankee! Du hast mein Glas genommen!"

Billy Joe wollte ihn ignorieren, aber der Mann, er hieß Seth, kam herangestolpert und baute sich hinter Billy Joe auf. Es wurde still.

„Ich hab gesagt, das ist mein Glas, wo du dein Bier drin hast, Yankee!"

Billy Joe stellte das Tablett mit den Gläsern auf den Tisch und zuckte mit den Schultern. „Da trink ich schon den ganzen Abend draus, Sir", sagte er mit seinem schleppenden Südstaatenakzent.

„Da trink ich schon den ganzen Abend draus, Sir", versuchte ihn Seth nachzuäffen, aber es hörte sich komisch an. „Tja, das ist aber meins."

Billy Joe nahm sein Glas in die Hand, drehte sich langsam zu Seth um und schüttelte den Kopf. „Das glaube ich nicht, Sir."

„Ich aber umso mehr. Los, gib's mir zurück!"

Billy Joe nickte auf seine langsame Art, dann goss er Seth das Bier auf die Schuhe und hielt ihm das Glas hin. „Das Glas können Sie haben", sagte er. „Aber das Bier gehört mir. Hab ich für bezahlt. Im Übrigen bin ich kein Yankee, Sir."

Inzwischen lachten sogar schon Seths Freunde. Es war ein Moment, in dem alles in der Schwebe war.

Seth machte eine falsche Bewegung. Er trat einen Schritt zurück und hob die Faust. Billy Joes Schnelligkeit erstaunte mich. Bevor jemand wusste, was passierte, hörte man Glas splittern. Seth schrie und hielt sich die Hände vors Gesicht, Blut strömte zwischen seinen Fingern hervor.

„Ich bin kein Yankee, Sir“, wiederholte Billy Joe. Dann wandte er sich ab und setzte sich. Die Stimmung war verdorben, niemand wollte mehr etwas trinken, und kurz darauf verließen wir die Kneipe.

GEGEN ein Uhr stand Vivian Elmsley auf, knipste die Nachttischlampe an und griff zu einer Schlaftablette. Sie mochte es nicht, wenn sie am Morgen danach wirr im Kopf war, aber sich die ganze Nacht hin und her zu wälzen laugte sie einfach aus.

Langsam schlich sich der chemische Schlaf in ihre Blutbahn. Sie fühlte sich träge, die Glieder lagen schwer wie Blei auf der Matratze. Bald schwebte sie auf der Schwelle zwischen Schlafen und Wachen, wo Gedanken die Gestalt von Träumen annehmen.

Zuerst sah sie Glorias schräg geneigten Kopf vor sich, der auf dem Bildschirm erschienen war, diesen Ausschnitt von Stanhopes Gemälde, dann Gloria mit Blut bedeckt, das aus tiefen Fleischwunden sickerte.

Vivian wollte es nicht mehr sehen, doch sie fühlte sich, als hielte sie ein Anker tief in Dunkelheit und Schrecken. Sie bemühte sich aufzuwachen, und als es ihr gelang, klingelte das Telefon. Sie schoss hoch und schnappte nach Luft, als ob sie kurz vor dem Ertrinken gewesen wäre.

Ohne nachzudenken, griff sie nach dem Hörer. Eine Rettungsleine. Eine monotone Stimme flüsterte: „Gwen, Gwen Shackleton.“

„Lassen Sie mich in Ruhe!“, murmelte sie, ihre Zunge war dick und belegt.

Die Stimme lachte. „Bald, Gwen“, sagte der Mann. „Bald.“

BANKS und Annie fuhren vom Revier in Millgarth nach Bramley, in die Siedlung, in der Gwen und Matthew gewohnt hatten. Banks parkte in der Nähe von Bramley Town End. Zusammen mit Annie spazierte er zu der angegebenen Straße. Sie trugen Freizeitkleidung, beide sahen nicht wie Polizeibeamte aus. In diesen Sozialsiedlungen wurde Autorität in jeder Form nicht gern gesehen.

„Wie wollen wir es angehen?“, fragte Annie.

„Wir lassen es drauf ankommen.“

Es war wieder ein heißer Tag; die Leute saßen auf den Treppenstufen oder hatten sich gestreifte Liegestühle in briefmarkengroße Vorgärten gestellt, wo das Gras aus Regenmangel bräunlich verfärbt war. Die argwöhnischen Blicke, die ihnen folgten, waren nicht zu übersehen.

Es stellte sich heraus, dass das Haus an einer der schmaleren Nebenstraßen lag. Die Farbe auf den meisten Türen war zerkratzt und verwittert, die gesamte Straße sah heruntergekommen aus. Alle Fenster im ehemaligen Haus der Shackletons waren geöffnet, von innen dröhnte laute Musik heraus.

Banks klopfte an die Tür. Drinnen knurrte ein Hund. Schließlich wurde die Tür aufgerissen, und ein junger Skinhead in einem roten T-Shirt und zerschlissenen Jeans schob seinen Kopf um die Ecke, dabei hielt er einen bellenden Rottweiler an einem Nietenhalsband fest. Banks trat ein paar Schritte zurück.

„Scheiße, wer seid ihr denn? Was wollt ihr hier?", fragte der Skinhead. Er konnte nicht älter als 18 oder 19 sein.

„Sind deine Eltern zu Hause?", fragte Banks.

Er lachte. „Denke schon", antwortete er. „Die gehen ja nie raus. Aber da hast du 'ne verdammt lange Fahrt vor dir. Die wohnen nämlich in Nottingham."

„Also wohnst du hier?"

„Na klar, blöde Frage." Der Hund zerrte noch immer am Halsband, Geifer tropfte ihm aus dem Maul, aber er war jetzt ruhiger geworden.

„Ich hätte da ein paar Fragen", sagte Banks. „Können wir reinkommen?"

„Mann, das soll wohl ein Witz sein. Nur ein Schritt über die Türschwelle, und Gazza hier sorgt dafür, dass du im Kirchenchor Sopran singst."

Banks glaubte das gern. „Na gut", sagte er. „Dann sagst du uns vielleicht hier draußen, was wir wissen wollen. Ich interessiere mich für das Haus."

„Wer ist da, Kev?", rief eine Frauenstimme von innen.

Kev drehte sich um und schrie zurück: „Kümmer dich um deinen eigenen Scheiß, dämliche Schlampe!"

Banks merkte, wie Annie sich neben ihm versteifte. Er berührte sie leicht am Unterarm. „Wie lange wohnst du schon hier?", fragte er.

„Zwei Jahre. Was geht dich das an?"

„Ich interessiere mich für etwas, was hier vor fünfzig Jahren passiert ist. Weißt du, wer hier früher gewohnt hat?"

„Keine Ahnung, Mann. Frag doch mal die Grufties auf der anderen Seite. Die wohnen hier schon seit der Steinzeit." Er wies auf das mittlere Reihenhaus direkt gegenüber.

„Danke", sagte Banks. Annie folgte ihm über die Straße.

Nachdem Banks und Annie ihre Dienstausweise zur Begutachtung vor den Briefschlitz gehalten hatten, wurde der Riegel zurückgeschoben und die Kette abgehängt, und ein buckliger Mann um die siebzig öffnete die Tür. Er hatte eine eingefallene Brust, tief liegende Augen, ein schmales, zerfurchtes Gesicht und dünnes schwarzgraues Haar, das mit Massen von Pomade an den Schädel geklatscht war. Er schlurfte ihnen voran. Alle Fenster waren geschlossen, im Wohnzimmer herrschte eine Atmosphäre wie in einem warmen, stickigen Beerdigungsinstitut; es stank nach Zigarettenrauch.

„Worum geht's denn?“ Der Alte ließ sich auf ein durchgesessenes Cordsofa fallen.

„Um die Vergangenheit“, antwortete Banks.

Eine Frau kam aus der Küche. Sie war ungefähr im gleichen Alter, wirkte aber, als habe sie sich besser gehalten. Jedenfalls hatte sie etwas mehr Fleisch auf den Knochen.

Der alte Mann griff nach seinen Zigaretten und dem Feuerzeug und zündete sich hustend eine an. „Polizei, Elsie“, sagte er. „Sie meinen, es geht um die Vergangenheit.“

„Tja, gut, damit kennen wir uns aus“, erwiderte sie. „Möchten Sie 'ne Tasse Tee?“

„Gerne“, sagte Banks. Annie nickte.

„Nehmen Sie doch Platz. Übrigens, ich bin Mrs Patterson. Nennen Sie mich Elsie. Und das hier ist mein Stanley.“

Stanley beugte sich vor und hielt ihnen die Hand hin. „Nennen Sie mich Stan“, sagte er augenzwinkernd. Elsie ging in die Küche, um Tee zu kochen.

„Wie lange wohnen Sie schon hier?“, erkundigte sich Banks.

„Seit einer Ewigkeit. Kommt mir jedenfalls so vor“, sagte Stan. „Als wir herzogen, war es gar nicht so schlecht hier.“

Elsie kam mit dem Tee zurück.

„Stan sagte gerade, Sie wohnen schon sehr lange hier“, wandte sich Banks an sie.

„Seit unserer Hochzeit“, erwiderte sie. „Das hier war unser erstes gemeinsames Haus.“ Sie goss den Tee in schwere weiße Tassen und setzte sich neben ihren Mann.

„Und auch das letzte, wie sich herausgestellt hat“, sagte Stan.

„Wann war das?“, fragte Banks. „Wann zogen Sie hierher?“

„1949“, antwortete Elsie. „Oktober 1949. Das weiß ich so genau, weil ich mit Derek im dritten Monat war.“

„Können Sie sich noch an Ihre Nachbarn von der anderen Straßenseite erinnern?“, fragte Annie.

Elsie sprach zuerst. „Waren das nicht diese, du weißt schon …, wie hießen die noch mal, Stanley? So ’n bisschen hochnäsig. Da gab’s mal Ärger. Dieser große, dünne Kerl, der immer mit einem Stock herumlief und nie ein Wort sagte. Hat sich erschossen. Wie hieß der gleich?“

„Matthew Shackleton.“

„Stimmt. Es wimmelte nur so von Polizisten.“

„Kannten Sie die Shackletons?“, fragte Banks.

„Eigentlich nicht“, antwortete Elsie. „Ich war immer nett zu ihr, ja, wie man halt so ist. Aber die ein, zwei Male, wo ich mit ihr geredet habe, hat sie nix davon erzählt, wo sie her war, meinte bloß, damals im Dorf wär alles besser gewesen. Eingebildete Ziege, hab ich nur gedacht.“

Hm, überlegte Banks, von Hobb’s End in diese Sozialsiedlung von Leeds musste für Gwen und Matthew wirklich ein ziemlich beängstigender Abstieg in die Vorhölle gewesen sein, falls sie sich durch ihre Taten nicht schon selbst dorthin befördert hatten.

„Wie viele Leute wohnten denn da drüben?“

„Nur die beiden“, meinte Elsie. „Ich weiß noch, dass sie sagte, ihre Mutter habe mit ihnen dort gewohnt, aber sie sei so ungefähr vor einem Jahr gestorben, bevor wir herzogen.“

„Ja“, mischte sich Stan ein. „Jetzt fällt’s mir wieder ein. Nur die beiden wohnten da, stimmt’s? Er und seine Frau. Sie war ein großes, dürres Mädchen.“

„Nein“, widersprach Elsie, „sie war doch nicht seine Frau. Sie taten nicht so wie Mann und Frau.“

„Führ dich nicht so dämlich auf, Frau“, sagte Stan. Dann sah er Banks an. „Sie war seine Frau. Glauben Sie’s mir.“

„Wie hieß sie denn?“, fragte Banks.

„Blodwyn“, meinte Stan. „Jedenfalls was aus Wales.“

„Nee, stimmt nicht. Gwynneth, so hieß sie.“

„Wie sah sie aus?“

„Durchschnittlich eigentlich, aber schöne Augen hatte sie“, sagte Elsie. „Wie Stanley eben meinte, sie war etwas größer als die meisten. Sie wirkte ziemlich mitgenommen. Irgendwie müde.“

„Wahrscheinlich weil sie ihren Mann pflegen musste. War ein Invalide. Frontkoller. Kriegsverletzung.“

„Was geschah nach dem Selbstmord?“, fragte Banks.

„Sie zog weg.“

„Wissen Sie, wohin?“

„Nein. Sie hat sich noch nicht mal verabschiedet. Den einen Tag war sie noch da, den nächsten war sie weg. Aber ich erzähl Ihnen mal was." Sie verzog das Gesicht zu einem gerissenen Grinsen. „Ich weiß, wer sie ist, diese Gwynneth Shackleton. So heißt sie jetzt nicht mehr. Hat was aus sich gemacht, die Frau. Ich hab sie im Fernsehen gesehen und ihr Bild war auf *Woman's Own.*"

„So ein Schwachsinn, Frau!", legte Stanley wieder los.

„Ich sage dir, Stanley, sie ist es. Diese Augen. Die Größe. Die Stimme. Solche Sachen vergesse ich nicht."

Banks bemühte sich, nicht die Geduld zu verlieren, und dachte langsam, er kämpfe auf verlorenem Posten. „Mrs Patterson, Elsie", sagte er schließlich. „Können Sie mir vielleicht sagen, wer Gwen Shackleton Ihrer Meinung nach ist?"

„Na, diese Frau, die die Krimis schreibt! Die immer im Fernsehen kommt. Mit dem gut aussehenden Mann, der den Inspector spielt."

„Sie meint diese Vivian Elmsley", sagte Stan seufzend.

„Sie glauben das nicht?", fragte Annie.

„Nee, ich weiß nicht, Mädchen. Ich kann mir Gesichter nicht gut merken, nicht so wie Elsie. Sie sind sich schon ähnlich, aber ..." Er schüttelte den Kopf. „Das ist schon so lange her."

„War Gwen zum Zeitpunkt des Selbstmords im Haus?", fragte Banks.

Elsie antwortete nicht sofort. „Das haben sie uns damals auch gefragt", sagte sie. „Ich weiß es nicht. Ich *dachte*, ich hätte sie vom Einkaufen zurückkommen sehen, *bevor* ich den Knall hörte." Sie runzelte die Stirn. „Aber vielleicht habe ich mich verguckt."

„Haben Sie das der Polizei erzählt?"

„Ja. Aber es kam nichts dabei heraus."

Nun wollte sich Banks die Akte über den Tod von Matthew Shackleton auf jeden Fall ansehen. „Wir können jetzt gehen", sagte er zu Annie und wandte sich dann Stan und Elsie zu. „Vielen Dank. Sie haben uns sehr geholfen."

„Können Sie mir was verraten?", fragte Stan. „Diese Gwen, war das seine Frau?"

„Seine Schwester, nehmen wir an."

Elsie stieß ihrem Mann in die Rippen. Er musste husten. „Siehste, Stanley. Hab ich dir doch gesagt, du alter Trottel."

Kurz darauf standen Annie und Banks wieder draußen, dankbar, an der frischen Luft zu sein.

„Was hältst du von dieser Sache mit Vivian Elmsley?", fragte Annie. „Mich wundert, dass weder Betty noch Alice davon sprachen."

„Vielleicht wussten sie es nicht? Alice meinte, sie könne nur sehr schlecht sehen, und Betty Goodall hält sich nicht auf dem Laufenden."

„Stimmt", meinte Banks. „Das ist auf jeden Fall einen genaueren Blick wert."

„So", sagte Annie im Auto. „Was jetzt?"

„Zum Revier. Ich will mir die Akte von Matthew Shackleton ansehen. Und dann zurück nach Millgarth."

„Haben wir hinterher Zeit, etwas zu trinken und einen Bissen zu essen?"

„Nein, tut mir Leid. Ich bin verabredet."

Sie knuffte ihn neckisch. „Im Ernst?"

„Im Ernst. Mit einem Detective Inspector. Einem *männlichen* Detective Inspector namens Ken Blackstone." Banks erzählte ihr von seiner früheren Freundschaft zu Ken und dass er nun in der Stimmung sei, sie neu aufzubauen. Ihm war klar geworden, dass er seine Freunde zu lange vernachlässigt hatte.

„Verstehe", sagte Annie. „Also ein Männerabend?" Wenn sie enttäuscht war, so zeigte sie es nicht.

BILLY JOE durfte den Stützpunkt mehrere Wochen nicht verlassen. Den anderen zufolge wäre er weitaus härter bestraft worden, wenn nicht alle Zeugen ausgesagt hätten, dass er den Streit nicht angefangen hatte. Gloria äußerte sich nicht weiter dazu, aber ich glaube, dass sie sich durch diesen Zwischenfall von Billy Joe distanzierte. Sie hasste Gewalt.

Als Billy Joe in Arrest auf dem Stützpunkt war, lernten wir Brad und Charlie kennen.

Wir kamen gerade aus dem Kino. Es war ein trostloser Februarabend im Jahr 1944, es schneite zwar nicht, war aber klirrend kalt. Wir hatten uns Bette Davis und Paul Henreid in „Reise aus der Vergangenheit" angesehen und summten beide die Titelmelodie, während wir uns im Foyer wieder die Mäntel anzogen. Ein junger Mann in einer mit Schaffell gefütterten Lederjacke trat auf uns zu, nahm zwei Zigaretten zwischen die Lippen, zündete sie an und reichte Gloria eine. Genauso hatten sie es im Film gemacht. Wir schütteten uns aus vor Lachen.

„Brad", stellte er sich vor. „Brad Szikorski. Und das hier ist mein Kumpel Charlie Markleson."

Gloria deutete einen Knicks an. „Höchst erfreut, muss ich sagen."

„Wir gehören zur 448. Drüben in Rowan Woods. Ich möchte ja nicht unverschämt sein", sagte Brad, „aber würden uns die Damen die Ehre erweisen, mit uns ein Glas zu trinken?"

Wir wechselten einen Blick. Ich wusste, dass Gloria mitkommen wollte. Brad war groß und sah gut aus, seine Augen funkelten, und er hatte einen kleinen Clark-Gable-Schnurrbart. Ich begutachtete Charlie, der an diesem Abend wohl mein Begleiter sein sollte. Er hatte intelligente Augen und ein ziemlich blasses, schmales Gesicht. Seine Nase war zu groß und hatte einen Höcker in der Mitte, aber meine war auch nicht besonders sehenswert. Außerdem machte er einen zurückhaltenden, ernsthaften Eindruck. Im Großen und Ganzen schien er in Ordnung zu sein.

Wir gingen zum Black Swan hinüber. Brad ging zur Theke und kam mit einem Tablett voll Gläsern zurück. Wir stießen miteinander an.

„Was macht ihr hier?", fragte Gloria.

„Ich bin Pilot", antwortete Brad. „Und Charlie ist mein Navigator."

„Ein Pilot! Wie aufregend. Woher kommst du?"

„Aus Kalifornien."

Gloria klatschte in die Hände. „Hollywood!"

„Nein, nicht ganz. Aus einem kleinen Ort, der Pasadena heißt."

„Aber Hollywood musst du doch kennen!"

Brad lächelte und entblößte strahlend weiße Zähne. „Zufälligerweise kenne ich es tatsächlich", sagte Brad. „Bevor ich herkam, hab ich ein wenig als Kunstflieger beim Film gearbeitet."

„Soll das heißen, dass du im Kino zu sehen warst?"

„Na ja, eigentlich schon." Er zählte einige Titel auf, wir kannten jedoch keinen davon. „Das will ich auch machen, wenn die Sache hier vorbei ist", fuhr er fort. „Ins Filmgeschäft einsteigen. Ich will versuchen, ein richtiger Kunstflieger zu werden."

Während Gloria und Brad angeregt über Filme und Hollywood plauderten, begannen Charlie und ich unser zögerliches Gespräch.

Er fragte, was ich beruflich machte. Während ich antwortete, nickte er hin und wieder. Dann erzählte er mir, er habe kurz vor dem Krieg seinen Universitätsabschluss in Englisch gemacht, und wenn er zurückginge, wolle er nach Harvard gehen und dort Jura studieren. Je länger wir uns unterhielten, desto mehr Gemeinsamkeiten entdeckten wir – Jane Austen und Thomas Hardy beispielsweise, dann die Lyrik von T. S. Eliot. Und Robert Frost und Edward Thomas. Viele unserer jüngeren Dichter kannte er nicht, daher bot ich Charlie an, ihm einige Bücher auszuleihen.

„Bist du verheiratet?", hörte ich Brad Gloria fragen. „Ich meine, ich wollte nicht…, verstehst du…"

„Schon in Ordnung. Ich war verheiratet. Aber mein Mann ist tot. In Burma gefallen. Bei Gott, wenigstens hoffe ich das."

Ich unterbrach das Gespräch mit Charlie. Es gab noch immer eine leise Hoffnung, wenigstens empfand ich es so, deshalb hielt ich ihre Antwort für eine sehr gemeine Bemerkung. Ich sagte es ihr.

Mit blitzenden Augen antwortete sie: „Du musst wissen, was man über die Japaner sagt, darüber, wie sie ihre Kriegsgefangenen behandeln."

Ich musste zugeben, dass ich ein oder zwei ziemlich grausame Geschichten darüber gelesen hatte, dass die bevorzugten Beschäftigungen in japanischen Kriegsgefangenenlagern Folter und Enthauptung wären. Wenn diese Geschichten stimmten, musste ich Gloria wohl Recht geben und inständig hoffen, dass Matthew tot war.

„Ich habe Freunde, die im Pazifik stationiert sind", sagte Charlie. „Hab gehört, dass es da draußen ziemlich hart sein soll."

„Na ja, er ist sowieso tot", antwortete Gloria. „Ach, das verdirbt uns die ganze Laune. Wollen wir nicht noch eine Runde trinken?"

Brad und Charlie fuhren uns im Jeep nach Hause. Charlie schien peinlich berührt zu sein, als Brad und Gloria bei der Feenbrücke begannen, sich leidenschaftlich zu küssen, doch brachte er den Mut auf, den Arm um mich zu legen. Wir gaben uns pflichtschuldig einen Abschiedskuss und verabschiedeten uns. Brad sagte zu Charlie, er solle schon vorfahren, er käme später zu Fuß zum Stützpunkt zurück, dann folgte er Gloria ins Bridge Cottage.

Das indische Restaurant, das Ken Blackstone ausgesucht hatte, war ein winziger Laden auf der Burley Road. Sitarmusik leierte aus den Lautsprechern unter der Decke, und die Luft war erfüllt von Kumin- und Korianderduft.

„Hast du in den Berichten gefunden, was du gesucht hast?", fragte Blackstone bei Pappadums, Samosas und Pakoras.

„Ich habe nichts Bestimmtes gesucht", sagte Banks. „Elsie Patterson war sich nicht sicher, ob sie Gwen Shackleton mit den Einkäufen zurück ins Haus gehen sah, bevor oder nachdem sie den Schuss hörte. Und sie war die einzige Zeugin. Sonst hat keiner an dem Tag Gwen oder Matthew gesehen."

„Was sagte Gwen Shackleton bei der Vernehmung?"

„Sie sagte nur, sie hätte Matthew tot im Sessel vorgefunden, als sie vom Einkaufen zurückkam."

„Wurde das irgendwie bezweifelt? War sie eine Verdächtige?"

„Den Eindruck hatte ich nicht. Matthew Shackleton war seit dem Krieg als geistesgestört bekannt. Außerdem war er Alkoholiker. Im

Bericht steht, er hätte schon einen Selbstmordversuch hinter sich gehabt, hätte den Kopf in den Gasofen gesteckt. Ein Nachbar roch das Gas und rettete ihn."

„Aber früher oder später hätte er es geschafft, oder?"

„Sieht so aus. Obwohl wahrscheinlich die Möglichkeit besteht, dass nachgeholfen wurde, weil er für seine Schwester zu einer unerträglichen Belastung geworden war. Vergiss nicht, Gwen hatte zuerst ihre Mutter gepflegt und dann noch den Bruder. Kein besonders schönes Leben für eine junge Frau. Wir würden es nie beweisen können."

„Nur wenn Gwen Shackleton gestehen würde."

Der Hauptgang wurde serviert: Aloo Gobi, Rogan Josh und Riesengarnelen mit Reis-Pilaw, Limonen-Chutney und Chapatis.

„Was ist mit der Spurensicherung?", fragte Blackstone.

„Ein einziger Schuss in den Mund. Keine Anzeichen für einen Kampf. Leere Whiskyflasche neben dem Stuhl. Der Schusswinkel bestätigte ebenfalls die Selbstmordtheorie."

„Abschiedsbrief?"

„Ja. Auch echt, glaubt man der Spurensicherung."

„Na, was stört dich dann?"

Banks probierte sein Curry und spülte es mit Bier hinunter, bevor er antwortete. „Eigentlich nichts. Ich bin nicht sonderlich daran interessiert, ob Gwen Shackleton ihrem Bruder beim Selbstmord half oder nicht. Aber ich würde gerne wissen, ob er Gloria Shackleton umgebracht hat."

„Vielleicht konnte er nicht mit dem Schuldgefühl leben?"

„Das ist immer noch die wahrscheinlichste Erklärung. Gwen Shackleton ist die Einzige, die uns das sagen kann."

„Was ist aus ihr geworden? Lebt sie noch?"

„Das ist auch interessant. Elsie Patterson ist überzeugt, dass sie Vivian Elmsley ist."

Blackstone stieß einen Pfiff aus. „Die Schriftstellerin?"

„Genau die. Wir müssen mit ihr reden. Sie hat sich bis jetzt jedenfalls nicht mit uns in Verbindung gesetzt. Schwer vorstellbar, dass es viele gibt, die noch nichts von der Geschichte gehört haben."

„Wenn sie es denn ist, könnte das bedeuten, dass sie einen Grund dafür hat, nicht an die Öffentlichkeit zu treten."

„Genau. Verbrecherische Geheimnisse."

Blackstone bestellte noch zwei Bier. Dann fragte er: „Diese Polizistin, Annie Cabbot. Sieht sie gut aus?"

„Glaub schon."

„Hast du was mit ihr?"

Banks schwieg. Warum sollte er lügen? Ken war ein Freund. Er nickte kurz.

„Ist es ernst?"

„Jetzt mach mal 'nen Punkt, Ken, ich kenne sie erst seit einer Woche."

Blackstone hob die Hände. „Schon gut, schon gut. Sei einfach vorsichtig, sonst nichts. Du bist noch verletzlich. Wenn jemand so etwas durchmacht wie du, dann ist er entweder lange Zeit sauer auf Frauen, oder er sehnt sich nach dem zurück, was er mal hatte. Oder beides. Aber wenn er sich nach dem Vergangenen zurücksehnt, dann sucht er eine neue Frau als Ersatz für die alte, und dann ist sein Urteilsvermögen nicht unbedingt auf der Höhe. Wenn er beides fühlt, dann fängt er sofort eine neue Beziehung an und setzt sie so richtig in den Sand, und anschließend fragt er sich, warum das alles so traurig enden musste."

Banks stand auf. „Gut, vielen Dank, Herr Amateurpsychologe, aber wenn ich einen fachmännischen Rat vom Seelenklempner brauche …"

Blackstone griff nach Banks' Arm. „Alan! Setz dich wieder hin. Bitte. Ich sag doch nichts anderes, als dass du auf die Fußangeln achten sollst." Er grinste. „Mehr Weisheiten hab ich nicht zu bieten. Du bist mir immer so vorgekommen, als wärst du tief im Innern ein bisschen romantisch."

Banks zögerte, unschlüssig, ob er gehen oder Blackstone eine scheuern sollte. „Was meinst du damit?"

„Du bist die Sorte Polizist, die sich um jedes Opfer immer ein bisschen zu sehr sorgt. Die Sorte Mann, die sich ein klein bisschen in jede Frau verliebt, mit der er ins Bett steigt."

Banks griff nach seinen Zigaretten. Er fühlte sich unwohl, so als säße er auf dem Stuhl eines Zahnarztes, und Blackstone bohrte an einem besonders empfindlichen Nerv herum.

„Alan", fuhr Blackstone fort, „vor zehn Monaten dachtest du noch, du hättest eine stabile Beziehung. Dann plötzlich merkst du, dass du nichts dergleichen hast. Die emotionalen Auswirkungen einer solchen Erschütterung verschwinden nicht einfach über Nacht, Mann, das kann ich dir sagen. Genieß dein Leben. Interpretier nicht mehr hinein, als da ist. Dafür bist du noch nicht reif. Verwechsle Sex nicht mit Liebe." Er schlug auf den Tisch. „Scheiße, jetzt höre ich mich wirklich wie ein Hobbypsychologe an. Hör einfach nicht auf mich."

Banks leerte sein Glas. „Sieh mal, Ken, ich verstehe, was du meinst, aber wenn ich ehrlich bin, ist sie die erste Frau seit Sandra, bei der ich mich wohl fühle. Es ist das erste Mal, dass ich mich frei genug fühle, mich auf etwas einzulassen, egal, was kommt."

Blackstone lachte und schüttelte langsam den Kopf. „Hört sich an, als hätte es dich schwer erwischt." Er sah auf die Uhr. „Was meinst du, stürzen wir uns ins Nachtleben von Leeds und lassen uns so richtig voll laufen?"

Banks grinste. „Das ist das Vernünftigste, was du heute Abend gesagt hast."

ENDLICH wich der Winter einem langsam herannahenden Frühling mit seinen Schneeglöckchen in Rowan Woods und schließlich Glockenblumen, Krokussen und Narzissen. Brad und Charlie waren nun unsere ständigen „Kavaliere", und Billy Joe, der schmollte, sahen wir nur noch selten. Ich hatte Angst, dass Billy Joe sich wieder schlagen würde, er hatte ja einen aggressiven Zug an sich, aber er fand bald ein neues Mädchen und sprach sogar wieder mit uns, wenn wir uns beim Tanzen oder im Pub trafen. Einmal drängte er Gloria, zu ihm zurückzukehren, aber sie konnte ihn auf Abstand halten. PX blieb für uns natürlich lebenswichtig, deshalb waren wir bemüht, ihn uns weiterhin warm zu halten.

Ich will nicht behaupten, dass meine Affäre mit Charlie eine leidenschaftliche Angelegenheit war, aber wir wurden mit der Zeit weniger unbeholfen, was die körperliche Seite anging, und so wurde er der erste Mann, mit dem ich schlief. Er war zärtlich, geduldig und feinfühlig, und so freute ich mich mit der Zeit auf die Stunden, die wir mit Glorias freundlicher Erlaubnis zusammen im Bett von Bridge Cottage verbrachten.

Als Michael Stanhope eine Ausstellung in Leeds hatte, dehnten Charlie und ich den Besuch übers Wochenende aus und übernachteten im Metropole-Hotel. Charlie, der viel mehr von Malerei verstand als ich, lobte die Ausstellung in den Himmel. Selbst Gloria besuchte Mr Stanhope im Sommer und Herbst weitaus häufiger in seinem Atelier als zuvor.

Ich versuchte, mir die Gefahren nicht vor Augen zu führen, die Charlies Beruf mit sich brachte, und er für seinen Teil schien auch nie darüber sprechen zu wollen. In den Stunden, in denen wir zusammen lasen oder uns liebten, rückte der Krieg in weite Ferne.

Im Mai, als es wärmer wurde, saßen wir oft am Ufer des Harksmere-Stausees und lasen uns gegenseitig Coleridge und Wordsworth vor. Wir machten Picknicks mit Sandwiches aus Dosenfleisch und eingelegten Krabben.

Mutter mochte Charlie, das merkte ich, obwohl sie nicht viel sagte. Tat sie nie. Matthews Verschwinden hatte ihr den Wind aus den Segeln genommen.

Nach der Aufregung um die Landung in der Normandie wurde die Lage langsam besser. Statt der vollständigen Verdunkelung gab es ab September nur noch eine Teilverdunkelung. Zum Herbst hin verschaffte uns die Aussicht auf den Sieg ein Hochgefühl, doch hatten wir keine Ahnung, was für ein harter Winter uns bevorstand.

UM ZEHN Uhr abends war Annie so aufgewühlt, dass nicht einmal ein großes Glas Wein sie beruhigen konnte. Sie war enttäuscht, dass Banks lieber mit einem Kumpel auf Kneipentour ging, als mit ihr zusammen zu sein.

Sicher, sie selbst hatte vorgeschlagen, ihre Treffen auf das Wochenende zu beschränken, aber es war ebenfalls sie gewesen, die diese Regel am Abend zuvor gebrochen hatte. Warum konnte er das heute nicht auch tun?

Aber wenigstens hatte sie ihre Zeit nicht vergeudet. Die Spur, die vor einigen Tagen am Telefon begonnen hatte, führte jetzt endlich zu etwas.

Zuerst hatte Annie die Erkenntnis gewonnen, dass man eher eine vollständig bekleidete Frau in der *Sunday Sport* fand, als eine Information von der amerikanischen Botschaft zu bekommen. Sie wurde fast eine geschlagene Stunde lang von einem Bürohengst zum andern gereicht. Gegen Abend hatte sie herausgefunden, dass die Ende 1943 in Rowan Woods stationierten Soldaten Angehörige der 8. Luftflotte der Vereinigten Staaten gewesen sein mussten. Einer der hilfsbereiteren Angestellten schlug ihr vor, sie sollte es doch einmal beim Zentralen Archiv für Militärangehörige in St Louis, Missouri, versuchen. Sie überprüfte die Zeitverschiebung, und nachdem sie erneut mehrmals vertröstet worden war, wurde sie zu einer Frau namens Mattie durchgestellt.

Als Annie die Anfangsbuchstaben „PX" erwähnte, lachte Mattie und erklärte, dass das der Mann gewesen sein dürfte, der den Laden verwaltete. Auch warnte sie Annie, einige Unterlagen könnten vor einigen Jahren bei einem Feuer verbrannt sein, aber falls sie die über Rowan Woods noch hätte, würde sie ein Fax senden. Annie dankte ihr überschwänglich und war richtig zufrieden mit sich.

Aber es dauerte nicht an. Wenn sie so nervös und unruhig war wie jetzt, machte sie manchmal eine Spritztour mit dem Auto – und genau das tat sie jetzt auch. Ohne sich bewusst zu entscheiden, nahm sie die

Straße, die aus Harksmere in westliche Richtung hinausführte, und bog rechts ab, als sie die Kreuzung nahe des Thornfield-Stausees erreichte.

Da war ihr aber schon klar geworden, dass Banks nicht das Problem war – *sie* war es. Sie war wütend auf sich, weil sie sich über ihn aufregte. Sie benahm sich wie ein dummes, verknalltes Schulmädchen. Verletzlich. Mach dir nichts vor, Annie, sagte sie zu sich, eine Zeit lang ist das Leben für dich ziemlich einfach gewesen. Kein richtiges Hoch, kein richtiges Tief. Sie hatte ihre Gefühle vor der harten Welt geschützt, die sie „draußen" kennen gelernt hatte. Wenn man sich diesem Leben wieder öffnete, konnte es manchmal verwirrend und schmerzhaft sein. Die Gefühle waren zart und ungeschützt, sie reagierten empfindsamer als sonst auf kleine Verletzungen und Demütigungen. Und genau das ging hier vor sich.

Annie hielt auf dem Parkplatz und stellte den Motor ab. Stille. Ein unförmiger roter Mond stand tief im Westen am Himmel.

Sie schlug den kleinen Pfad nach Hobb's End ein. Es fiel kaum Mondlicht durch den Baldachin aus Ästen über ihr, nur hin und wieder entdeckte sie einen rotsilbernen Streifen Licht zwischen den Zweigen. Sie roch den lehmigen, erdigen Geruch von Bäumen und Büschen.

Als Annie den Abhang erreichte, blieb sie stehen und sah auf die Ruinen von Hobb's End hinab. Dann rutschte sie die Böschung hinunter und näherte sich der Feenbrücke. Von dort blickte sie den Fluss entlang und sah, wie sich das blutrote Mondlicht in den wenigen Pfützen, die noch im schlammigen Flussbett standen, spiegelte. Sie passierte die Überreste von Bridge Cottage und dem Schuppen, in dem Glorias Skelett gefunden worden war, und ging dann die ehemalige High Street entlang.

Dabei versuchte sich Annie die Szene von Michael Stanhopes Gemälde vorzustellen: Lachende Kinder plantschten im seichten Fluss, eine Gruppe von Frauen tratschte vor einem Laden, der Schlachterjunge fuhr auf seinem Rad vorbei, die große junge Frau rückte die Zeitungen im Ständer zurecht. *Gwynneth Shackleton!* Das war sie also. Auch sie war von Stanhope auf seinem Bild verewigt worden. Warum war ihr das nicht früher aufgefallen?

Sie blickte auf die Ruinen rechts von sich hinunter und sah, wo einmal ein allein stehendes Cottage mit einem kleinen Garten gestanden und wo einst eine Häuserreihe direkt an den Bürgersteig gegrenzt hatte. Hier war der Zeitschriftenladen der Shackletons, da der Schlachter, und ein bisschen weiter die Straße hinunter stand das Shoulder of Mutton. Es kam ihr alles so wirklich vor, dass sie sich des Eindrucks nicht erwehren konnte, schon lange leise Stimmen zu hören. Sie blieb am westlichen Rand des Dorfes stehen, sog die Luft tief ein und merkte, dass sie unbedingt wissen wollte, was hier passiert war, und zwar genauso sehr wie Banks. Sie identifizierte sich mit Gloria. Diese Frau hatte gekämpft und es gewagt, in einer Zeit ein bisschen anders zu sein, als so ein Verhalten nicht gebilligt wurde. Sie hatte ihre Eltern verloren, war dann an diesen abgelegenen Ort gekommen und hatte sich verliebt.

Plötzlich nahm Annie eine Bewegung wahr und sah jemanden über die Feenbrücke in Richtung Parkplatz huschen. Ihr wurde eiskalt.

Sie fand ihre Stimme wieder und stieß einen Ruf aus. Es kam keine Antwort. Die Gestalt verschwand im Wald. Annie nahm die Verfolgung auf.

Als sie die Böschung hinaufgekraxelt war und auf den Wald zulief, hörte sie, wie ein Auto angelassen wurde. Es gab zwei kleine Parkplätze, die durch eine hohe Hecke voneinander getrennt waren, der oder die Unbekannte musste den Wagen also auf dem anderen abgestellt haben, sonst hätte Annie ihn früher bemerkt. Sie bewegte sich noch schneller, doch als sie die Straße erreichte, sah sie nur noch die Rücklichter in der Ferne.

6

„Er hat um meine Hand angehalten", wiederholte Gloria.

Das glaub ich dir nicht", erwiderte ich. Das neue Jahr 1945 war noch nicht alt, und ich war eines Abends ins Bridge Cottage gegangen, um zu sehen, wie es Gloria ging. Über Weihnachten hatte sie eine schlimme Erkältung gehabt – sie hatte nicht einmal zu Alice Pooles Abschiedsparty kommen können. Doch obwohl sie blass war, schien sie auf dem Weg der Besserung zu sein.

„Na, du kannst ihn ja selbst fragen. Es stimmt. Du hättest mal meine Nase sehen sollen, als er seinen Antrag machte. Die war rot und wund."

Ich lachte. Es war schön, über etwas lachen zu können. Weihnachten war eine traurige Angelegenheit gewesen, weil der Vormarsch unserer Truppen, für die es bisher so gut gelaufen zu sein schien, in den Ardennen ins Stocken geraten war.

„Was hast du geantwortet?", fragte ich.

„Ich hab ihm gesagt, ich würde drüber nachdenken, aber dass er warten müsse, bis der Krieg vorbei ist, bis wir genau wissen, was mit Matt ist."

„Liebst du ihn denn?"

„Irgendwie schon. Nicht…, oh, ich meine, ich glaube eigentlich nicht, dass ich jemanden so lieben könnte, wie ich Matt geliebt habe, aber Brad und ich verstehen uns gut. Und er behandelt mich gut. Wenn der Krieg vorbei ist, will er mich mit nach Hollywood nehmen."

„Da fängst du ein ganz neues Leben an, was?"

„Ja."

„Und ich hab dann jemanden, den ich da besuchen kann."

„Genau."

„Aber? Ich spüre noch ein ‚Aber'."

„Ach, ich weiß nicht, Gwen. Es ist ja so, dass ich erst mal gar nicht daran denken darf, wieder zu heiraten, bevor der Krieg vorbei ist. Aber ich werd's mir überlegen. Was ist mit Charlie? Hat er dir schon einen Antrag gemacht?"

Ich bin sicher, dass ich rot anlief. „Nein", antwortete ich.

„Bücher, das ist alles, worüber ihr beide reden könnt."

„Das stimmt nicht."

Sie lächelte. „Ich ziehe dich nur auf, Gwen. Es freut mich, dass du glücklich bist. Ehrlich. Na, es eilt ja auch nicht, oder? Aber er ist wirklich nicht schlecht. Ein Anwalt! Der wird mal reich, wart's nur ab! Dann kannst du auch nach Amerika ziehen, und wir können uns ständig treffen."

„Gloria, Boston ist meilenweit entfernt von Los Angeles."

„Ja? Na ja, wenigstens sind wir im selben Land."

Und so schwatzten wir darüber, was uns die Zukunft bringen würde. Gloria war schon bald wieder gesund. Der Februar brachte die Aussicht auf den Sieg näher, und langsam glaubte auch ich, dass wir den letzten Kriegsfrühling vor uns hatten.

Alles änderte sich an einem grauen Nachmittag im März, als auf der High Street ein großer, hagerer Fremder, gegen den Wind ankämpfend, auf mich zukam.

BANKS musste letzte Nacht wirklich versumpft sein, dachte Annie. Es war neun Uhr durch, und er war noch nicht in seinem Büro. War er immer noch in Leeds? Hatte er mit seinem Freund vielleicht Frauen aufgerissen?

Sie kämpfte gegen die brennende Eifersucht an, die ihr Magenkrämpfe verursachte. Eifersucht und Argwohn hatten schon früher ihre Beziehungen zerstört. Kurz bevor Rob starb, hatte sie ihn verdächtigt, eine Affäre zu haben, und ihn deshalb schlecht behandelt. Sie war der Meinung, sich mittlerweile weiterentwickelt zu haben, aber vielleicht hatte sie ihre Unsicherheit nur für eine Weile auf Eis gelegt. Das war eine beängstigende Vorstellung.

Das Faxgerät sprang summend an. Annie eilte hinüber. Es war eine Aufstellung des Personals der 448. Bombergruppe auf dem amerikanischen Fliegerhorst in Rowan Woods zwischen dem 19. Dezember 1943 und dem 17. Mai 1945, dem Tag der Abreise. Es waren viele Namen.

Während sie die Liste überflog, dachte Annie wieder an den Vorfall in Hobb's End in der vergangenen Nacht. Er hatte sie mehr beschäftigt, als ihr anfangs klar gewesen war. Sie hatte Schwierigkeiten gehabt einzuschlafen. Sie grübelte am meisten darüber nach, *warum* sich jemand überhaupt vor ihr verstecken und dann, als sie die Verfolgung aufnahm, weglaufen sollte. Am Tatort war nichts zurückgeblieben, die Spurensicherung hatte sehr gründlich gearbeitet. Vielleicht glaubte jemand, dass sie etwas übersehen hatte. Aber der Betreffende war nicht alt genug, um Gloria Shackleton vor über fünfzig Jahren ermordet zu haben. Menschen von siebzig, achtzig Jahren bewegen sich in der Regel nicht so schnell.

Es blieb also ein Geheimnis. Sie wollte mit Banks darüber sprechen, aber der hatte sich ja mit seinem Kumpel voll laufen lassen. Sie wünschte ihm den schlimmsten Kater seines Lebens an den Hals.

BANKS kehrte über kleine Nebensträßchen sicher nach Gratly zurück. Er wollte nicht, dass Annie ihn sah, solange er sich nicht wenigstens umgezogen hatte. Seine Kleidung stank nach Rauch und abgestandenem Bier.

Sein Kopf tat weh, obwohl er am Morgen bei Ken eine Schmerztablette geschluckt hatte. Als er sich nach dem Aufwachen in Kens Wohnzimmer umgesehen hatte, hatte er beim Anblick der Überreste eines wilden, ausschweifenden Abends aufgestöhnt: eine leere Flasche Glenmorangie auf dem Couchtisch, daneben eine leere Flasche Rotwein und ein überquellender Aschenbecher. Selbst ein Fünfzehnjähriger hätte mehr Verstand gehabt, als Bier, Wein und Whisky durcheinander zu trinken.

Nachdem er sich rasiert, geduscht und umgezogen hatte, fuhr Banks zu seinem Büro. Er hatte kaum seinen Computer hochgefahren, als auch schon die Tür aufging und Chief Constable Jeremiah „Jimmy" Riddle persönlich hereintrat, offenbar auf einem seiner seltenen Ausflüge nach

Eastvale. Banks fluchte leise vor sich hin. Das hatte ihm gerade noch gefehlt.

„Banks, Sie sehen ja grässlich aus!“, sagte Riddle. „Was haben Sie gemacht, Mann? Sich um den Verstand gesoffen?“

„Ein Anflug von Grippe, Sir. Was kann ich für Sie tun, Sir?“

„Grippe? Von wegen! Ich hoffe, Sie sind Herr der Lage?“

„Auf jeden Fall, Sir.“

„Gut. Ich möchte, dass Sie mich über diesen Skelettfall ins Bild setzen. Ich muss heute noch nach London und ein Interview für *Panorama* aufnehmen. *Panorama* bringt eine spezielle Reportage über Ermittlungen in alten Fällen, wie die DNS alles ändert und so.“ Er entfernte ein nicht vorhandenes Staubkorn von seiner Uniformjacke. „Aber fassen Sie sich besser kurz. In eineinhalb Stunden geht mein Zug.“

Tja, sei dankbar auch für die kleinen Dinge, dachte Banks. Er erzählte Riddle, was er und Annie bisher erfahren hatten.

Als er geendet hatte, fuhr sich Riddle mit der Hand über die glänzende Glatze und sagte: „Das sind keine besonderen Anhaltspunkte, was? Die Erinnerungen von ein paar alten Klatschweibern?“

„Es sieht nicht so aus, als würden wir noch was Besseres finden“, erwiderte Banks. „Es ist zu viel Zeit vergangen. Aber wir warten noch auf die Ergebnisse des DNS-Tests von Dr. Williams und auf den Bericht des Zahnheilkundlers aus der Gerichtsmedizin. So was braucht seine Zeit.“

„Und kostet. Sie können einen drauf lassen, dass ich die Zahlen bei diesem Fall nicht aus den Augen verliere.“

„Sie sprachen von der DNS, Sir“, sagte Banks. „Sie könnten vielleicht erwähnen, dass es eine große Hilfe wäre, wenn Gloria Shackletons Sohn sich mit uns in Verbindung setzen würde. Auf diese Weise könnten wir die Herkunft der Knochen ein für alle Mal verifizieren.“

Riddle erhob sich. „Wenn ich dazu komme, Banks. Wenn ich dazu komme. Übrigens“, sagte er. „Sergeant Cabbot. Wie klappt’s mit der?“

Mit der. Er wusste es also. „Gut“, antwortete Banks. „Sie ist eine gute Polizistin. Verschwendet an einen Ort wie Harkside.“

Ein bösartiges Lächeln huschte über Riddles Gesicht. „Ah, ja. Wirklich schade. Ich hab gehört, sie hatte Ärger an ihrer vorherigen Stelle.“

„Ärger, Sir?“

„Das sollten Sie doch kennen, Banks. Gehorsamsverweigerung, mangelnder Respekt vor Vorgesetzten.“

„Ich respektiere Vorgesetzte“, sagte Banks, „nur nicht immer den Menschen dahinter.“

Riddle versteifte sich. „Nun, ich hoffe, Sie haben Ihren Spaß, das hoffe ich wirklich für Sie, Banks, denn viel besser werden Sie es nicht mehr treffen.“ Damit ging er und schlug die Tür hinter sich zu.

Auf dem Weg zum Kaffeeautomaten traf Banks Sergeant Hatchley und bat ihn, so viel wie möglich über Francis Henderson, Glorias unehelichen Sohn, herauszufinden. Unerledigte Kleinigkeiten gingen ihm auf die Nerven.

Wieder an seinem Schreibtisch, fand Banks eine Nachricht von Major Gargrave vom Militärarchiv vor. Banks rief ihn zurück.

„Es geht um Ihre Anfrage vor ein paar Tagen“, sagte Major Gargrave. „Matthew Shackleton. Äh, das ist uns ein bisschen peinlich.“

„Er ist zurückgekommen, stimmt's? Wir haben eine Sterbeurkunde von 1950 gefunden. Ich wollte Sie noch danach fragen.“

„Ja, nun, als mein Mitarbeiter die Akte zurückbrachte, fand er ein paar Blätter, die zwischen zwei Akten geklemmt waren. Die Meldung wurde falsch abgelegt.“

„Wann kam er zurück?“, fragte Banks.

„März 1945. Der Ort heißt Hobb's End. Ergibt das einen Sinn für Sie?“

„Ja“, erwiderte Banks. „Und weiter?“

„Sergeant Shackleton entließ sich sozusagen selbst aus einem Londoner Krankenhaus und ging nach Hause. Das Krankenhaus schrieb, er sei aus einem japanischen Kriegsgefangenenlager befreit und in einem ziemlich schlechten Zustand nach England gebracht worden. Keine Identifizierung.“

„Und das ist alles?“

„Ja. Es sieht so aus. Sehr seltsam.“

„Gut“, sagte Banks. „Vielen Dank für Ihren Anruf, Major.“

Nachdem er aufgelegt hatte, öffnete Banks das Fenster und ließ den Sonnenschein herein. Er überlegte sich, eine Zigarette anzuzünden, aber sein Hals und seine Lunge fühlten sich noch immer rau an. Etwas, was Major Gargrave ihm gerade erzählt hatte, ergab keinen Sinn; doch er kam nicht darauf, was es war. Zu viele abgestorbene Gehirnzellen im Weg.

Banks riss sich zusammen und griff zum Telefon. Annie hob nach dem dritten Klingeln ab.

„Du bist also zurück“, sagte sie mit eisiger Stimme.

„Ja.“

„War's lustig?“

„Ja, doch, danke. Aber heute Morgen ging's mir gar nicht gut.“

„Du hast es wahrscheinlich verdient."

„Wahrscheinlich."

„Ich hab die Informationen über die Truppe von Rowan Woods bekommen."

„Toll."

„Ist aber eine lange Liste. Wird eine Weile dauern, die durchzuarbeiten. Zum Beispiel gibt es mehrere, die im Laden des Stützpunktes arbeiteten."

„Gibt es sonst noch was?"

Annie erzählte ihm, was in Hobb's End geschehen war.

„War bestimmt nur ein Jugendlicher."

„Er sah nicht wie ein Jugendlicher aus. Und er ist weggefahren."

„Bloß können wir jetzt im Moment nicht viel damit anfangen, oder?"

„Ich dachte nur, ich sag dir Bescheid. Fürs Protokoll."

„Wir müssen Vivian Elmsley ausfindig machen", sagte Banks.

„Hab ich schon."

„Jetzt bin ich aber wirklich beeindruckt."

„Gehört sich auch so. Während du dich von deinem selbst verschuldeten Leiden erholt hast, habe ich herumtelefoniert."

Banks spürte, dass ihr Tonfall etwas freundlicher wurde. „Und?"

„Nun, in dem Fall war es leicht. Sie steht im Londoner Telefonbuch. Ich hab ihre Adresse. Was willst du damit machen?"

„Wir sollten so schnell wie möglich mit ihr sprechen. Wenn sie wirklich diejenige ist, die wir suchen, dann verheimlicht sie uns etwas. Eben gab es noch etwas, was mich gestört hat, und jetzt ist mir gerade eingefallen, was es war." Banks erklärte ihr, was Major Gargrave am Telefon gesagt hatte. Warum hatte Matthew eine Waffe? Wenn er ein befreiter Kriegsgefangener war, wird er seine Dienstwaffe wohl kaum noch gehabt haben. Ich denke doch, dass die Japaner denen, die sie gefangen nahmen, die Waffen abknöpften, nicht?"

„Es sei denn, die Befreier haben sie ihm gegeben?"

„Das wäre wohl eine Möglichkeit. Besonders wenn es die Amerikaner waren. Ohne Waffe fühlen sich Amis nackt."

„Aber du glaubst das nicht?"

„Ich halte es für höchst unwahrscheinlich", entgegnete Banks. „Warum sollten sie? Und warum sollte er sie noch gehabt haben, als er vom Krankenhaus nach Hobb's End ging?"

„Aber wenn er eine Waffe hatte, warum hat er die nicht bei Gloria benutzt, anstatt sie zu erdrosseln und zu erstechen?"

„Wenn es Matthew denn gewesen ist."

„Hast du Gwen als Verdächtige schon in Erwägung gezogen?", fragte Annie.

„Sicher. Nach allem, was wir gehört haben, stand sie ihrem Bruder sehr nahe. Wenn Gloria ihm wehtat, weil sie mit anderen Männern herummachte, könnte Gwen sich für ihn gewehrt haben. Sie müsste uns zumindest mehr über Matthews Beziehung zu Gloria sagen können, nachdem er zurückkam. Hast du Lust, morgen mit mir nach London zu fahren? Es gibt einen Zug, der um Viertel vor neun in York abfährt und um zwanzig vor elf in King's Cross ankommt. Schaffst du das?"

„Ja, sicher."

Nachdem Annie aufgelegt hatte, versuchte Banks es wieder mit Brians Nummer in Wimbledon. Immer noch nichts. Wenn er morgen nach London fuhr, konnte er Brian hoffentlich treffen und mit ihm sprechen, die Probleme aus der Welt schaffen. Er wollte nicht, dass Brian dachte, sein Vater sei von ihm enttäuscht.

Banks breitete zum dritten Mal, seit er den Fall bearbeitete, die Gegenstände vor sich aus, die man bei Gloria Shackletons Gebeinen gefunden hatte. Superintendent Gristhorpe konnte ihm vielleicht etwas über den Knopf sagen, dachte er. Gristhorpe war fast schon ein Spezialist für Militärgeschichte, vor allem für den Zweiten Weltkrieg.

Banks griff nach seiner Jacke und wollte gerade das Büro verlassen, als das Telefon klingelte.

„Hallo, Alan!" Eine Frauenstimme.

„Ja?"

„Ich bin's. Jenny. Jenny Fuller."

Er hatte Jenny seit fast einem Jahr nicht mehr gesehen, nicht seitdem sie sich entschlossen hatte, sich für ein Jahr von der Universität York beurlauben zu lassen, um in Kalifornien zu unterrichten. „Jenny! Es ist lange her. Wo bist du?"

„Zu Hause. Bin gestern erst zurückgekommen."

„Früher als geplant, oder nicht?"

„Das ist eine lange Geschichte."

„Schön, dass du anrufst. Ich brauche einen Rat."

„Wenn es etwas Persönliches ist, bin ich die Letzte, die dir helfen kann, glaub mir."

„Und beruflich?"

„Das kriege ich vielleicht gerade noch hin. Ich rufe nur an, weil ich in der Stadt bin und dachte, dass du vielleicht Zeit zum Mittagessen hast."

Banks hatte vorgehabt, nach Lyndgarth zu fahren und Gristhorpe zu besuchen, der seinen Jahresurlaub zu Hause verbrachte, aber das konnte er auf später verschieben. „Um halb eins im Queen's Arms?"

„Klasse. Bis dann."

Lächelnd legte Banks den Hörer auf. Jenny war eine der Frauen, von denen seine Kollegen annahmen, dass er mit ihr schlafen würde, nachdem Sandra ihn verlassen hatte. Vielleicht hätte er es tatsächlich getan, wenn Jenny da gewesen wäre. Aber Jenny verbrachte nun den Großteil ihrer Zeit in Kalifornien, und der Grund dafür war ein Mann.

Jetzt würde er in ungefähr einer Stunde mit Jenny zu Mittag essen. Gerade noch Zeit genug, um seine Fragen zu Matthew Shackleton vorzubereiten und ein paar Bücher von Vivian Elmsley zu kaufen. Ihre Romane würden ihm vielleicht Aufschluss über ihren Charakter geben.

Aus irgendeinem Grund stand ich gerade auf der Straße und begutachtete die Schaufensterdekoration, als ich nach links blickte und ihn über die Feenbrücke kommen sah. Er trug einen ausgebeulten braunen Anzug, hatte aber kein Gepäck. Er war groß, ging jedoch in gebeugter Haltung, und er stützte sich auf einen kräftigen Stock, als habe er es im Kreuz. Er bewegte sich langsam, als wüsste er, wohin er gehe, habe aber keine Eile, dorthin zu gelangen. Er war so dünn, dass er beinahe unterernährt wirkte. Als er näher kam, stellte ich fest, dass er nicht so alt war, wie ich anfangs vermutet hatte, obwohl sein glattes, glanzloses Haar hier und dort von grauen Strähnen durchzogen war.

Der Wind zerrte an meinem Haar und meinen Kleidern und fuhr mir bis ins Mark, aber irgendetwas an dem Mann zwang mich, stehen zu bleiben und ihn zu beobachten. Ich fühlte mich wie in Trance. Als er nur noch wenige Schritte entfernt war, sah ich seine Augen. Unergründliche, leere, gehetzte Augen, vollständig nach innen gerichtet.

Ich weiß nicht, wann es mir dämmerte; es können Sekunden oder Minuten gewesen sein. Aber ich begann wie Espenlaub zu zittern. Ich lief auf ihn zu und legte die Arme um ihn, doch er fühlte sich steif und starr an. Tränen liefen mir über die Wangen.

„Matthew!", rief ich. „O mein Gott! Matthew!"

Banks betrat das Queen's Arms einige Minuten vor halb eins mit zwei Krimis von Vivian Elmsley unter dem Arm. Er holte sich ein Bier und setzte sich an einen Tisch.

Das eine war ein Thriller namens „Verbrecherische Geheimnisse"

– aus Banks' Sicht ein durchaus interessanter Titel –, auf dessen Buchrücken Ausschnitte aus Kritiken aufgeführt waren, sämtlich in dem Tenor, dass es sich hierbei um das „fesselnde und verblüffende" Werk einer der besten Krimiautorinnen dieses Landes handelte. Das andere Buch hieß „Der Schatten des Todes" und handelte von einem weiteren Fall ihres Serienhelden, Detective Inspector Niven. Der Roman wurde gelobt für seine „verständnisvoll-realistische Beschreibung von Polizeialltag und Ermittlungsmethoden". Banks grinste in sich hinein. Das würde er ja sehen.

Er war auf Seite zehn, als Jenny atemlos hereingestürzt kam, ihr zerzaustes rotes Haar umgab flammenartig ihr Gesicht. Als sie ihn entdeckte, kam sie herübergeeilt, beugte sich vor und gab ihm einen Kuss auf die Wange. „Tut mir Leid, dass ich zu spät bin. Meine Güte, du siehst ja schlimm aus."

Banks lächelte und hob das Glas. „Man soll mit dem anfangen, womit man aufgehört hat."

Jenny nahm das Buch in die Hand, das er auf den Tisch gelegt hatte, und rümpfte die Nase. „Hätte nicht gedacht, dass das hier dein Fall ist."

„Rein beruflich."

„Aha." Sie hob die Augenbrauen.

In den engen schwarzen Jeans und dem locker sitzenden jadegrünen Seidentop sah sie wie immer umwerfend aus.

„Und?", sagte Banks, als sich Jenny gesetzt hatte. „Was möchtest du trinken?"

„Campari Soda, bitte."

„Essen?"

„Seit ungefähr einem Monat freue ich mich auf Scampi mit Pommes frites."

„Also Scampi mit Pommes." Banks begab sich zur Bar, holte für beide etwas zu trinken und bestellte das Essen. Er entschied sich für Scholle mit Pommes frites.

Er trug die Getränke zum Tisch, wo Jenny über „Der Schatten des Todes" brütete. Banks berichtete ihr kurz vom bisherigen Verlauf des Falles. Als er geendet hatte, kam das Essen.

„Und, ist es so gut, wie du dachtest?", fragte er, nachdem sie ein paar Bissen probiert hatte.

„Ist es nie", antwortete Jenny. Er bemerkte eine ungewohnte Traurigkeit und Müdigkeit in ihren Augen. „Aber es ist gut."

„Was ist da drüben passiert?“

„Wie meinst du das?“ Sie warf ihm einen kurzen Blick zu und wandte ihn dann schnell wieder ab. Zu schnell. Er sah die Angst in ihren Augen.

Er dachte daran, wie er sie zum ersten Mal in Gristhorpes Büro gesehen hatte, wie ihn ihr scharfer Verstand und ihr Humor beeindruckt hatten, ihr flammend rotes Haar, die vollen Lippen und die grünen Augen mit den attraktiven Lachfalten. Sein erster Eindruck von ihr war: Ist das eine Granate! Genau das Gleiche dachte er heute.

„Los, komm, Jenny“, sagte er. „So plötzlich zurückzukommen war doch nicht geplant.“

Sie seufzte, wandte den Blick ab, suchte nach Worten, seufzte wieder. Sie wirkte viel zappeliger, als er sie in Erinnerung hatte. Ihre Hände waren ständig in Bewegung. „Es ist alles aus, Alan. Der Job. Randy. Mein Leben.“ Sie legte den Kopf schräg. „Ich hatte noch nie Glück mit Männern, oder?“

Banks erinnerte sich noch an einen oder zwei von Jennys Fehlgriffen. „Erzähl mir einfach, was du willst, und lass dir Zeit“, sagte er.

Sie lächelte und tätschelte seinen Arm. „Danke. Das ist lieb von dir.“ Dann nahm sie sich eine von seinen Zigaretten und zündete sie an.

„Du rauchst doch gar nicht“, sagte Banks.

„Jetzt schon.“ Jenny stieß eine große Rauchwolke aus. „Ich hatte es einfach satt mit den Gesundheitsfanatikern da drüben. Wenn man sich vorstellt, dass Kalifornien in den Sechzigern eine richtige Brutstätte des Protests war! Jetzt wird es von Faschisten regiert. Wie du sicherlich inzwischen gefolgert hast“, fuhr sie fort, „ist Randy, mein Geliebter, nicht mehr Teil meines Lebens.“

„Was ist passiert?“

„Studentinnen. Oder um es deutlicher auszudrücken: blonde, großbusige Zwanzigjährige, die das Gehirn zwischen den Beinen haben.“

„Das tut mir Leid, Jenny.“

Sie winkte ab. „Ich hätte es kommen sehen müssen. Jede andere hätte es gemerkt. Na ja, als ich herausgefunden hatte, was er so alles trieb, hielt mich nicht mehr viel.“

„Was hast du jetzt vor?“

„Ich kriege meine alte Stelle in York wieder. Nächsten Monat fange ich an. Wenn das nicht klappt, mache ich meine eigene Praxis auf. Ich habe ziemlich viel Erfahrung mit Gestörten und Kriminalpsychologie. Ich hab sogar Seminare bei den Profilern vom FBI gemacht.“

„Das trifft sich gut. Ich möchte dich um einen Rat fragen.“

„Dann mal los! Ich hör jetzt auf zu quatschen und zu klagen. Und ich hab noch nicht mal nach dir gefragt. Wie geht's dir denn?"

„Mir geht's gut, danke."

„Was Neues?"

Banks schwieg kurz. „So ungefähr."

„Was Ernstes?"

„Was ist das denn für eine Frage?"

„Also was Ernstes. Was wolltest du mich denn fragen?"

„Es geht um Matthew Shackleton. Gwens Bruder. Er verbrachte mehrere Jahre in einem Gefangenenlager. Als er nach Hause kam, war er offenbar ziemlich gestört. Schließlich beging er Selbstmord. Die Sache ist die: Als psychiatrische Diagnose finde ich nichts Besseres als solch vage Umschreibungen wie ‚Kriegsneurose'. Ich möchte wissen, wie die Diagnose heutzutage lauten würde."

„Nicht schlecht, Alan." Jenny wies mit dem Daumen auf sich. „Du willst, dass ich, eine *Psychologin*, eine *psychiatrische* Diagnose über die seelischen Probleme eines Toten abgebe?"

„Das bleibt aber unter uns. Keine Sorge, du wirst nicht zu einer Zeugenaussage ins Gericht bestellt."

„Hm", machte sie, „das sind nur Vermutungen, ist ja klar, aber dieser Mann litt wahrscheinlich an einer Art posttraumatischem Stresssyndrom."

„Dieses Syndrom wäre also von seinen Erlebnissen im Krieg und im Lager hervorgerufen worden, oder?"

„Ja. Grundsätzlich wird ein Stresssyndrom durch ein Ereignis oder eine Reihe von Ereignissen hervorgerufen, die weit über das übliche Spektrum menschlicher Erlebnisse hinausgehen, so was wie Vergewaltigung, Entführung, Militäreinsatz, Erdbeben, Feuer, Autounfall, Folter, Todeslager."

„Verstehe. Was sind das für Symptome?"

„Wiederkehrende Albträume vom Ereignis kommen häufig vor. Ebenso das Gefühl, dass das Ereignis selbst wiederkehrt – also Rückblenden und Wahnvorstellungen. Alles, was denjenigen an das Ereignis erinnert, ist ebenfalls schmerzhaft. Und alles, was dazugehörte. Wenn jemand beispielsweise längere Zeit in einem kleinen Käfig gefangen gehalten wurde, leidet er sehr wahrscheinlich an unerträglicher Klaustrophobie, wann immer sich eine ähnliche Situation ergibt. In einem Fahrstuhl zum Beispiel."

„Kann so ein Mensch gewalttätig werden?"

„Das ist schwer zu beantworten. Bei dem richtigen Auslöser kann jeder gewalttätig werden. Mit Sicherheit neigt er zu Reizbarkeit und Wutausbrüchen, aber das heißt nicht, dass es zum Mord führen muss."

„Ich dachte eher, er hat vielleicht seine Frau umgebracht, weil er herausbekam, dass sie eine Affäre hatte."

„Möglich ist es wahrscheinlich schon", sagte Jenny.

„Aber du glaubst es eigentlich nicht?"

„Sagen wir einfach, ich hab so meine Vorbehalte. Wutausbrüche beim Stresssyndrom sind normalerweise ziemlich irrational. Wenn du eine Verbindung zum Verhalten seiner Frau herstellst, wird alles viel logischer, verstehst du? Ursache und Wirkung. Wenn er distanziert war und nicht mehr lieben konnte, woher sollte dann die Eifersucht kommen?"

„Also: ja oder nein?"

„O nein, so einfach kriegst du mich nicht. Natürlich hätte er einen Mord begehen können. Das passiert alle nasenlang, oft ganz ohne Grund."

„Der Täter hat die Frau wohl zuerst erdrosselt, bis sie bewusstlos war, dann hat er ungefähr vierzehn- oder fünfzehnmal zugestochen."

„Große Wut. Ich weiß nicht, Alan. Von dem, was du mir über diesen Mann erzählt hast und was ich über das posttraumatische Stresssyndrom weiß, würde ich sagen, dass sein Schmerz und seine Wut nach innen gerichtet waren, nicht auf die Welt draußen. Außerdem ist es oft sehr einfach, sich einen Geistesgestörten als wahrscheinlichsten Mörder auszusuchen. Die meisten Geisteskranken täten keiner Fliege was zuleide. Traurig sind sie vielleicht, manchmal sogar ein bisschen Angst einflößend, aber kaum gefährlich."

„Danke. Da hab ich eine Menge zum Nachdenken."

Beide saßen schweigend da und nippten an ihren Gläsern. Banks dachte über das Leiden Matthew Shackletons nach und über dessen mögliche Entfremdung von normalen zwischenmenschlichen Beziehungen. Wenn man keine Liebe empfinden konnte, warum sollte man dann Hass fühlen? Als Banks von Sandra und Sean erfuhr, hatte er beide gehasst, weil er Sandra noch liebte. Wenn sie ihm egal gewesen wäre, hätte er nicht so leidenschaftlich reagiert.

„Ich bin zusammengebrochen, verstehst du?", sagte Jenny unvermittelt.

„Du bist was?"

„Ich hatte einen Nervenzusammenbruch. Nach dem ganzen Kram mit Randy. Plötzlich war ich völlig abgeschnitten von allen Dingen und

Menschen, mit denen ich aufgewachsen war, allein in einem fremden Land. Das ist eins der beängstigendsten Gefühle, das ich je erlebt habe. Ich bin sogar zu einem Therapeuten gegangen."

„Hat's geholfen?"

„Etwas. Dabei ist mir unter anderem klar geworden, dass ich zurück nach Hause wollte. Dieses Land hat mir so gefehlt. Ich hab sogar den Winter vermisst. Das zieht dich runter, immer diese Sonne, tagaus, tagein, zwischendurch mal eine kleine Überschwemmung, ein Feuer oder ein Erdbeben zur Abwechslung. Tja, sobald mir klar wurde, was ich wirklich wollte, hab ich die Beruhigungsmittel im Klo runtergespült und den nächsten Flug nach Hause genommen."

Sie trank ihr Glas aus und sah auf die Uhr. „Ach, tut mir Leid, aber ich muss los. War schön, dich wiederzusehen." Sie griff nach ihrer Tasche und hielt inne. Dann sah sie Banks in die Augen, berührte sanft seine Hand und sagte: „Warum meldest du dich nicht mal bei mir? Wir könnten …, du weißt schon, zusammen essen gehen oder so, wie wär das?"

Banks schluckte. „Mach ich. Wär toll."

Sie tätschelte seine Hand, warf ihm eine Kusshand zu, und schon war sie in einem Wirbel von Rot, Grün und Schwarz verschwunden, nur ein Hauch „Miss Dior" hing noch in der Luft. Banks sah auf seine Hand. Wo sie ihn berührt hatte, kribbelte sie noch immer. Jetzt, wo er den Mut gefunden hatte und sich wünschte, eine Beziehung mit Annie einzugehen, war Jenny eine unerwünschte Komplikation.

NACHDEM ich losgelaufen war und Gloria vom Hof geholt hatte, konnte ich mir endlich zusammenreimen, was passiert war. Matthew selbst sagte kein Wort. Er sah uns an, als könnte er sich erinnern, uns einmal gekannt zu haben, als hätte ihn ein tief sitzender Instinkt nach Hause geführt, doch unsere Wiedersehensfreude ergab für ihn keinen Sinn.

Ich ging zum Telefon hinunter und begann mit einer langen Reihe von Anrufen. Das Ministerium war so wenig hilfsbereit wie immer, das Rote Kreuz etwas entgegenkommender, doch schließlich war es ein Arzt aus einem der großen Londoner Krankenhäuser, der mir das meiste erzählte.

Matthew war aus einem japanischen Gefangenenlager in der Nähe von Luzon auf den Philippinen befreit worden. Wer er war, war nicht mit Sicherheit festzustellen, nur die letzten Fetzen seiner Uniform wiesen darauf hin, dass er Engländer war. Er hatte mit keinem der Soldaten gesprochen, und keiner war zur gleichen Zeit wie Matthew gefangen genommen worden. Folglich wusste niemand, woher er kam.

Als ich den Arzt fragte, warum Matthew nicht sprach und sich sogar weigerte, etwas aufzuschreiben, wenn ihm Papier und Stift angeboten wurden, machte er eine Pause und sagte dann: „Es tut mir Leid, Ihnen das zu sagen, aber wir stellten unter anderem fest, dass seine Zunge herausgeschnitten wurde.“

Mir fiel nichts ein, was ich sagen konnte. Ich stand nur da, in meinem Kopf drehte sich alles.

„Miss Shackleton? Miss Shackleton? Sind Sie noch da?“

„Ja … Entschuldigung … Fahren Sie bitte fort.“

„Ich bin derjenige, der sich entschuldigen muss. Ich muss Ihnen sehr kurz angebunden und grob vorkommen. Verzeihen Sie.“

„Schon gut, Doktor. Also ist Matthew unfähig zu sprechen.“

„Ja.“

„Aber schreiben könnte er, wenn er wollte?“

„Es spricht nichts dagegen. Ich kann nur vermuten, dass er es vorzieht, sich nicht mitzuteilen. Er leidet wahrscheinlich unter einer Form von Kriegsneurose.“

„Sollen wir ihn ins Krankenhaus zurückschicken?“

„Darin sehe ich nicht viel Sinn“, antwortete der Arzt. „Medizinisch können wir nichts mehr für ihn tun. Seine Wirbelsäule ist leicht gekrümmt, wohl zurückzuführen auf einen erzwungenen Aufenthalt in beengten Räumlichkeiten, beispielsweise in einer Kiste oder einem Käfig. Sein Hinken wurde durch einen unsachgemäß gerichteten Bruch des linken Beines hervorgerufen. Außerdem wurde er in Arm und Unterleib geschossen. Die Wunden sind verheilt.“

Ich schluckte. „Und geistig.“

„Wie gesagt, wir wissen nicht genau, was nicht stimmt. Er verweigert sich der Kommunikation. Aber es ist ein gutes Zeichen, dass er nach Hause gekommen ist.“

„Kann er behandelt werden? Wird es ihm besser gehen?“

„Das ist unmöglich zu sagen. Es gibt Behandlungsmöglichkeiten. Am häufigsten ist die Narkosynthese. Ein durch Drogen hervorgerufenes Wiedererleben des traumatischen Ereignisses oder der Ereignisse. Sie wird benutzt, um dem Ich zu helfen, das Geschehene zu akzeptieren. Das Problem ist natürlich, dass Matthew sich nicht mündlich äußern kann, und das könnte den Erfolg der Narkosynthese erheblich beeinträchtigen. Ich schlage vor, dass Sie mir sagen, wo Sie wohnen, dann werde ich mich bemühen, einen Arzt für Sie zu suchen, der sich mit diesen Dingen auskennt. Passen Sie in der Zwischenzeit einfach gut auf ihn auf. Ich glaube, ich muss Ihnen nicht erzählen, dass er Entsetzliches durchgemacht hat."

„Nein. Vielen Dank, Doktor." Ich nannte ihm meine Adresse und ging wieder nach oben. Matthew saß auf einem Stuhl und starrte in Richtung Fenster; Mutter und Gloria schienen mit ihrer Weisheit am Ende zu sein.

„Ich glaube, er erkennt mich nicht mal", sagte Gloria.

Ich berichtete ihr, was der Arzt gesagt hatte. „Er ist doch zurückgekommen, oder?", fragte ich, um sie zu trösten. „Nach Hause. Keine Sorge, es wird ihm bald besser gehen, jetzt, wo er bei den Menschen ist, die ihn lieben."

Gloria nickte, aber sie wirkte nicht überzeugt. Und auch ich war es nicht.

WIE ERWARTET fand Banks Gristhorpe draußen bei der Arbeit an seiner Trockenmauer. Trockenmauern bauen war ein Hobby, das sich der Superintendent vor Jahren zugelegt hatte. Er fand es entspannend.

Gristhorpe trug eine schlabberige braune Cordhose, die nur von ausgeleierten roten Hosenträgern gehalten wurde, dazu ein kariertes Hemd. Er hielt einen dreieckigen Kalkstein in der Hand. Als Banks näher kam, drehte er sich um. Sein vernarbtes Gesicht war durch die körperliche Anstrengung röter als sonst, und sein unbändiger Haarschopf klebte ihm am Schädel.

„Alan", sagte er. Es war keine Begrüßung, sondern eine Feststellung.

„Hallo."

„Man sagt, ein guter Mauerbauer legt den Stein nicht mehr zur Seite, den er einmal in die Hand genommen hat", meinte Gristhorpe und sah dann auf den Brocken in seiner Hand hinunter. „Wenn ich nur wüsste, wo ich diesen Mistkerl hinstecken soll." Er hielt kurz inne und warf ihn dann zurück auf den Haufen. „Was zu trinken?"

„Etwas Kaltes."

„Also Cola. Ich hab welche im Kühlschrank. Wir setzen uns hier nach draußen." Gristhorpe wies auf zwei Klappstühle, die hinter dem alten Bauernhaus im Schatten standen. Banks nahm Platz.

Gristhorpe ging hinein und kam mit zwei Gläsern Cola zurück. Er gab Banks das eine und setzte sich neben ihn. „Hab gehört, Jimmy Riddle hat dir einen echten Fall zu knacken gegeben."

„Na ja. Ich glaube, er hält es eher für eine Sackgasse."

Gristhorpe zog die buschigen Augenbrauen hoch. „Stimmt das denn?"

„Glaube ich nicht." Banks erzählte Gristhorpe, was er bisher ermittelt hatte, und reichte ihm den Knopf. „Es ist nicht mehr mit Sicherheit zu sagen", fuhr er fort, „aber möglicherweise hat das Opfer ihn in der Hand gehalten. Sie könnte ihn dem Angreifer abgerissen haben."

Gristhorpe untersuchte den Knopf. „Sieht aus wie ein Knopf von der amerikanischen Luftwaffe", befand er. „Der ist so rostzerfressen, da ist es schwer zu sagen – aber das Muster hier sieht aus wie der amerikanische Adler. Er könnte am Kragen gesessen haben. Normalerweise wurde er rechts getragen. Offiziere trugen ihn auch links, darunter ihre Truppengattung."

„Wenn sie erwürgt wurde", sagte Banks, „ist es durchaus möglich, dass sie versuchte, den Angreifer am Kragen zu packen."

Gristhorpe gab ihm den Knopf zurück. „Die Theorie klingt vernünftig."

„Es gibt noch etwas, was mir Kopfzerbrechen bereitet. Matthew Shackleton beging 1950 Selbstmord. Er erschoss sich. Ich frage mich, woher er die Waffe hatte. Er war nicht in der Verfassung, loszugehen und eine auf dem Schwarzmarkt zu kaufen."

„Was war das für eine Waffe?"

„Ein .45er Colt."

„Wirklich? Das war der Revolver, den das amerikanische Militär an seine Soldaten ausgab. Das eröffnet interessante Möglichkeiten, nicht wahr? Amerikanischer Knopf in der Hand der Frau. Amerikanischer Revolver im Mund des Mannes."

Banks nickte. Aber was für Möglichkeiten das sein sollten, wusste er nicht. Die beiden Vorfälle lagen fünf Jahre auseinander.

„Alan, vielleicht habe ich gute Nachrichten für dich, wenn du versprichst, es für dich zu behalten."

„Gute Nachrichten? Das wäre ja mal was Neues."

„Nur unter uns: Jimmy Riddle ist vielleicht nicht mehr lange da. Ein kleines Vögelchen hat mir gezwitschert, dass das glänzende Parkett der Politik lockt. Wie du weißt, ist das für Polizisten nicht möglich."

„Politik?"

„Genau. Der Abgeordnete der Konservativen in Riddles Wahlkreis ist praktisch durchgeknallt. Hochrangige Informanten melden, dass Riddle schon mehrere Gespräche mit dem Wahlausschuss geführt hat und dass der mit ihm zufrieden war."

Banks fühlte ein warmes Gefühl in sich aufsteigen. Vielleicht neigte sich seine Durststrecke tatsächlich dem Ende zu.

CHARLIE starb am 19. März während eines Großangriffs auf Berlin. Ihre „fliegende Festung" wurde von einer Messerschmitt beschossen. Brad gelang es, das brennende Flugzeug über den Ärmelkanal zurückzusteuern und auf einem Flugplatz in Sussex zu landen. Er kam mit Schnittwunden und blauen Flecken davon.

Als Brad aus Sussex zurückkam, besuchte er mich mit einer Flasche Bourbon im Laden und erzählte mir persönlich, was passiert war. Es war offensichtlich, dass ihn das Erlebte erschüttert hatte.

Gloria hatte Brad gesagt, sie könne ihn nicht mehr treffen, es würde sie durcheinander bringen und ihnen nicht gut tun. Brad ärgerte sich über ihre Zurückweisung, aber er konnte nichts anderes tun, als zu mir zu kommen und mir sein Herz auszuschütten.

Wir saßen im kleinen Zimmer über dem Laden und tranken Bourbon. Mutter war schon zu Bett gegangen. Keiner sagte viel – es gab einfach nichts zu sagen. Diese Nachricht, kurz nach Matthews Rückkehr, war fast mehr, als ich ertragen konnte.

Nur ein Stück die Straße hinunter widmete sich Gloria der Pflege eines Mannes, der nicht sprechen konnte und sich nicht mitteilen wollte, und ein Ende war nicht in Sicht. Das hatte der Krieg aus unserem Leben gemacht: den Inbegriff von Elend und Hoffnungslosigkeit. Ich lehnte den Kopf an Brads Schulter und weinte.

AM DONNERSTAGABEND rief Banks wieder bei Brian an. Beim fünften Klingeln hob jemand ab.

„Ja?"

„Brian?"

„Nein, Andy. Wer ist da?"

„Brians Vater."

Stille. „Sekunde."

Kurz darauf kam Brian an den Apparat. „Dad?"

„Wo hast du gesteckt? Ich versuche schon die ganze Woche, dich zu erreichen."

„Wir haben in Südwales gespielt. Sieh mal, Dad, ich hab dir doch gesagt, dass wir bis über beide Ohren in Auftritten stecken. Hat dich nicht interessiert."

Banks schwieg. Diesmal wollte er es nicht vermasseln, aber er wollte verdammt sein, würde er vor seinem Sohn zu Kreuze kriechen. „Ich meine ja nur, dass du mir ein bisschen Zeit zum Verdauen geben sollst. Wir haben alle damit gerechnet, dass du mit einer guten Note abschließt und irgendwo in einer guten Firma anfängst. Musik ist ein tolles Hobby, aber davon zu leben ist schwer. Egal, warum ich eigentlich anrufe, ist, dass ich morgen bei dir in der Gegend bin und dachte, wir könnten uns vielleicht treffen. Ich geb dir einen aus."

„Weiß nicht, Dad, wir haben momentan so viel zu tun."

„Eine halbe Stunde?"

Wieder folgte Schweigen. „Hör mal", sagte Brian, „morgen und Samstag spielen wir in einem Pub in Bethnal Green. Wenn du Lust hast, zu kommen und zuzuhören, können wir in der Pause ein Bier trinken."

Banks ließ sich das Pub nennen und sagte, er werde es versuchen.

„Schon gut", meinte Brian. „Ich verstehe es schon, wenn was anderes dazwischenkommt. Wär nicht das erste Mal. Eine der Freuden, wenn man der Sohn eines Bullen ist."

„Ich komme", sagte Banks. „Bis dann!"

Inzwischen war es schon fast dunkel. Er nahm seinen Whisky und setzte sich draußen auf das Mäuerchen. Die letzten karmesin- und purpurroten Streifen durchzogen den Himmel im Westen, und der abnehmende Mond schien über dem Tal. Die Vorboten eines Gewitters hatten sich verzogen, die Luft war wieder klar und trocken.

Wenigstens hatte er mit Brian gesprochen und würde ihn bald treffen.

Er hörte sein Telefon klingeln. Schnell ging er hinein.

„Entschuldigen Sie bitte die späte Störung", sagte Sergeant Hatchley, „aber ich weiß, dass Sie morgen früh nach London fahren."

„Worum geht's?" Banks sah auf die Uhr. Halb zehn. „Sonst arbeiten Sie doch nicht so lange, Jim."

„Nee, stimmt. Ich meine, hab ich nicht. Ich war im Queen's Arms, und da dachte ich, ich guck mal kurz auf der Dienststelle vorbei, ob ich schon irgendwelche Antworten auf meine Anfragen bekommen habe."

„Und?"

„Francis Henderson. Ich hab seine Adresse. In Dulwich." Hatchley las die Adresse vor. „Interessant ist, warum die Antwort so schnell gekommen ist. Er ist vorbestraft."

Banks spitzte die Ohren. „Ja?"

„Die Zentrale schreibt, Francis Henderson hat in den Sechzigern angefangen, für eine der Banden im East End zu arbeiten. In erster Linie hat er ihnen Informationen beschafft, Leute aufgespürt, die gesucht wurden. Er wurde drogenabhängig und fing in den Siebzigern an, sein Geld mit Dealen zu verdienen. Hier steht, dass er sich vor Jahren zurückgezogen hat und clean ist, jedenfalls soweit bekannt ist."

„Vielen Dank, Jim. Jetzt gehen Sie aber nach Hause."

„Jaja, sicher."

„Und geben Sie morgen noch mal die landesweite Anfrage raus, wenn Sie Zeit haben."

„Mach ich. *Bon voyage.*"

7

Annie wartete auf dem Bahnsteig in York. Sie sah sehr geschäftsmäßig aus in einem dunkelblauen, knielangen Rock, einem Blazer mit silbernen Knöpfen und einer weißen Bluse. Das Haar hatte sie streng zurückgebunden. Doch fühlte sich Banks diesmal nicht schlechter gekleidet. Er trug einen leichten sommerlichen Anzug aus Baumwolle mit einer rot-grauen Krawatte.

„Guter Gott", sagte sie lächelnd, „ich hab das Gefühl, als ob wir uns zu einem verbotenen Wochenende treffen."

Banks lachte. „Wer weiß, wenn du's richtig angehst ..."

Der Zug nach London verließ den Bahnhof. Banks und Annie unterhielten sich eine Weile, der ratternde, wiegende Rhythmus beruhigte sie, und Banks stellte fest, dass, was auch immer Annie gestern am Telefon gestört hatte, jetzt nicht mehr von Bedeutung war. Ihm war verziehen worden.

Annie vertiefte sich in den *Guardian*, und Banks machte sich wieder an die „Verbrecherischen Geheimnisse". Letzte Nacht im Bett hatte er „Der Schatten des Todes" zugeklappt, als Detective Inspector Niven den ersten Verdächtigen verhaftete und sagte: „Sie haben das Recht zu schweigen. Wenn Sie keinen Anwalt haben, wird Ihnen einer gestellt." So viel zur glaubwürdigen Beschreibung von Ermittlungsmethoden. Aber da er fand, dass die Autorin eine zweite Chance verdient hatte, fing er mit „Verbrecherische Geheimnisse" an und hatte es kaum wieder aus der Hand legen können. Trotz der dürftigen Handlung entpuppte sich der Roman als faszinierende Studie über Gewissen und Charakter. Kurz vor Peterborough hatte Banks das Buch ausgelesen. Annie hatte die Augen geschlossen, hielt ein Nickerchen oder meditierte.

King's Cross war so chaotisch wie immer. Banks und Annie bahnten sich ihren Weg durch die Menge und durch die Gänge, die zur Northern Line führten. Sie konnten sich in den ersten Zug Richtung Edgeware quetschen.

Wenige Minuten später traten sie aus der U-Bahn-Station Belsize Park, gingen Rosslyn Hill hinauf und bogen in die Seitenstraße ab, in der Vivian Elmsley wohnte.

Eine Frauenstimme kam aus der Gegensprechanlage. Nachdem Banks Dienstgrad und Anliegen mitgeteilt hatte, gab es eine lange Pause, dann sagte die Stimme resigniert: „Sie kommen besser rauf." Der Summer ertönte.

Sie stiegen drei dick mit Teppich belegte Treppen in den zweiten Stock hinauf. Dass es sich um ein gepflegtes Haus handelte, verrieten das glänzende Holz und die vor kurzem gestrichenen Wände. Kostete bestimmt ein Vermögen, aber das konnte sich Vivian Elmsley zweifellos leisten.

Die Frau, die ihnen die Tür öffnete, trug eine weite schwarze Trainingshose und ein weißes Sweatshirt. Sie sah müde aus und wirkte erschöpft und nervös. Ihre Augen waren geschwollen, und rote Äderchen durchzogen das Weiß der Pupillen. Banks verstand, was Elsie Patterson gemeint hatte: Diese Augen konnte man nicht übersehen.

„Bitte, nehmen Sie Platz!" Sie wies auf zwei zusammenpassende Sessel aus Chrom und schwarzem Leder und setzte sich dann selbst. „Was kann ich für Sie tun?"

„Zuerst einmal", begann Banks, „sind Sie Gwynneth Shackleton?"

„Das war ich, obwohl ich von den meisten Gwen genannt wurde. Vivian ist mein zweiter Name. Elmsley ist ein Pseudonym. Es war der Mädchenname meiner Mutter. Alles vollkommen rechtmäßig."

„Das bezweifle ich nicht. Sind Sie in Hobb's End aufgewachsen?"

„Ja."

„Haben Sie Gloria Shackleton umgebracht?"

Sie legte die Hand auf die Brust. „Gloria? Ich? Was für eine Vorstellung! Ganz bestimmt nicht."

„Könnte Ihr Bruder Matthew sie umgebracht haben?"

„Nein. Matthew liebte sie. Sie sorgte für ihn."

„Darf ich fragen, warum Sie sich auf unsere Aufrufe hin nicht gemeldet haben?", fragte Banks.

Vivian Elmsley machte eine Pause, bevor sie antwortete, als müsse sie ihre Gedanken sorgfältig ordnen. „Chief Inspector", sagte sie, „ich gebe zu, dass ich die Entwicklung des Falles sowohl in der Zeitung als auch im Fernsehen verfolgt habe, aber ich glaube wirklich nicht, dass ich Ihnen irgendetwas von Wert erzählen kann. Außerdem habe ich das alles als sehr peinigend empfunden. Deshalb habe ich mich nicht gemeldet."

„Das nehme ich Ihnen nicht ab", entgegnete Banks. „Sie haben nicht nur während des Krieges in Hobb's End gelebt, sondern Sie waren sogar Glorias Schwägerin. Sie können doch nicht erwarten, dass ich Ihnen glaube, dass Sie nicht wissen, was mit ihr geschah."

„Ich kann wirklich nicht behaupten, dass ich sie gut gekannt habe. Ich würde nicht sagen, dass wir viele Gemeinsamkeiten hatten. Ich hatte meinen Kopf immer schon in den Büchern, Gloria war ein eher überschwänglicher Mensch. Wie so viele Extravertierte war sie aber auch verschlossen, sehr schwer zugänglich."

„Haben Sie sich oft gesehen?"

„Ziemlich oft. Mal kam ich bei ihr, mal sie bei uns vorbei. Bridge Cottage war nicht weit vom Laden entfernt."

„Unternahmen Sie denn nichts gemeinsam?"

Vivian zuckte mit den Achseln. „Wahrscheinlich ja. Ins Kino gehen, tanzen gehen."

„Mit amerikanischen Soldaten?"

„Manchmal schon."

„Gab es jemanden Bestimmtes?"

„Wir freundeten uns im letzten Kriegsjahr wohl mit mehreren an."

„Können Sie sich an die Namen erinnern? Brad, zum Beispiel? Erinnert Sie das an jemanden?"

„Brad? Ja, ich glaube, so hieß einer. Brad Szikorski."

Banks suchte den Namen auf der Liste der in Rowan Woods stationierten Soldaten, die er mitgenommen hatte. BRADFORD J. SZIKORSKI JR. „Und PX? Billy Joe?"

„Edgar Konig und Billy Joe Farrell."

Auch sie standen auf der Liste.

„Wie steht's mit einem Charlie?"

Vivian Elmsley wurde blass; ein Kiefermuskel begann zu zucken. „Charlie Markleson", flüsterte sie.

Banks prüfte es nach. „Charles Christopher Markleson."

„Wie sind Sie an die Namen gekommen? Ich habe sie schon so lange nicht mehr gehört."

„Es ist nicht von Belang, wie wir daran gekommen sind. Hatte Gloria ein Verhältnis mit Brad Szikorski, als Matthew wieder zurück war?"

„Ich weiß nicht, worauf Sie hinauswollen, Chief Inspector. Sie sind falsch informiert. Gloria war mit Matthew verheiratet, ob er da war oder nicht. Ja, wir gingen gelegentlich mit den Jungs ins Kino, manchmal auch tanzen, aber mehr war da nicht."

„Wie verhielt sich Gloria, als sie ihren Mann für tot hielt? Eine attraktive Frau wie sie hatte doch mit Sicherheit Verehrer?“

Vivian machte wieder eine Pause. „Gloria war ein sehr geselliger Mensch. Sie mochte Partys, Ausflüge, solche Sachen. Es musste oberflächlich bleiben. Das müssen Sie wissen, Chief Inspector: Wir haben die Hoffnung nie aufgegeben, dass Matthew zurückkommen würde.“

„Sie haben meine Frage nicht beantwortet. Hatte Gloria eine Liebesbeziehung mit Brad Szikorski und mit jemand anders?“

Sie wandte den Blick ab. „Nicht dass ich wüsste.“

„Wie nahm Brad es auf, dass Matthew lebend zurückkehrte?“

„Woher soll ich das wissen? Warum sollte es ihm etwas ausmachen?“

„Es hätte ihm schon etwas ausmachen können. Wenn er sich in Gloria verliebt hatte und sie ihm wegen ihres Mannes den Laufpass gab.“

„Wollen Sie damit sagen, dass Brad Gloria getötet hat?“ Vivian Elmsley rümpfte die Nase.

Banks beugte sich vor. „Irgendjemand hat es getan, Mrs Elmsley, und die ersten Verdächtigen, die einem da einfallen, sind Matthew, einer von den Amerikanern, Michael Stanhope oder Sie.“

„Lächerlich. Es muss ein Fremder gewesen sein. Den Namen Michael Stanhope habe ich schon seit Jahren nicht mehr gehört.“

„Ihnen muss klar sein, dass der Fundort den Verdacht in erster Linie auf Ihren Bruder lenkt. Gloria wurde im Schuppen neben Bridge Cottage vergraben. Damals wohnte Matthew dort mit ihr.“

„Aber ich habe ihn nie gewalttätig erlebt. Nie.“

„Der Krieg kann einen Menschen ändern.“

„Trotzdem.“

„Ging er oft aus nach seiner Rückkehr? War Gloria oft allein zu Haus?“

„Manchmal ging er abends ins Pub. Ins Shoulder of Mutton. Ja, manchmal war sie allein.“

„Würde es Sie überraschen, dass Gloria 1944 nackt für ein Stanhope-Bild Modell stand?“

„Ja, würde es. Und zwar sehr.“

„Hatte Gloria ein Verhältnis mit Michael Stanhope?“

„Das glaube ich nicht. Er war zu alt für sie.“

„Und homosexuell?“

„Das hätte ich nicht gewusst. Ich war sehr jung.“

„Hat sie Ihnen von ihrem Sohn Francis erzählt?“

„Sie hat ihn einmal erwähnt, ja. Aber sie sagte, sie hätte die Verbindung zu ihm und seinem Vater abgebrochen.“

„Es gibt noch eine Sache, die mir wirklich Kopfzerbrechen bereitet“, sagte Banks, „und zwar, was *Ihrer* Meinung nach mit Gloria geschah. Sie können doch nicht geglaubt haben, dass sie einfach von der Bildfläche verschwand!“

„Das war damals eigentlich kein Geheimnis. Sie lief fort, weil sie es nicht mehr aushielt, Matthew zu pflegen, so wie er war. Sie wäre ja schließlich nicht das erste Mal weggelaufen. Sie hatte zweifellos jeglichen Kontakt zu ihrem wie auch immer gearteten früheren Londoner Leben abgebrochen, bevor sie nach Hobb's End kam.“

„Wann verschwand sie?“, fragte Banks.

„Kurz nach der deutschen Kapitulation. Ungefähr eine Woche darauf. Es war an einem der Tage, an dem ich mit Matthew zu seinem Arzt nach Leeds fuhr. Als wir abends zurückkamen, war sie fort.“

„Sprach Gloria Ihnen gegenüber jemals vom Weggehen?“

„Sie deutete es ein- oder zweimal an, aber ich nahm es nicht ernst. Sie tat so, als mache sie Witze. So in der Art: ‚Eines Tages wird mein Prinz kommen. Ich werde dies alles hinter mir lassen und zu ungeahntem Reichtum gelangen.‘ Gloria träumte gerne, Chief Inspector.“

„Nahm sie etwas mit, als sie ging?“

„Einige Kleidungsstücke, persönliche Dinge. Sie besaß nicht viel.“

„Das ist ja interessant. Wie transportierte sie die?“

„In einem alten Pappkoffer. Den sie auch bei ihrer Ankunft dabeihatte.“

Banks hielt kurz inne. „Mrs Elmsley“, sagte er, „angesichts dessen, was Sie nun wissen, warum glauben Sie, dass Kleidung und Koffer fehlten? Was, glauben Sie, passierte damit?“

„Ich habe keine Ahnung. Ich erzähle Ihnen nur, was ich damals bemerkt habe. Vielleicht hat sie jemand gestohlen? Damit es so aussah, als sei sie gegangen.“

„Aha. Wer, glauben Sie, hielt es wohl für nötig, sich die Zeit zu nehmen, die Leiche so aufwendig unter dem Boden des Schuppens zu vergraben?“

„Jemand, der keinen Verdacht erregen wollte.“

„Ganz genau. Was uns wieder zurück an den Anfang bringt, nicht wahr? Warum sollte man versuchen, keinen Verdacht zu erregen? Es musste jemand sein, der glaubte, er würde als Verdächtiger gelten: Matthew, Brad Szikorski oder Sie.“

„Nun, ich war es nicht. Und wie ich Ihnen schon sagte, erhob Matthew nicht einmal den kleinen Finger gegen Gloria.“

„Bleibt noch Brad Szikorski.“

„Vielleicht. Aber ich bezweifle es."

„Was ist mit Charles Markleson?"

„*Charlie* starb im Krieg."

„Edgar Konig? Billy Joe Farrell?"

„Ich weiß nicht, was aus ihnen geworden ist, Chief Inspector."

„Hatte einer von ihnen einen Grund, Gloria zu töten?"

„Nicht dass ich wüsste. Obwohl Billy Joe schon einen aggressiven Zug an sich hatte und PX Gloria schlicht anhimmelte."

„Hatte sie ein Verhältnis mit ihm?"

„Meines Wissens nicht. Er ..., ich meine, er wirkte einfach so *jung* und schüchtern."

„Sahen Sie nach Glorias Verschwinden irgendwo im Bridge Cottage Blut?"

„Nein. Wenn es so gewesen wäre, hätte ich bestimmt Verdacht geschöpft und die Polizei gerufen. Wie kommen Sie denn zu der Annahme, sie sei im Bridge Cottage getötet worden? Sie könnte auch draußen, im Hinterhof oder sogar im Schuppen umgebracht worden sein."

„Möglich", gab Banks zu. „Was geschah dann?"

„Nichts. Wir machten einfach weiter. Genau genommen blieben wir nur noch wenige Wochen im Dorf, dann bekamen wir eine Sozialwohnung in Leeds."

„Was war mit Matthew? Haben Sie ihn getötet?"

„Hab ich nicht. Er beging Selbstmord."

„Warum?"

„Es hatte nichts mit Glorias Verschwinden zu tun. Er war krank, durcheinander, depressiv, hatte Schmerzen. Ich tat mein Bestes, aber letztlich war es sinnlos."

„Er hat sich erschossen, nicht wahr?"

„Ja."

„Woher hatte er den Revolver?"

„Den hatte er schon immer."

„Immer? Seit wann?"

„Weiß ich nicht. Seit er aus dem Krieg zurückkam, nehme ich an."

„Also aus dem japanischen Kriegsgefangenenlager?"

„Ja."

Banks erhob sich kopfschüttelnd.

„Stimmt etwas nicht, Chief Inspector?", fragte Vivian.

„Nichts stimmt", antwortete Banks. „Ihr Bruder Matthew erschießt sich fünf Jahre nach Glorias Verschwinden mit einem amerikanischen

Dienstrevolver, den er als Souvenir aus einem japanischen Kriegsgefangenenlager mitbrachte. Sie schreiben Detektivgeschichten. Fragen Sie sich, ob Ihr Inspector Niven das glauben würde. Fragen Sie sich, ob Ihre Leser das schlucken würden." Er griff in seine Tasche. „Hier ist meine Karte. Ich möchte, dass Sie ernsthaft über unser kleines Gespräch nachdenken. Wir kommen wieder. Bald."

Als sie draußen in der Hitze standen, stieß Annie einen Pfiff aus und sagte: „Sie hat gelogen."

„Natürlich hat sie das."

„Aber warum hat sie gelogen?", fragte Annie. „Das will mir nicht in den Kopf."

„Sie schützt sich. Oder jemand anders."

„Und, was machen wir jetzt?"

„Nichts", erwiderte Banks. „Wir lassen sie über Nacht schmoren. Ich habe den Eindruck, dass etwas ihr Gewissen belastet. Wenn ich mich nicht irre, ist sie mit ihren Kräften am Ende. Wir versuchen es morgen noch einmal."

„Und bis dahin?"

„Zuerst sehen wir mal, ob wir Francis Henderson finden. Und wenn es dir recht ist, würde ich dann gerne nach Bethnal Green fahren und mich mit meinem Sohn treffen. Wir müssen ein paar Dinge besprechen."

„Kein Problem. Verstehe schon. Vielleicht geh ich ins Kino. Was machst du danach?"

„Weißt du noch, dass du von einem verbotenen Wochenende gesprochen hast?"

Annie nickte.

„Ich weiß nicht, ob du noch daran interessiert bist, aber Richtung Bloomsbury gibt es ein verschwiegenes kleines Hotel. Und schließlich haben wir Freitag. Manchmal darf auch die Kripo pünktlich Feierabend machen."

Annie errötete. „Aber ich hab keine Zahnbürste dabei."

Banks lachte. „Ich kauf dir eine."

In ihrem Mundwinkel zuckte ein Lächeln. „Ich hab auch kein Nachthemd dabei."

„Keine Sorge", entgegnete Banks. „Du wirst keins brauchen."

IN DEN nächsten Wochen trauerte ich um Charlie; an Matthews Zustand bemerkte ich keinerlei Veränderung. Er blieb mit Gloria im Bridge Cottage. Ich glaube eigentlich nicht, dass es ihm etwas ausmachte, wo er sich befand, solange seine grundlegenden Bedürfnisse befriedigt wurden. Es verging kein Tag, an dem ich nicht eine Zeit lang bei ihm saß und mit ihm sprach, obwohl er nie antwortete.

Wir konnten mit Matthew bald einen Termin bei Dr. Jennings vereinbaren, einem Psychiater, der an der Universität Leeds arbeitete. Einmal pro Woche brachten Gloria oder ich Matthew zu einem Termin, sahen uns eine gute Stunde lang in den Geschäften um und holten ihn wieder ab. Beim dritten Besuch gab Dr. Jennings mir gegenüber zu, dass er wenig Erfolg habe und nun die Narkosynthese trotz aller Einwände in Erwägung ziehe.

Matthew machte keine Schwierigkeiten; er war geistig einfach nicht anwesend. Allerdings gewöhnte er sich an, jeden Abend ins Shoulder of Mutton zu gehen und dort allein in einer Ecke vor sich hin zu trinken. Von Zeit zu Zeit hatte er einen Wutanfall und zerschlug ein Glas oder trat gegen einen Stuhl. Aber das kam selten vor und war schnell vorbei.

Gloria gab mir einen Schlüssel, damit ich im Bridge Cottage vorbeischauen konnte, wann immer ich Zeit hatte. Sie nahm sich natürlich so oft wie möglich auf dem Hof frei, aber sie brauchte das Geld, und ich glaube, sie hätte den Schmerz und den Gram nicht ertragen, 24 Stunden am Tag bei Matthew zu sein.

Der Sieg lag schon in der Luft. Die Amerikaner hatten den Rhein überquert, Montys Leute ebenfalls. Die Russen hatten Berlin umzingelt. Im April und Mai hörten wir zum ersten Mal Gerüchte über Konzentrationslager und menschliche Gräueltaten. Die Zeitungen schienen kaum Worte zu finden, um zu beschreiben, was die Befreiungsarmeen vorgefunden hatten. Und ich las über die entsetzlichen Folterungen, die Gefangene wie Matthew hatten erleiden müssen.

Banks betrat das höhlenartige viktorianische Pub im Londoner Osten mit seinem geätzten Glas, dem Messing und den Spiegeln.

Er war mit Annie nach Dulwich gefahren, um Francis Henderson zu sprechen, doch der war nicht zu Hause gewesen. Eine Nachbarin erzählte ihnen, er sei aller Wahrscheinlichkeit nach in Urlaub gefahren, denn er hätte Zeitung und Milch abbestellt. Banks kritzelte eine Nachricht auf seine Karte, warf sie in den Briefkasten und beließ es dabei.

Es war halb sechs, der Auftritt der Band begann um sechs; sie sollte die Feierabendtrinker hereinlocken. Brian stand mit den anderen auf einer niedrigen Holzbühne und baute die Anlage auf.

Brian winkte ihn heran. Er wirkte ein bisschen nervös, aber das war nur verständlich. Die anderen würden ihn mit Sicherheit aufziehen, weil sein Alter kam, um sich seine Musik anzuhören. Er stellte Banks Andy, den Mann am Keyboard, Jamisse, den Bassisten aus Mosambik, und den Schlagzeuger Ali vor.

„Ich muss nur noch die Gitarre stimmen", sagte Brian, „dann komme ich runter. Okay?"

„Klar. Ein Bier?"

„Gern."

Banks holte an der Theke zwei Bier und fand einen leeren Tisch. Zwischendurch kreischte die Rückkopplung aus den Verstärkern, Ali schlug einen kleinen Trommelwirbel, und Jamisse zupfte an einer Saite. Es war Viertel vor sechs, als Brian sich zu Banks gesellte. Er trug fadenscheinige Jeans, Turnschuhe und ein einfaches rotes T-Shirt. Sein dunkles Haar war lang und glatt, dazu trug er einen Dreitagebart. Er setzte sich, kratzte sich an der Wange und vermied es, seinen Vater anzusehen.

Banks wollte nicht gleich zur Sache kommen. „Ich bin schon ganz gespannt", sagte er und nickte in Richtung Bühne. „Ich hab dich nicht mehr spielen gehört, seit du früher zu Hause geübt hast."

„Ich hoffe, ich bin etwas besser geworden."

„Ich auch." Banks grinste. „Prost!" Sie stießen an, dann zündete sich Banks eine Zigarette an. „Was für Musik macht ihr? Blues?"

„Nein, kein normaler Blues. Ich schreib meistens die Texte, Jamisse macht die Musik. Andy kann Noten lesen, deshalb macht er die Arrangements und so. Wir spielen auch ein paar Coverversionen."

„Auch Sachen, die ein alter Knacker wie ich kennt?"

Brian grinste breit. „Du wirst dich wundern. Ich muss jetzt wieder auf die Bühne. Bist du nachher noch da?"

Banks warf einen Blick auf die Uhr. Sechs. Zeit genug. „Ich muss erst so gegen acht los", sagte er.

„Super."

Und schon hatte die Band angefangen zu spielen. Als Grundlage diente auf jeden Fall ein Blues. Andys geisterhaftes Keyboard schwebte darunter und darüber, und Brians Gitarre durchschnitt die Rhythmen glockenklar. Sein Solo, das sehr gut war, erinnerte Banks an eine Mischung aus frühem Jerry Garcia und Eric Clapton.

Dann war der erste Teil vorbei. Die Musiker verbeugten sich, und Brian kam zu Banks an den Tisch. Banks holte noch zwei Bier.

„Das war super", lobte Banks.

Brian blickte zur Seite. „Danke."

Es gab keinen Grund, es noch länger vor sich herzuschieben, dachte Banks und holte tief Luft. „Hör mal", sagte er, „zu dem, was ich letztens am Telefon gesagt habe. Ich bin enttäuscht, sicher, aber es ist dein Leben. Wenn du glaubst, dass du es ernsthaft hiermit versuchen willst, stehe ich dir dabei bestimmt nicht im Weg."

Brian blickte auf, und Banks glaubte, in den Augen seines Sohnes Erleichterung zu sehen. Also war seine Zustimmung doch wichtig.

„Meinst du das ehrlich?"

Banks nickte.

„Architektur war einfach so langweilig, Dad. Es tut mir Leid, wenn ich dir Kummer gemacht habe. Aber es lag nur teilweise an der Musik. Ich hab im letzten Jahr nicht mehr genug getan, weil ich die ganze Angelegenheit so öde fand."

„Hast du's deiner Mutter schon gesagt?"

„Ich hab ihr auf Band gesprochen."

„Hör mal, wenn du mal ein bisschen Zeit hast, warum kommst du dann nicht mal in Gratly vorbei? Du hast das Cottage noch gar nicht gesehen. Wir können zusammen lange Spaziergänge machen. Weißt du noch, wie früher? Du musst ja jetzt keinen festen Zeitpunkt nennen. Ist eine unbegrenzt gültige Einladung. Okay?"

Brian sah von seinem Bier auf und verzog seinen Mund zu einem Lächeln. „Gut", antwortete er. „Würd ich gern tun. Abgemacht."

EINES Tages kam Gloria zu mir und fragte, ob es mir etwas ausmachen würde, den Laden für eine Stunde zu schließen und mit ihr zu kommen. Sie sah blass aus und hatte sich nicht die sonst übliche Mühe mit ihrem Aussehen gegeben.

Es war Anfang Mai, das weiß ich noch. Hitler war tot, die Russen hatten Berlin eingenommen, und die deutschen Truppen in Italien hatten sich ergeben. Jetzt waren die Tage bis zum Ende gezählt.

Ich schloss den Laden, wir spazierten nach Rowan Woods und wanderten durch das von den jungen Blättern gefilterte grüne Licht. Die Waldblumen standen in voller Blüte, hier und da wuchsen Glockenblumen, Veilchen und Schlüsselblumen. Die Vögel sangen, die Luft war erfüllt vom Geruch wilden Knoblauchs.

„Ich weiß nicht, was ich mit ihm machen soll, Gwen", sagte Gloria, den Tränen nahe. „Egal, wie ich versuche, an ihn heranzukommen, nichts nützt etwas."

„Ich weiß", sagte ich. „Wir müssen einfach Geduld haben." Doch noch während ich das sagte, spürte ich die Unangemessenheit meiner Worte.

„Dir kann es ja egal sein. Du bist nicht mit ihm verheiratet. Das ist nicht dasselbe. Ich lebe mit einem Fremden. Ich weiß nicht, was ich tun soll. Brad bedrängt mich immer noch, ich soll mit ihm nach Amerika kommen. Stell dir das vor, Gwen: Hollywood! Ein neues Leben in der Sonne. Ein junger, gesunder, hübscher, kräftiger Mann, der mich abgöttisch liebt."

„Aber?"

Sie wandte sich mit niedergeschlagenem Blick ab. „Ein Traum. Mehr nicht. Ich kann nicht gehen. Ist das nicht dumm? Vor ein paar Jahren habe ich genau das getan. Habe ein Leben hinter mir gelassen, das ich nicht wollte, und bin hier gelandet."

„Aber damals hattest du deine ganze Familie verloren. Es gab keinen Grund zu bleiben. Jeder kann verstehen, dass du das getan hast."

„Aber ich bin schon fortgelaufen, bevor ich sie verloren hatte."

„Wie meinst du das?"

Sie hielt inne. „Einiges über mich weißt du nicht, Gwen. Ich war egoistisch. Ich habe anderen furchtbar wehgetan. Aber ich möchte, dass du eins weißt: Matt ist der einzige Mann, den ich jemals aufrichtig geliebt habe. Nicht Brad, nicht …, schon gut."

„Was wolltest du sagen?"

Gloria hielt inne und sah mich mit ihren blauen Augen an. „Ich werde dich nicht um Verständnis bitten", sagte sie. „Das wird dir vielleicht nicht möglich sein. Aber lass es mich wenigstens erklären."

Ich nickte. Sie lehnte sich gegen einen Baum.

„Als ich sechzehn war", hob sie an, „bekam ich ein Kind. Den Vater liebte ich nicht, nicht wirklich. George sah gut aus, war bei den Mädchen beliebt. Ich fühlte mich durch seine Aufmerksamkeit geschmeichelt. Wir machten es nur einmal, aber ich wusste nichts über …, du weißt schon … , und so wurde ich schwanger. George wollte mich auf der Stelle heiraten – er sagte, er würde mich lieben –, aber ich wusste ganz tief drinnen, dass es der schlimmste Fehler meines Lebens sein würde, wenn ich mich darauf einließe. Er trank wie alle unten in den Docks, und ich war mir sicher, dass es nur eine Frage der Zeit sein würde, bis er mich verprügelte."

„Und was war mit dem Baby?"

„Als ich Francis bekam, war ich sehr niedergeschlagen, und ich …, ich fühlte nicht, was eine normale Mutter fühlen sollte. Ich schämte mich dafür, aber ich hasste mein eigenes Kind, Gwen. Deshalb könnte ich ihm oder einem anderen Kind nie eine gute Mutter sein."

Sie schluchzte und sank in meine Arme. Ich hielt sie fest und tröstete sie, so gut ich konnte.

Gloria schniefte, tupfte sich mit ihrem Taschentuch die Augen ab und fuhr fort: „Georges Schwester Ivy konnte selbst keine Kinder bekommen. Sie und ihr Mann sind anständige Leute. Sie haben's geschafft, sie haben sich verbessert. Sie meinten, sie würden sich um Francis kümmern. Ich wusste, dass er es bei ihnen besser haben würde."

„Was sagte George dazu?"

„Er konnte nicht verstehen, dass ich nichts dagegen hatte, Francis zu Ivy und John zu geben. George ist ein einfacher Mann. Er meinte, ein Junge brauchte eine richtige Mutter, die er liebte. Sicher, er war einverstanden. Er konnte Francis ja nicht allein großziehen. Er war kein schlechter Mensch, Gwen. Ich bin schlecht. Ich glaube, er liebte seinen Sohn mehr als ich. Er wollte so gerne Vater sein. Er wurde natürlich eingezogen wie alle. Aber er dachte immer, ich würde es mir irgendwann anders überlegen. Er war sogar schon mit Francis hier bei mir. Er sagte, er würde mich immer noch lieben, und wollte, dass ich zurückkäme. Ich sagte ihm, ich wäre verheiratet, da stritten wir uns."

Ich wusste nicht, was ich sagen sollte.

„Bitte, Gwen, sag, dass du mich nicht hasst! Ich könnte es nicht ertragen, wenn du mich hassen würdest! Du bist meine einzige richtige Freundin."

„Natürlich hasse ich dich nicht. Ich verstehe es nur einfach nicht."

„Ich weiß nicht mal, ob ich es selbst verstehe, aber siehst du nun ein, dass das der Grund ist, warum ich Matt nicht verlassen kann? Das ist meine Strafe, Gwen. Verstehst du das nicht? Matt ist meine Sühne."

„Ich glaube, ja", sagte ich. „Du und Brad, seid ihr noch …"

„Manchmal. Sei nicht böse. Brad tröstet mich von Zeit zu Zeit, und solange Matt es nicht weiß … Aber um ehrlich zu sein, macht Brad im Moment mehr Ärger, als dass er nützt. Er fängt einfach immer wieder davon an, dass er mit mir durchbrennen will. Das wird alles eine zu große Belastung. Ich hab ihm gesagt, wenn er nicht aufhört, mich zu drängen, dann haue ich ab und lasse alle im Stich, ihn eingeschlossen."

„Was ist mit Billy Joe? Hat er dir noch mal Schwierigkeiten gemacht?"

„Nein, eigentlich nicht. Ich hatte den Eindruck, dass er sich insgeheim freute, dass Matt zurückgekommen ist und mir und Brad alles verdorben hat. Ich glaube, es ist ihm völlig schnuppe, wie es mir bei der ganzen

Sache geht. Hör mal, Gwen, ich weiß nicht, ob ich dir das überhaupt erzählen sollte, aber ich hatte Probleme mit Michael."

„Mit Michael. Du liebe Güte. Du willst doch nicht sagen, dass …"

„Red kein dummes Zeug, Gwen. Der Mann interessiert sich nur für Jungs. Vielleicht hast du mitbekommen, dass ich im letzten Sommer und Herbst ziemlich oft in seinem Atelier war. Er hat mich gemalt."

„Aber das ist ja toll, Gloria! Kann ich es sehen? Ist es fertig?"

„Ja. Und es ist sehr gut geworden. Es ist ein Aktbild."

Ich schluckte. „Du hast nackt für Michael Stanhope Modell gestanden?"

Sie lachte. „Warum nicht? Die Gefahr war ja nicht sonderlich groß, dass er versuchen würde, mich zu betatschen, oder? Aber es geht darum, dass ich ihn angefleht habe, es nicht auszustellen, solange Matthew noch lebt. Ich weiß einfach nicht, wie es auf ihn wirken würde. Wer weiß, ob es ihm nicht den Rest geben würde, wenn er ein Aktgemälde von seiner Frau sähe."

„Das klingt einleuchtend", bestätigte ich. „Was sagt Michael Stanhope dazu?"

„Ach, er findet meine Weigerung, es auszustellen, nicht gut. Er hält es für eins seiner besten Werke, blablabla. Er meint, er brauchte neuen Schwung für seine Arbeit und den bekäme er durch den Akt. Aber am Ende war er einverstanden. Er spielt gerne den bärbeißigen Spötter, aber tief im Innern ist er sehr anständig."

Wir gingen zurück nach Hobb's End. Ich sah Gloria erst einige Tage später wieder, als bereits bekannt war, dass Deutschland kapituliert hatte. Der Krieg war vorbei.

„UND? WIE war der Film?", fragte Banks, als er Annie um neun Uhr vor dem Odeon am Leicester Square traf. Sie hatte sich das neueste, mit Spezialeffekten voll gestopfte Machwerk angesehen.

„Nicht besonders", sagte Annie. „Ein paar Stellen waren wohl gut."

„Welche?"

„Das Ende zum Beispiel."

Banks lachte.

„Wie lief's mit deinem Sohn?", fragte Annie.

„Wir konnten das eine oder andere klären."

Banks ging mit Annie in ein kleines bistroähnliches Restaurant in einer Seitenstraße der Shaftesbury Avenue. Es war voll, aber nach kurzem Warten an der Theke bekamen sie einen Tisch.

Sie wählten einen Rotwein, und Banks nahm den Lammbraten mit Rosmarin, während Annie sich für einen großen grünen Salat mit Brot und Käse entschied.

Das Essen kam schneller, als Banks gedacht hatte, und sie warteten, bis der Kellner gegangen war. Trotz des Gemurmels der Gäste, des klappernden Bestecks und der klirrenden Gläser konnte Banks im Hintergrund das „Andante cantabile" aus Tschaikowskis „Streichquartett Nr. 1" erkennen.

Nach seinem Gespräch mit Brian fühlte er sich, als sei ihm eine große Last von der Seele genommen. Er und sein Sohn sprachen wieder miteinander. Und soweit er gehört hatte, war der Junge begabt; vielleicht konnte er sich in der Branche durchsetzen.

Das Kerzenlicht unterstrich die leichte Röte auf Annies Wangen und zauberte geheimnisvolle Reflexe in ihre dunklen Augen. Sie hatte ihre Haare gelöst, sodass sie ihr in hübschen Wellen bis auf die Schultern fielen.

„Woran denkst du gerade?", fragte sie und sah auf.

Vielleicht war das der Moment, dachte Banks, ermutigt von seiner guten Laune. „Annie, kann ich dich etwas Persönliches fragen?"

Sie zog die Brauen hoch, und Banks spürte, wie sich ein Teil von ihr wieder im Dunkeln verkroch. Jetzt war es zu spät.

„Sicher", sagte sie. „Aber ich kann dir nicht versprechen zu antworten."

„Schon gut. Was machst du in Harkside? Du hast eine Stelle im Niemandsland. Du bist intelligent. Du hast eine große Zukunft vor dir, wenn du willst, aber in Harkside bekommst du nicht die Berufserfahrung, die du dafür brauchst."

„Das finde ich ziemlich beleidigend gegenüber Inspector Harmond und den anderen, du nicht?"

„Ach, komm, Annie. Du weißt so gut wie ich, dass sie damit zufrieden sind. Die haben ein leichtes Leben gewählt."

„Tja, vielleicht hab ich mir das ja auch so ausgesucht."

„Hast du das wirklich?"

„Ich hab nicht versprochen, deine Frage zu beantworten." Annies Lippen verzogen sich zu einem Schmollmund, den Banks noch nicht an ihr gesehen hatte.

„Nein, hast du nicht", sagte Banks, sich vorbeugend. „Aber ich will dir eins sagen: Jimmy Riddle hasst mich wie die Pest. Er käme nicht im Traum auf die Idee, mich in eine Lage zu bringen, die ich auch nur im

Entferntesten angenehm finden würde. Der einzige Grund, dich danach zu fragen, ist …, dass ich Angst habe, dass auch du benutzt wirst. Riddle muss einen Grund gehabt haben, uns zusammenzustecken, irgendetwas, was seiner Meinung nach unangenehm für mich sein würde."

Sie neigte den Kopf zur Seite. „Vielleicht ist es das ja", schlug sie vor, „was er sich ausgerechnet hat. Dass wir irgendwie zusammenkommen würden, die Vorschriften verletzen und erwischt werden. So könnte er uns beide loswerden."

„Nein, das ist zu simpel. Was wir machen, ist ja nicht …, ich meine, das ist genau das, was er vorher auch von mir vermutet hat. Er ist aber viel sadistischer."

Annie schüttelte langsam den Kopf, dann schien sie eine Art Entschluss zu fassen. Sie sah Banks an. „Gut", sagte sie. „Ich erzähl's dir, aber nur, wenn du mir auch etwas erzählst."

AM 8. MAI 1945 goss es den ganzen Morgen in Strömen, obwohl es der große Tag des Sieges war. Am frühen Nachmittag hörte es allmählich auf, und es wurde ein wunderschöner, warmer Maiabend, wie man ihn sich nur wünschen konnte, das Gras grün und feucht vom Regen.

Gloria schenkte mir ein Paar Seidenstrümpfe, das sie von PX bekommen hatte, und half mir beim Schminken. Zuerst verbrachten wir eine gute Stunde auf dem Straßenfest in Hobb's End, aber es war langweilig, denn es lebten nur noch wenige Menschen im Dorf.

Mutter saß mit einer ihrer Freundinnen, Joyce Maddingley, an einem der Tische und mahnte uns, wir sollten uns benehmen, als wir zum Tanz nach Harkside aufbrachen. Matthew hatte nicht aus dem Cottage kommen wollen. Mutter sagte, sie würde von Zeit zu Zeit nach ihm sehen.

Von dem Augenblick an, als wir die Dorfwiese erreichten, wurden wir von dem verrückten Treiben mitgerissen. Gloria brauchte nicht lange, um Brad zu finden. Billy Joe war mit seiner neuen Freundin da, und auch PX lief wie ein Anhängsel hinter uns her. Mit plötzlicher Heftigkeit vermisste ich Charlie.

Zuerst gingen wir zum Tanz im Mechanischen Institut. Eine Bigband spielte Melodien von Glenn Miller, Duke Ellington und Benny Goodman, und die Leute warfen immer wieder bunte Papierschlangen aufs Parkett. Irgendwann bemerkte ich, wie sich Gloria und Brad verdrückten. Es dauerte über eine Stunde, bis ich sie das nächste Mal sah, Gloria hatte sich nachgeschminkt. Ich beschloss, nichts zu sagen. Ich hatte viel über Gloria nachgedacht und darüber, was sie opferte, um Matthew zu pflegen, und war zu dem Entschluss gekommen, dass sie ihre kleinen Freuden verdient hatte.

Die Band spielte noch immer, als wir uns auf die Straße schoben. Auf der Dorfwiese brannte ein gewaltiges Freudenfeuer, drum herum sangen die Menschen und schossen Feuerwerkskörper ab. Die Luft war erfüllt von beißendem Rauch, und der Himmel leuchtete in bunten Farben. Ich konnte durch die Flammen sehen, dass sich Gloria und Brad stritten.

Irgendwann gingen wir in ein Haus und tranken dort Whisky. Es war eine ausgelassene Party. Die Gäste standen gedrängt wie Ölsardinen, und das Haus war voller Qualm.

Gloria tanzte, Brad konnte ich nicht sehen. PX war betrunken, er küsste eine Frau. Sie schob ihn von sich, und er wurde rot im Gesicht. Dann stürmte er davon. Es war fast ein Uhr, als ich Gloria sagte, wir müssten gehen.

Wir waren beide ein bisschen beschwipst. Ich glaube, es waren ebenso sehr die Gefühlswallungen und die Aufregung wie der Alkohol. Kichernd und Tanzschritte machend, gingen wir nach Hause.

Bridge Cottage war dunkel. Ich ging mit Gloria hinein, um mich zu vergewissern, dass alles in Ordnung war. Wir hörten Matthew auf dem Sofa schnarchen. Gloria schob mich in Richtung Küche. Bei geschlossener Tür goss sie uns beiden noch einen Whisky ein, der wahrscheinlich das Letzte war, was wir jetzt brauchen konnten. Gloria legte ihre Handtasche auf den Schrank, doch sie blieb nicht liegen, sondern fiel zu Boden. Ich bückte mich, um sie aufzuheben, und merkte, wie schwer sie war. Neugierig öffnete ich den Bügel und fiel fast in Ohnmacht, als ich den Revolver erblickte.

Gloria drehte sich zu mir um. „Das solltest du nicht sehen“, sagte sie.

„Aber Gloria, wo hast du den denn her?“

„Von einem Amerikaner auf der Party, er war so betrunken, dass er es nicht merken wird.“

„Wofür brauchst du die Waffe?“

„Vielleicht fühle ich mich ein klein wenig sicherer, wenn ich weiß, dass sie da ist, mehr nicht.“

„Aber Matthew ist harmlos. Er tut dir nichts.“

Sie sah mich an, als sei ich der größte Narr, der ihr je begegnet war. „Wer redet denn hier von Matthew?“, fragte sie. Dann nahm sie mir den Revolver ab und legte ihn in einen Küchenschrank hinter den Tee und Kakao.

VIVIAN ELMSLEY ging es nicht gut. Kurz vor Mitternacht saß sie in ihrem nüchtern eingerichteten Wohnzimmer, den dritten Gin Tonic in der Hand. Im Fernsehen lief irgendein Mist. Der Schlaf wollte nicht kommen. Chief Inspector Banks hatte gemerkt, dass sie log; ihm war klar, dass niemand, der den Betroffenen so nah gestanden hatte wie Vivian, so ahnungslos sein konnte, wie sie vorgegeben hatte.

Warum hatte sie ihnen nicht die Wahrheit gesagt? Sie wollte nicht ins Gefängnis. Aber würde sie wirklich nach so langer Zeit strafrechtlich verfolgt werden? Gab es nicht so was wie mildernde Umstände?

Sie wusste nicht, was die Polizei machen würde, und das war das Problem. Andererseits würde niemand herausfinden, was in jener Nacht geschehen war, wenn sie es nicht verriet. Niemand wusste es.

Nur eines war sicher: Die Polizei würde zurückkommen. Heute Abend musste sie eine Entscheidung treffen.

„IN EINEM Punkt hast du Recht", begann Annie. „Ich bin in Harkside, weil ich ungezogen gewesen bin."

„Was ist passiert?"

„Hängt von deinem Standpunkt ab. Pass auf, ich werde nicht sagen, wo es war und wer beteiligt war. In Ordnung?"

„Ja. Erzähl weiter!"

„Es ist schwer."

„Du musst nicht."

Sie hob die Hand. „Doch. Jetzt hab ich damit angefangen." Sie hielt inne, während der Kellner Kaffee brachte. „Ich war gerade Sergeant geworden", sagte sie dann. „Ist jetzt fast zwei Jahre her. Wir hatten eine Feier im Stammpub der Polizisten. Oben in den Privaträumen. Ich glaube, ich war stolz wie ein Spanier. Ich hatte schon immer zu den Jungs gehören wollen. Am Ende waren wir nur noch zu viert. Einer schlug vor, wir könnten bei ihm noch was trinken, und wir anderen waren einverstanden."

Sie sprach sehr leise, damit niemand sie hörte. Banks musste sich bemühen, sie zu verstehen.

„Wir waren alle schon sternhagelvoll", fuhr Annie fort, „und ich war die einzige Frau. Ich kannte die anderen nicht besonders gut. Es ging ziemlich wild zu. Ich schätze, so wie die Unterhaltung verlief, hätte ich wissen müssen, was kommen würde. Aber ich war betrunken und dachte mir nicht viel dabei, bis einer fragte, ob ich mit ins Schlafzimmer käme, er meinte, er hätte gemerkt, dass ich es die ganze Zeit gewollt hätte. Ich lachte und schob ihn beiseite. Ich dachte, es wäre ein schlechter Witz. Er wurde sauer. Das Ganze geriet außer Kontrolle. Die anderen beiden hielten mich fest und drückten mich gegen die Rückenlehne der Couch, und er vergewaltigte mich."

Annie atmete tief ein und fuhr fort: „Als er fertig war, wechselten sie die Positionen, und ich wusste, was kommen würde. Ich entwand mich ihrem Griff, trat dem, der mich vergewaltigt hatte, so fest ich konnte, in die Eier und traf einen mit dem Ellenbogen am Kinn. Ich kam bis zur Tür. Der Dritte holte mich ein, und der, den ich mit dem Ellenbogen getroffen hatte, war auch schon wieder auf den Beinen. Sie waren fuchsteufelswild. Einer schlug mir in den Magen. Ich sackte zusammen. Ich dachte, jetzt würden sie da weitermachen, wo sie aufgehört hatten, aber die Luft war raus. Plötzlich waren sie wieder Menschen, jeder dachte an sich selbst, ihnen wurde bewusst, was sie getan hatten. Sie sagten, ich solle bloß abhauen, und ich ging."

„Hast du sie angezeigt? Annie, um Himmels willen, du bist vergewaltigt worden!"

Sie schüttelte den Kopf. „Weißt du, was ich gemacht habe? Ich bin fast die ganze Nacht vollkommen betäubt durch die Stadt gelaufen. Ich weiß noch, dass ich versuchte, irgendein Gefühl zu empfinden. Ich spürte nichts. Nur eine tiefe, kalte Taubheit. Als ich schließlich irgendwann wieder in meiner Wohnung war, nahm ich ein langes, heißes Bad. Stundenlang muss ich da gelegen haben, hörte einfach nur Radio. Irgendwie beruhigte das. Und weißt du was? Ich verstehe jedes einzelne Vergewaltigungsopfer, das nicht vortritt und das Verbrechen anzeigt."

Banks sah in ihren Augenwinkeln Tränen glänzen. „Was geschah dann?", fragte er.

„Am nächsten Morgen hatte ich mich etwas beruhigt. Als Erstes ging ich zum Chief Superintendent, um ihm zu sagen, was sie getan hatten. Zwei von denen waren schon vor mir da gewesen. Präventivschlag. Sie hatten dem Chef erzählt, es hätte am Abend zuvor auf einer Party eine kleine Meinungsverschiedenheit gegeben, nur ein außer Kontrolle geratenes Aufnahmeritual, nichts Ernstes, aber ich würde wahrscheinlich vorbeikommen und mich beschweren und die wildesten Anschuldigungen erheben."

„Und er glaubte ihnen?"

„Ihr Wort gegen meins. Die Leute auf der Dienststelle fanden mich sowieso ein bisschen seltsam. Weißt du, ich machte Yoga und meditierte, ich aß kein Fleisch. Außerdem sagte man mir nach, ich sei nicht sonderlich an Männern interessiert. Zufälligerweise hatte ich damals einen Freund, aber ich hielt Beruf und Privatleben nun mal streng getrennt."

„Hast du deinem Chef erzählt, was wirklich passiert war?"

„Ja. Bis ins kleinste Detail. Er sah sehr beschämt aus."

„Hat er keine Untersuchung eingeleitet?"

„Wie schon gesagt, ihr Wort stand gegen meins. Und abgesehen von einer zerrissenen Unterhose hatte ich die Beweise ja so gut wie vernichtet, nicht wahr? Der Chief Superintendent gab mir zu verstehen, dass so eine interne Ermittlung allen schade, ganz besonders der Polizei. Er meinte, die beteiligten Beamten würden für ihr überschäumendes Temperament bestraft werden, aber es wäre für alle am besten, wenn es nicht aus seinem Büro nach draußen dringen würde."

„Der hätte rausgeworfen werden müssen!"

„Schön, dass du meiner Meinung bist."

„Die haben also nur einen Klaps auf die Finger bekommen?"

„Nicht ganz." Annie blickte in ihre Kaffeetasse. „Es war komplizierter." Sie starrte noch länger in ihre Tasse, bevor sie Banks wieder ansah. „Ich hab doch gesagt, dass ich einen von ihnen getreten habe, nicht? Da lief was schief. Er musste operiert werden. Er war seit einem Jahr verheiratet. Wollte eine Familie gründen."

„Scheiße! Ich kann mir vorstellen, wie beliebt du danach auf der Dienststelle warst."

„Ganz genau. Der Chief Superintendent schlug vor, es wäre vielleicht besser, wenn ich versetzt würde. Sie kamen dann auf Harkside. Ich glaube, unser Assistent Chief Constable hat früher mit Chief Constable Riddle zusammengearbeitet, also weiß Riddle genau, was passiert ist."

„Das heißt, du bist für ihn eine Unruhestifterin? Eine Männer hassende Lesbe?"

Annie musterte ihn mit schiefem Grinsen.

„Kein Wunder, dass er uns zusammengesteckt hat. Es tut mir Leid, was dir passiert ist, Annie. Ich kann gar nicht sagen, wie sehr. Ich wundere mich auch, dass du überhaupt in Betracht gezogen hast, dich mit mir einzulassen. Ich hätte gedacht, nach dem, was dir passiert ist, würdest du dich den Rest deines Lebens von Kollegen fern halten."

„Ach, komm, Alan. Da erweist du dir aber einen schlechten Dienst. Ich habe niemals irgendeine Ähnlichkeit zwischen dir und den Männern gesehen, die mich misshandelten. Ich wollte dich. Ich hatte furchtbare Angst. Aber ich wollte meine Angst überwinden. Es ist so: Ich dachte, ich hätte mich damit abgefunden und könnte weiter mein Leben leben."

„Ja, und? Du scheinst mir doch ganz gut zurechtzukommen."

„Ich habe mir eingebildet, ich wäre darüber hinweg, aber ich habe mich in Harkside versteckt. Ich komme zurecht. Ich habe mein nettes, sicheres kleines Heim. Ich gehe aufs Revier, mache meine Arbeit, dann gehe ich nach Hause. Keine Verabredungen, keine Freunde." Sie hielt inne. „Seien wir ehrlich, ich weiß, dass ich gut bin – aber bis zu diesem Fall hab ich in Harkside noch keine richtige Kripoarbeit gemacht."

„Und jetzt?"

Sie zuckte mit den Achseln. „Jetzt weiß ich nicht. Du bist der Erste, dem ich das erzählt habe. Jetzt bist du dran. Du weißt ja, du hast versprochen, mir auch etwas zu verraten."

„Ja? Was möchtest du wissen?"

„Hast du Jimmy Riddle wirklich geschlagen?"

Banks drückte seine Zigarette aus und legte seine Kreditkarte auf das kleine Tablett, das der Kellner auf dem Tisch gelassen hatte. Fast umgehend wurde es mitgenommen.

„Ja", sagte er. „Hab ich."

Sie lachte. „Heiliger Strohsack! Das hätte ich gern miterlebt!"

Banks unterschrieb die Rechnung, dann gingen sie nach draußen in das abendliche Treiben des West End. Die Straßen waren voller Menschen, die vor den Pubs standen und tranken. Als sie in die Great Russell Street abbogen, schob Annie ihm ihren Arm unter. Es war erst das zweite Mal, dass sie sich in der Öffentlichkeit mit einer kleinen Vertraulichkeit zeigten, und es fühlte sich gut an. Annie neigte den Kopf ein wenig zur Seite, sodass er an seiner Schulter lag; ihr Haar kitzelte ihn an der Wange.

Sie gingen am Gitter vor dem Vorplatz des dunklen, klotzigen British Museum vorbei und überquerten den Russell Square.

„Da wären wir", sagte Banks. „Hast du eine Zahnbürste gekauft?"

„Ja." Annie hielt eine Tüte hoch. „Und ein Nachthemd."

„Ich dachte, ich hätte gesagt, du würdest keins brauchen."

Sie lachte und drückte sich an ihn. „Oh, keine Sorge. Ist nur ein ganz kleines Nachthemd. Wird dir bestimmt gefallen." Und sie stiegen die Steinstufen zum Hotel hinauf.

ICH MUSSTE immer wieder an den Revolver denken. In meinem Kopf lief es meistens so ab, dass Gloria zuerst Matthew erschoss und dann sich selbst. Die Bilder waren so echt, dass ich sogar das Blut aus den Einschusslöchern strömen sah. Schließlich kam ich zu dem Entschluss, dass ich etwas tun musste.

Als Gloria das nächste Mal an der Reihe war, mit Matthew zu Dr. Jennings nach Leeds zu fahren, ging ich zum Bridge Cottage hinüber.

Ich fand die Waffe an der Stelle, wo Gloria sie versteckt hatte: im Küchenschrank. Ich legte sie in die Einkaufstasche, die ich mitgebracht hatte, räumte im Schrank alles wieder an seinen Platz und ging. Ich konnte nur hoffen, dass sie bei der Entdeckung günstigenfalls nicht mehr das Bedürfnis nach einer Waffe verspüren und einsehen würde, welch einen Gefallen ich ihr getan hatte.

8

Es war gegen elf am Samstagmorgen, als Banks und Annie wieder vor Vivian Elmsleys Haustür standen. Noch bevor Banks auf den Klingelknopf drücken konnte, ging die Tür auf, und Vivian stieß fast mit ihnen zusammen.

„Sie?“ Sie legte die Hand aufs Herz. „Ich dachte …, nicht so schnell …, ich wollte nur … Kommen Sie doch herein.“

Sie folgten ihr nach oben in die Wohnung. Vivian Elmsley hielt einen großen wattierten Umschlag in der Hand. Banks warf einen Blick darauf und las seinen Namen.

Sie drehte sich zu ihnen um, als sie das Wohnzimmer betraten. „So kann ich mir das Porto sparen.“

„Was wollten Sie mir denn schicken?“, fragte Banks. „Ein Geständnis?“

„So ähnlich, ja. Ich denke, so kann man es wohl nennen.“

„Also haben Sie gestern tatsächlich gelogen?“

„Geschichten sind mein täglich Brot. Manchmal kann ich mich nicht bremsen. Egal“, fuhr sie fort und reichte Banks den Umschlag, „ich hätte gern, dass Sie dies hier mitnehmen und lesen. Ich werde nicht weglaufen, das verspreche ich Ihnen.“

„Woher dieser Sinneswandel?“

„Das Gewissen, ob Sie’s glauben oder nicht. Ich dachte, ich könnte damit leben, aber es geht nicht. Die Anrufe waren auch nicht gerade hilfreich. Ich entschloss mich, die Wahrheit zu sagen. Was Sie tun, wenn Sie sie kennen, ist Ihre Sache. Sicherlich werden Sie hinterher Fragen haben. Nächste Woche werde ich in Leeds sein, dann haben Sie dazu reichlich Gelegenheit. Würden Sie mir diesen Gefallen tun?“

Es war ein ungewöhnliches Ansinnen, und wenn sich Banks korrekt an die Vorschriften hielte, würde er kein geschriebenes „Geständnis“

von einem Mordverdächtigen entgegennehmen, dann gehen und ihn sich selbst überlassen. Aber wenn er es nüchtern betrachtete, war er überzeugt, dass Vivian Elmsley nicht fliehen würde. Sie stand in der Öffentlichkeit, und er glaubte nicht, dass sie einen Zufluchtsort hatte, selbst wenn sie fliehen wollte. Die andere Möglichkeit war Selbstmord. Es war ein Risiko, sicherlich, aber er beschloss, es einzugehen.

„Sie sprachen eben von Anrufen", sagte er. „Was meinen Sie damit?"

„Anonyme Anrufe. Manchmal sagt er etwas, manchmal legt er einfach auf. Es klingt nur ein wenig bedrohlich. Und er nennt mich Gwen Shackleton."

„Haben Sie eine Ahnung, wer es sein könnte?"

„Nein. Die Stimme klingt gedämpft, als ob er durch ein Taschentuch oder so etwas spräche."

„Ich würde mir keine großen Sorgen machen. In den meisten Fällen treten Menschen, die Telefonterror betreiben, ihren Opfern nicht persönlich gegenüber. Aber Sie sollten sich mit der zuständigen Dienststelle in Verbindung setzen. Dort wird man Ihnen helfen können." Banks hielt den Umschlag hoch. „Wir werden es lesen", sagte er. „Aber woher wissen wir, dass dies die Wahrheit ist und nicht eine weitere erfundene Geschichte?"

„Genau genommen ist es von beidem etwas, aber die Stellen, für die Sie sich interessieren, sind wahr. Das müssen Sie mir wohl oder übel glauben."

DER TAG, an dem es passierte, begann wie ein ganz gewöhnlicher Tag. Ich öffnete den Laden, bereitete Mutter Mittag- und Abendessen und machte es mir abends mit einem Buch und dem Radio gemütlich. Die Amerikaner gaben oben am Stützpunkt eine Abschiedsparty, denn sie hatten gehört, dass sie innerhalb weniger Tage abgezogen würden. Weder Gloria noch ich hatten Lust gehabt hinzugehen. Irgendwie schien dieser Teil unseres Lebens vorbei zu sein. Charlie war tot, und nach ihrem letzten Stelldichein am Tag des Sieges hatte Gloria Brad deutlich gemacht, dass es am besten sei, wenn sie sich nicht mehr träfen.

Normalerweise wäre ich so spät abends nicht zum Bridge Cottage gegangen, doch Cynthia Garmen hatte mir Fallschirmseide vorbeigebracht. Ich dachte, Gloria würde sich vielleicht über ein kleines Geschenk freuen; seit dem Tag des Sieges war sie deprimiert gewesen. Ich kann nicht behaupten, dass mir eine leise Stimme sagte, ich solle gehen; auch kann ich mich an kein besonderes Gefühl der Beunruhigung erinnern. Ich dachte nur, die Aussicht auf ein neues Kleid könnte Gloria aufheitern.

Es war kurz nach zehn, Mutter war zu Bett gegangen. Ich nahm an, Matthew sei noch im Shoulder of Mutton, deshalb wollte ich zuerst dort vorbeischauen und ihn überreden, mich nach Hause zu begleiten. Wie sich herausstellte, hatte man ihn kurz zuvor gebeten zu gehen, da er einen seiner kleinen Anfälle erlitten und ein Glas zerbrochen hatte.

Ich ging die dunkle, verlassene High Street hinunter zum Bridge Cottage. Durch die Vorhänge fiel Licht. Ich klopfte an die Tür, doch niemand antwortete. Ich klopfte erneut. Immer noch kam keine Antwort. Dann steckte ich meinen Schlüssel ins Schloss, drehte ihn um und betrat, während ich Glorias Namen rief, das Haus.

Im Wohnzimmer war niemand, aber ich bemerkte einen starken Whiskygeruch. Ich glaubte, eine Bewegung in der Küche wahrzunehmen. Verwundert ging ich hinüber, und als ich auf der Schwelle stand, sah ich sie.

Gloria lag auf den Steinfliesen, ihre Arme und Beine waren in einem seltsamen Winkel vom Körper abgespreizt. Eine ihrer kleinen Fäuste war geballt, als wolle sie jemanden schlagen, nur der kleine Finger stand ab.

Es war nicht viel Blut zu sehen; ich weiß noch, dass ich mich darüber wunderte. Ihr königsblaues Kleid war überall mit Blut befleckt, doch war nur sehr wenig auf den Boden geflossen. In der Nähe der Leiche lag eine zerbrochene Whiskyflasche. Bourbon. Eine ungeöffnete Stange Lucky Strikes lag auf dem Küchenschrank. Der Hängeschrank darüber stand offen, Tee und Kakao waren auf der gesamten Arbeitsfläche und auf dem Boden davor verteilt.

Neben Gloria kniete Matthew mit einem blutverschmierten Küchenmesser in der Hand. Ich ging zu ihm hinüber, nahm ihm das Messer vorsichtig ab und brachte ihn ins Nebenzimmer. Er folgte mir kleinlaut.

„Matthew, was ist passiert?“, fragte ich ihn. „Was hast du getan? Du musst es mir sagen. Warum hast du das gemacht?“

Ich gab ihm Stift und Papier, aber er zog sich in sich zurück, und ich konnte nichts aus ihm herausbekommen. Schließlich gab ich auf und ging zurück in die Küche. Ich konnte nicht klar denken. Ich nehme an, wenn ich überhaupt etwas dachte, so ging ich davon aus, dass ihm jemand erzählt haben musste, was seine Frau so trieb, wenn er nicht da war. Ich vermutete, dass dadurch alles, was sich in ihm angestaut hatte, aus ihm herausgebrochen war. Und jetzt war Gloria tot.

Was Gloria betraf – ich trauerte um sie; ich liebte sie inzwischen fast so sehr wie Matthew. Es war jetzt egal, was ihr zugestoßen war. Das redete ich mir jedenfalls ein.

Ich konnte über nichts anderes nachdenken als darüber, was ich tun sollte, um Matthew zu schützen. Wenn das jemand herausbekam, würde Matthew vielleicht gehenkt werden oder, was wahrscheinlicher war, für unzurechnungsfähig erklärt und für den Rest seines Lebens in ein Irrenhaus gesteckt werden. Für mich stand fest, dass er das nicht würde ertragen können. Von jetzt an würde ich für ihn sorgen müssen.

Der Verdunkelungsvorhang befand sich immer noch aufgerollt unter den Fenstern im Wohnzimmer, wo er lag, seit ich Gloria vor ein paar Monaten geholfen hatte, ihn abzunehmen. Ich schob Gloria vorsichtig darauf, dann wickelte ich ihn fest wie ein Leichentuch um sie. Bevor ich sie ganz bedeckte, küsste ich ihre Stirn und sagte: „Auf Wiedersehen, süße Gloria. Auf Wiedersehen." Sie war noch warm.

Wo konnte ich sie verstecken? Der einzige Ort, der mir einfiel, war der alte Schuppen. Im Licht einer kleinen Öllampe begann ich das Loch auszuheben, doch ich schaffte nicht mehr als ungefähr einen Meter. Ich ging zurück ins Haus. Matthew hatte sich nicht von der Stelle gerührt, und irgendwie brachte ich die Kraft auf, die Rolle Verdunkelungsstoff nach draußen zu schleppen und in das Loch gleiten zu lassen. Es war niemand zu sehen. Nur der schwarze Nachthimmel und die mitleidlosen Sterne.

Die Tränen liefen mir über die Wangen, während ich das Loch wieder zuschaufelte. Ein paar schwere Steinplatten standen gegen die Wand gelehnt. Ich kippte sie auf das behelfsmäßige Grab. Mehr konnte ich nicht tun.

Blieb noch das Innere des Hauses. Zuerst fegte ich die Glasscherben, die verstreuten Teeblätter und das Kakaopulver zusammen und stellte die Dosen zurück in den Schrank. Wie schon gesagt, es war nicht viel Blut da, ich konnte die Flecken ohne Schwierigkeiten vom Boden schrubben.

Ich musste eine Erklärung für Glorias Abwesenheit finden. Nachdem ich Matthew hatte nach oben führen können, brachte ich ihn ins Bett. Sein blutverschmiertes Hemd und die Hose steckte ich in einen kleinen Koffer und legte Glorias Lieblingskleider dazu. Dann suchte ich ihre persönlichen Habseligkeiten zusammen und tat sie ebenfalls in den Koffer.

Ich verfasste eine Nachricht. Glorias kindliche Handschrift war einfach nachzuahmen. Danach trug ich den Koffer über den hinteren Weg zum Laden. Matthew schien das Geschehene nicht bewusst zu sein, und ich hatte keine Ahnung, ob er sich daran erinnern würde, was er getan hatte.

Früh am nächsten Morgen ging ich ins Bridge Cottage, Matthew lag noch im Bett. Ich „fand" die Nachricht und erzählte dann allen, die ich kannte, dass Gloria in der Nacht fortgelaufen war, weil sie das Leben mit Matthew nicht mehr ertragen konnte. Sie würde ihn lieben, aber sie könne nicht für ihr Verhalten bürgen, wenn sie bliebe. Dann zeigte ich ihnen den Zettel, auf dem genau das zu lesen war. Am Ende stand, wir sollten nicht nach ihr suchen, weil wir sie nie finden würden. Niemand bezweifelte die Echtheit des Zettels.

Ich gab Bridge Cottage auf, verkaufte die Einrichtung und holte Matthew zurück zu uns über den Laden.

Eines Abends, als Mutter bei Joyce Maddingley war, holte ich Matthews blutverschmierte Sachen und Glorias Kleider hervor und verbrannte sie im Kamin. Ihre restlichen Habseligkeiten warf ich in Leeds in den Aire, als ich das nächste Mal dort zu tun hatte.

Wie ich erwartet hatte, machte mir Brad die meisten Schwierigkeiten. Er wollte einfach nicht glauben, dass Gloria, ohne ein Wort zu sagen, verschwunden war. Wenn sie hätte gehen wollen, wandte er ein, warum hatte sie ihm dann nicht Bescheid gesagt? Er hatte es ihr oft genug angeboten.

Ich sagte ihm, meiner Meinung nach wolle sie völlig neu anfangen. Es traf ihn sehr, was ich furchtbar fand, aber schließlich musste er akzeptieren, was ich sagte. Die 448. Bombergruppe wurde aus Rowan Woods abgezogen, und ich hörte nichts mehr von Brad.

Michael Stanhope drückte seinen Kummer darüber aus, dass eine so wunderbare Seele uns verlassen hatte. Er sagte etwas in der Richtung, dass Hobb's End kurz geglänzt habe und dann wieder in Dunkelheit versunken sei. Er konnte sein Aktbild nun verkaufen, doch sah oder hörte ich nie wieder davon.

Was Matthew anging, er trank und starrte weiterhin ins Leere, genau wie zuvor. Ich konnte ihn natürlich nicht mehr zu Dr. Jennings gehen lassen. Wer wusste denn, was die Narkosynthese aus Matthew herausholen würde?

Bald hörten wir Gerüchte, dass das Dorf verkauft und an seiner Stelle ein Stausee gebaut werden sollte, und als ich mich umsah, überraschte es mich nicht. Ich hatte es nicht wahrgenommen, doch lebte kaum noch jemand dort. Wer aus dem Krieg zurückgekommen war, hatte Geschmack an interessanteren Orten gefunden oder war in Berufen ausgebildet, die nur in Städten ausgeübt werden konnten. Die Mühle wurde stillgelegt. Häuser verfielen. Alte Menschen starben. Schließlich war niemand mehr übrig.

Bevor wir nach Leeds aufbrachen, wo wir eine Wohnung bekommen hatten, kam eines Tages ein Mann mit einem kleinen Jungen von ungefähr acht oder neun Jahren in den Laden und fragte nach Gloria. Ich wusste auf der Stelle, wer sie waren.

„Sind Sie ein Verwandter?“, fragte ich ihn.

„Nein“, erwiderte er. „Nur ein alter Freund, mehr nicht. Ich kam gerade hier vorbei, deshalb dachte ich, ich besuche sie mal.“ Er klang ziemlich traurig, und ich bemerkte den Londoner Cockney-Akzent.

Ich stellte noch einige Fragen, um höflich und freundlich zu wirken, und hoffte inständig, dass er sich mit meiner Erklärung zu Glorias Verschwinden zufrieden gab. Ich hätte mir keine Sorgen machen müssen. Als sie gingen, sagte er nur: „Wenn Sie sie wiedersehen, sagen Sie ihr, dass George und der kleine Francis vorbeigekommen sind und sie herzlich grüßen lassen.“

Ich versprach es ihm. Der kleine Junge hatte nichts gesagt, aber ich merkte, dass er mich die ganze Zeit anstarrte. Spontan schenkte ich ihm ein paar Fruchtgummi. Er bedankte sich ernst, dann gingen sie.

In der darauf folgenden Woche zogen Matthew, Mutter und ich nach Leeds, und Hobb’s End war nicht mehr.

AM SONNTAGMORGEN lag Annie auf dem Sofa im Wohnzimmer von Banks’ Cottage, ließ die nackten Füße über die Armlehne baumeln und las Gwen Shackletons Version des Krieges.

„Es ist *schon* eine Art Geständnis, nicht?“, fragte sie. „Sie gibt zu, die Leiche bewegt zu haben. Dadurch wird sie zur Mittäterin.“

„Ich bezweifle sehr stark, dass irgendein Richter das Manuskript als Beweis zulassen würde. Sie muss doch nur sagen, dass sie sich das ausgedacht hat. Jeder vernünftige Anwalt würde es als Beweis in der Luft zerreißen. Wir wollen nicht vergessen, dass sie ihren Lebensunterhalt mit dem Schreiben von Kriminalromanen verdient.“ Banks fuhr sich mit der Hand durchs Haar. „Glaub mir, die Staatsanwaltschaft schafft es nicht einmal, die aktuellen Fälle zu verfolgen, da wird sie kaum Leute übrig haben, um alte Fälle auf Beweisstücke hin zu untersuchen, die auf so schwachen Füßen stehen, dass sie bei dem kleinsten Windstoß umfallen.“

„Dann war's das also? Hören wir hier auf? Um ehrlich zu sein, finde ich, die arme Frau hat genug gelitten. Was für ein verpfuschtes Leben! Trotzdem hat sie ein Verbrechen begangen."

„Ja, aber sie ist nicht der Mörder."

„Es sei denn, ihre Geschichte ist nicht wahr."

„Das glaube ich nicht. Was sie getan hat, geschah, um ihren Bruder zu schützen, der im Krieg bereits unsäglich gelitten hatte. Wenn sie damals die Polizei gerufen hätte, wäre es so gut wie sicher gewesen, dass er wegen des Mordes an Gloria verurteilt worden wäre. Es sei denn …"

„Was?"

„Es sei denn, er war es nicht. In Gwens Version gibt es einige Dinge, die mich stören. Gwen bemerkt, dass Glorias Faust geballt ist und der kleine Finger gebrochen zu sein scheint. Richtig?"

„Ja."

„Und Glorias Körper ist noch warm. Das bedeutet, dass die geballte Faust nicht von der Leichenstarre herrührte, sondern von einem Todeskampf. Was wäre, wenn der Mörder, der *tatsächliche* Mörder, versuchte, Gloria etwas aus der Hand zu entwinden, und dabei von Matthew überrascht wurde, der frühzeitig nach Hause kam? Wenn sie etwas in der Hand hielt, das ihn belastete?"

„Einen Knopf? Das ist durchaus möglich."

Banks schüttelte den Kopf. „Aber wahrscheinlich hätten sie Matthew trotzdem festgenommen. Auf den verrückten Ehemann wäre der erste Verdacht gefallen, und den Knopf, wäre er denn gefunden worden, hätte man schon irgendwie erklärt."

„Was machen wir jetzt also?"

„Wir können Jimmy Riddle den Abschlussbericht geben und weitermachen wie bisher. Oder wir nehmen die ein oder zwei Ungereimtheiten unter die Lupe, von denen ich eben sprach. Zum Beispiel glaube ich nicht, dass …"

Es klingelte.

Banks ging zur Tür. Annie hörte die Stimme einer Frau, dann kam sie herein: blondes Haar, schwarze Augenbrauen, attraktiv, mit einer guten Figur in einem hellen Rock und einer weißen Bluse. Einen Moment lang schien sie sprachlos, und eine leichte Röte überzog ihr blasses Gesicht, dann trat sie vor und sagte: „Hallo, ich glaube, wir kennen uns noch nicht."

Annie kam sich dumm vor. Sie stand auf. „Annie Cabbot", sagte sie.

„Sandra Banks", sagte die Frau. „Freut mich."

Banks stand mit betretener Miene hinter ihnen. „Sergeant Cabbot und ich besprechen gerade den Fall mit den alten Knochen aus dem Stausee“, sagte er. „Vielleicht hast du davon gelesen.“

Sandra sah auf Annies nackte Füße hinunter und warf Banks einen vernichtenden Blick zu. „Ja, klar“, sagte sie. „Am Sonntagmorgen. Wie überaus pflichtbewusst.“

Annie merkte, wie sie bis unter die Haarwurzeln errötete.

„Egal“, schwatzte Banks drauflos, „wirklich schön, dass du vorbeigekommen bist. Möchtest du einen Kaffee oder so?“

Sandra schüttelte den Kopf. „Nein, ich glaube nicht. Ich bin nur in Eastvale, weil ich mich um ein paar Sachen kümmern wollte. Und weil ich schon mal in der Gegend war, dachte ich, ich komme kurz vorbei, damit wir uns mal über unseren Sohn unterhalten, aber das geht auch ein andermal. Ich wollte euch nicht stören.“

Sie öffnete die Tür und war verschwunden.

Annie stand Banks eine Weile schweigend gegenüber, fühlte nur ihr schnell pochendes Herz und die brennende Haut. „Ich wusste nicht, was ich sagen sollte“, bemerkte sie. „Ich komme mir dumm vor, ich schäme mich.“

„Warum denn?“, fragte Banks. „Sandra und ich sind jetzt schon fast ein Jahr getrennt.“

„Ja, ich weiß. Es war einfach etwas überraschend, sie so kennen zu lernen.“

Banks lachte nervös. „Das kannst du laut sagen. Hör mal, setzen wir uns nach draußen, ja? Vergessen wir Vivian Elmsley mal eine Weile. Heute ist so ein schöner Tag, ist doch schade, wenn wir ihn drinnen vertrödeln.“

„Gut.“ Annie folgte ihm nach draußen, noch immer benommen. Sie setzte sich auf einen gestreiften Liegestuhl. Banks las die *Sunday Times* und tat so, als sei alles in Ordnung, aber sie wusste, dass auch er durcheinander war. Vielleicht noch mehr als sie. Schließlich war er mehr als zwanzig Jahre mit dieser Frau verheiratet gewesen.

Annie starrte auf Witch Fell in der Ferne. Der wuchtige Berg nahm fast den gesamten westlichen Horizont ein.

„Alles in Ordnung?“, fragte Banks und blickte von der Zeitschrift auf.

„Sicher“, erwiderte sie und rang sich ein Lächeln ab. „Alles in Ordnung.“

War es aber nicht. Sie hätte wissen müssen, wie vergänglich das Glück war und welch großer Fehler es war zu erlauben, dass ihr jemand zu nahe kam. So eine Nähe weckte all die alten Dämonen – Eifersucht und Unsicherheit. So wie Witch Fell den Himmel verdunkelte, hatte ein Schatten ihre Seele verdunkelt.

ENDLICH war der Regen in die Dales gekommen, der Golden Grill war fast leer. Doris, die Wirtin, behauptete, Banks und Sergeant Hatchley wären erst der vierte und fünfte Gast an diesem Tag.

„Können wir deshalb mit was Besonderem rechnen?“, fragte Hatchley. „Bekommen wir vielleicht einen Kaffee ausgegeben?“

Sie schlug ihm auf den Arm und lachte. „Pass bloß auf, du!“

„War den Versuch wert“, sagte Hatchley zu Banks. „Wer nicht fragt, bekommt auch nichts.“

Banks lachte, dann fragte er: „Haben Sie schon etwas gehört wegen der landesweiten Anfrage, die Sie rausgegeben haben?“

„Ja, allerdings, heute Morgen kam was rein“, sagte Hatchley. „Darüber wollte ich mit Ihnen reden. Eine Brenda Hamilton wurde tot in einer Scheune gefunden. Erdrosselt und erstochen. In der Reihenfolge.“

„Das hört sich vielversprechend an.“

Hatchley schüttelte den Kopf. „Machen Sie sich keine zu große Hoffnung. Ich hab’s nur erzählt, weil es die gleiche Todesursache war. Da gibt’s ein paar Probleme. Es passierte 1952 bei Hadleigh in Suffolk. Das war sieben Jahre nach dem Mord an Gloria Shackleton. Ein großer Abstand. Außerdem passierte es in einem anderen Teil des Landes.“

„Dafür könnte es Gründe geben.“

„Aber ich bezweifle, dass sich damals noch Leute von der amerikanischen Luftwaffe in der Gegend aufhielten, oder? Ich meine, der Krieg war schon lange vorbei.“

„Wahrscheinlich haben Sie Recht, Jim, aber sprechen Sie mal mit Suffolk, und fragen Sie nach weiteren Einzelheiten. Ich werde Sergeant Cabbot bitten, noch einmal in Amerika anzurufen, vielleicht kann sie dort etwas herausbekommen.“

In seinem Büro schob Banks den Anruf bei Annie in Harkside vor sich her, stattdessen rauchte er eine Zigarette und starrte aus dem Fenster. Ein warmer, leichter Regen fiel auf den Marktplatz und verdunkelte das Kopfsteinpflaster. Er brachte keine große Abkühlung; die Luft war noch immer feucht und klebrig.

Der Sonntag war nach Sandras Besuch nicht gut verlaufen. Es ärgerte ihn, dass er sich so fühlte. Schließlich war es doch Sandra gewesen, die einen neuen Freund hatte. Die Unterhaltung war nur noch stockend in

Gang gekommen, und Annie hatte schließlich behauptet, sie habe noch einiges in Harkside zu erledigen, und war gleich nach dem Mittagessen gegangen.

Banks hatte es zu diesem Zeitpunkt nicht bedauert, dass sie ging. Er war aufgebrachter, als es bei Sandras Besuch den Anschein gehabt hatte. Warum musste sie gerade in dem Moment auftauchen, als alles so gut lief? Was gab ihr das Recht, hereinzuplatzen und so schockiert zu tun, nur weil *er* mit jemandem zusammen war, welches Recht hatte sie, seine Gefühle so durcheinander zu bringen?

Schließlich nahm er allen Mut zusammen und griff zum Telefon. „Wie geht's?", fragte er.

„Gut."

„Du klingst verwirrt."

„Nein, bin ich nicht. Ich hab nur viel zu tun. Wirklich. Es ist alles in Ordnung."

Banks holte tief Luft. „Hör mal, wenn es wegen Sonntag ist, dann tut es mir Leid. Ich hatte keine Ahnung, dass Sandra auftauchen würde."

„Wie gesagt, mir geht's gut. Ich hab nur eine Menge zu erledigen."

„Gut, wenn du lieber nicht darüber sprechen willst. Sieh mal nach, ob du etwas über einen amerikanischen Luftwaffenstützpunkt im Jahr 1952 in Suffolk rausbekommen kannst. Und falls es noch weitere Stützpunkte gab, ob sich einer in der Nähe von Hadleigh befand."

„Gut."

„Annie?"

„Was?"

„Können wir uns treffen und über alles reden?"

„Da gibt's nichts zu reden. Wirklich. Hör mal, du weißt ja, dass ich in ein paar Tagen nach Hause in Urlaub fahre. Bevor ich gehe, muss ich noch eine Menge erledigen. Vielleicht, wenn ich zurück bin. Ja?"

Noch deprimierter als zuvor blickte Banks auf den Papierstapel auf seinem Schreibtisch: Untersuchungsergebnisse der Spurensicherung, der Autopsiebericht, der Bericht des Zahnheilkundlers. Die Blätter verrieten ihm nichts Neues.

„ICH BIN's, Jenny."

„Ich weiß. Ich hab deine Stimme erkannt. Wie geht's dir?"

„Hm, du klingst ja nicht gerade erfreut, mich zu hören."

„Tut mir Leid, Jenny, wirklich. Ich erwarte nur einen wichtigen Anruf."

„Tja, ich wollte dich nicht stören. Ich wollte mich nur dafür entschuldigen, dass ich meinen ganzen seelischen Müll bei dir abgeladen habe."

„Wofür hat man Freunde?"

„Also", fuhr Jenny fort, „als Entschuldigung hatte ich gedacht, ich lade dich zum Essen ein. Das heißt, wenn du glaubst, mein Essen herunterzubekommen."

„Es ist auf jeden Fall besser als meins."

Sie lachte ein bisschen zu nervös. „Wie wär's mit morgen Abend gegen sieben?"

„Hört sich gut an."

„Sicher, dass du deshalb keine Probleme bekommst?"

„Wieso denn?"

„Weiß nicht ..., ich dachte nur ..." Dann hellte sich ihre Stimme auf. „Toll. Also morgen um sieben, ja?"

Nachdem er aufgelegt hatte, lehnte sich Banks zurück. Abendessen mit Jenny. Bei ihr. Das würde interessant werden. Dann musste er an Annie denken und daran, wie kalt sie gestern am Telefon gewesen war.

Aber er konnte es kaum erwarten, wegen der Sache mit Suffolk etwas von ihr zu hören, auch wenn sie privat miteinander Probleme hatten. Kurz vor elf war es so weit.

„Tut mir Leid, dass es so spät geworden ist", sagte sie. „Aber die Zeitverschiebung und dann kaputte Faxgeräte, na ja, das kennst du ja wohl ..."

„Schon gut. Erzähl einfach, was du herausgefunden hast." Banks war zu ein oder zwei Schlüssen gekommen, und er spürte das kitzelnde Zittern der Erregung, das sich immer einstellte, wenn sich die Teile langsam zusammenfügten.

„Zuerst einmal", begann Annie, „gab es 1952 in der Nähe von Hadleigh einen amerikanischen Fliegerhorst. Die Amis kamen 1948 zurück, während der Blockade Berlins und der Luftbrücke."

„Bekannte Namen?"

„Nur einer. Rat mal, wer den PX-Laden betrieb?"

„Edgar Konig."

„Ganz genau. Er verließ Rowan Woods im Mai 45 und hielt sich eine Zeit lang in Europa auf, dann kehrte er nach Amerika zurück. Im Sommer 1952 wurde er dem Stützpunkt bei Hadleigh zugeteilt. Sag mal, warum hat dich das nicht überrascht? Wieso nicht einer der anderen Amerikaner?"

„Der Whisky und die Luckys. In Vivian Elmsleys Manuskript steht, auf dem Boden hätte eine Flasche Whisky gelegen und auf dem Tresen eine *ungeöffnete* Stange Lucky Strikes.“

„Brad könnte sie mitgebracht haben.“

„Möglich. Aber es war PX, der Zugang zum Lager hatte, PX, der alle mit dem Notwendigen versorgte. Im Manuskript ist auch die Rede von einer Abschiedsparty in Rowan Woods an dem Abend. PX muss endlich Mut gefasst haben. Er brachte Gloria die Geschenke. Ein letzter Versuch, sich zu erkaufen, was er sich wünschte. Gloria weigerte sich, und Matthew kam erst danach herein. Hast du eine Ahnung, wo PX zwischen 1945 und 1952 war?“

„Nein. Glaubst du, es gab noch andere?“

„Möglich.“

„Ich werde versuchen, etwas herauszufinden.“

„Gut. Ich melde mich später.“

Als Annie aufgelegt hatte, war Banks unruhig. Das Warten war manchmal das Schwierigste an allem; dann rauchte er zu viel und lief nervös hin und her. Es gab einiges, was er in der Zwischenzeit erledigen konnte. Zuerst wählte er Jenny Fullers Nummer.

„Alan“, sagte sie, „du willst doch nicht absagen?“

„Nein, nein. Ganz was anderes. Du müsstest mir nämlich einen kleinen Gefallen tun.“

„Sicher. Wenn ich kann.“

„Hast du nicht neulich beim Essen gesagt, dass du zur Fortbildung bei den Profilern des FBI warst? Hast du da noch Kontakte? Kennst du jemanden näher, den du um einen Gefallen bitten könntest?“

Jenny dachte kurz nach. „Ja, doch, einen gibt es da. Warum fragst du?“

Banks klärte sie über die neuesten Entwicklungen auf. „Dieser Edgar Konig, ich hätte gerne, dass du deinen Bekannten bittest, einmal im Strafregister nach ihm zu suchen. Sergeant Cabbot arbeitet mit den Streitkräften zusammen, aber dort kann man uns nur begrenzt Informationen erteilen.“

„Billy tut uns bestimmt den Gefallen, wenn er kann“, sagte Jenny.

Nachdem Banks Jenny die genauen Einzelheiten diktiert hatte, bat er Sergeant Hatchley, in Suffolk anzurufen und herauszufinden, ob ein amerikanischer Flieger namens Edgar Konig im Zusammenhang mit dem Mord an Brenda Hamilton vernommen oder verdächtigt worden war.

AM FREITAG setzte der Verlagsvertreter Vivian etwas später als vorgesehen an ihrem Hotel in Leeds ab. Der Himmel sah schwer und dunkel aus. In der Ferne hörte sie zögerliches Donnergrollen und sah schwache Blitze. Selbst die Fassade des Metropole, die nach der liebevollen Restaurierung ihr orangefarbenes Terrakotta zurückerhalten hatte, sah so schwarz aus wie damals, als sie vor so vielen Jahren hier mit Charlie übernachtet hatte.

Nichts hätte sie lieber getan, als ein oder zwei Stunden in ihrem Zimmer auszuruhen und vielleicht ein langes Bad zu nehmen. Morgen standen Signierstunden in York und Harrogate auf dem Programm, aber sie konnte auch einen späteren Zug nehmen und ihren Besuch am Sonntagmorgen machen. Nein. Sie wollte es nicht weiter hinauszögern. Sie rief an der Rezeption an und bat, ihr ein Taxi zu bestellen, dann zog sie einen Regenmantel und wasserdichte Stiefel über.

Hinter Otley waren die Straßen schmal, und eine Zeit lang hingen sie hinter einem Laster fest, der nur 50 Stundenkilometer fuhr. Es war nach fünf, als der Fahrer auf den Parkplatz beim Thornfield-Stausee bog. Es regnete jetzt stark. Wenigstens konnte sie bei so einem Wetter sicher sein, dass sie den Ort ganz für sich hatte, dachte Vivian. Sie bat den Fahrer zu warten.

Der Fußweg durch den Wald war tückisch, als hätte sich die ausgetrocknete Erde nach der Möglichkeit gesehnt, jeden Regentropfen aufzusaugen. Vivian musste aufpassen, nicht auszurutschen, als sie vorsichtig die Uferböschung hinunterglitt.

Das verfallene Dorf lag unter dem dunklen Himmel ausgebreitet vor ihr. Alle paar Sekunden erleuchtete ein Blitz den Ort.

An der Feenbrücke hielt Vivian inne. Sie konnte kaum glauben, dass das dieselbe Brücke war, auf der sie vor so vielen Jahren mit Gloria, Matthew, Alice, Cynthia, Betty und den anderen geplaudert hatte.

Vivian näherte sich dem Bridge Cottage. Nur noch die Grundmauern waren übrig geblieben, aber sie wusste noch, wo die Zimmer gewesen waren und wo die Schränke gestanden hatten. Der Boden im und um das Cottage herum war umgegraben worden. Sie hatten nach weiteren Leichen gesucht, nahm Vivian an. Das war nur zu erwarten gewesen, oder? Inspector Niven hätte dasselbe getan.

Als sie nun im peitschenden Regen stand, fragte sie sich, warum sie überhaupt hergekommen war. Als Hobb's End noch unter Wasser stand, hatte sie es sich wenigstens als einen gut erhaltenen Ort vorstellen können. Jetzt war es nur noch eine Ansammlung von Geröll und Erinnerungen, und die meisten ihrer Erinnerungen waren schmerzhaft. Sie hatte nur eine schlichte Form von Wallfahrt im Sinn gehabt, eine Art Eingeständnis. Nun, das hatte sie jetzt getan. Zeit zurückzufahren.

In Gedanken versunken, hatte sie den hageren Mann mit dem strähnigen Haar nicht bemerkt. Er war dem Taxi seit Leeds nachgefahren. Als sie auf dem Rückweg am Bridge Cottage vorbeikam und sich der Feenbrücke zuwandte, trat er hinter dem Schuppen hervor und hielt ihr eine Pistole entgegen. Dann fasste er sie um den Hals, und sie fühlte, wie das harte Metall seitlich gegen ihren Nacken gedrückt wurde.

Dann erschien ein altes, eselsohriges Foto vor ihr. Sie brauchte einen Augenblick, um zu erkennen, dass es Gloria zeigte. Das Bild sah aus, als sei es ein oder zwei Jahre vor ihrer Ankunft in Hobb's End aufgenommen worden. Regen tropfte auf das Foto und die Finger, die es hielten. So eine kleine Hand. *Glorias Hand*, dachte sie. Wieso hatte er Hände wie Gloria?

UM SECHS Uhr am Freitagabend wurde Banks wegen des Abendessens mit Jenny langsam nervös. Er hatte sich bereits geduscht und rasiert und überlegte sich, was er heute Abend tragen sollte. Die Entscheidung wurde ihm durch den überquellenden Wäschekorb erheblich erleichtert: die Chinos und das hellblaue Jeanshemd.

Er dachte an Annie. Musste er ihr treu sein, oder war wieder alles offen, nachdem sie ihn so abgefertigt hatte? Er wusste es nicht. Zumindest schuldete er ihr eine Erklärung des Falles. Am späten Nachmittag hatte ihm Bill Gilchrist vom FBI auf Jennys Bitte hin ein sechsseitiges Fax über Edgar „PX" Konig geschickt, und sein Inhalt hatte Banks völlig verblüfft. Außerdem hatte Sergeant Hatchley festgestellt, dass Konig tatsächlich im Zusammenhang mit dem Mord an Brenda Hamilton vernommen worden war.

Annie war nicht auf der Dienststelle, als er anrief, und auch nicht zu Hause. Als Nächstes wählte er ihre Handynummer, erreichte aber auch dort niemanden.

Banks wollte gerade ins Bad gehen, um sich die Zähne zu putzen, als das Telefon klingelte.

„Gucken Sie keine Nachrichten?", knurrte Chief Constable Riddle.

„Nein, Sir. Ich wollte gerade ausgehen."

„Dann sagen Sie mal besser ab! Ich rufe vom Thornfield-Stausee aus an. Vor etwas mehr als einer Stunde wurde eine Frau als Geisel genommen. Sie war mit einem Taxi hierher gekommen und hatte dem Fahrer gesagt, er solle warten. Als er meinte, er hätte lange genug gewartet, suchte er nach ihr und sah sie neben einem Mann stehen, der ihr offenbar eine Pistole an den Kopf hielt. Der Taxifahrer lief zu seinem Wagen zurück und rief die Polizei. Die Frau heißt Vivian Elmsley. Klingelt's da bei Ihnen?"

Banks zuckte zusammen. „Vivian Elmsley? Ja, das ist …"

„Ich weiß selbst, wer das ist, Banks. Was ich nicht weiß, ist, warum ihr ein Verrückter eine Pistole an den Kopf hält und verlangt, mit dem zuständigen Beamten im Fall Gloria Shackleton zu sprechen."

„Wie heißt er?"

„Hat er nicht gesagt. Wir jedenfalls haben hier draußen die ganz große Hollywood-Protznummer aufgezogen, mit einem Budget, das groß genug ist, um uns zu ruinieren. Ein Unterhändler hat aus der Entfernung mit dem Mann geredet, aber der sagt nichts mehr, bevor wir Sie nicht herholen. Wir haben schon eine bewaffnete Einheit vor Ort. Bewegen Sie Ihren Arsch hierher, Mann!"

Als Riddle aufgelegt hatte, griff Banks nach seinem Regenmantel und schoss aus dem Haus.

ANNIE war es gelungen, die Dienststelle früh zu verlassen, und gegen sechs Uhr befand sie sich auf der M 65 vor Blackburn. Es war Freitag, Wochenendverkehr. Blitze flackerten zickzackartig über die buckligen Pennines, und der Donner rumpelte und krachte wie ein verrückter Trommler in der Ferne. Annie zählte die Sekunden zwischen Donner und Blitz und fragte sich, ob man daraus tatsächlich errechnen konnte, wie weit das Gewitter entfernt war.

Wie weit waren Banks und sie nun voneinander entfernt? Konnte man das messen wie den Abstand zwischen Blitz und Donner?

Es wurde ihr langsam alles zu viel: zuerst die Verärgerung, die sie empfunden hatte, als er mit seinem Kumpel in Leeds um die Häuser gezogen war, dann die Sache in London, als er seinen Sohn getroffen und ihr zu verstehen gegeben hatte, dass sie dabei nicht erwünscht war, und dann Sandras Auftauchen im Cottage am Sonntagmorgen. Wenn jede derartige Kleinigkeit ihre blank liegenden Nerven so strapazierte, wie sollte sie dann zur Ruhe kommen?

Wenn sie mit ihm zusammenblieb, würde sie irgendwann seinen Sohn kennen lernen und den Test als Daddys neue Freundin bestehen müssen. Und die Scheidung war auch noch durchzustehen. Sie glaubte nicht, dass sie es aushalten würde, wenn der ganze emotionale Schutt eines anderen Menschen ihr Leben belastete.

Annie hatte die elektronische Einrichtung in ihrem Autoradio aktiviert, die jede Sendung, die sie gerade hörte, mit Wetterbericht und Verkehrsnachrichten des nächstliegenden Senders unterbrach. Als sie gerade eine Lkw-Kolonne überholte, die so viel Wasser aufwirbelte, dass sie kaum noch etwas sehen konnte, kam der Wetterbericht, und sie hörte noch den Anfang einer Nachrichtenmeldung über eine Geiselnahme im Thornfield-Stausee. Leider blendete dieselbe Einrichtung, die die Nachrichten einspeiste, mitten in der Meldung aus. Annie drückte auf den Sendersuchlauf. Als sie schließlich die richtige Frequenz gefunden hatte, hörte sie nur noch die letzten Worte: „... Angelegenheit bizarr gewendet, scheinbar hat der Geiselnehmer gebeten, mit dem Kommissar sprechen zu können, der mit dem so genannten Fall des Skeletts von Hobb's End beauftragt ist, dem Vernehmen nach Detective Inspector Banks."

Tja, dachte Annie, ich werde wohl umkehren müssen.

BANKS hielt auf dem Parkplatz am Stausee, zog die Gummistiefel über und eilte zum Tatort. Riddle hatte gar nicht so falsch gelegen, als er ihn mit einer Hollywoodproduktion verglich. Die Streifenwagen und die Fahrzeuge des Mobilen Einsatzkommandos konnten wegen der Bäume nicht bis an das Ufer des Stausees fahren, hatten sich aber so weit wie möglich vorgezwängt. Der Rest des Weges war von langen, dicken Drähten und Kabeln belegt. Lokalpresse und -radio waren ebenfalls vertreten. Ganz Hobb's End in seinem Kessel war in Flutlicht getaucht. In der Mitte, kurz hinter der Feenbrücke, wurden zwei kleine, jämmerliche Gestalten erbarmungslos angestrahlt.

Riddle stand neben einer Phalanx von Fernsehkameras, die sich hinter der Absperrung drängten. Banks ignorierte ihn und marschierte direkt zum Unterhändler hinüber. Er sah jung aus. Banks nahm an, dass er Psychologie studiert hatte und nun zum ersten Mal mit der Wirklichkeit konfrontiert wurde. Offiziell trug der Superintendent des Bezirks die Verantwortung, aber normalerweise hatte der Unterhändler das Sagen.

„Ich bin Detective Chief Inspector Banks", sagte er.

„Sergeant Whitkirk", stellte sich der Unterhändler vor.

„Ich geh runter und red mit ihm."

„Sie gehen da nicht runter!", sagte Whitkirk. „Sie können hier reinsprechen." Er hielt ihm ein Megaphon hin.

„Nein. Jetzt hören Sie mir mal zu ..." Banks wies auf die beiden

Menschen. „Ich weiß nicht, wie viele solcher Situationen Sie erfolgreich hinter sich gebracht haben, aber ich weiß, worum es geht, und ich glaube, dass ich eine viel größere Chance habe als Sie oder irgendjemand sonst, dafür zu sorgen, dass niemand verletzt wird. Weil ich weiß, wer er ist und was er will."

„Woher wollen Sie das wissen? Er hat noch keine Forderungen gestellt."

„Außer, dass er mit mir reden will."

„Stimmt. Und unser oberster Grundsatz ist, dass wir Forderungen nicht erfüllen. Das ist ein verrückter Spinner, der ist unberechenbar. Wir können nicht nachgeben, und Sie können nicht einfach zu ihm runterspazieren. Vielleicht sind Sie derjenige, den er in Wirklichkeit umbringen will."

„Ich lass es drauf ankommen."

„Nein, tun Sie nicht. Ich bin hier verantwortlich, und Sie gehen nicht da runter."

„Was machen wir dann?"

„Zuerst tun wir alles in unserer Macht Stehende, um diese unbestimmte Situation genauer zu bestimmen."

„Ach, jetzt hören Sie schon auf, aus Ihrem Handbuch zu zitieren!", schimpfte Banks. „Hören Sie zu, er hat nach mir verlangt. Er muss mir etwas zu sagen haben, und wir beide wissen, dass es nur eine Möglichkeit gibt, das herauszufinden. Ich glaube, ich kann ihm ausreden, Unheil anzurichten. Können Sie mir nicht ein bisschen Spielraum geben?"

Whitkirk kaute auf seiner Unterlippe. „Ich bin dafür verantwortlich, den Tatort abzusichern", sagte er.

„Ich geh da runter." Banks zeigte auf den Chief Constable. „Glauben Sie mir, da drüben steht einer, der verleiht Ihnen ein Abzeichen, wenn ich erschossen werde."

Whitkirk brachte ein dünnes Lächeln zustande. „Unter einer Bedingung", sagte er. „Sie tragen eine kugelsichere Weste."

„In Ordnung."

Whitkirk ließ die Weste aus dem Fahrzeug des Mobilen Einsatzkommandos holen, dann teilte er dem Geiselnehmer über das Megaphon mit, was sie beabsichtigten.

„Schick ihn her!", rief der Mann zurück.

Ausgestattet mit der kugelsicheren Weste, fing Banks an, das Ufer hinunterzuklettern. Auf halber Strecke rutschte er aus und legte den Rest des Weges auf dem Hosenboden zurück. Das erinnerte ihn daran, dass er für das Essen mit Jenny eine seiner besten Hosen angezogen hatte. Er hatte vergessen, sie anzurufen, um abzusagen.

Als er am Fuße des Ufers ankam, hörte er hinter sich einen Fluch. Annie Cabbot kam hinter ihm hergerutscht, ebenfalls auf dem Hosenboden. Unten grinste sie ihn kurz an. „Entschuldigung. Ich konnte ihnen nur so entwischen."

„Ich nehme an, du trägst keine kugelsichere Weste?"

„Nein."

„Ich könnte ein Gentleman sein und dir meine geben, aber wir sind jetzt etwas zu nah dran. Bleib einfach etwas hinter mir zurück."

Sie näherten sich der Feenbrücke. Banks sagte dem Mann, wer er war. Der wies die beiden an, sie sollten am anderen Ende stehen bleiben. So standen sie sich an beiden Seiten der Brücke gegenüber. Vivian Elmsley wirkte verängstigt, aber ansonsten unversehrt.

„Das ist Sergeant Cabbot", erklärte Banks. „Sie arbeitet mit mir an dem Fall. Geht es in Ordnung, wenn sie hier ist?"

Der Mann nickte. „Ich weiß, wer sie ist", sagte er. „Ich hab sie im Fernsehen gesehen und dann vor einer Woche oder so nachts hier draußen."

„Sie waren das also", sagte Annie. „Was haben Sie hier gemacht?"

„Ich bin oft nachts hier gewesen. Hab nachgedacht."

„Warum sind Sie weggelaufen?"

„Ich konnte nicht riskieren, geschnappt zu werden, dann hätte ich alles erklären müssen, bevor ich das zu Ende gebracht hätte, was ich tun musste."

Banks fand, es sei an der Zeit, die Sache in die Hand zu nehmen. Er hob die Hände und wies Annie an, dasselbe zu tun. Regen tropfte ihm in den Nacken. „Wir sind unbewaffnet, Francis", sagte er. „Wir möchten nur reden. Lassen Sie Mrs Elmsley gehen."

„Sie wissen also, wer ich bin?"

„Francis Henderson."

„Schlau. Aber jetzt heiße ich Stringer. Frank Stringer." Er hatte also den Mädchennamen seiner Mutter angenommen. Seltsam. Das verriet Banks mehr darüber, womit er es zu tun hatte.

„Egal", fuhr Frank fort, „ich hab noch nicht vor, jemanden gehen zu lassen. Ich will zuerst alles hören. Ich will hören, wie sie Ihnen alles gesteht, dann überlege ich mir, ob ich sie umbringe oder nicht. Das macht mir nichts aus."

„Gut, Frank. Was möchten Sie hören?"

„Sie hat meine Mutter umgebracht. Ich will hören, dass sie das sagt, und ich will wissen, warum."

„Sie hat niemanden umgebracht, Frank."

„Was reden Sie da? Sie lügen. Sie wollen sie schützen."

Er umfasste Vivian fester. Banks hörte, wie sie nach Luft schnappte, und sah, wie der Lauf der Waffe gegen die Haut unter ihrem Ohr gedrückt wurde.

„Hören Sie mir zu, Frank", sagte er. „Es ist nicht so gewesen, wie Sie glauben."

„Die ganzen Jahre", fuhr Frank fort, als hätte er nicht zugehört. „Wissen Sie, dass er sie anbetete, mein Vater? Er meinte, sie wäre eine Träumerin gewesen, ein Freigeist, ein schöner Schmetterling, der einfach die Flügel ausbreitete und fortflog. Sie wollte eine von diesen Hollywoodschauspielerinnen werden. Ich hasste und liebte sie gleichzeitig. Mein ganzes Leben wurde von einer Mutter bestimmt und verdorben, die ich nie kennen gelernt habe."

„Sie war wirklich sehr jung, Frank. Als sie schwanger wurde, bekam sie es mit der Angst zu tun. Sie wusste nicht, was sie tun sollte. Manche Menschen halten weglaufen für die einzige Lösung. Sie wollte offenbar, dass das Kind, also *Sie*, lebte. Sie ließ nicht abtreiben. Blieb sie in Verbindung?"

Er rümpfte die Nase. „Hin und wieder kam eine Postkarte, da stand dann drauf, es ginge ihr gut. Mein Dad nahm mich einmal mit nach Hobb's End, um sie zu besuchen. Das war das einzige Mal …, das einzige Mal, dass ich mich erinnern kann, sie wirklich gesehen, ihre Stimme gehört zu haben. Sie sagte zu mir, ich wäre ein netter Junge. Damals liebte ich sie. Sie kam mir vor wie ein Zauberwesen. Schillernd. So schön und so zart. Aber sie stritten sich. Als er sie sah, konnte er nicht anders, als sie zu bitten zurückzukommen, aber sie wollte nicht. Sie sagte ihm, sie hätte ein neues Leben angefangen, wir sollten sie in Ruhe lassen, wenn wir wollten, dass sie glücklich sei."

„Was machte Ihr Vater?"

„Er gehorchte. Er war erschüttert. Wir versuchten es noch einmal, als alles vorbei war." Jetzt sprach er in Vivians Ohr. „Aber dieses verlogene Miststück hier sagte uns, sie wäre abgehauen. Mein ganzes Leben lang habe ich geglaubt, dass meine Mutter weggelaufen ist und uns für immer verlassen hat. Jetzt habe ich gehört, dass sie die ganze Zeit tot war."

„Lassen Sie sie los, Frank!", rief Banks, um ein Donnergrollen zu übertönen. „Sie wusste es nicht."

„Was meinen Sie damit, sie wusste es nicht? Sie muss es gewusst haben. Selbst wenn sie es nicht persönlich getan hat, beteiligt war sie trotzdem." Frank funkelte Banks böse an. Seine Augen blickten wild, das strähnige Haar klebte an seinem Schädel.

„Sie haben alles falsch verstanden, Frank. Vivian hatte nichts mit dem Tod Ihrer Mutter zu tun." Banks bemerkte, dass sich Vivians Augen bei seinen Worten vor Staunen weiteten, obwohl sie eine Waffe im Nacken hatte. Annie stand nun neben ihm. Banks' Regenmantel und Hose klebten an seiner Haut, der Regen brannte ihm in den Augen.

„Was meinen Sie damit?", fragte Frank.

„Ihrer Meinung nach", erwiderte Banks, „war Ihre Mutter wirklich gegangen. Sie hatte oft vom Fortlaufen gesprochen. Ihr Leben war erbärmlich. Alle, die sie kannten, gingen praktisch davon aus, dass sie verschwinden würde, so wie sie schon vorher Sie und Ihren Vater verlassen hatte."

„Nein!"

Frank verstärkte seinen Griff um Vivians Hals, und sie keuchte. Banks' Herz krampfte sich zusammen. Er streckte beschwichtigend die Hände aus. „Schon gut, Frank", fuhr er fort. „Beruhigen Sie sich. Bitte. Beruhigen Sie sich, und hören Sie mir zu."

Schweigend warteten sie eine Weile, nur das Prasseln des Regens und das abziehende Gewitter waren zu hören.

Banks merkte, dass sich die Lage entspannte. „Matthew hat sie vertrieben", fuhr er fort. „Es ist vollkommen verständlich, dass Gwen annahm, so sei es gewesen. Der Koffer Ihrer Mutter war fort. Ihre Sachen waren fort."

Mindestens eine Minute lang sagte Frank nichts. Banks konnte sehen, wie er die Information verarbeitete.

„Wenn sie es nicht war, wer war es dann?", fragte Frank schließlich.

Annie trat vor. Frank wandte sich ihr zu und kniff wegen des Regens die Augen zusammen.

„Er hieß Edgar Konig", sagte Annie. „Er betrieb den Laden auf dem amerikanischen Stützpunkt in Rowan Woods, ungefähr anderthalb Kilometer von hier entfernt."

„PX?", keuchte Vivian.

„Das glaube ich Ihnen nicht", sagte Frank.

„Es stimmt", meinte Banks und nahm den Faden auf. Ihm war eingefallen, dass Annie noch nicht die ganze Geschichte kannte. „Konig hat Ihre Mutter umgebracht. Er hat hier noch mindestens eine andere Frau auf die gleiche Weise getötet, unten in Suffolk. Es gab noch weitere Morde in Amerika."

Frank schüttelte langsam den Kopf.

„Hören Sie mir zu, Frank. Edgar Konig fühlte sich von Anfang an zu Ihrer Mutter hingezogen, aber er hatte ernst zu nehmende Probleme mit Frauen. In ihrer Nähe bekam er den Mund nicht auf. Er brachte Gloria Geschenke mit, aber selbst dann kam sie ihm nicht entgegen. Sie ging mit anderen Männern aus. Der Druck, unter dem er stand, wurde immer stärker."

„Woher wollen Sie wissen, dass er es war?"

„Wir fanden den Kragenknopf einer amerikanischen Fliegeruniform. Wir gehen davon aus, dass Ihre Mutter ihn während eines Kampfes abgerissen hat."

Frank lockerte seinen Griff um Vivian ein wenig.

„Edgar Konig ging an jenem Abend zum Bridge Cottage, um sich zu holen, was Ihre Mutter ihm seiner Meinung nach schuldete. Ihr Mann Matthew war im Pub. Konig hatte bereits etwas getrunken und dachte, seine Unzulänglichkeiten überwinden zu können. Sie muss ihn abgewiesen haben, vielleicht lachte sie ihn aus, und dann stellte er plötzlich fest, dass er sie in einem Wutanfall umgebracht hatte. Verstehen Sie, was ich Ihnen sage, Frank?"

„Wenn das so gewesen ist, warum weiß es dann keiner?"

Langsam griff Banks nach seinen Zigaretten und streckte Frank eine entgegen.

„Hab vor Jahren aufgehört", sagte dieser. „Aber vielen Dank für das Angebot."

Banks zündete sich eine an. Ein definitiver Fortschritt. Bloß nichts vermasseln jetzt. „Niemand wusste es", fuhr er fort, „denn Edgar Konig verwischte sorgfältig seine Spuren." Banks sah Vivian Elmsley beim Sprechen an. Sie wandte den Blick ab. „Er vergrub ihre Leiche im Schuppen. Dann packte er ein paar Kleider und Sachen von Gloria in einen Koffer, damit es so aussah, als wäre sie fortgelaufen. Er fälschte sogar einen Abschiedsbrief."

Frank sprach in Vivians Ohr: „Stimmt das, was er sagt?"

Banks konnte nicht hören, was sie sagte, aber er sah, dass ihre Lippen ein „Ja" formten. „Frank", drängte er, „die Waffe. Ich weiß, dass Sie niemandem wehtun wollen, aber sie ist gefährlich. Man macht schnell eine falsche Bewegung."

Frank betrachtete die Pistole.

Banks betrat die Feenbrücke und bewegte sich langsam vorwärts. Er wusste, dass wahrscheinlich ein oder zwei ausgebildete Scharfschützen in seine Richtung zielten; der Gedanke drehte ihm den Magen um. „Geben Sie mir die Waffe, Frank."

Frank ließ Vivian Elmsley los. Sie taumelte zur Seite und rutschte in eines der Löcher, die die Spurensicherung in den Boden von Bridge Cottage gegraben hatte. Annie eilte ihr zu Hilfe.

Frank reichte Banks die Waffe. „Was ist aus ihm geworden?", fragte er. „Aus diesem Konig? Wurde er je gefasst?"

„Das erzähle ich Ihnen alles später, Frank", sagte Banks und fasste ihn am Ellenbogen. „Im Moment sind wir alle ein bisschen müde und durchnässt. Okay? Ich finde, wir sollten irgendwohin fahren, wo wir uns aufwärmen können, nicht?"

Frank ließ den Kopf hängen. Banks legte ihm den Arm um die Schultern. Mehrere Polizeibeamte rutschten oder stürmten bereits die Uferböschung hinab. Zwei packten Frank grob und legten ihm Handschellen an.

„Es gibt keinen Grund, ihn so zu behandeln", sagte Banks.

„Das überlassen Sie besser uns, Sir", erwiderte einer von ihnen.

Banks seufzte und reichte ihnen die Waffe. Sie stießen Frank Stringer vor sich her. Banks drehte sich um und sah, wie Annie und die anderen Polizisten Vivian Elmsley über die Feenbrücke halfen.

„Ich danke Ihnen", sagte Vivian. „Sie haben mir das Leben gerettet."

„Ich hab für Sie gelogen", sagte Banks. „Und ich habe Glorias Treue zu Matthew beschmutzt."

Sie wurde blass und flüsterte: „Ich weiß. Mir ist bewusst, was Sie getan haben."

„Sie hätten das alles verhindern können. Wenn Sie sich gemeldet hätten, nachdem Sie Gloria tot aufgefunden hatten, wenn Sie zur Polizei gegangen wären …" Banks hielt seine Wut im Zaum; dazu war jetzt weder die Zeit noch der Ort. „Ach, zum Teufel damit. Jetzt ist es zu spät."

Vivian neigte den Kopf. „Glauben Sie mir, ich weiß, was ich getan habe."

Banks wandte sich ab und stapfte durch den Schlamm auf sein Auto zu. Er wollte jetzt nichts anderes als ein langes, heißes Bad und einen großen Laphroaig-Whisky. Und Annie.

Sie lehnte schon mit verschränkten Armen an ihrem Auto.

„Alles in Ordnung?", fragte Banks.

„Ja. Es geht mir gut. So gut, wie es einem gehen kann, wenn man die letzte halbe Stunde im Regen gestanden und sich gefragt hat, ob einem der Kopf weggepustet wird. Ich habe übrigens Respekt vor dem, was du da getan hast."

„Wie meinst du das?"

„Du hast gelogen, damit wir alle lebend da rauskommen."

„Hat funktioniert. Und jetzt?"

„Weiter nach St Ives. Aber zuerst ziehe ich mich zu Hause um. Ich war schon unterwegs, als ich es hörte. Ich konnte einfach nicht weiterfahren."

„Natürlich nicht. Danke, dass du hier warst."

„Und du?"

„Nach Hause, schätze ich." Banks fiel das Essen mit Jenny wieder ein. Jetzt war es zu spät, aber er konnte sie wenigstens anrufen und sich entschuldigen.

Annie nickte. „Also, ich bin zwei Wochen weg. Im Moment bin ich mir über meine Gefühle nicht ganz im Klaren. Warum meldest du dich nicht, wenn ich wieder zurück bin? Dann können wir vielleicht mal reden, hm?"

„Okay."

Sie grinste ihn schief an. „Wenn nicht so viele Polizisten in der Nähe wären, würde ich dir einen Abschiedskuss geben." Und damit machte sie die Autotür auf und stieg ein. Banks sah, wie die roten Schlusslichter auf dem matschigen Weg entschwanden.

EPILOG

Nach einem langen, verregneten Winter und überfälligen Reparaturen durch die Betreibergesellschaft Yorkshire Water wurde der Stausee von Thornfield wieder geflutet, und Hobb's End verschwand erneut. Am 27. Juli des darauf folgenden Jahres – der Mord an Gloria Shackleton war inzwischen in Vergessenheit geraten – lag Vivian Elmsley, die sich auf ihrer amerikanischen Lesereise befand, in einem riesigen Bett in ihrem Hotelzimmer in Florida und sah sich die Lokalnachrichten an. Sie war allein mit ihren Erinnerungen, dem Fernseher und einer Flasche Gin.

Heute war der große Abend, und nach allem, was sie durchgemacht hatte, musste Vivian dringend eine Art Schlusspunkt setzen.

Eine Menschenmenge hatte sich vor den Toren des ungefähr vierzig

Kilometer entfernten Starke-Gefängnisses versammelt. Ein oder zwei Menschen trugen schweigend Plakate, die ein Ende der Todesstrafe forderten, aber die überwiegende Mehrheit rief im Chor: „Tötet Konig! Tötet Konig!" Vivian war schockiert gewesen, als Banks ihr einen Tag nach Franks Verhaftung erzählte, Glorias Mörder sei nicht tot, sondern warte in einer Gefängniszelle in Florida auf seine Hinrichtung – ein Serienmörder.

Vivian hatte Frank Stringer mehrfach im Gefängnis besucht und ihm gesagt, sie werde ihm helfen, wieder auf die Beine zu kommen, wenn er entlassen werde. Es war das Mindeste, was sie zum Gedenken an Gloria tun konnte. Frank seinerseits hatte ihr erzählt, wie das Auftauchen von Hobb's End aus dem Thornfield-Stausee dazu geführt hatte, dass er sich immer stärker in die Vergangenheit hatte ziehen lassen. Sein Vater hatte Vivian Elmsley im Fernsehen zuerst als Gwen Shackleton identifiziert, und Frank hatte ihm beigepflichtet; damals, mit acht Jahren, hatte er sich ihre Augen und ihre Stimme eingeprägt. Er konnte nicht erklären, warum er in der Buchhandlung an sie herangetreten war. Er sagte, dass er ihr anfangs nichts hatte tun wollen. Dann fand man das Skelett, und ihm wurde klar, dass Vivian damals gelogen hatte. Danach hasste er sie; er rief bei ihr an, um ihr Angst einzujagen, um sie leiden zu lassen.

Es war fast so weit. Edgar Konig, der gerade 76 geworden war, bekam nun, was er verdiente.

Vivian spürte noch immer ein stechendes Schuldgefühl, wenn sie sich klar machte, dass sie vor so vielen Jahren vielleicht dazu hätte beitragen können, seinem Morden ein Ende zu bereiten. Sie hatte immer wieder versucht, sich alles rational zu erklären. Selbst wenn sie es angezeigt hätte, sagte sie sich, wäre wohl Matthew verhaftet worden. Was hätte sie der Polizei sagen können, das sie speziell auf Edgar Konig gebracht hätte?

Rückblickend konnte man leicht sagen, dass sie das alles irgendwie hätte verhindern können, aber es war ungerecht. Wer würde denn nicht alles anders machen, wenn er eine zweite Chance bekäme?

Jetzt war alles vorbei. Die Menschenmenge vor dem Gefängnis jubelte. Edgar Konig war tot.

Warum fühlte Vivian keine Erleichterung, warum fühlte sie nichts als die Vorboten schlimmer Kopfschmerzen? Sie schloss die Augen. *Alles vorbei.* Sie war so müde.

Dank ihrer morbiden Fantasie konnte Vivian sich vorstellen, wie Gloria in die Küche lief, als sie Angst vor PX' unberechenbarem Verhalten bekam. Vivian sah, wie sie verzweifelt Tee- und Kakaodosen aus dem Küchenschrank riss, nach der Waffe suchte und erschrocken feststellte, dass sie nicht mehr da war. Wurde ihr klar, dass Gwen sie genommen haben musste? *Die Waffe*. Vivian war es gewesen, die die Waffe genommen hatte, den einzigen Gegenstand, der Gloria das Leben hätte retten können.

Dann hatte sie sich all die furchtbaren Jahre lang um Matthew gekümmert, ihn für einen Mörder gehalten. Der arme, zarte Matthew, der keiner Fliege etwas hätte zuleide tun können, der nicht einmal sich selbst töten konnte.

Sie erinnerte sich lebhaft an den Nachmittag, als sie vom Einkaufen zurückkam und Matthew mit dem Revolver im Mund im Sessel sitzen sah. Er versuchte allen Mut zusammenzunehmen, zwang sich abzudrücken. Aber er konnte es nicht. Seine Augen flehten sie an, und sie ging zu ihm, umschloss seine Hand zärtlich mit der eigenen, küsste ihn auf die Stirn und drückte mit seinem Finger den Abzug.

Vor dem Gefängnis tanzte und johlte die Menge. Im Hotelzimmer ließ Vivian Elmsley zum ersten Mal seit über fünfzig Jahren ihren Tränen freien Lauf.

PETER ROBINSON

Foto: Clifford Robinson

Auf beiden Seiten des Atlantiks gefeierter Krimiautor

Peter Robinson wurde in Yorkshire geboren, und dort spielt auch sein neuer Roman *In einem heißen Sommer*. Nachdem Robinson seinen Abschluss in Englischer Literatur gemacht hatte, entschied er sich dafür, auf der anderen Seite des Atlantiks, in Ontario, weiterzustudieren. Bald zog Kanada ihn in seinen Bann, und mit seiner Frau Sheila machte er Toronto zu seiner neuen Heimat. Dort begann er auch mit dem Schreiben seiner erfolgreichen Kriminalromane, die jedoch alle in der „alten Heimat" spielen.

Die Idee für sein jüngstes Werk kam Peter Robinson im Spätsommer 1995, als er mit seiner Frau Urlaub in England machte und mit ihr den Thrushcross-Stausee in Yorkshire besuchte. Der Stausee war ausgetrocknet, und zum ersten Mal seit 1967 waren die Reste eines alten Dorfes wieder an die Oberfläche gekommen. Das Ehepaar konnte die Umrisse der Häuser und einen schmalen Steg erkennen. Da Peter Robinson mit Leib und Seele Krimiautor ist, war sein erster Gedanke: Was für ein faszinierender Ort, um eine Leiche zu entdecken!

Die Trockenheit in Yorkshire ließ bald nach, nicht jedoch die Begeisterung des Autors für seine Idee. Er erfand einen anderen Stausee und flocht Ereignisse aus dem Zweiten Weltkrieg in seine Geschichte ein.

Den Helden für seinen Roman gab es bereits: Der gefürchtete Chief Inspector Alan Banks taucht regelmäßig in Peter Robinsons mit vielen Preisen ausgezeichneten Krimis auf.

KRISTIN HANNAH

Wenn Engel
schweigen

Nur ihre Mutter ahnt, dass es tief in Mikaelas Herz einen Schmerz gibt, den sie nie verwunden hat. Liegt hier der Schlüssel zu ihrer Genesung?

KAPITEL 1

Im Nordwesten des Staates Washington ragen gewaltige Granitberge in den dunstigen Himmel. Ihre Gipfel sind selbst im Zeitalter von Helikoptern und moderner Hightechausrüstung unerreichbar. In diesem Teil des Landes wachsen die Bäume so dicht wie ein Altmännerbart, und das Sonnenlicht dringt selten zum Erdboden durch. Nur in den strahlendsten Sommermonaten gelingt es Wanderern, ohne Kompass den Rückweg zu ihren Autos zu finden.

Mitten in diesem ausgedehnten Waldgebiet liegt Last Bend. Besuchern kommt die kleine Stadt vor wie ein Ort aus einer anderen Welt. In Last Bend denkt man fast zwangsläufig an Bilder aus alten Filmen und erinnert sich daran, wie die Limonade der Großmutter schmeckte, oder an das Knarren einer Verandaschaukel, die zum Ausklang eines Sommerabends leise hin- und herschwingt.

Last Bend wurde vor etwas über fünfzig Jahren von einem Mann namens Ian Campbell gegründet. Der große, breitschultrige Schotte hatte den baufälligen Familiensitz seiner Ahnen in Edinburgh hinter sich gelassen und sich im amerikanischen Westen auf die Suche nach Abenteuern gemacht. Irgendwo auf dem Weg – der Familienlegende nach im Staat Wyoming – entdeckte er das Bergsteigen. Die nächsten zehn Jahre verbrachte er damit, Ausschau nach zweierlei zu halten: einem Berg, der seine Karriere als Bergsteiger krönen würde, und einem Ort, an dem er sich niederlassen wollte.

Was er suchte, fand er in den nördlichen Cascades, dem großen Gebirge im Staat Washington. Er kaufte vierzig Hektar bestes Weideland nahe dem grandiosen Mount Baker und ein Eckgrundstück an einer Schotterstraße, die viele Jahre später zu einer Bundesstraße ausgebaut wurde. Am unberührten Kiesufer des Angel Lake gründete er eine Stadt und taufte sie Last Bend. Er war immer der Meinung gewesen, dass ein wahres Zuhause gesucht und erarbeitet werden müsse, und er hatte seines an der letzten Biegung der Straße gefunden.

Es dauerte eine Weile, bis er eine Frau fand, die bereit war, mit ihm in seinem bemoosten Blockhaus ohne Strom und fließendem Wasser zu leben. Aber er fand sie tatsächlich – eine feurige Irin, die ähnliche Träume hatte wie er. Fiona Campbell pflanzte Ahornschösslinge an der Hauptstraße und prägte das Leben in der neuen Siedlung. Sie führte die Gletschertage ein, den Sasquatchwettlauf und das Halloweenfest im Spukhaus an der Kreuzung zwischen der Cascade Street und der Hauptstraße.

In den Sechzigerjahren bauten Ian und Fiona Campbell schließlich ihr Traumhaus, ein riesiges, halbrundes Holzhaus mit spitzem Giebel, das auf einer kleinen Anhöhe mitten auf ihrem Grundstück stand. Turmhohe Douglasfichten und Zedern rahmten den sauber gemähten Rasen ein. An manchen Tagen, wenn der Himmel stahlblau war, sahen die gletscherbedeckten Berggipfel aus, als seien sie zum Greifen nahe. Im Westen grenzte der Angel Creek an ihr Land. Nach der Schneeschmelze war er ein reißender Fluss, aber in den Sommermonaten ein ruhiger, plätschernder Bergbach, der ein Stück weiter unten in einen Wasserfall mündete. Dieser Wasserfall hieß Angel Falls, und im Winter konnten die Campbells ihn von ihrer Veranda aus hören.

Inzwischen wohnte schon die dritte Generation der Campbells in diesem Haus. Unter dem Dach war eines der Kinderzimmer. Ein Bett in Form eines Rennwagens wies es als Jungenzimmer aus. Batmanposter waren an die schrägen Holzwände gepinnt, und Comichefte lagen auf dem Teppichboden herum. Der neunjährige Bret Campbell lag ruhig im Bett und beobachtete, wie die roten Zahlen seines Digitalweckers in der Dunkelheit blinkten: 5:30, 5:31, 5:32.

Es war Halloween.

Als der Wecker 5:45 Uhr anzeigte, warf er die Decke zurück und stieg aus dem Bett. Sorgsam bedacht, keinen Lärm zu machen, zog er eine Einkaufstüte unter seinem Bett hervor und packte sie aus. Er hatte kein Licht gemacht, aber er brauchte auch keins. Seit einer Woche schaute er es sich jeden Abend an: sein Halloweenkostüm. Es bestand aus einem glitzernden Paar gebrauchter Cowboystiefel, erworben bei „The Emperor's", dem Secondhandladen im Ort, einer Kunstlederweste aus dem Trödelladen, coolen Cowboyreithosen aus Filz, die seine Mutter genäht hatte und die über die nagelneuen Wrangler-Jeans gezogen wurden, und einem karierten Flanellhemd. Das Beste von allem aber waren ein funkelnder Sheriffstern und ein Pistolengurt aus dem Spielzeuggeschäft. Sein Vater hatte ihm sogar ein Lasso in Kindergröße angefertigt.

Er schlüpfte aus dem Schlafanzug und zog das Kostüm an, doch den

Pistolengurt, die Waffe, das Lasso und den Cowboyhut ließ er liegen. Das alles brauchte er jetzt nicht. Er fühlte sich trotzdem wie ein echter Cowboy. Leise ging er zur Zimmertür, öffnete sie und schaute auf den finsteren Flur. Auf Zehenspitzen schlich er hinaus und warf einen Blick auf die beiden anderen Zimmer. Beide Türen waren geschlossen, und kein Lichtschein drang unter ihnen hervor. Seine 16-jährige Schwester Jacey schlief natürlich noch, denn es war Samstag, und sie schlief gern lang am Wochenende. Außerdem wusste Bret, dass sein Vater die ganze Nacht bei einem Patienten gewesen war und sicher noch liegen bleiben wollte. Doch seine Mutter hatte gesagt, dass sie zeitig aufstehen würde, um Punkt sechs fertig zu sein zum Losreiten.

Er ließ die Leuchtanzeige seiner Star-Wars-Uhr aufblitzen: 5.49 Uhr.

„Mist." Eilig sprang er die letzten Stufen hinunter. Langsam tastete er sich durch die dunkle Küche, drückte auf den Schalter der Kaffeemaschine, ging zur Haustür und öffnete sie langsam.

Auf der Veranda hätte er sich fast vor dem schwarzen Umriss eines Strohmannes mit Kürbiskopf erschreckt, den er mit seiner Mutter zusammen am Abend zuvor gebaut hatte. Es roch noch immer intensiv nach frischem Stroh.

Bret sprang von der Veranda und lief die Einfahrt entlang. Am leeren Gästehaus bog er nach rechts ab und ging über die rutschige Weide hinauf zur Scheune.

Ein einziges Flutlicht beleuchtete die riesige zweistöckige Scheune, die sein Großvater gebaut hatte. Bret hatte von jeher Ehrfurcht vor diesem berühmten Mann gehabt, den er nie kennen gelernt hatte. Solange Bret denken konnte, waren Großvaters Abenteuer immer wieder erzählt worden, und Bret wollte so sein wie er. Deshalb war er an diesem Halloweenmorgen so zeitig aufgestanden. Er wollte seine besorgte Mutter davon überzeugen, dass er in der Lage war, bei dem nächtlichen Ritt zu den Angel Falls mitzumachen.

Entschlossen packte er den kalten Eisenriegel des Scheunentors und zog es auf. Die Pferde wieherten leise und regten sich in den Boxen, meinten, es sei Zeit zum Füttern, auch Silver Bullet, das Springpferd seiner Mutter. Er schaltete das Licht an und lief den breiten Gang entlang zur Sattelkammer. Dort brauchte er seine ganze Kraft, um den Springsattel vom Holzbock herunterzuzerren. Bis er heraushatte, wie er ihn auf dem Arm balancieren musste, ließ er ihn zweimal fallen, und auf dem Weg zu Silver Bullets Box schleifte der Sattelgurt scheppernd hinter ihm her, aber schließlich hatte er es geschafft.

Vor Silver Bullets Box blieb Bret stehen. Die Stute sah an diesem Morgen besonders groß aus …

Doch sein Großvater hätte niemals gekniffen, das war Bret klar, also holte er tief Luft und machte die Boxentür auf.

Es dauerte einige Zeit, bis es ihm schließlich gelang, den Sattel auf den hohen Pferderücken zu hieven. Er schaffte es sogar, den Gurt anzuziehen. Vielleicht nicht eng genug, aber wenigstens schnallte er den Riemen fest.

Dann führte er Silver Bullet in die Mitte der Reitbahn. Sie senkte den Kopf, schnaubte und scharrte im Boden.

Bret fasste das Seil fester. „Brav, Mädchen", sagte er leise und gab sich große Mühe, keine Angst zu haben.

In dem Moment bewegte sich das riesige Scheunentor und gab ein lang gezogenes Knarren von sich. Seine Mutter stand auf der Schwelle. Draußen wurde es langsam hell, und der Himmel hinter ihr leuchtete lila. Er konnte ihr Gesicht nicht erkennen, aber er sah, wie ihre dunkle Silhouette sich gegen die Helligkeit abhob, und hörte das Klicken ihrer Stiefelabsätze auf dem harten Boden, als sie auf ihn zuging. Am Rand der Reitbahn blieb sie stehen und legte die Hand über die Augen. „Bret? Bist du das?"

Etwas unsicher führte Bret Silver Bullet zu ihr hin. Sie trug einen langen braunen Pullover und schwarze Reithosen; ihre Stiefel waren staubig. Sie sah ihn mit ihrem typischen Mamablick an, und er hoffte inständig, dass sie lächeln möge.

Er riss heftig am Seil und brachte die Stute jäh zum Stillstand – genau, wie er es im Reitkurs gelernt hatte. „Ich hab sie selber gesattelt, Mama." Er streichelte Bullets samtweiches Maul. „Den Riemen habe ich so festgeschnallt, wie du es mir gezeigt hast."

„Du bist an Halloween extra früh aufgestanden und hast mein Pferd für mich gesattelt. Soso." Sie bückte sich und zerzauste ihm das Haar. „Es gefällt dir einfach nicht, wenn ich hier draußen allein bin, oder?"

„Ich möchte nicht, dass du dich einsam fühlst."

Sie lachte und kniete sich auf die Erde. Seine Mutter hatte nie Angst, sich schmutzig zu machen, und sie schaute ihren Kindern gern in die Augen, wenn sie mit ihnen redete. Das sagte sie jedenfalls immer. Sie zog sich ihre abgeschabten schwarzen Lederhandschuhe aus und strich Bret das Haar aus dem Gesicht. „So, kleiner Reitersmann, was führst du im Schilde?"

„Dieses Jahr will ich mit dir beim Nachtritt zu den Angel Falls dabei sein. Letztes Jahr hast du gesagt, vielleicht später, wenn ich älter bin. Und jetzt bin ich ein ganzes Jahr älter, und ich kann ganz allein ein Riesenvollblut satteln."

Seine Mutter setzte sich auf ihre Fersen. Sie hatte Tränen in den Augen. „Du bist eben einfach kein Baby mehr, stimmt's?"

Er schüttelte den Kopf, doch dann kuschelte er sich auf ihren Schoß und tat so, als wäre er noch so klein, dass sie ihn in den Armen halten konnte. Sie nahm ihm sanft das Seil aus der Hand, und er schlang die Arme um ihren Hals.

Sie küsste ihn auf die Stirn und drückte ihn an sich. Das war sein Lieblingskuss, wie er ihn jeden Morgen von ihr bekam.

„Na ja, ein Kind, das so ein Pferd satteln kann, muss wohl groß genug für einen Nachtritt sein. Ich bin stolz auf dich, Sohnemann."

Er stieß einen lauten Juchzer aus und umarmte sie. „Danke, Mama."

Sie löste sich sanft von ihm und erhob sich. „Jetzt muss ich Silver Bullet bewegen, bevor Jeanine herkommt, um die Pferde zu entwurmen. Ich habe heute noch tausend Sachen zu erledigen, bevor es ans Feiern geht."

„Darf ich bleiben und dir beim Reiten zuschauen?"

„Okay, aber du hältst den Mund und rührst dich nicht vom Zaun."

Er grinste. „Ich weiß, das hast du mir schon tausendmal gesagt."

Sie lachte, drehte ihm den Rücken zu, zog den Gurt enger und zäumte die Stute. „Sei so lieb, und hol mir eben meinen Helm, Schatz."

Er rannte nach hinten in die Sattelkammer. Vor der Truhe mit dem Aufkleber MIKES SACHEN bückte er sich und hob den Deckel hoch. Eilig stöberte er darin herum, bis er den staubigen samtbezogenen Helm fand. Er klemmte ihn sich unter den Arm, ließ den Deckel zufallen und rannte zur Reitbahn zurück.

Seine Mutter saß schon auf dem Pferd. „Danke, mein Kleiner." Sie beugte sich herunter und nahm den Helm.

Als Bret den Zaun der Reitbahn erreichte, bewegte Mama das Pferd schon auf das Geläuf zu, das an der Wand entlang verlief. Er schaute zu, wie sie im Kreis herumritt. Sie ließ Silver Bullet zum Aufwärmen die Gänge durchprobieren: Schritt, Trab, starker Trab und dann Galopp. Bret beobachtete, wie Pferd und Reiter in der Bewegung verschmolzen.

Er wusste inzwischen, wann sie zum Sprung bereit war. Er hatte so oft zugeschaut, er kannte die Anzeichen, obwohl er nicht hätte sagen können, worin sie bestanden. Er wusste einfach, dass sie jetzt auf das erste Hindernis zuritt.

Genau, wie er wusste, dass etwas nicht stimmte.

Er beugte sich vor. „Halt, Mama“, sagte er. „Das Hindernis steht falsch. Jemand muss es umgestellt haben …“

Aber sie hörte ihn nicht. Bullet keilte aus und bockte, und sie hatte alle Hände voll damit zu tun, die Stute in einen kontrollierten Galopp zu bringen.

„Brav, Mädchen, schön langsam. Ganz ruhig …“

Bret hörte die Worte, als sie an ihm vorbeiritt. Er wollte schreien, aber sie war jetzt genau vor dem Hindernis. Brets Herz hämmerte in seiner Brust. Da stimmt was nicht, dachte er immer wieder, und die Worte wurden mit jedem Atemzug größer und bedrohlicher.

Silver Bullet bäumte sich auf und sprang locker über die Mauer aus imitierten Ziegelsteinen. Bret hörte den triumphierenden Ausruf seiner Mutter und ihr Lachen.

Für den Bruchteil einer Sekunde atmete er erleichtert auf.

Doch dann blieb Silver Bullet wie angewurzelt stehen.

Seine Mutter flog vom Pferd, und ihr Kopf prallte so heftig gegen den Pfosten, dass der ganze Zaun wackelte. Und dann lag sie einfach da auf der Erde, ihr Körper verknäult wie ein Stück Altpapier.

Bis auf Brets schweres Atmen war kein Laut in der großen, überdachten Reitbahn zu hören. Auch Silver Bullet stand still neben ihrer Reiterin, als wäre nichts geschehen.

Bret rutschte vom Zaun, rannte zu ihr und fiel neben ihr auf die Knie. Blut sickerte unter dem Helm hervor und verschmierte ihr kurzes schwarzes Haar. Er berührte sie an der Schulter, gab ihr einen Stups. „Mama?“

Das blutige Haar fiel ihr aus dem Gesicht. Entsetzt sah er, dass ihr linkes Auge offen war.

Brets Schwester Jacey hörte sein Schreien als Erste. Sie kam in die Reitbahn gerannt, in die dicke Daunenjacke ihres Vaters gehüllt. „Was ist passiert?“, rief sie. Dann sah sie ihre Mutter auf der Erde liegen. „O Gott! Fass sie nicht an!“, rief sie Bret zu. „Ich hole Papa.“

Bret hätte sich nicht rühren können, selbst wenn er gewollt hätte. Er saß bloß da, schaute seine Mama an und betete immerzu, sie möge aufwachen, aber seine Gebete waren stumm, er konnte keinen Laut von sich geben.

Endlich kam sein Vater angerannt. Er kniete sich neben sie und ließ seine schwarze Arzttasche auf den Boden fallen. „Halt durch, Mikaela“, flüsterte er. Er nahm ihr sanft den Helm ab – hätte Bret das tun sollen? –, öffnete ihr leicht den Mund und steckte seine Finger zwischen ihre Zähne. Sie hustete und spuckte, und Bret sah Blut über die Finger seines Vaters laufen.

„Halt durch, Mikaela“, sagte er immer wieder. „Halt durch. Wir sind alle hier … Bleib bei uns …“

Bret wusste, was das hieß. Es hieß: Stirb nicht …, und das hieß, dass seine Mama vielleicht sterben würde.

Sein Vater sah Jacey an. „Renn ins Haus, und ruf den Notarzt!“

Es schien Stunden zu dauern, bis endlich rote Lichter zu sehen waren und Sirenen heulten. Dann ging alles sehr schnell. Ein Rettungswagen fuhr über den Schotterweg zur Scheune und blieb dort mit blinkenden Lichtern stehen. Blau uniformierte Sanitäter kamen in die Scheune gerannt und zogen eine quietschende Trage auf Rädern hinter sich her. Brets Herz schlug so laut, dass er nichts hören konnte. Er wich zurück. Dabei prallte er so heftig gegen den Zaun, dass ihm schwindlig wurde. Er hielt sich die Ohren zu, schloss die Augen und betete wieder.

Sie stirbt.

Erinnerungen rasen ungeordnet durch ihren Kopf, manche scheinen in den lieblichen Duft von Rosen getaucht zu sein, manche haben den Geruch des Sandes an dem See, wo sie ihren ersten Kuss bekommen hatte. Doch viele Erinnerungen sind eingehüllt in das schillernde, klebrige Gespinst des Bedauerns.

Jetzt heben sie sie hoch, schnallen ihren Körper auf einem fremden Bett fest. Sie hört die Stimme ihres Mannes, die leisen, geflüsterten Liebeslaute, die sie in den vergangenen zehn Jahren begleitet haben, und obwohl sie nichts von ihren Kindern hören kann, weiß sie, dass sie hier sind und sie beobachten. Mehr als alles in der Welt wünscht sie sich, etwas zu ihnen zu sagen, auch wenn es nur ein Laut ist, ein Seufzer, irgendetwas …

Warme Tränen rinnen aus ihren Augenwinkeln, rollen hinter ihre Ohren. Sie wünscht sich, die Tränen zurückhalten zu können, sie zu schlucken, damit die Kinder sie nicht sehen, aber diese Beherrschung ist so fern und unmöglich wie die Fähigkeit, die Hand zu einem letzten Winken zu heben.

Oder weint sie vielleicht gar nicht? Ist es vielleicht ihre Seele, die aus ihrem Körper sickert, in Tröpfchen, die niemand sehen kann?

ALS ER jung war, hatte Liam Campbell nicht schnell genug aus Last Bend hinauskommen können. Überall, wo er hinkam, war Liam mit seinem überlebensgroßen Vater verglichen worden, zu seinem Nachteil. Sogar zu Hause hatte er oft das Gefühl, er sei unsichtbar. Seine Eltern waren so verliebt, da schien kein Platz zu sein für einen Jungen, der Bücher las und sich danach sehnte, Konzertpianist zu werden.

Er bewarb sich in Harvard und konnte es kaum fassen, als er tatsächlich einen Studienplatz bekam. Seine erste Zeit dort lehrte ihn, dass er für einen Konzertpianisten nicht gut genug war. Er hatte daher in aller Stille diesen Jugendtraum beiseite geschoben und seine Aufmerksamkeit der Medizin zugewandt. Wenn er nicht begabt genug war, die Menschen mit seiner Musik zu unterhalten, dann, so glaubte er, war er doch teilnahmsvoll genug, sie zu heilen.

Er gehörte zu den Besten seines Jahrgangs und ging nach seinem Examen an eine Aidsklinik in der Bronx. Damals war die Seuche noch im Anfangsstadium, und Liam war davon überzeugt, dass er dort, mitten in all dem Leid, den Mann entdecken würde, der er selbst war.

In Krankenzimmern, die nach Tod und Verzweiflung rochen, kümmerte er sich aufopferungsvoll um seine Patienten, aber er konnte kein einziges Mal sagen: Sie schaffen es. Sie sind geheilt. Stattdessen verordnete er Medikamente, die nicht wirkten, und hielt Hände, die immer schwächer wurden. Er stellte Totenscheine aus, bis er die Hoffnungslosigkeit nicht mehr ertragen konnte.

Als seine Mutter überraschend an einem Herzinfarkt starb, kehrte er nach Last Bend zurück und pflegte seinen Vater, der seinen einzigen Sohn zum ersten Mal wirklich brauchte. Liam hatte immer vorgehabt, wieder fortzugehen, seinen Platz in der Welt zu finden, aber dann hatte er Mikaela kennen gelernt.

Mike hatte er sie zärtlich genannt, weil sie mit ihrem kurzen schwarzen Haar und ihren Reitstiefeln manchmal aussah wie ein Junge. Bei ihr hatte er endlich seinen Platz in der Welt gefunden.

Und jetzt saß er hier im „Ian Campbell Medical Center“ und wartete darauf zu erfahren, ob sie am Leben bleiben würde …

Sie waren erst seit ein paar Stunden hier, aber es kam ihm vor wie eine Ewigkeit. Seine Kinder waren im Wartebereich, und er konnte sich vorstellen, wie sie dort aneinander gekuschelt saßen und auf ihn warteten. Obwohl er sich danach sehnte, bei ihnen zu sein, hatte er Angst davor, dass er bei ihrem Anblick die Fassung verlieren würde. Und ihm war klar, dass er jetzt stark sein musste für sie alle.

„Liam?“

Er sah sich um. Dr. Stephen Penn, der Chef der Neurologie, stand vor ihm. Er war in Liams Alter – eben erst fünfzig geworden –, aber in diesem Moment sah er richtig alt aus. Alt und müde. Sie spielten seit Jahren Golf miteinander und kannten sich gut, doch auf diesen Augenblick war keiner von ihnen vorbereitet gewesen. Er fasste Liam an der Schulter.

„Komm mit!“

Sie gingen nebeneinander den kahlen Flur entlang und bogen in die Intensivstation ein. Liam fiel auf, wie die Schwestern seinem Blick auswichen. Er war jetzt nicht als Arzt hier, sondern als „nächster Angehöriger“, und er fühlte sich schrecklich.

Sie betraten ein verglastes Einzelzimmer, wo Mikaela in einem schmalen Bett lag. Sie glich einer defekten Puppe, die an Geräte angeschlossen war – Beatmungsgerät, Tropfe, Monitoren, die alles aufzeichneten, von ihrer Herzfrequenz bis zum Innendruck des Schädels. Das Beatmungsgerät atmete für sie. In dem stillen Raum wirkte jeder Atemzug wie ein rhythmisches Wummern.

„Ihr Gehirn arbeitet, aber aufgrund der Medikamente wissen wir nicht, in welchem Grad.“ Stephen brachte eine Stecknadel zum Vorschein und stach in Mikaelas nackte Füße. Er schwieg, als die Reaktion ausblieb. Er führte noch ein paar Tests durch, von denen er wusste, dass Liam sie so gut einschätzen konnte wie er.

„Der Neurochirurg ist im Haus“, sagte er schließlich ruhig. „Er ist für alle Fälle einsatzbereit, aber wir haben nichts festgestellt, was operiert werden müsste. Wir beschleunigen ihre Atmung, überwachen Blutdruck und Körpertemperatur. Beugen dem Auftreten von Blutungen vor. Du weißt schon, wir tun, was wir können.“

Liam schloss die Augen. Zum ersten Mal in seinem Leben wünschte er sich, kein Arzt zu sein, weil er in diesem Moment nicht begreifen wollte, wie es wirklich um Mikaela stand. Er wusste, dass das Krankenhaus ein hochmodernes medizinisches Zentrum war, in dem einige der besten Ärzte nördlich von San Francisco arbeiteten. Doch das alles nützte im Moment wenig, denn es konnte nichts weiter für Mikaela getan werden.

Er wollte schweigen, aber Stephen Penn war sein Freund, und es gelang ihm nicht, alles in sich zu verschließen. „Ich weiß nicht, wie ich ohne sie leben soll ...“, sagte er leise.

Stephen sah Liam an, und ein trauriges Wissen lag in seinem Blick. In diesem Moment war er nicht mehr Mikaelas Arzt, sondern ein Mann, ein Ehemann, der verstand, was der andere durchmachte. „Morgen wissen wir mehr, falls ...“ Es war überflüssig, den Satz zu beenden.

Falls sie die Nacht übersteht.

„Danke, Stephen“, sagte Liam mit kaum hörbarer Stimme über das Gesurr der Geräte und das stetige Blubb-Blubb-Blubb der Tropfe hinweg.

Stephen wandte sich zum Gehen, drehte sich aber auf der Schwelle noch einmal um. „Es tut mir unendlich Leid, Liam." Er ging hinaus, ohne eine Antwort abzuwarten. Als er zurückkam, war er in Begleitung mehrerer Schwestern. Gemeinsam rollten sie Mikaela zu weiteren Untersuchungen aus dem Raum.

MUT, DACHTE Liam, Mut ist kein kühnes, hitziges Gefühl, das Männern vorbehalten ist, die in Spezialeinheiten kämpfen, aus Flugzeugen springen und namenlose Gipfel erklimmen. Mut ist etwas Ruhiges, etwas Besonnenes. Mut ist, sich in einem solchen Moment seinen Kindern zu stellen, ihnen die Hand zu halten und ihnen die Tränen wegzuwischen, obwohl man glaubt, nicht die Kraft dazu zu haben. Mut ist weiterzumachen, von einem bitteren Atemzug zum nächsten.

Er schob die eigene Furcht beiseite und konzentrierte sich auf die Dinge, die getan werden mussten. Eine Tragödie, das hatte er gelernt, bestand aus Einzelheiten – Versicherungsformularen, die ausgefüllt werden mussten, Koffern, die für den Notfall zu packen waren, Terminplänen, die es zu ändern galt. Und wenn er all diese Dinge nur erledigen konnte, indem er den Blickkontakt mit anderen Menschen mied, dann ließ sich das eben nicht ändern. Er rief Rosa Luna an, Mikaelas Mutter, die im Osten des Staates Washington lebte, und hinterließ auf ihrem Anrufbeantworter die dringliche Nachricht, sie solle ihn zurückrufen. Dann war es Zeit, zu den Kindern zu gehen.

Jacey saß auf einem der roten Plastikstühle neben dem Kiosk und las in einer Zeitschrift. Bret lag auf dem Boden und spielte geistesabwesend mit den Spielsachen, die das Krankenhauspersonal in einer Plastikkiste aufbewahrte.

Liams Hände begannen zu zittern. Er verschränkte die Arme und schwankte leicht. Er schickte ein Stoßgebet Richtung Himmel und zwang sich, die Arme hängen zu lassen, bevor er zu seinen Kindern trat. „Hallo", sagte er leise.

Jacey sprang auf. Die Zeitschrift flatterte zu Boden. Ihre Augen waren rot und geschwollen, der Mund zu einer bebenden Linie zusammengezogen. „Papa?", sagte sie fragend.

Bret stand nicht auf. Er wischte sich über die feuchten Augen und reckte das Kinn. „Sie ist tot, stimmt's?", fragte er mit so tonloser und niedergeschlagener Stimme, dass Liam spürte, wie der Kummer wieder in ihm aufstieg.

„Nein, sie ist nicht tot", sagte er und spürte das heiße Drängen der Tränen. Verdammt noch mal! Er hatte sich selbst versprochen, nicht zu weinen. Sie brauchten jetzt seine Kraft. Sekundenlang kniff er sich in den Nasenrücken, dann kniete er neben seinem Sohn nieder und nahm ihn ganz fest in die Arme.

Jacey ging neben Liam in die Knie und drückte ihre Wange an seine Schulter. Er nahm auch sie in den Arm.

„Sie ist jetzt in einer schlimmen Verfassung“, sagte er langsam und suchte nach Worten. Wie sagt man seinen Kindern, dass ihre Mutter sterben könnte? „Sie hat eine ziemlich schwere Kopfverletzung. Im Moment können wir nichts anderes tun, als für sie zu beten.“

Zitternd schmiegte sich Bret enger an seinen Vater. Tränen fielen auf Liams Kittel, und als er auf seinen Sohn hinuntersah, lutschte Bret am Daumen.

Liam wusste nicht, was er tun sollte. Bret hatte vor Jahren damit aufgehört, am Daumen zu lutschen, und jetzt kuschelte er sich an seinen Vater wie ein Dreijähriger, suchte verzweifelt nach Trost.

Liam wusste, dass seine Kinder von nun an die finstere und schreckliche Wahrheit kennen würden, eine Wahrheit, mit der sie bis jetzt noch nicht konfrontiert worden waren: Die Welt konnte ein Furcht erregender Ort sein. Und Menschen – ganz gleich, wie sehr man sie liebte – konnten sterben.

DIE STUNDEN ihrer Wache verschmolzen miteinander und bildeten einen Tag. Schließlich war es Abend. Liam saß noch immer mit seinen Kindern im Warteraum, und alle beobachteten die langsame Pirouette der schwarzen Zeiger der Wanduhr. Seit Stunden hatte niemand gesprochen. Um 20 Uhr hörten sie Schritte auf dem Flur. Liam erstarrte und beugte sich vor. Bitte, dachte er verzweifelt, hoffentlich ist es keine schlechte Nachricht …

Doch es war keiner der Ärzte, sondern Jaceys Freund Mark Montgomery, der energiegeladen in den stillen Raum platzte. „Jacey?“, sagte er mit zu lauter Stimme. „Ich hab’s eben erst gehört …“

Jacey stürzte schluchzend in seine Arme. Schließlich schaute sie zu ihm auf. „Wir … durften noch nicht zu ihr“, sagte sie. Gemeinsam gingen sie zum Sofa und setzten sich. Jacey lehnte sich an ihn. Ihre flüsternden Stimmen schwebten durch den Raum.

Kurz vor 21 Uhr kam Stephen herein. Liam stand auf und ging zu ihm.

„Unverändert“, sagte Stephen leise. „Heute Nacht können wir nichts mehr für sie tun.“ Er senkte in freundschaftlicher Sorge die Stimme.

„Bring deine Kinder nach Hause, Liam. Falls etwas … passiert, ruf ich dich sofort an."

Liam wusste, dass Stephen Recht hatte. Aber er zögerte, weil er sich noch nicht einmal vorstellen wollte, wie er das leere Haus betrat …

„Bring die Kinder nach Hause, Liam", sagte Stephen noch einmal, tätschelte ihm die Schulter, drehte sich um und ging.

Liam holte tief Luft. „Kommt, Kinder. Zeit, nach Hause zu fahren. Morgen früh kommen wir wieder her."

Jacey stand auf. „Nach Hause?" Sie wirkte verängstigt.

Mark warf erst ihr einen Blick zu, dann Liam. „Unsere Clique will heute Abend ins Spukhaus. Möchtest du vielleicht mitkommen?"

Jacey schüttelte den Kopf. „Nein, ich muss –"

„Geh mit, Jacey", sagte Liam leise. „Denk ein paar Stunden lang an etwas anderes. Du hilfst ihr nicht, wenn du nur zu Hause sitzt."

Sie wandte sich Mark zu. „Also gut, aber nur ganz kurz."

Mark nahm Jaceys Hand, und sie gingen gemeinsam hinaus.

„Papa", sagte Bret, als sie gegangen waren. „Ich hab Hunger."

„Oh, du Armer. Es tut mir Leid. Komm, wir fahren nach Hause."

Bret steckte den Daumen wieder in den Mund und stand auf. Er wirkte sehr klein und sah zum Erbarmen aus. Zum ersten Mal an diesem Tag bemerkte Liam, wie sein Sohn angezogen war. Ein kariertes Flanellhemd, eine Kunstlederweste mit einem Sheriffstern aus Blech, steife Wrangler-Jeans und Cowboystiefel. Er trug ein Kostüm. Es war Halloween.

Und plötzlich musste Liam daran denken, dass Mike mehrere Abende an der Nähmaschine gesessen hatte, um Brets Reithose fertig zu stellen. „Heute ist Halloween, Bret. Jacey ist im Spukhaus. Willst du nach Angel Glen fahren und mit deinen Freunden von Tür zu Tür gehen?"

Brets Backen blähten sich beim Daumenlutschen, dann schüttelte er langsam den Kopf.

„Okay, Sohnemann. Dann lass uns gehen."

Zusammen gingen sie hinaus in die kalte, frische Oktobernacht. Die Luft roch nach welkem Laub und schwerer schwarzer Erde. Sie stiegen ins Auto und fuhren nach Hause. Das Quietschen der Garagentür war wie ein Loch, das in den Mantel ihres Schweigens gerissen wurde.

Liam nahm seinen Sohn bei der Hand und führte ihn ins Haus. Sie wechselten belanglose, kurze Sätze.

Wenn es nur nicht so verdammt still gewesen wäre.

Mach Bret etwas zu essen, dachte er. Konzentrier dich darauf, dann hast du wenigstens etwas zu tun.

Das Telefon klingelte. Liam murmelte Bret etwas zu, ging in die Küche und meldete sich.

„Hallo, Liam. Hier ist Carol Audleman. Ich hab's eben gehört … Es tut mir so Leid."

Liams Sprechstundenhilfe. Und das war erst der Anfang.

Er lehnte sich schwer gegen die Holzwand und ließ Mrs Audleman reden, hörte aber nicht zu. Er sah, wie Bret ins Wohnzimmer ging und sich aufs Sofa legte. Es klickte, als er den Fernseher einschaltete. Die Biene Maja. Brüllend laut. Bret schaute sich mit trockenen Augen die Zeichentrickserie an, die er am wenigsten mochte. Erst letzte Woche hatte er gesagt, die sei etwas „für Babys".

Liam legte auf. Dann stand er in der leeren Küche und fragte sich, was er Bret zum Abendessen machen sollte. Das Telefon klingelte wieder. Dieses Mal war es Marion, die Reitlehrerin. Er gab eine wirre Erklärung ab, bedankte sich für ihre Gebete und legte auf.

Er kam keine anderthalb Minuten weit, ehe das Telefon wieder klingelte. Dieses Mal überhörte er es und ging ins Wohnzimmer. Er setzte sich neben seinem Sohn aufs Sofa. „Was hältst du davon, wenn wir eine Pizza bestellen?"

Bret zog den Daumen aus dem Mund. „An Halloween liefert Jerry nicht. Letztes Jahr haben die Monroes ein Tipi aus seinem Lieferwagen gemacht."

„Ach so."

Das Klingeln hörte auf.

„Papa, was ist, wenn es das Krankenhaus war … oder Jacey?"

Liam zuckte zusammen. „Also gut. Ab jetzt geh ich ran."

Das Telefon klingelte wieder. Nur widerstrebend nahm Liam den Hörer ab. Es war Sheila aus dem Reitsportklub. Dann Mabel vom Pferdeschutzverein. Er wiederholte, was er allen anderen bereits gesagt hatte. Als Mabel zum vierten Mal sagte, wie Leid ihr alles tue, hätte Liam fast geschrien. Er wusste, dass sie es alle nur gut meinten, aber ihr Mitleid machte es in diesem Moment nur noch schwerer für ihn.

Im Wohnzimmer ging er vor Bret in die Knie. Er schaute seinem Sohn in die Augen, als ob er mit reiner Willenskraft Bret das Gefühl der Sicherheit geben könnte. „Wie wär's, wenn wir zum Essen in die Stadt fahren?"

Bret sah zu ihm auf. „Ich zieh mich bloß um, okay?"

Liam umarmte ihn wieder. Das war das Einzige, was ihm einfiel.

JACEY kam früher nach Hause, als Liam erwartet hatte. Sie wirkte erschöpft, küsste ihn nur wortlos auf die Wange und ging nach oben in ihr Zimmer.

Erst als sich Liam so gut wie sicher war, dass beide Kinder schliefen, ging er in Mikaelas Büro. Er öffnete die Tür und schaltete das Licht an. Als Erstes fiel ihm ihr Duft auf: weich und lieblich wie frisch gefallener Regen. Ihr Schreibtisch war übersät von aufeinander gestapelten Papieren. Liam schloss die Augen und stellte sich vor, wie sie hier saß mit einer dampfenden Tasse französischem *Café au lait* neben sich. Den Blick auf den Monitor geheftet, die Finger auf der Tastatur, schrieb sie hier die Briefe zugunsten vernachlässigter Tiere.

Wäre dies ein normaler Tag, dann würde sie jetzt zu ihm aufschauen. „In Skykomish ist eine Stute so ausgehungert, dass sie nicht mehr stehen kann“, würde sie sagen, und ihre dunklen Augen wären voller Mitleid. „Was meinst du, können wir noch ein Pferd aufnehmen?“

Er ging an ihren Schreibtisch, schaltete den Computer ein und begann im Internet nach Informationen über Kopfverletzungen zu suchen. In der nächsten Stunde las er einen Bericht nach dem anderen über die Schmerzen und die Erfahrungen anderer Menschen. Er machte sich Notizen über alles, was vielleicht eine Veränderung in Mikes Zustand bewirken könnte, doch am Ende saß er da und war so schlau wie zuvor.

Er schaltete den Computer ab und ging wieder nach unten. Dort schenkte er sich einen doppelten Tequila ein und trat an das große Panoramafenster. Von hier konnte man bei Tag die Koppeln sehen. Die Pferde waren nicht zu erkennen, aber Liam wusste, dass sie da draußen waren. Ein Dutzend Pferde, die Mikaela gerettet hatte. Sie kamen als Wracks an, nahe dem Verhungern, aber Mikaela päppelte sie auf und gab sie dann in gute Hände ab. Sie hatte ein weiches Herz. Das gehörte zu den Dingen, die er am meisten an ihr liebte.

Sie war seine Sonne, sein Mond, sein Ein und Alles. Aber wann hatte er ihr das zum letzten Mal gesagt? Und er wünschte sich, er könnte sich erinnern. Erschöpft ließ er sich auf das gemütliche weiche Sofa fallen, auf dem er so oft mit ihr gesessen hatte. Wenn sie nun starb …

Doch er durfte nicht zulassen, dass seine Gedanken solche Wege gingen. Sie wacht sicher bald auf, dachte er entschlossen, jeden Augenblick. Er wusste, dass er sich etwas vormachte, aber der Irrweg zog ihn an. Mit geschlossenen Augen versuchte er, sich seine Frau ins Gedächtnis zu rufen, und als er die Augen wieder öffnete, war sie da, neben ihm auf dem Sofa. Sie trug die alten zerrissenen Levi's, die er seit Jahren wegwerfen wollte, und einen riesigen schwarzen Chenillepullover mit U-Boot-Ausschnitt.

Er wünschte sich, er könnte die Hand nach ihr ausstrecken und ihre volle Unterlippe küssen, aber er wusste, dass sie nicht wirklich da war. Und es gelang ihm nicht länger, seinen Kummer zurückzuhalten. Er lehnte sich auf dem Sofa zurück und weinte.

„Papa?“ Die kleine, zögerliche Stimme wehte die Treppe herunter.

Liam wischte sich die Tränen aus dem Gesicht und rappelte sich auf. Langsam ging er durch das Zimmer und die Treppe hinauf.

Bret stand oben. „Ich kann nicht schlafen, Papa.“

Liam trug seinen Sohn ins Elternschlafzimmer und packte ihn in das Bett, das für ihn allein ohnehin zu groß war. Er kuschelte sich an seinen Sohn.

„Sie hat mich angeschaut, Papa.“

Liam nahm Bret fester in die Arme. „Als du Mama gesehen hast, hatte sie die Augen offen. Meinst du das?“

„Sie hat mich direkt angeschaut, aber … sie war nicht da.“

„Sie war zu verletzt, um die Augen zuzumachen, und jetzt ist sie zu verletzt, um sie aufzumachen.“

„Darf ich morgen zu ihr?“

Liam dachte daran, wie Mikaela aussah – das Gesicht verschwollen und verfärbt, mit den Schläuchen in der Nase. Er wusste, dass man manche Dinge nie vergessen konnte, wenn man sie einmal gesehen hatte.

„Nein, Sohnemann, ich glaube nicht. Es ist gegen die Krankenhausvorschriften, ein Kind in die Intensivstation zu lassen. Du darfst sie besuchen …, sobald sie in die normale Station verlegt wird.“

„Aber so sieht der Tod im Kino aus“, sagte Bret leise.

„Sie ist nicht tot. Sie ruht sich nur eine Weile aus. Wie Dornröschen.“

„Hast du versucht, sie zu küssen?“

Es dauerte lange, bis Liam antworten konnte, und diese Frage seines kleinen Sohnes sollte für immer unvergesslich bleiben. „Ja, Bret. Das habe ich versucht.“

LIAM blieb im Bett, bis Bret eingeschlafen war, dann machte er sich vorsichtig von ihm los und ging nach unten, um eine Tasse Tee zu trinken.

Das Telefon klingelte.

Er ignorierte es. Der Anrufbeantworter schaltete sich ein, und Mikes sanfte Stimme ertönte: „Sie haben die Nummer der Familie Campbell und des Pferdeschutzbunds von Whatcom County gewählt. Im Augenblick ist niemand zu sprechen …"

Als die Ansage sich abschaltete, meldete sich die Stimme seiner Schwiegermutter. Noch immer hatte sie ihren mexikanischen Akzent. „*Hola*, Dr. Liam. Hier ist Rosa. Ich rufe …"

Liam nahm den Hörer ab. „Hallo, Rosa."

„Dr. Liam. Bist du das? Tut mir Leid, dass ich nicht früher anrufen konnte, aber ich habe heute Nachtschicht gehabt."

„Mikaela hatte einen Unfall", sagte er schnell. Dann holte er tief Luft und erzählte ihr alles. Als er fertig war, war es still in der Leitung.

„Ich bin morgen da", sagte sie schließlich.

„Danke", antwortete er und begriff erst in diesem Augenblick, wie dringend er ihre Hilfe brauchte. „Ich lass dir ein Flugticket hinterlegen."

„Nein. Es geht schneller, wenn ich das Auto nehme. Ich fahre morgen früh gleich los. Wird sie …"

… die Nacht überstehen?, wollte sie fragen, aber sie sprach die Worte nicht aus.

„Wir hoffen es", antwortete er.

„Dr. Liam?" Wieder war alles still. „Bete für sie", sagte sie dann leise. „Mehr als Medikamente braucht sie jetzt Gott. Bete für sie."

„Danke, Rosa. Ich glaube, nur mit Gottes Hilfe findet sie zu uns zurück."

Als er aufgelegt hatte, ging er ins Schlafzimmer zurück.

Dies war Mikaelas Reich, das sie einmal spaßeshalber feuerwehrrot gestrichen hatte. Inzwischen waren die Wände cremeweiß mit goldenen Monden, Sternen und Sonnen. In der Mitte stand ein mit Chiffon drapiertes Baldachinbett, von dem sie sagte, sie fühle sich darin wie Candice Bergen in dem Abenteuerfilm „Der Wind und der Löwe". Leider fühlte er sich darin nicht gerade wie Candice Bergens Filmpartner Sean Connery, aber was machte das schon? Sie liebte ihr gemeinsames Zimmer, und er schlief jede Nacht in diesem Bett und dankte Gott dafür, dass sie ihn dort haben wollte. Ihn, einen durchschnittlichen Mann, an dem nichts Außergewöhnliches war, außer vielleicht die tiefe Liebe zu seiner Frau.

Rosa Elena Luna ging zu dem kleinen Altar in ihrem Wohnzimmer und zündete sorgsam zwei Opferkerzen an. Sie sank auf dem alten Linoleumboden in die Knie und faltete die Hände. Unverwandt schaute sie die Marienstatue an, während sie anfing zu beten. Aber die vertrauten

Worte konnten den Schmerz nicht lindern, der so stark war, dass er ihr die Luft zum Atmen nahm. Mühsam richtete sie sich wieder auf. Zum ersten Mal seit vielen Jahren verspürte sie den Wunsch, William Brownlow anzurufen. Aber ihr war klar, dass er ihr keine Hilfe gewesen wäre. Obwohl er Mikaela gezeugt hatte, war er ihr nie ein Vater gewesen. Er hatte eine andere Familie, eine blütenweiße Familie zum Vorzeigen. Wenn er auch fünfzehn Jahre lang mit Rosa ins Bett gegangen war, so hatte er die Zeit mit seiner mexikanischen Geliebten immer seiner Frau und seinen rechtmäßigen Kindern gestohlen.

Rosa stand in ihrem dunklen Wohnzimmer. Hier und dort drang der schwache Schein des Mondes durch die vergilbten Vorhänge und fiel auf das alte Sofa, die Beistelltische aus Kunststoff mit Holzmaserung, die frommen Gemälde an der Wand. Mikaela und Liam hatten immer wieder versucht, Rosa dazu zu bewegen, dass sie aus diesem Haus auszog oder ihnen erlaubte, die nötigen Renovierungsarbeiten zu bezahlen, aber sie hatte das stets abgelehnt. Sie wollte vor den Erinnerungen nicht davonlaufen, und sie sah es als Gottes Willen an, dass sie aus den Fehlern, die sie gemacht hatte, lernen sollte.

Hier hatte alles angefangen, in diesem Haus, das sie niemals hätte annehmen dürfen. Es war ein Geschenk gewesen von dem Mann, der sie liebte. Damals hatte sie noch geglaubt, er werde seine Frau verlassen.

Unrechte Liebe. Doch ohne diese Liebe wäre kein Nagel gekauft und keine Rechnung bezahlt worden. Im Grunde ihres Herzens hatte sie immer gewusst, dass sie für diese Sünden würde bezahlen müssen. Keine Beichte konnte ihre Seele reinigen, aber dass es so kommen würde …, das hätte sie sich nicht träumen lassen.

„Bitte Gott“, sagte sie, „rette *mi hija* …“

Mit einem müden Seufzer betrat sie ihr kleines Schlafzimmer, zog ihren einzigen Koffer aus dem Schrank und fing an zu packen.

KAPITEL 2

Das Telefon klingelte am nächsten Morgen früh um sechs. Es riss Liam aus seinem Traum – einem guten Traum, in dem er und Mikaela auf der Verandaschaukel saßen und dem fernen Lachen der Kinder lauschten. Sekundenlang spürte er die Wärme ihrer Hand in der seinen, aber dann sah er seinen kleinen Jungen, der ruhig neben ihm schlief.

Sein Herz klang wie ein gebrauchter Rasenmäher, als er nach dem Hörer griff. Es war Schwester Sarah aus dem Krankenhaus, die ihm sagen wollte, dass Mikaela die Nacht überstanden hatte.

Liam beugte sich vorsichtig über Bret und legte den Hörer auf. Dann kletterte er aus dem Bett und duschte, bevor er die Kinder weckte. Eine Stunde später waren sie unterwegs zum Krankenhaus. Liam brachte Jacey und Bret in den Wartebereich und ging dann zur Intensivstation.

In der absurden Hoffnung, sie säße in ihrem Bett und lächle ihn an, öffnete er die Tür. Doch im Zimmer war es totenstill; sie hatte sich nicht gerührt.

Sie sah schlechter aus als am Tag zuvor. Die rechte Gesichtshälfte war so angeschwollen und blau verfärbt, dass sie fast nicht wieder zu erkennen war. Die Augen waren kaum zu sehen. Ein durchsichtiger Plastikschlauch führte in ihr linkes Nasenloch.

Während er noch dastand und sie ansah, kam ein Team von Spezialisten herein. Sie untersuchten Mikaela und führten verschiedene Tests durch. Liam wartete schweigend.

„Es tut mir Leid, Liam, wir wissen einfach nicht, warum sie nicht aufwacht", sagte Stephen Penn schließlich bedauernd.

Die besten Ärzte des Landes, und das war alles, was sie sagen konnten. Also musste er weiter warten und hoffen. Beten, dass sie den nächsten Tag überlebte und dann den übernächsten. Beten, dass sie von allein aufwachte …

Obwohl Liam nicht mit einem medizinischen Wunder gerechnet hatte, so hatte er sich doch ein Zeichen der Hoffnung gewünscht. Alles, selbst eine radikale Operation hätte er besser ertragen können als dieses Nichts.

Es war bereits elf Uhr, als Liam langsam zum Wartebereich ging. Er gönnte sich eine kurze Pause und holte tief Luft, bevor er seinen Kindern gegenübertrat. Jacey stand am Fenster, mit dem Rücken zu ihm. Bret lag auf dem goldfarbenen Sofa. Er hatte sich zusammengerollt und lutschte mit geschlossenen Augen am Daumen.

„Hallo, ihr zwei", sagte Liam und hoffte inständig, dass er genug Kraft hatte, um die richtigen Worte zu finden.

Jacey fuhr zu ihm herum. Ihr langes schwarzes Haar – normalerweise extrem gepflegt für einen Teenager – hing strähnig herab. Ihre Augen waren rot und verschwollen.

„Sie lebt", sagte er.

Jacey hob die zittrige Hand zum Mund. Sie gab sich Mühe, nicht vor ihrem kleinen Bruder zu weinen. „Gott sei Dank."

Liam ging zum Sofa und nahm Bret auf den Schoß. „Setz dich, Jacey", sagte er.

Sie setzte sich neben ihn und nahm Liams Hand. Bret kuschelte sich enger an seinen Vater und machte die Augen auf. Tränen rollten über seine Wangen. „Dürfen wir heute zu ihr?"

Liam holte tief Luft. „Noch nicht. Gestern habe ich euch gesagt, dass sie eine Kopfverletzung hat, aber … es ist ein bisschen mehr als das. Sie schläft sehr tief. Das nennt man ein Koma. Es ist eine Möglichkeit, wie sich der Körper selbst heilen kann. Ihr wisst doch, dass ihr die ganze Zeit schlaft, wenn ihr eine Grippe habt, damit ihr wieder gesund werdet. Genauso ist das."

Jaceys bleiche Lippen bebten. „Wird sie je wieder aufwachen?"

Liam sah seine Tochter ernst an. „Wir hoffen es. Wenn sie so weit ist, dann wacht sie wieder auf, aber sie braucht unsere ganze Liebe."

Bret rieb sich die Augen. „Mach sie gesund, Papa."

„Die Ärzte tun im Augenblick alles, was sie können, Bret, aber sie schläft …"

„Wie Dornröschen", sagte Jacey zu ihrem kleinen Bruder.

Bret brach in Tränen aus. „Dornröschen hat hundert Jahre lang geschlafen."

Liam zog Bret in seine Arme und hielt ihn fest. Jacey rückte näher heran und legte die Arme um beide.

Als Liam Brets schmale Schultern spürte und die warmen Tränen seiner Tochter, vergrub er den Kopf in Brets roten Haaren.

Und er betete.

Auf dem Krankenhausparkplatz standen zu viele Autos. Das war absurderweise Rosas erster Gedanke, als sie am Nachmittag auf das Gelände des Ian Campbell Medical Center fuhr.

Sie schaute auf ihre kleine Marienfigur, die sie an dem beigefarbenen Armaturenbrett aus Kunststoff befestigt hatte. Dann stieg sie aus und ging auf das Krankenhaus zu. Die elektronische Tür öffnete sich surrend, und der bittere Geruch nach abgestandener, steriler Luft schlug Rosa entgegen.

„Ich bin die Mutter von Mikaela Campbell. Ich möchte bitte mit Dr. Liam Campbell sprechen", sagte sie zu der jungen Frau am Empfang.

Die Frau nickte. „Ich lasse ihn ausrufen", sagte sie sofort.

Rosa hörte, wie der Name ihres Schwiegersohns auf den Fluren widerhallte. Kurz darauf erschien er in der Eingangshalle. Ihr fiel auf, wie groß er war, obwohl die meisten Menschen das kaum wahrzunehmen schienen. Und er hatte das Herz eines Löwen. Rosa kannte niemanden, der seine Frau und seine Familie so liebte wie ihr Schwiegersohn.

„*Hola*, Dr. Liam“, sagte sie.

„Hallo, Rosa.“ Er sah müde und niedergeschlagen aus.

„Lebt sie noch?“ Ihre Stimme war kaum ein Flüstern.

Er nickte.

„Ah … Gott sei gedankt. Bringst du mich jetzt zu ihr?“, fragte sie und spielte nervös an ihrer Handtasche herum.

Liam sah weg. „Ich wünschte …“ Seine sonst so ruhige und volle Stimme klang jetzt dünn wie Nähseide. „Ich wünschte, ich könnte dir das ersparen, Rosa.“

„Gehen wir“ war alles, was sie sagen konnte.

Sie gingen einen Flur nach dem anderen entlang. Schließlich blieb Liam vor einer geschlossenen Tür stehen. Dann fasste er sie an der Schulter – eine kurze, tröstliche Berührung, die sie überraschte. So unbefangen gingen sie sonst nicht miteinander um. Und dass er sie trösten wollte, inmitten des eigenen Leids, rührte sie tief.

„Sie sieht nicht gut aus, Rosa. Willst du allein hineingehen?“

Sie wollte Ja sagen, aber sie schüttelte trotzdem den Kopf. Liam nickte und folgte ihr in das Zimmer. Als Rosa ihre Tochter sah, blieb sie stehen und atmete tief ein. *„Dios mío“,* flüsterte sie.

Mikaela lag in einem schmalen, vergitterten Bett, das wie ein Kinderbett aussah. Um sie herum zischten und piepten die Geräte. Ihr hübsches Gesicht war zerkratzt, und durch den Bluterguss waren die Augen noch immer vollkommen zugeschwollen.

Rosa beugte sich über das Gitter und berührte die Wange ihrer Tochter. Die Haut fühlte sich aufgebläht und hart an, wie ein Ballon mit zu viel Luft. Sie schwieg eine Weile. „Mein kleines Mädchen“, sagte sie schließlich. „Das muss ja ein furchtbarer Sturz gewesen sein.“

„Wir wissen nicht, wie viel sie hören kann …, ob sie überhaupt etwas hört“, erklärte Liam. „Wir wissen nicht …, ob sie aufwachen wird.“

Rosa sah zu ihm auf. Erst verletzten sie seine Worte, doch dann begriff sie, dass er so war. Er war ein Mann der Wissenschaft. Rosa war eine Frau des Glaubens. „Erinnerst du dich noch daran, wie ihr alle letztes Jahr auf Hawaii wart?“

Er runzelte die Stirn. „Natürlich.“

„Als ihr nach Hause gekommen seid, hat Jacey mich angerufen. Sie hat mir erzählt, dass sie beim Surfen in Not geraten ist. Sie hatte das Brett an den Kopf bekommen, und als sie unter Wasser war, wusste sie nicht, wo oben und unten ist.“ Ihr fiel auf, dass sich Liam am Bett festhalten musste und sie fragend ansah. „Hab keine Angst, Dr. Liam. Mikaela ist wie Jacey. Sie hat sich an einen Ort verirrt, den sie nicht kennt. Sie wird uns brauchen, damit wir sie nach Hause führen. Wir haben nur unsere Stimmen, unsere Erinnerungen. Wir müssen sie gebrauchen, um ihr den Weg zu zeigen.“

Liams Blick wurde weicher. „Ich bin froh, dass du hier bist, Rosa.“

„*Sí*. Es ist schwer, mit so etwas allein zu sein.“

Bei dem Wort allein zuckte er zusammen, und sie wusste, was er dachte: Ohne seine Frau würde er für den Rest seines Lebens allein sein. Rosa wusste nicht viel über Liam, doch sie wusste, dass er Mikaela liebte. Es war eine tiefe Liebe, eine Liebe, nach der sich die meisten Frauen sehnen und die nur wenigen vergönnt ist.

Und Rosa fragte sich, ob Mikaela ihr Glück wirklich zu schätzen wusste oder ob in einem finsteren, verbotenen Winkel ihres Herzens die ungebändigten Überbleibsel einer alten, bösen Liebe wucherten.

Rosa wusste, wie tief jene frühere Liebe im Herzen ihrer Tochter Wurzeln geschlagen hatte, und sie wusste auch, dass die erste Liebe manchmal zu einem Saatkorn werden und sich zu einem Dickicht auswachsen konnte, bis kein Platz mehr blieb für etwas anderes – oder einen anderen.

ROSA zog in das kleine Gästehaus neben dem Haupthaus. Sie stellte ihre wenigen persönlichen Sachen in das rosa geflieste Bad und bestückte den Kühlschrank mit Eistee und einem Laib Weizenbrot. Es war sinnlos, mehr zu tun; sie wollte ihre ganze Zeit mit den Kindern oder bei Mikaela verbringen.

Nachdem Liam am nächsten Morgen zum Krankenhaus gefahren war, machte Rosa den Kindern ein warmes Frühstück und versuchte sie zu überzeugen, in die Schule zu gehen.

„Noch nicht, Großmutter, bitte …“, sagte Bret, und sie brachte es nicht übers Herz, ihnen das abzuschlagen. Also erfüllte sie ihnen den Wunsch, noch einen Tag im Krankenhaus zu verbringen – aber danach, sagte sie, müssten sie zurück in die Schule.

Also fuhren sie nach dem Frühstück die wenigen Kilometer hinüber zum Krankenhaus, und Rosa brachte die Kinder in den Wartebereich.

Dann eilte sie durch den belebten Flur bis zu Mikaelas Zimmer auf der Intensivstation.

Die vielen ungewohnten Geräusche und Geräte in dem kleinen, mit Vorhängen abgeschirmten Raum machten ihr Angst, aber sie war sich sicher, dass sie sich daran gewöhnen würde. Traurig schaute sie hinunter auf ihr hübsches, verunstaltetes Kind. „Es spielt wohl keine Rolle, wie alt wir werden, du wirst immer mein kleines Mädchen bleiben, *sí, mi hija?*“ Sie strich sanft über Mikaelas heile Wange. Die Haut war angeschwollen und spannte, aber Rosa hatte das Gefühl, dass sie ein bisschen weicher war als am Tag zuvor.

Sie nahm die Bürste vom Tischchen neben dem Bett und fing an, Mikaela das kurze Haar zu bürsten. „Ich habe mich noch nicht an dein kurzes Haar gewöhnt, obwohl du es schon seit vielen Jahren so trägst. Wenn ich die Augen zumache, sehe ich immer noch meine *niña*, mit Haaren, die ihr wie Tinte über den Rücken fließen.“

Rosas Gedanken wanderten zurück zu den trüben Tagen, als ihre Tochter so unglücklich gewesen war. Mikaela hatte gewartet und gewartet auf einen Mann, der nie kam, und als sie begriffen hatte, dass er nicht zurückkommen wollte, hatte sie ihr wunderschönes Haar mit einer Küchenschere abgeschnitten. Sie hatte das geopfert, was ihm an ihr am besten gefallen hatte.

„Du kannst dich nicht hässlich machen“, hatte Rosa gesagt, als sie gesehen hatte, was Mikaela getan hatte, aber gemeint hatte sie: Er ist dein gebrochenes Herz nicht wert. Das hatte sie nicht gesagt; sie war der letzte Mensch auf der Welt, der es wagen durfte, die Liebe einer Frau zu dem falschen Mann zu kritisieren.

Sie hatte geglaubt, Mikaela werde über ihn hinwegkommen und sich eines Tages das Haar wieder wachsen lassen.

Aber Mikaelas Haar war immer noch so kurz wie das eines Jungen.

„Nein“, sagte Rosa laut, „ich werde nicht an ihn denken. Stattdessen denke ich an mein kleines Mädchen. Du warst so strahlend, so schön und so lustig. Immer hast du mich zum Lachen gebracht. Und du hast so große Träume gehabt. Weißt du noch? Du hast diese vielen Fotos an deine Zimmerwand gepinnt, Bilder von fernen Orten. Ich habe immer zu dir gesagt: ‚Woher hast du so große Träume?‘ Und weißt du noch, was du geantwortet hast?“ Sie streichelte sanft das Haar ihrer Tochter. „Du hast zu mir gesagt: ‚Ich muss große Träume haben, Mama … Ich habe sie für uns beide.‘ Es hat mir das Herz gebrochen, als du das gesagt hast.“

Rosa hielt inne und erinnerte sich wider Willen daran, wie die großen Träume ihrer Tochter unter der heißen kalifornischen Sonne geschrumpft waren.

„Jetzt bin ich es, die große Träume hat, *querida*. Ich träume, dass du dich in diesem Bett aufsetzt und die Augen aufmachst …, dass du zu uns zurückkommst.“ Ihre Stimme brach, wurde zu einem rauen Flüstern. „Jetzt trage ich meine Träume in mir … und auch deine, *Mikita*. Ich träume für uns beide.“

AM NACHMITTAG rief Stephen Liam und Rosa in sein Büro.

„Die gute Nachricht lautet, dass sie sich stabilisiert hat. Das Beatmungsgerät ist weg, sie atmet allein. Sie wird intravenös ernährt. Wir haben sie aus der Intensivstation verlegt in ein Einzelzimmer auf der Zwei West.“

Liam hörte die Worte kaum. Er wusste, dass, jedes Mal wenn ein Arzt damit anfing: „Die gute Nachricht lautet“, eine umso schlechtere Nachricht folgte.

Rosa stand neben der Tür. „Sie atmet. Das ist Leben, oder nicht?“

Stephen nickte. „Ja. Aber wir wissen nicht, warum sie nicht aufwacht. Sie ist gesund, stabil. Ihre Gehirnaktivität ist normal. Sie sollte bei Bewusstsein sein.“

„Wie lange kann ein Mensch so schlafen?“, fragte sie.

Stephen zögerte. „Manche Menschen wachen nach ein paar Tagen auf, und manche … bleiben jahrelang im Koma und wachen niemals auf. Ich wünschte, ich könnte Ihnen mehr sagen.“

„Danke, Stephen“, sagte Liam und nickte dem Freund zu.

„Sie liegt in Zimmer 246, Liam.“

Liam stand auf und ging zu Rosa, nahm sanft ihren Arm. „Komm, lass uns zu ihr gehen.“

Rosa nickte. Sie verließen gemeinsam Stephens Büro und suchten Mikaelas neues Zimmer.

Dort ging Liam zum Fenster und schob es auf. Dann drehte er sich um, trat neben das Bett seiner Frau und strich sanft über ihre geschwollene Wange. „Es ist Winter, Liebes. Du bist im Herbst eingeschlafen, und schon ist es Winter. Wie kann das sein, in nur drei Tagen?“ Er schluckte schwer. Sein weiteres Leben blitzte vor ihm auf, ein Kalender voller Wochen ohne sie. Thanksgiving, Weihnachten, Ostern.

Rosa trat neben ihn. „Du darfst nicht aufgeben, Dr. Liam. Sie wird zu den Glücklichen gehören, die aufwachen.“

Liam hatte seine Schwiegermutter in ihrer Unwissenheit belassen. Er hatte ihr gesagt, ein schlechter Ausgang sei möglich, aber er hatte es unwahrscheinlich klingen lassen. Er hatte nun keine Kraft mehr für Täuschungsmanöver.

Hirnschaden, Lähmungen, sogar ein lebenslängliches Koma, das waren die Möglichkeiten.

Er holte tief Luft und atmete langsam aus. „Ich werde niemals aufgeben, Rosa. Aber ich brauche etwas, woran ich meinen Glauben festmachen kann, und im Augenblick bekomme ich von meinen Kollegen nicht viel Aufmunterndes zu hören."

„Der Glaube an Gott wird dein Halt sein. Hab keine Angst davor, dich auf ihn zu stützen."

Er hob die Hand. „Nicht jetzt, Rosa. Bitte …"

„Wenn du nicht mit Gott sprechen kannst, dann sprich wenigstens mit Mikaela. Sie muss daran erinnert werden, dass sie hier draußen ein Leben hat. Nur die Liebe kann sie zurückholen."

Liam wandte sich Rosa zu. „Was ist, wenn meine Liebe sie nicht zurückholt, Rosa?"

Rosa schaute zu ihm auf. „Sie braucht dich jetzt … mehr denn je. Sie braucht dich als Licht, das ihr nach Hause leuchtet. Das ist alles, woran du jetzt denken solltest."

„Du hast Recht, Rosa." Dann sagte er es noch einmal: „Du hast Recht."

„Und worüber du redest, ist *importante, sí*? Sprich mit ihr über die Dinge, auf die es ankommt." Sie rückte näher zu ihm. Ihre Lippen zitterten, als sie sagte: „Ich habe mein Leben verschlafen, Dr. Liam. Du darfst nicht zulassen, dass meine Tochter es genauso macht."

BRET hielt bis nachmittags durch, ohne zu schreien, aber jetzt spürte er, wie sich der Wutanfall in ihm zusammenbraute. Erst war er nur verstimmt gewesen, doch dann hatte er einer Spielfigur den Kopf abgerissen und die gerade erst gekaufte Zeitschrift *People* in den Papierkorb geworfen.

Er hatte es satt, hier zu warten, hatte es satt, ignoriert zu werden. Niemand schien sich für ihn zu interessieren. Jaceys Freunde waren gegen Mittag gekommen, und anscheinend hatte es ihr überhaupt nichts ausgemacht, ihren kleinen Bruder allein da sitzen zu lassen und allein in die Cafeteria zu gehen. Auch die Großmutter und sein Vater hatten ihn offensichtlich vollkommen vergessen.

Bret kehrte zum Sofa zurück und versuchte, ein Bild zu malen, aber es ging nicht. Stattdessen nahm er den nächstbesten Stift und ging zur Wand. In schwungvollen schwarzen Buchstaben schrieb er: *Ich hasse dieses Krankenhaus.* Als er fertig war, fühlte er sich besser. Er drehte sich um und sah, dass Schwester Sarah mit Comicheften in der Hand auf der Schwelle stand.

„Oh, Bret“, sagte sie leise und sah ihn mitleidig an.

Er wartete darauf, dass sie etwas sagte, vielleicht hereinkam und ihn ausschimpfte, aber sie drehte sich nur um und ging weg. Kurz darauf hörte er, wie der Name seines Vaters ausgerufen wurde.

Er ließ den Stift zu Boden fallen und ging zum Sofa zurück. Mit gesenktem Kopf begann er mit der kopflosen Figur zu spielen.

„Bret?“

Das war Papas Stimme.

Brets Wangen wurden heiß. Langsam drehte er sich um.

Da stand sein Vater mit einem Eimer in der einen Hand und ein paar Schwämmen in der anderen. Er stellte den Eimer ab, legte die Schwämme daneben und durchquerte mit ein paar großen Schritten den Raum. Dann setzte er sich vor Bret auf den Couchtisch.

„Ich weiß, Papa.“ Er versuchte, nicht zu weinen, aber er konnte nicht anders. „Tut mir Leid.“

Liam wischte Brets Tränen weg. „Mir tut es Leid, dass wir dich allein gelassen haben, Bret. Es ist so viel los … Es tut mir Leid.“

Bret zog schluchzend die Luft ein. „Ich hätte die Wand nicht beschmieren dürfen, Papa. Es tut mir Leid.“

Liam lächelte fast. „Ich weiß, dass du zu deiner Mutter willst, Sohnemann. Es ist bloß so …, sie sieht nicht gut aus. Ihr Gesicht ist ziemlich schlimm zugerichtet. Ich habe gedacht, du bekommst davon Albträume.“

Bret dachte daran, wie sie ausgesehen hatte, mit dem offenen Auge, das ihn angestarrt hatte, und er erschauderte. Er wischte sich die Augen.

„Wenn Tote die Augen offen haben, können sie einen dann sehen, Papa?“, flüsterte er.

„Sie ist nicht tot, Bret. Das schwöre ich dir.“ Er seufzte schwer. „Möchtest du mitkommen und Mama sehen?“

Bret schniefte und fuhr sich mit dem Handrücken über die Oberlippe. Das Bild von seiner Mama tauchte wieder vor ihm auf, und als er es sah, wummerte sein Herz. „Nein“, sagte er. „Ich will sie nicht sehen.“

Liam nahm ihn in die Arme, und Bret spürte, wie er sich langsam entspannte. Die Umarmung fühlte sich so gut an, er fühlte sich fast in Sicherheit. Lange saßen sie so da.

Schließlich räusperte sich Liam. „So, Kumpel, jetzt könntest du langsam damit anfangen, die Wand sauber zu machen. Ich glaube, es wäre nicht ganz fair, das den Putzfrauen zu überlassen."

Bret rückte weg von ihm. Mit wackligen Beinen stand er auf und ging zum Eimer hinüber. Als er ihn hochhob, spritzte Spülwasser gegen seine Hosenbeine, also nahm er den Griff in beide Hände und trug den Eimer zur Wand. Entschlossen tauchte er den Schwamm ins Wasser, quetschte ihn aus, bis er fast trocken war, und fing damit an, seine Schmiererei wegzuwischen.

Sein Vater ging neben ihm in die Hocke, nahm auch einen Schwamm und drückte ihn aus. „Das hier ist auch ein bisschen meine Angelegenheit, findest du nicht auch?", meinte er und fing an zu schrubben.

ALS ES Zeit zum Abendessen wurde, brachte Rosa die Kinder nach Hause. Liam wusste, dass es eigentlich gut gewesen wäre, wenn er sie begleitet hätte, aber er musste einfach noch bei Mikaela bleiben.

Er sah seine Frau an. Sie lag jetzt auf der Seite; die Schwestern hatten sie umgedreht. „Ich habe Judy Monk eingestellt, damit sie sich um deine Pferde kümmert. Sie scheinen gute Fortschritte zu machen. Und der Tierarzt hat gesagt, Scottys Kolik sei völlig geheilt", sagte er. Dann griff er nach dem Karton, den er von zu Hause mitgebracht hatte. „Ich habe ein paar Sachen für dich eingepackt." Er stellte den Karton auf das Tischchen neben dem Bett und machte ihn auf. Als Erstes nahm er einen Beutel Duftpotpourri heraus. „Mrs Myrtle aus dem Schreibwarenladen hat mir gesagt, dass das deine Lieblingssorte ist." Er schüttete die bunten Blütenschnipsel in eine kleine Glasschale, und ein milder Duft nach Vanille stieg auf. Dann stellte Liam einige Familienfotos auf dem Fensterbrett auf – nur für den Fall, dass sie aufwachte, wenn niemand da war.

Auf einen anderen Tisch stellte er einen Kassettenrekorder und schob eine Kassette hinein. Er hatte ihr Madonnas „Crazy for You" mitgebracht – als Erinnerung an alte Zeiten. Schließlich holte er sein letztes Mitbringsel heraus: einen Pullover von Bret. Einer, aus dem er schon lange herausgewachsen war. Er strich ihn über ihrer Schulter glatt und legte die kleinen Ärmel aus Shetlandwolle um sie. Wenn irgendetwas zu ihr durchdringen konnte, dann der unvergessliche Geruch ihres kleinen Jungen.

Ihm war, als ob die Erinnerungen auf Zehenspitzen in den stillen Raum schlichen.

Er dachte an seine erste Begegnung mit Mikaela in diesem Krankenhaus. Wegen der Beerdigung seiner Mutter war Liam aus dem fernen New York nach Hause zurückgekehrt und hatte feststellen müssen, dass sein Vater – der große Ian Campbell – an Alzheimer litt. Als der unausweichliche Zerfall eingesetzt hatte, war Ian in die Klinik verlegt worden, die seinen Namen trug.

Dort hatte Liam Mikaela kennen gelernt. Sie war damals jung gewesen – erst 25 – und die schönste Frau, die er je gesehen hatte.

Er beugte sich über sie. „Hast du gewusst, wie sehr ich mir wünschte, mit dir zu reden?", fragte er leise. „Du hast am Bett meines Vaters gesessen. Erinnerst du dich noch daran? Ich habe nichts gesagt, sondern bloß auf der Schwelle gestanden und zugehört, wie du mit meinem Vater geredet hast."

Er setzte sich auf den Stuhl neben dem Bett und nahm ihre Hand in seine. „Weißt du noch, was du zu mir gesagt hast? ‚Sprechen Sie mit ihm?', hast du mich gefragt. Ich war so verlegen. ‚Im Grunde spricht niemand mehr mit meinem Vater', habe ich geantwortet. ‚Dann sollten Sie es tun', hast du gesagt. ‚Es ist wichtig, dass er weiß, dass Sie sich um ihn sorgen.'"

So ein kleines Wort – sorgen. Wie lieben oder hassen. Bis zu jenem Augenblick hatten Liam und sein Vater nicht viel Zeit damit verbracht, sich umeinander zu sorgen.

„Du hast ihn mir zurückgegeben, weißt du. Du hast mir gezeigt, wie ich mit ihm sprechen muss, und in jenen letzten Wochen gab es Augenblicke, in denen er mich erkannt hat, in denen er wusste, wer ich bin und warum ich bei ihm war. Am Tag bevor er starb, hat er meine Hand gehalten und mir zum ersten und einzigen Mal in meinem Leben gesagt, dass er mich liebt. Das hast du mir gegeben, Mikaela."

Er stand auf und beugte sich über das Bettgitter. Langsam ließ er ihre Hand los und strich ihr über die geschwollene Wange. „Ich liebe dich, Mike, mit allem, was in mir ist. Ich werde für den Rest unseres Lebens hier sein und auf dich warten."

Seine Stimme brach.

Er ließ sich einen Augenblick Zeit, bevor er sie auf die Stirn küsste und flüsterte: „Für immer."

Dann setzte er sich wieder auf den Stuhl und hielt ihre Hand.

KAPITEL 3

Seit vier Wochen war Mikaela jetzt in der Finsternis. Am Ende der ersten Woche hatten Liam und die Kinder die uralte Wahrheit gelernt, dass das Leben weitergeht. Sosehr sie sich wünschten, die Welt möge für sie stillstehen, sie tat es nicht. Auch in einer Welt ohne Mikaela ging die Sonne morgens auf und abends unter. Thanksgiving kam und ging, und in der letzten Novemberwoche fiel der erste Schnee.

Liam hatte gelernt, so zu tun, als bewege er sich vorwärts, während er in Wahrheit reglos verharrte. Solange Mikaela im Koma lag, hatte er keine andere Wahl. Die Kinder gingen wieder zur Schule. Rosa strickte Pullover und Decken, die für die ganze Stadt gereicht hätten, und er hatte allmählich wieder angefangen zu praktizieren. Er verließ die Praxis jeden Tag um 14 Uhr und saß an Mikaelas Bett, bis es Zeit zum Abendessen war. An manchen Tagen kam Jacey dazu, an anderen nicht. Bret hatte noch nicht den Mut aufgebracht, seine Mutter zu besuchen, aber Liam wusste, dass es nicht mehr lange dauern würde.

Liam stand am Fenster seines Sprechzimmers und schaute hinaus. Der Schnee blieb jetzt liegen. Es war Mittagszeit, kurz vor dem letzten Klingeln in der Grundschule. Am Nachmittag würden die Kinder ihre Schlitten herausholen und sich am Turnagain Hill versammeln.

Mikaela liebte den Schnee, sie liebte dicke Fäustlinge und Kapuzen mit Fellbesatz, die eine einfache Hausfrau in Grace Kelly verwandelten. Sie liebte es, ihren Kindern zuzusehen, wenn sie am Küchentisch Suppe aßen, während ihnen geschmolzener Schnee aus den Haaren und über die geröteten Wangen lief.

Es klopfte. „Herr Doktor?“ Seine Sprechstundenhilfe, Carol Audleman, machte die angelehnte Tür auf und kam herein. „Marian war für heute Ihre letzte Patientin.“

Er lächelte müde und wünschte sich, dass sie ihm nicht anmerken würde, wie erschöpft er war.

„Mrs Midge hat vorhin angerufen. Sie hat Ihnen eine Lasagne mit Salat auf den Küchentisch gestellt.“

Das war noch etwas, was Liam gelernt hatte. Die Menschen wussten nicht, wie sie ihm helfen sollten – deshalb kochten sie. Es war, als hätten sich ihre Freunde und Nachbarn verschworen, den Campbells über diese schreckliche Zeit hinwegzuhelfen, indem sie für regelmäßige Mahlzeiten sorgten.

„Danke, Mrs Audleman.“ Liam zog seine Daunenjacke vom Wandhaken. Er schlüpfte aus dem weißen Kittel, legte ihn sorgsam über die Stuhllehne und verließ hinter Carol Audleman das Sprechzimmer. An der Tür verabschiedete er sich von ihr und ging hinaus in die Kälte.

VOR DER Klinik war es heute ungewöhnlich ruhig. Überall lag Schnee, und die Autos waren unter ihren weißen Hauben kaum zu sehen. Er parkte auf seinem Platz und packte die beiden Dinge, die er mitgebracht hatte, ein Fotoalbum und eine kleine, eingewickelte Schachtel, in eine Tüte. Langsam ging er hinüber zum Eingang des Krankenhauses. Er musste sich zwingen, in die sterile Umgebung einzutauchen, in der er sich früher so wohl gefühlt hatte und die ihn jetzt zur Verzweiflung brachte.

Ohne seinen Schritt zu verlangsamen, nickte er den vertrauten Gesichtern zu. Er wusste, dass viele der Ärzte und Schwestern nicht mehr daran glaubten, dass Mikaela aufwachen würde. Oder dass sie nicht mehr die Mikaela sein würde, die sie gekannt hatten, falls sie doch aufwachte.

Vor der geschlossenen Tür zu Mikaelas Zimmer holte er noch einmal tief Luft, bevor er hineinging. Wie immer fiel ihm der erste Blick schwer. Sie lag in ihrem Gitterbett, als wäre sie tot. Nur ihre Brust hob und senkte sich mit trügerischer Regelmäßigkeit; sie atmete. Aber das war das einzige Lebenszeichen. Ihr Haar war gerade gewaschen worden. Es war noch feucht. Liam wusste, dass die Schwestern sich besonders gut um Mikaela kümmerten, weil sie eine der ihren gewesen war.

Er setzte sich auf den Stuhl neben ihrem Bett. „Hallo, Mike“, sagte er und füllte frisches Potpourri in die Schale neben ihrem Bett. Diese Woche roch es nach Piment, damit sie wusste, dass Weihnachten vor der Tür stand.

Er vollzog der Reihe nach das tägliche Ritual – das Potpourri, das sorgsame Zurechtlegen von Kindersachen auf ihrer Brust, die Musik, die leise aus dem Kassettenrekorder in der Ecke erklang. Die größten Hits der Eagles, um sie an die Highschool zu erinnern. „Das Phantom der Oper“, das sie sich einmal zusammen in Vancouver angesehen hatten. Er tat alles, was in seiner Macht stand, um ihre Sinne zu aktivieren und sie daran zu erinnern, dass das Leben auf sie wartete.

Er fasste nach ihrem Fuß und bewegte ihn sanft, wie es ihm die Physiotherapeuten beigebracht hatten. „Es war ein ruhiger Tag in der

Praxis", sagte er, und seine Stimme war so heiser wie immer, wenn er mit ihr sprach. „Jimmy McCracken war wieder da ..., dieses Mal war ihm eine Murmel in der Nase stecken geblieben ... und die alte Mrs Jacobsen hatte wieder Migräne. Aber natürlich wollte sie eigentlich nur reden."

In einem sanften Wortgeplätscher verströmte er sein Herz und seine Seele in sie. Er redete und redete, forschte dabei die ganze Zeit verzweifelt nach einer Bewegung, einem Blinzeln, einem Zucken der Hand, das ihm sagte, dass die Wärme seiner Stimme zu ihr durchdrang in die kalte Dunkelheit ihrer Welt.

„Wetten, dass du glaubst, ich hätte unseren Hochzeitstag vergessen?" Er wollte nach dem Fotoalbum auf dem kleinen Tisch greifen, zog aber im letzten Augenblick die Hand zurück. In dem Album waren ein paar Fotos von Weihnachten, und plötzlich hatte er das Gefühl, dass das Album wie eine Wunde war, die, einmal aufgerissen, unerträglich schmerzen würde. Stattdessen nahm er die schmale, flache Schachtel in die Hand, die er auch mitgebracht hatte.

Er hatte sie vor fast zwei Monaten in Geschenkpapier eingewickelt und in seiner Praxis versteckt. Er war so aufgeregt gewesen an dem Tag, an dem er beschlossen hatte, was er ihr zum zehnten Hochzeitstag schenken wollte.

„Ich habe uns Flugtickets für die Concorde besorgt, Mike. Ich wollte mit dir nach Paris fliegen ... über Silvester." Seit Jahren hatten sie über Paris gesprochen, gemeinsam von Silvester im Ritz geträumt.

Er stand auf, packte das Bettgitter und klappte es herunter. Das Gitter kippte scheppernd und quietschend und rastete unten ein. Langsam legte er sich zu ihr ins Bett und zog sie eng an sich. Sorgfältig achtete er darauf, den Tropf nicht herauszuziehen.

Er drückte ihre leblose Hand, damit sie wusste, dass er da war. „Hilf mir, Mike. Drück mir die Hand, blinzle. Tu irgendetwas. Zeig mir, wie ich dich erreichen kann ..."

„Papa?"

Sekundenlang glaubte Liam, seine Frau habe etwas gesagt. Doch dann drehte er sich um und sah Jacey auf der Schwelle stehen. Sie hielt eine Torte in den Händen.

„Hallo, Schatz." Er stieg etwas unbeholfen aus dem Bett und ließ sich auf den Stuhl fallen.

Sie kam auf ihn zu. Ihr langes schwarzes Haar bewegte sich sanft, und ihr Gesicht war winterlich bleich. „Heute ist euer zehnter Hochzeitstag.

Du und Mama, ihr habt ihn immer so groß gefeiert …“ Sie wusste nicht weiter, und er wusste, dass sie ihn ansah und auf Verstärkung wartete.

Es war schwierig, aber er nickte und lächelte. „Du hast Recht. Sie hätte sich gewünscht, dass wir ein bisschen feiern.“

Jacey stellte die Torte auf den Tisch. Sie war rund, zweistöckig und mit rosa Buttercreme verziert, die gleiche Torte, die Suzie Sanman von der Bäckerei „Lazy Susan“ jedes Jahr für sie fabriziert hatte. Nur fehlte in diesem Jahr die Aufschrift: ALLES GUTE ZUM HOCHZEITSTAG, MIKE UND LIAM. Liam fragte sich, wie lange sich Suzie vergeblich den Kopf zerbrochen hatte über eine festliche und zugleich hoffnungsvolle Aufschrift.

Jacey trat näher ans Bett. „Alles Gute zum Hochzeitstag, Mama.“ Sie strich eine Locke aus Mikaelas Gesicht. „Ist es zu fassen, dass schon zehn Jahre vergangen sind, seit wir Liam geheiratet haben?“ Sie drehte sich um und lächelte ihn an. „Wie geht es ihr heute?“

Liam zuckte die Achseln. „Unverändert.“

Jacey fuhr mit dem Finger am Tortenrand entlang. Sie hielt Mikaela einen dicken Klecks rosa Buttercreme unter die Nase. „Kannst du die Torte riechen, Mama? Das ist Suzies beste Vanillecreme, mit echtem Grand Marnier drin. Genau, wie du's gemocht hast …, magst.“

Der winzige Sprung in ihrer Stimme war fast mehr, als Liam ertragen konnte. „Komm, setz dich hin“, sagte er. „Wie war's in der Schule?“

Jacey schob eine lange Haarsträhne hinter das Ohr. „Gut. Ich hab in Mathe bestimmt 'ne Eins geschrieben.“

„Das wäre ja toll.“

Sie sah ihn an und wandte sich dann ab. Ihm fiel auf, dass sie nervös an ihrer Unterlippe knabberte.

„Was ist denn los, Jacey?“

Es dauerte eine Weile, bis sie antwortete. „Demnächst ist der Winterball. Mark hat mich gefragt, ob ich hingehen möchte.“

„Natürlich darfst du hingehen, wenn du möchtest.“

„Ich weiß, aber …“

Er wandte sich ihr zu. „Aber was?“

Sie wich seinem Blick aus. „Mama und ich wollten nach Bellingham fahren und ein Kleid kaufen.“ Sie schwieg einen Moment. „Sie hat gesagt, dass sie nie auf einem Schulball gewesen sei. Sie hat sich gewünscht, dass ich wie eine Prinzessin aussehe.“

Liam konnte sich nicht vorstellen, dass Mikaela nie auf einem Schulball gewesen war. Wie kam es, dass er das nicht über sie wusste? War es eines ihrer vielen Geheimnisse?

„Das mit dem Kleid müssen wir irgendwie anders lösen, Jacey. Aber ich weiß, dass es ihr das Herz brechen würde, wenn du nicht hingehst."

Sie schaute weg, dann sagte sie sehr leise: „Falls sie aufwacht."

Liam hätte Jacey am liebsten in den Arm genommen und nur einmal gesagt: Ich habe auch Angst. Was ist, wenn sie aufwacht und uns nicht erkennt … oder wenn sie überhaupt nie wieder aufwacht. Aber das waren seine Ängste, und es war seine Aufgabe, die Hoffnung für die Familie weiter aufrechtzuerhalten. „Jacey, deine Mutter wird aufwachen. Wir müssen weiter daran glauben. Sie braucht es, dass wir daran glauben. Wir dürfen jetzt nicht aufgeben."

Sie sah ihn an. „Ich habe dich gestern Abend gehört. Du hast mit Großmutter über Mama gesprochen. Du hast gesagt, niemand weiß, warum sie nicht aufwacht. Als Großmutter weg war, habe ich dich weinen hören."

„Oh." Es war zwecklos, sie anzulügen. Es war ein schlimmer Abend gewesen, einer, an dem sich seine Rüstung angefühlt hatte, als wäre sie aus Zellophan. Der Gedanke an den Hochzeitstag hatte ihm schwer zu schaffen gemacht.

Er sagte Jacey die einzige Wahrheit, die er ihr sagen konnte. „Manchmal packt es mich so, dass ich nicht mehr weiß, wie man atmet. Ich habe das Gefühl, dass ich ins Bodenlose falle, aber ich lande immer wieder hier, neben ihrem Bett, halte ihre Hand und liebe sie."

Jacey sah wieder auf ihre Mutter hinunter. Dieses Mal strömten Tränen aus ihren Augen. „Ich würde ihr so gern sagen, wie Leid es mir tut, dass ich sie so oft traurig gesehen habe und es mir gleichgültig war."

„Sie liebt dich und Bret von ganzem Herzen und mit ihrer ganzen Seele, Jacey. Das weißt du. Und wenn sie aufwacht, wird sie ein Foto von dem Ball sehen wollen. Wenn du nicht hingehst, werden wir monatelang Ravioli aus der Dose essen müssen. Niemand kann so nachtragend sein wie deine Mutter." Er lächelte sanft. „Ich kenne mich vielleicht nicht so gut in den Boutiquen in Bellingham aus, aber ich verstehe etwas von Stil, weil Mike jede Menge davon hat. Erinnerst du dich an das Kleid, das deine Mutter letztes Jahr beim Polizeiball getragen hat? Sie ist für dieses Kleid bis nach Seattle gefahren, und es hat mehr gekostet als mein erstes Auto. Du würdest toll darin aussehen."

„Das von Richard Tyler? Das hatte ich ganz vergessen."

„Ich weiß zwar nicht so gut Bescheid mit Ballkleidern wie deine Mutter, aber –"

Jacey umarmte ihn stürmisch. „Sie hätte es nicht besser machen können, Papa. Echt."

Liam wandte sich seiner Frau zu und zwang sich zu einem Lächeln. „Siehst du, was passiert, Mike? Du nötigst mich, unserer Sechzehnjährigen Ratschläge in Sachen Mode zu geben. Wenn du nicht bald aufwachst, erlaube ich ihr am Ende noch, sich die Augenbrauen piercen zu lassen."

In der nächsten Stunde saßen sie da, redeten miteinander und mit der Frau, die reglos im Bett vor ihnen lag. Sie redeten, als wäre es ein normaler Tag, aber immer in der Hoffnung, ein Gesprächsfetzen könnte sich in Mikaelas Finsternis einschleichen und sie daran erinnern, dass sie nicht allein war.

Es war schon Nachmittag, als das Telefon neben dem Bett klingelte, mitten in einer von Jaceys Geschichten. Liam griff nach dem Hörer und meldete sich. Er hörte kurz zu, sagte dann: „Ich komme gleich" und legte auf. Er wandte sich Jacey zu. „Großmutter und Bret sind unten."

„Ja", erwiderte Jacey. „Großmutter sagte, sie würden mich nach dem Einkaufen hier abholen. Ich habe gedacht, du könntest uns vielleicht alle nach Hause fahren. "

„Also gut." Liam schob den Stuhl zurück. Er stand auf und beugte sich über seine Frau. „Ich muss weg, Mike, aber ich komme so bald wie möglich wieder. Ich liebe dich, Schatz." Er beugte sich tiefer, küsste sie und flüsterte: „Für immer."

ALS DER Motor ansprang, ging das Radio an. Es erklang zum ersten Mal in diesem Jahr das Weihnachtslied „Stille Nacht, heilige Nacht."

Liam schaltete das Radio wieder aus.

Schnee rieselte gegen die Windschutzscheibe. Die Sicht war schlecht, also schaltete er die Scheibenwischer an. *Wumm-Bumm. Wumm-Bumm. Wumm-Bumm.* Ihm war, als klängen sie genau wie ein schlagendes Herz.

Er legte den Gang ein und fuhr langsam aus dem Parkplatz hinaus. Wenn Mike zu Hause gewesen wäre, hätten sie vielleicht nach dem Abendessen einen Schneemann gebaut, oder sie wären noch zum Rodeln nach Turnagain Hill gefahren.

Aber Liam wusste, dass sie weder rodeln noch einen Schneemann bauen oder einen heißen Kakao trinken würden. Jeder in der Familie dachte daran, und sie redeten sogar manchmal darüber, aber wenn sie dann zu Hause waren, gingen sie doch getrennte Wege. Die letzten vier Wochen war es immer so gewesen: Sie aßen gemeinsam zu Abend, nach dem Essen wuschen sie zu viert ab, und dann versuchten sie, gemeinsam fernzusehen. Naturfilme oder eine harmlose Serie vielleicht, aber nach einer Weile trieb es sie auseinander. Jacey verzog sich in ihr Zimmer, um zu telefonieren, während sich Bret an seinen Computer setzte und laute, schnelle Spiele spielte. Rosa strickte.

Liam verbrachte seine Abende damit, von einem Zimmer zum anderen zu gehen. Meistens blieb er irgendwann vor dem Flügel im Wohnzimmer stehen, starrte auf die Tasten hinunter und sehnte sich danach, wieder spielen zu können. Er konnte förmlich das Knarren der schwarzen Bank hören, wenn sich Mikaela neben ihn setzte.

„Kriegt der Mann am Klavier denn kein Bier?“, hätte er gesagt, genau wie an tausend anderen Abenden.

Und sie hätte geantwortet: „Der Mann am Klavier kriegt einen Ratschlag von mir: Bring deine Frau ins Bett, sonst entgeht dir was.“

Doch seit dem Unfall war die Musik, die ihn so oft mit Lebensfreude erfüllt hatte, verschwunden.

Er schaltete einen Gang herunter und bog links ab. Der Weg führte unter dem roh behauenen Torbogen hindurch, den sein Vater vor Jahren gebaut hatte. Entfernt nahm er das leise Scheppern des Eisenschilds wahr, das am Torbogen hing und die Aufschrift ANGEL FALLS RANCH trug.

Er fuhr in die Garage und schaltete den Motor aus. Schweigend stiegen sie aus und gingen hinein. Im Haus stellte Liam fest, dass Rosa, bevor sie gegangen war, noch den Abendbrottisch vorbereitet hatte.

Gott sei gedankt für Rosa.

Doch obwohl er ihr dankbar war, fühlte er sich in ihrer Nähe manchmal ein bisschen unbehaglich.

Sie war in vielem so leise wie die Spione aus der Zeit des Kalten Krieges, die gelernt hatten, sich lautlos zu bewegen. Manchmal ertappte er sie dabei, wie sie ihn ansah, und in ihren dunklen Augen lag eine tiefe Traurigkeit, die er nicht zu deuten wusste.

Während er durch das Haus ging, schaltete er die Lampen ein. Ganz gleich, wie oft er Rosa sagte, Strom sei billig, sie schaltete nur die Lampen ein, die sie brauchte.

Anders als Mike, die ein dunkles Haus hasste.

Als er ins Wohnzimmer zurückkam, hatten sich Rosa und Bret schon zu einer Partie Kniffel hingesetzt. Ganz ruhig saß Bret da und spielte; nichts von der üblichen Lautstärke seines Sohnes. Liam war sich nicht ganz sicher, ob ihm diese Ruhe gefiel.

„Wer gewinnt?“, fragte er.

Rosa schaute auf. „Mein Enkel natürlich, Dr. Liam. Meine Augen lassen langsam nach, und das nutzt er schamlos aus.“

Er hatte ihr schon oft gesagt, sie möge ihn bitte einfach nur Liam nennen, aber sie wollte nicht.

„Hör nicht auf sie, Bret“, sagte er lächelnd. „Deine Großmutter sieht alles.“

„Möchtest du mitspielen?“

„Nein, ich glaube nicht.“ Er strich Bret übers Haar – ein mehr als dürftiger Ersatz für Zeit und Nähe, aber zu mehr war er nicht in der Lage.

Brets Enttäuschung war offensichtlich. „Wirklich nicht, Papa?“

„Nein, wirklich nicht, Bret. Vielleicht später.“

Bret seufzte. „Na gut.“

Liam ging zur Treppe.

„Dr. Liam, warte.“ Rosa stand auf und folgte ihm ins Esszimmer. Ihm fiel auf, wie anmutig sie sich noch immer bewegte. Dort, in dem dunklen, stillen Zimmer, sah sie zu ihm hoch. „Die Kinder …, sie sind heute so still. Da muss etwas …“

„Heute ist unser zehnter Hochzeitstag“, brach es aus ihm heraus. „Die Kinder wissen, dass ich für Mike und mich Flugtickets nach Paris gekauft habe.“

„Oh.“ Sie wollte die Hände nach ihm ausstrecken, zog sie aber im letzten Augenblick zurück. Der Anflug eines Lächelns ging über ihr Gesicht und verschwand. „Was für ein Glück, dass sie dich hat, Dr. Liam. Ich weiß nicht, ob ich das je zu dir gesagt habe.“

Diese schlichte Äußerung seiner sonst so verschwiegenen Schwiegermutter berührte ihn tief. „Danke, Rosa. Ich –“ Plötzlich versagte seine Stimme.

„Dr. Liam, komm, spiel eine Runde Kniffel mit uns. Das hilft dir.“

„Nein. Ich brauche …“ Ein schlechter Anfang. Es gab so vieles, was er brauchte. „Ich muss etwas erledigen. Jacey braucht für den Winterball ein Kleid von Mikaela.“

Liam ging in die Küche und schenkte sich einen Whiskey ein. Der erste Schluck brannte ihm in der Kehle und entfachte ein Feuer in seinem Magen. Er nahm das Glas und ging die breite Treppe in den ersten Stock hinauf. Unter Jaceys geschlossener Tür drang Musik hervor.

Er ging ins Schlafzimmer, machte Licht und betrachtete die Tür von Mikes begehbarem Kleiderschrank. Es kam ihm vor, als würde sie vor seinen Augen größer werden. Seit dem Tag des Unfalls, als er einen Koffer voller Sachen gepackt hatte, die sie vielleicht im Krankenhaus brauchen würde, hatte er sich nicht mehr hineingewagt.

Zögernd öffnete er die Tür und warf einen Blick auf den hohen

Spiegel an der Rückwand. Er sah einen großen, schlaksigen Mann mit etwas zu langem Haar. Links und rechts von ihm hingen Kleidungsstücke auf Kunststoffbügeln. Mikes Abendkleider hingen auch auf Bügeln, hatten aber Schutzbezüge aus cremefarbenem Plastik.

Er öffnete der Reihe nach die Reißverschlüsse auf der Suche nach dem Kleid, das Mike beim Polizeiball getragen hatte. Beim sechsten Kleidersack entdeckte er statt einer Robe aus Samt oder Seide einen Kissenbezug, der sorgfältig an einen Hosenbügel geklemmt war.

Er zog ihn stirnrunzelnd aus dem Sack. Es war ein elegantes Stück aus weißer Seide, das er noch nie gesehen hatte. In einer Ecke war ein Monogramm eingestickt: *MLT.*

Mikaela Luna … irgendetwas. Der Kissenbezug und alles, was darin war, stammte aus ihrem früheren Leben.

Sein Herz setzte einen Schlag aus.

Er hätte sich abwenden, den Sack zuziehen und vergessen sollen, dass er überhaupt existierte. Das merkte er daran, dass seine Hände feucht wurden und ihm ein unangenehmes Kribbeln den Rücken hinunterlief. Aber er konnte seine Neugier nicht bremsen. Im Lauf der Jahre hatten sich bei ihm viele Fragen angesammelt, die sie nicht beantworten wollte. Was sagte sie immer? „Lass das ruhen, Liam. Die Vergangenheit spielt jetzt keine Rolle mehr."

Natürlich spielte die Vergangenheit eine Rolle. Liam war bereit gewesen, ihre Einstellung zu akzeptieren, weil er seine Frau liebte – und weil er vielleicht gar nicht so genau wissen wollte, was so schlimm gewesen war, dass sie nicht darüber sprechen konnte –, aber in dem Augenblick, in dem er den Kissenbezug fand, konnte er sich nicht mehr zurückhalten. Hier war der Schlüssel zu Mikaelas Vergangenheit. All die Jahre hatte er in einem Kleidersack im Schrank gelegen, und jetzt hatte Liam ihn gefunden.

Er empfand eine seltsame Distanz, als er ins Zimmer zurückging und sich auf das große Himmelbett setzte. Den Kissenbezug legte er neben sich. Lange blickte er ihn an, wohl wissend, dass es unmöglich war, Geschehenes ungeschehen zu machen, und dass manche Geheimnisse einer ätzenden Säure glichen, die die schützenden Schichten einer Beziehung zerfressen konnte.

Trotzdem drehte er schließlich den Kissenbezug um und leerte ihn aus. Vergilbte Fotos, Zeitungsausschnitte und Dokumente flatterten auf die Bettdecke. Zuletzt fiel ein Ehering heraus, mit einem großen, offensichtlich sehr wertvollen Diamanten. Liam schaute ihn so lange an, bis er vor seinen Augen verschwamm. Ein anderer Ring, ein schmaler Goldreif, erschien vor seinen Augen. „Keine Diamanten, Liam“, hatte sie leise gesagt, und obwohl er gemerkt hatte, dass sie einen Kloß im Hals hatte, war ihm nichts daran merkwürdig vorgekommen. Er hatte gedacht, wie sympathisch es sei, dass ihr nichts an solchen Dingen lag.

Doch die Wahrheit war, dass sie schon einen Diamanten besaß.

Er wandte sich von dem Diamantring ab, und sein Blick fiel auf eine Farbaufnahme. Sie war halb verdeckt von einem sauber ausgeschnittenen Zeitungsartikel; Liam sah nur Mikaela in einem Brautkleid. Er wollte den Zeitungsartikel wegziehen, aber seine Hände zitterten zu stark.

Er erkannte sie kaum wieder. Ihr welliges schwarzes Haar war zu einer glatten, kunstvollen Hochfrisur aufgesteckt. Das Make-up betonte ihre katzenhaft schrägen braunen Augen. Ihre vollen Lippen waren auf eine Art geschminkt, die Tausende von Männerfantasien nährte. Die ärmellose Robe war ganz anders als das konservative cremefarbene Kostüm, das sie bei ihrer zweiten Hochzeit getragen hatte. Tausende von Perlen und Kügelchen waren eingenäht in den seidigen Stoff, sodass das Kleid aus zerstoßenen Diamanten und Wolken gemacht zu sein schien. Nicht von dieser Welt.

Es war seine Frau auf diesem Bild, und doch wirkte sie wie eine Person, die er nie zuvor gesehen hatte.

Das tat weh, aber dieser Schmerz war harmlos im Vergleich dazu, wie er sich fühlte, als er ihr Lächeln sah. Niemals hatte sie Liam so angelächelt – sie lächelte, als wäre die Welt ein funkelndes Juwel, und der Mann neben ihr hatte sie ihr geschenkt.

Langsam griff er nach dem Bild. Der Zeitungsausschnitt fiel herab, und Liam konnte das Gesicht des Bräutigams sehen. Er erkannte ihn sofort.

Es war Julian True.

„Herr im Himmel“, flüsterte er. Sie war mit Julian True verheiratet gewesen, einem der berühmtesten Filmstars der Welt.

„Papa! Das Essen ist fertig!“

Liam stand auf. Seine Beine fühlten sich an, als würden sie ihm nicht gehorchen. Er kehrte den Bildern auf dem Bett den Rücken, ging hinaus und schloss die Tür hinter sich. Ehe er das Esszimmer betrat, zwang er sich dazu, einmal tief durchzuatmen.

Die Kinder saßen bereits an dem großen Holztisch, den der alte Ian

Campbell vor vielen Jahren gebaut hatte. Jacey legte sich gerade eine karierte Serviette auf den Schoß. „Hallo, Papa“, sagte sie lächelnd.

Sie sah Mike so ähnlich, dass er fast gestolpert wäre.

Rosa kam um die Ecke und brachte eine Glasschüssel mit Salat. „Gut, gut, da bist du ja. Setz dich, Dr. Liam“, sagte sie, setzte die Schüssel auf dem Tisch ab und nahm ihren Platz ein.

Liam zwang sich zu lächeln. Er versuchte, so zu tun, als wäre es ein normales Abendessen – mindestens so normal, wie es ihre Mahlzeiten im letzten Monat gewesen waren –, aber er war müde, und die Fassade war brüchig.

„Papa?“

Er sah auf. „Ja, Jacey?“

„Hast du das Kleid gefunden?“

„Ja, Schatz, ich habe es gefunden. Ich gebe es dir nach dem Essen. Vielleicht können Großmutter und du einmal versuchen, dir das Haar hochzustecken.“

Sie lächelte. „Danke, Papa.“

Papa. Plötzlich saß in dem Wort ein Widerhaken, der Wunden riss.

Jacey hatte ihn fast von Anfang an so genannt. Schon als kleines Kind, als Vierjährige mit Milchzähnen, rabenschwarzen Zöpfen und so großen Ohren, dass man meinte, Jacey werde deren Wachstum nie einholen können.

Sie nannte ihn schon so lange Papa, dass er ihren leiblichen Vater vergessen hatte, jenen Mann, der Anspruch auf das Herz seiner Frau und seiner Tochter erheben konnte.

„Papa. Papa!“ Bret starrte ihn an. „Du bringst mich doch zu dem Basketballspiel, oder?“

„Natürlich, Bret.“

Bret nickte und unterhielt sich weiter mit Jacey.

Liam versuchte zuzuhören, aber es gelang ihm nicht. Ein einziger Satz ging ihm immerzu durch den Kopf. *Sie war mit Julian True verheiratet gewesen.*

Er merkte, dass Rosa ihn mit zusammengekniffenen dunklen Augen und fragendem Blick ansah. Ihn packte die jähe Furcht, dass sie wusste, was er gefunden hatte, und dass sie ihm mehr dazu sagen konnte, als er im Moment wissen wollte.

„Heute ist euer Hochzeitstag“, sagte sie. „Das ist sicher sehr schwer für dich. Ich habe gedacht, wir könnten uns heute Abend vielleicht zusammen einen Film anschauen. Die Kinder haben sich in der Videothek

‚Dumm und dümmer' ausgeliehen. Sie haben gesagt, das wird uns auf andere Gedanken bringen."

Er musste schmunzeln bei der Vorstellung, dass Rosa sich so eine abstruse Komödie wie „Dumm und dümmer" ansah.

„Danke, Rosa", antwortete er. „Aber heute Abend nicht."

„Etwas anderes bedrückt dich", sagte sie und behielt ihn im Auge.

Er sah sie einen Moment verzweifelt an. Wenn er noch einen Augenblick länger Rosas Mitgefühl spürte wie ein warmes Feuer in einer kalten Nacht, musste er ihr die Frage stellen, die ihn mehr bewegte als alles andere: Hat sie mich je geliebt, Rosa?

„Es geht jetzt nicht." Er stand auf und hörte das Scharren des Stuhls auf dem Holzfußboden. Als er herumfuhr, sah er sich in der silbrigen Scheibe eines antiken Spiegels. Sein Bild verschwamm vor seinen Augen, bis er für den Bruchteil einer Sekunde lang nicht einmal mehr sich selbst sah, sondern einen jüngeren Mann mit einem attraktiven Lächeln. „Ich muss sofort ins Krankenhaus."

„Aber –"

„Sofort", wiederholte er. „Ich muss zu meiner Frau."

In der Notaufnahme wimmelte es von Menschen; die Flure waren erfüllt von Helligkeit, Stimmen und Schritten. Liam achtete nicht darauf, sondern eilte zu Mikaelas Zimmer.

Sie lag dort wie eine zerbrechliche Prinzessin in einem fremden Bett. Ihre Brust hob und senkte sich stetig.

„Ah, Mike", murmelte er im Näherkommen. Er setzte sich auf den Stuhl, rückte an sie heran. Sie war immer noch schön.

„Ich habe mich in der ersten Sekunde in dich verliebt", sagte er, während er die Hände um ihre legte, die Wärme ihrer Haut spürte. Er hatte nicht gewusst, wer sie war. Wie hätte er es auch wissen können? Klatschmagazine las er nicht, und Last Bend war nicht gerade eine Metropole. Allerdings hatte er schon damals, als er sie kennen lernte, gewusst, dass sie vor etwas davonlief … oder vor jemandem. Es war unverkennbar. Aber er hatte das Gefühl gehabt, dass ihn das nichts anging. Für ihn war nur eins wichtig: Er wollte mit Mikaela und Jacey ein neues Leben anfangen, und jeder Tag, den sie bei ihm blieben, war für ihn ein Segen.

Er schloss die Augen, und ihm war, als ob er in seinen Erinnerungen blätterte wie in einem Fotoalbum.

Manche überging er, bei anderen verweilte er ein bisschen. Der erste Kuss, der Tag, an dem Bret geboren wurde und in Liams Arme gelegt worden war. Der Tag, an dem er sie gefragt hatte, ob sie ihn heiraten wolle …

Diese Erinnerung tat weh.

Sie waren an den Angel Falls gewesen, lagen ausgestreckt auf einer Decke neben einem ruhigen grünen Tümpel, und als sie sich ihm zuwandte, hatte sie ihm mit Tränen in den Augen gesagt, sie sei schwanger.

Er hatte gewusst, dass er vorsichtig sein musste. Es war ihm schwer gefallen, denn er hätte am liebsten nur den Kopf zurückgeworfen und vor Freude gelacht. Stattdessen hatte er ihre Wange gestreichelt und sie ruhig gefragt, ob sie ihn heiraten wolle.

„Ich war schon einmal verheiratet“, hatte sie geantwortet, und eine einzelne Träne war ihr über die rosige Wange gerollt.

„Okay.“ Mehr hatte er nicht dazu gesagt.

„Ich habe ihn mit meinem ganzen Herzen und mit meiner ganzen Seele geliebt“, hatte sie gesagt. „Ich befürchte, dass ich ihn lieben werde, bis ich sterbe.“

„Ich verstehe.“ Es hatte ihm das Herz gebrochen.

Sie hatte sich umgedreht und war neben ihm auf die Knie gekommen. „Es gibt Dinge, die ich dir nicht sagen kann …, niemals. Dinge, über die ich nicht sprechen will.“

„Das alles habe ich so hingenommen, stimmt's Mike? Ich war vierzig Jahre alt, und als ich dich kennen lernte, hatte ich die Liebe bereits aufgegeben, hast du das gewusst? Ich war im Schatten eines großen Mannes aufgewachsen; ich wusste, dass jeder, den ich kennen lernte, mich mit dem berühmten Ian Campbell verglich. Ich war wie ein Achat neben einem geschliffenen Diamanten. Dann habe ich dich kennen gelernt. Ich dachte, ich hätte endlich jemanden gefunden, der mich nicht dauernd mit jemand anders vergleichen würde …, aber jetzt weiß ich, dass du schon einen Diamanten hattest, Mike. Und ich bin immer noch ein gewöhnlicher Achat …“

Doch nichts davon hatte er ihr erzählt, als er sie gefragt hatte, ob sie ihn heiraten wolle. Er hatte nur gesagt, er liebe sie, und wenn sie nur einen Bruchteil seiner Liebe erwidern könne, würden sie glücklich sein.

Er hatte gewusst, dass sie sich wünschte, es sei wahr, genau wie er gewusst hatte, dass sie es nicht ganz glaubte. „Ich werde dich nie belügen, Liam, und ich werde dir nie untreu sein“, hatte sie gesagt. „Ich werde eine so gute Ehefrau sein, wie ich kann.“

„Ich liebe dich, Mike“, hatte er gesagt und ihr beim Weinen zugeschaut.

„Und ich liebe dich“, hatte sie gesagt.

Er hatte geglaubt, seine Liebe würde für beide ausreichen. Er hatte gedacht, sie seien glücklich gewesen, doch jetzt packten ihn Zweifel. Er wusste, dass er ihr etwas bedeutete, aber vielleicht bedeutete er ihr weniger, als er immer geglaubt hatte.

„Du hättest es mir sagen sollen, Mike", sagte er, aber noch bevor er die Worte ganz ausgesprochen hatte, wusste er, dass sie es ihm nicht hätte sagen können. Sie hatte gewusst, dass das Wissen für ihn unerträglich gewesen wäre.

Sie hatte ihn immerhin so geliebt, dass sie ihm diese Selbstzweifel ersparen wollte.

„Ich habe den Kissenbezug gefunden, Mike", sagte er und beugte sich dicht über sie. „Die Bilder, die Zeitungsausschnitte. Ich weiß Bescheid … über ihn." Er drückte ihre Hand. „Ich glaube, ich weiß, warum du es mir nicht gesagt hast. Aber es tut weh, Mike. Bei Gott, es tut einfach furchtbar weh. Wie hätte ich je bestehen können neben Julian True?"

Sie blinzelte.

Liam fuhr mit einem Ruck hoch. „Mike …, kannst du mich hören? Blinzle, wenn du mich hören kannst!" Er drückte auf den Klingelknopf.

Innerhalb von Sekunden kam Schwester Sarah herein. „Dr. Campbell, ist sie –"

„Sie hat geblinzelt."

Sarah kam näher ans Bett. Sie musterte erst Mike, dann überprüfte sie der Reihe nach alle Geräte. Schließlich trat sie neben Liam. „Ich glaube, es war nur ein Reflex."

„Ich habe es mir nicht eingebildet, verdammt noch mal! Sie hat geblinzelt."

„Vielleicht sollte ich Dr. Penn holen."

„Tun Sie das", sagte er, ohne aufzuschauen.

Er ließ Mikes Hand nur los, um die Kerze anzuzünden und auf den Kassettenrekorder zu drücken. Musik erfüllte das Zimmer, Songs aus dem Album „Tapestry" von Carole King.

Liam hielt wieder Mikes Hände. Er sprach mit ihr, sagte immer wieder dasselbe. Er redete immer noch, als Stephen hereinkam, Mike untersuchte und dann schweigend wieder ging.

Liam redete, bis seine Kehle trocken war und er nicht mehr konnte. Dann sackte er auf dem Stuhl zusammen und senkte den Kopf. Bitte, Gott, hilf ihr, dachte er.

Aber tief in seinem Innern wusste er, dass es nicht Gott gewesen war, der Mikaela zum Blinzeln gebracht hatte. Nach all den Wochen war es ein Name gewesen, auf den sie reagiert hatte, bloß ein schlichter Name: Julian True.

Sie treibt in einem Meer aus Grau und Schwarz. Es riecht nach Blumen …, sie hört Musik, die sie fast erkennen kann. Sie sehnt sich danach, die Musik zu berühren, aber sie hat keine Arme …, keine Beine …, keine Augen. Sie hört nur den dumpfen Schlag ihres Herzens. Schnell, wie das eines kleinen Vogels. Sie spürt den schalen Geschmack von Angst in ihrem Mund.

„Du hättest es mir sagen sollen."

Das ist die Stimme, die ihr vertraut geworden ist, und sie weiß, dass sie irgendwo, irgendwann, diese Stimme gekannt hat, aber es gibt kein Vorher, es gibt kein Jetzt. Es gibt nur die Dunkelheit, die Angst, die hilflose Sehnsucht nach etwas …

„Julian."

Julian. Das Wort scheint tief einzusinken, es lässt ihr Herz schneller schlagen, und sie will danach greifen, es an ihre Brust halten. Julian. Im schwarzen Chaos ihres Lebens ist Julian verbunden mit einem anderen Wort, einem, an das sie sich erinnert.

Liebe.

KAPITEL 4

Am nächsten Morgen spülte Rosa gerade das Frühstücksgeschirr, als das Telefon klingelte. Sie kam nicht rechtzeitig an den Apparat, sodass sich der Anrufbeantworter einschaltete. Einen Moment verharrte sie, als sie die Stimme ihrer Tochter hörte. „Rosa?", hörte sie dann die Stimme ihres Schwiegersohns. „Bist du da? Nimm ab, verdammt noch mal! Ich bin's, Liam."

Sie warf sich den feuchten Spüllappen über die Schulter und rannte in die Küche zurück. „Hallo", meldete sie sich.

„Sind die Kinder auf dem Weg in die Schule?", fragte er.

„Ja, Brets Bus ist eben abgefahren."

„Gut. Komm ins Krankenhaus."

„Ist Mikaela –"

„Unverändert. Aber beeil dich. Bitte, Rosa, beeil dich!"

„Ich bin schon unterwegs.“

Er sagte nicht einmal Auf Wiedersehen, bevor das Freizeichen in Rosas Ohr ertönte. Sie riss ihre Autoschlüssel vom Wandhaken neben dem Telefon und griff nach ihrer Handtasche.

Draußen schneite es, nicht sehr stark, aber doch so, dass eine alte Frau wie sie lieber langsam fuhr. Auf dem Weg zum Krankenhaus versuchte sie, optimistisch zu sein. Aber warum war Dr. Liam so aufgeregt gewesen?

Sie parkte auf dem Besucherparkplatz, überquerte den Parkplatz und eilte durchs Krankenhaus. Vor der geschlossenen Tür zu Mikaelas Zimmer blieb sie stehen, betete schnell zur Jungfrau Maria und trat dann ein.

Alles sah unverändert aus. Mikaela lag auf dem Rücken, und Liam saß auf dem Stuhl neben dem Bett. Er hatte dieselben Sachen an wie am Abend zuvor und tiefe Ringe unter den Augen.

„Hast du letzte Nacht hier geschlafen?“, fragte sie stirnrunzelnd. „Warum –“ Sie brach den Satz ab, als sie seinen kalten Blick sah. „Was ist los, Dr. Liam?“

„Julian True.“

Rosa stöhnte auf. Sie suchte Halt an dem Bettgitter. Ihre Beine fühlten sich an wie weiche Butter. „Wie bitte?“

„Du hast mich genau verstanden.“

Sie fuhr sich mit der bebenden Hand an die Brust. „Wie kommst du auf diesen Namen?“

„Gestern Nacht, auf der Suche nach Mikes Kleid, habe ich einen Kissenbezug gefunden. Mit Fotos, Zeitungsausschnitten … und einem sehr wertvollen Diamantring.“ Er stand auf und kam auf sie zu.

Sie sah ihn an. „Es ist eine alte Geschichte, Dr. Liam.“

„Watergate ist eine alte Geschichte, Rosa. Das hier ist etwas anderes. Und weißt du, woher ich das weiß?“

„Woher?“

„Ich habe seinen Namen zu Mikaela gesagt. Das ist alles, bloß seinen Namen, und sie hat geblinzelt.“

„Sie hat geblinzelt?“

„Ja.“

Und plötzlich war der Zorn aus dem Blick ihres Schwiegersohns verschwunden; er sah alt, müde und verängstigt aus.

„Die ganze Zeit habe ich mit ihr geredet und ihr die Hand gehalten“, sagte er ruhig. „Warum? Weil du mich dazu gebracht hast, daran zu glauben, dass Liebe zu ihr durchdringen kann. Aber es war nicht meine

Liebe, die sie erreicht hat, Rosa. Oder deine. Es war bloß ein Männername."

„*Madre de Dios.*" Sie schaute auf ihre schlafende Tochter hinunter. „*Mikita,* hörst du uns? Blinzle, wenn du kannst."

Liam seufzte. „Sie kann uns hören. Wir haben bloß die falschen Dinge gesagt." Er trat nahe zu ihr heran und legte sanft seine Hand auf die ihre. „Vielleicht geht es nicht um unsere Liebe zu ihr. Vielleicht geht es um ihre Liebe … zu ihm."

„Dr. Liam, bitte nicht …"

„Ich möchte, dass du mit ihr über Julian sprichst. Erinnere sie daran, wie sehr sie ihn geliebt hat. Vielleicht hilft ihr das dabei, zu uns zurückzukommen."

Rosa drehte sich um und schaute zu ihm auf. Sie konnte sich vorstellen, wie sehr ihm das alles wehtat. „Das ist sehr gefährlich", sagte sie.

Er schwieg eine Weile. „Es geht um ihr Leben", erwiderte er schließlich. „Wir müssen alles tun, um sie zu erreichen."

Rosa nickte langsam. „Ich will es versuchen. Aber vergiss niemals, dass du der Mann bist, den sie geheiratet hat."

Er sah aus, als wollte er etwas sagen; aber dann wandte er sich ab und ging zum Fenster.

Sie starrte ihm hinterher. „D-Du willst doch nicht etwa im Zimmer bleiben, Dr. Liam? Es wird ungeheuer wehtun."

Er drehte sich nicht um. Als er sprach, war seine Stimme tief und rau. Sie klang völlig fremd. „Ich bleibe. Ich glaube, es ist an der Zeit, die Frau kennen zu lernen, die ich liebe."

Rosa stand neben dem Bett und schloss langsam die Augen.

Sechzehn Jahre lang hatte sie es nicht zugelassen, sich an „jene Zeit" zu erinnern – jene Zeit, als Julian True in ihr windstilles Leben gestürmt war und alles verändert hatte.

Sie beschwor ein Bild von Mikaela herauf – 21 Jahre alt, braune Augen, langes, wehendes schwarzes Haar. Sie war ihr immer vorgekommen wie eine erblühte Blume in der Wüste – der heißen, trostlosen Stadt, wo Wanderarbeiter zu acht in einem Raum hausten, in Baracken ohne Toilette; einer Stadt, in der die Grenze zwischen den weißen Leuten und den Mexikanern unüberwindlich schien. Und Mikaela – eine uneheliche Halbmexikanerin – war in beiden Welten nicht willkommen.

Es war ein Hochsommertag gewesen, als er in ihr Leben trat. Mikaela hatte gerade das zweijährige Studium am örtlichen College abgeschlossen und ein Stipendium für die Western Washington University in Bellingham bekommen. Das war gut, doch Rosa wusste, dass ihre Tochter nach Höherem strebte – Cambridge, Harvard oder die Sorbonne. Aber sie wussten beide, dass es Mädchen wie Mikaela nicht schafften, dort zu studieren.

Es war Rosas Schuld, dass ihre Tochter als junges Mädchen so einsam gewesen war. Jahrelang hatte Mikaela darauf gewartet, dass ihr Vater sie offiziell als seine Tochter anerkannte. Dann kamen die dunklen, zornigen Jahre, in denen sie ihn und seine hellhäutigen Kinder verabscheute. Die Jahre, in denen sie ihren Hass auf ihn an den Wänden von Frauentoiletten in der ganzen Stadt verewigte. Jahre, in denen sie zu Gott betete, seine blauäugige, blonde Tochter möge nur einmal erleben, was Entbehrung bedeutete. Auch diese Phase war vorübergegangen, doch sie hatte Mikaela in noch tieferer Einsamkeit zurückgelassen.

Rosa machte die Augen auf, holte tief Luft und fing an. „Erinnerst du dich an den Tag, an dem du ihn kennen gelernt hast, *querida,* deinen Julian True?"

Mikaela sog scharf die Luft ein, ihre Lider flatterten.

Plötzlich schlug die Klingel über der Tür an, und da stand er, in „Joes Schnellimbiss", unter dem träge brummenden Deckenventilator.

Mikaela ließ eine Zuckerdose fallen. Ihre Wangen liefen knallrot an.

Er bedachte Mikaela mit einem Lächeln. Es war wie das alte Klischee von der Sonne, die durch die Wolken bricht, von dem Blitzstrahl am schwarzen Himmel. Seine Augen hatten die Farbe geschliffener Türkise, und er schaute Mikaela an, als wäre sie die einzige Frau auf der Welt.

„Was kann ich für Sie tun?"

Er wirkte etwas erschöpft. „Ach, Schätzchen", sagte er mit dem weltberühmten, leicht schleppenden texanischen Akzent, der so zäh und verlockend war wie Sirup, „wir sind stundenlang gefahren, und gleich wird's hier von dreizehnjährigen Mädchen wimmeln. Ich habe gehofft, ein hübsches junges Ding wie Sie könnte mir zur Erfrischung ein Bier und ein Sandwich bringen und mir ein Fleckchen zeigen, wo ich in Ruhe etwas essen kann."

„Wir waren beide im Imbiss, bei der Mittagsschicht. Plötzlich war draußen ein unglaublicher Lärm. Hubschrauber kreisten über unserer kleinen Stadt. Und dann ist er bei uns aufgetaucht. Ah, wie er dich angeschaut hat, als ob du die einzige Frau auf der Welt wärst. Einen wie ihn hatten wir noch nie gesehen."

Er stand da mit der lässigen, ungekünstelten Eleganz eines Mannes, der es gewohnt ist, von Fremden angestarrt zu werden. Er war groß und schlank, das lange sonnengebleichte Haar fiel ihm ins Gesicht. Mit seinem weiten schwarzen T-Shirt und einem Paar ausgewaschener zerrissener Levi's sah er aus wie ein vom Himmel gefallener rebellischer Engel.

„Du hast gedacht, ich bin zu alt und kann nicht verstehen, was du denkst, meine Mikaela, aber ich habe es in deinem Blick gesehen. Du hast geglaubt, du bist Aschenputtel, und er …, er ist der Prinz. Er hat dich ein hübsches junges Ding genannt, weißt du noch? *Dios,* so ein strahlendes Lächeln hatte ich noch nie an dir gesehen. Er hat dich fast von Anfang an Kayla genannt. Kayla mit dem Haar der Mitternacht, das war sein Kosename für dich, *recuerdes?* Als er dich zum ersten Mal geküsst hat, hast du mir erzählt, dass du dich gefühlt hast, als ob du von einem Wolkenkratzer springen würdest. Das ist lebensgefährlich, habe ich gesagt. Weißt du noch, was du geantwortet hast? Du hast gesagt: ‚Ah, Mama, aber manchmal lohnt sich das Fliegen.'"

Rosa beugte sich über Mikaela und berührte ihr Gesicht. „Ich habe beobachtet, wie du dich in ihn verliebt hast, in diesen Mann mit dem Gesicht eines Engels. Ich habe gewusst, dass der Anfang ein Feuerwerk sein wird. Ich habe auch gewusst, dass es mit Schmerzen enden wird. Mit genug Schmerzen für ein ganzes Leben."

Rosa bedachte ihre Tochter mit einem kleinen, traurigen Lächeln. „Du hast mir versprochen, nicht den gleichen Fehler zu machen wie ich. Aber ich wusste Bescheid, *querida,* ich habe es deinem Blick angemerkt. Es war schon zu spät." Rosa wandte sich plötzlich um. „Sie hat nicht wieder geblinzelt, Dr. Liam."

Er ging zum Bett. Als er dieses Mal auf seine Frau hinunterschaute, sah er eine Fremde. Kayla. Er nahm ihre Hand, drückte sie sanft. „Sie hat mir nie etwas davon erzählt, Rosa. Warum habe ich es zugelassen, dass sie solche Geheimnisse für sich behielt?"

Rosa stand neben ihm. „Du bist in einem wohlhabenden Haushalt aufgewachsen", sagte sie nüchtern. „Du bist Arzt – hast in Harvard studiert. Du weißt nicht, wie das Leben für Leute wie uns ist. Mikaela hatte so große Träume, aber keine Möglichkeit, sie zu verwirklichen. Nicht einmal ihr eigener Vater hat ihr je so etwas wie Liebe oder Zuwendung gezeigt." Sie wandte sich ihm zu. „Ich bin zum Apfelpflücken nach Sunville gekommen, als ich ein kleines Mädchen war. *Mi padre* starb, als ich elf war. Für Arznei war kein Geld da, und es gab auch keinen Arzt, der ihm hätte helfen können. Manchmal muss ich noch an die Zeit denken – vor allem, wenn der Geruch nach reifem Obst in der Luft hängt. Ich weiß dann wieder genau, wie es in den Baracken mit den Blechdächern roch. Zehn Menschen hausten in einem Raum so groß wie dieses Zimmer. Mein Ausweg war ein Mann. Er war nicht mein Mann – das war meine große Sünde –, aber das war mir egal. Ich habe ihn geliebt. *Madre de Dios,* ich habe ihn so verzweifelt geliebt, wie Frauen meiner Art immer die Männer lieben, die sie nicht haben können." Sie beugte sich über das Bettgitter und sah auf Mikaela hinunter. „Ich fürchte, ich habe meiner Tochter beigebracht, dass eine Frau bis in alle Ewigkeit auf den Mann wartet, den sie liebt."

Rosa drehte sich zu Liam und schaute zu ihm auf. „Vielleicht denkst du jetzt schlecht von mir …"

„Ach, Rosa, meinst du denn, ich weiß nicht, wie es ist, einen Menschen zu lieben, der einem anderen gehört?"

„Aber sie hat dich geheiratet."

„Ja, und sie ist bei mir geblieben, und wir haben etwas aufgebaut. Aber ich habe es immer gewusst, tief drinnen habe ich es gewusst. Es gab einen Teil von Mikaelas Herzen, der Sperrgebiet für mich war."

Rosa sagte nichts.

„Sprich weiter mit ihr, Rosa. Du hast aufgehört, als sie sich in ihn verliebt hat."

Sie runzelte die Stirn. „Der Rest der Geschichte ist zu schmerzlich für sie. Vielleicht verschlimmert er ihren Zustand."

„Schmerz ist ein starkes Stimulans. Vielleicht sogar stärker als Liebe. Wir dürfen noch nicht aufgeben. Sprich mit ihr!" Seine Stimme klang zornig.

Rosa atmete tief durch. Sie hatte kein gutes Gefühl dabei, über das alles in Gegenwart von Dr. Liam zu sprechen, aber es schien, als dulde er keinen Widerspruch.

„Du hast ihn so sehr geliebt, meine *Mikita*. Geliebt, wie nur unschuldige junge Mädchen lieben können. Aber dann …" Sie musste sich zu den Worten zwingen. „Er hat dir dein Herz gestohlen und deine Jungfräulichkeit …, und dann hat er dich verlassen." Rosa strich ihrer Tochter das Haar aus der Stirn. „Ich habe beobachtet, wie du auf ihn gewartet hast, Tag für Tag, Nacht für Nacht. Du hast am Imbissfenster gestanden und darauf gewartet, dass ein Auto vorfährt."

Rosa erinnerte sich in allen Einzelheiten an diese Zeit. Jedes Mal wenn sie ihrer Tochter in die Augen schaute, hatte sie gewusst, was geschehen würde: Langsam, bevor Mikaela wusste, wie sie sich davor schützen sollte, würde sie sich selbst verloren geben. Rosa wusste, dass dieser langsame Verlust des Selbstvertrauens durch nichts zu stoppen war.

„Als du mich gefragt hast, habe ich dir gesagt, dass deine Liebe vergehen wird. Aber wir wussten beide, dass es gelogen war. Und dann ist das Unmögliche geschehen: Er ist zu dir zurückgekommen. Ich konnte es nicht fassen, als er dich gefragt hat, ob du ihn heiraten willst. Er hat dich aus Sunville herausgeholt und dir die Welt geschenkt. Von diesem Moment an warst du ein Mensch, der zählte. Sie haben dich in eine Frau verwandelt, die ich noch nie gesehen hatte, in diese Kayla mit dem Haar der Mitternacht."

Rosa verstummte. Sie wandte sich Liam zu. „Danach kommen die Jahre, von denen ich nichts weiß. Sie hatte auch vor mir Geheimnisse. Ich habe in der Klatschpresse gelesen, dass Julian trank, dass er andere Frauen hatte, aber Mikaela hat mir nichts davon erzählt. Ich kann mich nur noch daran erinnern, wie sie mich anrief – das war am Tag nach Jaceys erstem Geburtstag. Sie klang unendlich müde und traurig, als sie mir sagte, es sei vorbei." Rosa seufzte. „Mikaela war erst dreiundzwanzig, aber sie war nicht mehr jung."

Liam stieß einen Laut aus, der halb Seufzer und halb Schluchzen war. Er stand vom Stuhl auf und ging zum Bett. „Hilf uns, Mike", sagte er. „Zeig uns, dass du noch da bist. Du fehlst uns allen – mir, Rosa, Jacey, Bret …, Julian. Hilf uns. Zeig uns, dass du noch da bist."

Die Stimmen, vertraut und zugleich unbekannt, stellen immer wieder Fragen, die sie nicht beantworten kann, in Worten, die sie nicht recht versteht.

Aber dann ist da wieder dieser Name.

„Julian."

Sie versucht verzweifelt, eine Erinnerung aus sich herauszuholen, nur eine, aber der flache, steinige Grund ihres Bewusstseins gibt nichts her.

Wenn sie nur die Augen öffnen könnte …

„… fehlst uns …"

Das sind Worte, die sie versteht, und sie tun weh. Fehlen. Das hat etwas mit Einsamkeit zu tun und mit Angst …, ja, das versteht sie.

Bitte, Gott, betet sie, hilf mir …

„Sie weint." Liam griff nach einem Taschentuch und wischte ihr sanft die Augen ab. „Mike, Schatz, kannst du mich hören?"

Sie reagierte nicht, aber silbrige Tränen fielen weiter auf das Kissen. Liam drückte auf die Klingel und rannte zur Tür. Als er Schwester Sarah sah, rief er ihr zu, sie solle Dr. Penn holen. Dann ging er ins Zimmer zurück und beugte sich über seine Frau, streichelte ihr die feuchten Wangen, flüsterte ihr immer wieder dieselben Worte zu. „Komm schon, Liebes, komm zu uns zurück."

Stephen Penn trat ins Zimmer. Er war außer Atem. „Was ist denn, Liam?"

Er schaute zu seinem Freund auf. „Sie weint, Stephen."

Stephen trat neben das Bett und schaute auf Mikaela hinunter. Sie lag totenstill da, mit bleichen Wangen, aber in der trüben Beleuchtung glitzerten die feuchten Spuren verheißungsvoll. Er nahm eine Nadel aus der Tasche. Er hob den nackten Fuß sanft auf seine Handfläche und stach in den weichen Ballen.

Mikaelas Fuß ruckte zurück. Ein gebrochener Ächzlaut entfuhr ihren Lippen.

Stephen legte den Fuß zurück und deckte ihn wieder zu. Dann sah er zu Liam auf. „Das Koma wird leichter. Das muss nicht unbedingt heißen …" Er machte eine Pause. „Du weißt, was es zu bedeuten hat und was nicht. Aber vielleicht …, vielleicht ist etwas zu ihr durchgedrungen. Ich weiß nicht, was du da tust, aber mach weiter so."

Es war schon lange Schlafenszeit, als Bret das Klopfen an der Tür hörte. Er saß am Computer und spielte Nintendo Diddy Kong. Die Tür ging auf, und sein Vater steckte den Kopf herein. „Schluss jetzt, Sohnemann. Zeit zum Schlafen. Schalt das Spiel aus, und schrubb dir die Beißer!"

Bret machte den Computer aus und sauste ins Bad. Er putzte sich gründlich die Zähne und ging dann in sein Zimmer zurück. Sein Vater hatte es sich schon in seinem Bett gemütlich gemacht. Er hatte ein Buch in der Hand.

Bret legte sich dazu und kuschelte sich an ihn. „Ist das das Buch mit dem Löwen?"

„Ja, klar."

Bret rollte sich neben seinem Papa zusammen und hörte sich die Geschichte an. Liams tiefe, ruhige Stimme lullte ihn ein. Als sein Vater schließlich das Buch zuschlug und auf den Nachttisch neben die Lampe legte, kam es ihm vor, als seien nur ein paar Minuten verstrichen.

Liam nahm ihn in seine großen, starken Arme und drückte ihn an sich. „Ich glaube, du solltest deine Mama besuchen. Jetzt ist es wichtig."

Das hatte er noch nie gesagt – dass es wichtig war, wenn Bret sie besuchte. Er hatte die ganze Zeit gedacht, dass er nicht zähle … Und plötzlich spürte er die Tränen, die er so lange zurückgehalten hatte. Sie kamen aus ihm heraus wie ein Wasserfall und brannten auf seinen Wangen. Wie ein Ertrinkender klammerte er sich an seinem Vater fest. Lange Zeit lagen sie so da, bis das Schluchzen weniger wurde.

Schließlich rückte Liam etwas von ihm ab, wischte Bret die Tränen vom Gesicht und strich ihm übers Haar. „Ich glaube, deine Besuche fehlen ihr. Es ist überhaupt nicht gruselig dort. Bloß ein ganz gewöhnliches Zimmer mit einem ganz gewöhnlichen Bett. Du kannst mir wirklich glauben, Bret. Deine Mama sieht aus wie immer …, sie schläft bloß."

„Schwörst du, dass sie am Leben ist?"

„Ich schwöre es. Es ist wichtig, dass sie deine Stimme hört, Bret. Ihr Lieblingsjunge hat ihr gefehlt, das weiß ich."

Zum ersten Mal fragte sich Bret, ob er sie vielleicht aufwecken könnte. Schließlich war er ihr Lieblingsjunge, und sie liebte ihn mehr als die ganze Welt. Das hatte sie immer zu ihm gesagt. Vielleicht hatte sie die ganze Zeit darauf gewartet, seine Stimme zu hören. Er wischte sich die Nase am Pyjamaärmel ab und schaute Liam mit seinen verweinten Augen an. „Ich könnte doch morgen früh vor der Schule hinfahren."

„Das ist eine gute Idee", sagte Liam ruhig.

AM NÄCHSTEN Morgen saß Bret aufgeregt neben seinem Vater im Auto. Sie waren auf dem Weg ins Krankenhaus. Er hatte den Kopf voller Gedanken, aber er sagte nicht viel. Er war zu aufgeregt. In der Nacht hatte er zum ersten Mal von seiner Mama geträumt, und in seinem Traum war sie aufgewacht, als er ihr den Mamakuss gab. Sie hatte nicht aufwachen können, weil sie die ganze Zeit darauf gewartet hatte. Auf den Mamakuss.

Im Krankenhaus fasste er Liam an der Hand und zerrte ihn ungeduldig den Flur entlang. Im Krankenzimmer sah er als Erstes das Bett mit dem silberfarbenen Gitter, das aussah wie ein Kinderbett, nicht wie ein Erwachsenenbett. Kein Licht war eingeschaltet; das Zimmer war in dumpfe Grautöne getaucht.

Und da war Mama, sie lag in dem Bett. Langsam ging er auf sie zu.

Sie sah hübsch aus, kein bisschen kaputt. Er konnte sich vorstellen, wie sie aufwachte …, einfach so. Wie sie sich aufsetzte, die Augen aufmachte und ihn sah.

„Wie geht es meinem Lieblingsjungen?", würde sie sagen und die Arme nach ihm ausstrecken.

„Du darfst etwas zu ihr sagen, Bret."

Er ließ Liams Hand los, ging zum Bett und beugte sich über seine

Mutter. Dann gab er ihr ganz langsam den Mamakuss, genauso, wie sie das immer machte. Ein Kuss auf die Stirn, einer auf beide Wangen und dann ein Schmetterlingskuss auf das Kinn. „Keine schlechten Träume“, flüsterte er zum Schluss und küsste sie auf die Nase.

Sie lag reglos da.

„Komm schon, Mama, mach die Augen auf. Ich bin's, Bret.“

Immer noch nichts.

Tränen brannten ihm in den Augen.

Er drehte sich um und schaute durch einen Tränenschleier zu Liam auf. „Sie ist nicht aufgewacht, Papa.“

Sein Papa sah aus, als würde er gleich weinen. „Ich weiß“, sagte er, „aber wir müssen es weiter versuchen.“

LIAM stieß sich vom Schreibtisch ab.

Er hatte eine lebenswichtige Entscheidung zu treffen. Als Mike zum ersten Mal geblinzelt hatte, war ihm eine Idee gekommen, wie er ihr helfen könnte aufzuwachen. Aber er zweifelte nicht daran, dass die Entscheidung, die er zu treffen hatte, den Grundstein für den Rest seines Lebens legte.

Entschlossen nahm er seinen Mantel von der Garderobe in der Ecke und ging nach draußen. Die plötzliche Kälte war genau das, was er jetzt brauchte, um einen klaren Kopf zu bekommen. In der frischen Bergluft war Kindergelächter zu hören. Er folgte dem lebensfrohen Klang zur Farm von Mr Robbins, dessen Froschteich von Mutter Natur in eine schöne, silbern schimmernde Eislaufbahn verwandelt worden war. Suzie Sanman hatte sich am Picknicktisch postiert und machte auf einem Campingherd Milch heiß, und der Bürgermeister briet auf einer offenen Feuerstelle Würstchen.

Liam sah sich um. Bret lief mit seinen Freunden Schlittschuh, und Rosa saß dick eingepackt allein auf einer Bank in der Nähe des Teichs.

Er begrüßte seine Freunde und Nachbarn, während er sich den Weg durch die Menge bahnte, und tat so, als falle ihm nicht auf, wie überrascht sie waren, ihn hier zu sehen. Er setzte sich neben Rosa. Sie rutschte wortlos beiseite.

„Das Leben geht weiter, stimmt's, Rosa?“, meinte Liam leise.

„Sí.“

Er legte die Hände um den Pappbecher mit Kaffee, den ihm eine Nachbarin in die Hand gedrückt hatte, und trank ein paar Schlucke. Die Wärme tat ihm gut. „Es geht ihr nicht gut, Rosa. Ich habe Julians Namen so oft zu ihr gesagt, dass ich schon befürchte, ihn aus Versehen beim Abendessen auszusprechen. Ich habe gedacht, dass Bret vielleicht zu ihr durchdringen könnte, aber er hat sie jeden Tag nach der Schule besucht, und … nichts."

„Vielleicht braucht sie ein bisschen mehr Zeit."

„Die Zeit ist im Moment nicht ihr Freund, Rosa. Ich glaube –"

In dem Moment ging sein Piepser los. Er zog das kleine schwarze Gerät aus dem Futteral.

Es war ein Notruf von Stephen Penn.

„Herr im Himmel", sagte er. „Es geht um Mike."

Rosa hielt ihm ihre Schlüssel hin. „Nimm mein Auto. Es steht da hinten."

Er riss ihr die Schlüssel aus der Hand. „Mein Auto steht auf dem Praxisparkplatz. Die Schlüssel sind unter der Sonnenblende. Komm mit Bret und Jacey ins Krankenhaus. Das könnte …"

„Ich weiß, was es sein könnte. Wir kommen gleich nach."

„Herzstillstand", sagte Stephen Penn.

Liam sackte auf seinem Stuhl zusammen.

„Ich weiß nicht, was ich dir sagen soll, Liam." Stephen Penn sah seinen Freund an. „Ihr Herz ist einfach stehen geblieben. Wir haben es sofort wieder zum Schlagen gebracht, aber das könnte ein Indikator sein. Ich fürchte, es könnte an der Zeit sein, dass du dich und die Kinder auf das Ende vorbereiten musst."

Das Ende. Er wünschte sich, er hätte das nie zu einem seiner Patienten oder deren Angehörigen sagen müssen, aber auch er hatte diese furchtbaren Worte immer wieder ausgesprochen.

„Was willst du den Kindern sagen?"

„Das weiß ich nicht. Wie zum Teufel sagt man einem Neunjährigen, dass es Zeit ist, sich von Mama zu verabschieden? Und wenn ich ihm nichts sage, wie soll ich ihm morgen erklären, dass es zu spät ist, um noch etwas zu sagen?"

Liam sah das Mitgefühl in den Augen des Freundes, sah, dass er nach Worten suchte, die wirklichen Trost spenden konnten. Doch Liam wusste, dass es diese Worte nicht gab. Er stand auf und verließ Stephens Büro.

Im Wartebereich standen Jacey und Mark Hand in Hand am Fenster. Rosa saß auf dem äußersten Sofarand. Bret – noch in der Winterjacke und seiner wattierten Skihose – stand neben dem Fernseher an der Wand.

Als Jacey Liam sah, ließ sie Marks Hand los und machte einen Schritt auf ihn zu. „Papa, was ist los?"

Er konnte es ihnen nicht sagen. Jedenfalls nicht hier im Wartebereich unter diesem kalten Neonlicht. „Es ist alles in Ordnung", sagte er, sah aber Rosa nicht an. „Mama hatte eine leichte Herzstörung, weiter nichts. Das Herz hat ein paar Schläge übersprungen, aber jetzt ist alles okay."

„Darf ich zu ihr?", fragte Jacey.

„Nur ganz kurz. Es klingt ein bisschen merkwürdig, aber sie braucht jetzt Ruhe."

Jacey nickte und ging zur Tür. „Ich bin gleich wieder da", sagte sie.

Bret schaute seinen Vater an. „Ist sie wach?", fragte er.

Liam strich ihm über die kalte Wange. „Nein, Schatz, das ist sie nicht."

Bret lehnte sich wieder an die Wand. „Ich will sie jetzt nicht sehen."

Hilflos sah Liam ihn an. Er wusste nicht, was er tun sollte, um seinem Sohn zu helfen. Da kam ihm Jaceys Freund Mark zu Hilfe.

„Hey, Bret", sagte er und kam auf sie zu. „Ich hatte dir doch versprochen, dir eine Orangenlimo und Gummibärchen zu spendieren. Wollen wir zusammen in die Cafeteria gehen?"

Ein erleichtertes Lächeln ging über Brets Gesicht. „Darf ich, Papa?"

Liam kam sich wie ein Feigling vor, weil er es sich einfach machte, aber er nickte. Er stand auf, griff in die Tasche und zog zwei Dollarscheine heraus. „Bedien dich, aber bleib nicht zu lange weg."

Bret nahm das Geld in seine Hand. „Danke", sagte er und folgte Mark.

Liam war jetzt allein mit Rosa. Er merkte an dem misstrauischen Ausdruck in ihren Augen, dass sie auf diesen Moment gewartet hatte.

Sie saß sehr aufrecht da. „Wie schlimm ist es wirklich?", fragte sie.

Er setzte sich neben sie auf das ungemütliche Kunststoffsofa. „Ihr Herz ist stehen geblieben", sagte er ruhig.

Rosa zog scharf die Luft ein und bekreuzigte sich. *„Dios mío."*

„Sie haben sie mühelos wieder belebt – und schnell, was wichtig ist."

„Du musst doch etwas tun können. Irgendein Medikament …"

Liam seufzte. „Wir müssen es mit etwas anderem versuchen, Rosa. Mit einer etwas extremeren Methode. Sie reagiert nicht auf unsere Stimmen. Und ich glaube nicht, dass wir noch viel Zeit haben."

„Woran hattest du denn gedacht?", fragte sie besorgt.

Er wusste, dass sie ahnte, was er sagen würde. „Ich werde Julian anrufen und ihn bitten, sie zu besuchen. Mit ihr zu sprechen."

Sie stieß die Luft aus. „Das darfst du nicht! Er ist … gefährlich."

„Glaubst du, dass er ihr körperlich Gewalt angetan hat?"

„Nein, nein. Natürlich nicht. Die Gefahr liegt darin, dass sie ihn sehr liebt – geliebt hat." Sie sah ihm ins Gesicht. „Das musst du nicht tun, Liam. Gott wird Mikaela wecken, wenn das sein Plan ist. Du musst dich um deine Familie kümmern. Dieser Mann könnte alles ruinieren."

Er fragte sich, ob ihr bewusst war, dass sie zum ersten Mal seinen Vornamen ohne den Titel gebraucht hatte. Seltsamerweise tröstete ihn diese kleine Vertraulichkeit mehr, als es jede Berührung vermocht hätte. „Du und ich, Rosa, wir sind keine Kinder. Wir wissen, wie leicht es ist, etwas Falsches zu tun. Das hier ist vermutlich mein klarster Augenblick in meinem ganzen Leben. Ich kann Julian anrufen und meiner Frau die Chance geben, am Leben zu bleiben. Oder ich kann Julian nicht anrufen und wissen, dass ich Mikaela habe sterben lassen – aus Angst, ihre Liebe zu verlieren."

Rosas Augen füllten sich mit Tränen.

„Wenn ich mich aus Furcht davon abhalten ließe, das Richtige zu tun, wäre ich nicht mehr fähig, mir selbst – oder den Kindern – in die Augen zu sehen. Ich rufe Julian True an. Die Nummer seines Agenten habe ich in dem Kissenbezug gefunden."

Rosa streckte die Hände aus und legte sie auf die seinen. „Weiß meine *Mikita,* was für ein Glück es für sie ist, dass sie dich hat?"

Liam wusste, dass er die Frage eigentlich nicht stellen sollte, aber er konnte nicht anders. „Hat sie mich geliebt, Rosa?"

Sie drückte seine Hände. „Natürlich."

„So wie ihn?"

Rosa machte eine Pause, und in diesem kurzen Zögern erkannte Liam die quälende Wahrheit. *„Sí",* antwortete sie mit einem zu plötzlichen Lächeln.

Liam seufzte. „Dann haben wir doch keinen Grund, uns Sorgen zu machen."

KAPITEL 5

Beverly Hills. Zwei Wörter, die wie Champagner und Kaviar als Kombination der Inbegriff des schönen Lebens sind. Bilder von Beverly Hills sind auf der ganzen Welt berühmt: rosa Hotels mit Telefonen an den Swimmingpools, Parkservice am Postamt, Plätze in Restaurants, die für kein Geld der Welt zu bekommen sind – es sei denn, der eigene Ruhm sorgt auf der Stelle dafür. Es ist eine Stadt, in der die wenigen Auserwählten keine Nachnamen brauchen. Harrison. Goldie. Brad. Julian.

Selbst innerhalb der erlesenen Perfektion dieser auf Hochglanz polierten und vom Glamour verklärten Stadt war Julian True etwas Besonderes. Nicht bloß ein Star, sondern ein Superstar, ein Komet, der keine Anstalten machte zu verglühen.

Er war nach Hollywood gekommen wie tausende junger Männer vor ihm. Er hatte nichts mitgebracht außer seinem hübschen Gesicht und dem Traum, ein Teil der Traumfabrik zu werden. Und tatsächlich war ihm alles mühelos zugeflogen – Aufmerksamkeit, Frauen, Einladungen –, einfach alles, und was er haben konnte, nahm er ohne zu zögern an.

Er war glücklich heute. Die Probevorführung seines neuen Films „The Bad Boys of C Company" war besser angekommen, als er gehofft hatte. Besser, als alle gehofft hatten. Julian war seine zwanzig Millionen wert gewesen. Er hatte dem Studio einen Hit geschenkt.

Ein Hit. Für ihn die beiden schönsten Wörter überhaupt.

Julian trat aufs Gas und lenkte seinen Ferrari nach Century City. Dort hielt er vor einem vornehmen Hochhaus und parkte auf einem Platz mit Parkuhr.

Ein Portier eilte heraus und hielt ihm die Autotür auf. „Guten Abend, Mr True."

Julian klopfte sich gegen die Brusttasche. Sie war leer. Verdammt. Er ließ die Brieftasche regelmäßig zu Hause liegen, weil er daran gewöhnt war, dass andere für ihn zahlten. „Ich habe kein Geld bei mir, mein Junge. Ich sage Val, dass er Ihnen ein Trinkgeld gibt, okay?"

„Danke, Mr True."

Julian folgte dem Portier durch die elegante Marmorhalle zum Aufzug. Oben im Penthouse stand die Tür schon offen. Julians Agent Val Lightner lauerte unter dem Portalbogen und wartete auf seinen berühmtesten Klienten.

„Hallo, Julian", sagte Val und hob sein Martiniglas zum Gruß. Die kleine Bewegung brachte ihn aus dem Gleichgewicht, und er musste sich gegen den Türrahmen lehnen. „Seit der Probevorführung geht hier in einer Tour das Telefon. Falls du noch heißer wirst, brauchst du Unterwäsche aus Asbest." Er grinste träge und strich sich eine blonde Locke aus dem Gesicht. „Komm schon rein, Superstar."

Julian folgte Val in die Wohnung, in der eine wilde Party im Gange war.

Filmstars mischten sich mit Möchtegernberühmtheiten; die Stars traten selbstbewusst auf, die Möchtegerns wirkten verzweifelt; Hungerleider bei einem Bankett, bei dem vermutlich kein noch so kleiner Krümel für sie abfiel.

In der Wohnung waren keine Gemälde, keine Nippes, keine Teppiche. Val hatte die Wohnung nur gekauft und einige Sitzgelegenheiten besorgt. Das Ganze nannte er sein Zuhause. Val hatte kein Dekor nötig – in dieser Stadt war es eine Art Statussymbol, etwas zu unterlassen, was man sich mühelos hätte leisten können.

„Ich brauche einen Drink", sagte Julian zu niemand Bestimmtem, und sofort reichte ihm jemand ein Glas. Es war ihm vollkommen unwichtig, was darin war, solange es ihn in Stimmung brachte. In dem Bewusstsein, dass jedes Augenpaar auf ihn gerichtet war, nahm er einen großen Schluck. Er war ganz oben; kein Parfüm war so anziehend wie der Erfolg. Lachend und plaudernd bewegte er sich durch die Menge, bis er genug hatte vom Smalltalk. Er machte sich auf die Suche nach Val.

Er fand ihn im Schlafzimmer, wo er gerade dabei war, Kokain zu schnupfen. Neben ihm lag eine Frau, die bis auf ein rotes Spitzenhöschen nichts anhatte.

„Ich zieh um auf eine andere Party", erklärte Julian. „Die hier ist tot."

Val richtete sich auf. Er schwankte. „Wassen los? Ich hab noch Koks im Bad."

„Nein, danke."

„Nein?" Val packte sein Martiniglas, das auf dem Beistelltisch stand. „Ach, bevor du gehst, ich hab 'ne Nachricht für dich. Irgendwer hat im Büro angerufen, wollte dich sprechen. Ein Arzt. Hat gesagt, er muss dich wegen Mikaela Luna sprechen. Wenn das kein Blitz aus der Vergangenheit ist!"

„Ein Arzt. Ist sie krank?"

„Weiß ich nicht. Er hat bloß gesagt, du sollst ihn anrufen."

Julian spürte ein Flattern in der Brust. Kayla. Von allen Frauen, die er gekannt hatte, hatte er sie am meisten geliebt. „Wo ist die Nummer?"

„Hab Susan gesagt, sie soll sie auf deinen Anrufbeantworter sprechen."

„Danke", antwortete Julian. Er war überrascht, dass die Erinnerungen ihn plötzlich so zu überrennen schienen. Seine erste Liebe. Kayla. Er hatte so lange nichts von ihr gehört, dass er sie fast vergessen hatte. Fast.

Val hob sein Glas. „Die verschwundene Mrs True. Die Presse hat sie geliebt damals." Er machte eine Pause und sah Julian aus trüben Augen an. „Genau wie du."

LIAM saß am Schreibtisch. Er machte sich nicht die Mühe, die Stille dadurch zu brechen, dass er eine seiner zahlreichen CDs abspielte. Da surrte die Gegensprechanlage. Aus dem kleinen schwarzen Kasten drang Mrs Audlemans undeutliche Stimme. „Sie werden es nicht fassen, Doktor. Aber ich habe einen Mann in der Leitung, der behauptet, er sei Julian True."

Liams Herz setzte einen Schlag aus. „Stellen Sie durch."

„Glauben Sie, dass es der echte –"

„Geben Sie ihn mir."

Das rote Lämpchen von Leitung eins flackerte. Liam holte tief Luft, drückte auf den Knopf und nahm den Hörer ab. „Hier spricht Dr. Campbell."

Eine Pause am anderen Ende der Leitung. „Dr. Liam Campbell?", fragte eine Männerstimme, und selbst durch ein so unpersönliches Medium wie das Telefon erkannte Liam sie sofort. „Am Apparat."

„Hier ist Julian True. Sie haben bei meinem Agenten, Val Lightner, eine Nachricht wegen Mikaela Luna hinterlassen."

„Sie ist verunglückt."

„Großer Gott! Wie schlimm ist es?"

„Sie liegt im Koma."

Während einer weiteren Pause knisterte es in der Leitung, und Liam merkte, dass Julian True vom Auto aus telefonierte. „Was kann ich tun? Ich bezahle die Krankenhausrechnungen und –"

„Sie braucht Ihr Geld nicht, Mr True. Ich habe Sie angerufen, weil sie auf Ihren Namen zu reagieren scheint. Ich ..., wir haben uns gedacht, dass sie vielleicht, wenn sie Ihre Stimme hört –"

„Sie glauben, dass Sie meinetwegen aufwacht?"

Liam war selbst überrascht, wie groß der jähe Schmerz war, den er bei der schlichten Frage empfand. „Wir halten es für möglich."

„Ich kann morgen dort sein. Wo liegt sie?"

„Im Ian Campbell Medical Center in Last Bend, Washington. Etwa neunzig Kilometer östlich von Bellingham."

„Ich verstehe. Äh ..., wie sieht sie aus? Ich möchte darauf vorbereitet sein."

Es war eine ganz und gar menschliche Frage, an der nichts verkehrt war; warum also war Liam plötzlich so zornig? Seine Antwort war durch die knisternde Leitung hindurch kaum hörbar. „Sie sieht so schön aus, wie Sie sie vermutlich in Erinnerung haben."

Als Liam nach Hause kam, standen im Wohnzimmer Kerzen auf allen Fensterbänken und Tischen. Überall war flackerndes goldenes Licht, selbst den Leuchter auf dem Flügel hatte Rosa mit Kerzen bestückt. Da hörte Liam das leise Tappen von Rosas Hausschuhen auf der Treppe.

„*Buenas noches,* Rosa“, sagte er.

„*Buenas noches,* Dr. Liam“, erwiderte sie, als sie unten angekommen war.

„Was sollen denn die vielen Kerzen, Rosa? Sind die alle für Mikaela?“

Sie schüttelte den Kopf, und er sah die Sorgenfalten auf ihrem Gesicht. „Ich habe die Kerzen für dich angezündet, Dr. Liam. Für dich und die Kinder. Ich habe heute mit deiner Sprechstundenhilfe gesprochen. Sie hat mir gesagt, dass Julian True dich angerufen hat.“

„Er wird morgen hier sein.“

Ihr Mund verzog sich vor Missbilligung.

„Komm mit“, sagte er und führte sie zum Sofa.

Sie setzte sich hin und heftete den Blick auf ihre Hände. Liam setzte sich neben sie und beugte sich vor, weil er wollte, dass sie ihn ansah. Doch sie starrte weiter auf ihre Hände. „Ich habe auch Angst vor ihm, Rosa. Aber ich liebe sie. Ich kann sie nicht von mir gehen lassen, ohne wirklich alles versucht zu haben.“

Rosa seufzte schwer. „Du weißt nicht, was böse Liebe ist.“

„Wenn Julian True sie nicht geliebt hätte, hätte er sie nicht geheiratet, Rosa.“

„Es gibt Liebe … und Liebe. Die gute Liebe, das ist das, was du für meine Mikaela empfindest. So eine Liebe lässt nicht zu, dass ein junges Mädchen ganz allein mit einem kleinen Baby davonläuft. So eine Liebe versteckt sich nicht so viele Jahre lang. Sie lässt einen nicht im Winter einsam in einem kalten Bett liegen.“

Liam schaute weg. Im ganzen Zimmer flackerte der Widerschein der Kerzen und wurde von den dunklen Fensterscheiben gespiegelt. Sie lehnte sich zurück und strich Liam über die Hände. „Wenn er herkommt, darfst du Jacey nicht sagen, wer er ist. Das ist *muy importante.* Wir dürfen nicht zulassen, dass er ihr wehtut.“

„Du hast Recht, Rosa. Wir erzählen ihr gar nichts.“ Liam versuchte sich einzureden, dass es Mikaelas Aufgabe war, Jacey die Wahrheit über ihren Vater zu sagen. Doch schon während er die Worte aussprach, wusste er, dass es falsch war.

FÜR JULIAN TRUES Augen sah die Stadt aus wie eine Filmkulisse. Er schaute durch die verdunkelten Scheiben seiner Limousine. Er konnte sich nicht erinnern, je ein derart malerisches Dorf gesehen zu haben.

Er ließ die Trennscheibe herunter, damit er mit dem Chauffeur reden konnte. „Wir sind auf der Suche nach der ‚Pension Country Haus‘. Vermutlich steht sie direkt neben der ‚Herberge zur sechsten Glückseligkeit‘."

„Ich habe die Adresse, Sir."

„Gott sei Dank. Sonst hätten wir uns vielleicht hoffnungslos verirrt in dieser Riesenstadt."

Der Chauffeur bog in die Glacier Street ab. Auf halbem Weg kamen sie an eine Straßensperre. Hinter den orangefarbenen Schranken parkten mehrere Autos. Der Chauffeur hielt und wollte wenden.

„Nein, warten Sie." Julian drückte auf den Knopf, ließ das Fenster herunter und streckte den Kopf hinaus.

Auf der rechten Seite war eine weite, weiß verschneite Wiese, in deren Mitte ein großer, zugefrorener Teich lag, der von goldenem Scheinwerferlicht in eine Art Madison Square Garden unter freiem Himmel verwandelt wurde. Überall waren Leute unterwegs zum Schlittschuhlaufen.

In der Nähe entdeckte er einen kleinen Verpflegungsstand. Eine Frau kochte Kakao auf einem Campingherd, und ein paar Männer brieten Würstchen auf einer offenen Feuerstelle.

„Hier fehlt ja bloß noch Jimmy Stewart." Er zog den Kopf ein und schloss das Fenster. „Los, bringen Sie mich ins Hotel."

Sie hielten an einer Kreuzung vor einem riesigen Haus im viktorianischen Stil. Schneewehen überzogen das Dach. Neben dem offenen Tor stand ein Holzschild mit der Aufschrift: WILLKOMMEN IN UNSEREM COUNTRY HAUS.

Julian stieg aus. Sein Atem gefror in der Luft. „Bringen Sie das Gepäck hinein", sagte er, schon im Gehen. Seine Sportschuhe knirschten im Schnee.

Die Tür ging auf, bevor er die Veranda erreicht hatte. Eine stämmige grauhaarige Frau in einem Blümchenkleid mit karierter Schürze stand auf der Schwelle. „Sie sind es wirklich! Die Mädchen und ich haben es nicht zu hoffen gewagt. Hier in unserer kleinen Stadt …"

Obwohl er müde war, ließ er sein berühmtes Lächeln aufblitzen. Es schadete nie etwas, die Fans zu ködern. „Hallo, Schätzchen."

Sie klatschte in die Hände. „Schätzchen – o Mann! Wenn ich das

Gertrude erzähle! Ich habe Shortbread für Sie gebacken, für alle Fälle. Ich hab im *Enquirer* gelesen, dass Sie das am liebsten mögen."

„Sie schickt der Himmel", sagte er, obwohl er sich in Wahrheit nicht daran erinnern konnte, was in aller Welt eigentlich Shortbread war. „Wenn Sie mich jetzt bitte entschuldigen, ich habe eine lange Reise hinter mir und bin todmüde. Ich wüsste es sehr zu schätzen, wenn Sie mir mein Zimmer zeigen könnten."

„Ja, natürlich." Sie drehte sich um und lief eilig eine schmale Treppe hinauf. Der Chauffeur kam polternd mit dem Kleidersack hinter ihnen her. Im ersten Stock ging die Frau bis zum Ende des Flurs und machte eine Tür auf, hinter der ein großes, luftiges Zimmer zum Vorschein kam. Es war üppig dekoriert – Blümchentapete, Rüschenvorhänge und jede Menge Nippes.

„Das ist die Flitterwochensuite", sagte die Frau strahlend. „Ich heiße übrigens Elizabeth, aber Sie dürfen mich Eliza nennen."

„Eliza. Was für ein bezaubernder Name." Er trat ins Zimmer und sah sich um. „Entschuldigung, Eliza, aber wo ist das Bad?"

„Am Gang. Dritte Tür links."

Er drehte sich langsam zu ihr um. „Soll das heißen, dass ich mir das Bad mit anderen Gästen teilen muss?"

„Normalerweise müssten Sie das schon, aber die Skisaison hat noch nicht angefangen. Sie sind unser einziger Gast. Deshalb ist es eigentlich Ihr Bad."

„Mal davon abgesehen, dass ich für den Weg ein Lunchpaket brauche."

Sie plusterte sich auf. „Also wirklich –"

„Entschuldigung. Sollte ein Scherz sein. Das Zimmer ist in Ordnung. Würden Sie meinem Fahrer bitte auch ein Zimmer geben? Dann buche ich den Rest. Ich habe gern meine Ruhe."

„Versteht sich." Sie lächelte ihn so lange an wie möglich; dann drehte sie sich um und verschwand.

Er setzte sich auf das Fußende des Bettes. Unter seinem Gewicht knarrten und ächzten die Sprungfedern. „Packen Sie meine Sachen aus, ja?", sagte er zu dem Chauffeur und warf sich aufs Bett.

UM FÜNF verließ Liam seine Praxis und machte sich auf den Weg zum Krankenhaus. Dort ging er zu dem kleinen Eckbüro, das er sich mit einem anderen Arzt teilte. Er merkte es sofort, als Julian True eintraf. Aufgeregte Stimmen drangen durch die Tür, Schritte wurden schneller, Geflüster wurde lauter.

Plötzlich stand Schwester Sarah in der Tür, ohne vorher angeklopft zu haben. Ihr Gesicht war rot angelaufen, und sie lächelte. „Dr. Campbell, ein Mann möchte –"

„Julian True."

Sie sog überrascht die Luft ein. „Woher wissen Sie das?"

„Magie. Schicken Sie ihn rein."

Schwester Sarah nickte kurz und verschwand. Liam versuchte, seine Nerven zu beruhigen, doch da ging auch schon die Tür auf. Der Mann auf der Schwelle lächelte ihn an, und Liam wurde sofort übel. Fotos wurden Julian nicht gerecht; kein Objektiv konnte die magische Anziehungskraft dieses Gesichts einfangen.

„Ich bin Julian True", sagte er überflüssigerweise.

Liam stand langsam auf. „Hallo, Mr True. Ich bin froh, dass Sie kommen konnten. Ich bin Liam Campbell. Ich wollte –"

„Kann ich gleich zu ihr?"

Liam nickte. „Kommen Sie mit."

Er führte Julian den Gang entlang zu Mikaelas Zimmer. Langsam machte er die Tür auf.

Julian schob sich an ihm vorbei und ging zum Bett. Er schaute Mikaela lange an. „Was ist passiert?", fragte er schließlich.

„Sie ist vom Pferd gestürzt und hat sich den Kopf an einem Zaunpfosten angeschlagen."

„Wie lange ist das schon her?"

„Etwa vier Wochen."

Julian strich ihr eine Haarsträhne aus den Augen. „Hallo, Kayla. Ich bin's, Julian." Dann sah er auf. „Was soll ich machen?"

Liam fühlte sich, als wäre er sein eigener Großvater, der Robert Redford Ratschläge gab, wie man mit einer Frau redete. „Sprechen Sie einfach mit ihr, Julian." Seine Stimme senkte sich zu einem Flüstern. „Manchmal reagiert sie auf Geschichten aus der Vergangenheit."

„Und auf meinen Namen. Sie hatten gesagt, dass sie auf meinen Namen reagiert, stimmt's?"

Die Antwort erforderte eine unglaubliche Selbstbeherrschung. „Ja."

Julian zog einen Stuhl ans Bett. „Lassen Sie uns eine Weile allein, Doktor. Hallo, Kayla, ich bin's, Julian."

Sie reagierte nicht.

Liam atmete bebend aus. Er spürte, wie sehr er sich davor gefürchtet hatte, dass sie einfach aufwachen würde, wenn sie Julians Stimme hörte.

Julian nahm ihre Hand in seine. „Kayla, Schatz?"

Liam konnte den Anblick nicht ertragen. Er drehte sich um und ging hinaus. Erst später merkte er, dass er Julian nicht gesagt hatte, wer er war.

JULIAN sah die Frau an, die vor ihm lag. Sie war schön, wie eine schlafende Prinzessin. Fast rechnete er damit, dass sie sich aufsetzte, lächelte und sagte: He, Julian, wo hast du so lange gesteckt?

Als er sich den Klang ihrer Stimme vorstellte, war ihm plötzlich, als ob die Jahre dahinschwänden. Julian hatte jahrelang nicht mehr an Kayla gedacht, aber jetzt, während er sie ansah, konnte er sich deutlich daran erinnern, was für ein Gefühl es gewesen war, sie zu lieben … und von ihr geliebt zu werden.

Er schloss die Augen und ließ die Erinnerungen an die Oberfläche treiben. „Erinnerst du dich an unsere erste Zeit, Kayla? Ich war so verliebt in dich, dass es mir vorkam, als ob ich ertrinke."

Er versuchte, sich an das Ende ihrer Liebe zu erinnern. Der sprudelnde Brunnen ihres Gefühls war so tief gewesen; wie hatte es nur passieren können, dass sie an die Oberfläche getrieben waren? Doch noch während er sich das fragte, wusste er die Antwort schon.

Sie hatte gewollt, dass er erwachsen wurde. Es klang auf absurde Weise simpel, aber darauf lief es hinaus. Er hätte Opfer für die Familie bringen sollen, aber er war erst 23 Jahre alt gewesen. Kaum reif genug für die Ehe, völlig unvorbereitet auf die Vaterschaft.

Er hatte das Gefühl, als ob sich eine Tür öffnete, während er an Kaylas Bett saß und sie ansah. Dahinter erhaschte er einen Blick auf sich, als er noch kein Goldjunge, kein Star war. In all den Jahren zwischen damals und heute hatte er keinen Menschen mehr wirklich geliebt. Seine Liebe zu Kayla war das Beste an ihm gewesen, aber er hatte es weggeworfen.

Er schaute auf ihr Gesicht hinunter, musterte den schönen Halbmondbogen ihrer schwarzen Wimpern, die bleichen, vollen Lippen. Was konnte er sagen, das von Bedeutung war für diese Frau, die er so gut und doch im Grunde überhaupt nicht kannte? Diese Frau, der er das Herz gebrochen hatte, so unbekümmert wie ein Kind, das ein in Ungnade gefallenes Spielzeug kaputtmacht?

Überrascht merkte er, dass er Tränen in den Augen hatte. Er hatte seit Jahren nicht geweint, außer wenn er dafür bezahlt wurde.

„Ich weine", sagte er. „Wie gefällt dir das, Kayla?"

Er stützte das Kinn auf das kalte silberfarbene Bettgitter. Als er auf sie hinuntersah, bemerkte er zum ersten Mal den schlichten Goldring an ihrer linken Hand.

„Ich fasse es nicht", flüsterte er. „Du bist verheiratet?"

LIAM parkte vor der Pension Country Haus, um Julian True abzuholen. Er hatte ihn angerufen und ihn gefragt, ob er mit ihm sprechen könne, obwohl er die Vorstellung eigentlich schrecklich fand, mit Mikes Exmann zusammenzutreffen. Aber er hatte keine andere Wahl. Als er aufsah, stand Julian neben dem Auto – bekleidet mit einem schwarzen T-Shirt und Jeans. Er musste kurz vor dem Erfrieren sein.

Liam entriegelte die Beifahrertür, und Julian stieg ein. „Es ist kalt hier im hohen Norden", sagte er lächelnd und wandte sich Liam zu. „Ich bin froh, dass Sie angerufen haben. Die Vorstellung, den Abend in einem Zimmer ohne Bad zu verbringen und mir eins von den drei verwackelten Fernsehprogrammen anzuschauen, war unerträglich. Was halten Sie davon, einen trinken zu gehen?"

Liam fielen auf Anhieb mindestens tausend Dinge ein, die er lieber getan hätte, aber er nickte. „Klar doch", sagte er und ließ den Motor wieder an. „Wir können zu ‚Lous Kegelparadies' fahren."

Während der Fahrt wusste keiner der beiden Männer, was er sagen sollte, also schwiegen sie.

In Lous Kegelparadies war es noch ruhig. Es war früh am Abend, und keine der vier Kegelbahnen wurde benützt. Der Besitzer, Lou Padinsky, wischte gerade die Theke ab mit einem triefenden grauen Lappen. Als er Liam sah, ließ er ein Grinsen aufblitzen, bei dem die Zigarette in seinem Mund verrutschte. „'n Abend, Doktor."

Liam nickte. „Zwei Bier, ja, Lou?"

„Gebongt, Doktor." Lou warf sich den Lappen über die Schulter und wandte sich den Zapfhähnen zu.

Liam ging zu einer Sitzgruppe hinter den Kegelbahnen. Julian folgte ihm. Als sie sich einander gegenüber hingesetzt hatten, war Liam froh darüber, dass sie zu Lou gekommen waren. Erstens war die Beleuchtung schlecht, und er war jetzt nicht in der Stimmung, das Gesicht des deutlich jüngeren Julian True bei gutem Licht zu sehen. Zweitens war es hier unwahrscheinlich, dass eine Schar von Fans durch das Lokal zog, die beim Anblick eines echten Filmstars ausrastete. Und natürlich schadete es auch nichts, wenn sich Julian hier ein bisschen fehl am Platz fühlte.

Liam schaute Julian an und erinnerte sich an alles, was er im Internet über ihn in Erfahrung gebracht hatte. Er wusste zum Beispiel, dass

Kayla True eines Tages „verschwunden“ war. Er hatte auch erfahren, dass Julian und Mike anfangs Glückskinder gewesen waren, ein echtes Hollywood-Traumpaar, aber irgendetwas – in manchen Artikeln war von Drogen die Rede, in anderen von Frauen – hatte den Glanz getrübt. Außerdem hieß es, der viermal geschiedene Julian True sei einer der am höchsten bezahlten Schauspieler der Welt.

Lou brachte die beiden Biere.

Julian lächelte den Mann strahlend an. „Danke“, sagte er.

Lou wollte etwas erwidern, hielt dann aber inne. „Sie sehen aus wie dieser Typ … Julian True“, meinte er. „Kriegen Sie das oft zu hören?“

„Dauernd.“

Lou nickte und ging, einen Schlager summend, zur Theke zurück.

Liam nahm einen kräftigen Schluck von seinem Bier, während sich Julian zurücklehnte und die Arme auf der Sessellehne ausstreckte. Liam dachte an einen goldenen Löwen, der sich in der Sonne rekelt. „Ich war nicht darauf gefasst …, dass sie so …“ Er sprach nicht zu Ende.

„Es geht ihr schon besser. Vor zwei Tagen hat sie geblinzelt.“

„Ein Blinzeln, das soll was Gutes bedeuten?“

„Es ist besser als nichts.“

„Jedenfalls war es verdammt anständig von Ihnen, dass Sie mich angerufen haben. In den Krankenhäusern in Hollywood gibt es keine solchen Ärzte wie Sie.“

„Ich bin ihr Ehemann.“

„Sie?“

Liam ließ sich nicht aus der Ruhe bringen. „Wir sind seit zehn Jahren verheiratet. Ihnen ist doch bestimmt der Ehering aufgefallen …“

Julian verdrehte die Augen. „He, Lou!“, rief er in Richtung Theke. „Bringen Sie mir ein Päckchen Marlboro, ja?“

Lou grinste und griff nach dem Gewünschten. Eilig kam er an den Tisch und reichte Julian die Zigaretten zusammen mit einem Streichholzbriefchen. „Wie nett, in Last Bend mal ’nen Raucher zu sehen. Wir sind eine aussterbende Spezies.“

„Hübsch gesagt, Lou. Danke.“ Julian machte das Päckchen auf, nahm eine Zigarette heraus und zündete sie an. Rauch stieg vor seinem Gesicht auf, aber durch die Wolke hindurch sah Liam, dass er ihn mit seinen blauen Augen musterte. Julian griff nach seinem Bier, trank einen Schluck und stellte es dann ab. „Sie müssen sie wirklich sehr lieben. Ich meine, weil Sie mich angerufen haben.“

„Stimmt“, sagte Liam ruhig.

Julian lehnte sich wieder zurück. „Dieses Lokal erinnert mich an die Spelunke, in der Kayla früher mal gearbeitet hat."

„Wirklich?"

Er lächelte. „Gott, sie war schön. Und die guten Christen in Sunville haben sie wie Dreck behandelt."

„Sie hat gesagt, sie habe dort nie ins Bild gepasst."

„Es war auch nicht wirklich erstrebenswert, in Sunville ins Bild zu passen. Aber wissen Sie, Kayla hat das trotzdem verletzt. Sie hätte alles getan, um irgendwo dazuzugehören."

„Sie heiraten, zum Beispiel?"

Dieses Mal lächelte Julian nicht. „Oder Sie. Ich verstehe, warum sie in diese Stadt gekommen ist. Und sie hat einen Mann wie Sie gebraucht, nach … mir."

Liam konnte die Frage nicht unterdrücken, sie brannte ihm auf der Zunge, verursachte einen bitteren Beigeschmack. „Was ist zwischen Ihnen vorgefallen?"

Julian seufzte. „Sie wissen doch, wie das ist. Wir waren verliebt …, und dann waren wir es nicht mehr. Zum Teufel, ich war 23. Ich habe nicht gewusst, was ich eigentlich werden will, aber mir war klar, dass ich nicht zum Familienvater tauge."

Liam trank einen Schluck Bier und musterte Julian über den beschlagenen Glasrand hinweg. „Was ist mit Ihrer Tochter? Warum haben Sie nie Kontakt zu ihr aufgenommen?"

Julian zuckte zusammen, und Liam wurde klar, dass er gar nicht an Jacey gedacht hatte. Er war hierher geeilt, ohne sich auch nur daran zu erinnern, dass er hier ein Kind hatte.

„Sie war noch so klein, als ich sie zum letzten Mal sah. Ehrlich gesagt, ich weiß nicht, was ich für sie empfinde. Aber das kriegen wir sicher alles auf die Reihe, wenn ich sie kennen lerne."

Liam dachte bei sich, dass er niemanden kannte, der so leichtsinnig mit den Gefühlen eines jungen Mädchens umspringen würde. Doch immerhin konnte Julian True ein Gesicht machen, als ob er sich schämte. „Sie weiß nicht, dass Sie ihr Vater sind."

„Was? Kayla hat ihr das nicht gesagt?"

„Wollen Sie es ihr selbst sagen?"

„Ich? Nein."

Liam war erleichtert. „Es ist eine kleine Stadt. Ich will nicht, dass sie es irgendwo herausfindet."

„Ich sage kein Wort. Wenn es sich herumspricht, behaupte ich einfach, dass ich für die Stiftung ‚Wünsch dir was' hier bin. Bitte, Dr. Campbell, sollten wir nicht abwarten, wie es mit Kayla weitergeht? Ich meine, falls sie nicht aufwacht …"

„Also gut", sagte Liam und sah Julian eindringlich an. „Warten wir's ab."

AM NÄCHSTEN Morgen wachte Liam zeitig auf und rollte sich behutsam aus dem Bett, um Bret nicht zu wecken, der friedlich neben ihm schlief. Er duschte schnell, zog einige Kleider aus dem Schrank, stopfte sie in einen Matchsack und ging nach unten. Auf dem Küchentisch hinterließ er einen Zettel für Rosa und die Kinder, dass er schon ins Krankenhaus gefahren sei.

Das fahle Licht der Morgendämmerung hing über Last Bend, während er den vertrauten Weg fuhr. Er parkte auf seinem Stellplatz und ging zu Mikaelas Zimmer. Dort schaltete er das Licht an und zog sofort die Vorhänge auf.

Dann drehte er sich ganz langsam um.

Sie lag so reglos wie immer, mit entspanntem bleichem Gesicht und eng am Körper liegenden Armen. Ihm wurde klar, dass er Angst gehabt hatte, dass es Julian bereits gelungen sein könnte, Mike zu wecken. Zum ersten Mal, seit sie im Koma lag, kam es ihm wichtig vor – entscheidend wichtig –, dass er es war, der zu ihr durchdrang.

„Hallo, Mike", flüsterte er. Er bückte sich, um die Kerze anzuzünden und den Kassettenrekorder einzuschalten. Dann stellte er den Matchsack neben ihrem Bett ab, zog den Reißverschluss auf und nahm den marineblauen Kaschmirpullover heraus, den sie auf ihrer letzten Reise nach Vancouver für ihn gekauft hatte. Er legte ihn ihr sehr behutsam auf die Brust.

„Kannst du mich riechen, Mike? Mich, Liam?" Er fasste nach ihrer Hand. „Ich weiß nicht, warum ich nicht früher auf die Idee gekommen bin, einen meiner Pullover mitzubringen. Gestern Nacht bin ich bei diesem Gedanken schweißgebadet aufgewacht. Ich habe an alle gedacht bis auf mich …, an alle, die du liebst, bis auf mich. Du hast immer gesagt, es sei meine größte Stärke, dass ich immer zuerst an alle anderen denke. Aber es ist auch meine Schwäche, und das haben wir beide gewusst."

Er hob ihren Arm hoch und küsste sie auf den Handrücken. „Es gibt einen Teil in deinem Leben, den ich nicht kenne, und dieses Wissen gibt mir das Gefühl, mich verlaufen zu haben. Als ob unser gemeinsames Leben gar nicht wirklich stattgefunden hätte."

Mit zitternder Hand strich er ihr über das Haar. „Wir waren ein verliebtes Paar, Mike. Wir waren glücklich. So könnten wir wieder sein; du brauchst bloß die Augen aufzumachen und mich anzusehen. Ich liebe dich. Für immer." Langsam beugte er sich über sie und küsste ihre Stirn. „Für immer", murmelte er noch einmal.

JULIAN wachte mit einem enormen Kater auf. Das war natürlich nicht anders zu erwarten gewesen. Er hatte nach seinem Treffen mit Liam Campbell in seinem Zimmer gesessen, ferngesehen und getrunken. Benommen drehte er sich auf die Seite und griff nach dem Telefon. Dann tippte er Vals Büronummer ein. Beim zweiten Klingeln meldete sich die Sekretärin. „Lightner und Partner."

Julian versuchte sich aufzusetzen. „Ist Val da?"

„Hallo, Julian. Augenblick mal eben."

Val kam an den Apparat. „Julian, was treibst du so im sagenhaften weißen Norden?"

„Ich habe Kayla gestern besucht."

„Das hab ich mir schon gedacht. Wie geht's ihr?"

Er versuchte, in Worte zu fassen, wie er sich gestern gefühlt hatte, aber seine Emotionen zu beschreiben war ihm schon immer schwer gefallen. „Es war unheimlich, Val. Sie lag da, bewusstlos. Ich habe nicht gewusst, was ich machen soll. Sie behaupten, dass sie auf Erinnerungen reagiert hat, und deshalb habe ich angefangen, über uns zu sprechen." Er lachte. „Du kennst mich, ich kann mich nicht an gestern erinnern, und da saß ich und dachte daran, wie ich sie zum ersten Mal geküsst habe. Es hat mich … nicht ganz kalt gelassen."

„Und was willst du jetzt von mir? Willst du länger bleiben, geht's darum?"

Julian spürte einen Anflug von Enttäuschung und wünschte sich, dass sie nur dieses eine Mal über etwas reden könnten, was wichtig war. „Sie hat mich wirklich geliebt, Val. Daran habe ich mich vor allem erinnert. Was es für ein Gefühl war, geliebt zu werden."

„Jede Frau, die du kennen lernst, himmelt dich an."

„Aber das ist nicht dasselbe, oder?", fragte er leise.

Val war still, und Julian fragte sich, ob er ihm überhaupt zugehört hatte. „Nein, vermutlich nicht", antwortete er schließlich. „Aber was willst du jetzt mit diesem Gefühlsausbruch anfangen?"

Darüber hatte Julian noch nicht nachgedacht. „Nichts, denk ich. Sie ist verheiratet."

„Wie bitte?“

Julian hielt sich den Hörer vom Ohr weg. Vals Stimme klang so schrill, dass jetzt vermutlich in der ganzen Stadt die Hunde bellten. „Du hast schon richtig verstanden. Sie ist verheiratet … mit dem Arzt, der mich angerufen hat.“

Durch die Leitung kam das unverkennbare Geräusch des Zigarettenanzündens, dann blies Val hörbar eine Rauchwolke in den Hörer.

„Liebt er sie?“

„Ja. Ihr Krankenhauszimmer ist wie ein Schrein ihres gemeinsamen Lebens, und die Schwester hat mir erzählt, dass er jeden Tag stundenlang an ihrem Bett sitzt.“

„Also der echte Held, samt Mantel und Degen. Ein Heiliger, der seine Frau so sehr liebt, dass er *dich* anruft – ihren ersten Mann –, damit du dabei hilfst, sie aufzuwecken. Das wäre ein gefundenes Fressen für die Presse.“ Val verstummte kurz, ein untypisches Anzeichen von Nachdenklichkeit. „Sei da lieber vorsichtig, Julian.“

Julian wusste, dass Val Recht hatte. Aber als er Kayla besucht hatte, war die Erinnerung an ihre Liebe wieder da gewesen, und die Erinnerung hatte bewirkt, dass er sich jetzt einsam fühlte.

„Julian? Das Beste ist, wenn du sofort zurückkommst, ja? Morgen hast du einen Termin in –“

Julian legte auf. Hollywood und seine Karriere schienen plötzlich weit weg zu sein, ein schlichtes Schwarz-Weiß-Foto im Vergleich zu den üppigen Technicolorerinnerungen an seine erste Liebe.

Er schwang die Beine über die Bettkante und stand auf. Mit wackligen Beinen ging er den Flur entlang zum Bad. Er duschte in der winzigen Duschkabine, dann zog er seine ausgewaschene Levi's und ein schwarzes T-Shirt an. Er griff nach der Winterjacke, die er gestern gekauft hatte – in einer Nobelboutique namens „Charlies Gemischtwarenhandlung“. Er schlüpfte hinein, schlug den Kragen hoch und verließ das Zimmer. Am Flurende hämmerte er gegen die Tür seines Chauffeurs: „Los, fahren wir!“

Als er die Treppe herunterkam, tauchte Eliza gerade aus der Küche auf. Sie sah aus wie in Mehl gewendet, fertig für die Fritteuse. „Auf Wiedersehen, Mr True. Können wir zum Mittagessen mit Ihnen rechnen?“

„Das weiß ich nicht. Tschüs, Eliza.“ Er machte die Tür auf – und sah ein Dutzend Teenager auf dem Gehweg hinter dem weißen Jägerzaun stehen. Bei seinem Anblick kreischten sie sofort seinen Namen.

Er grinste träge. „Hallo, die Damen. Wie reizend, dass Sie alle gekommen sind.“

Sie drängten sich kichernd aneinander.

„Was haben wir denn hier, das Empfangskomitee von Last Bend?“, fragte er und sprang die Stufen hinunter. „Und obendrein so hübsche Mädchen. Es ist mir eine Ehre.“

„Geben Sie mir ein Autogramm für mein Album, Mr True?“, fragte eins der Mädchen. Die Wangen, rund wie Untertassen, waren knallrot.

„Aber natürlich, gern.“ Er zog einen Stift aus der Tasche und fing an, Autogramme zu schreiben.

„Heute Abend ist der Winterball, Mr True. Haben Sie nicht Lust vorbeizukommen?“, fragte ein Mädchen und fing an zu kichern, ehe sie zu Ende gesprochen hatte.

Er legte sich die Hand aufs Herz. Noch immer genoss er es, angehimmelt zu werden. „Aber, aber. So ein hübsches Mädchen wie Sie hat doch bestimmt schon einen Begleiter.“

„Stimmt, Serena!“, rief eine andere. „Du hast doch schon jemand. Wie wär's mit mir, Mr True?“

Er wollte eben mit einem kleinen Scherz darauf antworten, als er ein Mädchen mit langen schwarzen Haaren sah. Sie stand hinten in der Gruppe, kicherte nicht und verlangte auch kein Autogramm von ihm.

Sein Herz setzte einen Moment aus. Sie war schön – schön nach den Maßstäben Hollywoods –, ein großes, schlankes Mädchen mit Augen wie geschmolzene Zartbitterschokolade. Mitternachtschwarzes Haar floss ihr wie ein Wasserfall aus Tinte über den Rücken. Sie musste es sein …

Er schob sich durch die Menge und stellte sich neben das dunkelhaarige Mädchen. Sein Herz schlug heftig. „Und wer sind Sie?“

„Ich bin Jacey.“

Der Name seiner Tochter war Juliana Celeste. Wenn man das Kürzel J. C. englisch aussprach, dann klang es wie Jacey. Seine Tochter. Er war vor Benommenheit sprachlos. Zum ersten Mal war sie real; kein verblasstes Bild von einem kleinen Baby.

„Mr True?“ Sie errötete sanft. „W-Was machen Sie denn in Last Bend?“

„Ich …, äh …, bin hier für die Stiftung ‚Wünsch dir was‘, mache Besuche im Krankenhaus.“

„Meine Mutter ist krank. Sie liegt im Koma. Vielleicht …, vielleicht könnten Sie sie besuchen.“

„Das mache ich gern. Eigentlich könnte ich das jetzt gleich tun.“

„Ich bin hier, Mr True!“, ertönte die Stimme des Chauffeurs über das Gekicher hinweg.

Die Mädchen zogen sich sofort zurück und erwiesen Julian einen Respekt, wie er ihn in Hollywood lange nicht mehr erlebt hatte. Alle bis auf Jacey. Sie sah mit traurigen Augen zu ihm auf.

Er schaute auf sie hinunter und versuchte sich einen Moment länger ihr Gesicht einzuprägen, dann ging er zu seinem Auto.

Und in seiner Brust breitete sich ein neues, fremdes Gefühl aus, das ihm das Atmen schwer machte.

Scham.

DIE NACHT brach völlig unvermittelt an, und die letzten rosa Strahlen der untergehenden Sonne verschwanden. Liam wandte sich vom Fenster ab und schaute seine Tochter an.

Jacey stand vor einem hohen Spiegel und betrachtete sich. Das aus dem Gesicht zurückgekämmte Haar war zu einem dichten schwarzen Zopf geflochten, den vier glitzernde rosa Kristallschmetterlinge schmückten. Das schmal geschnittene lavendelblaue Kleid saß perfekt.

Sie sah so erwachsen aus. Ihn überkam ein Anflug von Traurigkeit, und ihm war, als hätte er sein kleines Mädchen schon verloren. Er sah, dass sie Tränen in den dunklen Augen hatte, und wusste, dass sie an ihre Mutter dachte.

„Sie wäre so stolz auf dich“, sagte er. „Du siehst wunderschön aus.“

„Danke, Papa.“

Sie nahm seine Hand und drückte sie. Hand in Hand gingen sie die Treppe hinunter ins Wohnzimmer, wo Mark schon wartete. Er trug einen marineblauen Smoking, ein weißes Rüschenhemd und eine lavendelblaue Fliege.

„Oh, Jacey“, sagte Mark und ging auf sie zu. „Du siehst toll aus.“

Sie lächelte. „Danke, Mark.“

Oben beugte sich Bret über das Geländer und sang, was die Stimmbänder hergaben: „Treulich geführt, wie eine Kuh!“

„Bret!“, rief Liam lachend. „Hör auf damit!“

Bret kam polternd die Treppe herunter und neben seiner Schwester zum Stehen. Sie stupste ihn an. „Schönen Dank auch, du Mondkalb.“

Bret schaute zu ihr auf. Rosa hatte sein kleines Gesicht auf Hochglanz geschrubbt. „Echt, du siehst stark aus“, sagte er.

„Danke, Kleiner.“

Liam holte seine Kamera und verknipste fast einen ganzen Film. Er wusste, dass er Zeit gewinnen wollte – so als ob Mikaela wie durch Zauberei zur Tür hereinkommen würde, wenn er die Szene ein bisschen verlängerte.

„Es reicht, Papa", sagte Jacey lachend. Sie machte sich von Marks Arm los und ging zu Liam. „Ich weiß", sagte sie leise zu ihm. „Sie will sicher alle Bilder sehen. Jede Pose aus jeder Perspektive. Gib mir doch die Kamera, ich tue sie in meine Handtasche und knipse alles, was mir vor die Linse kommt."

Liam nahm sie in die Arme und hielt sie ganz fest. Schließlich ließ er sie los und lächelte. „So, ab mit euch, und amüsiert euch gut."

Jacey gab Rosa und Bret einen Abschiedskuss und eilte hinaus.

Liam stand am Fenster und schaute zu, wie sie abfuhr. Normalerweise hätte er sich jetzt zu seiner Frau umgedreht und sie in die Arme genommen. Sie hätte geweint.

Aber jetzt war er es, dem zum Weinen zumute war. Und niemand war da, der ihn in die Arme nahm.

Mit einem Seufzer ging er ins Wohnzimmer und schaltete den Fernseher ein.

JULIAN hätte nicht genau sagen können, warum er auf das Schulfest gehen wollte. Er wusste, dass es falsch war, sogar gefährlich, aber er war kein Mensch, der lange Überlegungen anstellte. Er wollte hin. Nur darauf kam es an.

In seinem plüschigen Pensionszimmer zog er sich so sorgfältig an, als wäre er auf dem Weg zur Oscar-Verleihung und nicht zu einem Schulfest in der tiefsten Provinz. Ein schwarzes Seiden-T-Shirt und schwarze Bundfaltenhosen von Armani. Anstatt seinen Fahrer zu bemühen, ging er die drei Straßen zur Angel Falls High School zu Fuß. Als er ankam, waren seine Wangen taub vor Kälte. Außerdem brauchte er dringend eine Zigarette.

Vor der Aula hielt er inne, holte tief Luft und öffnete die Flügeltür. Die Turnhalle war mithilfe von künstlichen Palmen in ein kitschiges Tropenparadies verwandelt worden. In der Mitte lag ein goldfarbener Teppich; daneben wartete ein Dutzend Jungen in Smokings und Mädchen in Ballkleidern darauf, sich fotografieren zu lassen. An der gegenüberliegenden Wand spielte eine Band einen Song, der Julian irgendwie bekannt vorkam.

Er merkte sofort, dass er erkannt wurde. Es wurde nicht mehr getanzt. Die jungen Leute wichen vor ihm zurück, bildeten, flüsternd und mit

Fingern auf ihn zeigend, einen Durchgang zur Tanzfläche. Er schaute sich um, lächelte sein breites, viel zu oft einstudiertes Lächeln, bis er das Mädchen mit dem schwarzen Haar sah. Sie stand mit ihrem Partner auf der Tanzfläche. Selbst aus der Entfernung merkte Julian, dass die beiden ihn anstarrten.

Er bewegte sich durch die Menge, wie er es vor langer Zeit gelernt hatte: mit erhobenem Kopf, festgefrorenem Lächeln und ohne Blickkontakt herzustellen. Der Song ging zu Ende, ein neuer fing an. Das Liebeslied aus dem Spielfilm „Titanic".

Er blieb neben Juliana stehen. J. C., Jacey, dachte er und streckte die Hand aus. „Darf ich um diesen Tanz bitten?"

Die Menge atmete geräuschvoll aus. Jaceys Partner – ein großer, gut aussehender Junge in einem billigen Smoking – machte ein verwirrtes Gesicht. Jacey wandte sich dem Jungen zu. „Hast du etwas dagegen?"

„Äh …, nein."

Julian zog sie in seine Arme, und sie fingen an zu tanzen. Die Menge schloss sich um sie.

„Warum ich?", flüsterte sie.

Er lächelte. „Warum nicht? So, Jacey mit dem Haar der Mitternacht, erzählen Sie mir alles über sich. Haben Sie gute Noten? Jede Menge Freunde? Praktizieren Sie Safersex?"

Sie lachte, kehlig und rauchig. Es hörte sich genau an wie Kaylas Lachen. „Sie klingen wie mein Papa, aber der stellt mir keine Fragen nach meinem Liebesleben."

Die Art, wie sie das Wort Papa sagte, während sie ihn anlächelte, traf ihn wie ein Stoß ins Herz.

„Was machen junge Leute hier in der Stadt, wenn sie sich amüsieren wollen?"

Sie zuckte die Achseln. „Das Übliche. Ski fahren, Eis laufen, kegeln, reiten. Im Sommer hängen wir am Angel Lake rum. An einem riesigen Madronabaum am Currigan Point gibt es eine coole Schaukel."

Das war todsicher nicht „das Übliche" in Los Angeles, jedenfalls nicht für die Tochter eines berühmten Filmstars. Wenn J. C. bei Julian aufgewachsen wäre, hätte sie ihr Leben hinter Eisentoren und unter dem Schutz von Leibwächtern verbracht.

Zum ersten Mal begriff er, was Kayla vor so vielen Jahren von ihm verlangt hatte. Sie hatte über Entzug und Sicherheit gesprochen, aber was sie gewollt hatte, war ein normales Leben für ihre Tochter.

Schlicht und einfach: ein normales Leben.

Doch das war etwas, was Julian nie gewollt hatte. Niemals. Aber jetzt, während er Jacey in den Armen hielt, die sein Kind und doch nicht sein Kind war, machte er sich plötzlich Gedanken über den Preis, den er für seinen Ruhm bezahlt hatte.

Die Erkenntnis, wie nachlässig er mit seiner Tochter umgegangen war, traf ihn hart. Er war nicht J. C.'s Vater. Sie hatte jemanden zu Hause, der sie liebte, der wusste, ob sie Zahnspangen getragen oder beim Schlafen geschnarcht hatte, der für sie da gewesen war, wenn sie hingefallen war.

Obwohl er klug genug war, die Wahrheit zu erkennen – dass er nicht der Vater dieses Mädchens war und es niemals sein würde –, konnte er dem Wunsch, dem Traum, es könnte anders sein, nicht widerstehen.

Der Song ging zu Ende. Er beugte sich traurig über sie und küsste sie auf die Wange. Dann tat er, was er am besten konnte: Er ging.

LIAM saß im Wohnzimmer und hielt einen verdünnten Scotch in der Hand, als er das Auto vorfahren hörte. Bei dem Geräusch zuckte er zusammen. Seit Stunden saß er hier und dachte über die Entscheidung nach, die er und Julian getroffen hatten. Und je mehr er darüber nachdachte, desto deutlicher erkannte er, wie waghalsig und gefährlich es war, die Wahrheit zu verschweigen.

Im Grunde war es Liam zuwider, Jacey etwas vorzumachen. Er hatte noch nie geglaubt, dass es für einen Menschen das Beste sein könnte, ihn zu täuschen, und jetzt spürte er, jedes Mal wenn er sie ansah, dass die hässliche Lüge zwischen ihnen stand.

Plötzlich ging die Haustür auf, und Jacey kam hereingestürmt. Ihre Wangen waren gerötet, und ihre dunklen Augen glänzten.

„Hallo, Papa", sagte sie verträumt.

„Wie war's?"

Sie schwebte zur Couch, neigte sich wie ein Kolibri und hauchte einen federleichten Kuss auf seine Wange. „Total geil. Perfekt. Ich hab massenhaft Fotos für Mama gemacht." Sie unterdrückte ein Gähnen.

„Sie will sie bestimmt alle sehen, jedes einzelne."

Sie drehte sich lächelnd um und ging zur Treppe. Er folgte ihr und machte dabei die Lichter aus.

Vor ihrer Zimmertür blieb sie stehen und sah lächelnd zu ihm auf. „Rat mal, was passiert ist!"

Er strich ihr eine Haarsträhne aus der Stirn. „Was denn?"

„Julian True ist auf dem Ball aufgetaucht. Er hat mich zum Tanzen aufgefordert. Kannst du dir das vorstellen? Er hat mich Jacey mit dem Haar der Mitternacht genannt. Dieser Abend wird mir auf ewig im Gedächtnis bleiben."

Liam erstarrte. „Aber –"

„Gute Nacht, Papa." Sie küsste ihn auf die Wange, ging in ihr Zimmer und machte die Tür zu.

Er stand lange, lange dort. Dann klopfte er langsam an ihre Tür. Als sie aufmachte, bemühte er sich um ein Lächeln. „Ich …, äh …, habe eben einen Notruf bekommen. Mach dir keine Sorgen, es ist nicht wegen Mama. Aber ich muss sofort ins Krankenhaus. Ich bin bald wieder da."

Sie lächelte abwesend; er merkte, dass sie nur halb zuhörte.

„Okay. Fahr vorsichtig."

Er nickte und machte die Tür zu. Voller Zorn rannte er hinunter in die Garage und stieg ins Auto.

JULIAN saß auf der Treppe seiner Pension und rauchte eine Zigarette.

Liam bremste, stellte den Motor ab und stieg aus. Er atmete tief die eisige Luft ein. „Was zum Teufel haben Sie sich dabei gedacht?"

Julian sah auf. Die Kälte tat ihm nicht gut, es war, als ob sie ihm die Farbe aus den Wangen saugte. „Ich musste sie einfach sehen."

Liams Zorn verrauchte, als er die Traurigkeit in Julians blauen Augen sah; es war der Blick eines Gescheiterten. Und ihm wurde klar, dass Julian nicht anders hatte handeln können, als zu dem Ball zu gehen und Jacey zu sehen.

„Sie ist schön, Dr. Campbell. Kayla wie aus dem Gesicht geschnitten, und als ich sie angeschaut habe …, konnte ich nichts von mir entdecken."

Liam wusste nicht, was er dazu sagen sollte.

Julian nahm einen letzten Zug und trat die Zigarette dann im Schnee aus. Es zischte, und ein Rauchfaden stieg auf. „Ich habe es ihr nicht gesagt. Und ich weiß auch, dass ich das nie könnte."

Liam trat einen Schritt vor. „Warum?"

„Das kann ein Mann wie Sie nicht verstehen." Er seufzte; vor seinem Gesicht bildete der Atem eine Wolke. „Ich mache alles kaputt, was ich anfasse." Er versuchte zu lächeln. „Das ist mir eben erst bewusst geworden. Ich will ihr nicht wehtun."

Liam kam es so vor, als ob es doch noch etwas Echtes in Julian True zu entdecken gab, und er hatte wider Willen Mitleid mit dem jüngeren Mann.

Julian stand langsam auf. „Sagen Sie es ihr nicht, Dr. Campbell. Bitte nicht.“

Später fragte sich Liam, was ihn bewogen hatte, das traurige Bedauern in Julians Blick oder die eigene Angst davor, Jaceys empfindsames Herz zu verletzen. Was auch immer es gewesen war, es veranlasste ihn dazu zu sagen: „Okay, Julian. Okay.“

KAPITEL 6

Jetzt hat das Wasser ein schönes Aquamarinblau. Sie befindet sich auf dem Grund eines Swimmingpools und schaut hinauf. Ihre Glieder fühlen sich schwer an; das Wasser leistet ihren Bewegungen Widerstand. Aber sie kann sich bewegen. Das hat sie gelernt. Wenn sie sich wirklich konzentriert, ihren ganzen Willen zusammennimmt, kann sie die Finger heben und mit den Zehen wackeln. Sie weiß, dass das einmal, vor langer Zeit, so gut wie nichts gewesen wäre, etwas, was schon ein winziges neugeborenes Kind kann, aber für sie, in diesem Teich aus endlosem, klarem Wasser, bedeutet es alles.

Sie treibt durch das Wasser nach oben, höher und höher; ihr Körper ist schwerelos. Das Wasser teilt sich und trägt sie.

Als sie die Oberfläche erreicht, läuft ihr das Wasser vom Gesicht. Sie riecht die liebliche, nach Tannennadeln duftende Luft, saugt sie gierig ein. Und sie greift nach dem Schatten vor ihr. Sie öffnet die Augen und schreit sofort auf. Das Licht ist so hell, sie kann die Helligkeit nicht ertragen.

„Sie hat die Augen aufgemacht. Gütiger Gott, Mike. Wir sind hier …“

Sie holt tief Luft, um sich zu beruhigen, und macht wieder die Augen auf. Die Schatten scheinen vor ihr zu kreisen. Wie eine Fata Morgana auf einer Wüstenstraße nehmen sie langsam Gestalt an. Drei Personen umgeben sie, Männer.

Julian. Sie sieht ihn, diese geliebten blauen Augen, die auf sie herunterschauen. Sie streckt die Hände nach ihm aus, will sein Gesicht ganz sanft streicheln, aber sie kann sich nicht beherrschen und ohrfeigt ihn heftig. Sie will über sein überraschtes Gesicht lachen, bricht aber stattdessen in Tränen aus.

Sie versucht zu sprechen. Es schmerzt und brennt. Trotzdem presst sie das Wort durch die trockene, verletzte Kehle, und als das Wort herauskommt, verstümmelt und fremdartig, weint sie noch heftiger. „Ju…li…an.“

„Ich bin hier", sagte er mit der Stimme, an die sie sich so gut erinnern konnte, mit der Stimme, die direkt mit ihrem Herzen verbunden zu sein schien. „Kayla, Schatz, bist du da? Drück meine Hand."

Es schien Stunden zu dauern, bis sie klar sehen konnte, aber dann sah sie ihn neben sich stehen, auf sie herunterschauen, und sie spürte, wie die Freude sie durchströmte. „Du bist zurückgekommen."

Ein zweiter Mann beugte sich über sie. Auf seinem weißen Kittel stand Dr. Liam Campbell. „Hallo, Mike."

Sie runzelte die Stirn, versuchte den Kopf zu drehen und nach Liam Ausschau zu halten. Doch das strengte sie so an, dass sie aufgab. Sie versuchte, sich daran zu erinnern, wie sie hierher gekommen war, aber da war nichts. Sie erinnerte sich an jeden Moment ihres Lebens bis zu dem Zeitpunkt, an dem sie sich von Julian verabschiedet hatte. Danach herrschte völlige Leere. Es entsetzte sie. „Ich … weiß … nicht …, wo …"

„Du bist im Krankenhaus", sagte jemand.

„Juliana", krächzte sie. „Wo ist mein Baby?"

„Baby?" Julian wandte sich dem zweiten Mann zu. „Was ist los?"

Etwas stimmte nicht. Plötzlich begriff sie, dass sie verletzt gewesen war. Verletzt. Und sie wollten ihre Frage nach Juliana nicht beantworten.

Der zweite Mann strich ihr über das Gesicht. Er hatte eine Sanftheit an sich, die sie beruhigte. Sie blinzelte hinauf in sein verschwommenes, unscharfes Gesicht. „Nicht weinen, Mike. Deiner Tochter geht es gut."

Sie vertraute ihm. Juliana ging es gut. „Wer …"

„Ganz ruhig, Liebste. Geh es langsam an."

„Wer … sind Sie?", fragte sie schließlich.

Das Gewicht der Frage drückte sie wieder in das kühle blaue Wasser, zurück an den Ort, wo sie keine Angst verspürte.

„Retrograde Amnesie."

Liam und Julian saßen vor Stephen Penns großem Eichenschreibtisch. Der Neurologe sah mitgenommen und müde aus.

Liam beugte sich vor. „Bei posttraumatischen –"

„Moment mal!" Julian sprang auf. Er strich wie ein Löwe im Käfig durch das kleine Büro und fuhr sich mehrmals mit der Hand durch das Haar. „Ich weiß nicht, worüber Sie beide reden. Was zum Teufel ist retrograde Amnesie?"

Stephen nahm die kleine, runde Brille ab. „Sobald ein schweres Trauma eintritt, hört das Gehirn damit auf, Erinnerungen zu speichern. Deshalb erinnern sich Patienten mit schweren Hirnverletzungen kaum an den Auslöser. Sehr häufig ist die letzte klare Erinnerung ein Ereignis, das Tage oder Wochen her ist …, sogar Jahre. Dabei handelt es sich oft um starke Eindrücke. Hochzeiten, Geburten, solche Dinge. Es hat den Anschein, als wäre Mikaelas Bewusstsein vor etlichen Jahren stehen geblieben. Sie scheint zu glauben, dass Jacey noch ein Baby ist." Er machte eine Pause. „Es ist eindeutig, dass sie sich an ihr Leben mit Liam überhaupt nicht erinnert."

„Wie lange wird die Amnesie deiner Meinung nach anhalten?", fragte Liam, obwohl er die Antwort kannte.

„Das können wir nicht wissen", sagte Stephen langsam. „Obwohl die Chancen dafür, dass sie sich erinnern wird, gut stehen. Retrograde Amnesie mit Langzeitdauer ist selten." Seine Stimme wurde leiser. „Aber es kommt vor."

„Wie können wir ihr helfen?", fragte Liam ruhig.

„Im Augenblick ist sie verängstigt und verwirrt. Wir sollten sehr, sehr vorsichtig vorgehen. Das Bewusstsein ist zerbrechlich. Wir dürfen sie jetzt nicht überfordern. Ich halte es für das Beste, wenn wir der Natur ihren Lauf lassen."

Liam seufzte müde. „Das soll heißen, dass die Kinder und ich wegbleiben sollen?"

„Es tut mir Leid, Liam. Ich kann mir vorstellen, wie schwer das für dich ist. Aber ich glaube, sie braucht Zeit, damit ihr Bewusstsein heilen kann."

Liam ließ den Kopf hängen. Er schaute so lange auf den Orientteppich hinunter, bis die Farben zu einem riesigen Fleck verschwammen.

Und er fragte sich verzweifelt, was er den Kindern sagen sollte.

JULIAN rief Val von einer Telefonzelle an. „Sie ist heute aufgewacht", sagte er, als Val sich meldete.

„Wie geht es ihr?"

„Sie hat Amnesie. Sie erinnert sich an nichts aus den letzten sechzehn Jahren. Sie glaubt, dass wir immer noch verheiratet sind."

„Soll das heißen –"

„Sie liebt mich immer noch, Val. Ohne die üblen Erinnerungen an unsere Trennung."

Val pfiff durch die Zähne. „Wie hast du das denn gemacht? Hast du dir dein eigenes Drehbuch geschrieben, oder was? Es ist ein Märchen, und du bist der Prinz. Die Presse wird voll drauf abfahren."

Julian sackte gegen die Wand. „Du kapierst aber auch gar nichts. Wie soll ich ihr erklären, dass ich nie zu ihr zurückgekommen bin? Val? Val?"

Die Antwort war das Freizeichen.

Julian legte fluchend auf. Zum ersten Mal, seit er nach Last Bend gekommen war, hatte er Angst.

ALS ER nach Hause fuhr, machte sich Liam immer wieder klar, dass retrograde Amnesie eine häufige, kurzfristige Begleiterscheinung bei schweren Hirnverletzungen war. Das Schlüsselwort war „kurzfristig"; es war die Hoffnung, an die er sich wie an einem Geländer festzuklammern versuchte, das aber unter der Last seiner Furcht immer wieder nachgab.

Was war, wenn sie sich nie wieder an ihn und die Kinder erinnern konnte? Er konzentrierte sich auf seinen Atem; es schien die einzige Möglichkeit zu sein, die drohende Panik unter Kontrolle zu halten.

„Wer sind Sie?"

Würde er diese Worte je vergessen können? Den Schmerz vergessen können, der ihn in dem grauenhaften Moment wie ein Messer durchfahren hatte, als sie Julians Namen sagte … und dann ihn fragte, wer er sei.

Der Schnee fiel jetzt so dicht, dass er die eigene Einfahrt erst sah, als er schon fast daran vorbeigefahren war. Er schaltete auf Vierradantrieb und fuhr langsamer. Vorsichtig manövrierte er das Auto in die Garage.

An der Tür zum Windfang nahm er sich einen Moment lang Zeit, seine Gedanken zu ordnen, bevor er ins Haus ging. „Hallo!", rief er. „Ich bin zu Hause."

Er hörte das Huschen von Füßen in Hausschuhen auf dem Holzboden, und dann stand Rosa vor ihm in ihrem schwarzen Hauskleid und Mikes alter Stallschürze. *„Buenas noches"*, sagte sie.

„Wo sind die Kinder?"

Sein Ton war anders als sonst. Erschrocken sah sie ihn an. „Jacey kommt jeden Moment nach Hause. Bret ist oben unter der Dusche. Möchtest du –"

„Mike ist heute aufgewacht."

Sie stieß scharf die Luft aus. Ihre Hand flog zum Mund. *„Dios mío,* das ist ein Wunder. Wie geht es ihr?"

„Sie hat mich nicht erkannt, Rosa." Er konnte hören, wie in seiner Stimme der furchtbare Schmerz mitschwang, den er seitdem empfand. „Julian …, sie hat Julian erkannt."

Rosa ließ die Hand langsam nach unten sinken und ballte die Finger zur Faust. „Was hat das zu bedeuten?"

„Ich könnte dir ein paar klinische Erklärungen dafür nennen, aber es läuft darauf hinaus, dass sie zu glauben scheint, sie sei 24 und noch mit Julian verheiratet. Sie glaubt, Jacey sei noch ein Baby."

Rosa schaute Liam mit einem ihm vertrauten Blick an, dem Blick eines Patienten, der eben etwas Verheerendes erfahren hat.

„Wir hoffen, dass es nur vorübergehend so ist." Er betonte fast unmerklich das Wort hoffen. „Im Allgemeinen finden die Menschen ihr Gedächtnis wieder."

Rosa schloss die Augen und senkte den Kopf. „Dieser Schmerz für dich …, ich kann es kaum fassen."

Die Kehle wurde ihm eng. „Ja."

Schließlich schaute sie auf, und in ihren dunklen Augen – die Mikes Augen so ähnlich waren – schimmerten Tränen. „Was willst du den Kindern sagen?"

Liam seufzte. „Ich wage gar nicht daran zu denken, Rosa."

„*Sí.* Sie haben so lange dafür gebetet. Es wird ihnen das Herz brechen, wenn sie erfahren, dass sie sich nicht an sie erinnert."

„Ich weiß. Aber es ist eine kleine Stadt. Hier kann man keine Geheimnisse bewahren."

Geheimnisse wie zum Beispiel ein berühmter Vater, von dem ein junges Mädchen nichts weiß.

Rosa trat einen Schritt auf ihn zu. „Sag es ihnen noch nicht. Wenigstens nicht heute Abend. Lass *Mikita* bis morgen Zeit. Vielleicht müssen wir den Kindern gar nichts von dieser furchtbaren Sache sagen." Sie sah ihn an. „Was hat sie gesagt, meine *Mikita,* als du ihr von eurer Ehe erzählt hast?"

Darauf war er nicht gefasst. „Wir haben ihr nichts davon erzählt. Stephen meint, die Wahrheit könnte sie erschrecken."

Rosa dachte kurz darüber nach, dann schüttelte sie den Kopf. „Ihr Männer – ihr Ärzte –, ihr tut, was ihr für das Beste haltet. Aber ich bin ihre Mutter. Ich habe mich immer um Mikaela gekümmert. Ich werde es auch jetzt tun. Ich brauche die Fotos, die du gefunden hast."

Liam versuchte, sich vorzustellen, wie es war, eine solche Mutter zu haben. Was für eine Kraft musste es einem Menschen geben, im Leben jemanden zu haben, bei dem man selbst nach dem schlimmsten Sturz immer wieder weich landen konnte. „Rosa", sagte er ruhig und fasste nach ihrer Hand. „Ich weiß nicht, wie ich das alles ohne dich überstanden hätte."

Rosa griff nach seiner anderen Hand und hielt sie fest. „Du bist stärker, als du glaubst, Liam. Jetzt glaubst du, dass Mikaela dich nicht braucht, dass sie dich vergessen hat, weil sie dich nicht liebt, aber du irrst dich. Vielleicht sind ihre Augen jetzt offen, aber eigentlich schläft sie noch. Lass ihr Zeit."

DIESES Mal wachte sie mühelos auf. Kein Strudel am Grund eines Swimmingpools. Sie machte einfach die Augen auf. Fremde standen um ihr Bett. Ein paar davon hatte sie schon einmal gesehen, andere nicht. Sie sprachen über sie.

Die Gesichter gewannen nach und nach an Schärfe, und die Fragen, die sie stellten, bekamen einen Sinn. Dr. Penn – der nett aussehende, grauhaarige Mann im weißen Kittel – lächelte sie an.

„Guten Morgen, Mikaela. Erinnerst du dich an mich?"

„Penn", antwortete sie mit einer Stimme, die so brüchig schien wie altes Porzellan. Die Kehle tat ihr immer noch weh. „Was ist passiert?"

„Du bist vom Pferd gefallen und hast dir den Kopf angeschlagen. Du hast eine ziemlich schwere Kopfverletzung gehabt. Du warst im Koma."

Sie wollte Fragen stellen, aber sie konnte sich an die Wörter, die sie brauchte, nicht erinnern.

„Mach dir keine Sorgen, Mikaela. Das fällt dir alles wieder ein." Dr. Penn wandte sich den Fremden zu. „Wir sollten lieber gehen. Sie braucht Ruhe."

Sie versuchte sich aufzusetzen, aber es fiel ihr schwer. Ihre rechte Seite fühlte sich an, als sei sie gelähmt und zu schwach für eine mühelose Bewegung. Ihr Herz schlug schnell, ihr Atem wurde zu einem Keuchen. Ehe sie sich an die richtigen Worte erinnerte, mit denen sie die Leute zum Bleiben hätte auffordern können, waren sie fort.

Dann ging die Tür ihres Zimmers wieder auf, und eine weitere Fremde trat ein. Es war eine untersetzte Frau in einem blauen Hosenanzug. Sie hatte ein rundes Gesicht und lächelte sie an. „Guten Morgen, Mikaela. Wie fühlen wir uns heute?"

Sie runzelte die Stirn. Sie hieß jetzt Kayla. Alle wussten das. Warum wurde sie dann dauernd Mikaela genannt?

„Wir haben den Katheter gestern Abend entfernt – weißt du noch? Möchtest du versuchen, allein auf die Toilette zu gehen?"

Kayla schaute auf zu der Frau.

„Wer ..., wo?"

„Ich bin Sarah Fielding, Mikaela", beantwortete die Schwester die ungestellte Frage. Sie legte ihren molligen Arm unter Kaylas Kopf und richtete sie sanft auf. Mit knappen, sparsamen Bewegungen brachte sie Kayla zum Sitzen und half ihr dann auf die zittrigen Beine. Kayla klammerte sich an die Schwester und versuchte zu gehen. Sie musste das schwere rechte Bein nachziehen, als sie langsam zur Tür schlurften.

„Meinst du, du kannst allein auf die Toilette gehen?"

„Ja", antwortete sie und packte unsicher den Waschbeckenrand. Sie bebte und atmete schwer, aber sie konnte allein stehen.

„Ich bin nebenan, wenn du mich brauchst." Schwester Sarah ging rückwärts hinaus und ließ die Tür einen Spalt offen.

Kayla sank auf den kalten Sitz. Das Urinieren brannte so stechend, dass sie sich den Mund zuhalten musste, um nicht laut aufzuschreien. Als sie fertig war, beugte sie sich vor, hielt sich am Waschbeckenrand fest und brachte ihren widerstrebenden Körper unbeholfen zum Stehen.

Und dann sah sie sich im Spiegel. Ihr Gesicht war kreideweiß. Das Haar war kurz; es sah aus, als wäre es mit einer Küchenschere abgeschnitten worden.

Aber ihr Haar war doch lang – bis zur Taille. Julian erlaubte ihr nicht, es abzuschneiden. Zitternd beugte sie sich näher zum Spiegel und presste die feuchten Handflächen an die kalte Scheibe. Sie hatte winzige Fältchen um die Augen und um den Mund herum. Falten, die sie noch nie zuvor gesehen hatte …, und das schwarze Haar wies mehr als ein paar graue Strähnchen auf …

Sie schrie.

Die Tür flog auf, und Schwester Sarah war da. „Was ist denn los?"

Kayla drehte sich schwankend um, die Hände vor dem Gesicht. „Ich bin … alt. O Gott …, was ist denn mit mir passiert?"

„Ich hole den Doktor."

Kayla packte die Frau am Ärmel. „Was ist passiert?"

Doch Schwester Sarah riss sich los. „Ich bin gleich wieder da." Sie rannte hinaus, und die Tür knallte hinter ihr zu.

Kayla konnte kaum atmen; ihre Knie fühlten sich schwach an. Wie lange hatte sie in diesem Bett gelegen? Wie lange –

Dr. Penn stürzte herein. Schwester Sarah, atemlos und rot angelaufen, war gleich hinter ihm. Kayla sah ihn an und fing an zu weinen. „Wie alt bin ich?" Im Kopf schrie sie die Frage, aber tatsächlich kam sie nur als eine Art abgehacktes Flüstern heraus.

Dr. Penn nahm ihre Hand und hielt sie fest. „Beruhige dich, Mike."

„Ich bin Kayla!" Dieses Mal schrie sie wirklich. Sie klammerte sich an die Hand des Arztes. Durch einen Schleier von Tränen sah sie ihn an.

Der Arzt streichelte ihr das Gesicht, so sanft, als ob er ein Freund wäre. „Weißt du noch, was ich zu dir gesagt habe? Du warst im Koma, Mike."

Ihr Mund zitterte. „Wie lange?"

„Nicht ganz einen Monat lang."

Die Erleichterung, die sie darüber empfand, war so überwältigend, dass sie laut auflachte. Sie wollte sich die Augen wischen, hatte ihre Bewegungen aber nicht unter Kontrolle und schlug sich gegen die Nase. Sie lachte noch heftiger.

„Im Moment hast du deine Emotionen nicht im Griff, ebenso wenig wie die Motorik", sagte Dr. Penn mit seiner angenehmen, ruhigen Stimme. „Aber die Schädigung ist nicht permanent. Das wird alles wieder normal."

Immer weiter lachte sie, während ihr gleichzeitig die Tränen über die Wangen liefen und auf ihre nackten Arme tropften. Sie kam sich wie eine Geisteskranke vor, weil sie gleichzeitig lachte und weinte. „Wie alt … bin ich?"

Er schwieg, sah Schwester Sarah an und seufzte, als er Kayla wieder anschaute. „Du bist 39."

Fassungslos sah sie ihn an. „Nein …, nein. Ich bin erst 24. Vor zweieinhalb Jahren habe ich geheiratet. Juliana ist eben ein Jahr alt geworden. An das alles erinnere ich mich ganz genau."

„Da sind andere Dinge … Zeiträume, an die du dich noch nicht erinnern kannst. Aber das alles wird dir wieder einfallen. Nimm dir nur ein bisschen Zeit."

Sie brauchte ihre ganze Willenskraft, um einen kleinen Satz zu formulieren. „Ich will … jetzt … meinen Mann sehen."

Dr. Penn nickte. „Moment."

Kayla legte sich wieder ins Bett, wo sie sich sicher fühlte. Julian würde ihr die Wahrheit sagen. Er würde ihr sagen …

Die Tür ging wieder auf. Doch es war nicht Julian; ein Fremder trat herein. Sie schüttelte den Kopf. „Nein …, keine …"

Er trat langsam ans Bett. Sie runzelte die Stirn und wollte ihm sagen, dass er wieder gehen solle. Doch sie sagte nichts. Der Mann berührte sie, fasste sie an den Schultern und zog sie sanft an sich. Sie kam sich vor wie eine Stoffpuppe in seiner Umarmung.

Er schaute sie an, und ihr fiel auf, wie grün seine Augen waren. Noch nie hatte sie Augen gesehen, die so voller Trost waren. Die Art, wie er sie ansah, beruhigte sie. „Für immer", flüsterte er.

Das schlug tief in ihr einen Akkord an. Sie spürte, wie ihr Herzschlag ruhiger wurde und sich ihr Körper entspannte. Sogar die Luft in ihren Lungen schien von selbst zu kommen. Seine Worte durchströmten sie, aber sie bedeuteten etwas, was sie nicht fassen konnte. Und als sie in ihr keinen Halt fanden, flatterten sie davon.

„Erinnere dich an mich", sagte er und schüttelte sie sacht.

Da fiel ihr plötzlich etwas ein. „Ich erinnere mich an Sie", sagte sie ruhig. „Sie sind der andere Arzt."

Er ließ sie los; es kam so unerwartet, dass sie auf die Kissen zurückfiel. Warum sah er sie so traurig an?

„Es tut mir Leid", flüsterte sie, obwohl sie keine Ahnung hatte, womit sie diesen Mann verletzt haben mochte. „Ich wollte doch nur … meinen Mann sehen."

„Okay", sagte er leise. „Ich hole Julian."

LIAM betrat den Raum, in dem Julian und Stephen Penn warteten. Er schaute Julian an. „Sie will ihren Mann sehen."

Julian wandte sich Dr. Penn zu. „Was nun? Was soll ich ihr erzählen, wenn sie mich fragt, wo ich fünfzehn Jahre lang gesteckt habe?"

„Dann sagen Sie ihr die Wahrheit. Sagen Sie ihr, wo Sie gesteckt haben." Liams Stimme klang kühl.

Julian fuhr zu ihm herum. „Ja, das hätten Sie wohl gern!"

„Gern? Ich sehe es nicht einmal gern, wenn Sie in ihrem Zimmer sind." Er kam auf Julian zu. „Wenn sie Ihnen eine direkte Frage stellt, dann verlange ich, dass Sie wahrheitsgemäß antworten."

„Vielleicht sollte ich nicht zu ihr gehen." Julians Stimme senkte sich zu einem Flüstern, das nur Liam hören konnte. „Ich habe Angst, ihr wehzutun."

„Das ist das Beste, was ich heute gehört habe."

Julian wartete, aber Liam sagte nichts mehr. „Na gut", sagte er schließlich, „ich gehe zu ihr."

Er ging hinaus und schritt langsam den Flur entlang. Sehr langsam. Vor ihrer Tür blieb er stehen. Er zwang sich zu einem strahlenden Lächeln und machte die Tür auf. Sie schlief.

Leise machte er die Tür wieder zu und ging an ihr Bett. Sie sah so friedlich aus, so schön … Eine Weile saß er so da und sah sie an. Plötzlich sah er, dass sie blinzelte. Langsam machte sie die Augen auf.

Er beugte sich über sie. „Hallo, Kayla."

Sie setzte sich mühsam auf. „Wo ist Juliana? Ich will mein Baby sehen."

„Sie wird bald hier sein, ich verspreche es dir."

„Du hast mir gefehlt", sagte sie lächelnd und streckte mit einer ruckartigen, unkontrollierten Bewegung die Hand nach ihm aus. „Ich habe gewusst, dass du uns holen kommst."

Er fasste ihre Hand und hielt sie fest. „Du hast mir auch gefehlt." Die Wahrheit dieser schlichten Feststellung überraschte ihn. Kayla hatte ihm tatsächlich gefehlt; und ihm hatte der Mann gefehlt, der er einmal gewesen war – der Mann, der er mit ihr an seiner Seite hätte sein können.

Ihr Blick heftete sich auf sein Gesicht. „Du bist auch älter geworden."

Er lächelte beklommen.

„Julian, niemand will mir die Wahrheit sagen. Aber ich weiß, dass du mich nie belügen würdest. Bitte ..., ich muss es verstehen."

„Du hast ein paar Gedächtnislücken, das ist alles. Die Ärzte sagen, das ist kein Grund zur Sorge." Er beugte sich über sie und küsste sie. Sie schmeckte genauso, wie er es in Erinnerung hatte, sanft, fügsam, nach Heimkehr.

„Wie ist es möglich, dass ich sechzehn Jahre voller Liebe zu dir und Juliana vergessen habe? Erzähl mir von uns, Julian. Hilf mir dabei, mich zu erinnern."

„Ah, Süße ..." Er hätte alles getan, um den Kummer in ihrem Blick auszulöschen. „Sie ist schön, Kayla. Dir wie aus dem Gesicht geschnitten."

Sie sah zu ihm auf. Ihr bleiches Gesicht war ernster, als er es je gesehen hatte. „Ich weiß noch, wie ich gegangen bin. Erinnerst du dich daran, Julian?"

„Ich erinnere mich."

„Ich weiß noch, wie ich meine Sachen gepackt und ein Auto gekauft habe – den grünen Kombi mit den Zierleisten aus gemasertem Holz –, und wie ich alles Wichtige darin verstaut habe. Aus unserem gemeinsamen Leben habe ich fast nichts mitgenommen, nicht einmal Geld. Ich war mir so sicher, dass du uns schnell holen kommst. Ich kann mich an das Warten erinnern, aber nicht daran, dich je wiedergesehen zu haben."

In dem Moment hätte er am liebsten geweint, so erbärmlich fühlte er sich. „Es tut mir Leid, Süße. Es tut mir so Leid."

„Wie lange, Julian?"

„W-Wie lange was?"

Er strich ihr über die zarte Wange. Sie hatte ihn in die Enge getrieben; nur eine Lüge hätte ihn gerettet, aber das war sinnlos, denn es war möglich, dass sie sich in zehn Sekunden an alles erinnerte. „Bis jetzt", antwortete er mit müder, gebrochener Stimme. „Bis vor kurzem."

Sie runzelte die Stirn. „Vor kurzem? Ich bin 39, dann ist mein – unser Baby sechzehn. Du meinst doch nicht etwa –"

„Vor kurzem", wiederholte er leise.

Tränen stiegen ihr in die Augen. Der Schmerz schien immer größer zu werden, bis das Zimmer ganz davon angefüllt war. „Du meinst ..., du bist nie zu mir zurückgekommen? Nie?"

Er spürte das Brennen ihrer Tränen in den eigenen Augen. „Ich war jung und dumm. Ich wusste nicht, dass unsere Liebe etwas Besonderes war."

„Nie." Das Wort rutschte aus ihr hinaus, tonlos und tot. „Kein Wunder, dass ich es vergessen habe."

„Schau mich nicht so an."

„Wie schaue ich dich denn an?"

„Als ... ob ich dir das Herz gebrochen hätte."

Sie versuchte, sich die Augen zu wischen, aber ihre Mühe war vergeblich. „Das musst du wohl vor sehr langer Zeit getan haben – und ich darf es jetzt zum zweiten Mal erleben. O Julian." Sie sackte in die Kissen. Jetzt weinte sie. „Ich liebe dich so sehr." Sie schloss die Augen. „Wenn ich dich bloß vergessen hätte!"

„Sag das nicht. Bitte ..." Er hatte es vorhergesehen, dass er ihr wieder wehtun würde, und er bereute es tiefer, als er es je für möglich gehalten hätte. Jetzt, während er ihr in die feuchten Augen schaute, wünschte er sich, er könnte die Zeit zurückdrehen, wünschte sich, er wäre ein Mann geworden, der zu lieben verstand.

Sie drehte sich unbeholfen auf die Seite. „Geh!"

„Kayla, lass –"

„Geh, Julian. Bitte."

Hätte er so viel Mut gehabt wie Liam, dann hätte er jetzt gewusst, was er sagen sollte, aber sein Kopf war einfach nur leer. Er wandte sich von ihr ab und ging zur Tür.

„Ich will meine Tochter sehen", sagte sie.

Er nickte, schwieg jedoch. Dann ging er.

AM LIEBSTEN hätte sie sich zu einer kleinen, sicheren Kugel zusammengerollt und die Welt ausgeschlossen. Er war nie zu ihr zurückgekommen. Sie konnte es nicht fassen. Es machte sie schlicht und einfach kaputt. Lange Zeit lag sie in ihrem einsamen Bett und versuchte, eine Wahrheit zu begreifen, die zum Verstehen zu gewaltig war.

Was hatte sie in den vielen Jahren gemacht? Und was war mit ihrer

Tochter? Sie erinnerte sich an ein molliges Kleinkind mit braunen Augen und schwarzen Locken. Sie erinnerte sich daran, wie sich das Baby in ihren Armen angefühlt hatte, aber danach an nichts mehr.

Ohne Erinnerungen gab es keine Vergänglichkeit, keine Veränderung, kein Wachstum. Da war nur ihre Liebe zu Julian, dieser entgleiste Zug der Emotion, in dem sie wider Willen festsaß.

Sein Verrat musste sie fast umgebracht haben. Das wusste sie, denn als sie das Wort „nie“ ausgesprochen hatte, da hatte sie es im Herzen und in der Seele gespürt.

Die Tür ging auf. „*Mikita,* bist du wach?“

„Mama!“

Rosa stand lächelnd auf der Schwelle. Mikaela holte tief Luft und hielt sich die zitternde Hand vor den Mund. Rosas Haar war schneeweiß, ihre dunkle Haut war um die Augen und den Mund herum tief zerfurcht.

„O Mama …“

Rosa kam an ihr Bett. Sie strich Mikaela über die Wange, bückte sich und zog sie in die Arme. „Du hast mir so sehr gefehlt.“

„Was ist mit mir passiert, Mama?“

Rosa nahm eine Bürste vom Tischchen neben dem Bett und fing an, ihrer Tochter das kurze Haar zu bürsten. „Du bist vom Pferd gefallen.“

„Das behaupten sie alle. Was zum Kuckuck hatte ich denn auf einem Pferd verloren?“

Rosa lächelte. „Ich höre mit Bedauern, dass du noch immer gerne Kraftausdrücke gebrauchst. In den letzten Jahren bist du eine gute Reiterin geworden. Du liebst das Reiten.“

Mikaela packte das schmale Handgelenk ihrer Mutter. „Erzähl mir von Juliana, Mama.“

Bedächtig legte Rosa die Bürste weg und hielt sich mit ihren knochigen Fingern am Bettgitter fest. „Wir nennen sie jetzt Jacey, und sie ist alles, was man sich von einer Tochter nur wünschen kann.“ Sie schaute mit feuchten Augen auf Mikaela hinunter. „Sie ist schön und begabt und liebevoll und *muy inteligente.* Und beliebt – dauernd geht das Telefon. Schau dich in diesem Zimmer um, *Mikita,* und sag mir, was du siehst.“

Zum ersten Mal schaute Mikaela richtig hin. Überall Blumen und Luftballons; Karten standen auf den Tischen und auf dem Fensterbrett.

„Sind die alle von Julian?“

Rosa wedelte mit der Hand. „Von dem doch nicht. Sie sind von deinen Freunden. Hier ist jetzt dein Zuhause, Mikaela. Es ist ein wunderbarer Ort, ganz anders als Sunville. In jedem Laden, in den ich gehe, fragt jemand nach dir. Die Frauen bringen jeden Tag Essen ins Haus. Hier, *mi hija,* hier wirst du sehr geliebt."

Mikaela sah durch einen brennenden Tränenschleier zu ihrer Mutter auf. „Er ist nie zu mir zurückgekommen, Mama."

„Ich weiß. Das war schon einmal schwer für dich. Vielleicht ist es jetzt sogar noch schwerer. Damals hast du dich daran erinnert, warum du ihn verlassen hast. Ich glaube, das hast du jetzt vergessen."

„Ich will meine Tochter sehen."

Rosa schwieg einen Moment. „Es wird … ihrem Herzen wehtun, diese … Vergesslichkeit", sagte sie leise. „Dr. Liam möchte, dass du dir zum Erinnern noch einen Tag Zeit nimmst. Du willst sie doch bestimmt nicht verletzen."

Mikaela wusste nicht, wie sie den seelischen Schmerz überleben sollte, der sie durchfuhr. „Ich weiß, was es für ein Gefühl ist, von einem Elternteil nicht gekannt zu werden. Das weiß ich durch meinen Vater."

„So hast du ihn noch nie genannt."

„Ich weiß." Sie seufzte müde. „Aber auch wenn ich ihn anders nenne, bleibt er doch mein Vater, oder?"

„Das stimmt." Rosa griff in ihre Tasche und zog ein Foto heraus. „Hier."

Mikaela schaute auf das Bild hinunter – es zeigte Mikaela, Rosa und ein schönes junges Mädchen. Sie standen in einem unbekannten Zimmer neben einem wunderschönen, prächtig geschmückten Weihnachtsbaum.

Mikaelas hungriger Blick registrierte jede Einzelheit an dem Mädchen – die braunen Augen, das unbekümmerte Lächeln, das hüftlange schwarze Haar. „Das ist meine Tochter … Jacey."

„*Sí.* Die Erinnerungen sind in dir, Mikaela. Leg dieses Bild an dein Herz, und schlaf gut. Dein Herz wird sich an das erinnern, was dein Kopf vergessen hat."

Mikaela schaute dieses Gesicht an, das dem ihren so ähnlich war. Doch so viel Mühe sie sich auch gab, sie konnte sich nicht daran erinnern, dieses Mädchen in den Armen gehalten, ihm das Haar gestreichelt oder es auf die Wange geküsst zu haben. „O Mama", flüsterte sie und begann zu weinen.

BALD nach dem Mittagessen schlief Mikaela ein. Sie träumte. Es war ihr erster Traum seit dem Aufwachen, und er gab ihr ein tröstliches Gefühl von Vertrautheit.

Sie ging eine verlassene Straße entlang. Als sie an eine Biegung kam, erblickte sie eine eindrucksvolle Holzscheune. Plötzlich trieb eine graue Wolkenbank heran, die die Sonne auslöschte und einen langen Schatten über das Blockhaus warf.

Die Haustür ging auf.

Sie ging weiter, über die Veranda ins Haus. Sie tastete sich die glatte Holzwand entlang zu einer Treppe. Dort blieb sie stehen. Irgendwo in diesem kalten, finsteren Haus weinte ein Kind.

Ich komme. Die Worte gingen durch Mikaelas Kopf. Sie rannte jetzt.

Das Weinen wurde lauter, hartnäckiger. Mikaela hatte die flüchtige, herzzerreißende Vision von einem rothaarigen kleinen Jungen, der am Daumen lutschte. Er saß zusammengekauert in einer Ecke und wartete auf seine Mama.

Aber vor ihr waren hundert Türen, und der Flur schien sich kilometerweit zu erstrecken. Sie lief den Flur entlang und riss die Türen auf. Doch hinter diesen Türen war nichts.

Plötzlich hörte das Weinen auf. Sie war zu spät gekommen.

Sie erwachte. Die Zimmerdecke über ihr bestand aus weißen Isolierplatten, deren Muster scharf und grell wirkten.

Das Krankenhaus.

Am Fenster stand ein Mann, der einen weißen Kittel trug. Er wandte sich ihr zu, und sie sah, dass es nicht Dr. Penn war. Es war der andere …, wie hieß er noch gleich? Er war groß, mit etwas zu langem blondem Haar und einem netten Gesicht. „Sie haben einen Haarschnitt nötig." Die Worte rutschten ihr einfach heraus, und sie zuckte zusammen. Wie kam sie bloß darauf, so etwas zu diesem Mann zu sagen?

Er fuhr sich mit der Hand durch das zottige Haar und lächelte, aber es war ein trauriges Lächeln. „Ja. Den hab ich wohl nötig. Meine Frau schneidet mir immer die Haare."

Als er sprach, durchlief sie ein Schauer. Sie runzelte die Stirn, musterte ihn, versuchte, sich zu erinnern. Dann fiel es ihr ein. „Sie sind die Stimme", sagte sie leise. „Ich habe Sie im Schlaf gehört."

Er lächelte wieder. „Ich war mir nicht sicher, ob du mich hören kannst. Mir kam es vor, als hätte ich ewig geredet."

Du. Er hatte sie geduzt. „Wer sind Sie?", fragte sie.

Er musterte sie einen Moment lang. „Dr. Liam Campbell."

Irgendwie wusste sie, dass das nicht die richtige Antwort war. Sie ahnte, ohne es zu wissen, dass dies der Mann war, der für sie ihre Lieblingssongs gespielt und mit ihr gesprochen hatte. Er war derjenige, der ihr in der langen Dunkelheit einen Halt gegeben hatte.

„Nein. Wer sind Sie? Wer sind Sie für mich?“

Er streichelte ihre Finger, so zart, dass ihr der Atem in der Kehle stecken blieb. „Diesen Ring“, sagte er leise, „habe ich dir vor zehn Jahren an den Finger gesteckt.“

Sie schaute auf den Ring hinunter. Ein Ehering.

„Ich bin dein Mann.“

Es war unfassbar. „Aber … Julian …“

„Julian war dein erster Mann.“

Panik ergriff sie. Erst eine Tochter, jetzt ein Ehemann. Wie viel hatte sie vergessen? Was hatte sie noch zu erwarten? Sie starrte ihn an, widersprach kopfschüttelnd. Das kann nicht sein, wollte sie sagen, aber in den letzten Tagen hatte sie gelernt, dass alles möglich war. „Wie habe ich so etwas vergessen können? Wie kommt es, dass ich für dich überhaupt nichts empfinde?“

Er zuckte zusammen, und an diesem Zeichen des Schmerzes merkte sie, dass er die Wahrheit gesagt hatte. „Es ist ganz normal, dass du dich im Moment an nichts erinnerst.“

„Ich …, ich weiß nicht, was ich zu dir sagen soll …, Liam.“ Sie probierte den Namen auf der Zunge aus, aber sie verband nichts damit. Es waren Vokale und Konsonanten ohne Bedeutung. Sie versuchte, ihn anzulächeln. „Erzähl mir von unserem gemeinsamen Leben.“ Das waren die Worte, die ihr über die Lippen kamen, aber sie meinte: Bring mich dazu, dich wieder zu lieben …

Er lächelte. „Du warst damals Krankenschwester. Ich habe dich kennen gelernt, als du meinen Vater gepflegt hast …“

Über das Gitter hinweg trafen sich ihre Blicke und hielten sich fest. Plötzlich war sie verlegen, verwirrt von diesem Mann, der ein Fremder und zugleich ihr Ehemann war.

„Bisschen unheimlich, was?“, fragte er mit einem schiefen, nervösen Lächeln.

Sie lächelte zurück, beugte sich näher an ihn heran, musterte sein Gesicht, suchte nach irgendetwas, irgendeiner Erinnerung. Aber da war nichts. Und doch hatte er die gütigsten Augen, die sie je gesehen hatte. „Das muss schwer für dich sein“, sagte sie leise.

„Das Koma war schwerer.“

Im Grunde glaubte sie das nicht. „Hast du Julian angerufen?“

„Ja.“

„Wenn wir beide jetzt verheiratet sind, warum hast du das getan?“

Er ließ sich mit der Antwort so lange Zeit, dass sie sich fragte, ob er ihr überhaupt antworten werde. Dann atmete er in einem langen Seufzer aus. „Weil ich es wusste, Mikaela."

Ihr Herz setzte einen Augenblick aus. „Was hast du gewusst?"

„Dass du nie ganz aufgehört hast, ihn zu lieben."

Einen Herzschlag lang vergaß sie zu atmen. „Du hast mich sehr geliebt." In ihrer Erinnerung hatte sie sich nie so gefühlt. Das Gefühl, ganz und umfassend geliebt zu werden, erzeugte in ihr eine Mischung aus Freude und Traurigkeit. Julians Liebe war nicht so. Sie war ein funkelndes Feuerwerk, das prächtig und farbenfroh explodierte, aber wenn es erlosch, hinterließ es einen kalten, finsteren Himmel.

„Daran hat sich nichts geändert", sagte er und lächelte sie mit einer Traurigkeit an, die ihr das Herz schwer machte.

„Ich muss dich auch geliebt haben."

Er schwieg einen Moment zu lange, ehe er antwortete. „Ja."

Und sie wusste Bescheid. „Ich war immer noch in Julian verliebt, nicht wahr? Ich habe dir wehgetan", sagte sie leise und traurig. „Es tut mir Leid." Es gab noch so viel zu sagen, aber sie konnte nicht einmal daran denken, wie sie das alles sagen sollte. Wie konnte sie sich für etwas entschuldigen, woran sie sich nicht erinnern konnte?

Oder, was schlimmer war: Für etwas, was sie wieder tun würde?

KAPITEL 7

Alles fing ganz unspektakulär mit dem Surren der Elektroniktür an. Julian saß im Wartebereich des Krankenhauses und wartete auf Liam Campbell. Er war noch bei Kayla und hatte Julian gebeten, auf ihn zu warten. Also saß er jetzt da und schaute auf die Wanduhr. Die Zeit verging so langsam, es kam ihm vor, als ob die schmalen schwarzen Zeiger bei 14.45 Uhr stehen geblieben seien.

„Hallo, Julian."

Julian schaute auf und sah Val auf sich zukommen. Statt der üblichen ausgebleichten Jeans mit T-Shirt trug sein Agent einen schwarzen Designeranzug; Hemd und Krawatte waren farblich aufeinander abgestimmt. Er hatte sich nicht die Mühe gemacht, seine Ray-Ban-Sonnenbrille abzunehmen.

Julian hätte gelächelt, wenn er sich nicht so verdammt mies gefühlt hätte. „Hier ist Last Bend, du Idiot, nicht Cannes. Der einzige Designerladen, den es hier gibt, führt Jeans und Flanellhemden." Er stand auf und drehte sich um.

Er sah sofort, was draußen los war. Vor dem Eingang des Krankenhauses standen die Kleinbusse und Mietautos – der Medienzirkus hatte ihn gefunden.

„Herrgott noch mal, Val, bist du wahnsinnig?"

Sein Agent hob die Hände. „Die Sache hier ist ein echter Knüller, Julian. Ich hab nur ein bisschen herumtelefoniert, und schon hatte die Story sich ausgebreitet wie ein Lauffeuer."

„Verflucht noch mal, Val, ich hab dir doch gesagt, du sollst –" Er brach ab. Es war zu spät. Sie hatten ihn gesehen.

Reporter mit Kameras und Mikrofonen stürmten das Krankenhaus. In Sekundenschnelle waren sie umzingelt. In diesem Moment hatte Julian nur einen Gedanken – er musste sie von hier weglocken. Entschlossen schob er sich durch die Menge und trat hinaus in die klirrende Kälte. Die Reporter folgten ihm.

„Julian? Ist das wahr? Haben Sie Ihr Aschenputtel gefunden?"

„Wie schwer ist sie verletzt?"

„Ist sie immer noch schön?"

Julian hob die Hände und zwang sich zu dem Lächeln, das sein Markenzeichen war. „Ich bin für die Stiftung ‚Wünsch dir was' hier. Das ist alles."

Er spürte, wie Val ihn von hinten in den Rücken knuffte. „Er ist zu schüchtern, Ihnen die Wahrheit zu sagen. Sie alle wissen, dass Kayla, Julians erste Frau, die Liebe seines Lebens war. Unglücklicherweise waren die beiden zu jung …" Er machte eine Pause und sah sich um.

Val hatte sie geködert. Julian merkte es am fiebrigen Blick der Reporter, an ihrem atemlosen Schweigen. Julians gute Absichten schwanden dahin – er konnte nicht zulassen, dass Val ihm die Schau stahl. „Sie können sich vorstellen, wie mir zumute war, als ich hörte, dass sie einen Unfall gehabt hatte", sagte Julian. „Mir wurde mitgeteilt, dass Kayla eine schwere Kopfverletzung erlitten hat –"

„Sind Gehirnfunktionen beeinträchtigt?"

Val übernahm wieder die Regie. „Sie hat einen Monat lang im Koma gelegen. Eine Zeit lang sah es hoffnungslos aus. Dann haben die Ärzte gemerkt, dass Kayla nur auf eines reagiert – auf den Klang von Julians Namen."

Die Meute japste; sie biss an. Was ihnen da serviert wurde, war eine großartige Story.

„Natürlich ist Julian sofort hierher gekommen“, sagte Val. „Er hat neben ihr gesessen, Tag für Tag, ihr die Hand gehalten.“ Er knipste ein strahlendes Lächeln an, das die Reporter auf den Knüller vorbereiten sollte. „Gestern ist sie aufgewacht. Julian war der erste Mensch, den sie gesehen hat.“

„Ist sie immer noch in Sie verliebt, Mr True?“, fragte eine Reporterin.

Julian seufzte. Er blickte in die Gesichter und erkannte mit einem Mal, dass diese schlecht bezahlten Reporter ein Spiegelbild seines Lebens waren. Er besaß kein Leben außer dem, das die Medien schufen, weil er alles eingetauscht hatte für den Glanz des Blitzlichtgewitters.

Val grinste. „Ihr habt eure Schlagzeile, Kinder. Prinz Julian küsst Dornröschen wach.“

ALS LIAM Stephens Büro verließ, hörte er, dass sein Name über die Krankenhausanlage ausgerufen wurde. Sofort ging er zum nächsten Telefon und gab seinen Code ein. Die Nachricht war von Rosa. Sie wartete in der Halle auf ihn. Ein Notfall.

Er erblickte Rosa, bevor sie ihn bemerkte. Schon von weitem sah er, dass ihr Mund zu einer zornigen Linie verzogen war.

„Rosa!“, rief er. „Was ist passiert?“

„Siehst du, was er getan hat?“ Sie beugte den Kopf in Richtung Eingang, wo die Reporter sich um Julian drängten. „Eine Riesenstory, Dr. Liam. Julian True hat seine wahre Liebe aus dem Koma geholt.“

„Verdammt!“ Liam rannte zur Tür.

Er drängte sich zwischen den Reportern durch, die Julian umringten und sich vor ihm verneigten wie Bittsteller, mit den Mikrofonen in ihren ausgestreckten Händen.

Liam packte Julian am Arm und wirbelte ihn herum. „Ich muss Sie sprechen“, sagte er ruhig. „Sofort.“

Julian hatte den Anstand, ein verlegenes Gesicht zu machen. „Aber natürlich.“ Er bedachte die Menge mit einem künstlichen Lächeln. „Das hier ist Liam Campbell. Er ist Kaylas … Arzt.“

Die Menge stellte ein Dutzend Fragen auf einmal, doch Liam ignorierte sie. Er zerrte Julian am Arm in die Halle, vorbei an Rosa und in ein leeres Untersuchungszimmer.

Gleich danach ging die Tür auf, und Rosa kam herein.

„Hallo, Rosa“, sagte Julian und wandte sich dann Liam zu. „Es tut mir furchtbar Leid, Liam. Ich hatte meinem Agenten gesagt, er solle die Presse raushalten, aber er hat nicht auf mich gehört. Es tut mir wirklich

Leid. Und glauben Sie mir, die sind wie Termiten – sobald die sich bei einem einnisten, sollte man den Kammerjäger holen. Wenn ich nicht mit ihnen gesprochen hätte, wer weiß, was für eine Story die sich aus den Fingern gesaugt hätten."

Liam sah ihn an. „Sie haben denen ein romantisches Märchen aufgetischt, stimmt's? Mit Ihnen in der Rolle des Helden, dem weißen Ritter, der die Prinzessin im letzten Augenblick vor dem Tod bewahrt."

„Das Schlimmste hast du noch nicht gehört, Dr. Liam", sagte Rosa und ging langsam auf die beiden Männer zu. „Auf dem Weg ins Krankenhaus habe ich die Fragen mitbekommen. Die Reporter wollten etwas über seine Tochter wissen."

Liam packte Julian an den Schultern. „Sie hatten mir versprochen, Jacey zu schützen. Sagen Sie mir, dass Sie kein Wort über Ihre Tochter verloren haben."

Julian zuckte zusammen. „Ich habe kein Wort verlauten lassen, aber ich fürchte, dass Val ihnen erzählt hat, dass sie Cheerleader an der Highschool ist."

Zum ersten Mal in seinem Leben versetzte Liam einem Menschen einen Boxhieb. Er holte aus und traf Julian an seinem hübschen Kinn. Dann wandte er sich an seine Schwiegermutter. „Du bleibst hier bei Mike. Halt die Presse von ihr fern. Ich hole die Kinder und komme so schnell wie möglich zurück. Wir nehmen den Hintereingang."

GIB, DASS ich rechtzeitig bei ihr bin, dachte Liam immer wieder. Er warf einen Blick auf die Digitaluhr am Armaturenbrett seines Autos. 15:05. Die Cheerleaderprobe war seit fünf Minuten zu Ende. Er beschleunigte. An der Einfahrt zur Highschool schoss er die Einfahrt entlang und steuerte auf den Parkplatz zu. Er sah sofort, dass er zu spät gekommen war – die Reporter hatten sich schon vor dem Schuleingang versammelt. Liam sprang aus dem Auto und lief auf sie zu. Sein Herz hämmerte.

„Jacey!" Doch seine Stimme ging in dem Krach unter.

Reporter umzingelten die Cheerleadergruppe und machten Liam das Durchkommen unmöglich. Sie riefen eine laute Frage nach der anderen.

„Welche von euch ist Juliana?"

Er hörte Mrs Kurek antworten, die Leiterin der Cheerleader. „Hier gibt es keine Juliana, bitte gehen Sie jetzt."

Liam versuchte sich durchzudrängeln, doch es war unmöglich.

„Wer von euch hat eine Mutter, die im Koma liegt?"

Er wusste, dass ein Blick auf Jacey ihnen genügen würde …

„Da ist sie!“

Die Meute scherte aus, teilte sich und drängte sich um Jacey herum, schnitt sie mit geübter Mühelosigkeit von allen andern ab.

„Sind Sie Kayla Trues Tochter?“

„Sind Sie Juliana?“

Er konnte sehen, dass Jacey Angst hatte. „Ich bin Jacey“, antwortete sie leise. „Meine Mama liegt im Koma …“

Ein Mikrofon flog ihr vor das Gesicht, fast hätte es sie an der Nase getroffen. „Was ist es für ein Gefühl, seine Tochter zu sein?“

Liam schrie ihren Namen. Er packte den Kameramann vor ihm und gab ihm einen Stoß. Der Mann stolperte, und Liam stürmte durch die Lücke. „Jacey! Komm her!“

Über die Menge hinweg trafen sich ihre Blicke. Liam sah die Furcht in den Augen seiner Tochter. Entschlossen brach er durch die Menge der Reporter.

„Was ist es für ein Gefühl, Julian Trues Tochter zu sein?“, rief jemand.

Jähe Stille trat ein. Jacey sah Liam an, mit offenem Mund und schockiert aufgerissenen Augen.

„Herrgott noch mal, sie weiß es gar nicht!“

„Halt drauf, Bret, mach ’ne Aufnahme von ihrem Gesicht, sofort!“

„Lasst sie in Ruhe!“, schrie Liam. Er warf sich nach vorn, stieß Leute beiseite, rammte sie mit den Ellbogen.

Endlich hatte er sie erreicht. Er legte den Arm um sie und zog sie an sich. Er spürte, wie sie zitterte.

„Kein Kommentar.“ Liam hörte das Grollen in seiner Stimme, es war ein Laut, der tief aus seinem Inneren kam. Er zerrte die benommene Jacey durch die Menge und half ihr ins Auto, während die Reporter neben ihnen herliefen und weiter ihre Fragen stellten.

Liam ließ den Motor an und trat aufs Gas. Das Auto fuhr langsam an auf dem matschigen Schnee, und sie verließen schlingernd den Parkplatz.

Sein Herz raste. Noch nie im Leben hatte er sich so geschämt, so besiegt gefühlt. Er hatte versagt, er hatte seine Tochter, die er mehr liebte als sein Leben, nicht beschützen können.

Jacey drehte sich auf dem Sitz nach hinten und beobachtete die Straße. „Sie verfolgen uns nicht“, sagte sie.

Liam bog nach links in eine verschneite, ungeräumte Straße ab, die zum Angel Falls State Park führte. Er wählte diesen Weg, weil hier eigentlich nur Forstfahrzeuge fahren durften und er nur auf Karten mit sehr großem Maßstab eingezeichnet war. Hier würde ihnen niemand folgen.

Am Ende der Straße war ein Parkplatz, der leer und so unberührt war wie ein weißes Blatt Papier. Da er mitten im Wald lag, war es hier um diese Zeit schon dämmrig. Liam parkte neben dem Wegweiser, auf dem die Geschichte des Wasserfalls nachzulesen war – entdeckt von Ian Campbell und von ihm nach seiner geliebten Frau benannt.

Liam holte tief Luft und wandte sich endlich seiner Tochter zu. „Ich konnte nicht rechtzeitig bei dir sein."

Sie sah ihn verwirrt an. „Ist das wahr, Papa?"

„Es ist wahr. Deine Mama war mit Julian True verheiratet."

Die Farbe wich aus ihren Wangen. „Er ist mein Vater?"

Das Wort traf ihn wie ein Schlag gegen den Kehlkopf. „Ja." Er wartete darauf, dass sie weitersprach, aber sie schwieg. „Ich hätte es dir sagen sollen."

„Ist er deshalb hier? Um Mama zu besuchen?"

„Ja."

„Hast du gewusst, dass er mein Vater ist?"

Er verstand die Frage. Sie wollte wissen, ob er sie in all den Jahren belogen hatte. „Mike hatte mir nur erzählt, dass sie zu jung geheiratet hatte, einen Mann, der nur Partys und Vergnügungen im Kopf hatte. Ich wusste nicht, dass es Julian True war. Ich habe die Wahrheit herausgefunden, als ich nach dem Kleid suchte, das du auf dem Ball getragen hast."

„Sie wollte nie über meinen anderen Papa reden. Als ich klein war, hat sie jedes Mal geweint, wenn ich nach ihm gefragt habe. Deshalb habe ich aufgehört zu fragen. Herrje … Julian True."

Liam gab sich Mühe, durch das winzige, flüchtige Lächeln, das um ihre Mundwinkel spielte, nicht verletzt zu sein. Welcher Teenager wäre nicht hingerissen gewesen bei der Entdeckung, einen berühmten Filmstar zum Vater zu haben? Doch der Zorn kam schneller, als er gedacht hatte.

„Wann hat sie es mir sagen wollen? Wenn wir den Mars besiedeln?"

Sosehr er auch darüber nachdachte, er konnte es ihr nicht erklären. „Ich weiß es nicht, wann sie es dir sagen wollte", sagte er schließlich.

Sie war den Tränen nahe. „Deshalb ist er zum Schulball gekommen und hat mit mir getanzt, aber nichts Wichtiges gesagt. Woher hat er von Mamas Unfall gewusst?"

„Ich habe ihn angerufen. Ich hatte gemerkt, dass Mama auf seinen Namen reagiert. Ich dachte, wenn er mit ihr spricht, wacht sie vielleicht auf, und es hat geklappt. Sie ist gestern aufgewacht."

„Julian True hat sie geweckt, nachdem du und ich stundenlang mit ihr geredet haben?“

Liam zuckte zusammen. „Na ja …“

„Großer Gott, was ist, wenn …“ Dieses Mal konnte sie die Tränen nicht zurückhalten. Sie warf sich wie ein kleines Kind in Liams Arme und weinte. „Im Augenblick hasse ich sie.“

Er strich ihr über das Gesicht. „Nein. Du bist verletzt und wütend. Aber du könntest deine Mutter niemals hassen. Sie liebt dich, Jacey.“

„Was ist mit dir? Dich hat sie die ganzen Jahre auch angelogen.“

Er seufzte. „Manchmal lügen Menschen, um ihre Lieben zu schützen. Vielleicht hat sie geglaubt, wir könnten mit der Wahrheit nicht umgehen.“

Jacey schniefte und wischte sich mit dem Handrücken über die Nase. „Er hat mich nicht gewollt, stimmt's? Deshalb hat er nie angerufen oder geschrieben.“

Liam hätte sie am liebsten belogen, aber nur durch Lügen war sie an diesen schmerzlichen Punkt in ihrem Leben gebracht worden. „So gut kenne ich Julian nicht, dass ich das beantworten könnte.“

Sie schaute ihn an. „Ich liebe dich …, Papa.“

Er hörte das winzige Zögern, bevor sie ihn Papa nannte. „Ich liebe dich auch, Jacey. Wir sind immer noch eine Familie, denk daran. Deine Mama liebt dich und Bret – ach, du lieber Himmel, Bret!“

„Die Reporter.“ Jacey rutschte auf ihren Sitz zurück und schnallte sich an. „Es ist halb vier. Er hat gerade Musikunterricht.“

BRET war kurz vor einem Nervenzusammenbruch. Sie probten seit über einer Stunde für die Weihnachtsfeier, und er konnte das Stillstehen nicht leiden. Alle Viert- und Fünftklässler standen aufgereiht auf dem Podium. Die Musiklehrerin, Mrs Barnett, hatte sie nach Größe geordnet, und das bedeutete, dass Mädchen und Jungen bunt gewürfelt durcheinander standen. Das war immer schwierig.

Mrs Barnett fuhr mit dem Zeigestock über den Notenständer.

„Kommt schon, Kinder! Wir probieren die letzte Strophe noch einmal.“

Auf ihr Zeichen hin fing Mr Robbins an, „Stille Nacht“ zu spielen, und Bret konnte sich plötzlich an kein einziges Wort mehr erinnern.

Katie stieß ihn mit dem Ellbogen an. „Sing mit!“, zischte sie.

„Halt die Klappe“, sagte er und stieß zurück.

„Mrs Barnett!“, rief sie. „Bret Campbell singt nicht mit.“

Mr Robbins kam aus dem Takt. Ein wirres Geklimper war zu hören, dann Stille.

Mrs Barnett senkte langsam den Zeigestock. „Hör mal, Katie, hack doch nicht auf Bret herum. Wir wissen doch alle, dass seine Mama gerade aufgewacht ist, und die ganze Familie hat eine schwere Zeit hinter sich."

Bret stockte der Atem. Das konnte nicht wahr sein. Papa hätte es ihm gesagt, wenn Mama aufgewacht wäre. Aber so, wie Mrs Barnett es gesagt hatte, klang es, als ob es wahr wäre.

Plötzlich flog die Tür zum Musikraum auf, und Jacey stand auf der Schwelle. Ihr Gesicht war ganz rot und fleckig, als ob sie geweint hätte. „Mrs Barnett", sagte sie, „ich muss Bret jetzt nach Hause bringen."

Mrs Barnett nickte. „Geh schon, Bret."

Mit klopfendem Herzen ging Bret zu seiner Schwester. Er kam sich plötzlich sehr klein vor. „Ist Mama –"

„Komm mit, Bret." Sie zerrte ihn aus dem Musikraum und den Gang entlang. Draußen parkte ihr Auto auf der Bushaltestelle. Willenlos ließ Bret sich von Jacey auf den Rücksitz hieven. Sie schnallte ihn an und sprang dann auf den Vordersitz. Ehe Bret darüber nachdenken konnte, was er sagen sollte, rasten sie durch die Stadt.

Sein Vater fuhr viel zu schnell. Bret wollte etwas fragen, wollte schreien, aber er fühlte sich, als ob ihm jemand die Kehle zudrückte. Schließlich hielt Liam vor dem Hintereingang des Krankenhauses. Er schaute weder Bret noch Jacey an. „Bleib bei deinem Bruder, Jacey", sagte er kurz. „Geht ja nicht in die Halle. Ich muss eben in der Verwaltung etwas klären. Wir treffen uns in zehn Minuten in der Cafeteria, okay?"

Jacey nickte. Dann war sein Papa fort, und er ging mit Jacey die leeren Flure im hinteren Teil des Krankenhauses entlang. Der Widerhall ihrer Schritte erinnerte Bret an einen gruseligen Fernsehfilm.

Sie war tot. Dieses Mal war er sich sicher. Das Bett in ihrem Zimmer war leer, und er würde sie nie wiedersehen. Er riss sich von seiner Schwester los und rannte davon.

„Bret! Komm zurück!"

Er hörte nicht auf sie und rannte weiter. Erst vor dem Zimmer seiner Mama blieb er stehen. Er holte tief Luft und öffnete die Tür. Da lag sie, schlafend wie sonst auch, in dem blöden Bett, das er hasste.

Leise machte er die Tür zu und ging zu ihr. Es machte ihm immer noch Angst, sie so zu sehen. Er drehte sich nicht um, als die Tür hinter ihm aufging und er die leisen Schritte seiner Schwester hörte. „Komm schon, Bret. Papa hat gesagt, wir sollen in der Cafeteria auf ihn warten."

„Moment." Er beugte sich etwas tiefer und gab ihr den Mamakuss, genauso, wie sie es immer bei ihm machte. Ein schneller Kuss auf die Stirn, einer auf beide Wangen, ein Schmetterlingskuss auf das Kinn, dann ein längerer Kuss auf die Nase. Als seine Lippen ihre Nase streiften, flüsterte er die Zauberworte: „Keine schlechten Träume."

Da machte sie sehr langsam die Augen auf.

Bret wäre fast vom Bett gefallen.

Sie setzte sich auf und schaute ihn an. Er wartete und wartete, aber sie lächelte nicht. „Oh, hallo, kleiner Junge."

Es war ganz verkehrt. Das war nicht seine Mama. Bret machte den Mund auf, um etwas zu sagen, aber es kam nichts heraus. Die ganze Zeit hatte er gewartet und gebetet, und in jedem seiner Träume hatte seine Mama beim Aufwachen dasselbe gesagt: „Wie geht es meinem Lieblingsjungen?" Und dann hatte sie ihn in die Arme geschlossen und festgehalten.

Tränen brannten ihm in den Augen. Die falsche Mama sah sich im Zimmer um. Ihr Blick fiel auf Jacey, die weinend in der Tür stand und die Arme um sich gelegt hatte. „Wie geht es meinem Lieblingsmädchen?", fragte sie.

Da entfuhr Bret ein winziger Laut. Das waren *seine* Worte, aber sie hatte sie zu Jacey gesagt. Lauf. Das war alles, was er denken konnte. Lauf, so schnell du kannst. Er drehte sich um, rannte aus dem Zimmer und aus dem Krankenhaus und tauchte in die Dämmerung des Nachmittags ein.

Als er zur Straße kam, fror er erbärmlich in seinem dünnen Hemd, aber er merkte es nicht. Er rannte einfach weiter.

WAS HATTE Rosa zu ihr gesagt? „Wir nennen sie jetzt Jacey." Für Mikaela war der Anblick ihrer großen Tochter wie ein Blick in einen Spiegel, der die Vergangenheit reflektierte. Sie streckte ihre Arme aus nach diesem Bild.

„Jacey", flüsterte sie.

„Mama?"

Jacey kam langsam auf sie zu. Mikaela spürte, dass sich ihre Tochter sträubte, aber schließlich beugte Jacey sich über das Bettgitter. Mikaela schlang die Arme um sie und zog sie an sich.

Als sie sich von ihr löste, weinte Jacey.

Mikaela strich ihr über die Wange. „Nicht weinen. Ich finde das Gedächtnis wieder. Wart's nur ab."

Jacey sah sie mit großen Augen an. „Du hast das Gedächtnis verloren? Deshalb –" Sie warf einen Blick auf die offene Tür.

„Es tut mir Leid. Ich habe ein paar Gedächtnislücken, das ist alles."

„Warum hat Papa mir das nicht gesagt?"

„Ich glaube, sie haben Julian darum gebeten, das vertraulich zu behandeln."

„Julian … Du erinnerst dich nicht an Papa?" Jaceys Stimme war kaum zu hören.

„O doch, ich erinnere mich an Julian …, jedenfalls bis zu einem bestimmten Zeitpunkt. Aber alles, nachdem ich ihn verlassen habe, ist irgendwie weg. Ich glaube –"

„Das ist ja nicht zu fassen!", schrie Jacey und weinte noch heftiger. Sie wich vom Bett zurück und schaute auf Mikaela hinunter, als wären ihr Hörner gewachsen.

Mikaela runzelte die Stirn. „Du bist böse auf mich."

„Mein Papa ist Liam Campbell." Jacey ging auf Mikaela los. „Wir haben uns vor langer Zeit in ihn verliebt, als ich erst vier war. Er ist seit zehn Jahren mit dir verheiratet, aber du erinnerst dich nicht an ihn. Du erinnerst dich nur an Julian, der mich nie, niemals angerufen hat. Ich habe nicht mal eine Geburtstagskarte von ihm bekommen, und er hat mich nie besucht."

Mikaela war verwirrt. „Aber Julian ist dein Vater …"

Jacey wich noch weiter zurück. „Richtig, er ist mein Vater. Und deinen Lügen habe ich es zu verdanken, dass ich das bis heute nicht gewusst habe."

Mikaela fühlte sich, als hätte sie einen Boxhieb in den Magen bekommen. „Ich habe es dir nicht gesagt?"

„Nein."

„Ach, Jacey …" Mikaela wusste nicht, was sie sagen sollte. Wie hatte sie ihrer Tochter so etwas antun können? „Jacey, ich –"

Da ging die Tür auf. Schwester Sarah stürmte herein, mit geröteten Wangen und außer Atem. „Jacey, die Pförtnerin hat eben angerufen. Sie hat gesehen, wie Bret hinausgerannt ist. Sie konnte ihn nicht aufhalten!"

„Bret! Großer Gott! Das ist meine Schuld!" Jacey schob sich an der stämmigen Schwester vorbei und rannte hinaus.

Mikaela sah Schwester Sarah hilflos an. „Wer ist Bret?"

Schwester Sarah blickte sie traurig an. „Ruh dich aus, Liebes", sagte sie leise.

Mikaelas Herz pochte laut in ihrer Brust. Das Zimmer schien sich um sie zu drehen, und ihr wurde schwindlig. Sie packte die Schwester am Arm. „Schwester Sarah, haben Sie mich früher gekannt?"

„Natürlich. Ich habe dich gleich nach der Schwesternschule eingestellt.“

Mikaela ließ sie los und sank zurück in die Kissen. „War ich ein guter Mensch?“

Schwester Sarah schaute auf sie hinunter und lächelte sanft. „Du hast ein gutes Herz, Mikaela. Du warst – und bist – ein guter Mensch.“

Sie wollte es glauben, konnte es aber nicht. Sie hatte gerade herausgefunden, dass sie ihre Tochter jahrelang belogen und Liam offenbar das Herz gebrochen hatte. Zum ersten Mal fragte sie sich, ob Amnesie nicht ein Geschenk Gottes sei. Eine kurze Erholungspause, in der sich ein Sünder wie ein Heiliger fühlen durfte.

LIAM versuchte, nicht daran zu denken, was einem kleinen Jungen an einem finsteren Dezemberabend alles passieren konnte. Innerhalb der letzten halben Stunde war das Thermometer um zwei Grad gesunken. Und Bret, sein neunjähriger Sohn, war da draußen ganz allein. Wusste Bret, wie gefährlich es war, am Straßenrand entlangzugehen, wenn die Straßen vereist waren, wenn Schneefall die Sicht behinderte?

„Halt durch, Bret“, flüsterte Liam. Er beugte sich vor, um durch die beschlagene Windschutzscheibe zu schauen. Es schneite immer stärker, und der Junge war ohne Jacke weggelaufen.

Liam drosselte das Tempo. Er fuhr jetzt Schrittgeschwindigkeit. Die Straße zur Stadt schien sich vor ihm zu dehnen, ein endloser, gewundener Weg in der Dunkelheit.

Er zwang sich, nach rechts zu schauen, auf die schwarzen Felder neben der Landstraße. Bret hätte die Straße nicht überquert; so klug war er. Da war sich Liam sicher. Allein bei Nacht hätte sein Sohn die Straße nicht überquert …, aber hätte er sich vielleicht von einem Fremden mitnehmen lassen?

Liam unterdrückte einen Schauer des Entsetzens. Ein Blick auf das Thermometer zeigte an, dass es draußen noch ein Grad kälter geworden war.

Er versuchte, sich auf Kleinigkeiten zu konzentrieren, auf seinen Fuß auf dem Gaspedal, seine Hände am Lenkrad, seinen Blick auf die Felder neben der Straße. Vor ihm, auf der rechten Straßenseite, lag das Jahrmarktsgelände. Pavillons, Metallbauten, Schuppen und eine große Reithalle mit Stall gab es hier. Alles war dunkel, nur im Inneren der Reithalle brannte Licht.

Liam spürte einen elektrisierenden Funken der Hoffnung. Mike hielt sich gern auf hier, und Bret hatte in dieser Reithalle erst vor ein paar Monaten sein erstes Reiterabzeichen gemacht. Er setzte den Blinker, doch an der Abzweigung bremste er. Kalter Schweiß stand ihm auf der Stirn, seine Hände fühlten sich feucht an.

Wenn Bret nicht hier war, dann verlor er wertvolle Zeit. Die Entscheidung musste schnell getroffen werden. Entschlossen bog er in den Weg ein und trat aufs Gaspedal. So schnell es ging, fuhr er den holprigen Weg entlang.

Auf dem Parkplatz ließ er den Motor laufen, sprang aus dem Auto und rannte durch den weichen, knöcheltiefen Schnee. „Bret?", schrie er. Sein Ruf hallte von den unsichtbaren Bergen wider. Das Echo kam zurück und klang so zerbrechlich wie eine dünne Eisschicht.

Er riss die Metalltür auf. Die Halle war hell erleuchtet, aber er sah niemanden. Auch die Boxen schienen alle leer zu sein – sie wurden nur bei Wettkämpfen und Ausstellungen gebraucht. „Bret?"

Er rannte von Box zu Box, schaute in jede hinein.

Er fand Bret in der allerletzten – der Box, die Mike im letzten Sommer bei der Pferdeausstellung belegt hatte. Bret hockte zitternd in einer Ecke und lutschte am Daumen.

Nie zuvor in seinem Leben war Liam so erleichtert gewesen. Es fiel ihm schwer, sich zu bewegen, zu sprechen, etwas zu tun, außer sich hinzuhocken und seinen Sohn in die Arme zu nehmen. „O Bret", flüsterte er, „ich hatte solche Angst um dich."

Bret machte sich los. Seine Wangen waren knallrot und tränenverschmiert. „Ich habe gewusst, dass du mich findest, Papa. Ich bin –" Er brach zitternd und zähneklappernd wieder in Tränen aus.

„Beruhige dich erst mal", sagte er und strich seinem Sohn über das Haar.

Bret blinzelte zu ihm auf. „P-P-Papa, sie ha-ha-hat mich nicht mal umarmt."

Er streichelte Brets Wange. „Es tut mir Leid, Bret. Ich hätte dir erklären müssen, was mit ihr los ist."

„S-Sie ist ni-nicht meine Mama, stimmt's?"

„Doch", antwortete er leise. „Sie ist deine Mama, aber bei dem Unfall …, da ist was in ihrem Gehirn kaputtgegangen, und sie kann sich an ein paar sehr wichtige Dinge nicht mehr erinnern."

„Ni-Nicht mal an mich?"

„An mich auch nicht. Oder an Jacey."

„An Jacey hat sie sich erinnert!"

„Nein. Sie hat von Jacey gehört, und deshalb konnte sie sich zusammenreimen, wer sie ist. Aber sie erinnert sich nicht wirklich an sie."

Bret wischte sich die Augen. „Und warum hat ihr dann niemand was von mir gesagt? Ich bin genauso wichtig wie Jacey."

Liam seufzte. „Du bist ihr ein und alles, Bret. Du und Jacey, ihr seid ihre ganze Welt, und es hat ihr furchtbar wehgetan, als sie feststellte, dass sie sich nur an Jacey als kleines Baby erinnert. Sie hat geweint und geweint. Ich … habe es einfach nicht fertig gebracht, ihr auch noch von dir zu erzählen. Ich habe gehofft, dass sie sich von selbst an dich erinnert und dass dann alles gut wird."

Bret holte tief Luft. Liam merkte, dass er versuchte, ein großer Junge zu sein. „Wird ihr Gedächtnis wieder ganz?"

Liam hätte ihm am liebsten gesagt, dass alles gut werden würde, aber in den letzten Wochen hatte er etliches über seine Kinder und sich gelernt. Sie waren alle stark genug, die Wahrheit zu verkraften. Die einzige Wunde, die eiterte, war eine Lüge. „Die Ärzte glauben, dass sie sich an das meiste wieder erinnern wird. Nicht an jede Kleinigkeit, aber wir glauben, dass alles, was zählt – wir zum Beispiel –, wiederkommt."

„Aber ihr wisst es nicht genau?"

„Nein. Wir wissen es nicht. Aber weißt du was?"

„Was?"

„Die Liebe … Ich bin überzeugt davon, dass sie sich daran erinnert."

Bret dachte lange darüber nach. „Das ist gut, Papa."

Liam lächelte und dankte dem Himmel für das unverwüstliche Herz seines kleinen Jungen. Und er beschloss, ihm jetzt alles zu erzählen.

„Bret, da ist noch was, worüber wir reden müssen." Liam strich seinem Sohn über das Gesicht. „Du weißt doch noch, wie wir dir früher mal erzählt haben, dass Mama schon einmal verheiratet war?"

„Klar. Mit Jaceys anderem Papa."

Liam schluckte schwer. „Und hast du gewusst, dass Julian True in der Stadt ist?"

„Aber Papa, das weiß doch jeder."

Liam holte tief Luft und entschied sich für den direkten Weg. „Er ist hier, weil er Mama besuchen will. Mama war früher mit ihm verheiratet."

Bret stieß einen ungläubigen Laut aus. „Was du nicht sagst."

„Es ist wahr, Bret."

Bret runzelte die Stirn. „Aber du bist mein Papa, und sie ist meine Mama, stimmt's?"

„Das stimmt."

Bret schwieg lange. „Okay", sagte er schließlich.

„Okay?", fragte Liam zurück. Vielleicht hatte Bret nicht richtig verstanden, was er ihm gesagt hatte.

„Klar ist das okay. Sally Kramers Mama war mal mit Lonnie Harris vom Lebensmittelgeschäft verheiratet, und Bully McAllisters Papa war mal der Mann von Gertrude vom Frisiersalon. Der Ex von meiner Mama ist viel cooler."

„Du verblüffst mich, Bret", antwortete er leise. „Und ich bin stolz auf dich. Es ist schwer für einen kleinen Jungen, so etwas zu verstehen."

Langsam standen sie auf. Liam nahm seinen Sohn auf den Arm und trug ihn durch die Reithalle. Nachdem er das Licht ausgeschaltet hatte, umgab sie finsterste Dunkelheit. Er ging durch den Schnee auf die Scheinwerfer seines Autos zu. Im Auto rief Liam sofort Rosa und Jacey an, um ihnen mitzuteilen, dass er Bret gefunden habe. Rosa erbot sich, Jacey aus dem Krankenhaus abzuholen und dann zu Hause auf Liam und Bret zu warten.

Bret lehnte sich im Sitz zurück. Er fröstelte trotz der Autoheizung. „Es tut mir Leid, Papa."

„Manchmal muss ein Mann zum Nachdenken allein sein", erwiderte Liam. Er warf Bret einen Blick zu. „Aber wie wär's damit, wenn du das nächste Mal in dein Zimmer gehst und die Tür hinter dir zuschlägst?"

Bret hätte fast gelächelt. „Okay. Aber ich knall die Tür echt laut zu."

AN JENEM Abend wurde die Geschichte publik. Auf allen Fernsehkanälen kamen Bilder von „Kayla" und Julian. Ihr gemeinsames Leben wurde unter die Lupe genommen und kommentiert, für den Massenkonsum in mundgerechte Happen zerlegt. Um 20 Uhr klingelte das Telefon zum ersten Mal. Liam beging den Fehler, sich zu melden. Irgendeine Frau aus dem Reitverein kreischte, das sei ja nicht zu fassen.

Danach klingelte das Telefon jede Viertelstunde. Liam zog den Stecker aus der Wand. Er absolvierte die Rituale des Alltags – er aß zu Abend, spülte Geschirr, schaute mit den Kindern fern, dann packte er Bret ins Bett und las ihm eine Gutenachtgeschichte vor.

Er versuchte, sich so zu verhalten, als ob alles normal wäre, aber er dachte ständig an die Bilder, die er im Fernsehen und in den Zeitschriften gesehen hatte. WAHRE LIEBE, NACH SO VIELEN JAHREN. DER KUSS DES MÄRCHENPRINZEN WECKT DORNRÖSCHEN.

Wohin er auch schaute, er sah Fotos von einer jungen, lebensfrohen

Frau, die eindeutig verliebt war. Es war eine Frau, die er nie gesehen hatte. Kayla.

Im Moment war sie weder Kayla noch Mikaela. Ohne Erinnerung war sie ein Blatt im Wind, hochgewirbelt in einen Traum, aber bald würde sie auf die Erde fallen. Sie würde sich an die Jahre erinnern, die sie gemeinsam verbracht hatten. Daran musste er glauben.

Aber was dann?

Sie würde die Hände nach etwas Beständigem ausstrecken, und dieser Halt, ihr Anker, würde die Liebe zu ihren Kindern sein. Diese Liebe war der Eckstein ihrer Seele, und nichts – nicht einmal Julian – konnte sie von Jacey und Bret trennen.

Am Ende würde sie mit Liam verheiratet bleiben. Wenn es hart auf hart kam, würde sie ihre Leidenschaft für das Wohlergehen ihrer Kinder opfern.

Doch für Liam hatte diese Erkenntnis nichts Tröstliches. Niemals würde er vergessen, wie sie Julian angeschaut hatte.

Er schloss die Augen.

Und immer noch ging es leise vonstatten, dieses Auseinanderbrechen seines Lebens, so still wie der letzte Herzschlag eines alten Mannes. Ein leises, widerhallendes Pochen, und dann … nichts mehr.

KAPITEL 8

Mikaela war im Traum wieder in dem großen Holzhaus. Sie hörte erneut das weinende Kind, und dieses Mal hatte sie größere Angst. Sie überquerte die Veranda. Neben ihr wippte knarrend ein Schaukelstuhl. Sie drehte den Türknauf und stieß die Tür so heftig auf, dass sie gegen die Innenwand krachte.

„Hallo?“, wollte sie rufen, doch ihre Stimme war nur ein unhörbares Flüstern.

Wieder hörte sie das Weinen, aber es war lauter als beim letzten Mal. Sie tastete sich an der Wand entlang; jetzt wusste sie, dass dort ein Lichtschalter war, und als ihre Finger ihn streiften, ging das Licht an – ein Kronleuchter aus Hirschgeweihen, der einen sanften goldenen Schein auf einen leeren Esstisch warf. Ganz kurz sah sie sich selbst dort sitzen, und sie hörte eine Stimme sagen: „So, Kinder, jetzt erzählt mir, wie euer Tag war …“

Aber niemand war da, nur einige geisterhafte Bilder. „Wo bist du?“, rief sie.

Wieder das Weinen. Sie tastete sich an dem Tisch vorbei, die hohe, breite Treppe aus halbierten Baumstämmen hinauf.

„Ma…mmm…a…, Ma…mmma…“

Sie fing an zu laufen, aber dieses Mal gab es keine Türen, keine Fenster. Sie rannte weiter, bis der Flur vor einer leeren Wand endete.

„Wo bist du?“

Vor ihr tauchte eine Tür auf.

Ihre Hand zitterte, als sie nach dem Türknauf aus Messing griff. Er ließ sich leicht drehen. Sie stieß die Tür einen Spalt breit auf. Dahinter war es vollkommen dunkel, aber sie hörte das leise Geräusch eines weinenden Kindes.

Sie strich über eine roh gezimmerte Holzwand, und eine Lampe ging an. Der Junge hockte in der Ecke, die mageren Beine hatte er fest an den Körper gezogen. Er schaute zu ihr auf. Silbrige Tränenspuren benetzten sein bleiches Gesicht. Sie verstand sofort, dass dies der Junge aus dem Krankenhaus war. „Mama?“, fragte er.

„Bret!“, rief sie und nahm ihn in die Arme.

Dann wachte sie auf. Erinnerungen zogen über sie hinweg und durchdrangen sie. Bret. Bret. Bret. Der Junge, den sie nicht erkannt und von dem sie sich abgewandt hatte.

Ihr kleiner Junge.

Sie griff nach dem Telefonhörer, aber bevor sie eine Nummer wählte, bemerkte sie die Uhr an der Wand. Es war drei Uhr morgens.

Sie konnte noch nicht anrufen. Erschöpft schloss sie die Augen, lehnte sich zurück in die Kissen und ließ die Erinnerungen zurückkommen.

ERSCHROCKEN wachte sie auf. Sie schaute auf die Uhr. Es war halb zehn. Die Kinder waren jetzt schon in der Schule. Sie schloss die Augen und dachte an alles, woran sie sich letzte Nacht erinnert hatte.

Bret. Jacey. Ihre beiden Kinder.

Und sie erinnerte sich jetzt an alle Tage und Nächte, die sie auf Julian gewartet hatte. An die zahllosen Male, die sie sich in den Schlaf geweint hatte.

Und Liam. Sie hatte gelernt, Liam zu lieben, aber sie war nie Hals über Kopf in ihn verliebt gewesen. Die Wahrheit war, dass sie das nicht zugelassen hatte; das begriff sie jetzt. Insgeheim hatte sie immer auf Julian gewartet. Tief in ihr hatte sie eine Kerze brennen lassen für seine Rückkehr.

Sie konnte sich nicht daran erinnern, ob sie das früher bedauert hatte. Aber jetzt bedauerte sie es, mit einer Heftigkeit, die der Verzweiflung nahe kam.

Jetzt sah sie, jedes Mal wenn sie die Augen schloss – und manchmal mit offenen Augen –, ihr ganzes Leben ablaufen wie einen verwackelten Film. In Last Bend hatte sie einen Ort gefunden, wo sie dazugehörte. Und das Traurigste daran war, dass sie es nicht bemerkt hatte. Selbst wenn sie sich freiwillig zu einem Dutzend verschiedener Wohltätigkeitsveranstaltungen gemeldet hatte und wenn sie bei Freunden zum Abendessen eingeladen worden war oder nach der Kirche mit Bekannten einen Schluck Bowle getrunken hatte, hatte sie immer geglaubt, sie gehöre eigentlich nicht dazu. Das war, wie sie jetzt begriff, ein hässliches Überbleibsel aus ihrer Jugend, das sie hierher mitgeschleppt hatte, und sie war so sehr damit beschäftigt gewesen, dieses Überbleibsel festzuhalten, dass sie gar nicht gemerkt hatte, dass es überflüssig geworden war.

Sie war so tief in Gedanken, dass sie das Klopfen an der Tür nicht hörte. Rosa stand auf der Schwelle. Sie trug ein Paar sauber gebügelte schwarze Hosen und einen roten Rollkragenpullover. Unter dem Arm hielt sie ein dickes Buch.

Mikaela setzte sich auf. *„Recuerdo mi vida, mamá“,* sagte sie leise, ohne lange Begrüßung.

Rosa stand reglos da, die großen braunen Augen auf Mikaelas Gesicht gerichtet. „Du erinnerst dich? An alles?“

„Wie geht es Bret … nach dem, was gestern war?“

Rosa kam zum Bett. Ihr Lächeln war sanft. „Ihm geht es gut. Dein Junge hat ein tapferes Herz. Und natürlich war Dr. Liam da.“

Mikaela schluckte schwer. „Darf ich jetzt die Kinder sehen?“

„Bret ist heute auf einem Ausflug. Seine Klasse ist nach Rockford gefahren und beobachtet die Adler. Es ist Zugvogelzeit. Jacey muss um zwölf ein Referat in Gemeinschaftskunde halten. Das ist die Hälfte ihrer Abschlussprüfung.“

Mikaela fiel enttäuscht in die Kissen zurück. „Ach so. Das Leben geht weiter, nicht wahr, Mama?“

„Hab ein bisschen Geduld. Ich bringe dir die Kinder heute Nachmittag.“ Rosa reichte Mikaela das Buch. „Das ist für dich.“

Mikaela strich über das schöne Leder. „Das war doch sicher teuer, Mama.“

„Manchmal lohnt es sich, Geld auszugeben. Mrs Myrtle, die nette

Frau im Schreibwarenladen, hat mir erzählt, dass du dir das schon lange wünschst."

Das war etwas, woran Mikaela sich nicht erinnern konnte, aber sie wusste, dass sie seit Jahren vorgehabt hatte, ein Familienalbum anzulegen. „Vielen Dank, Mama. Es ist wunderschön."

„Mach es auf."

Mikaela schlug das Buch auf. Die erste Seite war aus dünnem Seidenpapier, verziert mit getrockneten Veilchen. Auf das Schild in der Mitte war geschrieben: MIKAELA CONCHITA LUNA TRUE CAMPBELL.

Das klang, als ob sie eine Thronfolgerin wäre. Sie schlug langsam die Seite um, und dort, allein in einem Meer aus weißem Papier, klebte ein eselsohriges, altes Schwarz-Weiß-Foto.

Es war ein Bild von ihr und ihrer Mutter. Im Hintergrund war die Baracke zu sehen, in der sie während der Apfelernte gehaust hatten, zwölf Menschen in einem Raum ohne funktionierende Klospülung. Das waren die Tage, die Mikaelas Kampfgeist gestärkt und ihre Träume zurechtgestutzt hatten. Aber Rosa hatte keine andere Wahl gehabt. Ohne Schulbildung gab es für eine arme Latina, die kaum Englisch konnte, keinen Ausweg, außer … Sie schaute zu ihrer Mutter auf. „Ich hätte es auch getan, Mama."

„Was getan?"

„William. Das Haus. Wenn Jacey in meine Arme geschlüpft wäre und mich aus traurigen, hungrigen Augen angesehen hätte, dann hätte ich es auch getan."

Es war das erste Mal, dass Mikaela ihre Mutter weinen sah. „Ich würde alles dafür geben, wenn ich ihn weniger geliebt hätte und mich mehr, aber ich kann nicht bereuen, dass du durch meine Sünde die Chance zu etwas Besserem bekommen hast."

„Es tut mir Leid, dass ich so lange gebraucht habe, es zu sagen."

Rosa wischte sich ungeduldig die Augen. „Mach weiter."

Mikaela schlug die nächste Seite auf, dann die übernächste und sah dort die wenigen Fotos aus ihrer Kindheit.

Dann kam das Hochzeitsfoto. Julian und Kayla.

Mikaela atmete heftig aus. Dies war das Bild, das sie versteckt hatte. Daran erinnerte sie sich. Das Foto war in einem Kissenbezug in ihrem Schrank gewesen mit den anderen Sachen aus der Zeit mit Julian.

„Liam hat die Bilder gefunden, während ich im Koma lag", sagte sie mit dumpfer Stimme.

Leise und traurig kam Rosas Antwort: *„Sí."*

Sie wollte sich nicht vorstellen, wie weh es Liam getan hatte, ihr Leben auf diesen farbenfrohen Aufnahmen zu sehen. Sie hatte Julian versteckt, weil kein Mann mit einem solchen Rivalen leben konnte, und – wenn sie ehrlich war – weil sie diese heimliche Obsession, die sie wahre Liebe nannte, nicht aufgeben konnte. Vielleicht hatte sie befürchtet, dass sie aufhören würde, ihn zu lieben, wenn sie über ihn redete, als wäre er einfach nur ein erster Ehemann. Es war ihr unerträglich gewesen, sich vorzustellen, Julian nicht mehr zu lieben.

Mikaela schlug langsam die Seiten um, hypnotisiert von den Bildern aus dem Leben, das sie geführt hatte. Sie hatte vergessen, wie jung sie gewesen war, als sie Julian geheiratet hatte.

Anfangs war sie auf den Bildern strahlend schön und lächelte immer, aber je mehr Fotos es wurden, desto magerer wurde sie, und desto abgestumpfter wurde ihr Blick.

Sie seufzte. „Ach, Mama."

Rosa überschlug ein paar Seiten, bis sie auf die ersten Bilder mit Liam stieß. „Siehst du es?"

„Ob ich was sehe?"

„Dein Lächeln. Hier kommt es zurück."

Eine schmerzliche Traurigkeit überkam Mikaela. „Warum habe ich ihn nicht geliebt, Mama? Ich habe mein Leben verpfuscht."

Rosa lachte. „Du bist noch jung. Es dauert viele Jahre, ein Leben völlig zu verpfuschen. Darüber weiß ich Bescheid."

Mikaela wandte sich ihr zu. „Wie kann ich es in Ordnung bringen?"

Rosas Lächeln schwand. „Ich will dir noch was sagen. Wenn du etwas versteckst und geheim hältst, dann bekommt es Macht. Denke über dein Leben nach, *Mikita,* schau es dir einmal richtig an, und vielleicht wird dich überraschen, was du siehst."

MIKAELA konnte es kaum erwarten, ihre Kinder zu sehen. Doch als Rosa gegangen war, musste sie zunächst zur Krankengymnastik. Nach der anstrengenden Stunde stand sie am Fenster und schaute auf den Parkplatz hinunter. Es war jetzt fast zwölf. Am Krankenhauseingang waren bereits Weihnachtsdekorationen angebracht worden, doch diese Vorboten der Feiertage machten sie traurig. Früher war Weihnachten immer sehr wichtig für sie gewesen. Mit Begeisterung hatte sie das Haus dekoriert, Geschenke gekauft und mit den Kindern die alten Sissi-Filme im Fernsehen angeschaut.

Es klopfte an der Tür.

Mikaela drehte sich so schnell um, dass sie stolperte. Ihr rechtes Bein war noch schwach. Sie klammerte sich an das Fensterbrett, um nicht zu fallen.

Liam stand auf der Schwelle. Er wirkte ernst und ein bisschen unsicher. Sein zu langes Haar fiel ihm über ein Auge. Langsam machte er die Tür hinter sich zu und kam herein.

Sie sah die Unsicherheit in seinem Blick und erkannte, dass er nicht wusste, wie er sich ihr gegenüber verhalten sollte. Und sie wusste, dass sie die Schuld daran trug. Sie hatte ihm so wehgetan …

„Hallo, Liam." Sie wollte mehr sagen, aber sie wusste nicht, wo sie anfangen sollte; sie wusste nicht einmal, ob es überhaupt einen Anfang gab, der sie beide in die richtige Richtung führen würde.

Er sah sie an, lächelte aber immer noch nicht. „Rosa hat mir erzählt, dass du dich wieder an vieles erinnerst. Das ist schön." Doch seine Stimme klang alles andere als erfreut; sie war dumpf und tonlos.

Sie schaute zu ihm auf und bemerkte, dass er mehr Falten um die Augen bekommen hatte – sie waren offensichtlich erst nach ihrem Unfall entstanden.

Ich liebe dich. Das waren die Worte, die er gebraucht hätte. Sie hätte sie sagen können, sogar mühelos. Sie liebte ihn; das hatte sie immer getan. Aber es war eine schwache Version der Liebe, die mehr mit Trost und Freundschaft zu tun hatte als mit Leidenschaft.

„Ich wollte dir nicht wehtun, Liam", sagte sie leise.

Er lächelte. Es war ein trauriges, müdes Lächeln, so dünn wie ein Blatt Papier. „Ich weiß nicht mehr, was ich zu dir sagen soll, Mike. Ich fühle mich, als ob ich hilflos im tiefen Wasser treiben würde."

„Liam –"

Er hob die Hand. „Du hättest mir nicht nur einen Teil der Wahrheit sagen sollen, weißt du. Dann hätten wir vielleicht eine Chance gehabt."

Mikaela wandte sich von ihm ab und humpelte auf ihr Bett zu. Sie stieg hinein und zog sich die Decke hoch bis zum Kinn, wie um sich vor der Wucht seiner Worte zu schützen. „Ich weiß."

Zorn verfinsterte seine grünen Augen, aber er war schnell verraucht und wich einer Resignation, die Mikaela das Herz zerriss. „Weißt du denn nicht, wie das für mich war …, dich all die Jahre zu lieben und zu wissen, dass dir das nicht reicht, und es so nötig zu haben, wiedergeliebt zu werden?"

„Ich habe es nur getan, weil ich dich gekannt habe", sagte sie. „Ich habe gewusst, wie es für dich war, in Ians Schatten aufzuwachsen. Ich wollte nicht, dass du dir ständig Gedanken wegen Julian machst. Mit Jacey war es genauso. Ich glaubte, Julian sei zu allgegenwärtig, als dass ein Kind ihn vergessen könnte, und sie hat dich so dringend als Vater gebraucht."

„Das weiß ich alles, Mike." Er sagte ihren Namen leise. „Ich möchte nur eins: keine Lügen mehr. Das ist alles, was ich verlange. Während du geschlafen hast, bin ich aufgewacht. Vorher konnte ich mich an die Illusion klammern, dass es sich eines Tages ändern würde. Ich habe geglaubt, dass ich genug für uns beide lieben könnte, aber ich konnte es nicht, oder?" Er strich ihr mit einer Sanftheit, die sie fast zum Weinen brachte, über das Gesicht. „Vielleicht war es richtig, dass du die Vergangenheit vor mir versteckt hast. Solange ich es nicht wusste, konnte ich mir vormachen, dass ich die kleinen Anzeichen nicht sehe. Ich habe dir deine Geheimnisse gelassen, dein Schweigen und deine Traurigkeit. Kannst du dir vorstellen, was ein solches Schweigen jetzt für mich bedeuten würde? Ich würde mich ständig fragen: Denkt sie an ihn?"

Sie spürte, wie ihr Herz einen Riss bekam, und der Schmerz war schlimmer als alles, was sie sich je hätte vorstellen können.

Er beugte sich über sie, nahm ihr Gesicht in seine starken, festen Hände und küsste sie sehr langsam.

In dieser einen zärtlichen Berührung der Lippen lagen das ganze Leid, die ganze Verzweiflung und die ganze Freude einer tiefen, dauerhaften Liebe. Und während sie noch Atem holte, drehte er sich um und verließ das Zimmer.

Es war 13 Uhr. Noch eine Stunde, bis die Kinder kamen. Mikaela lag im Bett und starrte hinauf zu dem an der Decke angebrachten Fernseher. Es wurde ein alter Schwarz-Weiß-Film mit James Stewart gezeigt, den sie schon oft gesehen hatte.

Der Film war fast zu Ende. James Stewart hatte eben erkannt, wie die Welt ohne ihn aussehen würde. Er stürzte gerade in das zugige alte Haus, brach durch das Geländer …

Wie immer an dieser Stelle weinte Mikaela, aber dieses Mal weinte sie nicht wegen James Stewart, sie weinte um sich. Da war kein Liam neben ihr, kein Christbaum in der Ecke, keine Kinder, die sehnsüchtig ihre Geschenke beäugten.

Sie schlug die Decke zurück, stand auf und ging zum Schrank. Unter einer Reihe leerer Kleiderbügel stand dort ein einsamer, kleiner Lederkoffer. Sie griff mit ihrer linken Hand danach – die rechte war immer noch zu schwach – und legte ihn auf die Matratze. Dann öffnete sie die Messingschlösser; der Koffer klappte auf.

Sie fuhr mit den Fingern über die Kleidungsstücke, die ordentlich zusammengelegt darin lagen. Dieses kunstvolle Arrangement ihrer Lieblingssachen war zweifellos Liams Werk. Ein schmal geschnittener schwarzer Rock und ein weißer Rollkragenpullover mit einer passenden Brokatweste. Der Gürtel mit der Silberschnalle, den sie immer zu diesem Rock trug. Ein Paar schwarze Stiefel. BH und Höschen. Er hatte sogar an ihre goldenen Lieblingsohrringe gedacht. Und an ihre Make-up-Sachen, dazu ihre Haarbürste und ihr Parfüm.

Sie musste daran denken, wie er sich wohl gefühlt hatte, während er in ihrem riesigen, begehbaren Schrank stand und Kleidung für einen Koffer aussuchte, der vielleicht niemals aufgemacht werden würde.

An seiner Stelle hätte sie einfach etwas an sich gerafft, hätte irgendwelche Sachen in eine braune Papiertüte gestopft, ohne zu schauen, ob sie zueinander passten. Aber nicht Liam. Ganz gleich, wie weh es tat, er hatte dort gestanden, überlegt und ausgesucht.

Sie schlüpfte aus dem dünnen Krankenhaushemd und warf es über den rosa Plastikstuhl. Das Anziehen fiel ihr schwer, weil ihre rechte Hand fast gar keine Hilfe dabei war, aber sie gab sich weiter Mühe, zog, zerrte, schnallte und knöpfte, bis sie fertig war.

Dann ging sie ins Bad, machte sich das Haar nass und kämmte es aus dem Gesicht. Es war ihr unmöglich, sich zu schminken; deshalb begnügte sie sich damit, sich in die Wangen zu kneifen.

Sie ging den Flur entlang, ohne zu wissen, wohin sie wollte. Erst als sie in der Krankenhauskapelle stand, begriff sie, dass das die ganze Zeit ihr Ziel gewesen war.

Sie kniete vor dem nüchternen Altar nieder und schloss die Augen. „Bitte, Gott, hilf mir. Zeig mir den Weg nach Hause."

Erst war da nur Dunkelheit. Doch dann kam ein kleiner gelber Sonnenstrahl, und sie hörte Stimmen von weit her, das Kichern eines Kindes, einen Mann, der leise mit ihr sprach.

Die Erinnerungen kamen zu ihr, eine nach der anderen, ohne zeitlichen oder räumlichen Zusammenhang. Momentaufnahmen aus ihrem Leben. Liam, der mit ihr tanzte beim Tex-Mex-Fest im letzten Jahr …, er trocknete ab, während sie Geschirr spülte …, er fuhr sie zum Einkaufen.

Sie hatte sich auch vorher schon an ihre Ehe mit Liam erinnern können, aber erst jetzt hatte sie wieder ein Gefühl für ihn. So froh war sie über diese Entdeckung, dass sie sich davor fürchtete, die Augen aufzumachen. „Mehr“, flehte sie, „zeig mir mehr!“

Die Mitternachtsmesse. Letztes Jahr. Sie saßen in der ersten Reihe, alle vier im Sonntagsstaat. Sie sah die vier Familienmitglieder, und es kam ihr vor, als wären sie wie Stränge eines Seils, die miteinander verschlungen waren und ein reißfestes Ganzes ergaben.

Sie hatte das Gefühl, diesen Moment aus weiter Ferne zu betrachten, doch sie wusste trotzdem genau, was sie da sah: Es war Liebe, rein und schlicht. Die Erkenntnis war wie ein Schock für sie.

„Liebe“, sagte sie laut.

„Siehst du? Du weißt, was Liebe ist, Mikaela.“

Sie hörte die Worte so deutlich wie das Läuten einer Kirchenglocke. Langsam machte sie die Augen auf und schaute sich um. Es war niemand da. Sie lächelte. Endlich, nach so vielen Jahren des Betens, hatte die Jungfrau Maria zu ihr gesprochen.

Überraschenderweise klang die Mutter Gottes genau wie Rosa.

MIKAELA war wieder in ihrem Zimmer und ging auf und ab, als es klopfte. Plötzlich war sie nervös. Sie hatte allen so furchtbar wehgetan. Was war, wenn ihre Familie ihr nicht verzieh?

Sie stellte sich neben das Bett und hielt sich am Gitter fest. Dann ging die Tür auf, und Jacey stand auf der Schwelle. Sie sah so nervös aus, wie Mikaela sich fühlte.

Mikaela humpelte auf ihre Tochter zu, streckte ihre geschwächte rechte Hand aus und strich Jacey über die Wange. „Hallo, Jacey.“

„Es tut mir Leid, Mama. Ich hätte dich nicht anschreien dürfen.“

„Ach, Liebes …“ Mikaela schluckte schwer. „Man soll sich nie für seine Gefühle entschuldigen.“ Sie machte noch einen Schritt auf Jacey zu. „Ich habe noch eine Menge Gedächtnislücken. Ich habe zum Beispiel deinen ersten Schultag vergessen. Aber ich erinnere mich daran, dass ich dich liebe. Ich liebe dich mehr als mein Leben, und ich kann es nicht fassen, wie weh ich dir getan habe.“

Jaceys Augen füllten sich mit Tränen. „Warum hast du mir nie von Julian erzählt?“

Mikaela zögerte. Sie hatte diese Frage für sich selbst beantwortet, aber sie wusste nicht, wie sie es Jacey sagen sollte.

„Keine Lügen mehr, Mama“, sagte Jacey.

„Ich weiß, Liebes. Aber ich will dir nicht wehtun.“

„Erzähl mir alles.“

Mikaela holte tief Luft. „Ich habe Julian zu sehr geliebt. Als ich ihn geheiratet habe und nach Kalifornien gezogen bin, wurde ich eine andere, eine *gringa* namens Kayla True, die überhaupt keine Vergangenheit hatte. Meine Mutter hat versucht, mir zu sagen, dass er nicht der Richtige für mich ist, aber ich wollte nicht auf sie hören. Damals habe ich mich selbst verloren. Nicht nur die arme Latina, die ich einmal gewesen war, sondern mehr. Mein Ich." Sie versuchte zu lächeln, doch es gelang ihr nicht. „Dann bin ich schwanger geworden. Du hast mir mein eigenes Ich zurückgegeben. Ich wusste, was ich für dich wollte, obwohl ich das, was ich für mich wollte, aus den Augen verloren hatte. Und Julian …, er war nicht bereit, ein Vater zu sein."

Tränen beschlugen Jaceys Augen. „Er hat mich nicht gewollt."

Mikaela holte tief Luft. Es gab nur den Weg nach vorn. „Nein." Sie nahm Jaceys Hände und hielt sie fest. „Aber ich habe dich gewollt, und ich wollte, dass du die Kindheit hast, die ich nicht hatte haben können. Deshalb habe ich Julian verlassen."

„Aber du hast ihn geliebt."

„Ja."

Eine Träne rollte über Jaceys Wange, und Mikaela zwang sich, sie nicht wegzuwischen. Manche Tränen waren zum Fließen bestimmt, mussten fließen. Das war eines der vielen Dinge, die sie erst jetzt erkannt hatte.

Mikaela drückte die Hand ihrer Tochter. „Ich weiß, dass ich zu dir und zu Liam unehrlich gewesen bin, und ich werde eine Möglichkeit finden müssen, das wieder gutzumachen. Zusammen waren wir eine Familie, und daran müssen wir uns erinnern. Wir werden diese schwere Zeit überstehen."

„Kommst du nach Hause?"

Nach Hause. Die Worte lösten eine Erinnerung aus, so deutlich, dass Mikaela sie unter Glas hätte legen und rahmen können.

Liam sitzt am Flügel und spielt ihr Lieblingslied: „A time for us". *Sie tritt hinter ihn, fasst ihn an der Schulter. „He, Mann am Klavier, bring deine Frau ins Bett, sonst entgeht dir was."*

Er dreht sich um, lächelt sie an, und da, in seinem Blick, ist es: Liebe, Herzlichkeit und das Verlangen, das sie – bis jetzt – immer für selbstverständlich gehalten hat.

Mikaela lachte. Sie wusste, dass es eine unpassende Reaktion war, aber sie konnte nicht anders. Die Freude in ihr war so stark. „Natürlich komme ich nach Hause. Komm her, Jacey." Sie breitete die Arme aus.

Jacey warf sich in ihre Arme. „O Mama …, du hast mir gefehlt. Ich hatte solche Angst."

„Ich weiß." Mikaela hielt ihre Tochter ganz fest. Und während sie den Duft ihres Haares einatmete, konnte sie sich plötzlich wieder an Jaceys ersten Schultag erinnern.

„Du hattest eine schwarze Cordjacke an deinem ersten Schultag an", sagte sie. „Du wolltest nicht ohne mich in den Schulbus steigen, also bin ich mitgefahren. Ich war die einzige Mutter, die dabei war."

Jacey löste sich von ihr und lächelte zu ihr auf. „Ich liebe dich, Mama."

„O Jacey, ich liebe dich auch, und mir tut alles so –"

Die Tür flog auf. Bret und Rosa standen auf der Schwelle. Rosa zuckte die Achseln. „Bret findet, Jacey hat jetzt Zeit genug gehabt."

Mikaela küsste Jacey auf die feuchte Wange und ließ sie los.

Bret stand regungslos da, die Arme stocksteif an den Seiten. Sein Mund zitterte, und er sah sie ängstlich an.

Sie konnte nicht anders, sie fing an zu weinen, ging vor ihm auf die Knie und breitete die Arme aus. „So, wie geht es meinem Lieblingsjungen?"

„Mama!", schrie er und stürzte sich so wild in ihre ausgebreiteten Arme, dass beide umkippten. Sie lagen dort auf dem hässlichen Linoleumboden, und Mikaela drückte ihren Sohn an sich, bis sie beide keine Luft mehr bekamen.

„Ich liebe dich, Bret", flüsterte sie in sein kleines rosa Ohr. Er vergrub das Gesicht in ihrer Halsbeuge. Sie ahnte mehr, als dass sie es hörte, wie er flüsterte: „Ich liebe dich auch, Mama."

Schließlich lösten sie sich voneinander und setzten sich hin. Mikaelas schwaches rechtes Bein zitterte stark. Sie kniete auf dem Boden, brachte es jedoch nicht fertig, Brets Hand loszulassen.

Über seinen Kopf hinweg schaute sie Rosa an, die jetzt auch weinte.

Mikaela schniefte. „Jammerschade, dass wir dieses viele Wasser nicht an die Kalifornier verkaufen können."

Bret kicherte. Das sagte sein Vater immer, wenn Mikaela bei einem schmalzigen Fernsehfilm heulen musste.

Sie lächelte ihren Jungen an. „Na, Sohnemann, was gibt's Neues bei dir?"

„Sally Randle ist in mich verknallt. Die riecht immer ein bisschen komisch, aber eigentlich ist sie ganz hübsch."

Mikaela lachte, fasziniert von der Normalität. Und plötzlich hatte sie das Gefühl, dass es vielleicht eine Chance für sie alle gab, aus dem Wald hinaus zurück auf die Hauptstraße zu finden. „Wo ist Papa?", fragte sie.

Doch Bret biss sich auf die Unterlippe und schwieg.

Rosa schaute Mikaela an. „Er ist nicht mitgekommen."

„Er ist zu Hause", erklärte Bret. „Ich glaube, er ist traurig, weil du dich nicht an ihn erinnert hast."

Mikaela packte das Bettgitter und zog sich daran hoch. Sie sah Rosa an. „Bring die Kinder nach Hause, Mama. Ich komme nach."

Rosa runzelte die Stirn. „Was hast du vor, *Mikita?"*

„Bitte, Mama."

Rosa seufzte. „Also gut. Aber bleib vom Eingang weg. Die Reporter warten auf dich."

Jacey ging auf Mikaela zu. „Ich will dich nicht allein lassen, Mama."

„Du brauchst keine Angst mehr zu haben, Schatz. Ich bin bald zu Hause."

„Versprochen?"

Mikaela lächelte. „Versprochen."

ALS SIE gegangen waren, beschloss Mikaela, sich nicht im Krankenhaus abzumelden. Sie packte vorsichtig die vielen Fotos auf den Beistelltischen und dem Fensterbrett ein. Zuletzt faltete sie ihr Krankenhaushemd zusammen und legte es behutsam obenauf – als ständige Mahnung an diese Zeit. Sie wollte nichts davon je vergessen, denn auf eine besondere Weise war es das Koma gewesen, das ihr das Leben gerettet hatte. Aber jetzt hatte sie Angst davor, dass sie vielleicht zu spät aufgewacht war. Sie war nur einen Monat lang nicht bei Bewusstsein gewesen, doch ihr war klar geworden, dass sie die letzten sechzehn Jahre ihres Lebens verschlafen hatte.

Da klopfte es an der Tür.

Mit klopfendem Herzen sah sie auf den gepackten Koffer und hoffte, dass es nicht die Schwester war.

Doch es war Julian. „Seit heute Morgen muss ich niesen", sagte er grinsend. „Ich glaube, ich entwickle eine Allergie gegen dieses Kaff. Du solltest den Ringelpiez auf der Hauptstraße sehen. Erwachsene Männer laufen in Bigfoot-Kostümen herum."

Die Gletschertage. Die hatte sie völlig vergessen.

Normalerweise würde Liam jetzt eins dieser Kostüme tragen. Er maulte zwar jedes Jahr, weil er eigentlich fand, es sei unter seiner Würde, sich zu verkleiden, aber dann beteiligte er sich doch immer. Schließlich war es für einen guten Zweck.

„Kayla?"

Sie humpelte auf Julian zu. Als sie ihm so nahe war, dass sie ihn hätte berühren können, blieb sie stehen. Er sah noch immer geradezu verheerend gut aus, doch endlich war sie in der Lage, in ihm den Mann zu sehen, nicht den Mythos.

„O Julian", sagte sie.

„Mir gefällt gar nicht, wie du mich ansiehst."

„Natürlich nicht. Du willst, dass man dir zuschaut, nicht dass man dich ansieht." Sie begriff, dass das wahr war; er führte das Leben eines Zauberkünstlers, voller Illusionen und Tricks, die niemand durchschaute.

„Kayla, ich habe in den letzten Tagen viel nachgedacht. Ich habe gemerkt, wie sehr du mir gefehlt hast." Er ließ das Lächeln aufblitzen, das sie tausendmal gesehen hatte, das Lächeln, bei dem früher ihr Herz stehen geblieben war. „Ich weiß, dass ich dir auch gefehlt habe."

„Ach, Julian." Sie seufzte. Es machte sie traurig, dass sie so viele Jahre ihres Lebens geopfert hatte, um auf diesen schillernden Moment aus Tand und Glitter zu warten.

„Was ist?", fragte er. Noch nie hatte sie ihn so unsicher erlebt.

Wie sagt eine Frau einem Mann, dass sie endlich gelernt hat, dass wahre Liebe mehr ist als eine Nacht mit leidenschaftlichem Sex unter einem Feuerwerk am Himmel, sondern auch ein normaler Sonntagmorgen, an dem der Ehemann einem das Frühstück ans Bett bringt?

Sie sah zu ihm auf. „Ich liebe Liam mehr, als du dir vorstellen kannst. Ich hoffe nur, es ist nicht zu spät, es ihm zu sagen."

„Ich weiß, dass er dich liebt, Kayla."

Sie spürte eine schmerzhafte Traurigkeit. „Es gibt keine Kayla, Julian. Es hat sie nie gegeben."

Seine Stimme klang belegt. „Das klingt wie ein Abschied."

„Ach, Julian, wir haben uns schon vor langer Zeit voneinander verabschiedet. Aber ich schaffe es erst jetzt, dich wirklich zu verlassen." Sie streichelte seine Wange, ließ die Finger einen Moment lang dort liegen, dann zog sie langsam die Hand zurück und ging zur Tür.

„Nein! Du kannst nicht einfach hinausgehen. Am Eingang wartet die Presse. Ich gehe hin und gebe eine Erklärung ab." Er machte eine Pause und sagte dann leise: „Dann bringe ich dich nach Hause."

Sie drehte sich zu ihm um. „Was wirst du der Presse sagen?"

Er sah traurig aus. „Dass die Geschichte aus ist. Dass Dornröschen ihren Märchenprinzen gefunden hat. Es ist möglich, dass die Reporter dich eine Zeit lang verfolgen."

Sie lächelte. „Und über mein glamouröses Leben berichten? Die werden schnell kapieren, dass der Alltag einer Arztfrau in einer Kleinstadt kein Stoff für die Titelseite ist."

„Ich hole das Auto und warte hinten auf dich." Er sah sie ein letztes Mal eindringlich an, drehte sich dann um und ging.

Mikaela griff nach ihrem Koffer, doch dann beschloss sie, ihn im Schrank zu lassen. Er war zu unhandlich, und sie hätte damit nur Aufmerksamkeit erregt. Mit leeren Händen verließ sie das Zimmer, in dem sie so lange gelegen hatte, und humpelte mit gesenktem Kopf die Krankenhausflure entlang.

Als sie die Tür aufmachte, fiel ihr als Erstes der Duft von Tannengrün und Neuschnee auf. Unter dem dunklen Himmel voller Sterne kam sie sich klein vor. Sie lächelte; es gefiel ihr, dass sie sich klein vorkam. Es war das Verlangen gewesen, groß zu sein, das sie zu Julian geführt hatte.

Julians Auto fuhr vor, die Tür ging auf, und Mikaela stieg ein.

LANGSAM fuhren sie durch die Stadt. Draußen war es eiskalt, doch überall waren Menschen auf den Straßen, ihr Atem eine graue Wolke, in den Händen Transparente mit der Aufschrift: WILLKOMMEN BEI DEN GLETSCHERTAGEN.

Julian konnte den Blick nicht von Mikaela wenden, doch sie sah ihn selten an. Sie dirigierte den Chauffeur aus der Stadt hinaus, auf eine Nebenstraße, wo nur noch wenige Häuser, aber viel Wald zu sehen waren. Schließlich bogen sie in eine Einfahrt ein und fuhren unter einem Torbogen hindurch, auf dem stand: ANGEL FALLS RANCH.

Weiße Weideflächen erstreckten sich zu beiden Seiten des Weges. Schließlich kam das Haus in Sicht, ein schönes Holzhaus vor den gezackten Bergen, die um diese Zeit nur noch als schwarze Silhouette erkennbar waren. Das Auto hielt vor dem Haus. Der Chauffeur – Julian konnte sich seinen Namen nie merken – eilte zur hinteren Tür.

„Danke", sagte Mikaela beim Aussteigen zu dem jungen Mann.

Julian wurde bewusst, dass er in all den Tagen kein einziges Mal dieses schlichte Wort für den Mann übrig gehabt hatte. Er stieg aus und stellte sich neben Kayla. Sie fröstelte in der Kälte, und er legte den Arm um sie.

„Schön, nicht wahr?", sagte sie und meinte das Haus.

Doch er sah nur auf sie hinunter. „Das Schönste, was ich je gesehen habe."

Mikaela wandte sich ihm zu. „Komm mit hinein, Julian. Lern deine Tochter kennen."

Er sah den Kummer in ihrem Blick. Sie war der einzige Mensch auf der ganzen Welt, der je von ihm verlangt hatte, der Mann zu werden, der er hätte sein können. Und selbst jetzt noch glaubte sie, dass er das Richtige tun könnte. Es war ihm zuwider, ihr aufs Neue wehzutun. „Du weißt, dass ich das nicht kann. Wenn ich durch diese Tür gehen würde, wäre das eine Lüge. Das wissen wir beide. Ich will Jacey nicht antun, was ich dir angetan habe."

Sie sah ihn an und versuchte zu lächeln, doch ihr wurde klar, dass er Recht hatte. Vor langer Zeit schon hatte er sich für den Weg entschieden, den er gehen wollte.

Die sanfte Erkenntnis in ihrem Blick brach ihm das Herz. „Sag mir, dass du mich immer lieben wirst", flüsterte er.

Sie strich ihm über die Wange. „Ich werde immer lieben, was wir waren."

Er spürte und hörte, dass Welten lagen zwischen seiner Bitte und ihrer Antwort. Langsam griff er nach ihrer linken Hand. Der schlichte Goldring schimmerte im Mondlicht. „Hast du den Ring noch, den ich dir geschenkt habe?"

„Natürlich."

„Gib ihn Jacey. Sag ihr, dass da draußen irgendwo ein Mann ist, der sich wünscht, er wäre anders."

„Dann sei anders, Julian. Komm mit hinein. Liam hat sicher nichts dagegen."

„Liam ist nicht das Problem. Ich wünschte …" Er konnte es nicht aussprechen.

„Was wünschst du dir?"

Irgendwo knackte ein Zweig im Wind, und es klang auf gefährliche Weise nach dem Brechen von Julians morschem Herzen. „Ich wünschte, ich könnte dich so lieben, wie er dich liebt."

Er wollte nicht, dass sie darauf antwortete, deshalb nahm er sie in die Arme und küsste sie zum letzten Mal. „Leb wohl …, Mikaela."

Sie wandte sich von ihm ab und humpelte durch den Schnee. Ein letztes Mal blieb sie stehen und schaute sich nach ihm um. „Leb wohl, Julian True." Es war so leise, dass er sich später fragte, ob er es sich eingebildet hatte.

DAS HAUS roch nach Tannennadeln und Apfelkuchen. Mikaela blieb in der Küche stehen. Rosa und die Kinder waren im Wohnzimmer und schmückten den Weihnachtsbaum.

Die Kinder hatten nicht gehört, dass sie hereingekommen war, aber Rosa bemerkte es. Sie lächelte und zeigte nach oben.

Mikaela ging auf Zehenspitzen durch die Küche und dann die Treppe hinauf. Als sie oben ankam, war sie außer Atem. Vor dem Schlafzimmer blieb sie vor der geschlossenen Tür stehen. Sie wartete darauf, dass ihr Herzschlag sich beruhigte. Doch schließlich begriff sie, dass es die Nerven waren, die ihr Herz in ein Schlagzeug verwandelt hatten, nicht die Anstrengung.

Sie holte noch einmal tief Luft, dann machte sie die Tür auf. Liam stand neben dem Bett. Auf der Decke lag das Bigfoot-Kostüm vom letzten Jahr.

„Liam?"

Er drehte sich um. „Du gehörst ins Krankenhaus", sagte er verlegen.

„Sag mir, dass es nicht zu spät ist."

Er machte ein verwirrtes Gesicht. „Was meinst du damit?"

Sie kam näher, legte die Hand auf seinen Unterarm. „Ich wünschte, ich wäre klüger gewesen. Zehn Jahre lang wollte ich die Frau sein, die du verdient hast. Ich hab's nur nicht richtig gekonnt."

Er streichelte ihr Haar, und sie wusste, dass die Zärtlichkeit seiner Berührung für ihn so natürlich war wie das Atmen. „Das weiß ich, Mike, aber –"

„Ich liebe dich", sagte sie. „Ich will mit dir alt werden, Liam. Ich will auf unserer Veranda sitzen, Limonade trinken und zuschauen, wie unsere Kinder erwachsen werden und selbst Kinder bekommen. Ich will an Feiertagen für uns alle kochen, unseren Enkeln zuschauen, wie sie laufen und sprechen lernen, will, dass sie in unseren Armen einschlafen."

Sie sah ihn an, und zum ersten Mal sah er in ihrem Blick die ganze Liebe, die im Lauf der Jahre gewachsen war, Liebe, so rein und sauber wie Quellwasser, so vielschichtig wie Erinnerungen. Und diese Liebe galt nur ihm, diesem sanften, beständigen Mann, der immer für sie da gewesen war.

„Was ist mit Julian?", fragte er ruhig.

Zum ersten Mal prallte der geliebte Name von ihr ab und verhallte ungehört. Nichts davon drang vor in ihr weiches Herz. „Was ich für Julian empfunden habe, war real; das werde ich niemals leugnen. Aber es war eine zerbrechliche Liebe, und sie hat die Prüfung durch die Zeit nicht bestanden. Als sie zerbrochen ist, habe ich die Stücke aneinander gehalten, geglaubt – geträumt –, dass sie auf magische Weise wieder ganz wird. Ich war so damit beschäftigt, sie festzuhalten, dass mir meine leeren Hände gar nicht aufgefallen sind." Tränen brannten in ihren Augen. „Ich war so blöd, Liam. Und ich habe einen Schlag auf den Kopf gebraucht, um die Wahrheit zu erkennen. Du bist es, den ich liebe, und wenn du mir noch eine Chance gibst, werde ich dich lieben bis zu dem Tag, an dem ich sterbe. Du wirst nie, nie wieder daran zweifeln müssen."

„Ich habe dich immer geliebt, Mike", sagte er schlicht.

Jetzt strömten Tränen über ihre Wangen. „Ich weiß."

Er lächelte zögernd, und jetzt lag sie auch in seinem Blick, die Liebe, die sie gemeinsam in all den Jahren aufgebaut hatten. „Du hast mir gefehlt. So viele Jahre hast du mir gefehlt."

Wie kam es, dass die tiefe Schlichtheit dieser Worte die Kraft hatte, ihre Welt zu erschüttern? Nie wieder würde sie aus den Augen verlieren, worauf es ankam, keinen Tag, keine Stunde, nicht einmal einen Augenblick lang. Von nun an würde sie jeden Moment ihres Lebens hüten wie einen Schatz, denn sie wusste jetzt etwas, was ihr ein Leben lang entgangen war. Liebe war kein gewaltiges Feuer, das die Seele versengte und nur verkohlte Reste übrig ließ. Es waren schlichte, alltägliche Momente, die Bausteine aufeinander legten, Stück für Stück, bis sie ein solides Fundament bildeten, das nichts zum Einsturz bringen konnte. Kein Wind, kein Regen …

Nichts.

Sie legte die Arme um seine Taille und schaute durch ihre Tränen zu ihm auf.

„He, Mann am Klavier, bring deine Frau ins Bett."

Er lachte. „Ich weiß, ich weiß, sonst entgeht mir was."

„Dir ist schon etwas entgangen, Liam Campbell. Deine letzte Chance. Du hättest weglaufen sollen, als ich im Koma gelegen habe. Jetzt wirst du mich nicht mehr los." Sie stellte sich auf die Zehenspitzen und küsste ihn voller Leidenschaft. Als sie sich von ihm löste, flüsterte sie die Worte, die sie aus der Finsternis hinausgeführt hatten: „Für immer."

KRISTIN HANNAH

Foto: Sigrid Estrada

„Ich möchte meine Leser zum Lachen und zum Weinen bringen."

Kristin Hannah wurde 1960 in Kalifornien geboren und studierte zunächst Jura. Dass sie dann doch nicht Anwältin, sondern Schriftstellerin wurde, hat mit der Krebserkrankung ihrer Mutter zu tun. In jener Zeit verbrachte die Tochter jede freie Minute im Krankenhaus. „Meine Mutter hat mein Leben entscheidend geprägt, und uns war sehr bewusst, dass wir nicht mehr viel Zeit miteinander hatten", erzählt sie. Um sich abzulenken, begannen sie, sich über Bücher zu unterhalten, und Kristin Hannah stellte überrascht fest, dass ihre Mutter eine begeisterte Leserin von Liebesromanen war. „Ich war fassungslos. Meine Mutter war eigentlich ein eher intellektueller Typ, und ich selbst war angehende Anwältin. Und nun saßen wir beide da und sprachen über Liebesromane."

Schließlich begannen sie selbst, eine Geschichte zu entwerfen. Noch heute denkt Kristin Hannah voller Dankbarkeit an diese Zeit zurück. „Ich stellte fest, dass es immer schon der Traum meiner Mutter gewesen war, selbst ein Buch zu schreiben. Diesen Traum haben wir zusammen verwirklicht."

Nach dem Tod der Mutter arbeitete Kristin Hannah als Anwältin, aber nebenher schrieb sie weiter und veröffentlichte 1990 ihren ersten Roman. *Wenn Engel schweigen* ist ihr neuntes Buch. Ihre Anwaltsrobe hat sie inzwischen an den Nagel gehängt, um sich ganz dem Schreiben widmen zu können. Sie lebt heute mit ihrer Familie in einer kleinen Stadt im Staat Washington.

Übersetzer:
Die weiße Hölle: Ulrike Röska
In einem heißen Sommer: Andrea Fischer
Wenn Engel schweigen: Dietlind Kaiser

Illustrationen und Fotos:
Die weiße Hölle: S. 4 (links), S. 6/7/8 und Kapitelvignetten: Telegraph Colour Library/Kathy Collins; Sporting Pictures; Images Colour Library; Fotomontage by DW Design Partnership
Der Klosterwald: S. 4 (rechts), S. 160/161/162: Gebäude: Veit Müller
In einem heißen Sommer: S. 5 (links), 282/283: Porträt: Benelux Press/Mauritius; Schädel: Science Photo Library; Goldknopf: Getty Photodisc; Fotomontage by Shark Attack
Wenn Engel schweigen: S. 5 (rechts), 452/453/454: Frauenkopf: John Lamb/Stone/Getty Images Deutschland; Männerkopf: Romilly Lockyer/The Image Bank; Reiterin: The Image Bank

Die ungekürzten Ausgaben von *Die weiße Hölle, Der Klosterwald, In einem heißen Sommer* und *Wenn Engel schweigen* sind im Buchhandel erhältlich.